명암
明暗

명암
明暗

나쓰메 소세키 장편소설
김정숙 옮김

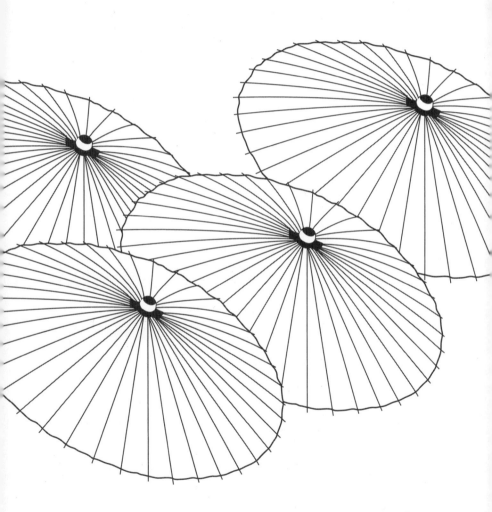

보랏비소
Borabit Cow

작업이 힘들어 '암'에 빠질 때마다
죽음에 이르는 병고 중에도 붓을 놓지 않았던
작가 소세키의 강인한 정신을 '명'으로 의지하며 번역했습니다.

나쓰메 소세키 사후 100년이 되는 해에
책을 출간하겠다는 스승과의 약속을 지킬 수 있어서 기쁩니다.

나쓰메 소세키와 은사 사토 야스마사 선생님께
이 책을 바칩니다.

차
례

일러두기

1. 1966년 간행된《소세키전집 제7권》(이와나미서점)을 원문으로 삼아 번역했다. 아울러 1994년 간행된《소
   세키전집 제11권》(이와나미서점)과 1987년 간행된 신조문고《명암》(신조사)을 대조본으로 참고했다.
2. 일본 문화에 관한 것은 옮긴이가 전부 조사해서 [ ]나 ( )에 부연 설명했다. 옮긴이 주 표기는 생략했다.

1

의사는 항문경을 넣었다 뺀 다음, 수술대에서 쓰다를 내려오게 했다.

"역시 구멍이 직장까지 이어져 있군요. 지난번에 봤을 때는 도중에 딱지가 솟아 있어서 그만 거기까지인 줄만 알고 그렇게 말씀드렸는데, 오늘 소통을 시키려고 그놈을 득득 긁어보니 안쪽에 더 있었습니다."

"그게 장까지 이어져 있다는 말입니까?"

"그렇습니다. 1.5센티미터 정도라고 생각했는데 그 배 정도는 됩니다."

쓰다의 얼굴에는 쓴웃음 속에 희미한 낙담의 빛이 스쳤다. 의사는 헐렁한 가운 앞으로 두 손을 모은 채 고개를 가볍게 끄덕였다. 그 모습은 '딱하지만 사실이 그러니 할 수 없군요. 의사는 자기 진료 결과에 대해 거짓말을 해서는 안 되니까'라는 의미로 보였다.

쓰다는 말없이 허리띠를 고쳐 매고 의자 등받이에 던져놓은 하카마(남성용 기모노 위에 입는 주름 잡힌 하의)를 집어 들며 다시 의사를 향했다.

"장까지 이어져 있으면 고칠 수 없습니까?"

"그럴 리야 없지요."

의사는 활달하게, 또 대수롭지 않다는 듯 쓰다의 말을 부정했다. 더 붙어 그의 기분도 부정하는 것처럼.

"단, 지금처럼 구멍을 청소하는 것만으론 안 됩니다. 그러면 아무리 시간이 지나도 새 살이 돋지 않으니까요. 이번에는 치료법을 바꿔 과감하게 근본적인 수술을 해볼 수밖에 없습니다."

"근본적인 수술이라고 하시면?"

"절개하는 겁니다. 절개해서 구멍과 장을 하나로 붙여버리는 것이지요. 그러면 본래 저절로 나눠진 양쪽이 붙을 테니까 제대로 낫게 될 겁니다."

쓰다는 잠자코 고개를 끄덕였다. 그의 곁으로 남쪽 창문 아래에 고정된 테이블 위에는 현미경 한 대가 놓여 있었다. 의사와 스스럼없는 사이인 그는 조금 전 진찰실로 들어올 때 호기심으로 그것을 들여다보았다. 그때 850배의 반사경 바닥에 나타난 것은 마치 그림에 찍은 듯 선명한, 착색된 포도상 구균이었다.

쓰다는 하카마를 마저 입고 테이블 위에 놓아두었던 가죽 지갑을 집어 들며 문득 그 세균을 떠올렸다. 그러자 그 연상이 갑자기 그의 마음을 불안하게 했다. 진찰실을 나오려고 품속에 지갑을 넣은 그는 금방 문을 나설 듯하다가 다시 주춤했다.

"혹시 결핵성이라면, 가령 지금 말씀하신 것 같은 근본적인 수술을 해서 장 쪽으로 이어진 작은 구멍을 깡그리 잘라버린다 해도 낫지 않겠지요?"

"결핵성이라면 불가능합니다. 계속해서 구멍을 파고 속으로 들어가게 되니까 겉 부분만 치료해서는 도움이 안 되지요."

쓰다는 저도 모르게 얼굴을 찌푸렸다.

"제 건 결핵성이 아닙니까?"

"예, 결핵성이 아닙니다."

쓰다는 상대방의 말이 얼마나 진실성이 있는지를 확인하려고 잠시 눈을 의사에게 붙박았다. 의사는 꿈쩍하지 않았다.

"그걸 어떻게 아십니까? 단순한 진단으로 알 수 있습니까?"

"예. 진찰로 알 수 있습니다."

그때 진찰실 출입문에 서 있던 간호사가 쓰다 뒤에 기다리고 있던 환자 이름을 불렀다. 차례를 기다리던 그 환자가 즉각 쓰다의 뒤에 나타났다. 쓰다는 빨리 물러나지 않을 수 없었다.

"그럼 언제쯤 그런 근본적인 수술을 할 수 있습니까?"

"언제든지. 당신 형편이 좋을 때입니다."

쓰다는 자신의 형편을 잘 따져본 후 수술 날짜를 정하기로 하고 진찰실을 나왔다.

2

전차를 탔을 때 그의 기분은 가라앉아 있었다. 옴짝달싹 못할 만큼 승객들이 붐비는 가운데 그는 손잡이에 매달려 오직 자기 자신의 일만 생각했다. 작년의 고통스러웠던 통증이 생생하게 기억의 무대 위로 떠올랐다. 하얀 베드에 누인 비참한 자신의 모습이 또렷하게 나타났다. 개가 쇠사슬을 끊고 달아날 수 없을 때 울부짖는 듯한 자신의 신음 소리가 똑똑히 들렸다. 그리고 차갑게 번득이는 칼과 그것이 서로 맞닿는 소리와 마지막으로 갑작스레 양쪽 폐에서 한꺼번에 공기를 쥐어짜는 듯한 무서운 힘의 압박에 눌린 공기가 더는 오므라들 수 없을 때 일어난다고밖에 생각할 수 없는 격렬한 고통이 그의 기억을 덮쳤다.

그는 끔찍했다. 얼른 기분을 돌려 자기 주위를 둘러봤다. 주위 사람들은 그의 존재조차 알아차리지 못하고 모두 얌전하게 앉아 있었다. 그는 계속 생각했다.

'어째서 그런 고통스러운 일을 당했을까?'

아라카와 둑(도쿄 북부에 있는 강. 긴 강둑에 3천 그루가 넘는 각종 벚나무가 있어 벚꽃놀이 장소로 유명하다)에 벚꽃놀이를 갔다가 돌아오던 도중, 아무 예고 없이 돌발한 당시의 격렬한 통증에 대해서 그는 완전히 깜깜이었다. 그 원인은 일체의 상상을 불허했다. 불가사의하다기보다 오히려 무서웠다.

'이 육체는 언제, 어떤 변을 당할지 모른다. 아니, 지금 당장 이 육체 안에 어떤 변이 일어나고 있는지도 모른다. 그런데도 나는 전혀 모르고 있다. 무서운 일이다.'

여기까지 생각을 굴린 그의 뇌리는 거기서 멈출 수가 없었다. 그의 뇌리는 마치 누군가가 뒤에서 갑자기 밀어 넘어뜨릴 것 같은 기세로 그를 몰아붙였다. 갑자기 그는 마음속으로 부르짖었다.

'정신세계도 마찬가지다. 정신세계도 꼭 마찬가지다. 언제, 어떻게 바뀔지 모른다. 그리고 나는 그 변화를 보았다.'

그는 무의식적으로 입술을 굳게 다문 채, 마치 자존심에 상처받은 사람과 같은 눈으로 주위를 둘러보았다. 하지만 그의 마음속에 어떤 변화가 일어나고 있는지 알 리 없는 차 안의 승객들은 그의 시선에 전혀 주의를 기울이지 않았다.

그의 뇌리는 그가 타고 있는 전차처럼 자기 자신의 레일 위를 달리며 앞으로 나아갔다. 그는 이삼일 전 한 친구에게서 들은 푸앵카레(Jules Henri Poincaré, 프랑스의 수학·물리학자)의 이야기를 떠올렸다. 그에게 '우연'의 의미를 설명해준 그 친구는 이렇게 말했다.

"그러니까 자네, 보통 세상에서 '우연이다, 우연이다'라고 하는 소위 우연히 일어나는 일은 푸앵카레에 따르면, 원인이 너무 복잡해서 언뜻 짐작이 가지 않을 때 하는 말이라네. 나폴레옹이 태어나기 위해서는 어떤 특별한 난자와 어떤 특별한 정자의 배합이 필요했고, 그 필요한 배합을 위해선 또 어떤 조건이 필요했는지 생각해보면 전혀 상상이 안 되잖나."

그는 친구의 말을 그저 얻어들은 새로운 지식쯤으로 흘려들을 수는 없었다. 그는 그것을 자신의 처지에 딱 들이맞추어 생각했다. 그러자 알 수 없는 어두운 힘이 오른쪽으로 가야 할 그를 왼쪽으로 밀어내기도 하고, 앞으로 나가야 할 그를 뒤에서 끌어당기는 것처럼 느껴졌다. 게다가 그는 여태까지 한 번도 자기의 행동에 대해 누구의 견제를 받아본 기억이 없었다. 행하는 것은 전부 자신의 의지대로 움직였고 말하는 것은 죄다 자신의 생각에 따른 게 분명했다.

'어째서 그 여자는 그곳으로 시집갔을까? 그건 자기가 가려고 했으니까 그런 것이 틀림없겠지. 하지만 반드시 그리로 시집가지 않아도 됐을 텐데. 그리고 나는 또 어째서 이 여자와 결혼했을까? 그것도 내가 하려고 했으니까 분명 결혼이 성사됐겠지. 하지만 나는 일찍이 한 번도 이 여자를 맞으려고 생각해본 적이 없었는데. 우연? 푸앵카레의 이른바 복잡의 극치? 뭐가 뭔지 알 수 없구나.'

그는 전차를 내려서도 생각에 빠진 채 집으로 향했다.

3

모퉁이를 돌아 좁은 골목길로 들어섰을 때 쓰다는 자기 집 문 앞에 서 있는 아내를 발견했다. 아내는 쓰다가 오는 쪽을 보고 있었다. 그러나 쓰다의 그림자가 길모퉁이에 드리워지자 얼른 고개를 돌렸다. 그러고는 하얗고 긴 손으로 이마를 가리며 뭔가를 올려다보는 시늉을 했다. 그녀는 쓰다가 자기 곁에 바싹 다가올 때까지 그 몸짓을 바꾸지 않았다.

"어이, 뭘 보고 있어?"

아내는 쓰다의 목소리를 듣자 자못 놀랐다는 듯이 쓰다 쪽을 돌아다보았다.

"어머, 깜짝이야. 다녀오셨어요?"

이 말과 함께 아내는 자신의 모든 눈빛을 모아 남편에게 전부 쏟아부었다. 그러고는 허리를 약간 굽혀 가볍게 인사했다.

아내의 교태에 대충 응수하려던 쓰다는 머뭇거리며 엉거주춤 멈춰 섰다.

"거기 서서 뭘 하고 있었어?"

"기다리고 있었죠, 돌아오시기를."

"아니 뭔가 골똘히 보고 있었잖아."

"아, 참새 말예요? 참새가 건넛집 이층 차양 밑에 둥지를 틀고 있어서요."

쓰다는 건넛집 지붕을 올려다보았다. 그러나 거기에는 참새의 그림자도 보이지 않았다. 아내는 얼른 남편 앞으로 손을 내밀었다.

"뭐야?"

"스틱."

쓰다는 그제야 생각났다는 듯 들고 있던 스틱(메이지 시대에 수입된 서양식 단장. 당시 신사의 액세서리로 유행했다)을 아내에게 건넸다. 그것을 받아 든 그녀는 현관 격자문을 열고 남편을 앞세웠다. 그러고는 자신도 남편 뒤를 따라 현관으로 올라섰다.

남편에게 옷을 갈아입힌 그녀는 쓰다가 화로 앞에 미처 앉기도 전에 부엌 쪽에서 수건으로 싼 비눗갑을 들고 나왔다.

"지금 얼른 목욕하고 오세요. 이대로 주저앉으면 일어나는 게 귀찮아질 테니까."

쓰다는 할 수 없이 손을 내밀어 수건을 받았다. 그러나 제꺼덕 일어나려고 하지 않았다.

"오늘 목욕은 그만둘까봐."

"왜요? 가뿐해질 테니까 다녀오세요. 돌아오시면 바로 저녁상 차릴게요."

쓰다는 별수 없이 다시 일어났다. 방에서 나오면서 그는 잠깐 아내를 뒤돌아보았다.

"오늘 돌아오는 길에 고바야시 병원에 들러 진찰받고 왔어."

"그래요? 그래 어때요, 진단 결과는 거의 다 나왔다지요?"

"그런데 그게 아니더라고. 결국 성가시게 돼버렸어."

쓰다는 이렇게 말한 다음 더 듣고 싶어 하는 아내의 질문을 흘려버리며 바깥으로 나갔다.

부부 사이에 같은 화제가 다시 등장한 것은 저녁을 먹은 뒤 쓰다가 아직 자기 방으로 돌아가지 않은 초저녁이었다.

"아이, 싫어. 자르다니, 무서워. 지금처럼 가만히 내버려 두면 안 된대요?"

"역시 의사가 보기에는 그냥 두면 위험한 모양이야."

"그래도 싫어, 여보. 혹시 잘못 자르기라도 한다면."

아내는 짙고 예쁜 눈썹을 살짝 찡그리며 남편을 쳐다봤다. 쓰다는 상대하지 않고 웃기만 했다. 그러자 아내가 갑자기 생각났다는 듯이 물었다.

"만약 수술한다고 하면 아무래도 일요일이 아니면 안 되겠네요?"

아내는 다음 주 일요일에 남편과 함께 친척이 초대한 연극(일본 고유의 연극인 가부키를 일컬었다)을 보러 가기로 약속이 되어 있었다.

"아직 좌석을 지정한 게 아니니까 상관없지 뭐, 사절해도."

"하지만 그건 안 돼요, 여보. 모처럼 친절하게 초대해줬는데."

"괜찮아. 그만한 사정이 있어서 사절하는 거니까."

"하지만 난 가고 싶어요."

"가고 싶으면 당신은 가라고."

"그러니까 당신도 같이 가세요. 응? 싫어?"

쓰다는 아내의 얼굴을 보며 쓴웃음을 지었다.

4

아내는 얼굴빛이 하얀 여자였다. 덕분에 그린 듯한 예쁜 눈썹이 더욱 돋보였다. 그녀는 또 버릇처럼 그 눈썹을 놀렸다. 애석하게도 그녀의 눈매는 너무 가늘었다. 게다가 매력 없는 외까풀이었다. 하지만 그 외까풀 속의 눈동자는 칠흑처럼 빛났다. 그리고 아주 잘 돌아갔다. 어떤 때는 표정을 마음대로 바꿨다. 쓰다는 저도 모르게 이 작은 눈이 발산하는 눈빛에 빨려 들어갈 때가 있었다. 또 어떤 때는 갑자기 아무 이유도 없이 그 눈빛에 떠밀린 적도 없지 않았다.

문득 눈을 들어 아내를 바라봤을 때 그는 순간적으로 그녀의 눈에 서린 예사롭지 않은 어떤 기운을 느꼈다. 그것은 지금까지 그녀가 입에 올리고 있는 달콤한 말과는 전혀 어울리지 않는 묘한 번득임이었다. 상대방의 말에 대답하려고 했던 그의 마음이 그 눈빛 때문에 잠깐 머뭇거렸다. 그러자 그녀는 얼른 가지런한 이를 드러내며 미소지었다. 더불어 조금 전의 기묘한 눈빛도 말끔히 사라졌다.

"거짓말이에요. 그까짓 연극 따윈 보러 가지 않아도 좋아. 조금 전엔 그냥 응석을 부려본 거예요."

입을 다문 쓰다는 여전히 한동안 아내에게서 눈을 떼지 않았다.

"왜 그렇게 언짢은 얼굴로 저를 보세요? 연극은 그만둘 테니까 다음 주 일요일에 고바야시 병원에 가서 수술받으세요. 그러면 됐죠? 오카모토 이모부께는 이삼일 내로 엽서를 보내든가, 아니면 제가 잠깐 들러서 말씀드리고 올게요."

"당신은 가도 좋아. 모처럼 초대해주셨는데."

"아뇨, 저도 그만둘래요. 연극보다 당신 건강이 더 소중하니까."

쓰다는 아내에게 자신이 받아야 할 수술에 대해 더 자세하게 이야기했다.

"수술도 종기의 고름을 짜는 것처럼 그렇게 간단하지 않아. 먼저 설사약으로 장을 깨끗이 청소해놓은 다음에 절개를 하는데, 출혈 위험이 있을지 모르니까 상처에 거즈를 틀어박은 채 대엿새 동안 꼼짝 않고 누워 있어야 한대. 그러니까 다음 주 일요일에 간다고 해도 어차피 일요일 하루에 끝나지 않는다고. 그 대신 일요일이 연기돼 월요일이 되든 화요일이 되든 별 차이는 없는 모양이고, 또 일요일을 앞당겨 내일 가든 모레 가든 역시 마찬가지야. 그렇게 생각하면 글쎄, 팔자 좋은 병이라고 할 수 있겠지."

"별로 팔자 좋을 것도 없네요, 여보. 일주일간이나 누운 채 꼼짝도 못한다면서."

아내는 또 씰룩씰룩 눈썹을 놀렸다. 쓰다는 거기에 전혀 개의치 않다는 듯이 뭔가를 생각하며 둘 사이에 놓인 나무 화로 가장자리에 오른쪽 팔꿈치를 걸치고 화로에 얹힌 무쇠 주전자 뚜껑을 물끄러미 바라보았다. 표면에 붉은 얼룩점이 있는 구리 뚜껑 속에서는 설설 물 끓는 소리가 들렸다.

"그럼 어쩔 수 없이 일주일쯤 회사를 쉬어야겠네요."

"그래서 요시카와 씨를 만나 사정을 이야기한 후에 날짜를 잡을까 하고 있어. 말없이 쉬어도 괜찮긴 하지만 그럴 수는 없으니까."

"그야 여보, 말씀드리는 게 좋아요. 평소 그렇게 많은 신세를 지고 있잖아요."

"요시카와 씨한테 말하면 내일 당장 입원하라고 할지도 몰라."

입원이라는 말에 아내는 갑자기 가느다란 눈을 크게 떴다.

"입원? 입원하는 건 아니죠?"

"입원이야."

"하지만 고바야시 병원은 병원이 아니라고 언젠가 말씀하셨잖아요.
전부 외래 환자뿐이라고."

"병원다운 병원은 아니지만, 진료소 이층이 비어 있으니까 거기에
들어갈 수 있어."

"깨끗해요?"

쓰다는 고소했다.

"우리 집보다는 깨끗할지도 몰라."

5

잠자리에 들기 전 한두 시간을 책상 앞에 앉아 보내는 습관이 있는
쓰다는 이윽고 자리에서 일어났다. 아내는 평소처럼 편안한 자세로 화
로 곁에 기대앉은 채 남편을 쳐다보았다.

"또 공부?"

아내는 때때로 자리에서 일어나는 남편을 향해 이렇게 말했다. 그녀
가 이렇게 말할 때는 언제나 그 어조에 어떤 불만이 있는 것처럼 쓰다
의 귀를 울렸다. 그럴 때면 그는 그녀를 다독이려고 했다. 그러다가도
그는 반감이 돋아 그녀에게서 도망치고 싶기도 했다.

어느 쪽이든 그의 마음속에서는 '그렇게 당신 같은 여자하고 놀고

있을 수만은 없어. 나한테는 해야 할 일이 있으니까' 하는 상대방을 얕보는 마음이 아련히 꿈틀거렸다.

그가 잠자코 차노마(가족이 모여서 식사를 하거나 휴식을 취하는 방) 미닫이문을 열고 건넛방으로 들어가려고 하는데 아내는 또 등 뒤에서 말을 걸었다.

"그럼 연극 구경은 그만두는 거니 오카모토 이모부께 제가 양해를 구할게요."

쓰다는 슬쩍 고개를 돌렸다.

"그러니까 당신은 다녀와도 좋아, 가고 싶으면. 나는 지금 말한 대로 어떻게 될지 모르니까."

아내는 눈을 아래로 깔고 남편을 쳐다보지 않았다. 대꾸도 없었다. 쓰다는 그 달음으로 가파른 계단을 삐꺽삐꺽 밟고 이층으로 올라갔다.

그의 책상에는 비교적 두꺼운 양서가 한 권 놓여 있었다. 그는 앉자마자 그것을 펼쳐 책갈피가 끼워져 있는 페이지를 읽기 시작했다. 하지만 사나흘 등한시한 탓인지 앞뒤 맥락을 잡을 수 없었다. 그것을 생각해내려면 앞부분을 다시 한 번 읽어야 하는 것이 성가셔진 그는 읽는 대신 페이지만 그저 펄럭펄럭 넘기며 책의 두께만 꺼림하게 바라보았다. 그러자 갈 길이 멀었다는 생각이 저절로 들었다.

그는 결혼한 지 서너 달이 되어 처음 이 책을 손에 들었을 때가 떠올랐다. 돌이켜보니 오늘로 벌써 두 달이 지났는데 그가 읽은 페이지는 아직 전체의 삼분의 이도 되지 않았다. 평소 그는 사회에 진출하는 많은 사람이 그 일원이 되면 금방 책과 멀어지는 것을 자못 시시하고 어리석은 자들의 일이라고 아내 앞에서 비난했다. 그것을 남편의 입버릇처럼 들어온 아내 역시 그를 진짜 노력가로 인정하지 않으면 안 될 만큼 비교적 많은 시간을 이층에서 보냈다. 갈 길이 멀다는 느낌과 함께 체면이 말이 아니라는 기분이 슬며시 그의 자존심을 건드렸다.

그러나 지금 그가 자기 앞에 펼쳐놓은 책에서 얻으려고 애쓰는 지식은 그의 평상시 업무에 필요한 것은 아니었다. 그러기에는 너무 전문적이고 또 너무 고상했다. 학교에서 배운 지식조차 실제로 도움이 된 적이 없는 지금의 업무와는 거의 관계가 없다고 해도 과언이 아니었다. 그는 그것을 그냥 일종의 자신감으로 쌓아두고 싶었다. 타인의 주목을 받는 장식으로서도 곁에 두고 싶었다. 그 곤란을 막연히 느끼자 그는 자신의 자존심을 향해 물어보았다.

"그건 내 희망일 뿐일까?"

그는 말없이 담배를 피워 물었다. 그러고는 갑자기 생각났다는 듯 책을 덮고 일어났다. 그리고 잰걸음으로 또 삐꺽삐꺽 소리 내며 다시 계단을 내려갔다.

6

"어이, 오노부."

그는 미닫이문 너머로 아내 이름을 부르며 곧장 문을 열고 차노마 입구에 섰다. 그러자 나무 화로 곁에 앉은 그녀 앞에 언제 펼쳤는지, 아름다운 오비(여성용 기모노의 허리 부분에 두르는 띠)와 기모노가 금세 그의 눈에 띄었다. 어두운 현관에서 갑자기 전등 빛이 쏟아지는 방을 들여다본 그의 눈에는 그것이 평소보다 유난히 화려해 보였다. 그는 잠시 그대로 서서 아내의 얼굴과 화려한 무늬를 번갈아 보았다.

"이 시간에 그런 걸 꺼내서 뭘 하려고 해?"

오노부(정식 이름은 노부코. '오(お)'는 에도 시대부터 여자의 이름 앞에 붙여 친근감을 나타내는 접두어다. 이에 이하 이 소설에 등장하는 여성 인물들의 이름은 전부 이에 따른다)는 화려한 쥘부채 무늬를 수놓은 오비 자락을 무릎 위에 올려놓은 채 쓰다를 넌지시 바라보았다.

"그냥 꺼내봤어요. 나, 이 오비는 아직 한 번도 매본 적이 없거든요."

"그래서 이번에 그걸 입고 연극을 보러 가시겠다, 이 말이지?"

쓰다의 말에는 빈정거림과 더불어 싸늘한 기운이 묻어 있었다. 오노부는 아무 말도 하지 않고 고개를 떨궜다. 그리고 여느 때처럼 검은 눈썹을 꿈틀거렸다. 그녀 특유의 이 몸짓은 때로는 이상하게 쓰다의 마음을 충동질하는가 하면, 때로는 묘하게 그의 기분을 언짢게 했다. 그는 말없이 툇마루로 나와 변소 문을 열었다. 그러고는 또 이층으로 올라가려고 했다. 그러자 이번에는 아내가 그를 불러 세웠다.

"여보, 여보."

이 말과 함께 그녀가 일어섰다. 그리고 그의 앞을 가로막듯이 하며 물었다.

"무슨 볼일로 내려오셨어요?"

그의 볼일은 지금의 그에게 아내의 오비나 화려한 속옷보다 더 중요했다.

"아버지한테서 아직 편지 안 왔어?"

"네, 왔다면 전처럼 책상 위에 놓아두었을걸요."

쓰다는 고대하던 편지가 책상 위에 없어서 일부러 아래층으로 내려온 것이었다.

"우편함 속을 찾아볼까요?"

"왔다면 등기 우편일 테니까 우편함 속에 던져두고 갈 리 없지."

"하긴 그러네요. 하지만 혹시 모르니까, 제가 잠깐 보고 올게요."

오노부는 현관 미닫이문을 열고 댓돌에 내려서려 했다.

"소용없어. 등기가 그 안에 있을 리 없잖아."

"그래도 혹시 알아요? 등기가 아니라 보통 우편으로 왔을지도 모르니까, 잠깐 기다리고 계세요."

쓰다는 별수 없이 차노마로 되돌아와 조금 전에 저녁을 먹을 때 앉았던 방석이 아직 그대로 화롯가에 있는 것을 보고 그 자리에 책상다리를 틀었다. 그러고는 그 곁에 찬란하게 흐트러진 기모노의 화려한 무늬를 찬찬히 들여다보았다.

현관에서 금방 되돌아온 오노부의 손에는 아니나 다를까 편지 한 통이 들려 있었다.

"있었어요, 한 통. 어쩌면 아버님일지도 모르겠네."

이렇게 말하며 그녀는 밝은 전등 빛에 흰 봉투를 비췄다.

"보세요, 역시 내가 생각한 대로 아버님께서 보내온 거예요."

"뭐, 등기가 아니야?"

쓰다는 편지를 받자마자 얼른 봉투를 뜯어 사연을 읽어 내려갔다. 하지만 그것을 다 읽고 다시 봉투 속에 넣기 위해 접을 때의 그의 손은 그저 기계적으로 움직일 뿐이었다. 그는 자신의 주위를 보지도 않았으며 오노부의 얼굴도 보지 않았다. 멍하니 아내의 화려한 나들이옷 무늬를 바라보며 혼잣말처럼 중얼거렸다.

"곤란해."

"뭐라고요?"

"아니, 별거 아니야."

허영심이 가득한 쓰다는 편지에 담긴 사연을 결혼한 지 아직 얼마 되지 않은 아내에게 털어놓고 싶지 않았다. 하지만 그것은 또 아내에게 말해야 하는 일이기도 했다.

7

"이번 달은 전처럼 돈을 부쳐줄 수 없으니 여기서 알아서 하라는 말씀이셔. 노인네는 이래서 문제야. 그러면 그렇다고 진작 말해줄 것이지, 돈이 필요한 판에 갑자기 이런 말씀을 하시다니⋯⋯."

"도대체 무슨 일이 있으신 걸까요?"

쓰다는 일단 접어 넣은 편지를 다시 봉투에서 꺼내어 무릎 위에 펼쳐 놓았다.

"셋집 두 채가 지난달 말로 비어 있다는군. 그리고 다른 셋집에서도 집세가 안 들어온대. 게다가 정원 손질이다, 담장 수리다, 돈 쓸 일이 겹쳐서 이번 달에는 돈을 보내줄 수 없다고 하네."

쓰다는 편지를 펼친 채로 오노부 손에 건넸다. 오노부는 아무 말 없이 그것을 받았을 뿐 별로 읽으려고 하지 않았다. 쓰다는 냉연한 아내의 태도를 처음부터 두려워하고 있었다.

"그까짓 집세 따위 염두에 두지 않고 보내려고 마음만 먹는다면 어떻게든 보낼 수 있을 텐데. 담장 수리에 도대체 얼마나 든다고. 벽돌로 높이 쌓는 것도 아니고."

쓰다의 말에 거짓은 없었다. 그의 아버지가 큰 부자는 아니었지만 생활비가 모자라는 아들 부부에게 매달 얼마의 생활비를 보내는 일에 궁할 처지는 아니었다. 다만 그는 검소했다. 쓰다가 보기에 지나칠 정도로 검소했다. 쓰다보다 화려한 것을 훨씬 좋아하는 아내에게는 무의미하다고까지 보이는 절약가였다.

"아버님은 틀림없이 우리가 쓸데없이 사치하고 함부로 돈을 펑펑 쓰고 있다고 생각하시는 거예요. 틀림없어요."

"응, 얼마 전에 교토에 갔을 때도 뭐, 그 비슷한 말을 들은 것 같아. 노인네란 말이야, 뭐든 당신 젊었을 때 생활하던 방식대로, 지금 그 나이 때의 젊은이들이라면 만사 당신이 해온 대로 해야 한다고 생각하는 것 같아. 아버지의 서른 살이나 내 서른 살이나 나이는 같을지 모르지만 환경이 완전히 달라졌으니까 그렇게는 안 되지. 한번은 모임에 갈 때 회비가 얼마냐고 묻기에 5엔이라고 했더니 얼마나 놀라시던지."

쓰다는 평소 오노부가 자신의 아버지를 경멸하는 것을 겁내고 있었다. 그럼에도 불구하고 그는 그녀 앞에서 자기 부친을 비난하는 듯한 말을 입 밖으로 꺼낼 수밖에 없었다. 그것은 그가 진실로 느낀 그대로였다. 동시에 오노부가 비난하기 전에 선수를 친다는 점에서 자신과 아버지를 위한 핑계도 되었다.

"그럼 이번 달은 어떻게 할 생각이에요? 보통 때도 모자라는데, 당신이 수술 때문에 일주일이나 입원하면 그쪽으로도 어느 정도 돈이 들잖아요."

남편의 체면을 위해 시아버지에 대한 비난을 삼간 아내의 화두는 당장 현실적인 타산으로 바뀌었다. 쓰다는 대답이 준비되어 있지 않았다. 한참 뒤 그는 낮은 목소리로 혼잣말처럼 중얼거렸다.

"후지이 숙부가 돈이 있다면 거기로 가 보겠지만……."

오노부는 남편의 얼굴을 응시했다.

"다시 한 번 아버님께 말씀드려볼 생각은 없나요? 편지를 쓰는 김에 수술 이야기도 쓰고."

"못 쓸 것도 없지만, 또 이러니저러니 말하면 번거로우니까. 아버지한테 발목 잡히면 좀체 결말이 나지 않거든."

"하지만 달리 방법이 없다면 할 수 없잖아요."

"그러니까 안 쓴다는 말이 아니야. 우리 사정이 아버지께 잘 전달되도록 쓸 생각이지만, 여하튼 지금 당장은 쓰지 않는 게 좋아."

"하긴 그러네요."

그때 쓰다는 오노부를 똑바로 바라보았다. 그리고 결심한 듯한 어조로 말했다.

"그럼, 당신이 오카모토 이모부 댁에 가서 융통을 좀 해올 수 없을까?"

8

"싫어요, 전."

오노부는 단번에 거절했다. 그녀의 말에는 어떤 망설임도 없었다. 사양이나 배려 따위는 한 치도 찾아볼 수 없는 그 말투에 쓰다는 너무나 당혹스러웠다. 그는 맹렬하게 달리던 자동차가 급제동했을 때와 같은 충격을 받았다. 그는 자신을 동정하지 않는 아내에게 서운하기보다는 놀라는 감정이 앞섰다. 쓰다는 아내의 얼굴을 바라보았다.

"전 싫어요. 이모부네 가서 그런 말하는 거."

오노부는 다시 한 번 같은 말을 되풀이했다.

"그래? 그렇다면 굳이 부탁하지 않을게. 하지만……."

쓰다가 이렇게 말을 꺼내자 오노부는 냉랭한(하지만 차분한) 남편의 말을 밀어붙이듯 단숨에 가로막았다.

"하지만 전 창피해서 싫어요. 갈 때마다 항상 오노부가 좋은데 시집 가서 행복하다, 신경 쓸 일도 없고 생활이 옹색하지도 않으니, 라며 부러워하는 곳에 가서 갑자기 돈 이야기를 꺼내면 틀림없이 의아한 얼굴을 할 테니까."

오노부가 자신의 부탁을 단칼에 물리친 것은 남편에게 동정을 느끼지 않아서라기보다 오히려 오카모토 앞에서 허영심을 채우는 일이 훨씬 중요하기 때문이라는 것을 쓰다는 그제야 이해할 수 있었다. 쓰다의 눈 속에 깃든 냉랭한 빛이 사라졌다.

"그렇게 팔자 좋은 것처럼 떠벌리고 다니면 곤란해. 과대평가도 좋지만 자칫하면 거기에 덜미가 잡혀 성가신 일이 일어날 수도 있다고."

"저는 떠벌린 적 없어요. 단지 그쪽에서 그렇게 단정했을 뿐이에요."

쓰다는 추궁하지 않았다. 오노부도 그 이상의 번거로운 설명을 피했다. 둘은 잠시 대화를 멈추었다가 다시 현재 문제의 이야기로 돌아갔다. 하지만 지금까지 자신의 경제 형편에 별로 마음고생을 해본 적이 없는 쓰다는 달리 어찌해보겠다는 생각도 없었다. "아버지도 참 너무하셔"라는 말뿐이었다.

오노부는 우연히 생각난 듯, 지금까지 못 본 척하고 있던 자신의 나들이옷과 오비로 눈을 돌렸다.

"이걸 어떻게 해볼까요?"

그녀는 금실로 수놓은 두꺼운 오비 자락을 손에 들고 남편 눈에 비치도록 전등 빛 가까이에 펴 들었다. 쓰다는 그 뜻을 이해하지 못했다.

"이걸 어떻게 해볼까요라니, 뭘 어떻게 해보겠다는 거야?"

"전당포에 가져가면 돈을 빌려주겠죠?"

쓰다는 깜짝 놀랐다. 자신이 지금껏 한 번도 경험한 적이 없는 돈을 변통하는 수단을 갓 시집온 젊은 아내가 예전부터 알고 있었다는 것은 그에게 분명 놀랄 만한 발견이었다.

"당신, 기모노라든가 뭘 전당포에 넣어본 적이 있어?"

"없어요, 그런 적."

오노부는 웃으며 얕보는 듯한 어조로 쓰다의 질문을 부정했다.

"그럼 전당포에 가져간다 해도 어떻게 해야 할지 잘 모르잖아."

"네. 하지만 그런 건 아무 것도 아니잖아요. 일단 맡기로 결정만 한다면."

쓰다는 극단적인 경우 말고는 자기 아내에게 그런 천박한 짓을 시키고 싶지 않았다. 오노부는 둘러댔다.

"오토키가 알고 있어요. 오토키는 자기 집에 있을 때 걸핏하면 보자기에 물건을 싸 들고 전당포에 심부름을 갔대요. 그리고 요즘은 엽서 한 장만 보내면 그쪽에서 가지러 온다지 뭐예요."

아내가 소중히 간수한 기모노와 오비를 자신을 위해 내놓는 것은 쓰다도 기뻐할 만한 일이었다. 그러나 그것을 그렇게 하도록 놔두는 것 또한 그에게는 고통이었다. 아내가 안쓰럽다기보다는 오히려 남편의 자존심이 상처를 받는다는 측면에서 그는 망설이지 않을 수 없었다.

"음, 잘 생각해보자고."

그는 돈을 마련하는 일에 아무런 해결책도 내놓지 않고 다시 이층으로 올라갔다.

9

이튿날 쓰다는 여느 때처럼 직장에 나갔다. 그는 오전에 한 번 사다리식 계단에서 우연히 요시카와를 만났다. 그러나 그는 내려가는 중이었고 상대방은 올라오는 중이라서 지나칠 때 정중히 인사를 건넸을 뿐 아무 말도 하지 못했다. 점심시간이 가까워질 무렵 그는 조심스럽게 요시카와의 방문을 두드리고 삼가 황송한 듯한 얼굴을 방안으로 슬그머니 들이밀었다. 그때 요시카와는 담배를 피우며 손님과 이야기를 나누고 있었다. 그 손님은 물론 그가 모르는 사람이었다. 그가 슬며시 문을 열자 그때까지 흐드러지던 대화가 뚝 끊겼다. 그리고 둘 다 이쪽으로 고개를 돌렸다.

"무슨 일인가?"

요시카와의 말에 쓰다는 그 자리에 멈춰 섰다.

"저……."

"자네 개인 일인가?"

쓰다는 원래 공적인 용무로 이 방을 드나들 수 있는 직급이 아니었다. 겸연쩍은 얼굴로 그가 대답했다.

"그렇습니다. 저……."

"그렇다면 나중에 다시 오게나. 지금 일에 좀 지장이 되니까."

"예. 미처 모르고 실례했습니다."

소리가 나지 않게 조심조심 문을 닫은 쓰다는 다시 자기 책상으로 돌아왔다.

오후가 되어 그는 두 번 정도 그 방문 앞에 섰다. 그러나 두 번 모두 요시카와의 모습은 보이지 않았다.

"어디 가셨어?"

쓰다는 아래층으로 내려간 김에 현관에 있는 사환에게 물었다. 이목구비가 반듯한 그 소년은 돌계단 아래에 자고 있는 털이 긴 누렁이 쪽으로 팔을 길게 뻗어 개를 계단 위로 끌어올리는 마술이라도 거는 양 연신 휘파람을 불고 있었다.

"예, 조금 전에 손님이랑 같이 나가셨습니다. 어쩌면 오늘은 회사로 돌아오시지 않을지도 몰라요."

매일 사람의 출입만 살피며 지내는 이 사환은 적어도 그 점에서는 쓰다보다 확실한 예언자였다. 쓰다는 누가 끌고 왔는지 모르는 누렁이와 그 개를 친구 삼으려고 애면글면하는 이 사환을 그대로 둔 채 다시 자신의 책상으로 되돌아왔다. 그러고는 거기에서 퇴근할 때까지 사무를 봤다.

퇴근 시간이 되자 그는 다른 사람보다도 한발 늦게 큰 건물을 나왔다. 그는 여느 때처럼 정류장 쪽으로 걸어가다가 문득 생각났다는 듯 호주머니에서 시계를 꺼냈다. 그것은 정확한 시간을 알려는 것이 아니고 자신이 걸어가야 할 방향을 잡으려는 것이었다. 돌아가는 길에 요시카와 씨 집에 들르는 것이 좋을까, 그만두는 것이 좋을까 저울질하며 무익하게 시계와 의논한 것이나 마찬가지였다.

그는 마침내 자기 집과 반대 방향으로 달리는 전차에 뛰어올랐다. 요시카와가 집을 자주 비운다는 사실을 꿰뚫고 있는 그는 집까지 찾아갔다고 해서 반드시 만날 수 있을 거라고는 기대하지 않았다. 다행히 집에 있다고 해도 형편이 안 닿으면 만나지 못하고 돌아올 수밖에 없다는 것도 알고 있었다. 그러나 그로서는 가끔 요시카 와의 문을 두드릴 필요가 있었다. 그것은 예의 때문이기도 했다. 도리 때문이기도 했다. 또 이해관계 때문이기도 했다. 궁극적으로는 단순한 허영심 때문이기도 했다.

"쓰다는 요시카와랑 특별한 사이야."

그는 때때로 이런 사실을 등에 대고 싶었다. 그리고 그것을 배경으로 삼아 여러 사람 앞에서 으스대고 싶었다. 더불어 그 사실을 중요시한다는 자신의 평소 태도를 전혀 바꾸지 않은 채 과시하고 싶었다. 깊숙한 곳에 물건을 숨기면서도 그곳을 다른 사람에게 은근히 보여주고 싶어 하는 것과 비슷한 심정으로 그는 요시카와의 집 현관에 섰다. 그리고 그 자신은 어디까지나 볼일이 있어서 일부러 이곳에 왔노라고 자신을 합리화했다.

10

육중한 현관문은 여느 때처럼 닫혀 있었다. 쓰다는 현관문 위에 투각처럼 끼워 넣은 두툼한 격자창 너머를 무심코 들여다보았다. 문 안에는 큰 화강석 디딤돌이 다소곳이 옆으로 뉘어 있었다. 그리고 천장 한복판에는 검푸른 색의 주물로 만든 전등갓이 매달려 있었다. 여태까지 한 번도 대문을 열고 그 안에 발을 들여놓은 전례가 없는 그는 일부러 그곳을 지나쳐 옆으로 돌아갔다. 그리고 서생(남의 집 가사를 도와주고 기식하면서 공부하는 학생) 방 바로 곁에 있는 집안사람만 드나드는 현관으로 가서 안내를 부탁했다.

"아직 돌아오지 않으셨습니다."

뻣뻣한 감으로 지은 학생복 차림으로 쓰다 앞에 정좌한 서생의 대답은 간단했다. 이 말을 들은 쓰다가 금방 돌아갈 것으로 생각한 그의 모습이 쓰다를 약간 난처하게 만들었다. 쓰다는 거듭 물었다.

"사모님은 계십니까?"

"예, 사모님은 계십니다."

솔직히 말하자면 쓰다는 요시카와보다 오히려 그의 부인과 스스럼이 없었다. 여기까지 오면서 그의 머릿속에는 처음부터 부인을 만나자는 생각도 하고 있었다.

"그럼, 사모님께 부탁드립니다."

그는 아직 자기 얼굴을 모르는 새로 온 이 서생에게 다시 한 번 자기 말을 전해달라고 부탁했다. 서생은 싫어하는 내색 없이 안으로 들어갔다. 한참 후에 다시 나온 그는 약간 격식을 갖춘 어조로 "사모님이 만나 뵙겠다고 하시니까 자, 이쪽으로"라고 말하며 쓰다를 서양식 응접실로 안내했다.

그가 거기에 있는 의자에 허리를 걸치자, 하녀가 미처 접대용 차와 담뱃서랍을 내오기도 전에 부인이 바로 얼굴을 내밀었다.

"지금 퇴근하시는 길?"

그는 내려놓은 허리를 다시 세워야 했다.

"부인께서는 어떠셔?"

쓰다의 인사에 가볍게 응대하며 자리에 앉은 부인은 다짜고짜 이렇게 물었다. 쓰다는 약간 쓴웃음을 지었다. 어떻게 대답해야 좋을지 몰랐다.

"부인이 생긴 탓인지 요즘은 우리 집에 별로 발걸음을 안 하시는 것 같네."

그녀의 말에는 거리낌도 무엇도 없었다. 그녀는 자기 앞에 있는 연하의 남자를 볼 뿐이었다. 그리고 그 연하의 남자는 이전부터 손아랫사람이었다.

"아직 깨가 쏟아지시겠지."

쓰다는 가볍게 모래를 흩날리는 바람을 가만히 멈춰 서서 지나가게 내버려 둘 때처럼 공손하게 앉아 있었다.

"하지만 벌써 꽤 되지, 결혼하신 지?"

"예, 벌써 반년 조금 넘습니다."

"빠르기도 해라. 바로 요전처럼 생각되는데. 그래 어떠셔, 요즘은."

"뭐가 말입니까?"

"부부 사이 말이야."

"별로 이렇다 할 만한 건 없습니다."

"그럼 벌써 알콩달콩한 시기가 지나갔다는 말이에요? 거짓말 그만 하시지."

"즐겁다든가 하는 그런 때는 처음부터 없었으니까 할 수 없죠."

"그럼 지금부터야. 만약 처음부터 없었다면 지금부터라고, 즐거운 일이 생기는 건."

"고맙습니다. 기대해보겠습니다."

"그런데 올해 몇 살이죠?"

"이제 이걸로 충분합니다."

"충분하다니? 좀 물어보고 싶은 게 있어서 그러니까 속 시원하게 솔직히 말씀해보셔."

"그럼 말씀드리겠습니다. 실은 서른 살입니다."

"그럼 내년은 서른하나겠네."

"별 탈 없다면 뭐, 그런 계산이지요."

"노부코 씨는?"

"집사람은 스물셋입니다."

"내년에?"

"아니요, 올해요."

11

요시카와 부인은 걸핏하면 이런 식으로 쓰다를 놀렸다. 기분이 좋을 때는 더 짓궂었다. 쓰다도 이따금 부인을 놀려 주었다. 하지만 그가 경험한 부인의 태도에는 농담인지 진담인지 알 수 없는 야릇한 기미가 번득일 때가 종종 있었다. 그럴 때마다 끈질긴 기질을 타고난 그는 이야기하다가 곧잘 물고 늘어졌다. 그러고는 만약 사정이 허락한다면, 철저하게 쑤셔서 상대방의 진의를 밝혀내려고 애썼다. 조신하느라 그렇게까지 못할 때는 잠자코 상대방의 안색만 살폈다. 그럴 때 그의 눈에는 어김없이 가벼운 의심기가 서렸다. 그 모습은 겁을 먹은 것처럼 보였다. 주의 깊어 보이기도 했다. 혹은 방어하느라 예민해진 신경을 스스로 풀어버린 것 같기도 했다. 마지막으로 '지나친 사려가 부른 불안'이라고밖에 형용할 수 없는 정취마저 배어 있었다. 요시카와 부인은 쓰다를 만날 때마다 한두 번은 반드시 그를 거기까지 몰아붙였다. 쓰다는 그걸 알면서도 어느새 거기로 질질 끌려갔다.

"사모님께서는 상당히 심술궂으십니다."

"어째서? 당신 나이를 물은 게 심술궂다는 거야?"

"그런 건 아닙니다만 무슨 의미가 있는 듯, 없는 듯한 말씀을 던져놓고 일부러 그 뒤를 말씀하지 않으시니까요."

"뒷말 같은 건 없어. 정말이지 당신은 너무 연구가라 곤란해. 학문에는 연구가 필요할지 몰라도 교제에 연구는 금물이야. 당신이 그 버릇을 버리면 남에게 호감을 주는 좋은 남자가 될 텐데."

쓰다는 조금 찔렸다. 하지만 그것은 그의 가슴에서 느끼는 증상이지 그의 머리를 치는 증상은 아니었다. 그의 머리는 이토록 노골적인 타격을 받고도 상대방을 냉연하게 내려다보았다. 부인은 웃었다.

"거짓말이라고 생각한다면 집에 돌아가 당신 부인한테 물어보셔. 노부코 씨도 틀림없이 나랑 같은 생각일 테니까. 아니 노부코 씨만이 아닐걸. 모름지기 또 한 사람이 있을 테니까."

쓰다의 얼굴이 갑자기 굳어졌다. 입술이 조금 실룩거렸다. 그는 시선을 무릎 위에 떨어뜨린 채 아무 대답도 하지 않았다.

"알겠죠, 누군지?"

부인은 그의 얼굴을 빤히 쳐다보며 물었다. 그도 처음부터 누구인지 잘 알고 있었다. 하지만 부인의 말을 그대로 받아들일 마음은 추호도 없었다. 다시 고개를 들고 부인을 말없이 바라보았다. 그의 눈이 무언중에 무엇을 말하고 있는지 부인은 몰랐다.

"기분을 상하게 했다면 용서해줘요. 그럴 작정으로 말한 게 아니니까."

"아니요, 아무렇지 않습니다."

"정말?"

"정말로 아무렇지 않습니다."

"그 말을 들으니 겨우 안심이 되네."

부인은 곧 원래의 가벼운 어조를 회복했다.

"당신은 아직 어린애 같은 구석이 있어, 이렇게 말하다 보면. 그래서 남자는 손해 볼 듯하면서도 역시 득을 봐. 당신은 방금 말한 대로 한창 좋을 나이지. 그리고 노부코 씨는 올해 스물셋이니까 나이로 말하면 상당히 차이가 나지만 겉모습은 오히려 부인이 더 나이 들어 보여. 나이 들어 보인다고 하면 실례일지 모르지만 뭐라고 말하면 좋을까, 음……."

부인은 쓰다를 앞에 놓고 오노부를 형용할 만한 말을 생각해보는 것 같았다. 쓰다는 다소 호기심을 가지고 뒷말을 기다렸다.

"이를테면 노성해. 정말 영리한 분이라고. 그렇게 영리한 분은 좀처럼 본 적이 없어. 소중히 대하시게나."

부인의 말투로 짐작건대 '소중히 대하라'는 '조심하라'는 말과 큰 차이가 없었다.

12

    그때 두 사람의 머리 위에 늘어진 전등에 불이 확 들어왔다. 좀 전에 응대하러 나왔던 서생이 방 안으로 슬며시 들어와 조심조심 블라인드를 내리더니 또 말없이 나갔다. 차츰 짙어지는 가스난로 불빛을 빤히 쳐다보던 쓰다는 말없이 서생의 뒷모습을 눈으로 배웅했다. 그러자 이제 적당히 말을 끝내고 돌아가야겠다는 생각이 들었다. 그는 자기 앞에 놓인 홍차 찻잔 바닥에 싸늘하게 떠 있는 레몬 조각을 피하듯이 저어가며 남은 차를 홀짝홀짝 남김없이 마셨다. 그리고 그것을 계기로 자신의 용건을 부인에게 털어놓았다. 용건이란 처음부터 간단했다. 하지만 부인의 승낙 여부만으로 금방 결정될 용건이 아니었다. 그가 자유롭게 쓰고 싶다는 일주일 전후의 날짜를 이달의 언제로 잡아야 좋을지 그 점은 그녀도 전혀 알 수 없었다.

    "언제든지 괜찮겠지, 조율해본다면."

    그녀는 쓰다에게 아주 간단한 말로 호의를 보여줬다.

    "물론 조율해두었습니다만……."

    "그럼 그걸로 된 거네. 내일부터 쉬어도."

    "하지만 어떤지 여쭤보지 않고서는……."

    "자, 주인이 돌아오면 내가 잘 말해놓을게요. 걱정할 거 하나 없어."

    부인은 흔쾌히 말했다. 마치 자기가 다른 사람을 위해 해줄 수 있는 일이 생긴 것을 보람차게 여기는 것처럼 보였다. 쓰다는 이 기분 좋은 그리고 동정심 많은 부인이 자기 눈앞에 있다는 것이 기뻤다. 자신의 태도나 행동이 원동력이 되어 상대방을 그렇게 만들었다는 자각이 그를 더욱 흡족하게 했다.

어떤 의미에서 그는 부인에게 아이 취급당하는 것을 즐기고 있었다. 아이 취급을 받을 때마다 두 사람 사이에 생기는 일종의 친밀감을 얻을 수 있기 때문이었다. 그리고 그 친밀감을 곰곰이 따져 보면 역시 남녀 사이에서만 일어날 수 있는 미묘한 친밀감이었다. 비유해서 말하자면 요릿집에서 술 시중을 드는 여자가 눈웃음과 함께 등을 가볍게 치는 순간 느끼는 쾌감 같은 것이었다.

동시에 그는 요시카와 부인이 도저히 아이 취급을 할 수 없는 자기만의 세계를 충분히 갖추고 있었다. 그는 부인 앞에 설 때 그 세계를 애써 감추는 조심성을 놓치지 않았다. 이리하여 그는 부인에게 스스럼없는 놀림을 당할 때의 가벼운 쾌감을 즐기면서 배후에는 언제든지 자신이 쌓은 두껍고 무거운 방어벽에 의지했다.

그가 용건을 끝내고 의자에서 일어서려 하자 부인이 느닷없이 입을 열었다.

"또 어린애처럼 울거나 끙끙거리면 안 돼. 그 큰 몸집을 해가지고."

쓰다는 저도 모르게 고통스러웠던 작년을 떠올렸다.

"그땐 정말 힘들었어요. 거즈를 뗐다 붙였다 할 때마다 국부에 닿아서 그때마다 섬찟섬찟, 몸 전체가 병상에서 튀어 오를 정도였으니까요. 하지만 이번에는 괜찮아요."

"그래? 그걸 누가 보증해줬어? 그렇게 자신하는 거 아니에요. 너무 큰소리치면 확인하러 갈 테니까."

"사모님이 병문안 오실 만한 곳이 아니에요. 좁은 데다가 더럽고 이상한 방이니까요."

"전혀 상관없어요."

부인의 반응은 진심인지 놀리는 것인지 아리송했다. 의사의 전문 분야가 치질 외에 성병 진료이기도 해서 부녀자는 되도록 그곳에 가까이 오지 않는 편이 좋다는 말을 하려고 했던 쓰다는 말을 살짝 더듬으며 우물쭈물했다. 부인은 그 틈을 노리고 바싹 다가왔다.

"갈 거예요. 당신한테 얘기할 것도 좀 있고. 노부코 씨 앞에서는 말하기 곤란하니까."

"그럼 그 안에 제가 다시 오겠습니다."

부인은 도망치듯 일어나는 쓰다를 응접실에서 웃으며 배웅했다.

13

큰길로 나온 쓰다의 발길은 점차 요시카와의 저택에서 멀어졌다. 하지만 그의 머리는 그의 발만큼 빠르게 지금까지 머물렀던 응접실에서 쉽사리 벗어날 수 없었다. 그는 비교적 한산한 초저녁 동네를 걸으며 밝았던 실내 풍경을 어른어른 떠올렸다.

차갑게 번쩍거리는 질감의 칠보 도자기 화병, 그 부드러운 표면에 흐르는 화려한 무늬, 탁상에 내놓은 둥근 은도금 쟁반, 같은 빛깔의 각사탕 그릇과 우유 그릇, 검푸른 바탕에 묵직한 녹색 덩굴무늬 커튼, 표지에 금박을 두른 장식용 앨범……, 이런 것이 주는 강한 자극이 이미 밝은 전등 밑을 떠나 어두운 밖으로 나온 그의 눈 속에서 어지러이 어른거렸다.

그는 물론 이 채색의 잔치 가운데 앉아 있는 여주인공의 환영을 잊을 수 없었다. 그는 걸으면서 그녀와 주고받은 대화를 간간이 떠올렸다. 그리고 어느 대목에 이르러서는 마치 입 안에서 볶은 콩을 곱씹듯 음미했다.

'사모님은 어쩌면 아직 그 사건에 관해 나한테 뭔가 말하고 싶은 게 있는지 몰라. 실은 나는 그 이야기를 듣고 싶지 않아. 하지만 또 꼭 듣고 싶기도 해.'

그는 마음속으로 이 이율배반을 갈등하면서 이것이 자신의 진심이라는 것을 깨닫자 자신의 약점이 폭로된 것처럼 어두운 밤길에서 얼굴을 붉혔다. 그는 달아오른 얼굴을 의식하지 않으려고 얼른 생각을 돌렸다.

'만약 사모님이 그 사건에서 나한테 뭔가 일깨워주려고 한다면, 그 의도는 과연 뭘까?'

쓰다의 지금 형편으로는 결코 이 문제를 해결할 수 없었다.

'날 놀리려고?'

어떤 생각도 확신할 수 없었다. 그녀는 원래 남 놀리기를 즐기는 여자였다. 그리고 둘 사이에서는 그녀가 그런 자유를 충분히 누릴 수 있었다. 게다가 그녀의 지위는 알게 모르게 지금의 그녀를 방만하게 했다. 그를 애태워서 얻는 단순한 쾌감 때문에 조신의 경계선을 예사로 넘나드는 것인지도 몰랐다.

'그게 아니면……, 날 동정해서? 날 너무 아껴서?'

그것도 뭐라고 말할 수 없었다. 지금까지 그녀는 실제로 그에게 친절하기도 했고 아껴주기도 했다.

그는 큰길로 나와 전차를 탔다. 강가를 따라 달리는 전차 유리창 밖에는 검은 물과 검은 제방, 그 제방 위로 앙상한 검은 소나무의 음영만이 눈에 띌 뿐이었다.

구석에 자리 잡은 그는 창문 저쪽의 이 살풍경한 가을밤 경치에 잠깐 눈길을 주었다가 얼른 또 다른 것을 생각해야 했다. 그는 번거로워서 내팽개쳐둔 돈의 변통을 어떻게든 해결해야 했다. 그는 금방 요시카와 부인을 떠올렸다.

'아까 사정을 털어놓고 말했더라면 좋았을걸.'

그렇게 생각하자 자기가 너무 일찍 자리를 일어선 것이 아쉬웠다. 그렇다고 지금 그 용건으로 다시 그녀를 찾아갈 용기는 전혀 없었다.

전차에서 내려 다리를 건널 때 검은 난간 밑에 웅크리고 앉은 거지가 그의 눈에 띄었다. 그 거지는 움직이는 검은 그림자처럼 그에게 머리를 숙였다. 그는 몸에 얇은 외투를 걸치고 있었다. 그는 계절로 보면 이른 가스난로의 따뜻한 불김을 이미 맛보고 왔다. 하지만 지금 그의 심정은 거지와 자신의 차이를 분별할 수 없었다. 그는 자신이 가난에 쪼들린 사람처럼 느껴졌다. 매달 보내주는 돈을 끊어버린 아버지가 야속하기만 했다.

<h1 style="text-align:center">14</h1>

쓰다는 이런 기분으로 자기 집 앞까지 걸어갔다. 그가 현관 격자문에 손을 대려고 하자 미처 문을 열기도 전에 안쪽에서 쓱 열렸다. 그리고 어느 결에 나타났는지 오노부가 거기에 서 있었다. 그는 깜짝 놀란 표정으로 엷게 화장한 그녀의 옆모습을 바라보았다.

그는 결혼 후 아내의 이런 행동에 놀랄 때가 많았다. 그녀의 행동은 때로는 남편을 앞지르는 나쁜 결과를 빚기도 했지만, 상황 판단이 대단히 기민하다는 증거이기도 했다. 일상의 소소한 사건 속에서 자주 발휘되는 그녀의 행동을 쓰다는 때때로 자기 눈앞에 나이프의 번득임으로 바라본 적이 있었다. 앙증맞지만 날카롭다는 느낌과 함께 어딘가 으스스하기도 했다.

쓰다는 순간적으로 오노부가 어떤 알 수 없는 힘으로 자신의 귀가를 예감한 것처럼 느꼈다. 하지만 사연을 물어볼 엄두가 나지 않았다. 연유를 묻고 웃음으로 얼렁뚱땅 넘어가는 것은 남편의 수치로 느껴졌기 때문이다.

그는 모른 척 현관 위로 올라갔다. 그리고 얼른 옷을 갈아입었다. 차노마의 화로 앞에는 검은색 상다리가 달린 밥상이 있고, 그 위에 행주질한 흔적이 그의 귀가를 기다리고 있었다.

"오늘도 어디 들르셨어요?"

쓰다가 제시간에 돌아오지 않으면 오노부는 꼭 이런 질문을 던졌다. 자연히 쓰다는 뭐라고 대답을 해야만 했다. 그러나 꼭 볼일로 늦어진 것만도 아니기 때문에 때때로 그의 대답은 이상하게 애매해졌다. 그럴 때 그는 자기를 위해서 엷은 화장을 한 오노부의 얼굴을 일부러 보지 않으려 했다.

"맞혀볼까요?"

"응."

오늘 쓰다는 자못 태연했다.

"요시카와 씨 댁이죠?"

"족집게네."

"대개 눈치로 알 수 있어요."

"그래? 어젯밤 요시카와 씨한테 말하고 나서 수술 날짜를 잡겠다고 했으니까 못 맞히면 바보지."

"저는 그런 일이 없어도 맞출 수 있다고요."

"그래? 대단하네."

쓰다는 요시카와 부인에게 부탁하고 온 요점만을 오노부에게 전했다.

"그럼 언제부터 그 치료를 시작해요?"

"그런 사정이니까 뭐, 언제라도 괜찮다고 생각하지만⋯⋯."

쓰다의 마음속에는 치료를 시작하기 전에 반드시 돈을 변통해야 한다는 걱정이 있었다. 물론 액수가 큰 것은 아니었다. 그러나 대단한 금액이 아니라는 것일 뿐, 이렇다 할 손쉬운 조달 방법이 떠오르지 않았다. 그는 더욱 초조해졌다.

그는 간다에 있는 여동생을 얼핏 떠올려보았으나 그곳을 찾아갈 마음은 손톱만큼도 없었다. 그가 결혼 후 가계 유지라는 명목으로 매달 부족한 돈을 교토에 있는 아버지에게서 받아 때우게 된 데에는 추석과 연말 상여금으로 얼마씩 갚는다는 전제가 있었다. 올여름 그는 여러 이유로 그 조건을 이행하지 않았기 때문에 아버지는 이미 감정이 상해 있었다. 그것을 알고 있는 여동생은 또 대체로 아버지 편이었다. 체면상 매제 앞에서 여동생에게 돈 문제를 꺼내는 것이 처음부터 떳떳하게 여겨지지 않던 그는 이런 사정까지 곁들여져서 더욱 입을 뗄 수 없었다. 그는 어쩔 도리가 없다면 오노부의 충고대로 다시 한 번 아버지에게 편지를 보내 하소연할 수밖에 없다고 생각했다. 그러려면 지금의 병을 조금 더 중병처럼 꾸미는 것이 상책일 거라고 여겼다. 부모에게 걱정을 끼치지 않을 범위 내로 사실에 조금 덧입히는 것쯤은 양심의 고통 없이 누구나 할 요령이기도 했다.

"오노부, 어젯밤 당신이 말한 대로 다시 한 번 아버지께 편지를 보내 볼게."

"그래요? 하지만……."

오노부는 "하지만"이라고 토를 달면서 쓰다를 바라봤다. 쓰다는 신경 쓰지 않고 이층으로 올라가 책상 앞에 앉았다.

15

서양식 편지지를 사용하는 그는 서랍에서 라벤더색 종이와 봉투를 꺼내 만년필로 별다른 생각 없이 두서너 줄 적다가 문득 생각이 들었다. 아버지는 평소 당신 아들이 보내는, 펜이나 만년필로 단정하지 못하게 쓴 언문일치 편지를 좋아하지 않았다. 그는 멀리 있는 아버지의 얼굴을 눈앞에 떠올리며 쓴웃음을 지은 뒤 붓을 들었다. 편지를 보내 봤자 효력이 별로 없으리라는 생각이 들었다. 그는 목탄지처럼 꺼슬꺼 슬하고 두꺼운 종이 여백에 염소수염을 기른 갸름한 아버지의 얼굴을 장난삼아 스케치하며 어떻게 하면 좋을지 따져봤다.

이윽고 그는 결심한 듯 일어났다. 미닫이문을 열고 이층 계단 입구까지 나가 아래층에 있는 아내를 불렀다.

"여보, 당신한테 일본 두루마리 종이하고 봉투 있어? 있으면 좀 빌려줘."

"일본?"

아내의 귀에는 이 말이 우스꽝스럽게 들렸다.

"여자용이라면 있어요."

쓰다는 다시 자기 앞에 세련된 무늬가 그려진 편지지를 펼쳐보았다.

"이거라면 마음에 드실까?"

"내용만 알기 쉽게 쓰면 되지 종이야 아무려면 어때요?"

"그렇지 않아. 그래 봬도 우리 아버지, 꽤 까다로우시거든."

쓰다는 정색한 얼굴로 그 편지지를 꼼꼼히 살폈다. 오노부의 입가에 경멸의 그림자가 스쳤다.

"오토키한테 좀 사오라고 할까요?"

"응."

쓰다는 건성으로 대답했다. 흰 두루마리 종이와 무지 봉투를 사용한다고 해서 자신의 희망이 꼭 이루어진다는 법도 없었다.

"잠시 기다리세요. 금방이니까."

오노부는 얼른 아래로 내려갔다. 이윽고 쪽문을 열고 하녀가 밖으로 나가는 발소리가 들렸다. 쓰다는 필요한 물건이 손에 들어올 때까지 아무것도 하지 않고 그냥 책상 앞에 앉아 담배만 피워댔다.

그의 상념은 자연히 자기 아버지를 벗어나지 못했다. 도쿄에서 태어나 도쿄에서 자란 그의 아버지는 걸핏하면 가미가타 지방(교토와 그 부근을 일컫는다)을 헐뜯으면서도, 언제부터인가 영주할 생각으로 교토에 자리 잡고 말았다. 쓰다가 그곳을 별로 좋아하지 않는 어머니를 동정해 슬쩍 반대의 뜻을 내비쳤을 때, 아버지는 자신이 산 토지와 자신이 지은 집을 그에게 보여주며 "이걸 어떻게 할 생각이냐"라고 물었다.

지금보다 어렸던 그는 아버지가 하는 말뜻을 잘 몰랐다. 처분은 어떻게 해서든지 할 수 있다고 생각했다. 아버지는 걸핏하면 그를 향해 "누굴 위해서 내가 이러겠니? 다 널 위해서다"라고 말했다. "지금은 그 고마움을 모르겠지만 이 아비가 죽어봐, 반드시 알 때가 올 테니까"라고도 했다. 그는 머릿속에서 아버지의 말과 그 말을 할 때의 아버지 모습을 떠올렸다. 자식의 장래 행복을 한 손에 움켜쥔 듯 자신에 찬 그 태도는 가까이 다가갈 수 없는 예언자처럼 보였다. 그는 상상 속에 떠오르는 아버지를 향해 말하고 싶었다.

'아버지가 돌아가신 뒤에 한꺼번에 아버지의 고마움을 알기보다 살아 계실 동안 매달 정확하게 아버지의 고마움을 아는 것이 더 즐거울지 몰라요.'

그가 아버지의 기분이 상하지 않도록 두루마리 종이에, 모쪼록 돈을 보내주십사 하는 문구를 딱딱한 격식체로 쓰기 시작한 것은 그로부터 약 10분 후였다. 그는 어쩐지 거북하다는 생각을 하며 가까스로 편지를 다 쓴 후 다시 한 번 읽어보았다. 그는 자신의 치졸한 글씨에 아주 정나미가 떨어졌다. 문구가 어찌 됐든 이런 글씨로는 도저히 성공할 리 없다고 생각했다. 설령 요행으로 성공하더라도 자신이 필요로 하는 기일까지는 아무래도 돈이 도착하지 않을 것 같았다. 하녀에게 그것을 부치게 한 뒤, 그는 말없이 잠자리 속으로 파고들며 속으로 말했다.

'그때는 그때다.'

16

이튿날 오후, 쓰다는 요시카와에게 불려갔다.

"어제 우리 집에 왔었다고?"

"예, 공교롭게도 안 계실 때 방문해서 사모님만 뵙고 돌아왔습니다."

"또 병이라고 들었네."

"예, 조금……."

"난처하군. 그렇게 자주 아파서야."

"실은 지난번 병의 재발입니다."

요시카와는 다소 의외라는 얼굴로 지금까지 물고 있던 식후의 이쑤시개를 입에서 뱉어냈다. 그리고 속주머니를 뒤져 담배를 꺼내려고 했다. 쓰다는 재빨리 재떨이 위에 있던 성냥을 그었다. 너무 서두른 탓인지 첫 번째 개비는 그만 불이 꺼져버렸다. 그는 당황하며 두 번째 개비를 그어 조심스레 요시카와의 코앞에 댔다.

"아무튼 병이라니 할 수 없군. 쉬면서 잘 치료하면 좋아지겠지."

쓰다는 인사를 마치고 방을 나오려고 했다. 요시카와가 담배 연기 속에서 물었다.

"사사키한테는 양해를 구했겠지."

"예, 사사키 씨뿐만 아니라 다른 사람들한테도 일에 지장이 없도록 양해를 구했습니다."

사사키는 그의 상사였다.

"어차피 쉴 것 같으면 빠른 게 좋아. 빨리 치료하고 빨리 나아져서 부지런히 일하지 않으면 안 돼."

요시카와의 말은 그의 기질을 잘 나타냈다.

"형편이 허락하면 내일부터 당장 쉬게나."

"정말이십니까?"

이런 말까지 들은 쓰다는 싫든 좋든 내일부터 입원해야 할 것 같은 기분이 들었다.

그가 문밖으로 반쯤 빠져나올 때, 그는 다시 뒤에서 부르는 소리에 발을 멈췄다.

"이봐, 자네 아버님은 요즘 어떻게 지내시는가? 여전히 건강하신가?"

뒤돌아본 쓰다의 코에 갑자기 여송연의 기분 좋은 냄새가 엄습했다.

"예, 감사합니다. 덕분에 건강하게 잘 계십니다."

"아마 시라도 읊으며 소일하시겠지. 좋은 팔자야. 어젯밤 오카모토하고 모처에서 만나 자네 아버님 이야기를 했다네. 오카모토도 부러워하고 있더군. 그 친구도 요즘은 좀 한가해지긴 했지만 역시 자네 아버님한테는 못 따라가니까."

쓰다는 자기 아버지가 결코 이런 사람들로부터 부러움을 산다고는 생각하지 않았다. 만약 아버지의 처지와 그들의 처지를 바꾸려고 하는 사람이 있다면, 그들은 아버지 실정을 보고 적어도 앞으로 10년은 그냥 이대로가 좋다면서 쓴웃음을 지을지 모른다는 생각이 들었다. 물론 이것은 자신의 성격에서 추단한 쓰다의 관찰에 불과했다. 동시에 그들의 성격에서 추단한 쓰다의 관찰이기도 했다.

"아버지는 시대에 뒤떨어진 사람입니다. 그렇게 사는 것밖에 별 방법이 없으십니다."

쓰다는 자기도 모르게 금방 다시 방 안으로 되돌아와 조금 전 그 자리에 섰다.

"어째서 시대에 뒤떨어졌단 말인가? 오히려 시대에 앞섰으니까 그런 생활을 보낼 수 있는 거지."

쓰다는 답변이 궁했다. 상대방의 뛰어난 말솜씨에 비해 자신의 서툰 말주변이 부담스러웠다. 그는 따분한 기색으로 천천히 사라져가는 여송연 연기를 응시했다.

"아버님께 걱정 끼치면 안 되네. 자네 일이라면 뭐든지 이쪽에서 알고 있으니까 만약 엉뚱한 짓을 한다면 내가 아버님께 알릴 걸세. 괜찮겠지?"

쓰다는 이 어린애를 대하는 듯한, 농담인지 훈계인지 구별이 되지 않는 말에 쓴웃음을 지으며 겨우 바깥으로 빠져나왔다.

17

그날 퇴근길 도중에 쓰다는 전차에서 내려 정류장에서 시끌벅적한 길을 조금 지나 옆으로 꺾어 들어 갔다. 전당포 휘장이라든가, 바둑 집 간판, 소방대장 집 표지가 달린 집을 좌우에 두고 지나다가 그는 활처럼 굽은 골목길 중간쯤에 있는 젖빛 유리문을 밀고 들어갔다. 문 위에 장착된 벨이 날카로운 소리를 냈을 때, 그는 현관 막다른 방에서 쏟아지는 대여섯 사람의 눈빛을 한 몸에 뒤집어썼다. 창문이 없는 그 방은 좁고 어두웠다. 밖에서 갑자기 들어온 그는 마치 움막 같은 느낌을 받았다. 그는 추운 듯이 긴 의자 한구석에 허리를 걸치고 방금 어둠 속에서 눈을 빛내며 자기 쪽을 본 사람들을 뒤돌아보았다. 그들은 대부분 방 한가운데 있는 커다란 질항아리 화로를 둘러싸고 있었다. 그중 두 사람은 팔짱을 낀 채, 두 사람은 화롯가에 한 손을 쬔 채, 멀리 떨어져 있는 한 사람은 거기에 어수선하게 널브러진 신문지 위에 얼굴을 처박은 채, 또 마지막 한 사람은 그가 지금 허리를 걸친 긴 의자 맞은편 구석에 몸을 약간 옆으로 하고 두 발을 꼬고 앉아 있었다.

벨이 울렸을 때 약속이나 한 듯 일제히 문 쪽을 돌아본 그들은 힐끔 쳐다보고는 모두가 약속이나 한 듯 말없이 가만히 있었다. 모두 무언가 골똘히 생각하는 듯한 태도였다. 그 모습은 쓰다 따위에게 신경을 안 쓰겠다는 의미이기보다는 오히려 쓰다의 관심을 꺼리는 것 같기도 했다. 또 단순히 쓰다 만이 아니라 서로 주의를 받는 부담에서 벗어나려고 일부러 모른 척 눈을 떨어뜨리고 있는 것 같기도 했다.

이 음습한 떼거리들은 거의 예외 없이 비슷비슷한 과거를 가진 자들이었다. 그들은 이렇게 어두운 대기실에 조용히 앉아 자기 차례가 오기를 기다리는 동안 오히려 화려하게 포장된 과거의 단편 때문에 갑자기 어두운 그림자 속으로 내던져졌다고 여기는 군상들이었다. 그리고 밝은 곳에 눈을 둘 용기가 없어 죽은 듯이 어두운 그림자 속에 갇혀 꼼짝달싹 못하고 있는 것이다.

쓰다는 긴 의자의 팔걸이에 팔을 얹고 손을 이마에 댔다. 그는 신에게 묵도를 드리는 듯한 이 자세로 작년 연말 이래 뜻밖에 이 병원에서 마주쳤던 두 남자를 떠올렸다.

한 사람은 사실 그의 매제였다. 이 어두운 방에서 갑자기 그를 발견했을 때 쓰다는 깜짝 놀랐다. 그런 일에 비교적 아랑곳하지 않는 상대도 쓰다가 놀라는 것을 보고는 인사하기가 다소 곤혹스러운 것 같았다.

다른 한 사람은 친구였다. 이 친구는 쓰다가 자신과 똑같은 병에 걸렸다고 생각한 듯 천연덕스럽게 말을 걸어왔다. 그들은 그때 둘이 나란히 병원 문을 나와 저녁을 같이 먹으며 성과 사랑을 주제로 꽤 까다로운 토론을 벌였다.

매제의 일은 일시적으로 놀랐을 뿐 이렇다 할 뒤탈 없이 끝났지만, 그날로 끝날 줄 알았던 친구와의 사이에서는 그 후 이상한 결과가 빚어졌다.

그 당시 친구가 한 말과 지금의 친구 처지를 관련지어 생각하지 않을 수 없었던 쓰다는 갑자기 충격을 받은 사람처럼 눈을 뜨고 이마에서 손을 뗐다.

그때 진찰실에서 감색 양복을 입은 서른 남짓한 남자가 나오더니 부리나케 약국 창구로 갔다. 그가 품속에서 지갑을 꺼내 돈을 내려는 순간, 간호사가 진찰실 문턱에 나타났다. 그녀와 안면이 있는 쓰다는 다음 환자의 이름을 부르고 다시 진찰실로 돌아가려는 그녀를 불러 세웠다.

"순서를 기다리는 게 귀찮으니까 잠깐 선생님께 여쭤봐주세요. 내일 아니면 모레 수술을 받으러 와도 좋은지."

안으로 들어간 간호사가 어느새 어두운 방 입구에 하얀 모습으로 다시 나타났다.

"때마침 이층이 비어 있으니까 형편이 좋으실 때 언제든지 오세요."

쓰다는 도망치듯이 어두운 방을 나왔다. 그가 서둘러 구두를 신고 젖빛 유리문을 당겼을 때 지금까지 캄캄하던 대기실에 전등이 확 켜졌다.

18

쓰다가 집에 돌아온 때는 어제보다 조금 이른 시각이었다. 하지만 요즘 갑자기 짧아진 가을 해는 이미 저물었고, 조금 전까지 큰길에 남아 있던 식어버린 여광이 눈 깜짝할 사이에 지상을 비질하듯 사라진 무렵이었다.

그의 이층 방에는 물론 불이 켜져 있지 않았다. 현관도 캄캄했다. 방금 집 모퉁이의 인력거 집 옥외등을 보고 온 그의 눈에 약간 실망스러운 빛이 어렸다. 그는 문을 드르륵 열었다. 그래도 오노부는 나오지 않았다. 어제 이맘때 숨어서 기다린 것 같은 그녀가 깜짝 놀라게 했을 때는 그다지 좋은 기분이 아니었는데, 이렇게 아무도 맞아주는 사람이 없는 캄캄한 현관에 서보니 역시 어제의 일이 좋았다는 느낌이 그의 가슴 한구석으로 스며들었다. 그는 선 채로 "오노부, 오노부" 하고 불렀다. 그러자 뜻밖에도 이층에서 "네" 하는 대답이 들렸다. 그러고는 계단을 내려오는 그녀의 발소리가 들렸다. 그와 함께 하녀도 부엌 뒷문에서 달려 나왔다.

"뭘 하고 있어?"

쓰다의 목소리에는 다소 불만이 섞여 있었다. 오노부는 아무 말도 하지 않았다. 그러나 그 얼굴을 쳐다보았을 때 그는 여느 때처럼 무언중에 자신을 끌어당기려는 그녀의 미소를 볼 수밖에 없었다. 무엇보다도 하얀 이가 그의 시선을 끌었다.

"이층은 캄캄하잖아."

"예. 뭔가 멍하게 생각에 빠져 있어서 그만 돌아오시는 걸 몰랐어요."

"자고 있었구나."

"설마."

하녀가 큰소리로 웃었기 때문에 부부의 대화는 그 길로 끊겨버렸다.

쓰다가 목욕탕에 가려고 여느 때와 다름없이 비누와 수건을 받아 들고 화로 곁을 일어나려고 하자 오노부가 잠깐 기다리라며 가로막았다.

"좀 입어봐요. 새 옷이라 아직 뻣뻣할지 모르겠지만."

쓰다는 어리둥절한 얼굴로 검은색의 명주 옷깃이 달린 두꺼운 줄무늬 솜옷을 바라보았다. 그 옷은 자기가 산 것도 아니고, 만들어달라고 한 것도 아니었다.

"이건 뭐야?"

"만들었죠. 당신 입원할 채비로. 그런 곳에서 이상한 차림을 하는 건 보기 흉하니까."

"언제 만들었어?"

그가 수술 때문에 일주일 정도 집을 비워야 한다며 그 이유를 오노부에게 말한 것은 바로 이삼일 전의 일이었다. 게다가 그는 그날부터 오늘까지 단 한 번도 반짇고리 앞에 앉아 있는 아내의 모습을 본 적이 없었다. 그는 불가사의한 느낌에 사로잡히지 않을 수 없었다. 오노부는 또 남편의 이 놀람을 마치 자신의 수고에 대한 보상인 것처럼 바라보았다. 그러고는 일부러 아무런 설명도 덧붙이지 않았다.

"옷감은 산 거야?"

"아뇨, 이건 제 헌 옷이에요. 올겨울에 입으려고 푸새해놓고는 그냥 둔 거예요."

과연 젊은 여자가 입는 무늬로, 줄무늬가 단순히 굵은 것만이 아니라

색조도 지나치리만큼 화려했다. 쓰다는 양 소매에 팔을 넣은 자기 모습을 얏코 연(에도 시대 무사 집안의 하인이 양 소매를 양쪽으로 뻗친 모습을 본떠서 만든 연)처럼 벌려 보이며 약간 쑥스러운 듯 오노부에게 말했다.

"드디어 내일 아니면 모레 수술하기로 정하고 왔어."

"그래요? 그럼 난 어떻게 하면 돼?"

"당신은 아무것도 안 해도 돼."

"같이 따라가면 안 돼, 병원에?"

오노부는 돈 문제 따위는 전혀 신경 쓰고 있지 않은 듯 보였다.

19

이튿날 아침 쓰다가 눈을 뜬 것은 여느 때보다 훨씬 늦은 시각이었다. 집안은 청소가 끝난 듯 조용했다. 큰방에서 현관을 지나 차노마 장지문을 연 그는 화로 곁에 단정하게 앉아 신문을 손에 들고 있는 아내를 보았다. 따뜻한 가정의 상징처럼 무쇠 주전자가 설설 끓고 있었다.

"방심하고 자면 늦잠 잘 생각을 안 해도 그만 늦게까지 자고 만단 말이야."

그는 변명 비슷한 말을 한 뒤 달력 위에 걸려 있는 시계를 바라보았다. 시곗바늘은 벌써 10시에 가까워지고 있었다.

세수하고 다시 차노마로 돌아왔을 때 그는 별생각 없이 예의 검은색 상다리가 달린 밥상을 마주했다. 그 밥상은 그가 앉기를 기다렸다기보다 오히려 기다림에 지쳤다고 하는 편이 알맞았다. 그는 상 위에 덮인 밥상보를 걷으며 문득 생각했다.

"이건 안 되지."

그는 일찍이 의사가 부탁했던 수술하기 전날 지켜야 할 주의사항을 떠올렸다. 그러나 그는 지금 그것을 분명하게 기억하지 못했다. 그는 갑자기 아내에게 말했다.

"잠깐 물어보고 올게."

"지금 당장?"

오노부는 깜짝 놀란 얼굴로 남편을 쳐다보았다.

"아니, 전화로. 뭐 간단해."

그는 조용한 차노마의 공기를 치받듯 벌떡 일어나더니 바삐 바깥으로 나갔다. 그러고는 전찻길에서 오른쪽에 있는 자동 전화(공중전화의 옛 명칭. 교환수를 불러 돈을 넣고 상대방에게 연결했다)로 달려갔다. 그곳에서 다시 잰걸음으로 돌아온 그는 현관에 선 채 아내를 불렀다.

"이층에 있는 지갑 좀 가져와. 당신 손지갑이라도 괜찮아."

"뭘 하시려고요?"

오노부는 남편의 속내를 전혀 이해할 수 없었다.

"뭐든 좋으니까 빨리 가져와."

그는 오노부가 건넨 손지갑을 품 안에 쑤셔 넣은 채 바로 큰길 쪽으로 되돌아갔다. 그러고는 전차를 탔다.

그가 꽤 큰 종이꾸러미를 안고 다시 돌아온 것은 그로부터 약 30~40분 후로 정오가 가까워질 무렵이었다.

"손지갑 속에는 조금밖에 안 들어 있더군. 더 있을 줄 알았는데."

쓰다는 그렇게 말하며 겨드랑이에 끼고 있던 종이꾸러미를 차노마 바닥에 던졌다.

"모자랐어요?"

오노부는 세심한 데까지 신경을 쓰지 않고는 못 배기겠다는 듯한 눈초리로 남편을 쳐다봤다.

"아니, 모자랄 정도는 아니었어."

"하지만 뭘 사려고 하는지 전 전혀 몰랐으니까요. 혹시 이발소에 가시나 하고 생각했지만."

쓰다는 두 달 이상 손보지 않은 자신의 머리에 생각이 미쳤다. 오랫동안 머리를 깎지 않으면 약간 작은 그의 모자가 쓸 때마다 조금씩 죄는 것 같은 느낌을 바로 어제 아침에 받은 것도 떠올랐다.

"게다가 너무 서두르셔서 그만 이층까지 가지러 갈 수가 없었어요."

"실은 내 지갑 속에도 그렇게 많이 들어 있지 않으니까, 뭐 어느 쪽이든 별 차이는 없었을 거야."

그는 빈약한 손지갑을 불평할 형편이 아니었다.

오노부는 재빨리 종이꾸러미를 끌러 그 속에서 홍차 통과 빵, 버터를 꺼냈다.

"어머, 이걸 전부 드셔요? 그렇다면 오토키에게 사오라고 했어도 좋았을걸."

"아니 그 애는 몰라. 뭘 사 올지 알 수 없어."

이윽고 오노부가 고소한 냄새를 풍기는 토스트와 김이 피어오르는 홍차를 내왔다.

아침도 아니고, 그렇다고 점심이라고도 할 수 없는 극히 단순한 서양식 식사를 마친 쓰다는 혼잣말처럼 말했다.

"오늘은 병도 알릴 겸 문안 인사차 아침에 잠시 후지이 숙부 댁에 다녀올 생각이었는데 그만 늦어버렸어."

　그 말은 어쩔 수 없으니 오후에 찾아가 방문 목적을 이루겠다는 의미였다.

20

　후지이는 쓰다 아버지의 동생이었다(성이 다른 것은 아마 양자로 갔기 때문일 것이다. 일본에서는 흔한 일로 소세키 문학에 자주 등장하는 설정이다). 히로시마에 3년, 나가사키에 2년, 이런 식으로 어쩔 수 없이 여기저기 옮겨 다녀야 하는 관리 생활을 해야 했던 그의 아버지는 교육상 쓰다를 데리고 임지를 돌아다니는 불편과 불이익에 골머리를 썩인 결과, 일찌감치 자식을 동생에게 맡겨 모든 것을 보살피도록 했다. 그래서 쓰다는 불편 없이 숙부 손에서 자란 거나 다름없었다. 따라서 두 사람의 관계는 보통의 숙질 관계를 초월했다. 성격이나 직업의 차이를 문제 삼지 않는다면 그들은 숙부와 조카라기보다 오히려 부자지간이나 다름없었다. 혹시 제2의 부자지간이란 개념이 생긴다면 그것은 이 두 사람 사이를 가장 적절하게 드러내는 말일 것이다.

　쓰다의 부친과 달리 숙부는 지금까지 한 번도 도쿄를 떠나본 적이 없었다. 반평생을 시종 떠돌기만 한 부친에 비하면 단순히 그 점 하나만으로도 형제는 사뭇 달랐다. 적어도 쓰다의 눈에는 그렇게 비쳤다.

　"완만한 인생의 여행자."

　숙부가 일찍이 아버지를 지칭한 말에는 이런 표현도 있었다. 그것을 아무 생각 없이 귓결로 들은 쓰다는 곧 자기 아버지를 그런 사람으로 믿어버리게 되었다. 그리고 오늘날까지 그 말을 잊어버리지 않았다. 그러나 숙부가 표현한 말의 의미는 머리가 트이지 않은 당시에 잘 깨닫지 못했던 것처럼 지금도 확실치 않았다. 그러나 그는 아버지 얼굴을 볼 때마다 그 말을 떠올렸다. 마르고 긴 턱밑에 점쟁이처럼 듬성듬성 수염을 늘어뜨린 모습과 숙부가 한 말을 그는 거의 같은 의미로 이해하고 있었다.

그의 아버지는 지금으로부터 10여 년 전 갑자기 순례에 지친 사람처럼 관계(官界)를 떠났다. 그러고는 사업을 시작했다. 그는 마지막 8년을 고베에서 보낸 뒤 그동안 사둔 교토 땅에 새집을 지어 2년 전 마침내 그곳으로 옮겨갔다. 쓰다가 모르는 사이 이 한적한 옛 수도는 아버지의 은거 장소로 정해졌으며 만년을 보내는 땅으로 변한 것이다. 그때 숙부는 콧등을 찡그리며 쓰다에게 말했다.

"형님은 그러고도 아직 돈이 좀 남아 있는 것 같아. 그 덜렁이가 차분히 정착하게 된 건 전적으로 무거운 돈의 무게 때문이 아니겠어."

그러나 아무리 시간이 지나도 돈의 무게와 상관없던 숙부는 처음부터 변화가 없었다. 그는 내내 도쿄에 있었고 내내 가난했다. 그는 평생 월급이라는 것을 만져본 적이 없는 남자였다. 월급이 싫어서라기보다 오히려 주는 사람이 없었을 만큼 제멋대로였다고 하는 편이 적당할지 모르겠다. 규칙적인 것이라면 무엇이든지 멀리한 그는 나이가 들어 그 생각이 조금 바뀐 뒤에도 여전히 이전의 고집을 밀고 나갔다. 이제 와서 자신의 주장을 바꾼다고 해봤자 사람들에게 멸시만 받을 뿐, 전혀 도움이 되지 않는다는 것을 잘 알고 있기 때문이기도 했다.

실제로 세상에 나가 현실과 투쟁하며 일한 경험이 없는 숙부는 한편으로 당연히 세상 물정에 어두운 인생 비평가였고, 한편으로는 매우 예리한 관찰자였다. 그리고 그 예리한 점은 모조리 그의 세상 물정이 어두운 데서 나왔다. 바꿔 말하면 그는 세상 물정을 모르는 덕분에 기발한 말을 하거나 행동을 했다.

그는 지식은 풍부했으나 조잡했다. 따라서 그는 많은 문제에 끼어들고 싶어 했다. 하지만 언제나 방관자의 태도에서 벗어나는 일은 없었다. 그것은 그의 처지 때문이기도 했지만, 그의 성격이 그를 거기에 눌어붙게 한 탓이기도 했다. 그는 좋은 머리를 가지고 있었다. 하지만 그에게는 별 방도가 없었다. 혹시 방도가 있다 해도 그것을 활용하려고 하지 않았다. 그는 시종일관 팔짱을 끼고 있고 싶어 했다. 일종의 노력가이자 일종의 게으름뱅이로 태어난 그는 결국 활자로 밥벌이해야 할 운명의 소유자였다.

21

이런 사람에게 있을 법한 변두리 생활을, 후지이는 시의 서북쪽에 자리한 높은 평지 한구석에서 지난 6~7년 동안 계속해왔다. 바로 얼마 전까지만 해도 교외나 다름없던 이 일대에 해마다 크고 작은 집이 들어서며 눈앞에 보이던 푸른 숲이 사라지게 됐을 때 그는 펜을 멈추고 곰곰이 형의 환경을 생각했다. 때때로 형에게 돈을 빌려 자기도 집을 한 채 지어볼까 하는 생각도 해봤다. 하지만 형은 절대로 돈을 빌려줄 것 같지 않았다. 막상 일이 닥치면 어떨지 모르지만 자신도 돈을 빌리는 성격이 아니었다. 형을 '완만한 인생의 여행자'라고 평한 그는 솔직히 말하면 물질적으로 불안한 인생의 여행자였다. 그리고 대부분 사람이 그렇듯이 그에게도 물질의 불안정은 어느 정도의 정신 불안에 지나지 않았다.

쓰다의 집에서 숙부 집까지 가는 길의 절반은 강변을 따라 달리는 전차를 이용할 수 있어서 편리했다. 하지만 걸어간다고 해도 한 시간도 걸리지 않는 거리여서 어쩌다 산책을 하고 싶을 때는 오히려 시끄러운 교통수단은 피하자는 것이 그의 방침이었다.

1시가 되기 전에 집을 나온 쓰다는 강변을 따라 종점까지 어슬렁어슬렁 걸어갔다. 하늘은 높았다. 보이는 곳마다 햇빛이 흐무러졌다. 맞은편 고지대를 덮고 있는 짙은 나무 색이 유난히 선명하게 보였다.

그는 길을 걸으면서 오늘 아침 깜박 잊어버리고 사지 못한 '리치네'라는 피마자기름을 떠올렸다. 그것을 오늘 오후 4시경에 복용하라고 의사가 처방했기 때문에 그는 잠깐 약국에 들러 이 설사약을 손에 넣어야 했다. 그는 여느 때처럼 종점에서 오른쪽으로 꺾어 들어 다리를 건너지 않고 맞은편 번화가를 걷고 싶었다. 그런데 새롭게 선로를 연장할 계획인지 그가 가야 할 길의 일부분이 유독 어수선하게 이리저리 절단되어 있었다. 그는 기존 가옥을 무지막지하게 두드려 부숴 무리하게 철거한 것 같은 울퉁불퉁한 새 길의 모퉁이에 서서 그 한구석에 몰려 있는 무리를 발견했다. 드문드문한 군중은 세 줄 혹은 다섯 줄 정도였는데 한복판에 서 있는 쓰다와 동년배로 보이는 남자 주위를 반원형으로 에워싸고 있었다.

약간 뚱뚱한 그 남자는 거친 무명옷에 폭 좁은 허리띠를 매고 큼직한 게다를 신었는데 삿갓도, 모자도 쓰지 않은 맨머리였다. 그는 등 뒤에 있는, 뽑히지 않고 살아남은 버드나무 한 그루를 배경으로 면플란넬 안감이 붙은 커다란 보자기를 양손에 들고 구경꾼들을 휘둘러보았다.

"제군들, 지금부터 내가 이 보자기 속에서 달걀을 꺼내 보이겠다. 이 빈 보자기 속에서 반드시 꺼내 보이겠다. 놀라면 안 돼, 패는 품속에 숨어 있으니까."

그는 이런 종류의 인간에게는 절대로 어울리지 않을 만큼 시건방진 말투로 말했다. 그러고는 한 손을 가슴 위에 쥐어 보이고, 그 쥔 주먹을 또 잽싸게 보자기에 닿을 듯 말 듯 갖다 대며 펼쳤다. '자, 달걀을 보자기에 던져 넣었다' 하고 속임수를 쓰듯이. 그러나 그는 속인 것이 아니었다. 그가 보자기 속에 손을 넣었을 때는 이미 달걀이 분명히 그 속에 들어 있었다. 그는 그것을 엄지손가락과 집게손가락 사이에 끼우더니 일단 반원형을 이룬 구경꾼들에게 찬찬히 보여준 뒤 땅 위에 내려놓았다.

쓰다는 경멸과 탄상이 섞인 얼굴로 약간 고개를 기울였다. 그때 갑자기 누가 뒤에서 그의 허리를 쿡쿡 찔렀다. 찔끔한 그는 거의 반사적으로 뒤를 돌아다보았다. 그러고는 거기에서 개구쟁이처럼 활짝 웃음을 띠고 서 있는 숙부의 아들을 발견했다. 휘장을 두른 모자와 반바지, 등에 진 가방으로 봐서 이 아이가 온 방향을 충분히 알 수 있었다.

"지금 학교에서 돌아오는 길이니?"

"응."

아이는 "네"라고도 "예"라고도 하지 않았다.

22

"아버지는 어떻게 지내시니?"

"몰라."

"여전하시지?"

"잘 몰라."

자신이 열 살이었을 때의 심리 상태를 깨끗이 잊어버린 쓰다는 이 대답이 다소 의외라고 생각했다. 쓴웃음을 지은 그는 그런 생각이 들자 입을 다물었다. 아이는 다시 요술쟁이만 열심히 바라보았다. 복장으로 보아 급조된 요술쟁이로도 보이는 이 남자는 그때 온 힘을 다해 목청을 높였다.

"제군들, 또 하나 꺼낼 테니 가만히 보시게나."

그는 예의 보자기를 한 손으로 바싹 당기며 다시 뭔가를 던져 넣는 동작을 재치 있게 시늉하더니 야단스럽게 두 번째 달걀을 그 안에서 꺼냈다. 그것으로도 성에 차지 않았는지 이번에는 보자기를 뒤집어 더러운 플란넬 줄무늬를 망설임 없이 군중 앞에 펼쳐보였다. 그러나 제3의 달걀은 똑같은 동작과 더불어 간단히 꺼내졌다. 마지막으로 그는 마치 귀중품이라도 다루듯 그것을 조심조심 땅 위에 죽 늘어놓았다.

"어때, 제군들. 이렇게 꺼내려고만 하면 몇 개든지 꺼낼 수 있어. 하지만 이렇게 달걀만 꺼내서는 재미가 없으니까 이번에는 살아 있는 닭을 한 마리 꺼내보이지."

쓰다는 후지이 아들을 돌아다보았다.

"자, 마고토야. 그만 가자. 아저씨도(사촌 형이지만 마고토와 나이 차가 많아서 평소 그렇게 부르고 있었던 것 같다) 지금 너희 집에 가는 길이거든."

마고토에게는 쓰다보다 살아 있는 닭이 중요했다.

"아저씨 먼저 가. 난 좀 더 볼 테니까."

"저거 거짓말이야. 아무리 기다려도 살아 있는 닭 따윈 안 나와."

"어째서? 지금 달걀이 저렇게 나왔잖아."

"달걀은 나왔지만 닭은 안 나온다고. 저렇게 거짓말을 해서 사람을 언제까지나 잡아두려고 하는 거니까."

"뭣 때문에 그렇게 해?"

왜 그런지는 쓰다도 전혀 몰랐다. 성가셔진 그는 마고토를 그냥 내버려 두고 가려고 했다. 그러자 마고토가 그의 소맷자락을 잡아당겼다.

"아저씨, 뭐 하나 사줘."

집에서 조를 때마다 이다음에, 이다음에, 하고 도망치면서 정작 다음에 갈 때는 사주는 것을 잊어버리는 게 버릇이 돼버린 그는 또 예의 어조로 "응, 사줄게"라고 말했다.

"그럼, 자동차, 응?"

"자동차는 좀 너무 커."

"그럼 뭐 작은 거. 7엔 50전짜리."

7엔 50전짜리라도 쓰다에게는 분명히 부담스러웠다. 그는 아무 말 없이 걷기 시작했다.

"하지만 지난번에도 지지난번에도 사준다고 말했잖아. 아저씨가 저 달걀을 꺼내는 사람보다 훨씬 거짓말을 잘하잖아."

"저 녀석은 달걀은 꺼내지만 닭 같은 건 못 꺼낸단 말이야."

"어째서?"

"어째서고 뭐고 간에 못 꺼낸다니까."

"그래서 아저씨도 자동차를 못 사줘?"

"응, 뭐 그런 거다. 그러니까 다른 걸 사줄게."

"그럼 킷토 구두(산양 가죽으로 만든 고급 구두)."

너무 놀라 얼이 빠진 그는 대답도 못 하고 또 말없이 앞만 보고 걸었다. 그는 눈을 떨어뜨려 마고토의 발을 보았다. 그다지 흉물스럽지 않은 그 구두는 갈색인지, 검은색인지 구별이 되지 않는 야릇한 빛깔이었다.

"빨간 거였는데 집에서 아버지가 물들여준 거야."

쓰다는 웃기 시작했다. 후지이 숙부가 아들의 빨간 구두를 검게 물들였다는 사실이 왠지 그는 우스꽝스러웠다. 학교의 규정을 잘 모르고 장만한 빨간 구두를 규정대로 까맣게 한 것이라는 설명을 들었을 때, 그는 또 숙부의 궁여지책을 익살스럽게 꼬집고 싶었다. 그리고 그 궁여지책 끝에 나온 이 솜씨를 딱한 얼굴로 물끄러미 바라보았다.

23

"마고토야, 이건 좋은 구두란다."

"하지만 이런 색 구두, 아무도 안 신고 다녀."

"색깔이야 아무렴 어떠니. 아버지가 손수 물들인 구두는 아무나 신을 수 없단다. 감사하게 생각하고 소중히 신어야 해."

"하지만 모두 삽살개 가죽이다, 삽살개 가죽이라며 놀려대는걸."

후지이 숙부와 삽살개 가죽, 이 두 말을 연결하자 또 우스워졌다. 그러나 이 우스꽝스러움은 아련한 애수를 자아내며 쓰다의 가슴을 스쳤다.

"삽살개가 아니야. 내가 보증할게. 삽살개가 아니라 훌륭한……."

쓰다는 '훌륭한' 뒤에 뭐라고 해야 좋을지 잠시 말문이 막혔다. 그것을 적당히 넘어갈 마고토가 아니었다.

"훌륭한 뭐야?"

"훌륭한, 으음, 구두란 말이지."

쓰다는 지갑이 허락한다면 마고토 소망대로 킷토 구두를 사주고 싶었다. 그것이 숙부의 은혜를 조금이라도 갚는 것처럼 생각됐기 때문이다. 그는 마음속으로 자신의 품속에 있는 지갑 속을 헤아려보았다. 그러나 지금의 그에게 그만큼 변통할 여유는 거의 없었다. '혹시 교토에서 돈을 부쳐 온다면……'이라는 가정도 해보았지만, 돈이 올지 안 올지 아직 모르는 판에 어려운 사정을 무릅쓰고 사준다고 해서 그 진심이 통할지 어떨지 모른다는 속물적인 마음도 일었다.

"마고토야, 그렇게 킷토 구두가 갖고 싶다면 다음번에 우리 집에 올 때 아주머니한테 사달라고 해. 아저씨는 가난하니까 오늘은 아주 싼 거로 좀 봐줘."

그는 마고토의 기분을 어르고 달래며 아이의 손을 끌고 넓은 큰길을 어슬렁어슬렁 걸었다. 종점에서 가까운 그 거리는 전차를 오르내리는 허다한 승객들의 신발로 끊임없이 밟히고 다져진 결과, 지난 4~5년 사이에 거리는 새로 조성된 것 같이 훌륭하게 변했다. 여기저기 보이는 쇼윈도에는 변두리라고 덮어놓고 얕보지 못할 물건들이 깔끔하게 장식되어 있었다. 마고토는 그 상가 사이로 곧장 달려가 조선인 엿집 앞에 잠깐 서는가 하더니 다시 이쪽으로 되돌아와 금붕어 집 처마 밑에서 멈췄다. 그가 달릴 때는 호주머니 안에서 유리구슬 소리가 어김없이 짤랑거렸다.

"오늘 학교에서 이만큼 땄어."

그는 호주머니에 손을 집어넣어 손바닥 가득히 그 유리구슬을 펼쳐 보였다. 하늘색과 보라색 유리구슬이 튕기듯 도로 한복판으로 굴러가자 그는 허둥지둥 그것을 좇아갔다. 그러고는 뒤를 돌아보며 쓰다에게 말했다.

"아저씨도 좀 주워줘."

결국 눈이 팽팽 도는 숙부 아들을 위해 장난감 가게로 끌려들어간 쓰다는 기어이 1엔 50전을 주고 공기총을 사줘야 했다.

"참새라면 모를까 무턱대고 사람을 겨누면 안 된다."

"이런 싸구려 총으론 참새를 못 잡을걸."

"그건 네가 서투르니까 그렇지. 서툴면 아무리 총이 좋아도 못 잡으니까."

"그럼 아저씨, 이걸로 참새 잡아줄 테야? 지금 우리 집에 가서."

적당히 넘어가면 당장 집에 가서 하자고 할 것 같아서 쓰다는 건성으로 대답을 한 채 말꼬리를 다른 데로 돌렸다. 마고토는 도다라든지, 시부야, 사카구치 같은 쓰다가 전혀 알 수 없는 친구들의 이름을 멋대로 주워대며 그 친구들을 닥치는 대로 비난하기 시작했다.

"그 오카모토란 놈, 아주 교활해. 구두를 세 켤레나 갖고 있어."

이야기는 또 구두로 돌아왔다. 쓰다는 오노부와 관계가 깊은 그 오카모토의 아들과 지금 자기 앞에서 그 아이를 비난하고 있는 마고토를 마음속으로 비교했다.

24

"너 요즘 오카모토 집에 놀러 가니?"

"아니, 안 가."

"또 싸웠구나."

"아니, 싸움 같은 건 안 해."

"그럼 왜 안 가."

"왜든, 뭐든."

마고토의 말에는 뭔가 뒤끝이 있는 것 같았다. 쓰다는 그것을 알고 싶었다.

"그 집에 가면 뭘 많이 주잖아."

"아니, 그렇게 안 줘."

"그럼 맛있는 건 주겠지."

"나 요전에 오카모토 집에서 카레라이스를 먹었는데 너무 매웠어."

"그래서 가기가 싫어졌다는 건 아니겠지."

"응, 하지만 아버지가 못 가게 하는걸. 난 오카모토 집에 가서 그네를 타고 싶은데."

쓰다는 고개를 갸우뚱했다. 숙부가 아이를 오카모토 집에 가지 못하게 하는 이유가 무엇인지 생각해봤다. 기질의 차이, 가풍의 차이, 생활의 차이……, 그 모든 것이 금방 떠올랐다. 언제나 책상 앞에 앉아 활자 위에서만 기염을 토하고 있는 숙부는, 현실 사회에서는 결코 글만큼 유력자가 아니었다. 그는 암암리에 그 거리를 자각하고 있었다. 그 자각은 또 그를 다소 완고하게 만들었다. 얼마간 배타적으로도 만들었다.

금력, 권력 본위의 사회에 나가 타인에게 바보 취급을 받는 것을 두려워하는 그의 일면에는, 그 금권 본위 때문에 자신의 본성이 조금이라도 더럽혀지면 큰일이라는 경계심이 끊임없이 어느 한구석에서 꿈틀거리는 것처럼 보였다.

"마고토야, 왜 아버지한테 물어보지 않았니? 오카모토 집에 가면 왜 안 되느냐고."

"물어봤지."

"그랬더니 아버지가 뭐라 말하든? 아무 말도 안 했겠지."

"아니, 말했어."

"뭐라고."

마고토는 약간 쑥스러운 모양이었다. 한참 있다가 그는 뜸을 들이며 무거운 어조로 대답했다.

"있잖아, 오카모토 집에 가면 말이야, 집에 돌아와서는 있지, 하지메 군이 가지고 있는 건 뭐든지 사달라고 떼를 쓰니까, 그래서 안 된대."

쓰다는 겨우 알아차렸다. 다소 재력의 차이가 있는 두 사람의 생활 형편은 자식들의 장난감에까지 등차가 붙여져 있었다.

"그래서 이놈이 자동차다, 킷토 구두다, 무턱대고 비싼 것만 사달라고 조르는구나. 전부 하지메 군이 가진 걸 보고 와서겠지."

쓰다는 놀림 반으로 손을 들어 마고토의 등을 때리려고 했다. 마고토는 진상이 폭로된 어른처럼 겸연쩍은 표정을 지었다. 하지만 어른처럼 변명 비슷한 말은 전혀 하지 않았다.

"거짓말이야, 거짓말."

그는 조금 전에 쓰다가 사준 1엔 50전짜리 공기총을 맨 채 자기 집

쪽으로 내달렸다. 그 기세에 주머니에 들어 있던 유리구슬들이 심하게 짤그랑거렸다. 가방 속에서는 도시락과 교과서가 부딪쳐 덜거덕거리는 소리가 들렸다.

그는 길모퉁이의 검은 판장이 있는 곳에서 잠깐 멈춰 서서 족제비처럼 쓰다를 돌아보더니 금방 조그만 모습을 골목 안으로 숨겼다. 쓰다가 그 골목을 다 지나 막다른 곳에 있는 후지이 집 문으로 들어갔을 때, 갑자기 '탕' 하는 총성이 그의 눈앞에서 울렸다. 그는 산울타리 사이에서 오른손으로 조심스레 그를 겨누고 있는 마고토의 웅크린 모습을 보고 쓴웃음을 지었다.

25

큰방에서 누군가와 이야기를 나누는 숙부의 목소리를 들은 쓰다는 격자문 사이로 손님 신발을 훔쳐보고는 일부러 현관문을 열지 않고 차노마의 툇마루 쪽으로 돌아갔다. 원래 정원사 집이었던 듯한 마당 가장자리에는 비상용 출입문도 없고, 옆집과 경계 짓는 대나무 울타리도 없어서 같은 대지에 최근에 만든 새로 생긴 셋집의 뒷마당으로 돌아가자 금방 툇마루까지 갈 수 있었다. 밖에서 엿보지 못하게 한 것치고는 조금 낮은 큰 차나무를 두서너 그루 지나쳐, 그의 기억에 늘 남아 있는 감나무 밑을 빠져나온 쓰다는 틀에 박힌 것처럼 그곳에 있는 숙모의 모습을 발견했다. 장지문에 끼워 넣은 유리에 비친 그 옆모습이 눈에 띄자 쓰다는 바깥에서 말을 걸었다.

"작은어머니."

숙모는 얼른 장지문을 열었다.

"오늘은 웬일이야?"

그녀는 아들에게 사준 공기총에 대한 인사는 한마디도 없이 별일이라는 시선을 던졌다. 마흔 하고도 이미 세 살인가 네 살을 더 넘긴 숙모의 태도에는 곰살가운 구석이 거의 없었다. 그 대신 입에 발린 말을 걸러낸 자연스러움이 묻어나왔다. 거기에는 성별을 초월한 자연스러움마저 있었다. 쓰다는 언제나 숙모와 요시카와 부인을 속으로 비교했다. 그리고 언제나 그 차이에 놀랐다. 같은 여자, 그것도 나이 차이가 별로 없는 두 여자가 어떻게 이렇게 다른 느낌을 줄 수 있는지가 제일 의문이었다.

"작은어머니는 여전히 여자다운 맛이 없네요."

"이 나이에 여자다운 맛이 있다면 미친 거지."

쓰다는 툇마루에 허리를 걸쳤다. 숙모는 올라오라는 말도 없이 무릎 위에 놓인 붉은 비단 조각에 인두질을 계속했다. 그러자 옆방에서 솔기를 뜯은 옷을 들고나온 오킨이라는 여자가 쓰다에게 인사를 했기 때문에 그는 얼른 말을 걸었다.

"오킨 씨, 아직 신랑감을 못 찾았어요? 못 찾았다면 내가 한번 좋은 자리를 찾아볼까요?"

오킨 씨는 호호호 하고 사람 좋아 보이는 웃음을 흘리며 약간 얼굴을 붉히더니 그를 위해서 방석을 들고 툇마루로 나오려고 했다. 쓰다는 그것을 손으로 막으며 자기가 먼저 방으로 들어가 앉았다.

"그래도 괜찮죠? 작은어머니."

"글쎄."

관심 없다는 듯 건성으로 대답한 숙모는 오킨 씨가 미적지근한 엽차를 의례적으로 쓰다 앞에 따르자 약간 고개를 들었다.

"오킨 씨, 요시오 씨한테 잘 부탁해두세요. 이 남자는 친절하고 거짓말을 할 줄 모르는 사람이니까."

오킨 씨는 미처 피하지 못하고 꾸물거렸다. 쓰다는 어떻게든 말하지 않고 그대로 넘어가기에는 마음이 개운하지 않았다.

"빈말이 아니에요. 진짜예요."

숙모는 별로 상대하려고 하지 않았다. 그때 뒷마당 쪽에서 마고토가 쏘는 공기총 소리가 팡팡 들렸기 때문에 숙모는 귀를 쫑긋 세웠다.

"오킨 씨, 좀 나가 보세요. 산탄을 넣어 쏘면 위험하니까."

숙모는 쓸데없는 것을 사주었다는 듯이 마뜩잖은 표정이었다.

"괜찮아요. 잘 타일러두었으니까요."

"아니 안 돼. 그걸로 옆집 닭을 쏠 게 틀림없다고. 상관없으니까 탄알만 뺏어오세요."

오킨 씨는 그걸 기화로 차노마에서 사라졌다. 숙모는 말없이 화로에 꽂힌 인두를 또 꺼내 들었다. 쭈글쭈글한 얇은 비단이 그녀의 무릎 위에서 예쁘고 반반하게 펴지는 것을 무심히 바라보던 쓰다의 귀에 큰방의 이야기 소리가 간간이 들려왔다.

"그런데 누구예요, 손님은?"

숙모는 뜬금없다는 듯이 또 얼굴을 들었다.

"아니 여태까지 못 알아차렸어? 이상하네, 요시오 군 귀도 꽤나. 여기서 들어도 이렇게 잘 알 수 있는데."

26

쓰다는 큰방에 있는 목소리의 주인공을 그 자리에서 알아내려고 애썼다. 곧 그는 가볍게 무릎을 쳤다.

"아, 알았다. 고바야시지요?"

"그래."

숙모는 웃음기 없이 간단하고 차분하게 대답했다.

"뭐야, 고바야시야? 새 구두 따위를 신고, 짐짓 손님인 체하고 있으니까 누군가 했지. 그렇다면 나도 꺼릴 것 없이 그리로 갈 걸 그랬네."

상상만 해도 고리타분한 그의 모습이 쓰다의 머릿속에 떠올랐다. 여름에 만났을 때 봤던 그의 기이한 옷차림도 저절로 기억이 났다. 흰 옷깃을 단 여자용 속옷 위에 두꺼운 옷을 겹쳐 입고, 줄무늬 하카마에 하늘거리는 짧은 겉옷을 걸친 차림은 마치 우산장이가 평소 입지 않는 예복을 입고 동네 장례식에 참석하고 답례로 받은 찰밥 도시락을 품속에 쑤셔 넣었을 때처럼 기괴한 모습이었다. 그때 그는 쓰다에게 양복을 도둑맞았다는 변명을 했다. 그러고는 7엔 정도 빌려달라고 했다. 어느 친구가 옷을 도둑맞은 그를 안쓰러워해서 만약 자기가 전당포에 잡힌 여름옷을 찾을 여유가 있다면 그것을 주겠다고 말했기 때문이었다.

쓰다는 미소를 지으며 숙모에게 물었다.

"저 자식 오늘따라 무슨 일로 큰방에 앉아 손님 행세를 하고 있어요?"

"작은아버지한테 얘기할 게 좀 있나 봐. 여기서는 어쩐지 말하기 거북한 일이어서."

"허, 고바야시한테도 그런 진지한 구석이 있었구나. 돈 이야기일까, 아니면……."

이렇게 말을 꺼낸 쓰다는 문득 정색한 숙모의 얼굴을 보자 뒷말을 삼켜버렸다. 숙모는 목소리를 낮췄다. 그 목소리가 오히려 그녀의 차분한 태도와 잘 어울렸다.

"오킨 씨의 혼담 건도 있고. 여기서 이것저것 말하면 그 애가 난처할 거니까."

고바야시가 여느 때의 큰 목소리와 달리 차노마에서 들어도 누구인지 모를 만큼 신사풍의 목소리를 내는 것은 전적으로 그 때문이었다.

"벌써 정했어요?"

"뭐, 잘 풀릴 것 같아."

숙모의 눈에 기대하는 빛이 감돌았다. 쓰다는 약간 들뜬 기분으로 얼른 말을 덧붙였다.

"그럼 제가 애써 주선하지 않아도 되겠네요."

숙모는 말없이 쓰다를 바라보았다. 경박하다고까지는 말할 수 없더라도 이렇게 장난치듯 허풍스러운 그의 태도는 숙모의 생활 태도와 전혀 동떨어져 보였다.

"요시오 군, 네가 색시를 얻을 때도 그런 생각이었어?"

숙모의 질문이 갑작스러운 데다가 무슨 의미로 그런 말을 했는지 쓰다는 짐작조차 가지 않았다.

"그런 생각이라니, 작은어머니만 알지 당사자인 제가 그런 생각이란 걸 모르니 대답할 수가 없네요."

"대답을 듣지 못한다고 내가 곤란할 건 하나도 없지만, 여자를 시집

보내는 입장이 되어 생각해보라고. 예삿일이 아니지."

후지이는 4년 전 큰딸을 출가시킬 때 여유가 없어서 큰 빚을 얻었다. 그 빚을 겨우 다 갚자 이번에는 작은딸을 시집보내야 했다. 그러므로 지금 오킨 씨의 혼담이 성사된다면 그것은 실로 세 번째로 돈이 들어가는 일인 것이 분명했다. 딸과는 격이 다르다는 이유로 최대한 검약한다고 해도 현재의 살림살이에 다소 무리한 부담이라는 것은 분명했다.

27

이럴 때 적게나마 비용의 웬만큼이라도 쓰다가 부담할 수 있다면 오랫동안 신세를 진 후지이 부부에게 틀림없이 만족스러운 보답이 되었을 것이다. 하지만 현재의 형편으로는 숙부와 숙모에게 바칠 수 있는 그의 동정이란 기껏해야 마고토가 신고 싶어 하는 구두를 사줄 정도였다. 그것마저 그는 지갑과 타협해야 했다. 더구나 교토에서 조금 융통을 얻어 그들의 경제 사정에 얼마쯤 윤기가 나게 하겠다는 친절한 마음은 눈곱만큼도 일어나지 않았다. 자기가 사정을 알린다고 해서 움직일 아버지도 아니고, 아버지가 빌려준다고 해서 냉큼 받아들일 숙부도 아니라는 것을 처음부터 단정하고 있었기 때문이기도 했다. 그래서 그는 단지 자기에게만 빨리 송금해준다면 그만이라는 기대에 사로잡혀 숙모의 말에는 별로 동요하는 모습도 보이지 않았다. 그러자 숙모가 "요시오 군" 하고 그를 불렀다.

"요시오 군, 그래 어떤 생각으로 색시를 얻었어?"

"아무려면 장난으로 얻었겠어요. 아무리 저라고 해도 그런 실없는 마음으로 결혼했다고 보시면 제가 처량하잖아요."

"그거야 물론 진심이겠지. 물론 분명 진심이겠지만 그 진심에도 역시 순서가 있을 테니까."

상대에 따라서는 모욕으로도 받아들여질 수 있는 숙모의 이 말에 쓰다는 오히려 관심이 끌렸다.

"그럼 작은어머니 눈에는 제가 어떻게 보여요? 사양치 말고 말해주세요."

숙모는 눈을 깔고 솔기가 뜯긴 옷을 손질하며 엷은 웃음을 띠었다. 그것이 쓰다의 얼굴을 보지 않고 있어서인지 그에게 순간적으로 어쩐지 꺼림칙한 느낌을 주었다. 그러나 그는 숙모에게 조금도 기가 꺾일 생각은 없었다.

"이래 봬도 막상 하려고 들면 꽤 성실한 데도 있으니까요."

"그거야 남자잖아. 어딘가 착실한 면이 없다면 매일 회사에 나가도 일을 감당하지 못할 테니까. 하지만……."

이렇게 말을 꺼낸 숙모는 거기에서 갑자기 생각이 달라진 것처럼 덧붙였다.

"아니 그만두자. 인제 와서 말해도 소용없는 거니까."

숙모는 조금 전 인두질을 한 비단 조각을 공손히 접어 감물을 먹인 종이 속에 접어 넣었다. 그러고는 왠지 모르게 맥이 빠진, 게다가 어딘가 미흡한 듯 불안한 그림자를 드리운 쓰다의 얼굴을 보고 문득 떠올랐다는 듯이 말했다.

"요시오 군은 도대체 너무 사치스러워."

쓰다는 학교를 졸업한 이래 숙모에게서 줄곧 이런 말을 들었다. 스스로도 그렇게 믿었다. 그리고 그것을 유독 나쁜 말로 여기지도 않았다.

"예, 좀 사치스러워요."

"옷차림이나 먹는 것만이 아니야. 마음이 허랑하고 사치스러우니까 곤란하다는 거지. 언제나 맛있는 게 어디 없을까 하고 여기저기를 기웃거리는 사람 같아."

"그럼 사치스럽기는커녕 마치 거지 같잖아요."

"거지는 아니지만 자연히 불성실한 사람처럼 보인다고. 인간이란 그런 상태에 길들면 참 볼만하거든."

그때 쓰다의 가슴에 얼핏 사촌인 숙모의 딸 그림자가 지나갔다. 그 딸은 둘 다 기혼이었다. 4년 전에 출가한 큰딸은 남편을 따라 대만에 가서 지금도 거기서 살고 있다. 그 혼사를 전후해서 얼마 전 출가한 작은딸은 식이 끝나자마자 신랑을 따라 후쿠오카로 가버렸다. 후쿠오카는 큰아들 마유미가 올해부터 적을 둔 대학이 있는 곳이었다.

이 두 사촌 여동생 중 어느 쪽이든 결혼하려고 했으면 할 수 있었던 쓰다는 둘 다 결코 자기 아내감으로 적임자가 아니었다(일본은 사촌끼리의 결혼이 허용된다). 그래서 모른 척하고 지나갔다. 당시 그가 취한 태도를 숙모의 지금 말과 연관해서 생각한 쓰다는 별로 이렇다 할 양심의 가책을 받을 만한 일이 떠오르지 않았으므로 아무렇지 않다는 식으로 숙모의 동작을 지켜보았다. 숙모는 갑자기 일어나 선반에 있던 중국풍의 나무고리짝 뚜껑을 열더니 들고 있던 옷 종이 싸개를 그 속에 집어넣었다.

28

안쪽의 작은방에서 조금 전부터 오킨 씨에게 배우고 있던 마고토가 갑자기 그녀가 전혀 모르는 프랑스어 독본을 꺼내 들었다. 쥬, 슈이, 폴 리(Je suis poli, 나는 예의 바르다)라든가 츄, 에, 말라드(Tu es malade, 너는 병 들었다) 같은 프랑스 말을 일부러 한 자 한 자씩 길게 끊어 읽는 초등학 교 2학년의 엉뚱한 소리를 재미있게 듣고 있던 쓰다의 머리 위에서 이 번에는 벽시계가 땡땡 울렸다. 그는 얼른 소맷자락 속에서 피마자기름 을 꺼내고는 마시기 심란한 듯 걸쭉한 기름을 바라보았다. 그러자 큰 방에서도 시계 소리에 쫓긴 듯한 숙부의 목소리가 들렸다.

"자, 그럼 저쪽 방에 가볼까."

숙부와 고바야시는 툇마루를 돌아 차노마로 들어왔다. 쓰다는 잠깐 앉은 자세를 바로잡아 숙부에게 인사를 한 뒤 고바야시를 바라보았다.

"고바야시 군, 꽤 경기가 좋은 모양이군. 멋진 옷을 입었잖아."

고바야시는 홈스펀 같은 까슬까슬한 신사복을 입고 있었다. 여느 때 와 달리 바지 주름이 빳빳하게 서 있어서 누가 봐도 새로 맞춘 옷이라 는 것을 금방 알 수 있었다. 그는 야릇한 빛깔의 양말을 뒤로 감추듯이 하며 쓰다의 앞에 털썩 주저앉았다.

"아니 농담하면 못 써. 경기가 좋은 건 자네지."

그가 새로 맞춘 옷은 어느 백화점의 진열창에 장식돼 있던, 세 벌이 한 세트인 옷에 붙은 꼬리표를 보고 주문해 장만한 것이었다.

"겨우 26엔이니까 상당히 싼 거라고. 너 같은 사치꾼이 보면 아무것 도 아닐 테지만 나 같은 사람한테는 이걸로 충분해."

쓰다는 숙모 앞에서 거듭해 그를 탓할 용기가 없었다. 말없이 찻잔을 들고 얼굴을 찡그려가며 피마자기름을 마셨다. 그 자리에 앉은 모두가 그를 흥미롭게 바라다보았다.

"뭐야, 그거. 이상한 건 마시지 마라. 약이야?"

여태껏 병이라는 것을 모르고 사는 숙부의 의약에 관한 무지는 또 각별한 데가 있었다. 그는 리치네라는 피마자기름의 이름을 듣고도 무엇 때문에 그 약을 먹는지 몰랐다. 모든 질병과 거의 무관한 숙부 앞에서 쓰다가 수술이니 입원이니 하며 자신의 현재 상황을 설명했을 때 숙부는 조금도 동요하지 않았다.

"그래서 그걸 알리려고 일부러 왔단 말이지."

숙부는 수고했다는 표정으로 희끗희끗한 수염을 쓰다듬었다. 기르고 있다기보다 오히려 자랐다고 하는 편이 맞아 보이는 그 수염은 정원사가 손보지 않은 정원처럼 얼굴 군데군데가 누추해 보였다.

"도대체 지금 젊은이들은 이래서 탈이야. 쓸데없이 병이나 걸리고."

숙모는 쓰다의 얼굴을 보고 히죽 웃었다. 요즘 들어 갑자기 "요즘 젊은이들은"이란 말을 입버릇처럼 달고 지내는 숙부를 잘 알고 있는 쓰다도 웃지 않을 수 없었다. 오래전에 숙부가 모든 병의 근원은 마음에서 온다든가, 병은 죄악 어쩌고 하며 자못 잘난 척하던 말을 떠올리자, 그게 마치 병에 걸리지 않았다는 자기 자랑으로도 들려 더욱 우스꽝스럽게 느껴졌다. 그는 엷게 웃으며 또 고바야시를 쳐다보았다. 고바야시는 얼른 입을 열었다. 하지만 쓰다의 기대와는 전혀 다른 말을 꺼냈다.

"요즘 젊은이 중에 병에 걸리지 않는 사람도 있습니다. 실제로 저는 최근에 한 번도 누워본 적이 없어요. 제 생각에는 인간이란 돈이 없으면 병 따위에 걸리지 않는다고 생각합니다."

쓰다는 어처구니가 없었다.

"같잖은 말 하지 마라."

"아니, 정말이야. 현재 네가 자주 병에 걸리는 건 그만큼 여유가 있기 때문이지."

얼토당토않은 이 논리에 쓰다는 저도 모르게 쓴웃음이 툭 터졌다. 그러자 이번에는 숙부가 거들었다.

"맞아, 그 형편에 병이라도 걸리는 날엔 이러지도 저러지도 못하는 신세가 될 테니까."

어두워진 방 안에서 숙부의 얼굴이 제일 어두워 보였다. 쓰다는 일어나서 전등 스위치를 켰다.

29

언제부터인지 부엌으로 나가 오킨 씨와 하녀를 상대로 달그락거리는 그릇 소리를 내던 숙모가 다시 차노마에 얼굴을 내밀었다.

"요시오 군. 오래간만이니까 저녁 먹고 가."

쓰다는 내일의 치료를 앞두고 있어서 사양하고 돌아가려고 했다.

"오늘은 고바야시하고 같이 밥을 먹으려 했는데 마침 네가 왔구나. 어쩌면 음식이 모자랄지도 모르겠지만, 뭐 같이 먹자."

숙부에게 이런 말을 들어본 적이 없는 쓰다는 묘한 기분이 들어서 다시 자리에 궁둥이를 붙였다.

"오늘 무슨 일이 있어요?"

"실은 저, 고바야시가 이번에······."

숙부는 그렇게 말한 뒤, 잠깐 고바야시 쪽을 쳐다보았다. 고바야시는 약간 우쭐거리는 기색으로 히죽히죽 웃고 있었다.

"고바야시 군, 무슨 일이 있어?"

"아니, 뭐 아무것도 아니야. 머지않아 결정되면 자네 집에 가서 자세하게 이야기할 테니까."

"하지만 난 내일부터 입원한다고."

"아니, 상관없어. 병원으로 가면 되지 뭐. 병문안 겸해서."

고바야시는 잇달아 그 병원이 어디 있는지, 의사는 누구인지, 이것이 자신에게 필요한 지식이라도 되는 양 꼬치꼬치 물었다. 의사 이름이 자기와 같은 고바야시란 것을 알자 "아, 그럼 저 호리 씨가 다니는" 이라고 하며 갑자기 입을 다물었다. 호리는 쓰다의 매제 성이었다. 그가 어떤 특수한 병 때문에 근처에 있는 그 병원에 다닌다는 것을 고바야시는 잘 알고 있었던 것이다.

나중에 자세하게 들려주겠다는 그의 이야기를 쓰다는 더 듣고 싶었다. 그것은 조금 전에 숙모가 말한 오킨 씨의 결혼 문제 같기도 했다. 또 그렇지 않은 것 같기도 했다. 이 의미심장한 고바야시의 태도에 다소 호기심이 발동한 쓰다는, 그런데도 불구하고 그를 병원으로 놀러 오라고는 하지 않았다.

쓰다가 수술 준비 때문에 안 된다며, 일껏 숙모가 만들어준 고기에도, 생선에도, 평소 그렇게 좋아하던 송이버섯 밥에도 손을 대지 않자과연 숙모도 딱하게 여겼는지 오킨 씨에게 그가 먹을 수 있는 빵과 우유를 사오라고 했다. 질겨서 이빨 사이에 마구 끼는 이 동네 빵에 내심

질렸지만 또 사치스럽다는 말을 들을까봐 겁이 난 쓰다는 얌전하게 차노마에서 가만히 일어서는 오킨 씨의 뒷모습을 배웅했다.

오킨 씨가 방을 나간 뒤 숙모는 모두가 있는 데서 숙부에게 말했다.

"부디 이번 혼담이 성사되어 저 애도 행복하게 살면 좋을 텐데."

"성사될 것 같아."

숙부는 걱정할 것 없다는 투로 대답했다.

"아주 잘될 겁니다."

고바야시의 인사도 가뿐했다. 잠잠한 것은 쓰다와 마고토뿐이었다.

상대방의 이름을 들었을 때 쓰다는 그 남자와 숙부 집에서 한두 번 만난 것 같은 느낌도 들었으나, 기억은 거의 남아 있지 않았다.

"오킨 씨는 그 사람을 알고 있습니까?"

"얼굴은 알고 있어. 말은 해본 적이 없지만."

"그럼 상대방도 말을 해본 적이 없다는 거군요."

"물론이지."

"그런데도 결혼은 잘 이루어지는군요."

쓰다는 이런 말을 할 만한 근거가 자신에게 충분히 있다고 생각했다. 그것을 여러 사람에게 드러내기 위해, 그는 어처구니없다기보다 오히려 이상하다는 표정을 지었다.

"그럼 어떻게 하면 좋겠냐? 누구든지 네가 결혼할 때처럼 해야 한다는 말이냐?"

숙부는 기분이 좀 언짢은 듯한 어조로 쓰다를 쳐다봤다. 쓰다는 오히려 숙모를 의식해서 한 말이었기 때문에 아차 하는 생각이 들었다.

"그런 뜻으로 한 말이 아니에요. 그런 정황인데도 오킨 씨의 결혼이 이루어진다면 돌아가는 모양새가 우습다고 말할 생각은 전혀 없었어요.
설령 어떤 사정이든 결혼만 성립된다면 물론 더할 나위 없이 좋지요."

30

그런데도 자리는 흥이 깨졌다. 지금까지 기분 좋게 흐르던 이야기가
갑자기 물길이 막힌 것처럼 쓰다 다음으로 차례차례 이어져야 할 말길
이 끊겨버렸다.

고바야시는 자기 앞에 있는 맥주 컵을 가리키며 자못 비밀 이야기라
도 하듯 낮은 목소리로 곁에 앉은 마고토에게 물었다.

"마고토 군, 술 한 잔 줄까? 어디 한번 조금 마셔봐."

"써서 싫어."

마고토는 바로 뿌리쳤다. 처음부터 술을 권할 생각이 아니었던 고바
야시는 그것을 기회로 하하하 하고 웃었다. 좋은 상대가 생겼다고 생
각했는지 마고토가 갑자기 고바야시에게 말했다.

"나 1엔 50전짜리 공기총을 갖고 있다. 가져와서 보여줄까?"

마고토는 얼른 일어나 안쪽의 작은방으로 달려가더니 새 장난감을
들고 차노마로 돌아왔다. 고바야시는 내친걸음이라 번쩍번쩍 빛나는
공기총의 예찬자가 되어야 할 것만 같았다. 숙부도, 숙모도 기뻐하는
내 자식을 위해 마지못해 한마디씩 덧붙였다.

"툭하면 시계를 사달라, 만년필을 사달라, 가난한 아비를 졸라대니
원. 그래도 요즘은 말(馬)은 겨우 단념한 모양이니, 뭐 아직은 괜찮다고
봐야겠지."

"말도 의외로 싼 편이죠. 홋카이도에 가면 한 마리에 56엔으로 멋진 놈을 손에 넣을 수 있어요."

"보고 온 듯 말하네."

공기총 덕분에 모두 다시 입을 열게 되었다. 결혼이 다시 화제에 올랐다. 중단된 말이 이어지는 것이 분명했다. 하지만 그것을 입에 올리는 사람들의 전과 다른 기분에 따라 표현이 조금씩 바뀌고 있었다.

"이것만은 참 묘한 거야. 전혀 만나본 적도 없고 모르는 두 사람이 같이 산다고 해서 꼭 이혼하게 되는 건 아니거든. 또 아무리 '이 사람이라면' 하고 굳게 믿고 결혼한 부부라도 언제까지나 화합한다는 보장은 없으니까."

숙모가 겪어온 세상을 정직하게 정리하면 이렇게 될 수밖에 없었다. 이 큰 경험의 한구석에 오킨의 결혼을 안전하게 받아들이려는 그녀의 태도는 변호라기보다는 오히려 설명이었다. 그리고 그 설명은 쓰다가 보기에는 가장 불완전하고 불안전했다. 쓰다는 결혼에 대해 자신의 성실성을 의심하는 것 같은 말투를 드러낸 숙모야말로 이 점에서는 근본적인 성실함이 결여되었다고 느껴졌다.

"그건 팔자 좋은 사람들의 평계야."

숙모는 정색하고 쓰다에게 말했다.

"교제다, 결혼이다, 그런 호강스러운 말을 우리 따위가 어떻게 감히 말할 수 있겠어. 받아주는 사람, 와주는 사람이 있으면 그걸로 감지덕지할 뿐이라고."

쓰다는 모두의 체면상 오킨 씨에 대해 이것저것 말하고 싶지 않았다. 그런 말을 할 만큼 깊은 관계도 아니었고, 게다가 흥미도 없는 쓰다는 단지 숙모가 자신에게 가진 불성실하다는 의혹에서 벗어나기 위해 상대방의 불성실함을 일깨워야 한다는 마음에 사로잡힌 나머지 입을 다물 수만은 없었다. 그는 고개를 갸우뚱거리며 생각에 잠긴 모습으로 말했다.

"어쨌든 오킨 씨의 경우를 비평할 생각은 없지만, 도대체 결혼을 그렇게 쉽게 생각해도 괜찮은 걸까요? 저한테는 어쩐지 불성실한 것처럼 느껴지는데요."

"하지만 가는 쪽에서 성실하게 갈 마음이 들고, 받아주는 쪽에서도 성실하게 받아들일 마음이 되어 있다면 어디 하나 불성실한 데가 있을 리 없잖아, 요시오 군."

"그런 식으로 손쉽게 성실해지느냐가 문제겠지요."

"그렇게 됐으니까 이 숙모가 후지이 가에 시집와서 이렇듯 반듯하게 사는 거 아냐."

"그거야 작은어머님은 그렇지만 요새 젊은이들은……."

"요새든, 옛날이든, 인간사 다른 게 있을까? 전부 자기 결심 하나에 달렸어."

"그렇게 말씀하시면 전혀 논의가 안 돼요."

"논의가 안 돼도 사실상 내 쪽이 요시오 군한테 이기고 있으니까 할 수 없지. 이것저것 제가 좋아하는 것만 취하다가 색시를 얻은 뒤에도 아직 그 버릇을 못 버리고 들떠 있는 쪽보다 이쪽이 얼마나 성실한지 알 리 없지."

좀 전부터 고기를 발라내고 있던 숙부는 자기가 말을 꺼내야 할 때가 왔다는 듯이 접시에서 눈을 거뒀다.

31

"아이고 시끄럽다. 잠자코 들으려니 이건 뭐 숙모와 조카의 대화가 아니네."

이렇게 말하며 두 사람 사이로 비집고 들어온 숙부는 기실 씨름판을 진행하는 심판원도 승패를 결정하는 심판원도 아니었다.

"어째 둘 다 적개심을 가지고 언쟁하는 것 같은데 무슨 일이야. 싸우기라도 했어?"

그의 질문은 단순히 질문의 형식을 갖춘 관심에 지나지 않았다. 마고토를 상대로 구슬 놀이를 하고 있던 고바야시가 이쪽을 훔쳐봤다. 숙모도 쓰다도 약속이나 한 듯 입을 다물었다. 숙부는 마침내 조정자의 태도로 끼어들었다.

"요시오, 너 같은 요즘 젊은이는 좀 이해하기 어렵겠지만 말이야, 숙모는 거짓말을 한 게 아니야. 생면부지의 나한테 시집올 때 이미 단단히 각오하고 왔으니까. 그러니까 숙모는 정말이지 처녀 때부터 결혼한 지금까지 똑같이 성실했던 거야."

"그야 말할 필요도 없이 저도 잘 알고 있어요."

"그런데 그 숙모가 말이야, 어떤 이유로 그런 중대 결심을 했느냐 하면."

슬슬 취기가 오른 숙부는 불쾌한 얼굴을 더 불쾌하게 할 작정인 듯 또 컵을 들어 단숨에 맥주를 들이켰다.

"정말이지 그 이유를 오늘까지 누구한테도 말한 적이 없지만, 어때, 한번 말해볼까?"

"네."

쓰다도 반은 진심이었다.

"실은 말이야, 이 숙모가 저래 봬도 나를 마음에 두고 있었단다. 즉
처음부터 나한테 오고 싶었던 거야. 그러니까 시집오기 전부터 이미
야무지게 각오를 했던 거라고."

"바보 같은 소리 마세요. 누가 당신 같은 추남에게 생각이 있었답디
까?"

쓰다도, 고바야시도 웃음을 터뜨렸다. 어안이 벙벙해진 마고토가 숙
모를 쳐다봤다.

"엄마, 마음에 두고 있었다는 건 뭐야?"

"엄마도 모르니까 아버지한테 물어보렴."

"그럼 아버지, 뭐야, 마음에 두고 있었다는 건?"

숙부는 히죽히죽 웃으며 벗어진 머리 한가운데를 겸연쩍은 듯 어루
만졌다. 그렇게 봐서 그런지 그 벗어진 부분이 쓰다의 눈에는 보통 때
보다 약간 붉어 보였다.

"마고토야, 마음에 두고 있다는 건 말이야. 으음, 이를테면, 뭐 좋아
하는 거란다."

"흐흥, 그러면 좋은 거네."

"그러니까 아무도 나쁘단 말은 안 했어."

"하지만 모두 웃었잖아."

이 대화 도중에 마침 오킨 씨가 돌아왔으므로 숙모는 얼른 마고토의
잠자리를 봐주라고 그를 작은방으로 쫓아버렸다. 신이 난 숙부의 이야
기는 점점 발전했다.

"그거야 옛날에도 연애 사건은 있었지. 아무리 오아사가 무서운 얼굴을 해도 있었던 건 틀림없으니까. 게다가 또 지금 젊은이들은 도저히 이해할 수 없는 부분도 있었으니까, 묘하지. 옛날에는 여자가 남자한테 반했지, 남자는 결코 여자한테 반하지 않았어. 그렇지, 오아사?"

"무슨 말인지 모르겠어요."

숙모는 마고토가 일어선 자리에 앉더니 재빠르게 송이버섯 밥을 그릇에 수북이 담아 이내 비우기 시작했다.

"그렇게 화를 내도 할 수 없어. 그게 거짓 없는 사실이고, 또 일종의 철학이 깃들어 있는 거니까. 지금 내가 그 철학을 설명해줄게."

"그런 어려운 말은 듣지 않아도 좋아요."

"그럼 젊은이들한테만 가르쳐줄게. 요시오도, 고바야시도 참고삼아 잘 들어두는 게 좋아. 도대체 너희들은 남의 집 딸들을 뭐라고 생각해?"

"여자라고 생각합니다."

쓰다는 왠지 딴지를 걸고 싶어 일부러 이렇게 대꾸했다.

"그렇지? 단지 여자라고만 생각할 뿐 딸로는 보지 않지? 그게 우리와 크게 다른 점이야. 우리는 남의 집 딸들을 부모와 떨어진 독자적인 존재로 바라본 적이 아직 한 번도 없어. 그래서 어느 집 아가씨를 봐도 그 아가씨에게는 부모라는 소유자가 틀림없이 붙어 있기 때문에 처음부터 체념했지. 그러니까 아무리 반하고 싶어도 반해서는 안 되는 게 도리였어. 왜냐고? 반한다거나 사랑한다는 건, 즉 상대를 이쪽이 소유해버린다는 의미잖아. 이미 소유권이 있는 것에 손을 댄다는 건 도둑이나 마찬가지지. 그런 이유로 도리를 중시 여기는 옛날 남자는 결코 반하지 않았어. 단, 여자는 확실히 반했지만 말이야. 지금 눈앞에서 송이버섯 밥을 먹고 있는 오아사도 실은 나한테 반했던 거라고. 그런데 나는 일찍이 오아사를 사랑해본 기억이 없어."

"쓸데없는 말 그만하고 밥이나 드세요."

마고토를 재우러 간 오킨 씨를 다시 부른 숙모는 그녀에게 모두의 밥공기에 밥을 푸라고 일렀다.

32

식후의 이야기는 이제 활기를 잃었다. 그렇다고 해서 특별히 조용한 화제로 바뀐 것도 아니었다. 모두의 흥미를 끄는 공통 화제가 끊어진 것뿐이었다. 그들은 각자 제멋대로 지껄인 뒤 아무도 그것의 가닥을 잡아 갈무리하려고 노력하는 이가 없다는 걸 알아차렸다.

밥상 앞에서 두 무릎을 세우고 앉은 숙부는 취기가 오른 듯 연달아 하품을 했다. 숙모가 하녀를 불러 먹다 남은 음식을 부엌으로 치우도록 했다. 조금 전부터 착 가라앉은 분위기에 짓눌린 쓰다의 가슴에 오늘 밤 들었던 숙부의 말이 달 표면을 스치는 뜬구름처럼 이따금 엷은 그늘을 드리웠다. 그때마다 남이 보면 맥주 거품과 함께 사라질 말을 쓰다는 오히려 의미 있는 듯 곰곰이 곱씹었다. 거기까지 생각이 미쳤을 때 그는 자기 일이면서도 기분이 상했다.

그와 함께 그는 자신과 숙모 사이에 주고받은 말도 되새겨보지 않을 수 없었다. 그 응수를 하는 내내 그는 자신을 억누르면서 될 수 있으면 자기 마음을 밖으로 드러내지 않으려고 애썼다. 거기에 그의 자존심과 더불어 일종의 불쾌감이 잠재해 있다는 것은 그의 상한 기분이 잘 대변해주고 있었다.

반나절 이상을 허비한 이 오랜만의 방문을 단순히 쾌불쾌의 입장에서 바라본 쓰다는 순간적으로 그와 대조적인 요시카와 부인의 활달함과 그 집의 멋진 응접실을 기억의 무대에 떠올렸다. 이어서 요즘 트레머리를 제 손으로 어렵사리 쪽을 찐 오노부의 얼굴이 눈앞에 어른거렸다.

그는 자리에서 일어서려고 하면서 고바야시를 뒤돌아보았다.

"넌 아직 더 있을 거야?"

"아니. 나도 이제 일어나야지."

고바야시는 피우다 만 담배를 바지 주머니에 얼른 쑤셔 넣었다. 그러자 그들이 일어나는 순간 숙부가 금방 생각났다는 듯이 입을 열었다.

"오노부는 어떠냐? 한번 가본다, 가본다 하면서 그만 사는 데 쫓기다 보니 한참 연락을 못 했다. 잘 말해다오. 네가 집을 비우면 시간이 남아돌 텐데 도대체 뭘 하며 보낼 생각일까?"

"별로 할 일도 없을 겁니다."

이렇게 건성으로 대답한 쓰다는 무엇을 떠올렸는지 갑자기 말을 이었다.

"병원에 같이 들어가고 싶다고 속 편한 말을 하는가 하면, 머리를 깎아라, 목욕탕에 가라, 작은어머니보다도 훨씬 까다로워요."

"기특하구나. 너 같은 멋쟁이한테 그토록 신경을 쓰는 사람은 아무도 없을 텐데."

"너무 행복해서 탈이지요, 뭐."

"연극은 어때? 요즘도 보러 가?"

"예, 가끔 갑니다. 이번에도 오카모토 씨한테서 초대받았는데 공교롭게도 제가 덜컥 수술을 받게 돼서."

쓰다는 그쯤에서 잠시 숙모 쪽을 보았다.

"어떠세요, 작은어머니. 가까운 시일 안에 제국극장으로 안내해드릴까요? 가끔은 그런 데 가보는 것도 약이에요. 기분이 밝아져요."

"응 고맙다. 하지만 요시오 군 안내라면……."

"싫으세요?"

"싫다기보다 언제가 될지 모르니까."

극장 따위를 별로 좋아하지 않는 숙모의 이 대답을 짐짓 진지하게 받아들인 쓰다는 멋쩍게 머리를 긁적였다.

"이렇게 신용이 없어서야 나도 끝장이다."

숙모는 흥 하고 웃었다.

"연극은 아무래도 좋은데, 요시오 군 교토는 어때, 그 후?"

"교토에서 무슨 말이 있었어요, 이쪽으로?"

쓰다는 조금 진지한 표정으로 숙부와 숙모의 얼굴을 견주어 보았다. 그렇지만 두 사람은 아무 대답도 하지 않았다.

"실은 저한테 이번 달은 송금을 못 하니까 제 쪽에서 알아서 하라는 아버지 편지가 왔어요. 너무 야박하지 않아요?"

숙부는 웃기만 했다.

"형님이 화가 나신 모양이구나."

"도대체 오히데가 쓸데없는 말을 해서 그래요."

쓰다는 약간 부아가 돋는다는 듯 여동생의 이름을 입에 올렸다.

"오히데한테는 허물이 없어. 처음부터 요시오 군 잘못이니까."

"그야 그럴지도 모르지만, 어느 나라에 도대체 아버지한테 받은 돈을 또바기 갚는 놈이 있답디까?"

"그럼 처음부터 매달 또바기 갚는다는 약속을 안 했더라면 좋았을 걸. 게다가……."

"아이고, 알았어요, 작은어머니."

쓰다는 그 모습에서 도저히 이길 수 없다고 확신한 후 자리에서 일어났다. 그러나 패배한 나머지 서둘러 물러서는 자신의 모습에 위신을 세우려고 고바야시를 끌고 함께 밖으로 나오는 것을 잊지 않았다.

33

밖에는 바람도 없었다. 가라앉은 공기가 잰걸음으로 걷는 두 사람의 뺨을 싸늘하게 스쳤다. 별이 반짝이는 먼 하늘에서 눈에 보이지 않는 투명한 밤이슬이 촉촉이 내리는 것 같았다. 쓰다는 저도 모르게 외투를 어루만졌다. 그 외투 속으로 스며드는 서늘한 느낌을 손끝으로 선명하게 맛본 그는 고바야시를 돌아다보았다.

"낮에는 따뜻해도 밤에는 역시 추워."

"응. 무엇보다도 가을이니까. 정말로 외투가 생각날 정도다."

고바야시는 새로 장만한 신사복 위에 아무것도 입고 있지 않았다. 일부러 발끝을 사각으로 두툼하게 만든 딱딱한 아메리카식 구두를 덜거덕덜거덕 울리며 굵은 스틱을 어색하게 휘두르는 그의 태도는 마치 차가운 공기에 저항하는 데모꾼과 다르지 않았다.

"너 학교 다닐 때 자랑하던 그 외투는 어떻게 했어?"

그는 쓰다에게 느닷없는 질문을 던졌다. 쓰다는 그 외투를 과시하던 당시를 떠올리지 않을 수 없었다.

"응, 아직 있어."

"아직 입어?"

"아무리 내가 옹색하다고 해도 학생 시절에 입던 외투를 그렇게 신줏단지 모시듯 언제까지나 입고 있을까?"

"그래? 그럼 마침 잘 됐다. 그거 나한테 줘."

"갖고 싶다면 줄 수도 있지."

쓰다는 오히려 냉랭하게 대답했다. 양말까지 새것을 신은 남자가 남의 헌 옷을 달라고 하는 것은 좀 모순이었다. 적어도 그 사람의 생활을 가로막는 불규칙한 물질적 불안을 입증하고 있었다. 한참 뒤 쓰다가 고바야시에게 물었다.

"왜 그 신사복을 장만할 때 외투는 안 샀어?"

"자기처럼 나를 생각해선 곤란해."

"그럼 어떻게 그 신사복이랑 구두를 살 수 있었지?"

"묻는 심술이 좀 지나치구나. 아무리 내가 가난하다 해도 아직 도둑질할 정도는 아니니까 안심하라고."

쓰다는 얼른 입을 다물었다.

두 사람은 높은 언덕길로 나왔다. 넓은 골짜기 사이로 맞은편에 보이는 작은 언덕이 괴수 등허리처럼 검고 길게 가로놓여 있었다. 가을밤을 밝히는 등불이 여기저기 띄엄띄엄 따뜻함을 흘리고 있었다.

"이봐, 가는 길에 어디 들어가서 술 한잔하자."

쓰다는 대답을 하기 전에 우선 고바야시의 모습을 살폈다. 그들의 오른쪽에는 높은 둑, 그 둑 위에는 울창한 대나무 숲으로 온통 뒤덮여 있었다. 바람이 없어서 대나무는 울지 않았지만, 잠자고 있는 것처럼 보이는 그 조릿대 잎끝이 계절에 걸맞은 쓸쓸한 느낌을 쓰다에게 던졌다.

"여기는 기분 나쁘게 음침한 곳이네. 내로라하는 고관 대작의 집 뒤쪽이어서 언제까지나 이렇게 내버려 두는 모양이지. 빨리 개간해버리면 좋을 텐데."

쓰다는 이렇게 말하며 고바야시의 권유를 얼버무리려고 했다. 그러나 고바야시의 눈에 대나무 숲 따위는 전혀 들어오지 않았다.

"이봐, 가자고. 오래간만인데."

"금방 마셨는데, 벌써 또 마시고 싶어?"

"금방 마셨다고? 그 정도 가지고 마셨다고는 할 수 없지."

"하지만 너, 그걸로 충분하다고 거절하지 않았어?"

"선생님이나 사모님 앞에서는 조심스러워서 실컷 마실 수 없으니 별수 없이 그렇게 말했지. 전혀 안 마신다면 모를까, 그 정도 마셔서는 오히려 독이야. 나중에 코가 삐뚤어지게 취하지 않으면 몸에 탈이 나거든."

자기 형편에 그럴듯한 구실만 제멋대로 만들어 어떻게든지 쓰다를 끌어들이려는 고바야시는 성가신 동반자였다. 그는 지나가는 말로 물었다.

"네가 사는 거지?"

"응, 그래도 좋아."

"그래 어디로 갈 거야?"

"어디든 상관없지 뭐. 어묵 집 어때?"

둘은 말없이 언덕길을 내려왔다.

34

길의 방향으로 보면 쓰다는 그곳에서 오른쪽으로 꺾고, 고바야시는 곧장 가야 했다. 그러나 고바야시는 모자를 고쳐 쓰며 한사코 헤어지려고 하는 쓰다의 얼굴을 빤히 들여다보며 말했다.

"나도 그쪽으로 갈 거야."

그들이 가는 방향에는 먹고 마실 만한 동네가 여기저기 보였다. 그 중간쯤에 있는 술집 같은 가게의 유리문에서 따뜻한 불빛이 새어 나오는 것을 발견하자 고바야시는 바로 멈춰 섰다.

"여기가 좋겠다. 여기로 들어가자."

"난 싫어."

"네 마음에 드는 고급 술집은 이 근처에 없으니까 이쯤에서 참아줘."

"난 병이 있다고."

"괜찮아, 병은 내가 책임질 테니까 걱정하지 마."

"농담 그만해. 싫어."

"부인한테는 내가 잘 변명할게."

성가셔진 쓰다는 고바야시를 그곳에 남겨둔 채 후딱 가려고 했다. 그러자 그와 닿을락 말락 다가온 고바야시가 정색한 얼굴로 따졌다.

"그렇게 싫어, 나랑 술 마시는 게?"

실제로 그렇게 싫었던 쓰다는 그 말을 듣자 그 자리에서 걸음을 멈추었다. 그리고 자기 속내와는 전혀 다른 말을 결단하듯 뱉었다.

"그럼 마시자."

두 사람은 곧장 환한 유리문을 열고 안으로 들어갔다. 손님은 그들을 제외하고 대여섯 명뿐이었지만 가게가 별로 넓지 않아서 그런지 제법 북적대는 것처럼 보였다. 대개 비어 있기 마련인 구석 자리에 마주 앉은 두 사람은 주문한 것이 나오는 동안 다소 호기심 어린 눈초리로 주위를 둘러보았다.

눈에 띄는 손님 중 사회적 지위가 있어 보이는 차림새는 하나도 없었다. 목욕탕에서 돌아오는 길인 듯 작업복 어깨에 젖은 수건을 걸친 사람, 무명옷에 폭 좁은 허리띠를 질끈 매고 하오리(일본 옷 위에 입는 짧은 겉옷. 평상복에서부터 격식을 차린 장소에서 착용하는 예복까지 다양하다) 옷끈에 거드름을 피우듯 비취 장식을 단 사람은 차라리 상등에 속하는 편이었다. 훨씬 형편없는 사람은 넝마주이로밖에 보이지 않았다. 배가리개를 한 인력거꾼 복장의 사람도 눈에 띄었다.

"어때? 서민적이어서 좋잖아."

고바야시는 쓰다 술잔에 술을 따르며 이렇게 말했다. 이 말을 부정하는 것처럼 갓 장만한 화려한 그의 신사복이 새삼스레 쓰다의 눈에 비쳤지만 그 자신은 전혀 그것을 자각하지 못하는 것 같았다.

"난 너와 달라서 뭐라 해도 하류 사회에 동정이 가니까."

고바야시는 흡사 모두가 자기 의형제라는 듯 우호적인 얼굴로 주위를 휘둘러보았다.

"보시라. 그들은 모두 상류 사회 사람들보다 숨김없는 표정을 짓고 있지 않은가."

말릴 기운도 없었던 쓰다는 일동을 휘둘러보기는커녕 오히려 고바야시를 빤히 쳐다봤다. 고바야시는 금방 수그러졌다.

"모르긴 해도 거나하게 취해 있을 거다."

"상류 사회 사람도 거나하게 취한다고."

"하지만 취하는 방식이 달라."

쓰다는 굳이 그 차이를 묻지 않았다. 고바야시는 조금도 기가 죽지 않고 벌컥벌컥 술잔을 비웠다.

"너는 이런 인간을 경멸할 거야. 동정할 가치조차 없다고 처음부터 업신여길 거야."

이렇게 투덜댄 그는 쓰다가 미처 대답도 하기 전에 맞은편에 있는 우유 배달원처럼 보이는 젊은 사람에게 말을 걸었다.

"그렇지, 자네, 정말 그렇지?"

느닷없는 하소연에 부딪힌 젊은이는 탄탄해 보이는 굵은 목덜미를 돌려 이쪽을 바라보았다. 그러자 고바야시는 얼른 술잔을 건넸다.

"으음, 자네, 한 잔 마시게."

젊은이는 히죽히죽 웃었다. 불행하게도 그와 고바야시 사이는 거리가 좀 있었다. 일어나 술잔을 받을 용의가 없는 그는 미소만 지을 뿐 움직이지 않았다. 그러나 그것만으로도 고바야시는 만족한 것 같았다. 내민 술잔을 도로 거둬들여 자기 입으로 가져간 그는 또 쓰다에게 말했다.

"자, 봤지? 상류 사회처럼 시건방진 사람은 한 사람도 없잖아."

 망토를 입은 몸집 작은 남자가 작업복 차림의 상고머리와 엇갈려 들어오더니 두 사람과 약간 떨어진 곳에 앉았다. 헌팅캡 챙을 깊숙이 눌러쓴 망토 차림의 남자는 일단 주위를 한 번 빙 둘러본 다음 품속에 손을 집어넣었다. 그러고는 얇고 작은 수첩을 꺼내더니 읽는지, 생각하는지 뚫어지게 바라보았다. 그는 시간이 지나도 낡아빠진 망토를 벗으려고 하지 않았다. 모자도 머리에 쓴 채였다. 그러나 수첩은 그리 오래 펼치지 않았다. 소중하게 그것을 품속에 넣고, 이번에는 술을 마시면서 힐끗힐끗 다른 손님들을 곁눈질하기 시작했다. 그 사이사이 깡똥한 외투의 깃 밑에서 손을 꺼내 엷은 콧수염을 쓰다듬었다.

 조금 전부터 알게 모르게 그를 의식한 두 사람은 자신들의 시선이 그의 시선과 마주치자 얼른 얼굴을 돌려 자기들끼리 마주 보았다. 고바야시가 약간 뻗대듯 말했다.

 "누군지 알아?"

 쓰다는 처음의 자세를 무너뜨리지 않았다. 전혀 대답할 가치도 없다는 투로 말했다.

 "누군지 알 게 뭐야."

 고바야시는 한층 목소리를 낮췄다.

 "저놈은 형사야."

 쓰다는 대꾸하지 않았다. 상대보다 주량은 떨어졌지만 그는 상대보다 평정을 잃지 않았다. 말없이 자기 앞에 있는 작은 사기 술잔을 비웠다. 고바야시는 얼른 거기에 철철 넘치도록 술을 부었다.

"저 눈초리 좀 봐."

입가에 엷은 웃음을 띤 쓰다는 그제야 입을 열었다.

"너처럼 상류 사회를 멋대로 힐뜯으면 당장 사회주의자로 오인돼. 조심해."

"사회주의자?"

고바야시는 일부러 목청을 높이고는 새삼스레 망토 쪽을 바라보았다.

"웃기지 마. 이래 봬도 난 선량한 빈민의 동정자야. 나한테 비하면 없는 자에게 고상한 척 가장하는 자네들이야말로 상당히 질이 나빠. 어느 쪽이 경찰에 끌려가야 마땅한지 잘 생각해봐."

헌팅캡을 쓴 남자가 말없이 아래만 내려다보고 있자 고바야시는 쓰다에게 대들 수밖에 도리가 없었다.

"너는 이런 막노동자나 인부를 처음부터 인간으로 취급하지 않을지 몰라도."

고바야시는 또 이렇게 말을 꺼내며 주위를 둘러보았는데 공교롭게도 막노동자나 인부 같은 사람은 하나도 없었다. 그래도 그는 전혀 상관하지 않고 지껄여댔다.

"그들이 너나 형사보다 얼마나 인간답고 숭고한 본성을 지니고 있는지 너 따위가 알 리 없지. 단지 인간다운 아름다움이 가난이라는 먼지로 더럽혀져 있을 뿐이야. 쉽게 말해 목욕탕에 갈 수 없으니까 더러운 거라고. 우습게 보지 마."

고바야시의 말투는 빈민을 변호한다기보다 오히려 자기 자신을 변호하는 것처럼 들렸다. 그러나 무턱대고 상대를 했다가 체면을 구기기라도 하면 난처해지리라는 생각이 든 쓰다는 일부러 논쟁을 피했다.

그러자 고바야시는 더욱 집요하게 물고 늘어졌다.

"넌 입을 다물고 있는데 내 말을 믿지 않는 모양이구나. 확실히 믿지 않는 얼굴이야. 자, 그렇다면 내가 설명해주지. 너는 러시아 소설을 읽어봤겠지?"

러시아 소설을 한 권도 읽은 적이 없는 쓰다는 여전히 아무 말도 하지 않았다.

"러시아 소설, 특히 도스토옙스키 소설을 읽은 놈은 틀림없이 알고 있을 거다. 아무리 인간이 비천해도 아무리 교육을 받지 못했다고 해도 때로는 눈물이 흘러넘칠 만큼 고마운, 그리고 조금도 꾸미지 않은, 더없이 높고 순수한 감정이 그 사람의 입에서 샘물처럼 흘러나온다는 걸. 넌 그걸 허위라고 생각하나?"

"난 도스토옙스키의 소설을 읽어본 적이 없어서 몰라."

"선생님께 물었더니 선생님은 그건 전부 거짓말이라고 하더군. 그렇게 고상한 정조를 일부러 속된 그릇에 담아 감상적으로 독자를 자극하는 책략에 불과하다, 다시 말해 도스토옙스키가 먹혀들어 간 덕분에 많은 모방자가 속출해서 터무니없이 저속해진 일종의 예술적 꼼수에 불과하다는 거야. 하지만 난 그렇게 생각하지 않아. 선생님께 그런 말을 들으면 화가 나. 선생님은 도스토옙스키를 몰라. 아무리 나이를 먹어도 선생님은 책상물림일 뿐이라고. 아무리 젊다고 해도 난……."

고바야시의 말은 점점 힘이 빠졌다. 끝내 그는 북받치는 감정을 추스를 수 없다는 표정으로 식탁보 위에 눈물을 뚝뚝 떨어뜨렸다.

36

불행하게도 쓰다의 심장에는 상대방에게 휘말릴 정도로 취기가 돌지 않았다. 공감은커녕 오히려 한발 떨어져서 이 흥분한 상대를 바라보는 그의 눈은 이미 비판적이었다. 그는 고바야시를 울린 것이 술인지 숙부인지 아리송했다. 도스토옙스키인지 일본의 하류 사회인지 아리송했다. 그 어느 쪽이든 자기와 상관이 없다는 것도 잘 알고 있었다. 그는 재미가 없었다. 또 불안했다. 감상주의자가 그의 앞에 떨어뜨린 눈물 자국을 단지 성가신 듯 바라볼 뿐이었다.

형사로 보이는 남자는 품속에서 또 얇은 수첩을 꺼내 그 안에 연필로 뭔가를 열심히 끄적이기 시작했다. 또 고양이처럼 은밀하게, 또 고양이처럼 모든 것을 주시하는 듯한 그의 거동이 쓰다를 묘한 기분에 휩싸이게 했다. 하지만 고바야시의 취기는 이미 그런 수준을 넘어섰다. 형사 따위는 전혀 안중에 없었다. 그는 새로 장만한 신사복의 팔을 느닷없이 쓰다의 코앞으로 불쑥 내밀었다.

"넌 내가 더러운 옷을 입고 있으면 더럽다고 날 비웃겠지. 어쩌다 깨끗한 옷을 입으면 이번에는 깔끔한 체한다고 또 비웃겠지. 그럼 내가 어떻게 하면 좋겠어? 어떻게 하면 너한테 존중받을 수 있어? 제발 부탁이야, 가르쳐줘. 난 이래 봬도 너한테 존중받고 싶다고."

쓰다는 쓴웃음을 지으며 그의 팔을 밀어냈다. 이상하게도 그 팔에는 저항력이 없었다. 처음의 기세가 갑자기 어디로 사라졌는지, 팔을 제자리로 얌전하게 거둬들였다. 하지만 그의 입은 팔만큼 솔직하지 못했다. 손을 거둬들인 그는 금방 입을 열었다.

"난 네 뱃속을 속속들이 들여다보고 있어. 너는 내가 이렇게 하류 사회를 동정하면서 가난뱅이 주제에 새 양복 따위를 사 입는 걸 모순이라고 비웃고 싶겠지."

"아무리 가난해도 양복 한 벌쯤 장만하는 건 당연해. 옷이 없으면 발가벗고 거리를 다녀야 하잖아. 장만하면 어때. 아무도 뭐라고 하지 않아."

"그건 그렇지 않아. 넌 나를 단지 모양만 낸다고 여기고 있어. 겉멋만 부린다고 판단하는 거야. 그게 나빠."

"그래? 그건 미안하다."

더는 견딜 수 없다고 체념한 쓰다는 이쯤에서 손들어버리는 것이 편하겠다고 생각하고 도나캐나 맞장구를 쳤다. 그러자 고바야시의 태도도 자연스레 달라졌다.

"아니 내가 나빠, 나빴어. 나한테도 멋 부리고 싶은 마음이야 있지. 그건 나도 충분히 인정해. 인정하는 건 인정하지만 내가 이번에 왜 이 신사복을 장만했는지 그 이유를 넌 모르겠지."

그런 특별한 이유를 쓰다는 물론 알 리 없었다. 알고 싶지도 않았다. 하지만 내친걸음이라 물어보지 않을 수도 없었다. 활개를 펼친 고바야시는 스스로 자기 옷을 둘러본 뒤, 왠지 불안한 듯 말했다.

"실은 이 옷을 입고 가까운 시일 내에 떠날 생각이야. 조선으로 갈 거야."

쓰다는 뜻밖이라는 낯꽃으로 상대방을 쳐다보았다. 더불어 조금 전부터 신경에 거슬렸던 삐딱한 넥타이를 고쳐 매게 한 다음 다시 그의 말에 귀를 기울였다.

오랫동안 숙부가 운영하는 잡지사에서 편집하고 교정을 보며 틈틈이 자신이 쓴 원고를 들고 돈이 될 만한 곳을 찾아 여기저기 기웃거리는 등 시종 바빠 보였던 그였다. 그러나 도저히 도쿄에서 배겨나지 못하게 되자 마침내 조선으로 건너가 그곳 모 신문사에 들어가기로 거의 이야기가 되어 있다고 했다.

"이렇게 힘들어서야 아무리 도쿄에서 참고 견뎌도 희망이 없거든. 미래가 없는 곳에 사는 건 정말 싫다."

조선으로 간다면 그 '미래'가 모든 준비를 하고 자신을 기다리고 있다는 듯이 말한 그는 방금 한 말을 취소하는 듯한 말도 꺼냈다.

"이를테면 나 같은 인간은 일생을 떠돌아다닐 운명을 타고났는지도 몰라. 아무리 해도 정착할 수가 없거든. 설혹 내가 정착해서 안정된 생활을 하고 싶어도 세상이 나를 가만 놔두지 않으니 가혹할 뿐이야. 도피자가 될 수밖에 방법이 없잖아."

"불안한 건 너만이 아냐. 나도 안정된 생활과는 거리가 멀어."

"호강에 겨운 말 그만해. 네가 안정하지 못하는 건 사치니까. 내 쪽은 죽을 때까지 빵을 쫓아가야 하니까 괴롭단 말이야."

"하지만 불안정한 건 현대인의 특징이잖아. 괴로운 건 너만이 아니야."

고바야시는 쓰다의 말에 조금도 위로받은 기색이 아니었다.

37

아까부터 두 사람을 보고 있던 술집 여자가 느닷없이 다가오더니 일부러 식탁을 치우기 시작했다. 그것을 신호로 망토를 입은 남자가 쑥 일어났다. 이미 술을 그만두고 이야기만 나눈 두 사람도 모른 척하고 앉아 있을 수 없게 되었다. 쓰다는 기회를 포착하자마자 얼른 일어섰다. 고바야시는 자리에서 일어서기 전에 앞에 놓인 담뱃갑을 집어 들었다. 그리고 거기서 담배 한 개비를 꺼내 불을 댕겼다. 돌아가는 길에 품삯을 챙기는 것 같은 그 동작이 담뱃갑을 건네받아 주머니에 넣는 쓰다의 눈을 빈정거리듯 근지럽게 했다.

그리 늦은 시각은 아니었지만 가을의 밤거리는 의외로 빨리 깊어졌다. 낮에는 들리지 않던 굉음을 끌며 전차가 멀리 사라지고 있었다. 제각기 다른 기분에 잠겨 있는 두 사람의 그림자가 아직 떨어지지 않은 채 강둑을 따라 움직였다.

"조선에는 언제 갈 예정이야?"

"어쩌면 네가 병원에 들어가 있는 동안일지도 몰라."

"그렇게 빨리 가?"

"아니, 꼭 그렇지는 않아. 다시 한 번 선생님이 저쪽 주필을 만나지 않으면 확실한 건 몰라."

"일하게 될 날, 아니면 떠나는 날?"

"으응, 뭐……."

그의 대답은 조금 애매했다. 쓰다가 더 캐묻지 않고 성큼성큼 걷기 시작하자 그는 또 말을 바꿨다.

"솔직히 말하면 나는 가고 싶지 않거든."

"작은아버지가 꼭 가야 한다고 강요하시니?"

"아니, 그렇지는 않아."

"그럼 그만두면 되잖아."

쓰다의 말은 누구에게나 뻔한 반응일 뿐이었지만 동정에 굶주린 상대의 기분을 가혹하게 건드린 것이나 다름없었다. 몇 걸음 뒤 고바야시가 갑자기 쓰다를 향했다.

"쓰다 군, 나는 외로워."

쓰다는 대답하지 않았다. 두 사람은 말없이 걸었다. 얕은 강바닥 한가운데를 있는 듯 없는 듯 흐르고 있던 검은 강물이 흐릿한 교각 밑으로 사라지자 강물은 들릴 듯 말듯 전차가 지나가는 짬짬이 졸졸 소리를 냈다.

"난 역시 가야겠어. 아무래도 가는 편이 나을 테니까."

"그럼 가라고."

"응, 가고말고. 이런 데서 바보 취급당하는 것보다 조선이나 대만에 가는 게 훨씬 나아."

그의 말투는 높고 날카로웠다. 쓰다는 갑자기 부드럽게 대하자는 생각이 들었다.

"너무 그렇게 비관하면 안 돼. 젊고 건강하면 어디를 가든 성공할 수 있잖아. 네가 떠나기 전에 송별회라도 한번 열자, 네 기분 전환도 해줄 겸."

이번에는 고바야시 쪽에서 대답하지 않았다. 쓰다는 재차 보조를 맞추는 태도로 나왔다.

"네가 가면 오킨 씨가 결혼할 때 곤란하잖아."

고바야시는 여태껏 머릿속에 없었던 여동생 일이 문득 떠올랐다는 듯이 쓰다를 쳐다봤다.

"응, 그 애도 불쌍하지만 할 수 없지. 이렇게 부질없는 오라비를 둔 것을 불행이라고 생각하고 체념할 수밖에."

"네가 없어도 작은아버지, 작은어머니가 잘 돌봐주실 거야."

"뭐 그럴 테지. 방법이 없으니까. 아니면 이번 혼담을 거절하고 언제까지나 선생님 댁에서 하녀 대신 일을 맡게 하든가. 으음, 어느 쪽이든 마찬가지겠지. 그것보다 나는 아직 선생님께 폐 끼칠 일이 하나 더 있어. 만약 가게 된다면 선생님께 여비를 빌려야 하거든."

"저쪽에서 안 줘?"

"줄 것 같지 않아."

"어떻게든 받아내야지."

"글쎄."

짧은 침묵을 깨뜨린 뒤 그는 또 혼잣말처럼 중얼거렸다.

"여비는 선생님께 빌려, 외투는 너한테서 받아, 유일한 여동생은 내버려 두고 떠나……, 걱정할 것이 없구나."

이것이 이날 밤 고바야시의 입에서 나온 마지막 대사였다. 두 사람은 마침내 헤어졌다. 쓰다는 뒤도 돌아보지 않고 부랴부랴 집 쪽으로 걸음을 재촉했다.

38

대문은 여느 때처럼 꼭 잠겨 있었다. 그는 쪽문에 손을 댔다. 그런데 오늘 밤은 그 쪽문도 열리지 않았다. 여닫이가 신통찮은 탓이라고 생각해서 두세 번 다시 열어보았지만, 힘껏 문을 당겼을 때 안쪽에서 덜

커덕하는 빗장 소리만 들리자 그는 별수 없이 단념했다.

그는 이 상상도 하지 못한 일에 고개를 갸웃거리며 한동안 문 앞에 우두커니 서 있었다. 새살림을 차린 이래 한 번도 외박한 경험이 없던 그는 어쩌다가 밤늦게 돌아온 적은 있어도 아직 이런 경험을 한 적은 없었다.

오늘 그는 저녁 무렵부터 빨리 집으로 돌아오고 싶었다. 작은집에서 대충 저녁을 때운 것도 어쩔 수 없어서였다. 마시고 싶지 않은 술을 조금 든 것도 고바야시에 대한 의리 때문이었다. 저녁 이래 그는 오히려 오노부의 모습을 내내 마음에 담고 지냈다. 그토록 쌀쌀한 밖에서 돌아온 그는 따뜻한 가정의 불빛을 그리며 오로지 그 생각만으로 걸음을 재촉한 것이나 다름없었다. 질주하다가 갑자기 나타난 장애물 앞에서 소스라치는 말처럼 그의 기대도 문 앞에서 갑자기 무너져버렸다. 그리고 그리된 것이 오노부 때문인지 우연인지는 지금의 그로서는 결코 간단한 문제가 아니었다.

그는 손을 들어 열리지 않는 쪽문을 쿵쿵 두 번 두드렸다. "문 열어"라는 게 아니라 "문을 왜 잠갔어?"라고 따지는 듯한 소리가 깊어가는 거리의 어둠 속으로 울려 퍼졌다. 그러자 안쪽에서 바로 "네"라는 대답이 들렸다. 거의 반사적이라 할 만큼 순식간에 그의 고막을 파고든 목소리의 주인은 하녀가 아니라 오노부였다. 얼른 마음을 가다듬은 그는 쪽문 쪽으로 귀를 쫑긋했다. 일이 있을 때만 켜는 현관 앞 옥외등 스위치를 비트는 소리가 또렷이 들렸다. 격자문이 금방 드르륵 열렸다. 입구의 여닫이문을 채 닫지 않은 것도 확실했다.

"누구세요?"

쪽문 바로 안까지 온 발소리가 멎고 오노부가 마치 보초병처럼 물었다. 그는 더욱 안달했다.

"빨리 열어, 나야."

오노부는 "어머나!" 하고 소리쳤다.

"당신이었구나. 용서하세요."

빗장을 덜거덕 열고 남편을 안으로 들인 그녀는 다른 때보다 좀 창백한 얼굴이었다. 그는 현관에서 차노마로 얼른 빠져나갔다.

차노마는 여느 때처럼 깔끔하게 정돈되어 있었다. 무쇠 주전자에서는 여느 때와 다름없이 물이 끓고 있었다. 화로 앞에는 으레 두꺼운 모슬린 방석이 그의 귀가를 기다렸다는 듯이 놓여 있었다. 오노부 자리에는 그녀의 방석 이외에 여자용 벼룻집이 나와 있었다. 전복 조가비로 매화꽃을 박은 자개 뚜껑은 옆에 놓여 있고, 바닥이 배 껍질처럼 비쳐 보이도록 표면을 갈고 닦은 벼루가 먹물에 젖어 있었다. 가는 붓끝이 두루마리 종이 위에 먹물을 번지게 하며 중간쯤 쓰다가 만 편지 말미를 더럽히고 있는 것은 소유자가 급히 자리를 떴다는 증거였다.

문단속을 하고 남편 뒤를 따라 들어온 오노부는 잠옷 위에 평상복 윗도리를 걸친 채 거기에 털썩 주저앉았다.

"정말 미안해요."

쓰다는 눈을 들어 벽시계를 봤다. 시곗바늘은 지금 막 11시를 가리키고 있었다. 결혼 후 그가 이렇게 늦은 시각에 돌아온 것은 예외로 친다고 해도 결코 처음은 아니었다.

"왜 사람을 내쫓으려고 해. 안 들어올 거로 생각했어?"

"아뇨, 아까부터 이제나저제나 하고 오시기를 기다렸어요. 나중에는 너무 외로워 견딜 수 없어서 급기야 친정에 편지를 쓰기 시작했어요."

오노부의 양친은 쓰다의 부모처럼 교토에 살았다. 쓰다는 그 적다가 만 편지를 멀찌감치 서서 바라보았다. 그렇지만 아직 이해가 가지는 않았다.

"기다리는 사람이 어떻게 문을 잠그고 있어. 무슨 일이 일어날 것 같아서야?"

"아뇨, 전 잠그지 않았는데요."

"하지만 잠겨 있던 건 사실이잖아."

"오토키가 어젯밤 잠근 채 잊어버린 걸 거예요, 분명히. 아이 미워, 당신."

이렇게 말하며 오노부는 언제나 하는 버릇대로 씰룩씰룩 눈썹을 움직였다. 낮에는 볼일이 없는 쪽문의 빗장을 아침에 푸는 것을 깜박 잊어버렸다는 변명은 결코 생뚱맞은 소리는 아니었다.

"오토키는 뭐 하고 있어?"

"아까 먼저 재웠어요."

하녀를 깨워서까지 책임 소재를 밝힐 필요를 느끼지 않은 쓰다는 쪽문 건은 그대로 넘긴 채 잠자리에 들었다.

39

이튿날 아침 쓰다는 미처 세수도 하기 전에 어젯밤 자기 전까지 전혀 상상하지 못했던 뜻밖의 구경거리에 깜짝 놀랐다.

그가 이불에서 나온 것은 9시경이었다. 그는 늘 하듯이 현관을 빠져

나와 차노마에서 부엌 뒷문으로 나가려고 했다. 그러자 요염하게 성장한 오노부가 천연덕스럽게 거기에 앉아 있었다. 쓰다는 정신이 번쩍 들었다. 막 깨어난 얼굴에 물을 뒤집어쓴 것 같은 남편의 모습을 만족스러운 듯 바라보며 그녀가 미소를 흘렸다.

"지금 일어나셨수?"

쓰다는 눈을 깜박거리며 빨간 댕기를 끼워서 틀어 올린 트레머리와 화려한 자수가 놓인 옷깃, 그리고 그 한가운데에 있는 화장한 흰 얼굴을 자못 신기한 듯 경이로운 눈빛으로 바라다보았다.

"도대체 무슨 일이야? 아침부터."

오노부는 태연했다.

"아무 일도 없어요. 하지만 오늘은 당신이 병원에 가시는 날이잖아요."

어젯밤 늦게 거기에 벗어던진 그의 옷들도 얌전하게 정돈되어 있었다.

"당신도 같이 갈 생각이야?"

"네, 물론 같이 갈 거예요. 가면 안 돼?"

"안될 리는 없지만."

쓰다는 다시 한 번 아내의 복장을 음미하듯 바라보았다.

"차림새가 너무 요란하니까."

그는 일전에 슬쩍 훔쳐본 어두침침한 대기실 광경이 퍼뜩 떠올랐다. 거기에 앉아 있는 한 무리의 환자와 이 성장한 젊은 부인은 도저히 어울릴 만한 풍경이 아니었다.

"하지만 여보, 오늘은 일요일이에요."

"일요일이래도 연극이나 꽃놀이를 가는 것하고는 좀 달라."

"하지만 난······."

쓰다의 생각에 일요일에는 아침부터 환자가 더욱 붐빌 거라는 짐작이었다.

"아무래도 그렇게 요란하게 차려입고 의사 선생님께 부부 동반으로 몰려가는 건 좀······."

"난처해요?"

오노부의 이 말이 갑자기 쓰다를 흔들었다. 그는 웃기 시작했다. 일순간 눈썹을 놀린 오노부는 응석 부리는 어조로 말했다.

"하지만 지금부터 옷을 갈아입으면 시간이 걸려 큰일인걸요. 일껏 차려입었으니까 오늘은 이걸로 좀 봐줘요, 응?"

쓰다는 마침내 물러섰다. 세수하는 동안 그는 하녀에게 인력거 두 대를 불러오라고 당부하는 오노부의 목소리가 자신이 재촉하기라도 한 것처럼 수선스럽게 들렸다.

여느 때의 식사와 달리 그의 아침 식사는 거의 5분도 걸리지 않았다. 양치질도 하지 않고 일어선 그는 바로 이층으로 올라가려고 했다.

"병원에 가져갈 걸 싸야지."

쓰다의 말이 떨어지자마자 오노부는 얼른 자기 뒤에 있는 옷장을 열었다.

"여기에 준비해놨으니까 좀 보셔요."

나들이옷을 입은 아내를 거들어야 했던 쓰다는 좀 무거운 손가방과 작은 보자기 꾸러미를 장에서 자기 손으로 꺼냈다. 보따리 속에는 몸에 맞는지, 안 맞는지 입어본 며칠 전의 솜옷과 폭 좁은 허리띠가 들어 있을 뿐이었지만 가방 속에는 칫솔, 치약, 라벤더색의 편지지, 같은 색의 봉투, 만년필, 작은 가위, 족집게 따위가 어수선하게 들어 있었다. 그는 그 가운데 제일 무겁고 부피가 큰 양서를 꺼내면서 오노부에게 말했다.

"이건 두고 갈 거야."

"그래요? 하지만 언제나 책상 위에 놓여 있는 데다 책갈피가 끼어 있으니까 읽을 거로 생각했죠 뭐."

쓰다는 아무 말 없이 두 달 이상이나 걸려도 아직 다 읽지 못한 독일 경제학 책을 부담스러운 듯 방바닥 위에 놓았다.

"누워서 읽기엔 너무 무거워."

이렇게 말한 쓰다는 그게 이 두꺼운 책을 두고 가는 정당한 이유라는 것을 알면서도 그다지 좋은 기분은 아니었다.

"그럼 어느 책이 필요할지 모르니까 당신이 직접 좋아하는 거로 골라줘요."

쓰다는 이층에서 가벼운 소설을 두서너 권 들고 와서 경제학 책 대신에 가방에 쑤셔 넣었다.

40

날씨가 좋아서 인력거의 포장을 걷어치운 두 사람은 가방과 보자기 꾸러미를 각자의 인력거 위에 하나씩 싣고 집을 나왔다. 골목길 모퉁이를 돌아 전찻길을 조금 달려가는데 오노부가 탄 인력거꾼이 갑자기 쓰다 쪽 인력거꾼에게 말을 걸었다. 인력거가 앞뒤 동시에 멈췄다.

"큰일 났네. 깜박 잊은 게 있어요."

인력거 위에서 뒤돌아본 쓰다는 아무 말 없이 아내의 얼굴을 쳐다보았다. 공들여 치장한 젊은 여자의 입에서 나온 느닷없는 말에 붙들린 사람은 남편뿐만이 아니었다. 인력거꾼도 끌채를 쥔 채 똑같이 오노부를 호기심 어린 시선으로 바라보았다. 지나가는 사람들까지도 이 부부를 힐끗힐끗 쳐다봤다.

"뭐야? 뭘 잊어버렸어?"

오노부는 걱정스러운 얼굴을 했다.

"잠깐 기다려요, 금방이니까."

그녀는 자기 인력거꾼만 처음 온 길로 되돌렸다. 그곳에 남은 쓰다는 황당한 심정으로 말없이 그 뒷모습을 바라봤다. 일단 골목 안으로 사라진 인력거가 이윽고 다시 나타나자 맹렬한 속력으로 그가 기다리고 있는 곳까지 달려왔다. 그게 그의 눈앞에서 멎자 인력거 위의 오노부가 허리춤에서 짧은 쇠사슬을 꺼내 길게 늘어뜨려 보였다. 쇠사슬 끄트머리에는 둥근 고리가 달렸고, 고리 속에는 크고 작은 열쇠가 대여섯 개 달랑거렸다. 오노부가 열쇠 꾸러미를 높이 들어 보이자 짤랑짤랑하는 소리가 쓰다의 귀에 들어왔다.

"이걸 깜박했어요. 장롱 위에 그냥 둔 채."

부부 외에 하녀밖에 없는 그들의 집에서는 두 사람이 외출할 때를 대비해서 중요한 것에는 자물쇠를 채우고 어느 한쪽이 열쇠를 챙겨서 나가야 했다.

"당신이 가지고 있어."

짤랑거리는 열쇠 꾸러미를 다시 허리춤에 끼운 오노부는 손바닥으

112

로 그 위를 '탁' 치며 쓰다에게 미소를 띠었다.

"걱정하지 마세요."

인력거가 다시 달리기 시작했다.

그들은 예정된 시각보다 조금 늦게 병원에 도착했다. 하지만 오전 진료 시간에 늦지는 않았다. 부부가 나란히 대기실에 앉아 있는 게 쑥스러웠던 쓰다는 현관을 올라가자 얼른 약국 쪽으로 갔다.

"당장 이층으로 가도 괜찮을까요?"

약국에 있던 청년이 안에서 수습 간호사를 불러주었다. 아직 열예닐곱 살 밖에 안 된 그 간호사는 아무 문제 없다는 듯 웃으며 쓰다에게 인사하다가 곁에 서 있는 오노부를 보고는 요란스러운 차림에 약간 압도당한 기색으로, 도대체 이 공작새는 어디에서 들어왔을까 하는 표정을 지었다. 오노부가 "폐를 끼치겠습니다"라고 선수를 치면서 자기 쪽에서 먼저 인사를 건네자 비로소 알아차렸다는 듯 간호사도 머리를 숙였다.

"아가씨, 이걸 하나 들고 가줘."

쓰다는 인력거꾼에게서 받은 가방을 간호사에게 넘기며 이층으로 올라가는 입구 쪽으로 돌아갔다.

"여보, 이쪽이야."

대기실 입구에 서서 환자가 있는 병실을 훔쳐보던 오노부는 이내 쓰다의 뒤를 따라 계단을 올라갔다.

"굉장히 음침한 곳이네요, 저기는."

남동향으로 트인 이층은 다행히도 밝았다. 미닫이문을 열고 툇마루로 나간 그녀는 바로 코앞에 있는 서양 세탁소의 빨래 장대를 보며 쓰다를 돌아보았다.

"아래와 달리 여긴 밝구나. 그리고 제법 괜찮은 방이네요. 다다미는 더럽지만."

전직 청부업자인가 하는 사람의 첩이 살던 집을 수리해서 개원한 이 병원 이층은 어딘지 모르게 멋들어진 옛 모습이 남아 있었다.

"낡았지만 우리 집 이층보다는 좋을지 몰라."

햇빛에 반사되어 반짝반짝 빛나는 흰 세탁물을 가을 날씨처럼 삽상한 기분으로 바라보고 있던 쓰다는 이렇게 말하며 세월에 닳아 다소 거무스레해진 천장과 벽을 돌아보았다.

41

조금 전의 간호사가 차를 우린 주전자를 들고 왔다.

"지금 준비하고 있으니까 잠시 기다리시며 드세요."

두 사람은 할 수 없이 공손하게 마주 앉아 차를 마셨다.

"어째 마음이 초조해서 안정이 안 되네요."

"마치 손님으로 온 것 같지?"

"네."

오노부는 허리춤에서 여자용 시계를 꺼냈다. 쓰다는 시간보다도 지금부터 받게 될 수술이 신경 쓰였다.

"도대체 몇 분 정도에 끝날까? 눈으로 보지 않아도 그 수술칼 소리를 듣고 있으면 마음이 상당히 이상해지니까."

"저는 겁이 나요, 여보. 그런 걸 보는 건."

오노부는 실제로 두려운 듯 눈썹을 까닥했다.

"그러니까 당신은 여기서 기다리고 있어. 일부러 수술대까지 와서 더러운 걸 볼 필요는 없으니까 말이야."

"하지만 이런 경우에는 보호자가 입회하지 않으면 안 되잖아요."

쓰다는 오노부의 진지해진 얼굴을 보고 웃기 시작했다.

"그건 죽을지 살지 모르는 심각한 병일 때야. 요까짓 치료에 입회인 따위를 끌어들이는 놈이 있을까."

쓰다는 여자에게 더러운 것을 드러내기 싫어하는 남자였다. 특히 자신의 더러운 곳을 보이기 싫어했다. 좀 과장한다면 스스로 자신의 더러운 곳을 보는 것조차 보통 사람 이상으로 끔찍하게 여기는 남자였다.

"그럼 그만두죠"라고 말하며 오노부는 또 시계를 꺼냈다.

"점심때까지 끝날까요?"

"끝날 거로 생각하지만. 어차피 이렇게 됐는데 시간이 무슨 상관이 있어?"

"그건 그렇지만……."

오노부는 말꼬리를 내렸다. 쓰다도 묻지 않았다.

간호사가 또 계단 위로 얼굴을 내밀었다.

"준비가 다 되었으니 이제 내려오시죠."

쓰다는 벌떡 일어났다. 오노부도 일어나려고 했다.

"당신은 여기서 기다리라고 하잖아."

"진찰실에 가는 게 아니에요, 잠깐 여기 전화를 좀 빌리려고요."

"어디 볼일이 있어?"

"볼일은 아니지만, 오히데 씨한테 당신이 입원한 걸 좀 알려야 할 것 같아서……."

같은 구에 살고 있는 쓰다의 여동생 집은 병원에서 별로 멀지 않았
다. 이번 병에 대해서 여동생을 그다지 염두에 두지 않았던 쓰다는 일
어서려는 오노부를 말렸다.

"괜찮아, 알리지 않아도. 오히데 따위에게 알리는 건 너무 야단스러
워. 그리고 그 애가 오면 시끄러워서 안 돼."

나이는 아래지만 성격이 다른 여동생은 어떤 의미에서 쓰다가 다루
기에는 벅찬 상대였다.

오노부는 엉거주춤한 상태로 말했다.

"하지만 나중에 뭐라고 탓하면 내가 곤란해요."

억지로 말릴 이유를 못 찾은 쓰다는 할 수 없이 말했다.

"걸어도 괜찮지만 꼭 지금 걸어야 할 필요는 없잖아. 그 애는 이 근처
에 사니까 분명히 금방 올 거라고. 수술이 막 끝난 뒤 신경이 예민할 때
와서 오빠가 어떻다는 둥 아버지가 어떻다는 둥 하는 날엔 정말 골치
아프니까 말이야."

오노부는 아래층이 신경 쓰이는 듯 낮은 소리로 웃었다. 그러나 그녀
가 보인 하얀 이는 안쓰럽다는 동정심보다도 우스꽝스럽다는 단순한
느낌을 남편에게 또렷이 이야기하고 있었다.

"그럼 오히데 씨에게 거는 건 그만둘게요."

이렇게 말한 오노부는 마침내 쓰다와 함께 일어섰다.

"거기 말고 또 걸 데가 있어?"

"네, 오카모토 이모부 댁에요. 오후까지 걸기로 약속했거든요. 괜찮
죠, 걸어도?"

앞뒤로 계단을 내려온 두 사람은 거기서 각자 갈렸다. 한 사람이 전화기 앞에 섰을 때 다른 한 사람은 진찰실 의자에 앉았다.

42

"리치네는 마셨겠지요?"

의사는 갓 세탁해 풀이 빳빳이 선 흰 수술복을 바스락거리며 말했다.

"마셨지만 생각보다 효과가 없는 것 같았습니다."

어제 쓰다는 약의 효험에 신경 쓸 여유조차 없었다. 끊임없이 바쁘게 마음 쏠 일이 생긴 그가 이 설사약에서 얻은 효험은 정신적으로 거의 제로였을 뿐만 아니라 생리적으로도 의외로 미약했다.

"그럼 다시 한 번 관장합시다."

관장 결과도 만족스럽지 않았다.

쓰다는 그런 상태로 수술대 위에 올라가 반듯이 누웠다. 차가운 방수천이 몸에 닿자 그는 저도 모르게 움쩍했다. 딱딱한 베개를 벤 그의 머리와는 반대쪽에서만 햇빛이 쏟아져 그의 눈은 불빛을 마주 보고 잠을 청하는 것처럼 조금도 진정되지 않았다. 그는 몇 번이나 눈을 깜박였고 몇 번이나 천장을 다시 봤다. 그러다가 간호사가 수술 용기를 담은 니켈제 사각 쟁반 같은 것을 들고 그의 곁을 지나치자 흰 금속제의 빛이 번득였다. 반듯이 누워 있는 그로서는 그것이 자신의 눈을 스치듯 빠르게 지나갔다는 생각밖에 들지 않았다. 봐서는 안 될 나쁜 것을 일부러 본 것처럼 점점 겁이 났다. 그때 바깥쪽에서 갑작스러운 전화벨 소리가 그의 귀를 파고들었다. 그는 잊고 있던 오노부를 난데없이 떠올렸다. 그녀가 오카모토 집에 전화를 걸어 볼일을 다 봤을 때는 그의 치료가 겨우 시작될 무렵이었다.

"코카인만으로 하겠습니다. 뭐, 그렇게 아프진 않을 거예요. 만약 주사가 안 듣는다면 안쪽으로 약을 불어넣으면서 진행할 생각입니다. 그걸로 될 것 같으니까요."

국부를 소독하며 이렇게 말하는 의사의 처방을 쓰다는 두렵기도 하고, 아무렇지도 않은 것 같은 기분으로 받아들였다.

국부 마취는 순조롭게 이뤄졌다. 말똥말똥 천장을 바라보고 있던 그는 자신의 허리 밑에서 어떤 대사건이 일어나고 있는지 거의 깨닫지 못했다. 단지 때때로 자기 몸 어딘가가 짓눌리는 듯한 압박감이 느껴질 뿐이었다. 둔중한 느낌이 거기에서 감지되었다.

"어떻습니까? 아프지 않지요?"

의사의 질문에는 자신감이 묻어 있었다. 쓰다는 천장을 보면서 대답했다.

"아프지 않습니다. 하지만 묵직한 느낌은 있습니다."

그 묵직한 느낌이라는 것을 어떻게 표현하면 좋을지 그는 적당한 말을 찾지 못했다. 무기물일 뿐인 땅바닥이 사람의 손으로 헤집어지면 혹시 이런 느낌이 아닐까 하는 공상이 뜬금없이 그의 머릿속에 떠올랐다.

"뭐랄까, 이상한 느낌입니다. 설명할 수 없는."

"그렇습니까? 참을 수 있겠습니까?"

도중에 빈혈이라도 일으키면 큰일이라는 듯한 의사의 어조가 아무렇지 않은 그를 오히려 불안하게 했다. 이런 경우를 대비해 환자에게 포도주를 마시게 한다는 말이 있지만, 어쨌든 쓰다는 특별 처치를 받는 게 싫었다.

"괜찮습니다."

"그렇습니까? 곧 끝납니다."

이런 대화를 주고받으며 끊임없이 손을 움직이는 의사의 태도에는 숙련의다운 솜씨가 녹아나고 있었다. 하지만 수술은 그의 말처럼 쉽사리 끝나지 않았다. 이따금 칼날이 접시에 부딪는 소리가 들렸다. 가위로 살을 싹둑싹둑 자르는 것 같은 울림이 초긴장 상태인 고막을 겁박했다. 쓰다는 그때마다 거즈로 닦아내는 붉은 피를 상상의 눈으로 바라보았다. 꼼짝하지 못한 채 누워 있는 그의 신경은 꼼짝 못 하는 것이 마음에 걸릴수록 긴장했다. 그를 불안으로 몰아가려는지 혈관에서 벌레 같은 것이 스멀거리는 듯해서 기분도 좋지 않았다.

그는 눈을 크게 뜨고 천장을 바라보았다. 그 천장 바로 위에 있는 쓰다의 병실에는 예쁘게 단장한 오노부가 있었다. 그 오노부가 지금 무엇을 생각하고 있으며 무엇을 하고 있는지, 그는 궁금했다. 그는 천장을 향해 큰 목소리로 그녀를 불러보고 싶었다. 그러자 발치에서 의사의 목소리가 들렸다.

"드디어 끝났습니다."

서둘러 거즈를 채워 넣는 간지러운 느낌에 이어 의사가 또 말했다.

"흉터가 의외로 딱딱해서 출혈할 위험이 있으니 당분간은 꼼짝하지 마세요."

마지막 주의 사항과 함께 쓰다는 겨우 수술대에서 내려왔다.

43

진찰실을 나올 때 뒤따라온 간호사가 그에게 물었다.

"어떠세요? 불편한 데는 없으세요?"

"왜, 얼굴이 창백하기라도 해요?"

자기 자신이 다소 꺼림하던 쓰다는 이렇게 되묻지 않을 수 없었다.

상처를 거즈로 가득 채운 그는 다른 사람이 상상도 할 수 없는 답답함을 느꼈다. 그는 할 수 없이 엉금엉금 걸었다. 그래도 계단을 오를 때는 찢어진 살이 거즈에 부대껴 꺼칠꺼칠한 느낌이 들었다.

오노부는 계단 위에 서 있었다. 쓰다의 얼굴을 보자 얼른 말을 걸었다.

"끝났어요? 어때요?"

쓰다는 확실한 대답을 하지 않은 채 병실로 들어갔다. 거기에는 예상한 대로 흰 시트로 싼 이불이 편히 누울 수 있도록 길게 펼쳐져 있었다. 겉옷을 벗어 던지자마자 그는 곧장 그 위에 늘어졌다. 회색 플란넬 솜옷을 등 뒤에서 입힐 생각으로 옷깃을 양손에 들고 있던 오노부는 김 빠진 것 같은 쓴웃음과 함께 다시 그것을 개어 방 한쪽에 놓았다.

"약은 먹지 않아도 괜찮나요?"

그녀는 곁에 있는 간호사에게 물었다.

"먹는 약은 따로 드시지 않아도 지장이 없어요. 식사는 지금 마련해 오겠습니다."

간호사가 일어섰다. 아무 말없이 누워 있던 쓰다가 갑자기 입을 열었다.

"오노부, 당신도 먹고 싶은 게 있으면 간호사한테 부탁해."

"참, 그러네요."

오노부는 주저했다.

"나, 어떻게 할까요?"

"어떻게 하긴. 벌써 오후잖아."

"네. 12시 20분이에요. 당신 수술은 정확히 28분 걸렸어요."

회중시계 뚜껑을 연 오노부는 그걸 바라보며 정확한 시간을 말했다. 쓰다가 수술대에서 도마 위에 오른 생선처럼 꾹 참고 있는 사이, 오노부는 또 쓰다가 응시할 수밖에 없었던 천장 윗방에서 시계와 눈싸움하듯 수술 시간을 재고 있었던 것이다.

쓰다는 다시 한 번 물었다.

"지금부터 집에 돌아간다고 해도 별수 없잖아."

"네."

"그럼, 여기서 양식이라도 먹고 가."

"네."

오노부의 대답은 시간이 지나도 시원스럽지 않았다. 간호사는 이윽고 아래층으로 내려갔다. 쓰다는 지친 사람이 자극적인 광선을 피할 때와 같은 기분으로 눈을 감았다. 그러자 오노부가 머리맡에서 "여보, 여보" 하고 불러서 다시 눈을 뜨지 않을 수 없었다.

"기분이 안 좋아요?"

"아니."

확인한 오노부는 곧장 말을 이었다.

"오카모토 이모부께서 아무쪼록 조심하래요. 어쨌든 조만간 문병을 오시겠대요."

"그랬어?"

쓰다는 가볍게 대답한 뒤 또 눈을 감으려고 했다. 그러나 오노부가 그를 가만히 두지 않았다.

"저 말예요, 이모부가 오늘 꼭 같이 연극을 보러 가자고 하는데, 가도 좋아요?"

머리가 잘 돌아가는 쓰다의 뇌리에 오늘 아침부터의 오노부의 동태가 한꺼번에 엉켜들었다. 병원에 따라오기에는 너무 요란스러운 그녀의 옷차림 하며 집을 나오기 전 일요일이라고 강조한 그녀의 말, 여기 와서도 안절부절못하며 오카모토 집에 전화를 건 그녀의 태도 등등 ……, 그 모두가 '연극'이라는 두 글자에 함축된 것처럼 여겨졌다. 그렇게 생각되자 수술 시간을 정확하게 잰 그녀의 동기조차 의심스러웠다. 쓰다는 말없이 고개를 돌렸다. 도코노마(일본식 방의 상좌에 바닥을 한층 높게 만든 곳으로 벽에는 족자를 걸고 바닥에는 꽃이나 장식물을 꾸며놓는다) 위에 갖춰놓은 봉투라든가 편지지, 가위, 책 따위가 눈에 띄었다. 오늘 아침 가방에 담아 그가 여기로 가져온 것이었다.

"간호사에게 작은 책상을 빌려 그 위에 올려놓을까 생각했지만, 아직 준비되지 않아서 잠깐 이렇게 정돈해봤어요. 책이라도 읽으세요."

오노부는 잽싸게 일어나 책을 집어 들고 왔다.

44

쓰다는 책에 손을 대지 않았다.

"오카모토 댁에는 사절하지 않았어?"

의심한다기보다 못마땅한 얼굴로 그가 방향을 틀며 몸을 뒤척이자 엉성한 이층 방바닥이 그의 심중을 헤아리기라도 한 듯 삐꺼덕삐꺼덕 우는 소리를 냈다.

"사절했어요."

"그런데도 꼭 오래?"

쓰다는 새삼스레 오노부 얼굴을 쳐다봤다. 하지만 그녀의 얼굴에는 그가 짐작한 어떤 것도 드러나지 않았다. 그녀는 도리어 미소를 지었다.

"네, 그런데도 꼭 오라고 하네요."

"하지만……."

그는 잠시 말문이 막혔다. 그의 가슴에는 말해야 할 것이 아직 남아 있는데도 그의 머리는 자기 생각대로 신속하게 따라주지 않았다.

"하지만 사절했는데 꼭 오라고 할 리가 없잖아."

"그런데 그렇게 말하더라고요. 이모부도 꽤 벽창호야."

쓰다는 입을 다물어버렸다. 어떤 말로 그녀를 추궁해야 좋을지 짐작이 가지 않았다.

"당신, 또 뭔가 저를 의심하고 있죠? 아이 싫어, 당신이 그렇게 저를 의심하는 거."

그녀의 눈썹이 정말 싫다는 듯 꿈틀거렸다.

"의심하지는 않지만 좀 이상해서 말이야."

"그래요? 그럼 그 이상한 점을 말해봐요. 뭐든지 설명할 테니까."

불행하게도 쓰다는 그 이상한 점을 명료하게 댈 수 없었다.

"역시 의심하고 계시는군요."

쓰다는 의심하고 있지 않다는 것을 분명하게 말하지 않으면 왠지 남편으로서 자신의 품격에 영향이 있을 것 같았다. 그렇다고 여자에게 만만하게 보이는 것도 그에게는 적잖은 고통이었다. 두 아집이 겨루며 그의 마음속에서 갈등했지만 겉으로는 어느 정도 냉정해 보였다.

"아아."

오노부가 가느다란 한숨을 흘리며 조용히 일어났다. 일단 닫힌 미닫이문을 다시 열고 남향 툇마루로 나간 그녀는 난간 위에 손을 얹고 맑은 가을 하늘을 멍하니 쳐다보았다. 이웃집 세탁소 장대에 빈틈없이 매달린 와이셔츠와 시트가 조금 전에 보았을 때처럼 눈부신 햇살을 받으며 바람에 선들선들 나부끼고 있었다.

"날씨 한번 좋다."

오노부가 낮은 목소리로 혼잣말처럼 이렇게 중얼거리자 그 말을 들은 쓰다는 갑자기 새장 속에 있는 작은 새의 하소연을 들은 것 같은 기분이 들었다. 연약한 여자를 자기 곁에 묶어두는 것 같아 조금은 안쓰러웠다. 그는 오노부에게 말을 걸고 싶어도 틈을 잡지 못해 난처했다. 오노부도 난간에 몸을 기댄 채 방으로 돌아오지 않았다. 그러고 있는데 간호사 둘이 식사를 들고 올라왔다.

"기다리게 해서 죄송합니다."

쓰다의 상에는 두 개의 달걀과 스프, 빵이 있을 뿐이었다. 그 빵도 두께가 얇은 것으로 쓰다도 모르게 정해진 분량이었다.

쓰다는 이불 위에 엎드린 채 게걸스럽게 입을 움직이다가 기회를 노려 오노부에게 말했다.

"갈 거야, 말 거야?"

오노부는 얼른 포크를 쥔 손을 거뒀다.

"당신한테 달렸어요. 당신이 가라고 말씀하시면 가고, 가지 말라고 하시면 그만둘게요."

"굉장히 유순하군."

"언제나 유순해요. 이모부도 당신한테 물은 뒤에 혹시 좋다고 하면 데리고 가겠다고, 수술이 끝나면 물어보라고 하셨어요."

"하지만 당신이 그 집에 전화를 걸었잖아."

"예, 그건 그래요. 약속이니까. 일단 사절했지만 사정에 따라서는 갈 수 있을지도 모르니까 다시 한 번 그날 오후까지 전화로 형편을 알려 달라고 했어요."

"오카모토 이모부한테서 그런 답장이 왔어?"

"네."

그러나 오노부는 그 편지를 쓰다에게 보이지 않았다.

"요컨대 당신은 어느 쪽이야. 가고 싶어, 안 가고 싶어?"

쓰다의 안색을 확인한 오노부가 바로 대꾸했다.

"그거야 가고 싶지요."

"드디어 본심이 나오네. 그럼 갔다 와."

두 사람은 이렇게 아웅다웅하며 점심을 끝냈다.

45

수술을 마친 남편을 겨우 안정시켜놓고 혼자서 아래층으로 내려온 오노부는 이미 약속 시각이 꽤 지나 있었다. 그녀는 인력거꾼에게 가려는 극장 이름만 한마디로 이르고는 즉시 인력거에 올라탔다. 문 앞에 대기시켜둔 인력거는 인력거 집의 여러 인력거 중에서도 가장 새것이었다.

골목을 빠져나온 고무바퀴는 전찻길만 따라 달렸다. 아무 의미 없이 단지 번화한 쪽을 향해서만 속력을 내는, 기세 좋은 인력거꾼의 달리기가 오노부에게 감염됐다. 불룩하고 두꺼운 자리 위에서 그녀의 몸이 들썽들썽 흔들리자 그녀의 마음에도 부드럽고 경쾌한 술렁임이 일었다. 그것은 자신을 둘러싼 환경에 뒤얽혀 살아온 일상을 가차 없이 벗어나 신천지를 향해 질주할 때 느끼는 쾌감이었다.

인력거에 몸을 맡긴 그녀는 집을 생각할 틈이 없었다. 기분 좋게 병원 이층에 뉘어놓고 온 쓰다의 모습이 오늘 하루 정도는 안심하고 돌아보지 않아도 별일 없다고 보장해준 것이나 마찬가지이기 때문에 마음이 전혀 켕기지 않았다. 단지 눈앞의 미래가 그녀의 인력거와 함께 요동쳤다. 처음부터 연극 그 자체에 대단한 취미를 가지고 있지 않던 그녀는 약속 시간에 늦었다는 안달보다 어서 그곳에 도착해야 한다는 것에만 신경이 쓰였다. 이렇게 새 인력거로 번화가를 달리고 있는 것 자체가 일상생활에 대한 자극과 다름없다는 의미에서 그곳에 도착한다는 것은 더욱 짜릿한 자극일 터였다.

인력거는 극장 안내소 앞에서 멎었다. 인사를 하는 안내소 여자에게 "오카모토"라고 대답한 오노부의 머리에는 환히 켜놓은 등이라든지 나부끼는 포렴, 홍백으로 장식한 조화 따위가 어른거렸다. 인력거에서 내릴 때 한꺼번에 눈에 들어온 광경을 미처 음미할 겨를도 없이 곧장 복도로 안내되어 극장 안으로 불쑥 얼굴을 내민 그녀에게 금방 본 것보다 몇 배나 뒤섞여 웅성거리는, 또 몇 배나 인상적인 형태를 종횡으로 펼쳐놓은 바다 같은 내부가 나타났다. 그 광경은 손님을 인도하는 남자 안내원이 복도 문을 열고 "자 이리로"라고 말했을 때 문틈 사이로 멀리 앞을 바라다본 오노부의 느낌이었다. 이런 장소에 즐겨 드나들고 싶어 하는 그녀에게 별로 신기할 것도 없는 이 느낌은 그녀에게 영원히 잊지 못할 새로운 느낌이었다. 아니, 신기한 나머지 영원히 잊을 수 없는 경이로운 느낌이라 할 만했다. 그녀는 어둠 속을 빠져나가 갑자기 밝은 곳으로 나왔을 때처럼 눈이 부셨다. 그리고 이 분위기의 한구석에 몸을 들여놓은 자신은 눈앞에 움직이는 커다란 구조의 요소가 되어 앞으로의 일거수일투족이 깡그리 그 안의 한 부분을 이룰 것이라는 자각이 긴장한 그녀의 가슴에 명료하게 새겨졌다.

자리에는 오카모토의 모습이 보이지 않았다. 아내와 딸 둘이 앉아도 세 사람밖에 되지 않아서 오노부가 앉을 여유는 충분했다. 그래도 쓰기코는 언니인 오노부의 자리가 공교롭게도 자기 바로 뒤쪽이라는 것이 마음에 걸리는 듯 뒤를 향해 비스듬히 몸을 돌리며 물었다.

"보여? 자리 바꿔줄까?"

"고마워. 여기로 충분해."

오노부는 머리를 가로저었다.

오노부 바로 앞에 앉은 열네 살인 여동생 유리코는 왼손잡이여서 왼손으로 앙증스러운 쌍안경을 든 채 빨간 천으로 감은 난간 위에 무릎을 올려놓으며 뒤를 돌아다보았다.

"늦었구나. 난 안 오는 줄 알았어."

어린 그녀는 아직 쓰다의 병에 대한 인사를 겸해 오노부에게 뭔가 말할 수준의 분별력이 없었다.

"일이 있었어?"

"응."

오노부는 간단하게 대답한 뒤 무대 쪽을 바라보았다. 그것은 조금 전부터 자매의 모친이 곁눈질도 주지 않은 채 열심히 바라보고 있는 방향이었다. 그녀와 오노부는 처음 얼굴을 마주쳤을 때만 약간 목례를 나누었을 뿐, 막을 여는 딱따기 신호가 들릴 때까지 한마디 말도 나누지 않았다.

46

"잘 왔다. 어쩌면 오늘은 어려울지 모르겠다고 아까 쓰기코랑 얘기했는데."

막이 닫히고 나서야 비로소 편안한 모습을 보인 오카모토의 아내는 그제야 오노부에게 말을 걸었다.

"거봐, 내가 말한 대로잖아."

우쭐한 얼굴로 어머니를 보고 이렇게 말한 쓰기코는 곧 오노부를 향해 그 뒷말을 이었다.

"나, 어머니랑 내기했거든. 오늘 언니가 올까, 안 올까 하고. 어머니가 어쩌면 못 올지 모른다고 해서서 내가 말했지. 꼭 올 거라고, 내가보증한다고."

"그래? 또 점괘를 뽑았구나."

쓰기코는 길이 8센티미터에 폭이 6센티미터 정도 되는 작은 상자를 가지고 있었다. 검게 옻칠한 위에 전서(篆書) 금문자로 제비라고 쓰인 그 상자 속에는 상아를 납작하게 뜬 정교한 번호표 백 개가 숫자대로 들어 있었다. 그녀는 곧잘 "좀 봐줄까?" 하며, 이쑤시개 통을 다룰 때와 같은 손놀림으로 그 상아 번호표를 흔들어 점괘가 쓰인 종이를 꺼내 펼쳐보았다. 그러고는 거기에 적힌 파리똥만큼 작은 글씨를 읽기 위해서, 이것도 부속품으로 처음부터 딸려 있는 작은 확대경을 고운 비단 주머니 안에서 꺼내 짐짓 거들먹이는 척하며 그 위에 가까이 대고 읽었다. 오노부가 쓰다와 아사쿠사에 놀러 갔을 때 장난감으로는 조금 비싼 4엔에 가까운 값을 치르고 산 이 정교한 선물은 내년에 스물한 살이 되는 쓰기코에게 처녀다운 공상을 신비하게 포장해주는 천진한 노리개였다. 그녀는 가끔 이것을 옷 속에 넣고 외출할 때도 있었다.

"오늘도 가지고 왔어?"

오노부는 농담 삼아 그녀에게 물어보고 싶었다. 그녀는 쓴웃음을 띠며 고개를 저었다. 어머니가 곁에서 그녀를 대변하듯 대답했다.

"오늘 예언은 제비뽑기가 아니야. 제비뽑기보다 더 훌륭한 예언이야."

"그래요?"

오노부는 뒷말이 듣고 싶어서 모녀를 번갈아 보았다.

"쓰기코가 말이야……" 하고 어머니가 말을 꺼내자 딸이 갑자기 잡죄듯 말을 막았다.

"그만해요 어머니. 여기서 그 말을 하면 곤란해요."

지금까지 아무 말없이 세 사람의 말을 듣고 있던 동생 유리코가 쿡쿡 웃기 시작했다.

"내가 말해줄까?"

"그만둬, 유리코. 그렇게 얄밉게 굴지 마. 좋아, 그럼 이제는 피아노 안 가르쳐줄 거야."

어머니는 옆 사람이 눈치채지 않게 목소리를 낮춰서 웃었다. 오노부도 우스웠다. 더불어 그 이유가 더욱 듣고 싶어졌다.

"말해줘, 언니가 화낸들 어때. 내가 곁에 있으니까 걱정하지 마."

유리코는 일부러 턱을 앞으로 쑥 내밀어 언니를 쳐다보았다. 콧방울을 약간 벌름거리는 그 태도는 이야기하든, 안 하든 그 판단은 자기에게 달렸다는 듯 과장된 우월감을 상대방에게 드러냈다.

"좋아, 유리코, 맘대로 하렴."

이렇게 말하며 쓰기코는 뒷문을 열고 바로 복도로 나갔다.

"언니 진짜로 화났나 봐."

"아니야, 화 안 났어. 부끄러워서 그래."

"아니, 뭐가 부끄러워. 그만한 걸 가지고."

"그러니까 말해줘."

오노부는 자기보다 여섯 살이나 아래인 유리코의 아이다운 심리 상태를 살펴본 뒤 이 말을 실마리 삼아 내막을 알아보려고 했다. 하지만 느닷없이 자리를 뜬 언니의 행동이 이미 그 분위기를 깨고 있어서 오노부의 종용은 아무 효과가 없었다. 어머니는 마침내 모든 책임을 자기 혼자 짊어져야 한다고 생각했다.

"뭐 아무것도 아냐. 쓰기코가 말이야, 요시오 씨는 어찌나 다정하고 좋은 사람인지, 뭐든 오노부 언니가 하자는 대로 따르니까 오늘 꼭 올 거라고 말한 것뿐이야."

"그래요? 요시오가 쓰기코한테는 그렇게 믿음직하게 보이는구나.

고맙다는 인사를 해야겠네."

"그랬더니 유리코가 '그럼 언니도 요시오 씨 같은 사람한테 시집가면 되지 않느냐'라고 해서, 그걸 네 앞에서 입에 올리면 부끄러우니까, 그래서 저렇게 나가버린 거야."

"어머."

오노부는 나지막한 탄식을 오히려 쓸쓸하게 흘렸다.

47

제멋에 사는 남자인 쓰다가 불현듯 오노부의 마음에 떠올랐다. 아침 저녁으로 있는 정성을 다하는데도 남편의 요구는 끝이 없다는 의심이 머릿속에 진하게 피어올랐다. 그녀는 그 의심을 풀어줄 유일한 책임자가 지금 자기 앞에 있다는 깨달음과 함께 오카모토의 아내를 바라보았다. 그녀는 부모와 멀리 떨어진 오노부에게 도쿄 한가운데에서 유일하게 의지하는 단 한 사람의 이모였다.

'남편이란 아내의 애정을 빨아들이기만 하는 해면동물에 불과한 걸까?'

이것이 전부터 오노부가 이모를 만나 묻고 싶은 의문이었다. 불행하게도 그녀에게는 타고난 자존심 같은 것이 있었다. 보기에 따라서는 오기나 허영심으로 보일 수도 있는 이 자존심이 이모 앞의 그녀를 완강하게 견제했다. 부부 관계란, 이를테면 매일 씨름판 위에서 얼굴을 맞대고 씨름하는 것과 비슷한 것으로 내부의 두 사람을 바라보자면 아내는 언제나 남편의 상대이고, 또 남편의 적이었다. 하지만 속사정이야 어떠하든, 일단 남 앞에 나설 때는 정답게 보이지 않으면 금실로 맺어진 부부의 약점이 겉으로 드러날세라 부끄러워 견딜 수 없다는 것이 오노부의 생각이었다. 그래서 둘 사이의 실상을 솔직하게 밝히며 하소연하고 싶어 견딜 수 없었지만, 세상살이에서는 이모도 '타인'이란 생각과 속내를 밝히면 안 좋은 소문이 밖으로 번질 수도 있다는 두려움 때문에 예민한 오노부는 이모에게 아무 말도 할 수 없었다.

게다가 그녀는 자신의 기대만큼 남편이 친절하지 않은 것을 자신의 정성이 두루 끼치지 못한 탓이라고 주변에서 이러쿵저러쿵하게 해서는 안 된다고 평소 속을 태웠다. 어떤 입길도 참을 수 있지만 무엇보다도 멍청하다는 비난을 받는 것이 두려웠다.

'세상에는 쓰다 보다 몇십 배 까다로운 남자도 쉽사리 손에 쥐고 주무르는 젊은 여자도 있는데, 스물세 살이나 되어서 자기 남편 하나 마음대로 다루지 못한다는 건 필경 지혜가 모자란 탓일 거야.'

지혜와 덕을 거의 같은 것으로 생각하는 오노부는 무엇보다 이모에게서 그런 말을 들을까봐 괴로웠다. 여자가 남자를 다룰 역량을 가지고 있지 않다고 자백하는 것은 사람이면서 사람의 구실을 못한다고 자백하는 것과 마찬가지의 굴욕이라는 생각이 오노부의 자존심을 건드렸다. 때와 장소가 이런 깊은 이야기를 허락하지 않는 극장이 아니라 할지라도 오노부는 입을 다물고 있을 수밖에 도리가 없었다. 안타까운 듯 이모에게 눈길을 던진 그녀는 얼른 시선을 돌렸다.

무대 전체에 드리운 막이 펄렁펄렁 흔들리며 이음매가 살짝 벌어진 틈새로 누군가가 구경꾼을 훔쳐보고 있었다. 그렇게 생각해서 그런지 그게 자기 쪽을 보고 있는 것 같아서 오노부는 금방 방향을 바꾼 시선을 다시 다른 데로 돌려야 했다. 아래층에는 자리를 뜨는 사람, 자리로 되돌아오는 사람, 객석 사이를 걷는 사람 따위로 한꺼번에 웅성거리기 시작했다. 앉아 있는 대다수 관객도 전후좌우로 제 나름의 자세를 취하거나 편하게 앉아 있으면서 잠시도 가만있지 않았다. 무수한 검은 머리의 음영이 소용돌이처럼 보였다. 그들 중 어떤 사람의 화려한 복장이 현란한 색채를 마음껏 뽐내고 있었다.

아래층에서 시선을 거둔 오노부는 이번에는 자기 곁에서 조금 떨어진 맞은편을 음미하기 시작했다. 때마침 뒤를 돌아본 유리코가 느닷없이 말했다.

"저기, 요시카와 사모님이 와 계셔. 보이지?"

오노부는 약간 놀란 눈으로 유리코가 가리킨 방향을 더듬어 어렵지 않게 요시카와 부인인 듯한 모습을 발견했다.

"유리코, 눈 한번 밝네. 언제 찾아냈어?"

"찾아낸 거 아냐. 아까부터 알고 있었어."

"어머니랑 쓰기코도 알고 있어?"

"응, 모두 알고 있어."

모르는 건 자기 혼자뿐이었다는 것을 겨우 깨달은 오노부가 유리코의 그늘에 숨어서 그쪽을 지켜보고 있는데, 고의인지 우연인지 요시카와 부인의 손에 들린 쌍안경이 갑자기 오노부가 앉아 있는 자리를 향했다.

"아이 싫어. 저런 식으로 관찰하는 건."

오노부는 몸을 숨기듯이 움츠렸다. 그래도 맞은편의 쌍안경은 좀처럼 오노부에게서 떨어지지 않았다.

"그렇다면 좋아. 도망가면 되니까."

오노부는 얼른 쓰기코의 뒤를 쫓아 복도로 빠졌다.

48

거기에서 휘둘러본 바깥 광경도 장소가 장소인 만큼 떠들썩했다. 필요에 따라 문을 뗐다 붙일 수 있도록 만든 넓은 휴게실에는 모르는 사람들이 쉴새 없이 들락거렸다. 복도 끝에서 반쯤 벽에 몸을 기대고 선 오노부가 쓰기코의 모습을 찾아내기까지는 다소 시간이 걸렸다. 아래층 복도에 늘어선 매점 앞에서 쓰기코를 발견한 오노부는 곧장 아래로 내려갔다. 그리고 경쾌한 걸음으로 휴게실을 지나 매점 쪽으로 건너갔다.

"뭘 샀어?"

뒤에서 훔쳐보듯 물어본 오노부의 얼굴과 깜짝 놀라서 뒤돌아본 쓰기코의 얼굴이 거의 부딪칠 뻔했다.

"지금 좀 헤매던 중이야. 하지메 군이 선물을 사오라고 해서 찾아보고 있는데 공교롭게도 없어, 그 애가 좋아할 만한 게."

남자애 장난감을 고르던 쓰기코는 어떤 것이 좋을지 몰라 잇달아 여러 가지 물건을 늘어놓고 살 듯하면서 사지 않고 그만둘 듯하면서 그만두지 않는 어정쩡한 상태였다. 배우와 관계있는 문양을 새긴 여자용 머리 장식품이라든가 손지갑, 혹은 손수건 앞에 서서 머뭇거리고 있던 그녀는 어떻게 하면 좋겠냐고 하소연하듯 오노부를 바라보았다. 오노부는 얼른 말해주었다.

"안 돼, 그 애는 권총이나 목검 같은, 사람을 죽일 수 있는 것처럼 보이는 게 아니면 마음에 안 차 하니까. 그런 게 이런 멋진 곳에 있을 리 없잖아."

매점 남자가 웃어댔다. 오노부는 그것을 기회로 손아래 여자의 손목을 잡았다.

"어쨌든 어머니한테 물어보고 사. 참 딱하네. 그럼 또 나중에 올게요."

이렇게 말한 뒤 재빠르게 걷기 시작한 그녀는 미련이 남은 듯한 그녀를 복도 끝까지 끌어당기듯 데리고 왔다. 거기에서 일단 걸음을 멈춘 두 사람은 또 나무 기둥을 마주 보고 서서 이야기했다.

"이모부는 무슨 일이 있으셔? 오늘은 왜 안 오셨어?"

"오실 거예요, 금방."

오노부는 뜻밖이라고 생각했다. 네 명이 앉아도 비좁은 곳에 그 덩치 큰 남자가 끼어드는 것은 분명 일대 사건이었다.

"거기에 이모부가 오시면 나같이 작은 건 납작 눌려버릴 거야."

"유리코랑 바꿔."

"왜?"

"왜든지, 그게 형편이 좋잖아. 유리코는 있거나 없거나 마찬가지니까."

"그래? 그럼 혹시 요시오가 아프지 않아서 나랑 같이 왔더라면 어떻게 할 뻔했어?"

"그때는 또 그때로, 닥치면 어떻게든 하셨겠지. 또 한 자리를 예약하든가 아니면 요시카와 씨랑 같이 앉게 하든가."

"요시카와 씨하고도 전부터 약속되어 있던 거야?"

"응."

쓰기코는 더 말을 잇지 않았다. 오카모토와 요시카와 가족이 그렇게까지 가까운 사이라고는 생각지 않았던 오노부는 무슨 속사정이 있는 게 아닐까, 하고 언뜻 수상쩍게 여겼지만, 시간에 여유가 있는 사람들 사이에 있을 수 있는 단순한 유락을 위한 약속이라고 여길 만한 여지도 충분해서 결국 아무것도 묻지 않았다. 두 사람은 그저 요시카와 부인의 쌍안경만 언급했을 뿐이었다. 오노부는 일부러 손짓까지 시늉해 보였다.

"이렇게 똑바로 바라보니까 당할 재간이 없더라."

"굉장히 과감하네. 하지만 그게 서양식이래. 우리 아버지가 그렇게 말씀하셨어."

"어머, 서양식이면 다 괜찮다는 거야? 그럼 나도 그 부인 얼굴을 그렇게 봐도 좋다는 거네. 어디 한번 나도 그렇게 해볼까."

"응, 그렇게 해봐. 틀림없이 좋아할걸. 언니가 하이칼라(메이지 시대 후기에 서양 유행을 따르는 것 또는 그런 사람을 일컫는 유행어였다)라고 하면서 말이야."

깔깔대는 두 사람 곁으로 어디에서 나타났는지 젊은 남자가 잠깐 멈춰 섰다. 무지 옷감에 집안 문장이 기품 있게 새겨진 하오리를 걸치고 품이 넉넉한 하카마를 입은 이 청년 신사는 그녀들과 얼굴이 마주치자마자 '실례합니다'라고 인사라도 하듯 정중한 태도를 말없이 드러내며 휴게실을 지나 건너편으로 갔다. 쓰기코의 얼굴이 빨개졌다.

"그만 들어가자."

그녀는 오노부를 재촉해서 안으로 들어갔다.

49

극장 안 풍경은 조금 전과 달라진 것이 아무것도 없었다. 무대 앞 관람석을 지나가는 남녀의 모습이 마치 사람의 머리 위를 지나가는 것처럼 불편하게 느껴졌다. 될 수 있으면 많은 사람에게 주시를 받으려고 여봐란 듯이 행세하는 사람마저 여기저기 나타났다. 그리고 자기 못지않은 사람이 나타나면 거기에 풀이 꺾여 이내 잠잠해졌다. 눈앞에 전개된 작은 세계는 마냥 어수선했다. 난잡했다. 그리고 어디까지나 거죽만 꾸민 것이었다.

비교적 조용한 무대 뒤쪽에서는 무대를 새로 조립하는 망치 소리가 관객의 기대감을 자아내며 이따금 장내로 울려 퍼졌다. 막 뒤에서 짬짬이 딱따기 치는 소리는 혼란을 경계하는 야경의 딱따기 소리처럼 들렸다.

희한한 것은 관객이었다. 아무것도 할 일이 없는 이 긴 막간을 불평 한마디 없이, 지루한 기색 한번 없이, 자못 태평스럽게 공허한 배에 이것저것 먹을 것을 채우며 무료한 시간을 때우고 있었다. 그들은 차분했다. 그들은 즐거운 듯했다. 그들은 서로가 뿜어내는 숨소리에 취해 있다가 약간 정신이 들면 곧 눈을 굴려 누군가의 얼굴을 바라다보았다. 그러고는 금세 거기에 흥미를 붙였다. 이어 금방 상대방의 기분에 동화됐다.

제자리로 돌아온 두 사람은 유쾌한 기분으로 사방을 둘러보았다. 그러고는 약속이나 한 듯 문제의 요시카와 부인 쪽을 보았다. 부인의 쌍안경은 이제 그들을 노리고 있지 않았다. 쌍안경의 주인도 그 자리에 없었다.

"어머, 안 계시잖아."

"정말이네."

"내가 찾아봐줄까?"

유리코가 얼른 자기가 들고 있던 쌍안경을 눈에 가져다 댔다.

"없다, 없어, 어디로 가버렸나 봐. 그 부인은 두 사람 몫만큼 뚱뚱하니까 금방 알 수 있는데, 역시 없어."

그렇게 말하며 유리코는 상아 안경을 내려놓았다. 화려한 꽃무늬의 기모노 등허리를 가릴 만큼 오비를 등에 높게 맨 아가씨(주로 아가씨들이 오비를 매던 스타일)치고는 예의 바른 말이 아니어서 언니는 웃음을 억지로 참으며, 그러나 손윗사람다운 위엄을 잃지 않고 여동생을 나무랐다.

"유리코."

동생은 대꾸하지 않았다. 여느 때와 같이 살짝 코를 벌름거리며 그게 뭐 어떠냐는 투로 뿌루퉁하게 쓰기코를 바라보았다.

"나, 그만 집에 돌아가고 싶어. 아버지가 빨리 오시면 좋을 텐데."

"가고 싶다면 가렴. 아버지가 오지 않아도 상관없으니까."

"하지만 있을래."

유리코는 여전히 자리를 뜨지 않았다. 어린애가 아니면 할 수 없는 이 개구쟁이 같은 태도에 오노부가 자기 나이에 걸맞은 분별 있는 태도로 이모에게 말했다.

"나 잠깐 요시카와 부인한테 가서 인사하고 올까? 모른 척하고 있으면 안 좋잖아요."

사실 그녀는 요시카와 부인을 별로 좋아하지 않았다. 상대방도 이쪽을 꺼리는 것 같았다. 게다가 애당초 그쪽에서 자신을 마음에 들어 하지 않았기 때문에 두 사람 사이에 이토록 언짢은 현상이 일어났다는 어렴풋한 이유도 있었다. 자기가 미움받을 만한 어떤 짓도 하지 않았는데 상대방이 미워하기 시작했다는 확신도 있었다. 조금 전 쌍안경 상황에 직면했을 때 이미 인사하러 가야 한다고 판단했던 그녀는 당장 그 자리에서 실천할 용기가 생기지 않았다. 그래서 불안감을 털어내려고 이모와 상의하면서 이 부담감에서 가볍게 벗어나기 위해 이모가 자기와 함께 부인이 있는 곳에 동행해주길 은근히 바라고 있었다.

이모가 곧 대답했다.

"그래 갔다 오는 게 좋겠다. 갔다 와."

"하지만 지금 안 보이시는데요."

"뭐 틀림없이 복도에라도 나가 계실 거야. 가보면 알아."

"하지만……, 그럼 갈 테니까 이모님도 같이 가세요."

"나는…….""

"안 가세요?"

"가도 상관없지만 말이야. 어차피 나중에 식사할 때 만날 테니까 지금은 그만두고 그때 만났으면 싶다."

"어머, 그런 약속이 있었어요? 난 전혀 몰랐네. 누가 누구랑 같이 식사를 해요?"

"전부."

"나도?"

"응."

뜻밖의 말에 한 대 얻어맞은 듯한 오노부는 한참 있다가 대답했다.

"그러면 나도 그때 할래."

50

오카모토가 온 것은 그로부터 얼마 지나지 않아서였다. 안내소 남자가 열어준 문틈으로 극장 안을 들여다본 그는 이리로 와, 이리로 와, 하고 유리코를 복도로 불러냈다. 거기에서 부녀는 모두에게 폐가 되지 않도록 속닥속닥 이야기를 나눈 뒤 유리코는 약속대로 안내소 남자의 배웅을 받으며 극장 밖으로 나갔다. 그러고는 대신 들어온 그가 유리코의 자리에 옹색하게 앉았다. 좁은 공간에서는 몸을 움직이기조차 힘들어 보일 만큼 뚱뚱한 그는 앉고 나서 문득 알아차렸다는 듯 몸을 반쯤 뒤로 돌려 오노부를 향했다.

"오노부, 자리를 바꿔줄까? 너무 큰 사람이 앞을 가로막고 있어서 불편하지?"

난데없는 절벽에 가로막힌 듯한 기분이었던 오노부는 무대에 몰입한 주위 사람들을 헤아려 그대로 있었다. 모직 옷을 입어본 적이 없는 오카모토는 털북숭이 팔로 팔짱을 끼고, 이것도 예의상 필요하다는 듯이 모두가 주시하는 무대로 시선을 돌렸다. 무대 위에서는 바야흐로 얼굴을 새하얗게 분칠한 이상한 남자가 버드나무 아래를 어슬렁어슬렁 거닐고 있었다. 굵은 줄무늬 옷을 아무렇게나 걸쳐 입고 하카타 지역의 특산 직물로 만든 허리띠를 일부러 축 늘어지게 맨 이 호색한은 맨발에 징이 박힌 나막신을 신고 있어서 걸을 때마다 딸깍딸깍하는 거슬리는 소리로 오카모토의 귀를 괴롭혔다. 그는 버드나무 곁에 놓인 다리와 그 맞은편에 나란히 서 있는 하얗게 칠한 곳간의 두툼한 벽을 둘러보고 나서 관객에게 눈을 옮겼다. 그런데 관객의 얼굴은 하나같이 긴장하고 있었다. 징 박힌 나막신을 딸각거리며 무대 위를 오락가락하는 이 젊은 남자의 움직임에 대단히 깊은 뜻이라도 있는 것처럼 객석을 가득 메운 관객은 기침 소리 하나 없이 쥐 죽은 듯 조용했다. 금방 들어온 오카모토는 이 특이한 분위기에 적응하기가 어려웠는지 아니면 시시했는지 시간이 조금 지나자 갑갑한 듯이 재차 반쯤 뒤를 향해 나지막한 목소리로 오노부에게 말을 걸었다.

"어때, 재미있니? ……요시오 군은 좀 어때?"

간단한 질문을 연달아 던지고, 오노부의 대답을 듣고 나서는 또 의미심장한 눈으로 거듭 물었다.

"오늘은 어땠니? 요시오 군이 뭐라고 말하지 않든? 분명히 투덜거렸을 테지. 내가 병으로 누워 있는데 자기 혼자 연극 따위를 보러 가다니 괘씸하기 짝이 없다고 말이야. 그렇지? 틀림없지?"

"괘씸하기 짝이 없다니요, 그런 말은 안 했어요."

"하지만 뭔가 투덜댔겠지. 오카모토는 무례한 놈이라는 말을 틀림없이 했을 거야. 전화 목소리가 아무래도 이상했다고."

주위에는 낮은 목소리조차 없어 자기만 길게 대답하는 것이 조심스러웠던 오노부는 그냥 미소만 띠었다.

"괜찮다. 내가 나중에 잘 말해줄 테니까 아무 걱정하지 마라."

"저는 걱정 같은 거 안 해요."

"그래? 그래도 조금은 신경이 쓰이겠지. 결혼하자마자 서방님 기분을 상하게 해서야."

"괜찮아요. 기분 상하게 하지 않았어요."

오노부는 성가시다는 듯 눈썹을 꿈틀했다. 장난삼아 놀려본 오카모토는 조금 정색하며 말했다.

"실은 오늘 널 부른 건 말이다, 단지 연극을 보여주기 위해서만이 아니란다. 그럴 까닭이 좀 있었다. 그래서 요시오 군이 입원 중인데도 무리하게 오라고 한 게야. 그 이유를 요시오 군에게 나중에 말하기만 하면 모든 건 다 풀려. 내가 잘 말해두마."

오노부의 눈이 갑자기 무대를 벗어났다.

"이유라뇨? 도대체 무슨?"

"지금 여기서는 말하기가 좀 곤란해. 어쨌든 나중에 말해주마."

오노부는 입을 다물 수밖에 없었다. 오카모토가 덧붙이듯 말했다.

"오늘은 요시카와 씨와 함께 식당에서 저녁을 하기로 했다. 알고 있니? 자, 보라고. 요시카와도 저쪽에 있잖니."

조금 전까지 눈에 뜨이지 않던 요시카와의 모습이 금방 오노부의 눈에 들어왔다.

"나랑 같이 왔지, 클럽에서."

두 사람의 대화는 거기에서 끊겼다. 오노부는 다시 진지하게 무대를 보기 시작했다. 그러나 10분도 채 지나지 않아서 그녀의 집중력은 살짝 뒷문을 연 안내소 남자 때문에 다시 흐트러졌다. 남자는 이모에게 뭔가를 귓속말로 전했다. 이모가 얼른 이모부 쪽으로 얼굴을 가까이 댔다.

"있잖아요, 요시카와 씨가 식사를 준비시켰으니까 이다음 막간에 식당으로 오시라고 한대요."

이모부는 곧 대답을 전하라고 했다.

"잘 알겠습니다."

남자는 문을 살짝 닫고 밖으로 나갔다. 지금부터 무슨 일이 벌어질지 궁금한 오노부는 조용히 식사 시간을 기다렸다.

51

그녀가 쓰기코와 함께 이모와 이모부 뒤를 따라 이층 한쪽에 있는, 안쪽이 꽤 깊숙한 식당에 들어가려고 자리를 뜬 것은 그로부터 거의 1시간 뒤였다. 그녀는 어깨를 스칠 듯 나란히 하고 복도를 함께 걷는 사촌 동생에게 나지막이 물었다.

"대체 지금부터 무슨 일이 생기는 거니?"

"몰라."

쓰기코는 눈을 아래로 깔며 대답했다.

"단지 밥만 먹는 거야?"

"아마 그럴걸."

물으면 물을수록 쓰기코의 대답이 애매하기만 해서 오노부는 그 길로 입을 다물었다. 쓰기코는 앞서가는 부모가 마음에 걸린 것인지도 몰랐다. 또는 아무것도 모르는 탓인지도 몰랐다. 아니면 알고 있어도 오노부에게 말하고 싶지 않아서 일부러 낮은 목소리로 짧게 대꾸하는 것인지도 몰랐다.

복도에서 만난 사람들은 날카로운 눈초리로 곁눈질하며 지나갔는데, 모두 오노부보다 쓰기코 쪽에 관심을 보였다. 순간적으로 오노부는 그녀와 자신의 차이가 퍼뜩 떠올랐다. 겉보기에는 쓰기코보다 돋보여도 옷차림이나 용모에 어쩔 수 없이 뒤져야 했던 그녀는, 언제나 어린아이처럼 수줍어하고, 또 언제까지나 마음고생이 없는 듯 청순하기 그지없는, 처녀로서는 막 물이 뚝뚝 떨어지는, 순진한 이 사촌 동생을 가벼운 질투의 눈으로 보았다. 거기에는 간혹 딱하다는 경멸감이 전혀 없다고는 할 수 없으면서도 조금이나마 서로의 처지를 바꿔보고 싶다는 선망의 감정이 강렬하게 꿈틀거렸다. 오노부는 생각했다.

'처녀 시절, 일찍이 나한테도 이런 아가씨 같을 때가 있었을까?'

다행인지 불행인지 그녀는 그때를 떠올릴 수가 없었다. 평소 쓰기코를 안중에 두지 않고 아무 생각 없이 지냈던 그녀는 지금 그 사촌 동생과 전등 빛이 환한 복도에 어깨를 나란히 하고 서서 이전에 느껴본 적이 없는 일종의 애수에 잠겼다. 그것은 가벼운 기분이었다. 그러나 눈물이 날 것 같은 정서이기도 했다. 그러면서도 질투를 느낀 상대방의 손을 꼭 잡아주고 싶기도 했다. 그녀는 쓰기코에게 마음속으로 말했다.

'당신은 나보다 순결합니다. 내가 부러워할 만큼 순결합니다. 하지만 당신의 순결은 당신의 미래 남편에게 아무 도움도 되지 않는 보물에 불과합니다. 나처럼 실수 없이 남편을 대해도 남편은 결코 이쪽 생각처럼 고마워하지 않습니다. 당신은 머지않아 남편의 사랑을 독차지하려고 그 고귀하고 순결한 본성을 포기하지 않으면 안 됩니다. 그만큼 희생을 치르고 남편을 위해 정성을 바쳐도 남편은 때때로 당신에게 가혹하게 나올지 모릅니다. 나는 당신이 부러우면서도 안타깝습니다. 머잖아 기어코 깨트려야 하는 귀중한 보물을 당신은 그런 줄도 모르고

144

순진하게 간직하고 있기 때문입니다. 다행인지 불행인지, 처음부터 나는 지금 당신이 가진 천성 그대로의 그릇을 완전히 갖추지 못했습니다. 그러므로 그만큼 손해 본 것이 없다고도 할 수 있겠지만, 당신은 나와 다릅니다. 당신은 부모의 슬하를 떠나는 순간 천진한 모습을 잃게 됩니다. 당신은 나보다 불쌍합니다.'

두 사람의 걸음걸이는 느릿느릿했다. 앞서간 오카모토 부부가 사람에 가려 보이지 않게 되자, 이모가 일부러 되돌아왔다.

"빨리 와. 뭘 꾸물거리고 있니. 요시카와 씨네는 이미 와서 기다리고 계셔."

이모의 관심은 쓰기코에게만 집중됐다. 말도 유독 그녀에게만 건넸다. 하지만 요시카와라는 이름을 들은 오노부의 귀에는 지금까지의 기분을 한꺼번에 흩뜨리는 바람처럼 울렸다. 그녀는 자기가 별로 좋아하지 않는, 또 자기를 별로 좋아하지 않는 듯한 요시카와 부인을 얼른 떠올렸다. 그녀는 지금, 남편 쓰다가 평소 각별한 은혜를 입고 있는 세력가의 부인인 그 사람 앞에서 가능한 한 애교와 예의를 나타내지 않으면 안 되는 처지가 됐다. 평정을 가장한 긴장 속에서 그녀는 시치미를 떼고 모두의 뒤를 따라 식당으로 들어갔다.

52

이모가 말한 대로 요시카와 부부는 자기들보다 한발 앞서 약속 장소에 와 있었던 모양으로, 오노부가 점찍은 그 부인은 입구를 향해 서서 이모부와 이야기를 나누고 있었다. 몸집이 큰 이모부의 뒷모습보다 맞은편에 비어져 나온 뒤룩뒤룩 살진 부인의 풍채가 오노부의 눈에 먼저 들어왔다. 그와 동시에 살집이 풍부한 뺨 위로 웃음을 철철 흘리고 있던 부인도 얼른 눈동자를 오노부 쪽으로 돌렸다. 그러나 전광석화처럼 일어난 이 동작은 눈 깜짝할 사이에 사라져서 두 사람이 정식으로 인사를 나눌 때까지 끝내 서로 모른 척했다.

부인이 던진 시선에 이어 오노부는 또 그 곁에 서 있는 젊은 신사가 눈에 들어왔다. 조금 전 복도에서 쓰기코와 함께 농담조로 부인의 쌍안경을 경망하게 비평했을 때 자신들을 놀라게 했던 말 없는 남자여서 그녀는 저도 모르게 흠칫했다.

간단한 인사가 오가는 동안 음전하게 모두의 뒤에 서 있던 그녀는 이윽고 자기 차례가 돌아오자 단지 미요시 씨라는 미지의 사람을 소개받았다. 소개자는 요시카와 부인이었다. 부인의 소개말은 이모부에게도, 이모에게도, 또 쓰기코에게도 전부 자기에게 한 것과 한결같았고, 그 사이에 조금도 바뀐 것이 없어서 오노부는 결국 그 미요시가 어떤 인물인지 알 수 없었다.

요시카와 부인은 이모부 옆에 앉았다. 다른 한쪽에는 미요시를 앉혔다. 이모의 자리는 식탁 모서리였다. 쓰기코는 미요시 앞에 앉았다. 어쩔 수 없이 남은 자리에 앉게 된 오노부는 살짝 주저했다. 옆에는 요시카와가 있었다. 그리고 앞에는 요시카와 부인이 있었다.

"어때요? 앉으시죠."

요시카와가 재촉하듯 오노부를 옆에서 쳐다보았다.

"자, 그럼" 하고 가볍게 말한 부인은 오노부를 똑바로 바라봤다.

"사양하지 말고 앉으세요. 모두 앉았으니까."

오노부는 마지못해 부인 앞에 앉았다. 선수 칠 생각이었는데 도리어 당했다는 께름한 느낌이 가슴 한구석으로 다가왔다. 불현듯 자신의 태도가 정중한 마음가짐에서 나온 진심 어린 겸양임을 일깨워야 한다는 의지가 솟구쳤다. 그 의지는 자기와 정반대인 쓰기코의 순진한 모습을 식탁 너머로 바라다보았을 때 더욱 확고해졌다.

쓰기코는 여느 때보다 다소곳했다. 제대로 입도 열지 못하고 아래만 내려다보고 있는 그녀의 태도 속에는 거의 고통에 가까운 어떤 것이 간파되었다. 딱하다는 듯 그녀를 흘낏 바라다본 오노부는 곧 앞에 있는 부인에게 그녀 특유의 애교 어린 눈매를 띄웠다. 사교에 닳고 닳은 부인도 가만히 있을 사람이 아니었다.

듣기 좋은 대화가 두서너 번 두 사람 사이를 단편적으로 오고 갔다. 그러나 그 이상 발전할 여지가 없었던 그 이야깃거리들은 거기에서 뚝 끊기고 말았다. 둘 사이에 공통된 쓰다를 화제로 삼으려고 했던 오노부가 그것을 자신이 먼저 말을 꺼내야 좋을지 어떨지 망설이는 사이, 부인은 이미 그녀를 내버려두고 멀리 있는 미요시에게 향했다.

"미요시 씨. 가만히 있지 말고 저쪽의 재미있는 이야기라도 쓰기코 씨에게 좀 들려주세요."

때마침 이모와 나누던 이야기가 중도에서 끊긴 미요시가 부인을 향해 정중하게 말했다.

"예, 뭐든 말하겠습니다."

"예, 뭐든 말하세요. 가만히 있으면 안 돼요."

명령적인 이 말이 모두를 웃겼다.

"또 독일에서 도망칠 때의 이야기라도 좋아."

요시카와가 금방 아내의 명령을 구체적으로 지시했다.

"독일에서 도망친 이야기는 몇 번이나 되풀이해서요. 요즘은 뭐 다른 사람보다 저 자신이 진부해지는 게 싫어졌습니다."

"당신처럼 차분한 분도 좀 당황했나 보군요."

"차분하기는커녕 아마 정신이 없었을 거예요. 저는 잘 모르겠지만."

"하지만 살해될 거라는 생각은 없었어요?"

"글쎄요."

미요시가 약간 뜸을 들이자 요시카와가 옆에서 얼른 입을 열었다.

"설마 살해된다는 생각이야 안 했겠지. 특히 이 사람은."

"왜지요? 사람이 뻔뻔스러워서입니까?"

"그럴 리는 없지만 어쨌든 목숨을 유난히 아까워하는 남자이니까."

쓰기코가 고개를 숙이고 쿡쿡 웃었다. 오노부는 미요시가 전쟁 전후에 독일에서 돌아온 사람이라는 것을 알게 되었다.

53

미요시를 중심으로 한 외국 유학 이야기가 한바탕 활기를 띠었다. 능란하게 화제의 실마리를 짬짬이 만들어 이야기를 이끌어가는 요시카와 부인의 수완을 말없이 관찰하고 있던 오노부는 부인이 어째서 그들 네 사람 앞에 이 미지의 청년 신사를 내세우려고 시도하고 있는지를 간파했다. 차분하다기보다 오히려 과묵한 그는 자기도 모르는 사이에 그에게 호의를 베푸는 부인의 입발림에 속아 자신을 가장 유리한 쪽으로 사람들 앞에 설명했다.

그녀에게는 이 담화가 이어지는 동안 거의 한마디도 말을 꺼낼 기회가 주어지지 않았다. 자연히 말없이 듣기만 하는 처지가 된 그녀에게는 주로 비판의 힘만 작동했다. 솔직하고 자기중심적인 요소를 다량으로 갖춘 부인의 기교가 추호도 기교의 냄새 없이 착착 성공해나가는 과정을 단계마다 지켜본 그녀는 자신과 부인의 천성 사이에 상당한 거리가 있음을 인정하지 않을 수 없었다. 그러나 그것은 수직적 거리가 아니라 수평적 거리라는 생각이 들었다. 그렇다고 두려워하지 않아도 되느냐 하면 절대 그렇지 않았다. 의기양양한 현재의 지위에서 나오는 듯한 위압적인 태도 말고도 부인의 기교에는 때에 따라서 가공할 파괴력을 동반하고 있다는 아슬아슬한 느낌이 오노부의 가슴 어딘가로 스며들었다.

'내 기분 탓일까?'

오노부가 이렇게 생각하고 있는데 문제의 부인이 불쑥 그녀 쪽으로 초점을 옮겼다.

"노부코 씨가 기가 막히신가 봐. 내가 너무 지껄여서."

오노부는 느닷없는 지적에 반사적으로 움츠러들었다. 쓰다 앞에서는 일찍이 이런 경우의 예의에 어려움이 없었던 그녀는 어떻게 지혜롭게 처신해야 좋을지 당황스러웠다. 다만 보일 듯 말 듯 어설픈 웃음으로 그 순간을 때웠다. 그러나 그것은 아무 도움도 되지 않는 거짓 애교에 불과했다.

"아뇨, 매우 재미있게 듣고 있습니다"라는 말을 나중에 덧붙였을 때는 오노부 자신도 이미 한발 늦었다는 것을 알아차렸다. 또 실패했다는 쓰디쓴 느낌이 그녀의 입가에 번졌다. 오늘이야말로 부인의 기분을 만회해보려고 한 기세가 순식간에 위축되었다. 부인은 잔혹하리만큼 재빨리 태도를 바꿔 즉시 오카모토를 향했다.

"오카모토 씨, 외국에서 돌아오신 지 상당히 오래됐지요?"

"예, 아무튼 뭐, 옛날 일이오."

"옛날 일이라면 언제적 이야기예요, 도대체?"

"그러니까 보자, 서기……."

저도 모르게 그렇게 되는 것인지 아니면 우연인지, 이모부는 거드름을 피우며 생각에 잠겼다.

"보불전쟁 때?"

"바보 취급하지 마시오. 이래 봬도 당신 영감님을 데리고 런던 여기저기를 활보한 기억이 있으니까."

"그럼 파리에서 농성한 팀이 아니네요."

"말 같지 않은 소리 하지 마시오."

미요시의 외국 유학 이야기로 한바탕 활기를 띄워 올린 부인은 곧 화제를 그것과 관계가 깊은 다른 방향으로 끌고 갔다. 자연히 요시카와는 오카모토를 상대하지 않으면 안 됐다.

"어쨌든 자동차가 생긴 직후여서 그게 지나가면 모두 뒤돌아보던 때였으니까 말이야."

"응, 그 느려터진 버스가 아직 위세를 떨치던 시절이었지."

그 느려터진 버스가, 그런 교통기관을 이용해본 적이 없는 사람에게는 어떤 추억도 되지 않음에도 불구하고 당시를 회고하는 두 사람의 가슴에는 역시 아련한 감개를 불러일으키는 것 같았다. 쓰기코와 미요시를 견주어본 오카모토는 쓴웃음을 지으며 요시카와에게 말했다.

"피차 나이를 먹었어. 평소에는 전혀 깨닫지 못하고 아직 젊다고만 생각해서 열심히 뛰어다녔는데 이렇게 딸 곁에 앉아보니 생각이 좀 달라지는군."

"그럼 내내 그 애를 곁에 앉혀두시면 좋겠네요."

이모가 즉시 이모부를 겨냥했다. 이모부도 얼른 대답했다.

"정말이야. 외국에서 돌아왔을 때야, 이 애가 아직……" 하고 말을 꺼내며 잠깐 생각한 그는 "몇 살이었지?"라고 물었다. 이모가 그런 태평한 사람에게 대꾸할 의무가 없다는 얼굴로 대답하지 않자 요시카와가 곁에서 입을 열었다.

"이번에는 할아버지, 할아버지 하는 말을 들을 때가 벌써 눈앞에 다가왔어. 방심할 수 없다고."

쓰기코는 얼굴을 붉히며 시선을 아래로 떨궜다. 부인이 얼른 남편을 쳐다봤다.

"하지만 오카모토 씨한테는 자기 나이를 헤아려줄, 살아 있는 시계가 붙어 있으니까 아직 괜찮아요. 당신은 어떤 것도 안 갖고 계시니까 정말 버거워요."

"그 대신 당신도 언제까지나 젊음을 누리고 있잖아."

모두 소리 내어 웃었다.

54

그들만큼 일행이 많지 않아 비교적 조용한 다른 손님이, 무대에는 아랑곳없이 한가한 이야기만 하고 있는 오노부네 쪽을 가끔 힐끔거렸다.

시간을 절약하려고 일부러 가벼운 식사를 든 사람들이 커피도 마시지 않은 채 슬슬 일어설 때가 되어도 오노부 앞에는 계속해서 새로운 접시가 날아들었다. 그들은 도중에 냅킨을 내던지지 않았다. 또 그런 조급한 행동을 할 생각도 없는 것 같았다. 연극을 보러 왔다기보다 극장에 놀러 왔다는 듯이 어디까지나 느긋한 자세였다.

"벌써 시작했어?"

갑자기 조용해진 식당을 둘러본 이모부가 흰 제복의 종업원에게 물었다. 종업원은 그 앞에 따뜻한 수프를 내놓으며 정중하게 대답했다.

"방금 막이 열렸습니다."

"괜찮아, 막이 열려도. 지금은 눈보다 입이 더 중요해."

이모부는 얼른 닭 다리를 뜯기 시작했다. 맞은편에 앉은 요시카와도 무대에서 무슨 일이 일어나든 전혀 개의치 않는 것 같았다. 그는 곧 이모부에 이어서 연극과는 아무 관계가 없는 음식 이야기를 늘어놓았다.

"자네는 여전히 맛있게 먹는군. 부인, 이 오카모토 군이 지금보다 더 먹고 더 뚱뚱했던 무렵, 서양 사람 어깨 위에 목말 탄 이야기를 들으셨습니까?"

이모는 몰랐다. 요시카와는 같은 물음을 쓰기코에게 던졌다. 쓰기코도 몰랐다.

"글쎄요, 체면상 별로 좋지 않은 이야기니까 틀림없이 숨겼을 거예요."

"뭐가?"

이모부는 그제야 접시에서 눈을 들어 괴이쩍다는 듯 상대방을 쳐다봤다. 그러자 요시카와 부인이 곁에서 거들었다.

"아마 너무 무거워서 그 외국인을 짓누른 거겠지요."

"그런 거라면 아직도 자랑스럽겠지만, 모두가 이상한 얼굴로 빤히 쳐다보는데도 런던의 군중 속에서 덩치 큰 남자의 어깨 위에 찰싹 붙었다니까. 행렬을 구경하려고."

이모부는 아직 웃지 않았다.

"뭘 날조하는 건지 원. 도대체 그거 언제 적 이야기야?"

"에드워드 7세 대관식 때 말이야. 행렬을 보려고 시장 관저 앞에 섰는데 앞사람이 자네보다 너무 키가 커서 안 보이니까 궁여지책으로 같이 간 하숙집 주인한테 부탁해 어깨에 올라탔다고 하지 않았어?"

"바보 같은 소리 하지 마라. 그건 사람을 잘못 본 거야. 목말 탄 녀석을 확실하게 알고 있는데 나는 아냐, 그 원숭이 녀석이라고."

이모부의 변명은 오히려 진지했다. 그 진지한 입에서 '원숭이'라는 말이 갑자기 튀어나오자 모두 일제히 웃었다.

"과연 그 원숭이라면 잘 어울려. 아무리 영국 사람이 크다고 해도 아무래도 자네하곤 앞뒤가 너무 안 맞는다고 생각했지. 그 원숭이라면 또 상당히 왜소하니까."

알면서 일부러 착각한 척했는지, 아니면 처음부터 사실을 몰랐는지 어쨌든 요시카와는 겨우 이해가 간다는 말씨로, 더욱 그 당사자의 '원숭이'라는 별명을 강조해서 좌중을 떠들썩하게 웃겼다. 부인은 반은 호기심으로, 반은 삼가는 태도를 보였다.

"원숭이라니, 도대체 누구를 두고 하는 말씀이세요?"

"뭐, 당신은 모르는 사람이야."

"부인, 걱정하시지 않아도 좋아요. 설혹 원숭이가 이 자리에 있더라도 우리는 앞에서 그를 '원숭이'라고 불러도 되는 처지니까요. 그 대신 상대방도 날 '돼지'라고 놀렸으니 피차 마찬가지예요."

이렇게 종잡을 수 없는 대화가 오간 사이, 오노부는 결국 사교 일원에 걸맞은 자기 몫의 역할을 발휘할 기회를 얻지 못했다. 요시카와 부인에게 자신을 좋게 보일 기회도 물론 오지 않았다. 부인은 그녀를 안중에 두지 않았다. 오히려 그녀를 기피하고 있는지도 몰랐다. 그러고는 유독 한 자리 건너 곁에 앉아 있는 쓰기코에게만 말을 걸었다. 잠깐이긴 했으나 이 사촌 동생에게 사람들의 관심이 집중되도록 노력하는 흔적이 역력히 보였다. 그것을 활용하지 못하는 쓰기코가 고마워하기는커녕 오히려 부담스러워하는 표정을 거리낌 없이 밖으로 드러낼 때마다 곧바로 그녀와 자기를 비교해보고 싶은 오노부의 마음에는 작은 선망의 동요가 일었다.

"내가 만약 이 동생의 처지에 서 있다면."

식사를 하면서 그녀는 가끔 이렇게 생각했다. 그리고 은근히 교제에 익숙하지 않은 쓰기코를 애처롭게 여겼다. 마지막에는 평소와 다름없이 어쩌면 이렇게 딱한 여자일까 하는 경멸감이 일었다.

55

그들이 자리에서 일어난 것은 남자들이 피우기 시작한 식후 여송연의 흰 재가 제법 쌓였을 무렵이었다. 그때 누군가의 입에서 나온 "그런데 몇 시지?"라는 말을 기화로 우연히 오노부의 입장에 변화가 왔다. 일어서기 전의 한순간을 포착한 부인이 갑자기 오노부에게 말을 걸었다.

"노부코 씨, 쓰다 씨는 좀 어떠신가?"

154

느닷없이 이렇게 말하고는 오노부가 미처 대답도 하기 전에 금방 그 뒤를 스스로 덧붙였다.

"아까부터 물어봐야지, 물어봐야지 하면서도 그만 내 이야기에만 빠져서……."

오노부는 이 변명을 내심 거짓말이라고 생각했다. 그것은 지금 상대방이 쓰는 말투나 태도에서 나온 의심이 아니라, 그녀는 그럴 만한 근거를 가지고 있었다. 그녀는 식당에 들어온 부인에게 인사했을 때 자신이 한 말을 그대로 기억했다. 그것은 자신을 위해서라기보다 오히려 남편을 생각해서 건넨 말이었다. 그녀는 부인을 보자마자 공손히 머리를 숙여 "쓰다가 번번이 폐를 끼쳐 드려서……"라고 인사했었다. 하지만 부인은 그때 쓰다에 대해 한마디도 꺼내지 않았다. 자기가 인사를 나눈 마지막 동석자인 이상 거기에는 그만큼 말을 나눌 여유가 충분했음에도 불구하고 부인은 곧장 다른 곳으로 시선을 돌렸다. 며칠 전에 쓰다가 방문한 일 따위는 깨끗이 잊어버린 듯했다.

오노부는 부인의 그 행동이 자기를 싫어하기 때문이라고만 해석하지 않았다. 싫어하는 데는 분명히 또 다른 이유가 있을 거라고 생각했다. 그렇지 않으면 아무리 부인이라고 해도, 특히 거명한 쓰다를 기피하는 기색을 그의 아내에게 내비칠 리 없다고 생각했다. 그녀는 부인이 자기 남편을 편애한다는 사실을 잘 알고 있었다. 그러나 단지 남편을 편애한다는 사실이 어째서 그를 아내 앞에서 말하기 꺼려해야 하는지 오노부는 알 수 없었다. 그녀는 식사 중에 당연히 사람들이 좋아할 만한, 여성으로서의 자기 천성을 부인 앞에 발휘하기 위해 두 사람 사이에 존재하는 유일한 공통점으로 보이는 쓰다 이야기로 시작해보려

고 했는데, 시작도 하기 전에 무시당한 것도 내내 마음에 걸렸다. 마침
내 자리에서 일어서기 직전에 상대방이 말을 꺼냈을 때 오노부는 단지
부인의 변명에 대해서만 거짓말이라고 의심하는 것에서 끝내지 않았
다. 이제 와서 남편의 병에 관해 묻는 부인의 마음속에는 마지못한 사
교상의 빈말 이외에 아직 무엇인가가 존재하고 있을지 모른다고 생각
했다.

"고맙습니다. 덕분에요."

"수술은 하셨어?"

"예, 오늘요."

"오늘? 그런데 당신은 이런 곳에 잘도 오셨네."

"별로 큰 병도 아니어서요."

"하지만 누워 계시겠지."

"누워 있습니다."

부인은 그래도 괜찮으냐는 기색을 보였다. 적어도 오노부에게는 그
녀의 침묵이 그렇게 보였다. 다른 사람에게는 남자처럼 스스럼없이 행
동하는 부인이 자기에게만 유독 딴사람처럼 행동하는 게 느껴졌다.

"병원에 들어가셨어?"

"병원이라고 말씀드릴 만한 곳도 못 됩니다만, 마침 이층이 비어 있
어서 한 대엿새쯤 거기에 있기로 했습니다."

부인은 의사 이름과 주소를 물었다. 문병을 가겠다는 말은 없었지만,
실은 그 때문에 일부러 쓰다의 이야기를 꺼낸 걸까 하는 생각이 든 오
노부는 비로소 부인의 태도가 다소 이해되는 기분도 들었다.

부인과 달리 처음부터 쓰다의 일을 별로 염두에 두지 않은 것 같은

요시카와가 이때 비로소 입을 열었다.

"본인한테 물으니 작년에 생긴 병이 재발했다고 하더군. 한창나이에 병치레만 해서야. 쉬는 건 꼭 대엿새만으로 정해진 게 아니니까 다 나을 때까지 몸조리 잘하라고 그렇게 전해주시오."

오노부는 감사하다는 말을 했다.

식당을 나온 일곱 사람은 복도에서 다시 두 팀으로 갈라졌다.

56

남은 시간을 이모부 가족과 함께 보낸 오노부에게는 그 후 아무런 파란도 일어나지 않았다. 단지 얇은 잠옷 위에 솜옷을 걸치고 누워 있을 쓰다의 그림자가 열심히 무대를 응시하던 그녀의 머릿속에 불쑥 떠오를 때가 있을 뿐이었다. 그 그림자는 지금까지 읽고 있던 책을 엎어놓고 여기에 앉아 있는 그녀를 멀리서 바라보고 있는 것 같았다. 그러나 그것은 그녀가 반가운 나머지 그를 다시 보려고 하는 찰나, '아니, 착각하면 안 돼. 뭘 하고 있는지 잠깐 들여다본 것뿐이니까. 네 따위한테 볼일이 있는 내가 아니라고'라는 의미를 눈빛으로 알리는 것 같았다. 환영에 깜빡 넘어갈 뻔한 오노부는 왠지 어처구니없다는 생각이 들었다. 그러자 동시에 쓰다의 모습도 유령처럼 금방 사라졌다. 이번에는 오노부 쪽에서 '이제 당신 같은 분은 생각도 하지 않겠어요'라고 선언했다. 그러자 다시 나타난 쓰다의 환영에 그녀는 혀를 찼다.

식당에 들어가기 전에는 한 번도 남편을 염두에 두지 않았기 때문에 그녀가 보기에는 이런 불가항력적 마음의 작용은 모두 저녁 식사 후에 일어난 새로운 경험이었다. 그녀는 말없이 자신의 전후 두 모습을 대조해보았다. 그리고 그 급격한 변화의 책임자로서 마음속으로 요시카와 부인의 존재를 되새겨보지 않을 수 없었다. 오늘 밤 만약 부인과 같은 테이블에서 저녁을 함께하지 않았더라면 이런 이상한 현상은 결코 일어나지 않았을 거라는 느낌이 그녀의 마음 한구석에서 피어올랐다. 그러나 부인의 어떤 점이 이토록 쓴 술을 빚는 발효 효소가 되어 어떤 형태로 머릿속으로 잠식해 들어왔는지 묻는다면 그녀로서는 도저히 분명한 답을 할 수 없었다. 그녀는 그저 불분명한 근거를 가지고 있었다. 그리고 비교적 분명한 결론에 도달했다. 판단의 근거가 미흡하다고 생각하지 않는 그녀가 스스로 내린 결론이 섣불렀다는 의구심을 품을 리 없었다. 그녀는 모든 원인이 요시카와 부인에게 있다고 굳게 믿었다.

연극이 끝나고 일단 휴게실로 자리를 옮겼을 때, 오노부는 그곳에서 또 부인을 만날까봐 겁이 났다. 그러나 만약 만난다면 좀 더 깊이 파고들고 싶다는 생각도 들었다. 돌아갈 채비를 서두르는 어수선한 시간에 그런 기회가 올 리 없다고 처음부터 체념했지만, 그런 유혹이 만나고 싶지 않은 마음 저 밑에서 이따금 고개를 내밀었다.

휴게실에서는 다행히도 엇갈렸다. 요시카와 부인의 모습은 어디에도 보이지 않았다. 옷깃에 모피를 댄 무거운 남자용 외투를 걸치던 오카모토가 코트 소매에 팔을 넣고 있는 오노부를 뒤돌아보았다.

"오늘 우리 집에서 묵고 가지 않으련?"

"네, 고마워요."

묵는다는 건지 묵지 않는다는 건지 모를 어정쩡한 인사를 던진 오노부는 미소를 지으며 이모를 바라봤다. 이모는 또 '당신 속 편한 소리에는 정말 두 손 들었어요'라는 표정으로 이모부를 쳐다봤다. 그것을 눈치채지 못했는지 아니면 눈치를 채고도 아랑곳하지 않는 것인지 그는 같은 말을 처음보다 더 진지한 어조로 반복했다.

"묵고 싶다면 묵고 가. 사양하지 말고."

"묵고 가라고 해도 여보, 집에서 하녀 혼자 이 애를 기다리고 있잖아요. 그건 무리예요."

"아 참, 그렇구나. 하녀 혼자라면 마음을 놓을 수 없지."

그렇다면 그만두는 것이 좋겠다는 식으로 말한 이모부는 물론 처음부터 어느 쪽이든 상관없는 것을 슬쩍 말해봤을 뿐이었다.

"저 이래 봬도 시집가고 나서 아직 하룻밤도 번거롭게 해드린 기억이 없는데요."

"저런, 그랬구나. 그거 정말 품행방정하기 그지없네."

"아이 미워. 요시오도 아직 외박한 적이 한 번도 없거든요."

"야, 훌륭하다. 부부가 일심동체로 굳게 맺혀 있구나."

"황공무지로소이다."

조금 전 들은 배우의 말을 나지막한 목소리로 덧붙인 쓰기코는 이렇게 말한 자신의 대담함에 놀랐는지 얼굴이 붉어졌다. 이모부는 일부러 큰 목소리를 냈다.

"뭐라고?"

쓰기코는 쑥스러웠는지 못 들은 척하며 계속 출입문 쪽으로 걸어갔다. 다른 사람도 그 뒤를 따라 밖으로 나왔다.

이모부가 인력거에 오르면서 오노부에게 말했다.

"우리 집에 묵기 싫다면 묵지 않아도 좋으니까 그 대신 조만간에 한 번 꼭 들르거라. 이삼일 안이라면 더 좋고. 물어볼 게 좀 있으니까."

"저도 이모부께 여쭤볼 게 있으니까 오늘 고마웠다는 인사 겸 들를 게요. 형편이 허락하면 내일이라도 괜찮아요?"

"올 라잇(all right)."

네 사람을 태운 인력거는 이 영어를 신호로 내닫기 시작했다.

57

쓰다의 집과 거의 같은 방향인 오카모토의 집은 거리가 조금 더 멀어서 세 사람의 뒤를 따르던 오노부의 인력거 고무바퀴는 골목길로 접어드는 예의 모퉁이까지만 동행할 수 있었다. 그곳에서 갈라지면서 그녀는 인력거 포장 안에서 앞서가는 일행에게 작별 인사를 보냈다. 하지만 그것이 상대에게 전해졌을지 전해지지 않았을지 미처 알 사이도 없이 그녀의 인력거는 이미 전찻길을 가로지르고 있었다. 괴괴한 골목길에서 알 수 없는 쓸쓸함이 갑자기 그녀의 가슴을 파고들었다. 지금까지 여럿이 어울리다가 어느 순간 자기도 모르게 왕따를 당했을 때처럼 미미하지만 의지할 데가 없어진 기분으로 그녀는 자기 집 현관으로 올라갔다.

하녀는 문소리가 들려도 나오지 않았다. 차노마에는 전깃불이 밝게 비치고 있을 뿐 무쇠 주전자조차 여느 때처럼 물 끓는 소리를 내지 않았다. 오늘 아침에 본 것과 아무런 변화가 없는 방 안을 그녀는 오늘 아침과 다른 눈으로 둘러보았다. 으스스하고 싸늘한 냉기가 허전한 가슴을 엄습하기 시작했다. 그 순간이 지나자 단지 외롭고 쓸쓸한 마음이 불안한 마음으로 바뀌어갈 뿐이었다. 밖에서 지친 몸을 화로 앞에 던지려고 했던 그녀는 문득 부엌 쪽을 향해 "오토키야, 오토키야" 하고 하녀를 찾았다. 그러면서 부엌 곁에 붙어 있는 하녀 방의 문을 열었다.

좁은 방 한복판에는 바느질감이 널려 있고 그 위에 정신없이 엎어진 오토키가 화들짝 얼굴을 들었다. 그리고 오노부를 보자마자 느닷없이 "네" 하고 또렷이 대답하며 몸을 벌떡 일으켰다. 동시에 바느질하느라 일부러 낮게 드리운 전등갓에 헝클어진 머리가 부딪쳐 전등이 갑자기 심하게 요동치자 그녀는 더더욱 당황했다.

오노부는 웃음도 나오지 않았다. 야단칠 생각도 없었다. 이런 경우 나라면, 하는 비교조차 머리에 떠오르지 않았다. 지금 그녀에게는 잠에서 덜 깬 오토키만이라도 거기에 있어주는 것이 믿음직스러웠다.

"빨리 현관문 잠그고 자. 쪽문 빗장은 내가 걸고 올 테니까."

하녀를 먼저 재운 오노부는 옷도 갈아입지 않은 채 다시 화로 앞에 앉았다. 그녀는 기계적으로 재를 헤집어 사그라져가는 불씨에 새 숯을 보탰다. 그리고 가정에서는 모름지기 그래야 한다는 듯이 뜨거운 물을 끓였다. 그러나 깊은 밤에 울리는 무쇠 주전자 소리에 혼자 귀를 세우고 있는 그녀의 가슴에는 어디선가 육박해오는 쓸쓸함이 조금 전 돌아왔을 때보다 더욱더 진하게 배어들었다. 그것이 평소 늦게 돌아오는 남편을 기다릴 때 느끼는 외로움과는 그 정도가 사뭇 달라서 오노부는 저도 모르게 병원에 누워 있는 남편의 모습을 그리운 마음으로 떠올렸다.

'역시 당신이 안 계시기 때문이에요.'

그녀는 머릿속에 그린 남편을 향해 이렇게 말했다. 그리고 내일은 만사 접어두고 우선 문병부터 가야겠다고 생각했다. 그러나 다음 순간, 오노부의 가슴은 이미 남편의 가슴에 바싹 붙어 있지 않았다. 두 사람 사이에 무엇인가가 끼어 있었다. 이쪽에서 바싹 붙으려고 하면 할수록 중간에 있는 방해물이 그녀의 가슴을 쿡쿡 찔렀다. 게다가 남편은 모른 척했다. 웬만큼 오기가 난 그녀도 그렇다면 좋다고 남편에게 등을 돌리고 싶었다.

이런 지경까지 이르자 그녀의 공상은 여지없이 요시카와 부인 쪽으로 옮겨갔다. 극장에서 생각한 대로 만약 오늘 밤 그녀를 만나지 않았더라면 세상의 누구보다 사랑하는 남편에 대해 이렇게 불쾌한 느낌을 품지 않을 수 있을 거라는 생각만 강해졌다.

그녀는 어딘가에 있는 누군가에게 자기 마음을 하소연하고 싶었다. 어젯밤 적다가 만 친정에 보낼 편지를 이어서 쓰려고 붓을 든 그녀는 여전히 금실 좋은 부부로 지내고 있으니 안심하라는 말 말고는 자신의 심정을 편지에 담을 수 없었다. 그것은 그녀가 항상 양친에게 꼭 전하고 싶은 말이었다. 그러나 오늘 밤은 아무래도 그런 말만으로는 미흡했다. 자신의 머릿속을 정리하는데 지친 그녀는 마침내 붓을 던져버렸다. 옷도 벗어 던진 채 그녀는 그대로 잠자리에 들었다. 오랫동안 눈에 삼삼한 극장 광경이 몇 번이나 강렬한 인상으로 남아 그녀의 흥분한 머리를 자극해서 애가 탄 탓에 끝내 잠을 이룰 수 없었다.

58

그녀는 베개를 벤 채 1시를 알리는 괘종소리를 들었다. 2시를 알리
는 소리도 들었다. 그러고는 몇 시인지 알 수 없는 아침 햇살에 눈을 떴
다. 덧문 틈새로 들어온 그 햇빛은 여느 때보다 늦잠을 잤다는 사실을
그녀에게 확실하게 이야기해주었다.

그녀는 그 빛으로 머리맡에 어지러이 놓인 어젯밤의 옷가지를 바라
보았다. 겉옷과 속옷이 뒤섞인 채 방바닥에 휙 팽개쳐진 그것은 옷이
라기보다 상하 안팎이 뒤죽박죽으로 뒤엉킨 채색 덩어리처럼 보일 뿐
이었다. 그 채색 덩어리 바닥에 가늘고 길게 접힌 금실로 수놓인 쥘부
채 무늬의 화려한 오비가 그녀가 손을 뻗으면 닿을 만한 곳에 놓여 있
었다.

그녀는 그 꼴사나운 모습을 다소 기가 막힌 눈길로 바라보았다. 이것
이 전부터 꼼꼼함과 철저함을 여자의 미덕으로 삼아온 자신의 행실이
란 말인가 하는 생각이 들자 조금 한심하다는 생각도 들었다. 쓰다와
결혼한 이후 일찍이 이렇게 깔끔하지 못한 모습을 보인 기억이 없는
그녀는 남편이 지금 자기와 같은 방에 없다는 사실에 후유 하고 한숨
을 돌렸다.

칠칠치 못한 것은 옷만이 아니었다. 만약 남편이 입원하지 않고 여느
때처럼 집에 있었더라면, 가령 아무리 밤늦도록 잠을 자지 못했다고
해도 이렇게 늦게까지 방심하고 잤을 리 없다고 생각한 그녀는 눈뜨자
마자 벌떡 일어나지 않은 자신을 아무래도 게으름뱅이인 모양이라고
자조하지 않을 수 없었다.

그래도 그녀는 쉽사리 일어나지 않았다. 어제저녁의 과실을 보상하려는 것인지 어느 결에 일어난 오토키의 발소리가 조금 전부터 부엌에서 들리는 것을 좋은 구실로 삼아 그녀는 마음 놓고 따뜻한 이불 속에서 뒹굴었다.

그러노라니 눈을 뜬 순간에 느낀 미안한 감정이 점점 수그러들었다. 그녀는 아무리 여자라도 1년에 한두 번쯤은 괜찮을 거라고 생각을 고쳐먹었다. 뼈 마디마디가 녹신대기 시작했다. 그녀는 전에 없이 느긋한 기분으로 결혼 후 처음 경험하게 된 이 자유를 만끽했다. 이것도 필경 남편이 집을 비운 덕분이라는 생각이 들자 그녀는 당분간 혼자 지내게 된 지금의 처지를 오히려 축복하고 싶을 정도였다. 그리고 매일 남편과 함께 기거하면서 마음에 두지 않고 오늘까지 간과해온 불편함이 그녀에게 의외로 무거운 부담이었다는 사실에 놀랐다. 그러나 물론 우발적으로 떠오른 이 순간적인 각성은 오래가지 않았다. 일단 해방된 자유의 눈으로 안절부절못했던 지난밤의 자신을 쓴웃음으로 돌이켜본 그녀가 잠자리에서 일어났을 때는 이미 다른 기분에 지배되고 있었다.

그녀는 늦긴 했지만 주부의 일상적인 의무를 깔끔하게 마무리했다. 쓰다가 없어서 수고로움이 상당히 줄어들어 생긴 여가를 틈타서 하녀를 성가시게 하지 않고 스스로 옷을 정리했다. 그리고 가벼운 옷차림으로 곧장 밖으로 나간 그녀는 어디에도 들르지 않고 큰길에서 조금 떨어진 곳의 새 자동 전화 부스로 들어갔다.

그녀는 거기서 세 사람과 통화했다. 그 세 사람 중 제일 첫 번째로 뽑힌 것은 역시 쓰다였다. 그러나 누워 있는 상태라 스스로 수화기 앞에

설 수 없는 그의 소식은 간접적으로 들을 수밖에 없었다. 별 이상이 있을 리 없다고 생각한 그녀의 기대는 역시 빗나가지 않았다. 그녀는 간호사인 듯한 사람의 "순조롭습니다. 별고 없습니다"라는 확신에 찬 목소리를 들은 뒤 쓰다가 자기를 얼마나 기다리고 있는지를 알아보기 위해 오늘 문병을 가지 않아도 좋은지 쓰다에게 물어봐달라고 했다. 그러자 쓰다가 "어째서 그러느냐"라는 말을 간호사를 통해 전해왔다. 남편의 목소리도, 얼굴도 볼 수 없는 오노부는 판단이 서지 않아 전화기 앞에서 고개를 갸웃거렸다. 이런 경우, 그는 꼭 와달라고 요구하는 남자가 아니었다. 그러나 가지 않으면 언짢아하는 남자였다. 그렇다고 가면 기뻐하는가 하면 그것도 아니었다. 그는 오노부가 모처럼 애써서 간 보람도 없이 그런 것이 여자의 의무가 아니냐는 식으로 짐짓 시침을 뗄 수 있는 남자였다. 문득 그렇게 짐작한 그녀는 어젯밤 요시카와 부인에게 받은 영향이라고 생각하고 있는 남편에 대한 껄끄러운 감정을 그만 전화기 앞에서 흘리고 말았다.

"오늘은 오카모토 이모부 댁에 가야 하니까 그쪽에는 가지 못한다고 전해주세요."

그리하여 병원 쪽 전화를 끊은 그녀는 곧장 오카모토에게 전화를 걸어 지금 가도 좋은지 여부를 물었다. 그리고 마지막으로 전화한 쓰다의 여동생에게는 그의 상태를 간단히 한마디로 알리기만 하고 다시 집으로 돌아왔다.

59

오토키의 식사 시중을 받으며 아침 겸 점심인 밥상 앞에 앉는 것도 오노부에게는 결혼 이후 처음 맛본 경험이었다. 쓰다의 부재에서 오는 이 변화로 여왕 같은 자존감을 새삼스럽게 실감하면서, 일상과 달리 한없이 욕심부릴 수 있는 이 자유가 여느 때보다 그녀를 사로잡았다. 몸이 느긋한 셈치고는 마음이 안정되지 않았던 그녀가 오토키에게 털어놨다.

"서방님이 안 계시니까 어쩐지 이상하네."

"네, 집이 텅 빈 것 같아요."

오노부는 아직 할 말이 더 있었다.

"이렇게 늦잠을 자본 것도 처음이야."

"네, 그 대신 언제나 일찍 일어나시니까 가끔은 아침 겸 점심을 해도 괜찮지요, 뭐."

"서방님이 안 계시니까 옳다구나 하고 그런다고 생각하지 마."

"누가 말이에요?"

"네가."

"터무니없는 말씀 마세요."

오토키의 한껏 과장된 목소리가 섣부른 말 상대보다 더 심하게 오노부의 마음을 울렸다. 그녀는 얼른 입을 다물어버렸다.

30분쯤 지나 오노부는 오토키가 현관 앞에 가지런히 놓은 외출용 게다를 신고 다시 밖으로 나가면서 현관까지 배웅 나온 오토키를 뒤돌아보았다.

"집 잘 지키고 있어. 어젯밤처럼 자버리면 큰일 나니까."

"오늘 밤도 늦게 돌아오세요?"

오노부는 몇 시쯤 돌아올지 전혀 생각하지 않고 있었다.

"그렇게 늦게 돌아오진 않을 거야."

모처럼 남편이 없는 틈을 타 이모부 집에서 느긋하게 놀고 싶다는 생각이 오노부의 가슴 한구석에서 꿈틀거렸다.

"될 수 있으면 빨리 올게."

이렇게 말을 던지고 큰길로 나온 그녀의 발길은 곧장 예정된 방향으로 향했다.

오카모토 이모부 집은 후지이 숙부 집과 거의 같은 방향이어서 도중까지는 예의 강변을 따라 달리는 전차를 이용할 수가 있었다. 종점에서 한두 정류장 앞에서 내린 오노부는 거기에 놓인 작은 나무다리를 건너 맞은편 길을 조금 걸었다. 그 길은 며칠 전 밤에 술집을 나온 쓰다와 고바야시가 둘의 환경과 성격 차이에서 오는 엉클어진 감정을 각자 가슴에 안고, 조선행과 오킨의 결혼을 화제로 삼으며 걸었던 길이었다. 그것을 쓰다한테 듣지 못했던 오노부는 두 사람의 모습을 상상하기는 커녕 그들과는 반대 방향으로 무심히 발을 옮긴 뒤, 이모부 집에 갈 때는 반드시 거쳐야 하는 좁고 긴 오르막길에 올라섰다. 그때 우연히 맞은편에서 다가온 쓰기코가 말을 걸었다.

"어제는……."

"어디 가?"

"배우러."

작년에 여학교를 졸업한 사촌 동생은 시간이 남아도는 탓에 여러 가지를 배우고 있었다. 피아노, 다도, 꽃꽂이, 수채화, 요리 등등 뭐든지 손을 대고 싶어 하는 그녀의 취향을 알고 있어서 '배우러'라는 말을 들었을 때 오노부는 그만 웃음이 터졌다.

"뭘 배우러? 토 댄스(toe dance)?"

그들은 자기들만 아는 농담을 나눌 만큼 흉허물 없는 사이였다. 그러나 오노부의 속마음에는 자기보다 여유 있는 상대방의 처지에 대해 다소의 빈정거림이 없다고 단언할 수 없는 이 농담이 정작 상대방에게는 전혀 풍자라고 받아들여지지 않는 것 같았다.

"설마."

그녀는 이렇게만 대꾸하고 기분 좋게 웃었다. 그리고 그녀의 웃음은 아무리 예민한 오노부라 하더라도 순진 그 자체로 받아들이지 않을 수 없었다. 하지만 그녀는 끝내 어디에서, 무엇을 배우는지 오노부에게 밝히지 않았다.

"놀리니까 싫어."

"또, 뭘 시작했는데."

"어차피 욕심쟁이니까 뭘 시작했는지도 모르겠어."

젊은 여성이 교양으로 익히는 것들에 관해 쓰기코가 '욕심쟁이'라는 별명을 얻은 것도 그녀의 집에서는 숨기지 않는 사실이었다. 처음에 여동생이 붙이고는 금세 가족 사이에 퍼진 이 고약한 별명은 요즘은 그녀 자신도 아무렇지 않게 받아들이고 있었다.

"기다려줘. 금방 돌아올 테니까."

가벼운 걸음으로 재빠르게 비탈길을 내려가는 쓰기코의 뒷모습을 한 번 뒤돌아본 오노부의 가슴에 다시 선망과 경멸이 뒤섞인, 그녀에 대한 평소의 느낌이 되살아났다.

60

오카모토 저택에 도착했을 때, 오노부는 현관 앞에서 우연히 이모부의 모습을 발견했다. 평상복 위에 폭넓은 허리띠를 앞으로 축 늘어뜨려 맨 그 매듭 부분에 손을 찌른 그는 곁에서 괭이질을 하고 있는 정원사와 뭔가를 열심히 이야기하고 있다가 오노부를 보자마자 금방 말을 걸었다.

"왔구나. 지금 정원을 좀 손보고 있단다."

정원사 옆에는 커다란 으름덩굴 더미가 땅바닥 위에 널브러져 있었다.

"저놈을 지금 정원 입구의 문 위로 뻗어 나가게 하려고 궁리 중이란다. 어때, 좋지?"

오노부는 울타리 가운데쯤에 있는 문의 억새 지붕을 떠받치고 있는 굵은 기둥과 통나무 서까래를 비교해보았다.

"어머, 낮은 울타리 쪽에 있던 걸 뽑아왔어요?"

"응, 그 대신 거기에는 잘게 쪼갠 대나무를 엮어 가장자리를 두르고 메세키가키(그 해에 새로 난 대나무를 가지와 잎이 붙은 채로 빈틈없이 세워서 만드는 울타리)를 만들었지."

요즘 여유가 생겨 자신이 고안한 대로 집을 신축한 이모부는 어느새 건축에 관한 용어가 풍부해졌다. 말만 듣고서는 도저히 알아들을 수 없는 그 '메세키가키'에 대해 오노부는 그저 "네, 네" 하며 대답할 수밖에 없었다.

"식후 운동에는 딱 맞네요. 배도 잘 꺼지고요."

"농담 마라, 나 아직 점심 전이다."

오노부를 끌고 일부러 뜰 쪽에서 큰 방으로 올라간 이모부는 "스미, 스미" 하고 큰소리로 이모를 불렀다.

"배고파 죽겠다. 빨리 밥 줘."

"그러니까 아까 다 같이 먹을 때 드셨더라면 좋았죠."

"그런데 그렇게 부엌 형편에만 좋게 돌아가지 않지. 세상이란 말이야, 무슨 일이든 단락이 있다는 걸 당신 알고 있어?"

남편이 자업자득이라고 생각한 이모의 태도는 시큰둥했고 이모부의 말재주도 변함이 없었다. 오래간만에 고향의 냄새를 맡은 듯한 오노부는 자신의 눈앞에 있는 이 한 쌍의 노부부와 결혼한 지 아직 1년도 채 되지 않은, 말하자면 새 생활을 막 시작한 자기네 두 사람을 마음속으로 견줘보지 않을 수 없었다. 우리도 긴 세월을 함께 걸어가다 보면 이렇게 되는 걸까, 또 아무리 오랫동안 같이 살았다 해도 성격이 다르면 서로의 입장도 시종 달라야 하는 걸까. 젊은 오노부에게는 그게 지혜와 상상으로 풀 수 없는 하나의 의문이었다. 오노부는 지금의 쓰다에게 만족하고 있지 않았다. 그러나 미래의 자신도 이모처럼 윤기가 없어지리라고는 생각할 수 없었다. 만약 그것이 자신의 미래에 가로놓인 필연적인 운명이라고 한다면 언제까지나 지금의 윤기를 지니고 싶은 그녀는 언젠가 반드시 슬픈 타격을 받게 될 것이다. 여자다움이 사라져버렸는데도 여자로서 이 세상에 생존하는 것처럼 두려운 것은 없다고 젊은 그녀는 생각했다.

그런 먼 앞날에 대한 상정이 이 젊은 조카딸의 가슴에 끓고 있다는 것을 꿈에도 알 리 없는 이모부는 자기 앞에 놓인 밥상을 향해 책상다리로 앉으며 그녀를 쳐다보았다.

"이봐, 뭘 그렇게 멍하니 있어? 골똘히 생각에 잠겼잖아."

오노부가 얼른 대답했다.

"오랜만에 제가 시중들게요."

밥통이 공교롭게 거기에 없어서 그녀가 자리를 일어나려고 하는데 이모가 불러 세웠다.

"시중을 들고 싶어도 빵이라서 안 돼."

하녀가 접시 위에 노르께하게 구운 토스트를 들고 왔다.

"오노부, 이모부는 이렇게 한심하게 돼버렸단다. 일본에 태어나서 쌀밥을 먹을 수 없다니 불쌍하지 않니?"

당뇨병인 이모부는 정해진 분량 이외의 전분질 섭취를 주치의로부터 통제받고 있었다.

"이렇게 두부만 먹고 있잖니."

이모부의 밥상에는 도저히 혼자서는 다 먹기 힘들 만큼 수북한 흰 두부가 생두부 그대로 올라와 있었다.

피둥피둥 살진 이모부가 일부러 짓는 딱한 얼굴을 본 오노부는 가엾다는 생각은커녕 오히려 우스꽝스럽게 느껴졌다.

"조금은 단식하는 게 좋아요. 이모부처럼 살이 찌면 누구든 괴로울 테니까요."

이모부는 이모를 뒤돌아보았다.

"오노부는 원래도 입이 좀 험했지만 시집가고 나니 더 달인이 된 것 같네."

61

어릴 적부터 이모부의 보살핌을 받으며 성장한 오노부는 여러 각도에서 출몰하는 그의 개성을 누구보다도 잘 알고 있었다.

뚱뚱한 체격에 어울리지 않게 신경질적인 그는 가끔 자기 방에 틀어박혀 한나절이나 말을 하지 않는 버릇이 있는가 하면, 또 무엇이든 지껄이지 않고서는 잠시도 배기지 못하는 소탈한 면도 있었다. 그것은 기운을 주체하지 못해서라기보다는 될 수 있으면 상대방을 불쾌하게 만들고 싶지 않다는 배려, 그게 아니면 손님을 앞에 두고 따분해서 온몸을 비비 트는 자신의 무료함을 피하려고 하는 경우가 많았다. 그래서 용건 이외의 대화는 그의 평소 마음가짐에서 오는 일종의 흥미가 중심이었다. 그의 성공에 적지 않은 공헌을 끼쳤다고 보이는 사교에 지극히 유용한 그의 화술은 천부적인 해학 취미 때문에 한층 더 화려한 광채를 발하는 경우가 종종 있었다. 그리고 그것은 어릴 때부터 그의 곁에 있었던 오노부의 입에 어느새 전이되어버렸다. 기분이 좋을 때 그를 상대로 농담을 지껄이는 것쯤이야 지금의 그녀에게는 어떤 수고도 필요 없는 제2의 천성 같은 것이었다. 그러나 쓰다에게 시집간 뒤로 그녀는 이 태도를 바꾸었다. 그런데 처음에 신중하려고 조신하게 군 탓인지 험한 입담은 두 달이 지나도, 석 달이 지나도 좀처럼 나오지 않았다. 그 점에서 그녀는 결국 오카모토 집에 있던 때의 자신과는 별개의 인간이 되어 남편과 상종하지 않을 수 없었다. 그녀는 왠지 허전했다. 동시에 남편과 겉돌고 있는 것 같은 기분을 떨쳐버릴 수 없었다. 가끔 이 집에 와서 전과 다름없는 이모부의 모습을 보면 옛날의 자유분방한 생활을 떠올리게 되는 어떤 것이 있었다. 그녀는 생두부를 앞에 놓고 책상다리로 앉아 있는 익살스러운 그의 얼굴을 과거의 기념처럼 애련한 마음으로 바라보았다.

"하지만 제 험한 입은 이모부께서 다 가르친 거 아니에요? 쓰다한테 배운 기억은 전혀 없으니까요."

"얼씨구, 내 서방님이 제일이구나."

일부러 도쿄내기의 경망스러운 말투를 흉내 낸 이모부는 그런 종류의 말이 집안에서 들리면 큰일 난단 듯이 얼굴을 찌푸리는 이모를 쳐다보았다. 곁에서 관심을 가지면 더 고소하게 여기는 이모부의 버릇을 잘 아는 이모는 모른 척하고 상대하지 않았다. 그러자 기대가 어긋났다는 듯이 이모부는 또 오노부를 향했다.

"원래 요시오 군은 그렇게 엄격한 사람이냐?"

오노부는 대답 없이 그냥 실실 웃었다.

"하하하, 웃고 있는 걸 보니 역시 좋은 모양이네."

"뭐가요?"

"뭐가요라고? 그렇게 시치미 뚝 떼도 다 안다. 그런데 정말로 요시오 군은 그렇게 엄격한 사람이냐?"

"어떤지 저도 잘 모르겠어요. 왜 또 그걸 정색을 하고 물으세요?"

"이쪽도 생각이 좀 있어서 그래, 대답 여하에 따라서."

"어머, 무서워라. 그럼 말해버릴까. 요시오는 짐작하신 대로 엄격한 사람이에요. 그게 뭐 어떻게 됐어요?"

"정말이지?"

"네. 이모부도 꽤 집요하세요."

"그럼 나도 간단하게 결론을 말하지. 과연 요시오 군이 네 말대로 엄격한 사람이라면 말이다. 험담 잘하는 너한테는 도저히 어울리지 않아."

이렇게 말하며 이모부는 곁에 말없이 앉아 있는 이모 쪽을 턱짓해 보였다.

"저 사람이라면 안성맞춤일지도 모르겠지만."

외로움이 멀리서 불어온 바람처럼 난데없이 오노부의 가슴을 스치고 지나갔다. 그녀는 갑자기 슬픈 기분에 사로잡힌 자신이 놀라웠다.

"이모부는 언제나 태평스러워서 좋네요."

쓰다와 자신을 찰떡처럼 사이좋은 부부로 가정하여 건넨 이모부의 놀림조 농담을 좌흥에 겨워 아무렇게나 지껄인 말로 웃어넘기기에는 오노부의 마음이 너무 허전했다. 하지만 그 공허를 어떻게든 얼버무려 무엇 하나 부족함이 없는 남편을 가진 아내로서 자신을 보여줘야 한다고 생각하는 그녀는, 마음에 느낀 그대로를 이모부 앞에 드러낼 수는 없었다. 자칫하면 눈물이 고일 것 같았던 그녀는 눈을 깜박거리며 그 순간을 넘겼다.

"아무리 찰떡궁합이라고 해도 이렇게 나이를 먹으면 별수 없어. 그렇지, 오노부?"

어디를 가든 나이치고 젊어 보이는 이모가 이렇게 말하며 반짝이는 눈으로 오노부를 바라봤을 때 오노부는 아무 말도 하지 못했다. 하지만 자신의 감정을 감추기 위해 기회를 이용하는 것만은 잊지 않았다. 그녀는 단지 재미있다는 듯 소리 내어 웃었다.

62

육친이나 다름없는 이모보다 오히려 이모부를 마음속으로 더 따랐던 오노부는 그 보답으로 자신도 이모부에게 특별히 귀여움을 받고 있다는 신념을 항상 지니고 있었다. 그녀는 속이 탁 트이고 대범하면서도 신경질적인 성격을 지닌 그의 기분을 잘 터득해서 그 두 방면에 고루 미치는 자신의 행동을 전혀 위화감 없이 이모부가 생각하는 대로 손쉽게 행했다. 거기에는 언제나 젊음에서 오는 유연성이 더불어서 그녀는 거의 고통이라는 것을 모른 채 이모부를 만족시키고 또한 자신도 만족할 수 있었다. 이모부가 언제나 애정 어린 눈으로 자신의 움직임을 바라보길 원했던 그녀는 가끔 판에 박은 듯 변화가 없는 이모가 믿어지지 않을 때조차 있었다.

이성에 효과적으로 대처하는 처방을 이렇게 이모부에게서 배운 그녀는 어디로 시집가든 그걸 그대로 남편에게 응용하면 틀림없이 성공한다고 믿고 있었다. 쓰다와 결혼했을 때 그제야 자기가 예상한 것과 다르다는 느낌을 받은 그녀는 태어나 처음 겪은 이 경험을 긍정적인 눈빛으로 바라보았다. 그녀의 노력은 새신랑을 이모부 같은 인간으로 다루기 쉽게 만들지 아니면 이미 굳어진 자신을 새신랑인 남편에게 맞추도록 개조할지, 둘 중 하나를 선택해야 할 경우와 자주 부딪쳤다. 그녀의 사랑은 쓰다에게 있었다. 그러나 그녀의 동정은 오히려 이모부 유형의 인간에게 기울었다. 자신의 노력이 빗나갈 때마다 이모부라면 기뻐했을 거라는 생각이 자주 떠올랐다. 그러자 그동안 이모부와 주고받았던 것처럼 자연스럽게 그것을 낱낱이 이모부에게 털어놓고 싶었다. 그러나 그런 충동을 억누를 정도로 자제력이 강했던 그녀는 여태 껏 참아온 것을 이제 와서 고백할 기분은 눈곱만치도 들지 않았다.

이렇게 이모 부부를 속여온 오노부는 이모 부부가 조금도 의심하지 않고 그녀에게 속고 있다는 자신감이 있었다. 더불어 예민한 그녀는 이모부 역시 쓰다에 대하여 그녀에게 털어놓고 싶어도 털어놓을 수 없 는, 자신과 거의 동일한 어떤 비밀을 가지고 있다는 것을 잘 알고 있었 다. 실제로 이모부의 속내를 간파한 오노부의 표현을 빌리면, 결코 그 녀의 소중한 남편인 쓰다를 좋아하지 않았다. 그것이 두 사람 사이에 가로놓인 기질의 차이에서 온다는 것은 굳이 두 사람을 견줘보지 않더 라도 상상하기 어려움이 없는 가정이었다. 적어도 결혼 후의 오노부는 바로 그것을 깨달았다. 그러나 그녀는 그 외에 또 근거를 가지고 있었 다. 면밀하지 못한 것 같으면서도 치밀한, 대범한 것 같으면서도 예민 한, 입으로는 냉담해도 마음속은 따뜻한 이모부는 처음 만났을 때부터 이미 직관적으로 쓰다를 싫어하는 것 같았다. "넌 저런 사람을 좋아하 니?"라는 물음 이면에 "그럼 나 같은 사람은 싫어했겠구나"라는 의미 가 함축된 것처럼 느껴졌을 때 오노부는 저도 모르게 깜짝 놀랐다. 그 러나 "이모부 의견은요?" 하고 이쪽에서 되물었을 때의 그의 반응은 이미 그 어색한 고비를 넘어서 있었다.

"가라, 네가 가고 싶다면. 눈치 볼 사람은 아무도 없으니까"라고 따 뜻하게 말해주었다.

오노부의 근거는 하나 더 남아 있었다. 자신에게는 아무것도 말하지 않았던 이모부가 쓰다에 관해 더욱 노골적으로 비난했다는 것을 이모 의 입을 통해서 들었던 것이다.

"그 사내는 모든 일본 여자가 자기한테 반해야 한다는 상판을 하고 있잖아."

이상하게도 이 말은 오노부에게 의외의 말도 무엇도 아니었다. 그녀에게는 자기가 쓰다를 한껏 사랑할 수 있다는 신념이 있었다. 동시에 쓰다에게 한껏 사랑받을 수 있다는 기대와 믿음도 있었다. 또 이모부의 예의 험한 입길이 시작됐다는 생각이 무엇보다 앞서서 그녀는 소리 내어 웃었다. 그러고는 이 험담은 이를테면 질투에서 나온 것이라고 혼자 속으로 해석하며 흐뭇해했다. 이모도 "자기 젊었을 때의 자만심은 깨끗이 잊어버렸을 테니까"라며 그녀에게 맞장구를 쳐주었다.

이모부 앞에 앉은 오노부는 자신의 배후에 도사리고 있는 이런 과거를 떠올리지 않을 수 없었다. 그러자 '엄격한' 쓰다의 아내로 자신이 어울릴까, 어울리지 않을까 하는 이모부의 농담 속에 무엇인가 깊은 뜻이 있다는 기분이 들었다.

'내 말대로가 아니야? 아니라면 다행이다. 하지만 만일 무슨 일이 있다면, 또 지금은 없다고 해도 앞으로 만약 생긴다면 걱정하지 말고 전부 털어놔야 한다.'

오노부는 이모부의 눈에서 이런 자애로운 마음까지 읽어냈다.

63

감상적인 기분을 웃음으로 얼버무린 그녀는 그 고통에서 벗어나기 위해 자기가 들고 온 화제를 얼른 이모 부부 앞에 꺼냈다.

"어제 일은 대체 무슨 의미예요?"

그녀는 약속대로 이모부에게 설명을 구해야 했다. 그러자 대답해야 할 이모부가 오히려 그녀에게 반문했다.

"너는 어떻게 생각하니?"

특히 '너'라고 하는 말에 힘을 준 이모부는 오노부의 속을 읽는 것 같은 눈으로 그녀를 빤히 바라보았다.

"모르겠어요. 아닌 밤중에 홍두깨처럼 불쑥 그런 말씀을 물으시니. 그렇지, 이모?"

이모는 히쭉 웃었다.

"이모부가 말이다, 당신 같은 멍청이는 모를 테지만 오노부라면 반드시 알 거다, 그 애는 당신보다 머리가 잘 돌아가니까, 라고 하시지 않겠니?"

오노부는 쓴웃음을 지을 수밖에 없었다. 그녀의 머리에는 물론 어렴풋하기는 하지만 어떤 짐작이 있었다. 하지만 시키지도 않은 것을 영리한 척 입 밖으로 낼 만큼 그녀의 교양은 경박하지도 상스럽지도 않았다.

"전들 어떻게 알아요."

"그럼 한번 알아맞혀봐. 대강 짐작은 가지?"

무슨 일이 있어도 오노부 말을 먼저 듣고 싶어 하는 이모부의 마음을 읽은 그녀는 두세 번 승강이를 한 뒤 마침내 자기가 추측한 것을 말했다.

"맞선 아니었어요?"

"어째서? 너한테는 그렇게 보여?"

오노부의 추측을 받아들이기에 앞서 이모부의 반문이 꼬리를 물었다. 그러면서 그는 큰소리로 웃었다.

"맞았다, 맞았어. 역시 네가 이모보다 똑똑해."

그런 것으로 두 사람 사이를 판가름하는 속 편한 이모부를 이모와 오노부가 바보 같다고 놀렸다.

"아무리……, 이모도 그 정도야 대충 알아차린다고요."

"너도 칭찬받았다고 해서 마냥 기쁘진 않겠지."

"네, 전혀 고맙지 않네요."

오노부의 머리에 좌중을 휘어잡고 소개하던 요시카와 부인의 모습이 또 떠올랐다.

"어쩐지 그럴 거라고 생각했죠. 그 사모님이 내내 쓰기코하고 그 미요시라는 분을 돋보이게 하려고 애쓰셨으니까요."

"그런데 그 쓰기코가 또 돋보이지 않는 일투성이였으니. 돋보이게 할수록 오히려 물러서기만 해서 마치 봉지를 뒤집어쓴 고양이 같더구나. 거기에 비하면 오노부 같은 성격은 아무래도 덕을 봐. 적어도 현대식이다."

"되게 유들유들하다는 거지요? 칭찬을 들은 건지, 욕을 먹은 건지 모르겠네. 저요, 쓰기코처럼 얌전한 사람을 보면 저도 어떻게 해서든 그렇게 되고 싶다고 생각하는 사람이에요."

이렇게 대답한 오노부는 이모부가 말하는 소위 '현대식'인 자신을 발휘할 여지를 주지 않은, 자기가 보기에는 오히려 실패로 끝난 어젯밤의 모임이 불쾌하고 불만스러운 기억으로 떠올랐다.

"왜 제가 그 자리에 필요했어요?"

"넌 쓰기코 사촌 언니가 아니냐."

단지 친척이라는 것이 유일한 이유라고 한다면 오노부 이외에도 참석해야 할 사람이 아직 많이 있었다. 게다가 상대방에서는 당자 혼자 나왔을 뿐, 소개자인 요시카와 부부를 제외하면 그쪽을 대표할 만한 사람은 아무도 없었다.

"어쩐지 좀 이상하네. 그럼 만약 쓰다가 병이 아니었다면 역시 친척으로서 반드시 참석했어야 한다는 말이네."

"그건 또 달라. 다른 뜻이 있단다."

이모부의 의도에는 어젯밤의 기회를 이용해서 쓰다와 오노부를 한 번이라도 더 요시카와 부부와 만나게 해주려는 호의도 포함되었던 것이다. 그것을 이모부의 입에서 분명하게 듣자 오노부는 평소 자신이 생각했던 대로 이모부 품성이 거기에도 잘 드러난 듯해서 은근히 그의 친절이 고마우면서도, 그렇다면 왜 그 요시카와 부인과 더 친해지도록 이끌어주지 않았는지 원망스러웠다. 두 사람을 가깝게 이어주려고 같은 식탁에 앉힌 것까지는 좋았지만, 결과는 오히려 같이 앉기 전보다 나빠질지도 모른다는 특수한 심리를 이모부는 전혀 깨닫지 못한 것 같았다. 오노부는 아무리 용의주도하다 해도 남자는 역시 남자라고 꼬집고 싶었다. 그러나 그 후에 생긴 요시카와 부인과 자기 사이에 가로 놓인 미묘한 관계를 모르는 이상 누가 했든 결국 그게 그것일 거라는 한숨이 너그러운 마음과 함께 흘러나왔다.

64

오노부는 그 문제를 그쯤에서 팽개쳐둔 채, 아직 자신이 납득하지 못한 요점을 정리하려고 했다.

"아, 그런 사정이었군요. 나는 이모부한테 감사해야겠네. 하지만 그 밖에 뭔가가 또 있지요?"

"있을지도 모르지만, 없다고 해도 그저 그것만으로도 널 부를 만한 가치는 충분히 있을 거야."

"네, 그건 그럴 거예요."

오노부는 이렇게 대답할 수밖에 없었다. 그러나 그렇다 하더라도 속으로는 권유 방법이 좀 지나치다고 생각했다. 과연 이모부는 마지막 하나를 마음속에 간직하고 있었다.

"실은 말이다, 너한테 사윗감을 평가해달라고 생각했단다. 너는 사람을 꿰뚫어 보는 눈이 있잖니. 어떠냐, 그 남자? 쓰기코의 미래 남편으로서 좋을까, 나쁠까?"

이모부의 평소 태도로 미뤄보면 어디까지가 진심인지 오노부는 잠시 판단을 내리지 못했다.

"어머, 굉장한 사명이었네요. 황공무지로소이다."

오노부는 이렇게 말하고 웃으며 곁에 있는 이모를 쳐다보았는데, 이모의 태도가 의외로 가라앉아 있어서 그녀는 얼른 말투를 고쳤다.

"저 같은 게 사윗감을 평가하다니 조금 주제넘어요. 게다가 단지 한 시간 정도 같이 앉아 있는 것만으로 어떻게 알아요. 천리안이 아닌 이상."

"아니, 너한테는 천리안 같은 게 좀 있다고. 그래서 모두 듣고 싶어한단다."

"놀리면 싫어요."

오노부는 일부러 이모부를 상대하지 않는 척했다. 그러나 속으로는 그가 자기에게 환심을 사려는 것 같아 일종의 쾌감을 맛보았다. 그것은 자신이 실제로 남들이 그렇게 인식하고 있다는 사실을 알고 난 뒤에 느끼는 우월감이나 다름없었다. 하지만 그 감정의 이면에는 그녀를 순식간에 실의에 빠뜨릴 수 있는 이중성이 포함되어 있기도 했다. 그 쾌감의 이면에 해당하는 예증으로 바로 떠오르는 인물이 자기 남편이었다. 결혼 전에는 천리안 이상으로 그의 진면목을 전부 꿰뚫었다고 생각했던 그녀의 자신감은 결혼 후 오늘에 이르기까지, 밝은 태양에 검은 반점이 생긴 것처럼 오해와 착각의 흔적으로 이미 여기저기 얼룩져 있었다. 결국 남편에 대한 자신의 직관은 긴 세월에 걸친 경험으로 정정되고 보수되어야 할지도 모른다는 불안한 진리를 차츰 터득하고 있던 그녀는 이모부가 추어올렸다고 해서 좋아하고 우쭐댈 만큼 어리지도 않았다.

"사람은 잘 사귀어보지 않으면 진짜 몰라요, 이모부."

"그런 건 너한테 안 배워도 누구든 알고 있다."

"그러니까요. 한 번 만난 정도로 뭘 말할 수 있겠어요."

"그건 남자들이 쓰는 말투구나. 여자들은 한 번 보고도 금방 뭔가 말하잖니. 그뿐이냐, 핵심을 찌르는 말도 잘하잖니. 그런 걸 말하라는 거다, 내가 참고하려고. 너한테 부담 따위를 지게 할 생각은 전혀 없으니 안심하고."

"하지만 무리예요. 그런 예언자 같은 건. 그렇지 이모?"

이모는 여느 때처럼 오노부를 거들지 않았다. 그렇다고 해서 이모부 편에 서지도 않았다. 그녀에게 예지를 강요하는 기색을 보이지는 않았지만 이모부의 억지 강요도 저지하지 않았다. 처음으로 출가시키는 사랑하는 맏딸의 남편감에 관한 흠결이라면 그게 아무리 사소한 것이라도 귀 기울일 가치는 충분히 있다는 의미이기도 했다. 오노부는 별 지장이 없는 말을 두루뭉술하게 한두 마디 늘어놓을 수밖에 없었다.

"훌륭한 분 같던데요. 나이에 비해 매우 침착하시고요……."

그 뒷말을 기다리고 있던 이모부는 오노부가 말꼬리를 내리자 다시 재촉하듯 물었다.

"그것뿐이니?"

"전 그분과 뒤에 떨어져 앉아서 얼굴도 변변히 보지 못했거든요."

"예언자를 그런 곳에 앉힌 것이 나빴구나. ……그래도 왜 뭔가 있음 직하지 않니? 그런 평범한 관찰 말고 네 특장을 단번에 발휘할 수 있는 촌철살인, 상대방의 급소를 정통으로 알아맞히는 그런……."

"어렵네. ……아무튼 한 번 정도로는 잘 모르겠어요."

"하지만 그 한 번만으로 뭔가 말해야 할 필요가 생긴다면 어떻게 하겠니. 뭔가 말하겠지?"

"말할 수 없어요."

"말할 수 없다고? 그럼 네 직각(直覺)이 요즘은 쓸모없게 된 모양이구나."

"네, 시집가고 나서 점점 직각이 닳아져 없어져 버렸어요. 요즘은 직각은커녕 둔각만 남았네요."

65

이런 입에 발린 승강이를 장황하게 반복하고 있던 오노부의 머릿속에는 또 다른 생각이 끊임없이 병행하여 흐르고 있었다.

그녀는 부부 화합의 적절한 본보기로 이모부에게 인정받은 쓰다와 자신을 의심하지 않았다. 하지만 첫 대면 때부터 쓰다가 마음에 차지 않았던 이모부가 그 뒤로도 호오의 감정을 바꿀 리 없다는 것도 잘 알고 있었다. 그러므로 금실이 좋아 보이는 쓰다와 자신을 시종 경이롭게 바라보고 있다고 확신했다. 그것을 달리 말하면, 어째서 오노부 같은 여자가 쓰다를 사랑하는지 미심쩍어하는 이모부는 언제나 자기의 선견지명에 대한 확신을 가지고 있었다. 인간을 잘못 본 것은 자신이 아니라 오노부라는 확신이, 적당한 시기에 밖으로 흘려보낼 때를 기다리며 그의 마음 저 밑바닥에 항상 침전해 있는 것 같았다.

'그런 이모부가 왜 미요시에 대한 내 소견을 이렇게 집요하게 들으시려는 걸까?'

오노부는 이해하기 어려웠다. 이미 자기 남편을 잘못 본 사람으로 은연중에 이모부에게 지탄받고 있는 듯한 그녀는, 그 자각을 도외시하고 간단히 이모부의 요구에 응할 용기는 없었다. 어쩔 수 없이 그녀는 결국 입을 다물어버렸다. 그러나 오랫동안 스스럼없는 그녀에게 익숙해진 이모부로서는 그녀의 이런 침묵은 신기하다 할 현상이었다. 그는 오노부를 일단 그대로 두고 이모를 향했다.

"얘는 시집가고 나더니 사람이 좀 변한 모양이네. 겁이 많아졌어. 그것도 역시 서방님 감화인가. 알다가도 모르겠군."

"당신이 너무 괴롭히니까 그래요. 자, 말해, 자, 말해, 라고 야단치듯 몰아붙이면 누구라도 난처하죠."

이모의 태도는 이모부를 나무라기보다 오히려 오노부를 감싸는 쪽으로 기울어 있었다. 그러나 그것을 기뻐하기에는 그녀의 가슴이 너무 자기 생각으로 가득 차 있었다.

"하지만 이건 무엇보다도 쓰기코 문제 아니에요? 저는 쓰기코 생각 하나에 달려 있다고 생각해요. 저 따위가 쓸데없는 참견을 하지 않아도요."

오노부는 스스로 자신의 남편을 택했던 당시를 떠올리지 않을 수 없었다. 그녀는 그를 보자마자 그에게 반했었다. 그에게 빠진 그녀는 곧장 그와 결혼하고 싶다는 희망을 보호자에게 밝혔다. 그리고 허락이 떨어지자마자 곧장 그에게 시집갔다. 처음부터 끝까지 그녀는 언제나 자신이 주인공이었다. 또 책임자였다. 자신의 소견을 뒷전으로 밀어내고 남의 생각에 의존하려고 했던 기억은 여태껏 한 번도 없었다.

"도대체 쓰기코는 뭐라고 해요?"

"아무 말도 안 해. 그 녀석은 너보다 더 겁쟁이이니까."

"중요한 본인이 그러면 할 수 없잖아요."

"응, 그렇게 겁쟁이라면 사실 어쩔 수 없지."

"겁쟁이가 아니에요. 얌전해서 그래요."

"어느 쪽이든 별수 없지, 아무 말도 안 하니. 어쩌면 아무 말도 할 수 없을지 몰라. 말할 거리가 없으니까."

그런 두 사람이 막연히 결합했을 때 부부다운 관계가 과연 양자 사이에 성립될 수 있을까, 이것이 오노부의 가슴에 가로놓인 깊은 의혹이었다. '내 결혼 생활도 이런데'라는 논리가 퍼뜩 그녀의 머리에 번득였다. '내 결혼 역시 결국은 어슷비슷하니까'라는 식으로 이 경우를 지나칠 수 없었던 그녀는 자신의 눈이 박힌 쪽으로만 판단했다. 어리석다기보다 무서운 마음이 들었다. 이 무슨 태평한 사람인가, 라고도 생각했다.

"이모부" 하고 호소하듯 부른 그녀는 어처구니없다는 듯 가느다란 눈을 한껏 치뜨고 그를 바라봤다.

"안 돼. 그 녀석은 처음부터 아무것도 말할 생각이 없어. 사실, 그래서 너를 합석시킨 거다, 솔직히 말하면."

"하지만 제가 합석하면 뭐가 어떻게 되는데요?"

"어쨌든 쓰기코가 꼭 그렇게 해달라고 우리한테 부탁했단다. 그 녀석은 자기보다 네 쪽이 사뭇 날카롭다고 생각하는 모양이야. 그리고 설혹 자기가 모르더라도 너라면 나중에 이것저것 말해줄 게 틀림없다고 믿고 있어."

"그럼 처음부터 그렇게 말씀해주셨으면 저도 그럴 요량으로 갔을 텐데요."

"그런데 또 그건 싫다고 하더라고. 꼭 말하지 말아 달라는구나."

"왜요?"

오노부는 잠시 이모 쪽을 바라보았다. "쑥스러워서 그렇겠지"라고 대답하는 이모를 이모부가 가로막았다.

"쑥스러운 것만이 아니야. 선입관이 있으면 좋은 평가를 할 수 없다는 게 그 녀석의 주장이야. 즉 오노부의 공정한 첫인상을 듣고 싶어 하는 거겠지."

186

오노부는 비로소 이모부가 대답을 강요한 의미를 이해했다.

66

오노부 쪽에서 보면 쓰기코는 특수한 위치를 차지하고 있었다. 자신의 득실에 마음을 써준다는 점에서 그녀는 이모에게 미치지 못했다. 자기와 마음이 맞는다는 의미에서는 이모부보다 훨씬 거리가 멀었다. 그 대신 혈통상의 친화력이라든가, 이성에 관한 관심에서 비롯한 견인력 말고도 나이가 서로 비슷한 데서 오는 용이한 접촉면을 가지고 있었다.

젊은 여자라면 누구 할 것도 없이 관심을 두는 흥미로운 문제에 눈이 반짝였을 때, 당연히 그녀는 이모부나 이모보다는 쓰기코와 가까워져야 했다. 그리고 그 경우 그녀는 천성으로 보더라도 언제나 쓰기코의 선각자였다. 경험으로 미루어보더라도 물론 선배임이 틀림없었다. 적어도 그런 사람으로서 쓰기코에게 한 수 위로 보인다는 것을 그녀는 잘 알고 있었다.

이 어린 숭배자에게는 오노부가 하는 말을 여과 없이 믿는 버릇이 있었다. 오노부가 자각한 대로 표현하자면, 한집에 오래 같이 사는 동안 자신의 우월성을 드러내보인 자부심이 한없이 유연한 이 사촌 여동생을 저도 모르는 사이에 그렇게 키워버린 것이다.

"여자는 한눈에 남자를 꿰뚫어 볼 수 있어야 해."

그녀는 일찍이 이런 말로 천진한 쓰기코를 놀라게 했다. 그녀는 또 충분히 그럴 만한 살아 있는 눈을 가지고 있는 사람으로서 쓰기코를 대했다. 그리고 상대방의 놀람이 선망에서 감탄으로 변하고 끝내는 숭배 직전까지 이르렀을 때, 우연히 그녀의 자신감을 실현할 쓰다와의 사이에 일어난 연애 사건이 마치 신비스러운 불꽃처럼 쓰기코의 앞에 타올랐다. 그녀의 말은 쓰기코에게 마침내 영원한 진리 그 자체가 되었다. 세상을 향해 자신만만했던 그녀는 특히 쓰기코에게 자신만만하게 보여야 했다.

오노부가 본 쓰다의 인상은 곧장 쓰기코에게 전달되었다. 일상에서 접촉할 기회를 가질 수 없는 쓰기코는 자기 눈과 자기 귀의 한계를 벗어난 미지의 세계를 전부 그녀에게서 얻은 간접 지식으로 보충해서 쓰다라는 이상적인 남성상을 손쉽게 형성했다.

결혼한 지 반년이 지난 지금의 오노부는 쓰다에 대한 생각이 달라졌다. 하지만 그에 대한 쓰기코의 생각은 추호도 변함이 없었다. 그녀는 예나 지금이나 오노부를 믿었다. 오노부도 새삼스럽게 전에 한 말을 취소할 여자가 아니었다. 어디까지나 선견지명에 따라 하늘이 준 행복을 누릴 수 있는 소수의 행운아로서 쓰기코 앞에 자신을 내세웠다.

과거로부터 이어진 이런 두 사람의 관계를 어쩔 수 없이 기억의 무대에 올리고 이 사건을 대하지 않을 수 없게 된 오노부는 괴롭다기보다 오히려 꺼림칙했다. 그것은 여럿이 합세하여 지금까지 호도해온 자신의 약점을 빨리 자백하라고 간접적으로 추궁하는 것처럼 느껴졌기 때문이다. 스스로 자신을 '의식하는' 이상으로 상대방이 심술궂게 보였던 것이다.

"자신의 과실에 대해서는 자신이 고통받는 거로 충분해."

그녀의 마음속에는 평소부터 쌓아온 이런 핑계가 있었다. 하지만 그것은 아무것도 모르는 이모부나 이모, 쓰기코에게 털어놓을 수 있는 말이 아니었다. 만약 꼭 털어놓아야 한다면, 순진하게도 그 세 사람을 부추겨서 자신을 은연중 빈정거리게 한 하늘을 탓할 수밖에 없었다.

상을 물린 후 이모가 새로 내온 차를 꿀꺽꿀꺽 마시기 시작한 이모부는 오노부의 마음에 이런 얽히고설킨 앙금이 꿈틀거리고 있다는 것을 상상조차 할 리 없었다. 그는 평지에 한껏 멋을 부려 꾸민 정원을 바라보면서 자신의 의도대로 배치한 나무와 정원석에 대해 흡족한 표정으로 이모와 두어 마디 주고받았다.

"내년에는 저 소나무 옆에 단풍나무를 한 그루 심을까 해. 여기서 보면 왠지 저쪽에만 구멍이 뚫린 듯해서 허전하거든."

오노부는 아무 생각 없이 이모부가 가리키는 곳을 바라보았다. 옆집과 붙어 있는 담 가장자리의 흙을 일부러 높게 쌓아 올린 곳에 작은 맹종죽을 빽빽하게 심었는데, 이모부 말마따나 뿌리 언저리에 듬성듬성 틈이 있었다. 조금 전부터 화제를 바꿔보려고 은연중 기회를 노리고 있던 그녀는 얼른 재치를 발휘했다.

"정말이네. 일껏 대숲을 만들었는데 저길 메우지 않으면 좀 이상하겠다."

대화는 그녀가 말한 대로 엉뚱한 곳으로 흘러갔다. 그러나 다시 한번 원래의 화제로 돌아왔을 때는 전보다 더 절박한 상황에 부딪힐 수밖에 없었다.

67

그것은 이모부가 조금 전 마당에서 괭이질하고 있던 정원사에게 불려가 잠깐 자리를 떴다가 다시 뜰에서 방으로 들어왔을 때의 일이었다.

아직 학교에서 돌아오지 않은 유리코와 하지메에 관한 이런저런 이야기로 시작된 이모와 오노부의 대화는 그때 또 우연히 쓰기코 쪽으로 미끄러져 들어가고 있었다.

"욕심쟁이 씨, 이제 적당히 돌아올 때도 됐는데 뭘 하고 있담?"

이모는 일부러 유리코가 붙인 별명으로 쓰기코를 불렀다. 오노부는 금방 그 '욕심쟁이'의 모습이 떠올랐다. 자신에게 허락된 소천지 안에서는 조금도 거리낌 없는 주제에 거기에서 한 발자국만 벗어나면 갑자기 근신의 모범처럼 꼼짝하지 못하는 그녀는 마치 부모의 감독에 의해 통솔되는 가정이라는 새장 속에서 자못 유쾌한 듯 지저귀는 작은 새와 같은 존재로, 일단 문을 열고 밖으로 나가면 오히려 어떻게 날아야 좋을지, 어떻게 지저귀어야 좋을지 갈팡질팡할 뿐이었다.

"오늘은 뭘 배우러 갔어요?"

이모는 맞춰보라고 대꾸한 뒤 곧바로 쓰기코를 만난 비탈길에서부터 지녀온 오노부의 궁금증을 풀어주었다. 하지만 요즘 의욕적으로 시작한 학습의 주제가 어학이라고 들었을 때 그녀는 새삼스레 사촌 동생의 욕심에 놀랐다. 그렇게 여러 가지 것에 손을 대서 도대체 어떻게 할 것인지도 걱정이었다.

"그래도 어학만큼은 특별한 의미가 있단다."

이모는 이렇게 말하며 변호하듯 쓰기코가 어학을 열심히 하는 까닭을 오노부에게 설명했다. 간접적이기는 하지만 그것 역시 이번의 혼담과 관계되기 때문에 오노부는 이모의 체면상 가상하다는 얼굴로 수긍해야 했다.

남편이 좋아하는 것, 그렇지 않으면 남편의 직업상 아내가 알고 있으면 형편이 좋아질 것, 그것들을 예상하고 결혼 전에 미리 배워두려는 여자의 마음가짐은 미래의 부군에 대한 친절임이 틀림없었다. 그런 것이 아니라도 남자의 마음에 들기 위한 유리한 수단임은 틀림없었다. 하지만 쓰기코에게는 아직 그 이상으로, 사람으로서 또 아내로서 중요한 학습이 얼마든지 남아 있었다. 오노부의 머릿속에 그려진 그 학습은 불행하게도 여자의 형편을 펴주는 것이 아니었다. 오히려 여자를 민감하게 만드는 것이었다. 나쁘게 충돌할 것이 틀림없었다. 그러나 요령껏 갈고 닦이는 것이기도 했다. 그녀는 그 초보를 이모에게 배웠다. 그리고 이모부 덕분에 오늘날까지 진화해왔다. 두 사람은 그런 의미에서 조련된 그녀를 만족스러운 눈으로 바라보고 있는 것 같았다.

"그와 똑같은 눈인데 어째서 저 쓰기코에게는 만족할 수 있는 것일까."

사촌 여동생의 어디에도 불만스러운 기색을 내비친 적이 없는 이모와 이모부는 이 점에서 오노부에게 수수께끼였다. 굳이 풀어본다면 그들은 질녀와 딸을 보는 눈이 다르다고밖에 할 수 없었다. 이런 생각이 엄습하자 오노부는 갑자기 분했다. 또 때때로 그런 생각이 발작처럼 그녀의 가슴을 떠나지 않았다. 그러나 사람에게 격의를 품지 않는 자상한 이모부의 태도나 두 사람의 대우에 공정성을 잃은 적이 없는 이모의 마음 씀씀이 덕분에 그것은 언제나 표면화되기 전에 사라졌다. 그녀는 사람의 눈에 보이지 않는 소매로 부끄러워 발개진 얼굴을 가리면서 그래도 역시 이해되지 않는 눈으로 평소 두 사람의 마음을 수수께끼처럼 바라보았었다.

"하지만 쓰기코는 행복하네요. 저처럼 걱정이 많지 않으니까."

"그 애는 너보다 훨씬 더 걱정이 많다고. 단지 집에 있으면 아무리 걱정하려고 해도 걱정거리가 없으니까 저렇게 태연히 있을 뿐이야."

"하지만 제 경우에는 이모부나 이모한테 신세 지던 무렵부터 이미 걱정이 많았는데요."

"그거야 너하고 쓰기코는……."

오노부는 도중에서 말을 끊은 이모가 무엇을 말하려고 하는지 몰랐다. 성격이 다르다는 의미로도, 신분이 다르다는 의미로도, 또 경우가 다르다는 의미로도 들리는 그녀의 말을 따지기 전에 오노부는 헉, 하고 놀랐다. 그것은 여태까지 전혀 생각지도 못했던 어떤 것에 갑자기 부딪혔을 때와 같은 심장의 고동 소리 때문이었다.

'어제 맞선 자리에 끌려간 건 못생긴 나를 이용해 은근히 사촌의 미모를 과시하려고 한 건 아니었을까?'

오노부의 머리에 전광석화처럼 이 착상이 번득였을 때 그녀의 의지도 평소보다 몇 배 이상의 힘으로 그녀를 조여왔다. 그녀는 마침내 자신을 짓눌렀다. 어떤 얼굴빛도 얼굴에 드러내지 않았다.

"쓰기코는 좋겠다. 누구나 좋아하니까."

"그렇지도 않아. 하지만 이건 사람의 취향에 따른 거니까. 아무리 그런 바보라도……."

이모부가 툇마루로 올라온 것과 이모가 이렇게 말한 것은 거의 동시였다. 그는 큰소리로 "쓰기코가 뭘 어쨌다고?"라고 말하면서 또 큰방으로 들어왔다.

68

그러자 지금까지 억누르고 있었던 묘한 감정이 오노부의 가슴에 북받쳤다. 어디까지나 기분이 좋은, 어디까지나 힘이 넘치는, 그리고 어디까지나 낙천적으로 살진 그 얼굴이 오노부를 순간적으로 자극했다.

"이모부도 상당히 사람이 나빠요."

그녀는 아닌 밤중의 홍두깨처럼 이렇게 쏟아냈다. 오늘껏 두 사람 사이에 수백 번이나 주고받은 이 상투적인 말을 내뱉은 오노부의 목소리는 여느 때와 달랐다. 표정도 달랐다. 하지만 조금 전부터 오노부에게 어떤 감정이 밀물처럼 밀려들었는지 전혀 눈치채지 못한 이모부는 평소의 세심한 태도에 어울리지 않게 아주 순진했다.

"그렇게 사람이 나쁘니?"

여느 때 같은 기세로 짐짓 시치미를 뗀 그는 점잖게 담뱃대에 담배를 쟀다.

"내가 없는 사이 또 이모한테서 무슨 말을 들었구나?"

오노부는 아무 말이 없었다. 이모가 얼른 대답했다.

"당신이 나쁜 사람인 건 내가 새삼스레 말하지 않아도 잘 알고 있을 텐데요."

"그건 그래. 오노부는 직각파(直覺派)니까. 그럴지도 몰라. 아무튼 한 눈에 척 보고 이 남자의 품속에 돈이 얼마나 들어 있는지, 그걸 속옷 고무줄에 끼워 넣었는지, 전대에 넣어 배꼽 위에 찼는지 분명히 알아보는 여자니까 좀처럼 방심할 수 없지."

이모부의 농담은 결코 그가 기대한 결과를 얻어내지 못했다. 오노부는 아래를 향해 눈썹과 속눈썹을 꽂았다. 그 속눈썹 끝에는 어느새 눈물이 그렁그렁 맺혀 있었다. 상황을 잘못 짚은 이모부의 농담도 뚝 그쳤다. 이상한 압박감이 한꺼번에 세 사람을 짓눌렀다.

"오노부, 무슨 일이 있었니?"

이렇게 말한 이모부는 무언의 공허를 때우기 위해 담뱃대로 재떨이를 두드렸다. 이모도 어떻게 해서든 그 자리를 추슬러야 했다.

"무슨 일이니, 어린애처럼. 이 정도 일로 울다니. 언제나 하는 농담이잖니."

이모의 꾸지람은 이모부 앞에서 자신의 체면을 살리려는 말로만 들리지는 않았다. 두 사람의 관계를 환하게 아는 그녀로서 어느 모로 보나 타당한 말이었다. 오노부는 그것을 잘 알고 있었다. 하지만 이모의 꾸지람을 당연하다고 생각하면 할수록 그녀는 더욱 서러워졌다. 그녀의 입술이 떨렸다. 걷잡을 수 없는 눈물이 줄줄 흘렀다. 그에 따라 여태껏 틀어막고 있던 목이 터졌다. 그녀는 마침내 울음을 터뜨렸다.

"아무리 그렇더라도, 그렇게까지 절 괴롭히지 않아도……."

이모부는 당황한 얼굴을 지었다.

"괴롭힌 게 아니야. 칭찬한 거라고. 왜, 네가 요시오와 결혼하기 전에 그 사람을 평한 말이 있잖니. 그걸 모두 은연중에 기특하게 여기고 있어서. 그래서……."

"그런 말을 듣지 않아도 이걸로 충분해요. 제가 연극을 보러 간 게 잘못이니까……."

잠시 침묵이 이어졌다.

"뭔지 엉뚱하게 되어버렸구나. 이모부가 놀린 게 기분이 나빴니?"

"아뇨. 전부 제 잘못이에요."

"그렇게 비꼬면 안 된다. 뭘 잘못했는지 모르니까 물은 거다."

"그러니까 전부 제 잘못이라고 말하잖아요."

"하지만 이유를 말하지 않았잖니."

"이유 따위는 없어요."

"이유도 없이 그냥 슬픈 거냐?"

오노부는 더욱 섧게 울었다. 이모는 씁쓸한 표정을 지었다.

"뭐야, 얘는. 철부지도 아니고. 우리 집에 있을 때는 아무리 이모부가 놀려도 이렇게 운 적이 없으면서. 시집가서 남편이 좀 오냐, 오냐 해주면 금방 이렇게 되어버리니까 곤란해, 젊은 사람은."

오노부는 입술을 깨물며 입을 다물었다. 모든 원인이 자기에게 있다고 생각한 이모부는 오히려 미안하다는 모습을 보였다.

"그렇게 나무라지 않아도 되잖아. 너무 놀린 내가 나빴으니까. 그렇지, 오노부. 틀림없이 그럴 거야. 그래그래, 이모부가 울린 대신 곧 좋은 걸 주마."

겨우 발작이 진정된 오노부는 이모부에게 이런 식으로 아이 취급을 받는 자신을 어떻게든 다잡아서 이 쑥스러운 장면을 평온하게 바꿔야겠다고 생각했다.

69

그때 아무것도 모르는 쓰기코가 어학 공부를 마치고 돌아와 불쑥 얼굴을 내밀었다.

"다녀왔습니다."

화해의 가닥을 잡지 못해 당황해하던 세 사람은 갑자기 실마리를 발견한 사람처럼 기뻐했다. 그리고 거의 동시에 인사를 되받았다.

"잘 다녀왔니?"

"늦었구나. 아까부터 기다렸는데."

"야, 굉장히 애타게 기다렸다. 이제나저제나 올까 하고."

신경질적인 이모부의 태도는 조금 전의 실패를 만회하려는 의미를 띠고 있어서 평소보다 더 쾌활했다.

"무슨 일이 있어도 쓰기코를 만나 꼭 얘기하고 싶은 게 있대."

이모부는 이런 쓸데없는 말까지 꺼내면서 자신의 의도와는 전혀 다른 화제를 오노부에게 던지며 오히려 우쭐해했다.

그러나 하녀가 미닫이문 너머로 머리를 조아리며 목욕물이 데워졌다고 알렸을 때, 그는 갑자기 생각났다는 듯 벌떡 일어났다.

"아직 목욕은 일러. 정원에 일이 좀 남아 있어서. 너희들 먼저 하고 싶으면 먼저 들어가."

그는 마음에 든 정원사를 상대로 가을날의 저녁 무렵을 흙과 보내기 위해 다시 뜰로 내려갔다.

하지만 일단 등을 큰방 쪽으로 돌린 후 다시 뒤돌아보았다.

"오노부, 목욕하고 저녁 먹고 가거라."

이렇게 말하고 몇 발짝 걸어간 그는 또다시 돌아왔다. 오노부는 머리가 잘 돌아가는 그의 바쁜 모습을 그야말로 그답다고 감탄하며 바라보았다.

"오노부가 왔으니까 저녁은 후지이 씨라도 불러 같이 먹을까."

직업은 다르지만 같은 대학 출신으로 옛날부터 아는 사이인 후지이는 쓰다와의 관계도 있어서 지금은 전보다 더 이모부와 인연이 깊은 사람이었다. 이것도 자신에 관한 호의라고 해석하면서도 오노부는 별로 기쁘다고 느끼지 않았다. 후지이 일가와 쓰다, 둘이 떨어져 있는 것보다도 훨씬 더 그녀는 그들에게서 떨어져 있었다.

"그런데, 올까?"라고 말한 이모부의 얼굴은 바로 오노부의 심중을 떠보고 있었다.

"요즘 모두 날 보고 은거, 은거라고 하는데 그 남자의 은거주의로 말하면 먼 옛날부터로, 나 같은 건 도저히 발밑에도 못 따라가. 그렇지, 오노부, 후지이 씨한테 저녁 먹으러 오라고 하면 올까?"

"그건 어떨지 난 잘 모르겠네."

이모는 완곡하게 자신을 표현했다.

"아마 오시지 않을 거예요."

"응, 좀처럼 쉽게 오지 않을 것 같지? 그만둘까? 하지만 뭐 허탕 치는 셈치고 전화 한번 걸어볼까."

오노부는 웃음을 터뜨렸다.

"전화를 걸어본다니, 그 집에는 전화 같은 거 없어요."

"그래? 그럼 할 수 없군. 심부름꾼을 보낼 밖에."

편지를 쓰는 게 귀찮았는지 아니면 시간이 아까웠는지 이모부는 이렇게 말하고는 곧장 정원 입구 쪽으로 걸어갔다. 이모도 "그럼 실례를 무릅쓰고 내가 먼저 목욕탕에 들어갈까?" 하며 일어섰다.

이모부의 결벽을 알고 모두 사양하는데도 자기만 태연하게 이모부의 말대로 단행하는 이모의 태도는 오노부에게 부러운 일이었다. 또 못마땅하기도 했다. 여자답지 못하면서도 여장부다운 좋은 면도 있었다. 저렇게 되면 얼마나 좋을까 하는 부러움과 아무리 나이를 먹어도 저렇게 되고 싶지는 않다는 거부감이 여느 때처럼 그녀의 마음속에 교차했다.

일어나서 나가는 이모의 뒷모습을 그녀가 멍한 눈길로 보고 있는데 혼자 남은 쓰기코가 갑자기 말했다.

"내 방으로 안 갈래?"

두 사람은 화로와 차 도구로 어질러진 방을 그대로 둔 채 밖으로 나왔다.

70

쓰기코의 방은 말할 필요도 없이 쓰다와 결혼하기 전에 오노부와 함께 쓰던 방이었다. 그곳에서 둘이 책상을 나란히 하고 지냈던 예전의 분위기가 아직 벽에도, 천장에도 묻어 있었다. 유리문을 끼운 작은 선반 위에 반듯하게 놓인 목각 인형도 그대로였다. 장미꽃을 수놓은 바구니 모양의 바늘겨레도 그대로였다. 백화점에서 둘이 함께 산 당초무늬의 작은 꽃병 한 쌍도 그대로였다.

사방을 둘러본 오노부는 사촌 여동생과 함께 지내던 처녀 시절의 냄새를 곳곳에서 맡았다. 달콤한 공상으로 가득한 그 냄새가 쓰다라는 대상을 만나 마침내 실현되었을 때, 홀연히 화려한 불꽃으로 피어오른 것 같은 기분으로 환호작약한 것은 그녀였다. 눈에 보이지 않은 가스로 인해 불꽃이 확 타올랐다고 생각한 것은 그녀였다. 공상과 현실 사이에 어떤 차이도 둘 필요가 없다고 논단한 것은 그녀였다. 돌이켜보니 그때로부터 겨우 반년이 조금 지나 있었다. 언제부터인지 공상은 결국 공상일 수밖에 없다고 어렴풋이 깨달았다. 아무리 시간이 흘러도 공상은 현실성이 없다고 생각했다. 아니면 실제로 나타나기란 지극히 어려울 것으로 생각했다. 오노부의 가슴속에는 가벼운 한숨마저 깃들었다.

'옛날은 덧없는 꿈처럼 점점 자신에게서 멀어져가는 걸까?'

그녀는 이런 관념의 눈으로 자기 앞에 앉아 있는 사촌 여동생을 바라보았다. 아마 자기와 같은 과정을 겪지 않으면 안 되는, 또 어쩌면 자기보다 더 예상과 어긋난 미래와 부딪치지 않으면 안 될 이 처녀의 운명은 이모부의 손에 있는 승낙 여부의 주사위가 방바닥 위로 구르는 대로 내일 당장에라도 영구히 떠밀려 가버릴 것이다.

오노부는 미소를 지었다.

"쓰기코, 오늘은 내가 한번 점괘를 뽑아볼까?"

"왜?"

"그냥 뽑아보고 싶어서."

"하지만 그냥은 재미없어. 뭔가 정해야 해."

"그래? 그럼 정하자. 뭐가 좋겠니?"

"뭐가 좋을지 그건 나도 잘 몰라. 언니가 정해주지 않으면."

쓰기코는 결혼 문제를 입에 쉽게 올리지 않았다. 오노부 쪽에서 무턱 대고 말을 꺼내는 것조차 겁을 내는 것 같았다. 하지만 간접적으로라 도 그것에 대해 언급해주었으면 하는 눈치가 역력했다. 오노부는 사촌 여동생을 기쁘게 해주고 싶었다. 그렇긴 해도 나중에 자신이 말려들어 책임질 일이 생기는 것은 싫었다.

"그럼 내가 뽑을 테니까 너 스스로 정해보렴. 뭐든 좋아. 지금 네가 마음속으로 가장 알고 싶은 게 있을 거 아냐. 그걸로 정해, 네 쪽에서 네 마음대로. 알았지?"

오노부는 여느 때처럼 쓰기코의 책상 위에 놓여 있는 그들 부부의 선 물을 집으려고 했다. 그러자 쓰기코가 갑자기 그 손을 눌렀다.

"싫어."

오노부는 손을 거두지 않았다.

"뭐가 싫어. 괜찮으니까 좀 빌려줘. 네가 기뻐할 걸 꺼내줄 테니까."

점괘에 아무런 집착도 없었던 오노부는 갑자기 이렇게 쓰기코와 장 난을 치고 싶어졌다. 그것은 결혼 전의 처녀다운 자신을 그녀에게 일 깨워주는 좋은 매개였다. 약자의 허를 찌르기 위해 사용된 완력이 그 녀를 남자처럼 활기차게 했다. 눌린 손을 뿌리친 그녀는 이미 최초의 목적을 잊어버렸다. 단지 제비뽑기 상자를 쓰기코의 책상에서 빼앗고 싶을 뿐이었다. 아니면 그것을 구실로 그냥 쓰기코와 실랑이하고 싶기 도 했다. 둘은 다퉜다. 더불어 여성적 본능에서 오는 짐짓 꾸민 듯한 소 리를 거리낌 없이 지르며 유희적인 승강이에 흥을 돋웠다. 둘은 마침 내 벼룻집 앞을 장식한 소중히 여기던 작은 꽃병을 넘어뜨렸다. 자단 받침대에서 데굴데굴 구른 그 꽃병은 속에 있는 물을 여기저기 사방으로 튀기며 방바닥 위로 떨어졌다. 두 사람은 그제야 겨우 손을 놓았다. 그리고 제자리에서 본의 아니게 떨어뜨린 예쁘장한 꽃병을 말없이 함께 바라봤다. 그리고 다시 얼굴을 마주치자 갑자기 억누를 수 없는 충동에 사로잡힌 사람처럼 한꺼번에 웃음을 터뜨렸다.

71

우연히 일어난 일이 오노부를 더욱 어린아이로 만들었다. 쓰다 앞에서는 일찍이 느껴본 적이 없는 자유로움이 순식간에 되살아났다. 그녀는 지금의 자신을 깡그리 잊었다.

"쓰기코, 빨리 걸레 가져와."

"싫어. 언니가 흘린 거니까 언니가 가져와."

두 사람은 일부러 밀고 당겼다. 일부러 승강이를 벌였다.

"그럼 가위바위보로 정하자"라고 말을 꺼낸 오노부는 가는 손을 불끈 쥐고 기세 좋게 쓰기코 앞에 내밀었다. 쓰기코는 얼른 손을 내밀었다. 보석 반지가 둘 사이에서 반짝반짝 빛났다. 둘은 그때마다 웃었다.

"교활해."

"언니야말로 교활해."

마침내 오노부가 졌을 때는 엎지른 물이 이미 다다미 바닥 속으로 고스란히 스며들어 있었다. 그녀는 잠시 숨을 돌린 뒤, 소매 속에서 손수건을 꺼내 젖은 다다미 바닥을 눌렀다.

"걸레 따위 필요 없어. 이렇게 해두면 돼. 물은 이미 다 빠졌으니까."

그녀는 굴러간 꽃병을 원래 자리에 놓고 시들기 시작한 꽃을 다소곳이 그 속에 꽂았다. 그러고는 여태까지의 괴상한 언동을 까맣게 잊은 사람처럼 새침하게 앉았다. 그것이 또 견딜 수 없을 만큼 우스꽝스럽게 보여서 쓰기코는 한참 동안 혼자서 웃어댔다.

발작이 멎자 쓰기코는 허리띠에 감춰둔 점괘를 꺼내 곁에 있는 상자 서랍 속에 집어넣었다. 게다가 그 위에 찰칵 열쇠를 잠그고는 일부러 오노부를 바라보았다.

하지만 쓰기코에게는 언제까지라도 계속될 수 있는 이 무의미한 유희적 감흥은 오노부를 그다지 오래 잡아두지 못했다. 한동안 자기를 잊어버렸던 그녀는 사촌 여동생보다 빨리 흥이 가라앉았다.

"쓰기코는 언제나 마음이 편해서 좋겠다."

그녀는 이렇게 말하며 쓰기코를 뒤돌아보았다. 만무방인 그녀의 말은 쓰기코에게 도저히 통하지 않았다.

"그럼, 언니는 편하지 않다는 거야?"

자기도 편한 주제에 그런 말을 한다는 말투 속에는 누구에게나 세상 물정 모르는 아가씨로 취급받는 평소의 불만도 묻어 있었다.

"너랑 난 도대체 어디가 다를까?"

두 사람은 나이가 달랐다. 성질도 달랐다. 그러나 마음고생이란 점에 있어서만은 두 사람이 어디가 어떻게 다른지, 그것은 쓰기코가 아직 한 번도 생각해본 적이 없는 문제였다.

"그럼 언니는 무슨 걱정이 있어? 얘기 좀 해봐."

"걱정 같은 거 없어."

"거봐. 언니도 역시 편하잖아."

"그거야 편한 건 틀림없지만, 네가 편한 거 하고는 경우가 조금 달라."

"어째서?"

오노부는 설명할 길이 없었다. 또 설명하고 싶지도 않았다.

"곧 알게 돼."

"하지만 언니랑 난 세 살밖에 나이 차이가 안 나는걸, 겨우."

쓰기코는 결혼 전과 결혼 후의 차이를 전혀 계산에 넣지 않고 있었다.

"단지 나이만이 아니야. 상황의 변화야. 아가씨가 부인이 된다든가, 부인이 또 남편을 앞서 보내고 미망인이 된다든가."

쓰기코는 약간 뜨악한 표정으로 오노부를 쳐다보았다.

"언니는 우리 집에 있었을 때랑 요시오 씨하고 결혼한 뒤랑 어느 쪽이 편해?"

"그거야……."

오노부는 말을 더듬었다. 쓰기코는 그녀에게 답변을 꾸며낼 여지를 주지 않았다.

"지금이 훨씬 편하지? 거봐."

"꼭 그렇다고 할 순 없지만."

"하지만 언니가 좋아하고 원해서 결혼한 분이잖아, 형부는."

"응, 그래서 나 행복해."

"행복해도 편하지 않은 거야?"

"편한 건 편해."

"그럼, 편한 건 편해도 무슨 걱정이 있어?"

"그렇게 너처럼 따지면 이길 재간이 없네."

"따지고 싶은 생각은 없지만, 모르니까 그만 그렇게 됐어."

72

점점 궁지에 몰린 대화는 어느새 쓰기코의 결혼 문제로 옮겨 갔다. 될 수 있으면 그것을 피하고 싶었던 오노부는 지금까지의 사정상 또 그것을 피할 수 없는 체면이 있었다. 경험이 부족한 처녀가 기대하는 예언이야 어찌 됐든, 남녀관계를 하루라도 먼저 경험한 연상의 여자로 서 그에 걸맞은 충고를 하고 싶다는 친절한 마음이 없는 것도 아니었 다. 그녀는 지장이 없는 아슬아슬한 범위 내에서 부드럽게 말했다.

"그건 안 돼. 쓰다 때는 내 일이니까 잘 알았지만, 남의 일이 되면 전 혀 사정이 달라서 도무지 알 수 없게 되거든."

"너무 부담 갖지 않아도 돼."

"부담이 아니야."

"그럼 냉담이야?"

오노부는 대답하기 전 약간 뜸을 들였다.

"쓰기코, 너 알고 있니? 여자의 눈은 자기와 연고가 가장 가까운 사람 을 만났을 때 비로소 눈이 잘 트인다는 사실을. 눈이 1초 사이에 10년 이상의 공훈을 세우는 건 그때밖에 없어. 게다가 그런 경우는 누구든 일생에 흔히 만날 수 있는 게 아니거든. 때에 따라서는 평생 한 번 있을 까 말까 할지도 몰라. 그러니까 내 눈 따위는 맹인이나 다름없어. 적어 도 평소에는."

"하지만 언니는 그런 밝은 안목을 충분히 가지고 있잖아. 그런데 왜 그걸 내게는 발휘해주지 않는 거야?"

"발휘해주지 않는 게 아니야. 발휘할 수 없는 거야."

"훈수 초단이 더 잘 안다는 말도 있잖아. 곁에 있는 언니가 나보다 더 공평하게 알 수 있을 텐데."

"그럼 쓰기코, 넌 남의 훈수로 자기 운명을 결정해버릴 작정이니?"

"그렇진 않지만 참고는 될 수 있으니까. 특히 언니를 굳게 믿는 나로서는."

오노부는 잠시 침묵했다. 그리고 조금 전과는 다른 태도로 입을 열었다.

"쓰기코, 내가 지금 너한테 얘기했지? 나 행복하다고."

"응."

"내가 왜 행복한지 너는 알아?"

오노부는 거기에서 말을 끊었다. 그리고 쓰기코가 뭐라고 말을 꺼내기 전에 얼른 뒤를 달았다.

"내가 행복한 것은 딴 게 아니야. 자기 안목으로 자기 남편을 고를 수 있었기 때문이야. 남의 훈수로 결혼하지 않았기 때문이야. 알겠니?"

쓰기코는 불안한 표정을 지었다.

"그럼, 나 같은 건 도저히 행복해질 가망이 없겠네."

오노부는 뭐라고 말하지 않을 수 없었다. 그러나 당장은 아무것도 말할 수 없었다. 마침내 갑자기 흥분한 듯한, 다급한 말이 저도 모르게 그녀의 입에서 터져 나왔다.

"있어, 있어. 오로지 사랑하는 거야. 그리고 사랑하게 만드는 거야. 그렇게만 하면 행복해질 가망은 얼마든지 있는 거야."

이렇게 말한 오노부의 머릿속에는 자신의 상대인 쓰다만 선명하게 떠올랐다. 그녀는 쓰기코에게 말하면서 미요시의 그림자조차 떠올리지 않았다. 다행히 그것을 자기를 위한 것이라고만 해석한 쓰기코는 곧이곧대로 오노부의 말을 받아들일 만큼 감격하지 않았다.

"누구를?"이라고 말한 그녀는 좀 어처구니없다는 듯 오노부의 얼굴을 보았다.

"어젯밤에 만난 그분?"

"누구든 괜찮아. 단지 자기가 그렇게 생각한 사람을 사랑하는 거야. 그리고 모름지기 그 사람이 자기를 사랑하도록 만드는 거야."

평소 숨기고 있던 오노부의 통제되지 않는 기질이 점점 날카로운 칼끝처럼 번득였다. 얌전한 쓰기코는 그때마다 조금씩 뒤로 물러섰다. 마침내 가까이 다가갈 수 없는 둘 사이의 거리를 깨달았을 때 그녀는 나지막한 한숨을 토했다. 그러자 오노부가 홀연히 또 기세를 올렸다.

"넌 내 말을 의심하는구나. 진짜야. 난 거짓말하지 않아. 진짜로 나 행복해. 알겠지."

이렇게 쓰기코를 기어이 설득시킨 그녀는 뒤이어 혼잣말처럼 덧붙였다.

"누구라도 그래. 설혹 그 사람이 행복하지 않다고 하더라도 그 사람의 생각 하나로 미래는 행복해질 수 있어. 꼭 그렇게 될 수 있어. 반드시 그렇게 해보이겠어. 그렇지, 쓰기코, 그렇지?"

오노부의 속내를 모르는 쓰기코는 이 예언을 단지 막연히 자기 신상에 맞춰 생각해야 했다. 그러나 아무리 생각해도 그 의미를 전혀 이해할 수 없었다.

73

그때 복도를 타고 들려오는 종종걸음의 주인이 방문을 드르륵 열었다. 그리고 학교에서 돌아온 유리코가 거침없이 성큼성큼 들어왔다. 그녀는 어깨에 걸친 무거운 책 자루를 자기 책상 위에 내려놓으며 그저 한마디로, "다녀왔습니다"라고 언니에게 인사했다.

그녀의 책상이 있는 곳은 공교롭게도 원래 오노부가 늘 앉던 오른쪽 구석이었다. 오노부가 쓰다와 결혼하자마자 곧장 그 뒤를 이어 이 방으로 들어온 그녀는 사촌 언니가 없어진 것을 살판난 듯 기뻐했다. 오노부는 그것을 알고 있었기에 일부러 말을 걸었다.

"유리코야, 나 또 훼방 놓으러 왔단다. 괜찮니?"

유리코는 "잘 오셨어요"라고도 하지 않았다. 책상 모서리에 오른발을 얹고 엄지발가락에 조그맣게 구멍 난 양말을 만지작거리다가 발을 방바닥에 내려놓으며 대답했다.

"좋아, 와도. 쫓겨나지 않았다면."

"어머, 너무 심해"라며 웃은 오노부는 조금 뜸을 들이고는 다시 그녀를 상대로 말했다.

"유리코야, 만약 내가 형부한테서 쫓겨난다면 조금은 가엾다고 생각해줄 거지?"

"응, 그야 가엾다고 생각해주고말고."

"그럼 그때 또 이 방을 써도 돼?"

"글쎄."

유리코는 좀 생각하는 듯했다.

"좋아, 써도 돼. 언니가 시집간 뒤라면."

"아니, 언니가 시집가기 전이야."

"그 전에 쫓겨나? 그건 좀……, 뭐 될 수 있으면 참고 쫓겨나지 않도록 하는 게 좋겠지, 이쪽 형편도 있고 하니까."

이렇게 말한 유리코는 연상의 두 사람과 함께 한목소리로 웃었다. 그러고는 옷도 벗지 않은 채 화로 곁으로 와서 앉으며 하녀가 가져온 나무접시에 담긴 찹쌀떡을 먹기 시작했다.

"지금 간식 먹니? 이 접시를 보니까 옛날 생각이 나네."

오노부는 자신이 유리코 나이였을 때를 회상했다. 학교에서 돌아오면 학수고대하고 있다가 각자 앞에 놓인 나무접시에 손을 댔던 그 무렵의 모습이 생생히 눈앞에 떠올랐다. 맛있게 먹는 여동생 얼굴을 미소 지으며 바라보고 있던 쓰기코도 똑같이 옛날을 떠올리는 것 같았다.

"언니, 지금도 간식 먹어?"

"먹을 때도 있고, 안 먹을 때도 있어. 일부러 사는 건 귀찮고, 그렇다고 집에 뭐가 있어도 옛날처럼 맛이 없더라, 이제는."

"운동이 부족해서일 거예요."

두 사람이 이야기하고 있는 동안 유리코는 나무접시를 깨끗이 비웠다. 그러고는 별안간 자다가 봉창 두드리는 것 같은 투로 두 사람 사이를 비집고 들어왔다.

"진짜야, 언니 얼마 안 있으면 시집가."

"그래? 어디로 가는데?"

"어디인지는 모르지만 갈 거야."

"그럼 어떤 분한테 가는데?"

"이름이 뭔지는 모르지만, 간다고."

오노부는 끈질기게 세 번째 질문을 던졌다.

"그 사람은 어떤 분이야?."

유리코는 태연히 대답했다.

"아마 형부 같은 분일 거야. 언니는 요시오 형부를 아주 좋아하니까. 뭐든 노부코 언니가 말하는 대로 하니까, 아주 좋은 사람이라고 하거든."

얼굴이 붉어진 쓰기코가 갑자기 동생에게 달려들었다. 유리코는 괴성을 지르며 얼른 잽싸게 비켜섰다.

"아이고 큰일 났다, 큰일 났어."

방 입구 쪽에 잠깐 서서 이렇게 말한 그녀는 오노부와 쓰기코를 그곳에 남겨둔 채 혼자 방을 도망쳐 나갔다.

74

하녀에게 식사 재촉을 받은 오노부가 두 번째로 쓰기코와 함께 자리에서 일어선 것은 그로부터 얼마 지나지 않아서였다.

가족들은 모두 환한 방에 밝은 얼굴로 모였다. 조금 전 뭔가에 토라져서 마루 밑에 들어가 좀처럼 나오지 않겠다던 하지메조차 기분 좋게 이모부와 말하고 있었다.

"하지메는 개 같아"라고 유리코가 일부러 알려주러 왔을 때, 오노부는 이 작은 사촌 여동생에게서 그가 코앞으로 들이댄 찹쌀떡을 입을 딱 벌리고 덥석 물었다는 이야기를 들었다.

오노부는 미소를 지으며 소위 '개 같은' 남자아이의 대화에 귀를 기울였다.

"아버지, 혜성이 나타나면 뭔가 나쁜 일이 생겨요?"

"응, 옛날 사람들은 그렇게 생각했지. 그러나 지금은 학문이 발달해서 그렇게 생각하는 사람은 한 사람도 없어."

"서양에서는?"

서양에도 고대에 같은 미신이 있었는지 없었는지는 이모부도 모르는 것 같았다.

"서양? 서양에서는 옛날부터 없었어."

"하지만 시저가 죽기 전에 혜성이 나왔다고 하잖아."

"아, 시저가 살해당하기 전일까"라고 말한 그는 적당히 얼버무릴 수밖에 없었다.

"그건 로마 시대잖아. 일반적인 서양과는 사정이 다르지."

하지메는 납득이 간 듯 입을 다물었다. 그러나 또 얼른 제2의 질문을 던졌다. 이번 질문은 조금 전보다 한층 더 기발하고 삼단 논법까지 갖춘 훌륭한 것이었다. 우물을 파면 물이 나오는 땅 밑은 물이어야 한다, 땅 밑이 물인 이상 땅은 무너져야 한다, 그런데도 왜 땅은 무너지지 않는가? 이것이 하지메의 논지였다. 거기에 대한 이모부의 답변이 몹시 횡설수설해서 곁에 있던 모두가 재미있어했다.

"그거야 인마, 안 무너진다고."

"하지만 밑이 물이라면 무너져야 하잖아."

"그렇게는 되지 않아."

여자들이 한꺼번에 웃음을 터뜨리자 하지메는 금세 제3의 문제로 넘어갔다.

"아버지, 난 이 집이 군함이라면 좋겠어. 아버지는?"

"아버지는 군함보다 그냥 집인 쪽이 좋아."

"지진 때 집이 무너져도?"

"아, 그렇구나. 군함이라면 지진에도 무너지지 않는단 말이지. 그건 미처 생각 못 했네. 흠, 과연."

정색하며 탄복하는 이모부의 얼굴을 오노부는 미소로 바라보았다. 조금 전 후지이 씨를 저녁 식사에 초대하겠다고 하던 그는 이미 그 사실을 염두에 두지 않은 것 같았다. 이모도 잊어버린 척하고 있었다. 오노부는 그쯤에서 하지메에게 물어보고 싶었다.

"하지메, 너 후지이 마고토랑 동급생이지?"

아아, 라고 한 하지메는 얼른 마고토에 대한 오노부의 호기심을 만족시켜주었다. 그의 말은 어린애가 아니면 도저히 할 수 없는 관찰이라든가 비평, 사실 등으로 넘쳐나고 있었다. 식탁은 일시에 하지메의 화제로 떠들썩해졌다.

모두를 웃긴 마고토의 일화 중에 다음과 같은 것이 있었다.

어느 날 그는 학교에서 돌아오는 길에 하지메와 함께 크고 깊은 구덩이를 들여다보았다. 토목공사 때문에 깊게 파헤쳐져 길 한복판에 생긴 그 구덩이 위에는 통나무가 하나 걸쳐져 있었다. 하지메는 마고토에게 그 통나무 위를 건너면 100엔을 주겠다고 했다. 그러자 분별없는 마고토는 책보자기를 등에 메고 삽살개 가죽으로 만들었다고 놀림받은 그 구두를 신은 채 "진짜 줘?"라고 하며 좁고 울퉁불퉁한 데다가 반들반들하기까지 해서 미끄러지기 쉬운 나무 위를 걷기 시작했다. 처음엔 금방 떨어질 것으로 생각하고 있던 하지메는 상대방이 한 발 한 발 아슬아슬하게 내디디며 자기에게 가까워지자 갑자기 겁이 났다. 그는 깊게 패인 구덩이 위에 있는 친구를 그곳에 둔 채 슬금슬금 뒷걸음쳤다. 마고토는 시종 발밑에 정신이 팔려서 통나무를 다 건널 때까지 하지메가 어디로 갔는지 전혀 모르고 있었다. 겨우 모험을 끝내고 약속대로 100엔을 받으려고 비로소 머리를 들자 상대방은 어느새 내뺀 뒤라 하지메는커녕 하지메의 그림자도 보이지 않았다는 것이다.

"하지메 쪽이 약간 약삭빠른 것 같네"라고 이모부가 평했다.

"후지이 씨는 요새 별로 놀러 오지 않는 것 같아요"라고 이모가 말했다.

75

아이들이 같은 학교의 동급생이라는 사실 외에 오노부의 시가 쪽이란 관계도 있고 해서 요즘 오카모토와 후지이 사이의 교류에는 다소 유별난 데가 있었다. 싫어도 얼굴을 마주 대해야 할 여러 경조사를 앞둔 그들은 사정이 허락하는 한, 가깝게 지내는 게 좋겠다고 생각하고 있었다. 특히 여자의 장래를 담보해야 하는 오카모토 쪽은 후지이보다도 한층 더 그 필요성을 절감할 위치에 있었다. 게다가 오카모토에게는 흔히 성공한 사람에게 따르는 일종의 꼼꼼함 같은 것이 있었다. 타고난 낙천적 도량도 있었다. 신경질적인 그는 또 남에게 오해받는 것을 겁냈다. 특히 세상살이에 걱정 없는 사람이 가난한 계층에게 받기 쉬운 오만불손하다는 오해를 살까 봐 두려워했다. 오랜 세월 다망(多忙)과 공부로 해친 건강을 회복하기 위해 당분간 한가로운 신분이 된 요즘의 그에게는 시간적인 여유도 있었다. 그 시간의 무료한 부분을 다양한 취미 생활로 매일 바쁘게 보내고 있는 그는 여태까지 자신과 전혀 관계가 없다고 예사롭게 지나쳐온 사람이나 일들에 점차 접근해보고 싶다는 의향도 가지고 있었다.

이러한 여러 원인이 뒤엉킨 이모부는 가끔 후지이의 집을 찾아가는 일이 있었다. 배타적으로 보이는 후지이는 의리 있는 이모부의 방문에 보답하려고 하지도 않았지만 그렇다고 그를 싫어하는 것 같지도 않았다. 그들은 오히려 유쾌하게 대화를 나누었다. 속까지 털어놓지는 않아도 서로의 세계를 교환하는 것만으로도 다소 흥미가 일었다. 그 세계는 또 묘하게 엇갈렸다. 한편에서 보면 그야말로 세상 물정에 어두운 면이, 다른 편에서 보면 그야말로 고상하기 그지없고 한쪽에서 저속하다고 해석하는 것을 상대 쪽에서는 꼭 현실적이라고 생각하고 싶어 한다는 곳에서 생각지도 않은 발견이 종종 있었다.

"즉 비평가란 거지, 그런 사람을 일컫는 말이야. 하지만 그래서는 일을 못 해."

오노부는 비평가라는 의미를 잘 몰랐다. 실제로 아무 도움이 안 되면서 입으로만 그럴듯한 말로 다른 사람을 속이는 것으로 생각했다. '일은 못하면서 이론을 가지고 노는 사람, 그런 사람이 세상에 무슨 필요가 있을까? 그런 사람이 걸맞은 보상을 받지 못하고 생활에 어려움을 겪는 건 당연하지 않을까?' 그 이상 깊이 생각할 수 없었던 그녀는 미소를 지으며 물었다.

"요즘 그 댁에 가셨어요?"

"응, 며칠 전에도 산책길에 잠깐 들렀지. 지쳐서 쉬고 싶을 때 안성맞춤인 거리에 있으니까, 그 집은."

"또 뭔가 재미있는 이야기가 있었어요?"

"여전히 묘한 걸 생각하더라, 그 남자는. 이번에는 남자가 여자를 끌어당기고 여자가 또 남자를 끌어당기는 이야기를 계속 듣고 왔지."

"어머, 싫어."

"원 세상에, 나잇살이나 먹은 분이."

오노부와 이모가 교대로 어처구니없어하는 사이 쓰기코만은 딴청을 부렸다.

"아니, 묘한 게 있더라고. 그 친구 꽤 열심히 조사를 해서 감탄했다. 그 친구 말에 따르면 이런 거야. 어느 집에서든 남자아이는 어머니를 따르고, 여자아이는 아버지를 따르는 게 당연하다는 게야. 듣고 보니 과연 그렇더라."

혈육인 이모보다 이모부 쪽을 더 좋아하는 오노부는 다소 진지해졌다.

"그래서 어떻게 됐어요?"

"그러니까 이런 거야. 남자와 여자는 시종 서로 끌어당기지 않으면 완전한 인간이 될 수 없다. 즉 자기한테 어딘가 부족한 구석이 있어서 혼자서는 아무리 해도 채울 수 없다는 거야."

오노부는 갑자기 흥미가 떨어졌다. 이모부의 말은 이미 자신이 알고 있는 사실에 지나지 않았다.

"옛날부터 음양화합이라고 하잖아요."

"그런데 음양화합이 필연이면서 그 반대로 음양불화가 또 필연이니까 재미있지 않니?"

"왜요?"

"잘 들어. 남자와 여자가 서로 끌어당기는 건 서로 다른 데가 있기 때문이야. 방금 말한 대로."

"그래요."

"그럼 그 다른 데가, 즉 자기 자신이 아닌 셈이지. 자기와는 별개인 거지."

"네."

"그것 보라니까. 자기와 별개라면 아무리 해도 하나가 될 수 없잖아. 아무리 시간이 흘러도 따로 놀 수밖에 없어."

이모부는 오노부를 정복한 사람처럼 껄껄 웃었다. 오노부는 지지 않았다.

"하지만 그건 억지 이론이에요."

"물론 억지 이론이지. 어디에 내놓든 훌륭하게 통하는 억지 이론이지."

"안 돼요, 그런 이론은. 왠지 이상해요. 흡사 후지이 씨가 휘두르는 억지소리예요."

오노부는 이모부를 꼼짝 못 하게 할 수가 없었다. 하지만 이모부의 말을 믿고 싶은 마음은 들지 않았다. 또 무슨 일이 있어도 믿고 싶지 않았다.

76

이모부는 재미 삼아 이런저런 이야기를 이어나갔다.

남자가 여자를 얻어 도통하는 것처럼 여자도 남자를 얻어 도통한다. 그러나 그것은 결혼 선의 신남신녀에게나 해당하는 진리이다. 부부 관계가 한 번 성립되면 진리는 갑자기 등을 돌려 지금까지와는 정반대의 사실을 우리 눈앞에 들이댄다. 즉 남자는 여자에게서 떨어지지 않으면 도통할 수 없게 된다. 여자도 남자에게서 떨어지지 않으면 도통하기 어렵다. 지금까지의 견인력이 순식간에 반발성으로 변화한다. 그러고는 예로부터 일컬었듯 남자는 역시 남자끼리, 여자는 아무래도 여자끼리라는 격언을 영원히 인정하고 싶어진다. 즉 인간이 음양화합의 열매를 맺는 것은 이윽고 도래할 음양불화의 이치를 깨닫기 위한 전제에 불과하다…….

이모부 말의 어디까지가 후지이의 변설이고 어디까지가 자기 생각인지 또 그 생각의 어디까지가 진실이고 어디까지가 농담인지 오노부는 아리송했다. 붓의 힘을 모르는 이모부는 무서우리만큼 말을 잘하는 남자였다. 약간의 근거가 있으면 그 위에 얼마든지 자기 나름의 말을 덧칠할 수 있는 남자였다. 흔히 말하는 경구 같은 말이 연달아 그의 입에서 나왔다. 오노부가 반대할수록 신명난 그의 말은 끝이 없었다. 오노부는 마침내 적당히 마무리해야 했다.

"상당히 쉴 새 없네요, 이모부도."

"말로는 도저히 당할 수 없으니 그만두자. 이쪽에서 뭔가 말하면 더 고집을 부릴 테니까."

"네, 일부러 음양불화를 빚게 하네요."

오노부가 이모와 이런 비판을 주고받는 사이 이모부는 싱글벙글 웃으며 두 사람을 바라보다가 이윽고 대화가 끊기기를 기다려 천천히 선고를 내렸다.

"마침내 무릎을 꿇었구나. 항복했으면 항복했다고 말해. 진 사람을 추궁하진 않을 테니. ……이렇게 되면 남자에게는 또 약한 자를 동정하는 미덕이 있으니까, 이래봬도."

그는 자못 승리자 같은 얼굴로 일어섰다. 문을 열고 방을 나가자 팔자걸음 소리가 서재 쪽으로 점점 멀어져 갔다. 한참 뒤에 돌아온 그는 한 손에 작고 얇은 책을 네댓 권 들고 있었다.

"이봐, 오노부가 좋아할 걸 가지고 왔다. 내일이라도 병원에 간다면 이걸 요시오한테 가져다주렴."

"뭔데요?"

오노부는 얼른 책을 받아들고 표지를 보았다. 영어 표제가 외국어에 익숙하지 않은 그녀의 눈에 약간 부담스러웠다. 그녀는 여기저기를 골라서 띄엄띄엄 읽어 내려갔다. "《북 오브 조크스(Book of Jokes)》,《잉글리시 위트 앤드 유머(English Wit and Humour)》……."

"어머."

"전부 익살스러운 거다. 신소리라든가, 수수께끼라든가. 누워서 읽기에는 안성맞춤이야, 어깨도 결리지 않고."

"과연 이모부 취향에 어울리는 책이네."

"내 취향이래도 그 정도 수준이라면 지장 없겠지. 아무리 요시오가 엄격해도 설마 화내진 않겠지."

"화를 내다니요……."

"뭐 괜찮다. 이것도 음양화합을 위해서다. 시험 삼아 한 번 가져가봐."

오노부가 고맙다고 인사하며 책을 무릎 위에 놓자 이모부는 또 한 손에 쥔 작은 종잇조각을 그녀 앞에 내밀었다.

"이건 조금 전에 너를 울린 보상금이다. 약속이니까 겸사로 가져가."

오노부는 이모부의 손에서 종잇조각을 받기 전에 그게 무엇인지 알았다. 이모부는 넌지시 그것을 과시했다.

"오노부, 이건 음양불화일 때 제일 잘 듣는 약이란다. 대부분은 한 번 삼키면 금방 회복되는 오묘한 약이지."

오노부는 서 있는 이모부를 올려다보며 힘없는 소리로 저항했다.

"음양불화가 아니에요. 우리는 정말 화합이에요."

"화합이라면 더욱 좋지. 화합일 때 삼키면 정신이 점점 더 건전해진단다. 그리고 몸은 더욱 튼튼해지지. 어느 쪽으로 넘어지든 틀림없는 묘약이란다."

이모부의 손에서 수표를 받아들고 가만히 그것을 바라보고 있던 오노부의 눈에 눈물이 가득 고였다.

77

오노부는 이모부가 태워주겠다는 인력거를 사양했다. 그러나 전차 정류장까지 직접 배웅하겠다는 호의는 뿌리칠 수 없었다. 결국 두 사람은 긴 비탈길을 올라 강변 쪽으로 나란히 내려갔다.

"아저씨 병에는 운동이 제일 좋거든. ……뭐, 걷는 건 내 맘이니까."

뚱뚱해서 숨이 찬 탓인지 비탈길을 오를 때 딱할 정도로 헉헉거린 그는 되돌아갈 일을 잊은 듯한 말을 했다.

두 사람은 걸어가며 어젯밤의 이야기를 꺼냈다. 선잠이 들어 엎드려 있던 오토키의 모습이 오노부의 입에 올랐다. 원래 이모부 집에 있었다는 연줄로 신혼부부 두 사람만 있는 가정에 들어와 살게 된 이 하녀에 대해 이모부는 소개해준 당사자로서의 책임감을 약간 느꼈던 모양이다.

"그 아이는 이모가 잘 아는데, 정직하고 좋은 아이란다. 집을 비울 때 안심하고 맡길 수 있다고 보증했을 정도니까. 하지만 아무도 없는데 혼자 자버리면 좀 곤란하네, 부주의해서. 무엇보다 아직 나이가 나이니까 졸린 것도 무리는 아니지만."

아무리 젊다고 해도 자기라면 그런 경우 세상모르게 잘 리 없다고 생각한 오노부는 하녀에 대한 이모부의 배려를 웃으면서 들었다. 그녀가 이렇게 빨리 돌아가는 것도 어젯밤처럼 늦지 않으려는 생각에서였다.

그녀는 서둘러 전차를 탔다. 그러고는 차 안에서 이모부를 향해 "안녕히 가세요"라고 말했다. 이모부는 "잘 가라, 요시오 군에게 안부 전해다오"라고 답했다. 두 사람이 작별 인사를 나누자마자 알 수 없는 불안이 금방 그녀를 지배하기 시작했다.

전차에 몸을 맡긴 오노부의 생각은 안타깝게도 가닥을 잡을 수 없었다. 연달아 갈마들어 그녀의 눈앞에 떠오르는, 어제부터 관계된 모든 사람의 얼굴과 모습이 자기가 탄 전차처럼 빠르게 소용돌이칠 뿐이었다. 그러나 그녀는 그런 어지러운 영상 속에 일관되게 존재하는 어떤 것을 마음속으로 인정했다. 그게 아니라면 그 어떤 것이 근본적으로 움직여 그런 단편적인 영상이 눈앞을 어지럽힌다고도 생각했다. 그녀는 그 어떤 것의 정체를 붙잡아서 그 모습을 분명히 밝혀내고 싶었다.

그러나 그녀의 노력은 쉽사리 성공하지 못했다. 떡꼬치로 치면, 떡의 존재는 분명 보이는데 떡꼬지 하나하나를 꿰고 있는 꼬챙이가 보이지 않는 것과 비슷했다. 그녀는 그 정체를 포착하지 못한 채 전차에서 내렸다.

현관문을 여는 소리와 함께 부엌에서 달려 나온 오토키는 그녀가 예상한 대로 "다녀오셨습니까" 하며 정중히 방바닥 위에 이마를 조아렸다. 오노부는 어제와 다른 그녀의 분명한 태도를 보고 자못 자신의 공이라도 되는 듯했다.

"오늘은 빨리 왔지?"

하녀는 그렇게 빠르다고는 생각하지 않는 눈치였다. 으스대는 오노부의 얼굴을 보고 할 수 없다는 듯 "예"라는 대답이 나왔기 때문에 오노부는 다시 덧붙였다.

"더 빨리 돌아오려고 했는데, 그만 해가 짧아져서 말이야."

자기가 벗어 던진 옷을 오토키가 정리하는 동안 오노부는 그녀에게 물었다.

"내가 없을 때 무슨 일이 없었겠지?"

오토키는 "아니요"라고 대답했다. 오노부는 혹시 몰라서 다시 한 번 물었다.

"아무도 오지 않았을 테지?"

그러자 오토키가 깜빡 잊을 뻔했다는 듯이 어조를 높이며 대답했다.

"아, 오셨어요. 고바야시라는 분이."

남편의 지인인 고바야시의 이름은 오노부의 귀에 설지 않았다. 그녀는 그 사람과 두세 번 말을 나눈 기억이 있었다. 그러나 그녀는 그를 별로 좋아하지 않았다. 남편이 그를 매우 가벼이 여긴다는 것도 잘 알고 있었다.

'뭣 때문에 왔지?'

이런 막말이 자칫 입에서 나올 뻔한 그녀는 그럼에도 불구하고 아무렇지 않은 듯이 오토키에게 다시 물었다.

"무슨 볼일이라도 있으신 것 같았어?"

"예, 외투를 가지러 오셨답니다."

남편에게 아무 말도 듣지 못했던 오노부에게 이 말은 전혀 알 수 없는 소리였다.

"외투? 누구 외투?"

주도면밀한 오노부는 갖가지 질문을 오토키에게 던져 고바야시가 말하는 의미를 알아내려고 했다. 하지만 그것은 완전히 헛수고였다. 오노부가 물으면 물을수록, 오토키가 대답하면 대답할수록 두 사람은 미궁에 빠져들 뿐이었다. 결국 자기들보다 고바야시가 이상하다는 쪽에 생각이 미친 그들은 큰소리로 웃었다. 쓰다가 가끔 말하는 난센스라는 영어가 오노부의 기억에 되살아났다. '고바야시와 난센스', 이렇게 붙여서 생각하자 오노부는 터져 나오는 웃음을 참을 수 없었다. 발작하듯 한바탕 웃어젖힌 그녀는 전차 안에서부터 따라온 꺼림칙한 숙제를 한동안 잊을 수 있었다.

78

오노부는 그날 밤 교토에 있는 친정 부모에게 편지를 썼다. 그저께도,

어제도 쓰다가 만 소식을 오늘은 반드시 전부 마무리하겠다고 마음먹은 그녀의 머릿속에는 결코 부모님만 생각하고 있는 것이 아니었다.

그녀는 안정이 되지 않았다. 불안에서 벗어나려고 하는 그녀는 마음을 한군데로 집중할 필요가 있었다. 조금 전의 의문을 해결하고 싶다는 절실한 희망도 있었다. 요컨대 교토에 편지를 쓰면 어수선한 마음을 정리할 수 있다고 생각한 것이다.

붓을 든 그녀는 여느 때처럼 절기 인사로 시작하여 오랫동안 소식을 드리지 못해 죄송하다는 말까지 기계적으로 쓴 뒤 잠시 생각에 잠겼다. 교토에 뭔가 쓴다면 반드시 자기와 쓰다의 소식에 초점을 맞춰야 했다. 그것은 어느 집 부모든지 갓 결혼한 딸에게 듣고 싶어 하는 사연이었다. 어느 집 딸일지라도 또 친정 부모에게 알리지 않으면 안 되는 사연이었다. 이것을 제쳐놓고는 친정에 편지를 보낼 수 없다는 게 오노부의 평소 신념이었다. 그녀는 붓을 든 채 지금의 자신과 쓰다 사이가 과연 어떤 곳에, 어떻게 관련되어 있는지 따져봐야 했다. 그녀는 있는 그대로를 부모에게 알려야 한다고 생각하지 않았다. 하지만 한 남자에게 시집간 아내로서 그것을 확인해볼 욕구를 절실히 느꼈다. 그녀는 꼼짝 않고 생각에 골몰했다. 붓은 거기에서 멈춘 채 꿈쩍도 하지 않았다. 미동도 하지 않았다는 사실조차 자각하지 못한 채 그녀는 생각에 몰두했다. 게다가 알려고 하면 할수록 확실한 것은 손에 잡히지 않았다.

편지를 쓰기 전까지 그녀는 어수선하고 산만한 불안에 시달리고 있었다. 편지를 쓰기 시작한 지금의 그녀는 겨우 한곳으로 진정되었다. 그러고는 다시 그 한곳의 불안에 시달리기 시작했다. 조금 전 전차 안에서 눈앞을 어른어른 어지럽히던 갖가지 상념은 전부 이 한곳, 이 한 점으로 귀결된다는 것을 앞뒤 맥락을 통해 발견한 그녀는, 그제야 자신을 괴롭히고 있는 불안의 근원에 도달했다. 그렇지만 그 근본의 정체는 도무지 알 수 없었다. 자연히 그녀는 문제를 다음 기회로 넘겨야 했다.

"오늘 해결하지 못하면 내일 해결할 수밖에 없어. 내일 해결하지 못하면 모레 해결할 수밖에 없어. 모레 해결하지 못하면……."

이게 그녀의 논법이었다. 또 희망이었다. 최후의 결심이었다. 그리고 그 결심을 그녀는 이미 쓰기코 앞에서 공언한 것이었다.

"누구든 상관없어. 자기가 이 사람이라고 믿어버린 사람을 변함없이 사랑하는 거야. 그리고 그 사람이 자기를 변함없이 사랑하게 만드는 거야."

그녀는 거기까지 가겠다고 새삼스레 속으로 맹세했다. 거기까지 가면 진정될 거라고 스스로 다짐했다.

그녀의 기분은 다소 가벼워졌다. 그녀는 다시 붓을 움직였다. 될 수 있으면 부모가 기뻐할 말로 쓰다와 자신의 현황을 거리낌 없이 늘어놓았다. 행복하게 살고 있는 두 사람의 분위기가 연이어 그려졌다. 그녀는 감격에 넘친 붓끝이 기분 좋게 종이 위를 술술 달리는 것이 재미있었다. 긴 편지가 단숨에 완성되었다. 그 단숨에가 어느 정도의 시간에 상당하는 것인지 그녀는 전혀 알지 못했다.

마침내 붓을 내려놓은 그녀는 다시 한 번 자신의 편지를 처음부터 읽어보았다. 단숨에 쓸 때의 기분이 그냥 남아 있어서인지 그녀는 정정이나 첨삭의 필요를 어디에서도 발견할 수 없었다. 평소 고생하며 국어사전을 찾아보고 쓰는 불확실한 글자조차 그냥 그대로 전혀 신경에 거슬리지 않았다. 조사가 틀려서 의미가 통하지 않게 된 부분을 두세 군데 손질한 뒤 그녀는 편지를 봉했다. 그리고 그것을 받을 부모님에게 마음속으로 양해를 구했다.

'이 편지에 적힌 건 전부 사실입니다. 거짓말, 위안, 과장 따위 한 글자도 없습니다. 만약 그걸 의심하는 사람이 있다면 저는 그 사람을 미워하겠습니다. 경멸하겠습니다. 침을 뱉겠습니다. 그 사람보다 제가 진상을 알고 있기 때문입니다. 저는 표면에 나타난 사실 이상의 진상을 여기에 썼습니다. 그것은 지금 저만이 알고 있는 진상입니다. 그러나 미래에는 누구나 알아야 할 진상입니다. 저는 결코 부모님을 속이고 있지 않습니다. 제가 부모님을 안심시켜 드리려고 일부러 거짓 편지를 썼다고 하는 사람이 있으면 그 사람은 눈뜬장님입니다. 그 사람이야말로 거짓말쟁이입니다. 부디 이 편지를 올리는 저를 믿어주십시오. 신은 이미 믿어주고 계시니까요.'

오노부는 편지를 머리맡에 두고 잤다.

79

쓰다를 교토에서 처음 만났을 때의 일이 떠올랐다. 오랜만에 부모님을 만나러 교토로 돌아갔던 오노부는 도착하고 며칠이 지나 아버지의 심부름을 가게 되었다. 편지 한 통과 한 질의 한적(漢籍)을 들고, 그녀는 별로 멀지 않은 곳에 있는 쓰다의 집까지 가야 했다. 가벼운 신경통에 시달리며 자리에 누웠다 일어났다 하는 그녀의 아버지는 병중의 무료를 달래려고 이따금 쓰다 아버지에게 책을 빌린다는 사실을 오노부는 그때 아버지에게서 처음 들었다. 읽은 책을 돌려주고 새로운 읽을거리를 빌려오는 것이 그녀의 용무였다. 그녀는 쓰다의 집 현관에 서서 안내를 부탁했다. 현관에는 밖에서 집 안이 보이지 않도록 큰 칸막이 병풍이 펼쳐 있었다. 병풍에는 흰 종이를 발랐는데 그 종이 위에 춤추는 듯한 이상한 글자가 쓰여 있었다. 그녀가 경이롭게 그것을 바라보고 있자니 그 칸막이 뒤에서 응대하러 나타난 사람은 하녀도, 서생도 아닌, 마침 그때 그녀처럼 교토의 집으로 돌아와 있던 요시오였다.

물론 둘은 그때까지 한 번도 얼굴을 마주한 적이 없었다. 오노부 쪽에서는 요시오를 어렴풋이 소문으로만 알고 있었을 뿐이었다. 요즘 집에 돌아와 있다는 이야기를 그날 아침 처음으로 아버지에게 들었을 정도였다. 그것도 아버지가 새 책을 빌릴 마음이 일어 편지를 쓰는 김에 지나가듯 한 말에 지나지 않았다.

요시오는 그때 오노부에게서 책갑에 든 한적을 받고 왠지《명시별재(明詩別裁)》[청나라 심덕잠(沈德潛)과 주준(周準)이 함께 편찬한 시선집이다. 314명의 시 1,000여 수를 수록했으며 총 12권으로 이루어졌다]라는 어려운 글자가 쓰인 표제를 한참 바라보았다. 그렇게 바라보고 있는 그를 오노부는 한참이나 지켜봐야 했다. 그러자 그가 갑자기 얼굴을 드는 바람에 오노부가 여태까지 그를 빤히 보고 있었던 것이 그만 들통나버렸다. 그러나 요시오의 대답을 기다리며 서 있는 오노부로서는 이것도 어쩔 수 없는 행동이었다. 얼굴을 든 요시오는 "공교롭게도 아버지는 지금 안 계십니다만"이라고 말했다. 오노부는 금방 돌아서려고 했다. 그러자 요시오가 다시 불러 세워 자기 아버지 앞으로 온 편지를 오노부가 보는 앞에서, 어떤 양해도 구하지 않고 개봉했다. 이 태연한 거동이 또 오노부의 관심을 끌었다. 그의 소행은 무례했다. 하지만 과감한 건 틀림없었다. 아무리 해도 그녀는 그를 거칠다거나 난폭하다는 말로 탓할 기분이 들지 않았다.

편지를 단숨에 읽은 요시오는 오노부를 현관 앞에 기다리게 한 후 필요한 책을 찾으러 안으로 들어갔다. 그러나 불행하게도 아버지가 빌리려는 한적은 그의 눈에 뜨이지 않았다. 10분쯤 지나 다시 나온 그는 오노부를 헛되이 기다리게 한 것에 대해 사과했다. 빌리려고 한 책이 눈에 보이지 않으니 아버지가 돌아오시는 대로 찾아 이쪽에서 전하러 가겠다고 말했다. 오노부는 그것은 결례라면서 거절했다. 자기가 내일 다시 가지러 오겠다고 약속하고 집으로 돌아왔다.

그러자 그날 오후 요시오는 아버지가 원하던 책을 들고 일부러 찾아왔다. 우연하게도 오노부가 그를 맞이하러 나갔다. 둘은 다시 얼굴을 마주했다. 그리고 이번에는 서로를 금방 알아보았다. 요시오가 들고 온 책은 오늘 아침 오노부가 돌려준 것에 비하면 세배 정도 되는 양이었다. 그것을 화려한 보자기에 싸 든 그 모습이 오노부에게는 마치 새장이라도 품은 것처럼 보였다.

그는 권하는 대로 방으로 올라가 오노부의 아버지와 이야기를 나눴다. 오노부 생각으로는 젊은 사람이라면 도저히 견딜 수 없을 것 같은 노인과의 잡담을 별로 귀찮아하는 기색도 없이, 젊은이와 전혀 취향이 다른 아버지와 주고받았다. 그는 자신이 들고 온 책에 대해서 아무것도 몰랐다. 오노부가 돌려주러 간 책에 대해서는 더욱 깜깜했다. 획수가 복잡한 한적은 전혀 읽지 못한다고 양해를 구했다. 그래도 이쪽에서 빌리러 간《오매촌시(吳梅村詩)》[청나라 초기의 문단을 영도한 시인인 오위업(吳偉業)의 시집이다. 호는 매촌(梅村)이다]라는 네 글자를 단초로 서가 여기저기를 뒤져 찾아온 것이다. 아버지는 그에게 정중하게 사례했다.

오노부의 눈에는 그때의 그가 어른거렸다. 그때의 그는 지금의 그와 다른 사람이 아니었다. 그렇다고 지금의 그와 같은 사람도 아니었다. 쉽게 말하면 같은 사람이 변한 것이다. 처음에 무관심하게 보였던 그는 점점 자기 쪽으로 매혹된 듯 다가왔다. 일단 매혹된 그가 이번에는 차츰 자신에게서 멀어지며 변해가는 것이 아닐까? 그녀의 의심은 거의 기정사실이었다. 그녀는 그 의심을 말끔히 떨어내기 위해 그 사실을 뒤엎지 않을 수 없었다.

80

강렬한 욕구가 오노부의 온몸을 휘감았다. 아침이 되어 눈을 떴을 때 그녀에게는 불안에 떠는 것만큼 자신과 인연이 먼 것은 없었다. 어제의 늦잠을 잊어버린 듯 그녀는 벌떡 일어났다. 이불을 걷어차고 잠자리에서 일어나는 순간 그녀는 자신의 팔 힘을 느꼈다. 아침의 싸늘한 냉기와 함께 팽팽한 근육이 한꺼번에 그녀를 죄어왔다.

그녀는 자기 손으로 덧문을 올렸다. 바깥 모습은 여느 때보다 이른 시간의 풍경이었다. 어제와 달리, 오늘은 쓰다가 있을 때보다 오히려 일찍 일어났다는 사실이 왠지 그녀를 흡족하게 했다. 게으름을 피우며 늦잠을 잔 어제의 보상이란 생각에 만족스러웠다.

그녀는 손수 이부자리를 개고 방을 쓸고 난 뒤 화장대 앞에 앉았다.

그러고는 틀어 올린 지 나흘이나 되는 머리를 풀었다. 기름때로 더러워진 곳에 몇 번 빗질하고, 길이 들어 마음대로 되지 않는 머리를 억지로 틀어 올렸다. 그게 끝나자 비로소 하녀를 깨웠다.

아침밥이 익을 때까지 하녀와 함께 움직인 그녀가 밥상 앞에 앉자 하녀는 "오늘은 굉장히 일찍 일어나셨네요"라고 말했다. 아무것도 모르는 오토키는 그녀가 일찍 일어난 것이 낯선 모양이었다. 또 자기가 주인보다 늦게 일어난 것을 미안해하는 눈치였다.

"오늘은 서방님 병문안을 가야 하거든."

"그렇게 일찍 가세요?"

"응. 어제 못 갔으니까 오늘은 좀 일찍 가려고."

오노부의 말투는 평소보다 정중하고 반듯했다. 거기에는 차분함 같은 것이 있었다. 그리고 그 차분함을 배반하는 기세가 있었다. 기세에 따른 과단성도 있는 듯했다. 그녀에게 잠재했던 마음 상태가 자기도 모르게 겉으로 드러난 것이다.

그래도 그녀는 병문안을 가려고 서두르지 않았다. 앞치마를 벗고 차를 가져온 오토키를 상대로 한참 오카모토네 이야기를 했다. 원래 그 집에 있었던 오토키에게 그 집 가족 이야기는 흥미진진한 화제여서 두 사람은 평소에도 같은 말을 반복해가며 그들에 관한 이야기를 나누었다. 특히 쓰다가 없을 때 그러했다. 그것은 만약 쓰다가 있으면 쓰다 혼자 화제에서 따돌림받는 것 같은 이상한 결과를 빚기 때문이었다. 어느 때인가 순간적으로 그런 거북한 경우를 몇 번 겪은 뒤 그것을 알아챈 오노부는 그 밖에 또 부유한 자기 친척을 자랑하고 싶어 하는 여자라고 남편이 오해하는 불쾌함도 피하고 싶어서 오토키에게도 일찍이 그 뜻을 일러두고 있었다.

"아가씨는 아직 어디로도 정하지 않고 계세요?"

"이야기는 있는 것 같지만 아직 어떻게 될지 잘 모르는 모양이야."

"빨리 좋은 곳으로 가셨으면 좋겠네요."

"아마 곧 그렇게 되겠지. 이모부가 아주 조급해하시니까. 게다가 쓰기코는 나와 달리 예쁘잖아."

오토키는 무슨 말인가 꺼내려고 했다. 오노부는 하녀의 입에 발린 말을 듣는 것이 괴로워 얼른 자신이 뒷말을 이었다.

"여자란 아무래도 얼굴이 예쁘지 않으면 손해야. 아무리 똑똑하고 재주가 있어도 얼굴이 받쳐주지 않으면 남자가 좋아하지 않거든."

"그럴 리 없어요."

오토키가 변호하듯 세게 반응해서 오노부는 더욱 자신의 생각을 주장하고 싶었다.

"정말이야. 남자란 그런 존재라고."

"하지만 그건 잠깐일 뿐이에요, 나이 들면 그렇지 않아요."

오노부는 대답하지 않았다. 그러나 그녀의 자신감은 그렇게 만만하지 않았다.

"정말 나처럼 못생긴 여자는 새로 태어나지 않는 한 방법이 없어."

오토키는 어이없는 얼굴로 오노부를 바라보았다.

"아주머님이 못생기셨다면 저 같은 건 어떻게 해야 좋을지 모르겠네요."

오토키의 말은 입에 발린 말이기도 하고 진실이기도 했다. 양쪽을 다 잘 알아들은 오노부는 그것으로 만족하고 일어섰다.

그녀가 외출하려고 옷을 갈아입고 있는데 밖에 누군가가 온 것 같은 발소리가 들리더니 현관 초인종이 울렸다. 손님을 맞이하러 나간 오토키에게 "잠깐 부인을……"이라는 목소리가 들렸다. 오노부는 그 목소리의 주인을 알아내려고 고개를 갸웃했다.

81

옷소매를 입에 대고 쿡쿡 웃으며 차노마로 달려온 오토키는 좀처럼 손님의 이름을 대지 않았다. 그녀는 오로지 웃음을 참으려고 이를 악물며 오노부 앞에서 안간힘을 썼다. '고바야시'라는 말을 입에서 간신히 꺼내는 것만도 시간이 꽤 걸렸다.

이 갑작스러운 방문객을 어떻게 다뤄야 할지 오노부는 난감했다. 두꺼운 오비를 매던 중이어서 금방 현관으로 나갈 수도 없었다. 그렇다고 외상값 수금원 대하듯 언제까지나 그를 거기서 기다리게 하는 것도 예의가 아닌 듯했다. 거울 앞에 꼼짝 못 하고 선 채 그녀는 어쩔 바를 몰랐다. 할 수 없이 지금 막 나가려던 참이어서 길게 만날 시간은 없다고 양해를 구한 뒤 그를 방으로 안내했다. 하지만 만나보니 전혀 모르는 얼굴도 아니어서 용건만 듣고 금방 돌려보낼 수도 없었다. 게다가 고바야시는 남의 심정을 헤아리거나 사양 따위를 모른다는 점에서는 다른 사람에게 밀리지 않게 태어난 남자였다. 오노부가 나갈 시간에 쫓기는 줄 알면서도 그는 상대방이 얼굴만 찌푸리지 않으면 언제까지고 죽치고 있어도 괜찮다고 혼자 속단하고 있는 것 같았다.

그는 쓰다의 신병을 잘 알고 있었다. 그는 자기가 이번에 자리를 얻어 조선에 간다고 말했다. 그의 말에 따르면, 그 자리는 전망 있는 중요한 자리였다. 그는 또 형사에게 미행당한 이야기도 했다. 그것은 쓰다와 함께 후지이 집에서 돌아오던 날 밤에 일어난 일이라고 말하며 놀란 오노부의 얼굴을 재미난 듯 바라보았다. 그는 형사에게 미행당한 것을 자랑스럽게 여기는 것 같았다. 틀림없이 사회주의자로 지목됐기 때문일 거라는 설명까지 덧붙였다.

그의 말에는 마음 약한 여자에게 충격을 줄 만한 부분이 있었다. 쓰다에게 아무 말도 듣지 못한 오노부는 조바심하며 그만 거기에 말려든 나머지 소중한 시간을 개의치 않게 됐다. 그러나 그가 하는 말을 순진하게 네, 네, 하고 듣고 있자니 어디까지 끌고 갈지 끝이 없었다. 결국 이쪽에서 재촉해 빨리 상대방의 용건을 듣는 수밖에 없었다. 그는 말하기가 다소 거북한 듯 멈칫거리다가 마침내 용건을 꺼냈다. 그것은 어젯밤 오노부와 오토키를 실컷 웃긴 외투에 관한 것이었다.

"쓰다 군이 준다고 약속했으니까요."

그의 뜻은 조선에 가기 전에 잠깐 그 외투를 입어보고, 혹시 자기 몸과 맞지 않으면 지금 고치고 싶다는 것이었다.

오노부는 그가 요구한 외투를 즉시 옷장에서 꺼내줄까 생각했다. 하지만 그녀는 아직 쓰다에게서 어떤 언질도 받지 않았다.

"어차피 입을 일이 없다고는 생각합니다만" 하고 말하며 망설인 그녀는 이런 일에 의외로 까다로운 남편의 성격을 잘 알고 있었다. 헌 외투 하나가 빌미가 되어 나중에 아내의 허물로 삼는 날에는 견딜 재간이 없다고 생각했다.

"괜찮습니다. 틀림없이 준다고 했으니까요. 거짓말이 아닙니다."

꺼내주지 않으면 고바야시를 거짓말쟁이로 간주해버린 것이나 다름 없는 본새였다.

"아무리 취해 있어도 정신은 멀쩡했으니까요. 어떤 일이 있어도 받아야 할 것을 잊어버릴 내가 아니고요."

오노부는 드디어 결심했다.

"그럼 시간을 좀 주세요. 병원에 전화해서 물어볼 테니까요."

"부인은 참으로 꼼꼼하시군요"라고 하며 고바야시는 웃어넘겼다. 오노부가 은연중 꺼리고 있던 언짢아하는 표정은 그의 얼굴 어디에도 보이지 않았다.

"그냥 만일을 위해서예요. 나중에 무슨 말을 들으면 곤란하니까요."

오노부는 그래도 고바야시가 기분 나쁘게 생각하지 않도록 조심스레 이런 변명 비슷한 말을 덧붙였다.

오토키가 자동 전화로 달려가 쓰다의 대답을 듣고 올 동안 두 사람은 또 마주 앉았다. 그리고 그녀가 돌아오기를 기다리며 대화를 이어갔다. 그런데 그 대화는 갑작스러운 섬광처럼, 아무것도 기대하지 않았던 오노부의 심장을 뛰게 했다.

82

"쓰다 군은 요즘 아주 점잖아진 것 같습니다. 모든 게 부인의 영향이겠지요."

오토키가 나가자마자 고바야시는 아닌 밤중에 홍두깨처럼 불쑥 이런 말을 꺼냈다. 오노부는 상대가 상대이므로 적당히 대꾸하면 된다고 생각했다.

"그런가요? 저는 제 영향과는 전혀 상관이 없다고 생각합니다만."

"아니 왜요? 마치 새로 태어난 사람 같던데요."

고바야시의 말이 너무 과장되어 오노부는 오히려 상대방을 놀려주고 싶을 정도였다. 그러나 그녀의 자존심이 그것을 허락하지 않아 그녀는 일부러 말문을 닫았다. 고바야시 역시 그런 것을 고려할 남자가 아니었다. 두서도 무엇도 개의치 않는 그의 화제는 엉뚱하게 여기저기를 종횡무진으로 누비는가 하면, 때로는 무례할 정도로 직선적으로 나아갔다.

"역시 아내의 위력에는 당할 재간이 없어요, 어떤 남자라도. 나 같은 독신에게는 상상할 수도 없는 뭔가 있겠지요, 거기에?"

오노부는 마침내 자신을 제어할 수 없게 되었다. 그녀는 웃기 시작했다.

"네, 있어요. 고바야시 씨가 절대로 짐작할 수 없는 신비로운 것이 많이 있어요, 부부 사이에는."

"있다면 하나 가르쳐주셨으면 합니다."

"혼자인 분한테 가르쳐준들 아무 도움이 안 될 텐데요."

"참고로 하겠습니다."

오노부는 작은 눈 속에 총명한 눈빛을 보였다.

"그보다 먼저 부인을 얻는 게 가장 빠른 지름길이 아닐까요."

고바야시는 머리를 긁는 시늉을 했다.

"얻고 싶지만 얻을 수가 없습니다."

"왜요?"

"올 사람이 없으면 자연히 얻을 수 없는 거 아니겠습니까."

"일본은 천지에 여자가 남아도는 나라예요. 색시는 얼마든지 우글우글 널려 있다고요."

오노부는 이렇게 말한 뒤, 이건 좀 말이 지나쳤다고 생각했다. 그러나 상대방은 태연했다. 더 세고 심한 말에 평소 익숙해 있는 그의 신경은 완전히 무감각했다.

"아무리 여자가 남아돌아도 이제부터 다른 곳으로 도피하려는 참인데 누가 오겠어요."

도피라는 말이 문득 연극에서 본 두 남녀의 '사랑의 도피'를 오노부에게 연상시켰다. 그런 농밀한 애정 행각을 상징하는 요염한 연극 장면을 얼핏 떠올린 그녀는 그것과 사뭇 인연이 먼, 남이 입었던 헌 외투를 얻기 위해 자기 앞에 앉아 있는 고바야시를 보고 미소를 지었다.

"도피하신다면 둘이서 하시면 더욱 좋겠네요."

"누구랑 말입니까?"

"그거야 정해져 있지요. 부인 말고는 데리고 가실 분이 아무도 없잖아요."

"허어."

고바야시는 이 말을 하고 다소곳해졌다. 그 태도가 오노부의 예상을 완전히 빗나가서 그녀는 약간 놀랐다. 그리고 오히려 예상 밖으로 우스꽝스러웠다. 하지만 고바야시는 진지했다. 그는 잠시 뜸을 들인 뒤 혼잣말처럼 묘한 말을 꺼냈다.

"저도 멀리 조선까지 같이 낙향할 진실한 여자가 있다면 이렇게 이상한 인간이 되지 않았을지 모릅니다. 솔직히 말하면 나는 아내만 없는 게 아니에요. 아무것도 없습니다. 부모님도, 친구도 없어요. 말하자면 세상이 없습니다. 더 넓게 말하면 사람이 없다고 말해야 할까요."

오노부는 태어나고 이런 사람을 처음으로 만난 느낌이 들었다. 아직 누구에게도 이런 말을 들어본 적이 없는 그녀는 그 표면상의 의미를 짐작하는 것조차 어려움을 느꼈다. 상대방을 어떻게 다루어야 좋을지 전혀 갈피가 잡히지 않았다. 그러자 고바야시의 태도는 더욱 감회를 자아내기 시작했다.

"부인, 저한테는 하나뿐인 여동생이 있습니다. 아무것도 없는 저에게 그 여동생은 대단히 소중한 존재이지요. 보통 사람이 상상할 수 없을 만큼 소중한 존재입니다. 그래도 저는 그 여동생을 두고 가야 합니다. 여동생은 제가 어디를 가든 따라오려고 하지만 저는 여동생을 도저히 데리고 갈 수 없습니다. 둘이 함께 있는 것보다는 따로 떨어져 있는 것이 더 안전하기 때문입니다. 남에게 살해될 위험이 더 적기 때문입니다."

오노부는 약간 기분이 상했다. 빨리 돌아오기를 바라는 오토키는 아직껏 보이지 않았다. 별수 없이 그녀는 화제를 바꾸어 이 압박에서 벗어나려고 시도해보았다. 그녀는 이내 성공했다. 하지만 그것 때문에 그녀는 또 뜻하지 않은 결과를 맞았다.

83

특수한 상황 속에서 생긴 이때의 문답은 우선 오노부의 말에서 비롯했다.

"그런데 당신이 말씀하신 것이 사실이에요?"

고바야시는 생각했던 대로 침통한 듯한 지금까지의 태도를 재빨리 바꿨다. 그러고는 오노부의 의도대로 그쪽에서 반문해왔다.

"뭐가요? 지금 내가 말한 것 말입니까?"

"아니요, 그런 게 아니라."

오노부는 교묘하게 상대방을 옆길로 끌고 갔다.

"당신이 조금 전에 말씀하셨지요? 요즘 쓰다가 아주 변했다고."

고바야시는 원래의 화제로 되돌아오지 않을 수 없었다.

"예, 말했습니다. 그게 틀림없으니까 그렇게 말한 겁니다."

"정말로 쓰다가 그렇게 변했나요?"

"예, 변했습니다."

오노부는 납득이 가지 않는 얼굴로 고바야시를 쳐다보았다. 고바야시 역시 뭔가 증거라도 손에 쥐고 있는 듯한 모습으로 오노부를 바라보았다. 두 사람이 잠시 얼굴을 마주 보고 있는 동안 고바야시의 입가에는 시종 엷은 웃음기가 감돌고 있었다. 하지만 그것은 끝내 제대로 웃을 기회를 얻지 못하고 사라졌다. 오노부가 고바야시 따위의 농락에 놀아날 자신이 아니라는 태도를 보인 것이다.

"부인, 당신도 대강 눈치챘을 것 아닙니까?"

이번에는 고바야시가 이렇게 말하며 오노부를 압박해왔다. 오노부는 그것을 분명히 알고 있었다. 하지만 그녀가 알고 있는 남편의 변화는 전혀 다른 것이었다. 고바야시가 생각하고 있는 적어도 그가 입에 올리고 있는 변화와는 전적으로 상반되는 경향을 띠고 있었다. 쓰다와 결혼하고 나서 처음에는 어슴푸레하게 보이던 것이 점점 또렷해지고 있는 그 변화는 대단히 식별하기 어려운 경계선을 살금살금 움직여가는 미묘한 것이었다. 아무리 예민한 관찰자가 밖에서 들여다보아도 도저히 알 수 없는 성질의 것이었다. 그리고 그것은 그녀의 비밀이었다. 사랑하는 사람이 자기를 떠나가려고 하는 예측불허의 변화 아니면 전부터 떠나가 있었다는 슬픈 사실을 이제 와서 조금씩 인정하기 시작했다는 심경의 변화. 그것을 왜 고바야시 따위에게 알리겠는가.

"전혀 모르겠네요. 어디 달라진 데가 있습니까?"

고바야시는 큰소리로 웃었다.

"부인은 시치미를 잘 떼시니까, 저 같은 건 도저히 당해낼 수가 없어요."

"시치미를 잘 떼시는 건 당신이 아닙니까."

"예, 뭐 그렇다면 그렇게 해두지요. …… 하지만 부인은 그런 대단한 수완을 갖고 계시는군요. 이제 알겠습니다. 그래서 쓰다 군이 그렇게 변했구나. 어쩐지 이상하다고 생각했지."

오노부는 의식적으로 상대하지 않았다. 그렇다고 별로 성가신 표정도 짓지 않았다. 애교를 보였다 한들 괜찮다는 듯한 태도를 보였다. 고바야시는 한 발 더 앞으로 나갔다.

"후지이 씨 댁에서도 모두 놀라고 있어요."

"뭘요?"

후지이라는 말이 귀에 들어오자, 오노부의 자그마한 눈동자가 금세 상대방을 향했다. 뭔가를 끌어내려는 꿍꿍이가 있다는 것을 알면서도 그녀는 그만 이렇게 되묻지 않을 수 없었다.

"당신의 수완이요. 쓰다 군을 손안에 쥐고 쥐락펴락하는 당신의 절묘한 수완 말입니다."

고바야시의 말은 너무 노골적이었다. 그러나 노골적인 그는 일부러 반은 애교 삼아 그것을 오노부 앞에서 피력하는 것 같았다. 오노부는 퉁명스럽게 대답했다.

"그런가요? 저한테 그만한 힘이 있나요? 저는 모르겠지만 작은아버님이나 작은어머님이 그렇게 말씀하신다면 아마 정말이겠지요."

"정말이고말고요. 제가 봐도, 누가 봐도 정말이니까 어쩔 수 없잖습니까?"

"고맙습니다."

오노부는 자못 경멸스러운 투로 인사말을 던졌다. 그 인사 속에 담긴 쓸쓸한 울림은 고바야시에게는 전혀 예상 밖인 것 같았다. 그는 즉시 그녀를 달래는 가락으로 말했다.

"부인은 결혼 전의 쓰다를 모르시니까, 그래서 자신이 쓰다 군한테 끼친 영향을 자각하지 못하고 계십니다만, ……."

"전 결혼 전부터 쓰다를 알고 있었어요."

"하지만 그 전은 모르시겠지요."

"당연하죠."

"그런데 저는 그 전을 잘 알고 있거든요."

이야기는 이런 식으로 마침내 쓰다의 과거로 거슬러 갔다.

84

자기가 모르는 남편의 영역으로 파고들어 가는 것은 오노부에게 더

없는 흥미임이 틀림없었다. 그녀는 기꺼이 고바야시의 대화에 귀를 기울이려고 했다. 그런데 막상 들으려고 하자 고바야시는 결코 가닥을 잡을 만한 말을 호락호락 꺼내지 않았다. 말을 해도 중요한 대목은 일부러 건너뛰었다. 예를 들면, 둘이 한밤중에 경비 경찰에게 잡혔을 때의 광경은 언급하면서도 그렇게 되기까지 그들이 어디서 밤을 보냈는가에 이르면 그는 고의로 얼버무리며 말하지 않는 식이었다. 그것을 물으면 의미심장하게 씩 웃어보일 뿐이었다. 오노부는 그가 일부러 이런 식으로 자기를 애태우려는 것은 아닐까 하는 생각마저 들었다.

오노부는 평소 고바야시를 가볍게 보고 있었다. 반은 남편의 평가를 기준으로, 반은 자신의 직각을 확신해서 이루어진 이 경멸의 이면에는 아직 누구에게도 밝히지 않은 큰 근본 요소가 있었다. 그것은 단지 고바야시가 가난하다는 사실이었다. 그에게 지위가 없다는 점이었다. 팔리지도 않는 잡지의 편집, 그런 것이 그녀의 눈에 건실한 직업으로 들어올 리 없었다. 그녀가 본 고바야시는 항상 부랑자 같은 얼굴로 세상을 기웃거리고 있었다. 떠돌이의 푸념을 흘리고, 남이 싫어하는 짓을 골라서 하며 여기저기를 갈팡질팡 허우적거리고 있을 뿐이었다.

그러나 이런 종류의 경멸에 어느 정도의 불안은 언제나 따르기 마련이었다. 더욱이 그런 계층에 익숙하지 않은 여자 게다가 경험이 부족한 젊은 여자에게는 말할 나위도 없었다. 적어도 고바야시 앞에 앉은 오노부는 그렇게 느꼈다. 그녀는 여태까지 고바야시만큼 가난한 사람을 만나보지 않았다고 할 수는 없었다. 그러나 오카모토 집에 드나드는 사람들은 모두 그 분수를 알고 있었다. 신분에는 등급이 있다고 받아들였고 모두 자신에게 허용된 범위 안에서만 행동했다. 그녀는 여태까지 고바야시처럼 뻔뻔스러운 인간과 만난 적이 없었다. 그처럼 무람 없이 자기에게 나오는 사람, 돈도 지위도 없는 주제에 그처럼 큰소 리를 치는 사람, 그처럼 함부로 상류 사회에 욕을 퍼붓는 사람은 결코 만난 적이 없었다.

오노부는 갑자기 깨달았다.

'내가 지금 상대하고 있는 사람은 평소 생각했던 바보가 아니라 어 쩌면 닳고 닳아서 다루기 힘든 상대가 아닐까?'

경멸 뒤에 숨어 있는, 왠지 종잡을 수 없는 의구심이 강력하게 뇌리 를 파고들자 오노부는 갑자기 심각해졌다. 그러자 고바야시는 그것을 다 안다는 것인지 또는 그런 것에는 전혀 개의치 않는다는 것인지 아 하하 하고 웃음을 터트리기 시작했다.

"부인, 아직 여러 가지가 남아 있어요. 당신이 알고 싶어 하는 것이 요."

"그런가요? 오늘은 뭐 이걸로 충분하겠지요. 한꺼번에 들으면 앞으 로의 즐거움이 없어질 테니까요."

"그렇군요, 그럼 오늘은 이 정도로 끝낼까요? 너무 부인 속을 태워 히스테리라도 일으키면 나중에 내 책임이라고 쓰다 군한테 원망 들을 게 뻔하니까요."

오노부는 뒤를 돌아보았다. 뒤는 벽이었다. 그래도 그녀는 차노마에 가까운 쪽에서 기척을 들으려고 신경을 곤두세웠다. 그렇지만 부엌문 쪽은 변함없이 적요했다. 이미 돌아왔어야 할 오토키는 아직도 감감소 식이었다.

"무슨 일일까요?"

"뭐, 금방 돌아오겠지요. 미아가 될 염려는 없으니까 걱정하지 마세요."

고바야시는 꿈쩍도 하지 않았다. 오노부는 할 수 없이 새 차를 넣어 오겠다는 구실로 자리에서 일어서려 했다. 고바야시는 그것조차 가로 막았다.

"부인, 시간이 있으면 심심풀이로 얼마든지 좀 전의 이야기를 계속할 수 있어요. 말해서 깨지나, 가만있다가 깨지나 어차피 나 같은 식충이한테는 마찬가지니까 조금도 사양하지 마세요. 어떠세요, 쓰다 군한테는 그래도 아직 당신한테 털어놓지 않는 서먹서먹한 데가 많이 있지요?"

"있을지도 모르겠네요."

"그렇게 보여도 좀처럼 담박하지 않으니까요."

오노부는 깜짝 놀랐다. 속으로 고바야시의 비난을 수긍하지 않을 수 없었던 그녀는 그것이 들어맞았기에 더욱 감정이 상했다. 자신의 입장을 전혀 고려하지 않는 무례하기 짝이 없는 남자라고 생각하며 고바야시를 쳐다보았다. 고바야시는 태연히 앞말을 되풀이했다.

"부인이 모르는 게 아직 많이 있습니다."

"있어도 좋지 않나요?"

"아니요, 실은 당신이 알고 싶어 하는 게 아직 많이 있다고요."

"있어도 괜찮아요."

"그럼 당신이 알아야 할 것이 아직 많이 있다고 바꿔 말하면 어떨까요. 그래도 괜찮겠습니까?"

"네, 괜찮아요."

85

고바야시의 얼굴에는 빈정거림이 넘쳤다. 앞으로 나가든, 뒤로 물러서든 자신이 승기를 잡았다는 표정이 역력했다. 그는 그 순간의 우월감을 영원히 연장하여 언제까지나 그렇게 살고 싶어 하는 기색마저 보였다.

'어쩌면 이렇게 비열한 남자가 다 있을까.'

오노부는 속으로 이렇게 생각했다. 그러고는 잠시 그와 빤히 눈씨름을 했다. 그러자 고바야시가 또 입을 열었다.

"부인, 쓰다 군이 변한 증거로 반드시 당신한테 들려줄 게 있습니다만, 너무 겁을 내시는 것 같아 그건 나중으로 돌리고 그 반대쪽, 그러니까 쓰다 군이 전혀 바뀌지 않은 곳을 약간 참고삼아 말씀드리겠습니다. 이건 싫다고 하셔도 제가 꼭 부인한테 들려드리고 싶은 말입니다. ……어떻습니까. 들어주시겠습니까?"

오노부는 냉연하게 "그러시죠, 당신 마음대로"라고 대답했다. 고바야시는 고맙다면서 웃음을 띠었다.

"저는 옛날부터 쓰다 군에게 경멸을 당했습니다. 지금도 쓰다 군에게 경멸당하고 있습니다. 아까부터 말했듯이 쓰다 군은 아주 많이 변했습니다. 하지만 나에 대한 쓰다 군의 경멸 하나만은 옛날이나 지금이나 마찬가지입니다. 추호도 변하지 않았습니다. 이것만은 아무리 영특한 부인의 감화력으로도 손쓸 재간이 없을 듯합니다. 하긴 당신들이 보면 지극히 당연한 이치에 불과하겠지만요."

고바야시는 거기에서 말을 끊고 조금 난감해하며 웃고 있는 오노부의 얼굴을 들여다보았다. 그러고는 또 말을 이어갔다.

"아니 뭐, 바꿔달라고 하는 의미는 아닙니다. 그 점에 관해서 부인의 도움을 삼가 청할 마음은 털끝만큼도 없으니까 안심하세요. 솔직히 말하면 난 쓰다 군한테만 경멸당하는 사람이 아닙니다. 누구한테나 경멸당하는 사람이에요. 별 볼 일 없는 여자까지 업신여기니까요. 있는 그대로 말하면 세상 전체가 몰려들어 나를 경멸합니다."

고바야시의 눈은 움직이지 않았다. 오노부는 어떤 말도 할 수 없었다.

"어머!"

"이건 사실입니다. 실제로 부인도 그걸 속으로 인정하고 계시지 않습니까."

"그럴 리가요."

"그거야 말로는 그렇게 말씀하셔야겠지요."

"당신도 상당히 비뚤어지셨네요."

"예, 비뚤어져 있을지 모릅니다. 비뚤어지든, 비뚤어지지 않든 사실은 사실이니까. 하지만 그건 아무래도 좋아요. 처음부터 쓸모없이 태어난 것이 잘못이니까, 아무리 경멸당해도 어쩔 수 없지요. 누구를 원망하겠습니까? 하지만 당신은 세상에서 줄곧 그렇게 취급되는 인간의 심정을 아십니까?"

고바야시는 한참 동안 오노부의 얼굴을 보며 대답을 기다렸다. 오노부는 아무 말도 할 수 없었다. 전혀 동정심이 일어나지 않는 상대의 심정, 그것이 자신과 무슨 관계가 있단 말인가. 자신에게는 또 생각해야 할 문제가 있었다. 그녀는 고바야시를 위해서 상상의 날개를 펼칠 기분이 전혀 들지 않았다. 그 모습을 본 고바야시는 또 "부인" 하고 말을 꺼냈다.

"저는 사람들이 저를 싫어하게 하려고 삽니다. 일부러 남이 싫어할 만한 말이나 행동을 골라서 합니다. 그렇게라도 하지 않으면 괴로워서 견딜 수 없습니다. 살아갈 수가 없습니다. 내 존재감을 사람들에게 인지시킬 수가 없습니다. 전 쓸모없는 놈입니다. 아무리 사람들에게 경멸당해도 뜻대로 앙갚음할 수도 없는 놈입니다. 달리 방법이 없어서 하다못해 남에게 미움이라도 받으려고 생각합니다. 그게 제 바람입니다."

오노부 앞에 완전히 별천지에 태어난 사람의 심리 상태가 그려졌다. 누구에게나 사랑받고 싶다, 또 누구에게나 사랑받도록 개조하고 말겠다, 특히 남편에게는 꼭 그렇게 해야 한다는 것이 그녀의 생각이었다. 그리고 그것은 예외 없이 세상의 누구에게나 해당되며 추호도 어긋나지 않는 것이라고 그녀는 처음부터 굳게 믿고 있었다.

"깜짝 놀라셨지요? 부인은 아직 그런 사람과 만난 적이 없을 테니까요. 세상엔 별별 사람이 다 있습니다."

고바야시는 다소 기분이 후련한 듯한 얼굴을 했다.

"부인은 아까부터 저를 싫어하고 있습니다. 왜 빨리 안 가나, 왜 빨리 안 가나 하고 있지요. 그런데 무슨 일인지 하녀가 돌아오지 않아서 어쩔 수 없이 저를 상대하고 있지요. ……그걸 저는 분명히 알고 있어요. 하지만 부인은 단지 저를 싫은 놈이라고 생각할 뿐, 왜 제가 이렇게 싫은 놈이 되었는지 그 원인은 모릅니다. 그래서 제가 그걸 좀 설명해드린 겁니다. 저도 설마 태어나면서부터 이런 놈은 아니었을 거라고요, 잘은 모르겠지만."

고바야시는 또 큰소리로 웃어 젖혔다.

86

오노부의 마음은 이 이상한 사내 앞에서 자꾸 어수선해졌다. 첫째는 이해가 되지 않았다. 둘째는 동정심이 일어나지 않았다. 셋째는 그의 진정성이 의심스러웠다. 반항, 두려움, 경멸, 의심, 어리석음, 증오, 호기심, ……그녀의 마음속에서 어지럽게 교차한 갖가지 생각은 결코 한 가닥으로 정리되지 않았다. 따라서 오로지 그녀를 불안하게 할 뿐이었다. 그녀는 결국 물었다.

"그럼 당신은 저를 괴롭히려고 일부러 여기에 오셨다고 밝히신 거군요."

"아니, 목적은 그게 아닙니다. 목적은 외투를 받으러 온 겁니다."

"그럼 외투를 받으러 온 김에 저를 괴롭히려고 했다는 말씀이시군요."

"아니 그렇지 않습니다. 저는 이래 봬도 인위적이 아닌, 자연 그대로니까요. 부인보다 훨씬 기교가 적다고 생각하는데요."

"그런 건 아무래도 좋아요. 묻는 말에 분명히 대답해주세요."

"그러니까 저는 자연 그대로라고 말하지 않습니까. 자연 그대로의 상태가 결과적으로 부인이 저를 싫어하게 만들었을 뿐입니다."

"다시 말해 그것이 당신의 목적이겠지요."

"목적이 아닙니다. 하지만 소망일지는 몰라요."

"목적과 소망이 어디가 다르지요?"

"다르지 않습니까?"

오노부의 작은 눈에서 증오의 빛이 어른거렸다. 여자라고 조롱하지 말라고 하는 기색이 눈동자 속에 생생히 깃들었다.

"화내시면 안 됩니다"라고 고바야시가 말했다.

"저는 저의 좁은 소견으로 원수를 갚지는 않는다는 뜻을 부인께 설명해드린 것뿐입니다. 천명이 이런 인간이 되어 남을 괴롭히라고 명령하므로 어쩔 수 없다고 이해해주셨으면 해서 일부러 그렇게 말한 것입니다. 저는 저에게 나쁜 목적이 전혀 없다는 걸 부인께 인정받고 싶습니다. 저 자신은 처음부터 별다른 의도가 없었다는 걸 알아주셨으면 합니다. 하지만 천명에는 목적이 있을지도 모르겠습니다. 그리고 그 목적이 나를 움직이고 있을지도 모르겠습니다. 그것에 따라 움직이는 것이 또 저의 소망일지도 모르겠습니다."

고바야시가 하는 이야기의 갈래는 너무 얽히고설켜 있었다. 오노부는 고바야시가 설파하는 논리의 빈틈을 파고들 만큼 머리가 단련되어 있지 않았다. 그렇다고 무조건 받아들여도 되는지, 안 되는지를 구별할 만큼 분별력을 지닌 두뇌도 갖고 있지 않았다. 그러나 그녀는 상대가 토해내는 논의의 요점을 파악할 만한 재기는 충분히 갖추고 있었다. 그녀는 얼른 고바야시의 생각을 한마디로 정리해줬다.

"그럼 당신은 남이 얼마든지 괴로워해도 거기에 대한 책임은 절대 지지 않겠다는 거군요."

"예, 그겁니다. 그게 저의 요점입니다."

"그런 비겁한……."

"비겁한 게 아닙니다. 책임이 없는 곳에 비겁함이란 없습니다."

"있고말고요. 우선 제가 당신한테 무슨 나쁜 짓을 한 기억이 있나요? 일단 그것부터 물을 테니까 말씀해보세요."

"부인, 저는 세상에서 떠돌이 부랑자 취급을 받는 인간입니다."

"그게 저랑 쓰다에게 무슨 관계가 있어요?"

고바야시는 기다리고 있었다는 듯 금방 웃기 시작했다.

"당신들 쪽에서 보면 아마 없겠지요. 하지만 제 쪽에서 보면 지나칠 정도로 많습니다."

"왜죠?"

고바야시는 갑자기 입을 다물었다. 그 의미는 숙제로 삼아 스스로 잘 생각해보면 좋을 거라는 태도였다. 그는 말없이 담배를 피우기 시작했다. 오노부는 한층 더 기분이 상했다. 그만 적당히 돌아가 달라고 사정하고 싶었다. 더불어 고바야시가 말한 의미도 충분히 밝혀내고 싶었다. 그것을 꿰뚫어 보고 일부러 대수롭지 않은 듯 진드근한 고바야시의 태도에 또 부아가 났다. 그때 조금 전부터 목을 빼고 기다리던 오토키가 그제야 돌아왔기 때문에 오노부의 꺼림한 감정은 적당히 표현할 기회가 오기도 전에 사그라졌다.

87

오토키는 툇마루에 앉아 바깥에서 미닫이문을 열었다.

"다녀왔습니다. 많이 늦었습니다. 전차로 병원까지 다녀오느라고요."

오노부는 약간 짜증스러운 얼굴로 오토키를 바라봤다.

"그럼, 전화는 안 걸었니?"

"아뇨, 걸었어요."

"걸어도 연결되지 않았단 말이니?"

문답을 거듭하는 동안에 오노부는 오토키가 병원에 간 사연을 겨우 파악할 수 있었다. ……처음에 연결되지 않던 전화가 나중에 겨우 이뤄진 것까지는 좋았지만 중요한 용무를 끝낼 수 없었다. 간호사를 불러 용무를 전해달라고 하고 싶었지만 그것조차 오토키의 뜻대로 되지 않았다. 사무원인지 조제실 직원인지 하는 사람이 나와 무엇인가 말했는데 그것이 또 도무지 요령부득이었다. 무엇보다 언어가 불분명했다. 그리고 분명하게 들린 말도 조리가 맞지 않는 말투성이였다. 요컨대 그 남자가 오토키의 용무를 쓰다에게 전해주지 않은 것 같아서 그녀는 마침내 포기하고 전화 부스에서 나와버렸다. 그러나 용무를 끝내지 않고 집으로 돌아갈 수는 없었기에 그길로 곧장 전차를 타고 병원으로 향했다.

"일단 돌아와서 여쭤보려고 했지만 일없이 시간만 걸릴 테고 또 이렇게 손님이 기다리고 계시는 것도 알고 있어서요."

오토키의 말은 지당했다. 오노부는 고마워해야 할 판이었다. 그러나 그 때문에 고바야시에게 실컷 불쾌한 꼴을 당한 것을 생각하면 눈치껏 행동한 하녀가 오히려 원망스럽기도 했다.

그녀는 일어나서 차노마로 들어갔다. 얼른 거기에 놓여 있는 구리 손잡이가 번쩍이는 장롱의 맨 밑 서랍을 열었다. 그리고 그 밑에서 문제의 외투를 꺼내 고바야시 앞에 놓았다.

"이거지요?"

"예"라고 말한 고바야시는 즉시 외투를 손에 들고 물건을 살피는 헌옷 장수 같은 눈으로 그것을 뒤집어보았다.

"생각보다 상당히 더럽네요."

'당신한텐 그것도 과분하다'라는 말이 목구멍까지 치솟은 오노부는 아무 대답도 하지 않고 외투를 바라보기만 했다. 외투는 고바야시가 말한 대로 색이 살짝 바래 있었다. 깃을 뒤집어 빛에 바래지지 않은 곳을 다른 부분과 비교해보니 그게 더욱 두드러졌다.

"어차피 그냥 얻는 거니까, 그런 호강스러운 말을 할 처지는 아니지만요."

"마음에 드시지 않으면 뭐, 거리끼지 마시고……."

"두고 가라는 말씀입니까?"

"예."

고바야시는 여전히 외투를 손에서 놓지 않았다. 오노부는 통쾌한 기분이 들었다.

"부인, 여기서 좀 입어도 좋을까요?"

"예, 예."

오노부는 싫다고 말하고 싶었지만 일부러 그렇게 대답했다. 그리고 꽉 끼이는 소매에 버르적거리듯 손을 넣는 고바야시를, 앉은 채 야유하는 눈으로 바라보았다.

"어떻습니까?"

고바야시는 이렇게 말하며 등을 오노부 쪽으로 돌렸다. 접힌 자리가 흉물스럽게 주름진 것이 오노부의 눈에 들어왔다. 다림질하라고 말해야 할 것을 그녀는 또 거꾸로 말했다.

"아주 좋은데요."

그녀는 자기 곁에 아무도 없기 때문에 일껏 눈앞에 전개된 우스꽝스러운 뒷모습을 눈과 눈을 마주치며 웃어줄 수 없는 것이 못내 아쉬웠다.

그러자 고바야시가 다시 등을 빙 돌려 외투를 입은 채 오노부 앞에 털썩 책상다리를 하고 앉았다.

"부인, 인간은 아무리 이상한 옷을 입고 사람들한테 비웃음을 받아도 살아 있는 게 좋습니다."

"그런가요?"

오노부는 얼른 입을 꼭 다물었다.

"부인처럼 고생해본 적이 없는 분은 아직 그 의미를 모르실 테지만요."

"그런가요? 전 살아서 사람들한테 비웃음을 살 바에는 죽는 편이 더 낫다고 생각합니다."

고바야시는 아무 대꾸가 없었다. 그러더니 갑자기 말했다.

"고맙습니다. 덕분에 올겨울도 날 수 있겠습니다."

그가 일어났다. 오노부도 일어났다. 그러나 두 사람이 앞뒤로 방을 나와 툇마루로 나가려 할 때 고바야시가 갑자기 뒤를 돌아보았다.

"부인, 그런 생각을 하고 계시다면 아무쪼록 조심해서 사람들한테 비웃음을 사지 않도록 해야 할 겁니다."

88

두 사람의 얼굴이 맞닿을 만큼 가까워졌다. 오노부가 앞으로 나가려 하는 순간 고바야시가 뒤를 돌아보는 바람에 둘은 거기서 갑자기 움직임을 멈추어야 했다. 두 사람은 발을 딱 멈췄다. 그리고 얼굴을 맞닥뜨렸다. 아니, 오히려 눈과 눈을 마주쳤다고 하는 편이 맞았다.

그때 고바야시의 짙은 눈썹이 유난히 오노부의 시각을 자극했다. 밑에 있는 검은 눈동자가 꼼짝하지 않고 그녀에게 고정된 채 움직이지 않았다. 그것이 무엇을 말하고 있는지는 이쪽의 재량으로 짐작할 수밖에 방법이 없었다. 오노부가 입을 열었다.

"쓸데없는 말씀이네요. 당신한테 그런 주의를 받을 필요는 없습니다."

"주의를 받을 필요가 없는 게 아니겠지요. 아마 주의를 받을 만한 기억이 없다고 말씀하신 거겠지요. 그거야 당신은 원래 훌륭한 귀부인임이 틀림없을지 모르겠습니다. 그러나……."

"이제 됐습니다. 빨리 돌아가주세요."

고바야시는 응하지 않았다. 지척에서 문답이 오갔다.

"하지만 제가 말하는 건 쓰다 군의 일입니다."

"쓰다가 뭘 어쨌다는 거죠? 저는 귀부인이지만 쓰다는 신사가 아니라고 말씀하시는 건가요?"

"저는 신사가 어떤 건지 전혀 모릅니다. 무엇보다도 그런 계급이 세상에 존재하는 것을 인정하지 않습니다."

"인정하든 말든 그건 당신 마음대로예요. 하지만 쓰다가 어쨌다는 거죠?"

"듣고 싶습니까?"

번개처럼 날카로운 번득임이 그녀의 가느다란 눈에서 내뿜어졌다.

"쓰다는 제 남편입니다."

"그렇습니다. 그러니까 듣고 싶겠지요."

오노부는 이를 깨물었다.

"빨리 돌아가주세요."

"예, 갑니다. 지금 가려는 참이에요."

고바야시는 이렇게 말하며 얼른 돌아섰다. 현관 쪽으로 가려고 툇마루에서 두 걸음 정도 오노부에게서 떨어졌다. 그 뒷모습을 보고 참을 수 없게 된 오노부는 다시 그를 불러 세웠다.

"잠시만요."

"무슨 일입니까?"

고바야시는 느릿느릿 멈춰 섰다. 그리고 소매가 너무 긴 낡은 외투를 입은 양손을 앞쪽으로 내밀고, 풍자만화를 닮은 자신의 모습을 감상이라도 하듯이 둘러본 뒤 히죽거리며 오노부를 바라보았다. 오노부의 목소리는 더욱 날카로워졌다.

"왜 아무 말 없이 그냥 돌아가세요?"

"고맙다는 말은 아까 했는데요."

"외투가 아니에요."

고바야시는 속이 빤히 들여다보이는 얼굴을 지었다. 글쎄, 하고 생각하는 몸짓까지 꾸몄다. 오노부는 힐난했다.

"당신은 제 앞에서 설명할 의무가 있습니다."

"뭘 말입니까?"

"쓰다에 관해서요. 쓰다는 제 남편입니다. 아내 앞에서 남편의 인격을 의심하는 듯한 말을 에둘러서라도 한 이상 그걸 속 시원히 설명하는 게 당신의 의무가 아닙니까?"

"아니면 그걸 취소해야겠지요. 저는 의무나 책임 같은 것은 별로 느끼지 않는 사람이니까 당신의 요구대로 설명하는 건 곤란할지 모르지만, 동시에 수치를 수치로 생각지 않는 사내로서 일단 말한 걸 취소하는 것쯤이야 식은 죽 먹기예요. 그럼 쓰다 군에 관한 실언은 취소하겠습니다. 그리고 당신한테 사과합니다. 그러면 됐지요?"

오노부는 잠자코 아무 대답도 하지 않았다. 고바야시는 그녀 앞에 자세를 곧추세웠다.

"여기에 다시 한 번 언명하겠습니다. 쓰다 군은 훌륭한 인격을 갖춘 사람입니다. 신사입니다. 만약 사회에 그런 특별한 계급이 존재한다고 한다면요."

오노부는 여전히 눈을 아래로 깐 채 입을 열지 않았다. 고바야시는 말을 계속했다.

"저는 조금 전 부인에게 사람들한테 비웃음을 사지 않도록 조심해야 한다는 주의를 주었습니다. 부인은 내 주의 따위는 받을 필요가 없다고 하셨습니다. 그래서 저도 더 해야 할 말을 그만뒀습니다. 생각해보니 이것도 제 실언이었습니다. 겸해서 취소하겠습니다. 그 밖에 부인을 속상하게 한 일이 있다면 전부 취소하겠습니다. 모두 제 잘못입니다."

고바야시는 이렇게 말한 뒤 댓돌 위에 가지런히 놓인 신발을 신었다. 그러고는 현관문을 열고 밖으로 나가려다 말고 다시 뒤를 돌아보더니 "부인, 안녕히 계세요"라고 말했다.

가벼운 묵례를 한 오노부는 그곳에서 한참 동안 멍하니 서 있었다. 그러다가 갑자기 이층 계단을 뛰어 올라가 쓰다의 책상 앞에 앉자마자 그 위에 엎드려 흐느꼈다.

89

다행히 오토키가 올라오지 않아 오노부는 거리낌 없이 그 자리에서 마음껏 울 수 있었다. 그녀는 남에게 얼굴을 보이지 않고 실컷 울었다. 그녀가 후련할 때까지 다 울자 눈물이 저절로 말랐다.

젖은 손수건을 소맷자락 속에 뭉쳐 넣은 그녀는 느닷없이 책상 서랍을 열었다. 서랍은 두 개였다. 그러나 그것을 차례대로 뒤진 그녀의 눈에는 특별히 새로운 것이 눈에 뜨이지 않았다. 그도 그럴 것이었다. 그녀는 쓰다가 병원에 갈 적에 그에게 필요한 물건을 찾느라 이삼일 전에도 이미 서랍을 열어봤었다. 그녀는 남아 있는 편지 봉투라든지 잣대, 회비 영수증 같은 것을 보고 그것을 다시 하나하나 꼼꼼하게 정리했다. 파나마모자, 밀짚모자 등 갖가지 모자를 석판으로 인쇄한 광고용 소책자가 둘이서 긴자에 쇼핑하러 갔던 초여름의 저녁을 떠올리게 했다. 그때 여름 모자를 사러 들른 가게에서 쓰다가 받아온 이 소책자에는 새빨갛게 핀 히비야 공원의 진달래라든지 가스미가세키의 관공 시설이 보이는 큰길 한쪽에 희미한 그림자를 드리운 키 큰 버드나무 등이 털어버리기 어려운 과거의 냄새처럼 연상 속에 따라다녔다. 오노부는 그것을 펼쳐 든 채 한참 동안 꼼짝 않고 생각에 잠겼다. 그리고 갑자기 작심한 듯 책상 서랍을 탁 닫았다.

책상 옆에는 직선이 많은 양식으로[20세기 초, 프랑스에서 일어난 신예술 누보(nouveau) 식을 일컫는다. 같은 굵기의 단조로운 선을 많이 이용한 도안 양식이다] 만들어진 책장이 있었다. 거기에도 서랍 두 개가 붙어 있었다. 책상을 포기한 오노부는 즉시 책장으로 향했다. 그러나 그것은 열려고 손을 대자마자 양쪽 다 아무 저항 없이 스르르 빠져나와 오노부는 서랍 속을 살피기도 전에 실망했다. 이렇게 허술한 곳에 찾고자 하는 비밀이 있을 리 없었다. 그녀는 부질없이 낡은 노트를 뒤적였다. 그것을 하나하나 살핀다는 것은 큰일이었다. 읽는다고 해도 자기가 알려고 하는 것이 그런 노트 속에 숨어 있으리라곤 상상할 수 없었다. 그녀는 주의 깊은 남편의 성격을 잘 알고 있었다. 자물쇠를 채우지 않고 비밀을 거기에 내던져두기에는 너무 치밀한 것이 그의 천성이었다.

오노부는 책장을 열어 자물쇠를 채워둔 것이 어디 없을까, 하는 눈초리를 했다. 하지만 안에는 아무것도 없었다. 위에는 살풍경한 잡동사니가 뒤죽박죽 쌓여 있을 뿐이었다. 아래에도 그 비슷한 것들로 가득 차 있었다.

다시 책상 앞으로 돌아온 오노부는 그 위에 놓여 있는 편지꽂이 안에서 쓰다 앞으로 온 편지를 뽑아 들고 일일이 살피기 시작했다. 그녀는 그런 곳에 의심 살 만한 것이 떨어져 있을 리 없다고 생각했다. 그러나 제일 처음 눈에 띄었으나 손 하나 대지 않았던 몇 통의 서신은 역시 마지막으로 읽어야 한다는 듯이 그녀를 유혹하며 변함없이 그 자리에 남아 있었다. 그녀는 마침내 혹시 모른다는 생각으로 그것에 손을 댔다.

봉투가 잇달아 뒤집혔다. 내용이 차례차례로 드러났다. 때로는 반의반, 때로는 반, 남은 것을 오노부는 소리 없이 모조리 훑어봤다. 그런 뒤 그녀는 그것을 원래의 순서대로 모아 제자리에 갖다 놓았다.

갑자기 그녀의 가슴에 의혹의 불길이 불타올랐다. 한 묶음의 헌 편지에 기름을 붓고 그것을 깨끗하게 뜰 한구석에서 태우고 있던 쓰다의 모습이 그녀의 눈에 생생하게 떠올랐다. 그때 쓰다는 활활 타오르는 종잇조각을 두려운 듯 대나무 막대기로 누르고 있었다. 그것은 초가을의 쌀쌀한 바람이 살 속으로 스며들 무렵의 일이었다. 어느 일요일 아침이었다. 두 사람이 마주 앉아 아침을 먹은 지 5분도 지나지 않은 사이에 일어난 광경이었다. 숟가락을 놓자 곧 이층에서 가느다란 끈으로 묶은 꾸러미를 안고 내려온 쓰다는 갑자기 부엌문 쪽에서 뜰로 돌아가더니 그 꾸러미에 불을 붙였다. 오노부가 툇마루로 나갔을 때는 두꺼운 겉싸개가 이미 타서 속에 있는 편지가 살짝 드러났을 뿐이었다. 오노부는 쓰다에게 왜 그것을 태워버리느냐고 물었다. 쓰다는 부피가 커서 처치하기 곤란한 탓이라고 대답했다. 버릴 종이라면 왜 자기들 여자가 머리를 틀어 올릴 때 활용하게 하지 않느냐고 물었더니 쓰다는 아무 말도 하지 않았다. 단지 바닥에 남은 편지를 대나무 막대기로 쿡쿡 질러댔다. 그때마다 미처 타지 못한 검은 연기가 회오리치며 막대기 끝에서 부풀어 올랐다. 회오리는 대나무의 뿌리를 감추고 대나무로 누르고 있던 편지도 가렸다. 쓰다는 연기로 이지러진 얼굴을 오노부에게 보이지 않으려고 등을 돌렸다…….

오토키가 점심을 재촉하러 올라올 때까지 오노부는 이런 것을 떠올리며 인형처럼 붙박인 채 꼼짝하지 않았다.

90

시간은 어느새 12시를 지나고 있었다. 오노부는 또 오토키의 시중을 받으며 혼자 밥상 앞에 앉았다. 그것은 쓰다가 회사에 나간 뒤 둘이 매일 반복하는 일과였다. 하지만 오늘의 오노부는 예전의 오노부가 아니었다. 그녀의 표정은 굳어 있었다. 그러면서 마음은 종잡을 수 없을 만큼 복잡했다. 조금 전 나가려고 갈아입은 옷까지 평소와 다른 외출 기분을 필요 이상으로 확인하는 매개가 됐다.

만약 지금 자신과 관계되는 문제가 오토키의 입에서 새어 나오지 않았다면 오노부는 끝내 말 한마디 없이 식사를 끝냈을지도 모른다. 솔직히 말하면 그 식사도 전혀 생각이 없었는데 오토키가 미심쩍어 할까 봐 대충 때우려고 상 앞에 앉았을 뿐이었다.

오토키도 왠지 조심스러운 듯 일부러 말을 삼가고 있었다. 그러나 오노부가 밥을 남기자 걱정스레 "어디 안 좋으세요?" 하고 물었다. 그리고 단지 "아니"라는 대답만 들은 그녀는 얼른 일어나 밥상을 치우려고 하지 않았다.

"죄송합니다."

그녀는 자신의 독단으로 병원에 간 것을 사과했다. 오노부는 또 오노부대로 그녀에게 물어보고 싶은 것이 있었다.

"아까 꽤 큰소리를 냈지? 네 방까지 들렸어?"

"아뇨."

오노부는 미심쩍은 눈초리를 오토키에게 쏟았다. 오토키는 그것을 피하듯 얼른 말했다.

"그 손님은 너무……."

그러나 오노부는 어떤 대꾸도 하지 않았다. 조용히 그다음 말을 기다릴 뿐이어서 오토키는 그 뒷말을 이어야 했다. 둘의 대화는 이를 실마리로 슬슬 풀려나갔다.

"주인어른은 몹시 놀라셨습니다. 아주 형편없는 놈이라고. 이쪽에서 가지러 오라는 말도 안 했는데 양해 한마디 구하지 않고 집사람과 직접 담판을 하다니, 그것도 내가 입원해 있는 걸 잘 알고 있으면서……, 라고."

오노부는 비웃음을 희미하게 흘렸다. 그러나 자신의 비난은 덧붙이지 않았다.

"그 밖에 다른 건 말씀하지 않으셨어?"

"외투만 주고 빨리 돌려보내라고 하셨습니다. 그리고 아주머니와 이야기하고 있더냐고 물으시길래, 이야기하고 계신다고 말씀드리니까 아주 불쾌한 얼굴을 지으셨습니다."

"그랬군. 그것뿐이었어?"

"아뇨, 무슨 이야기를 하고 있더냐고 물으셨습니다."

"그래서 넌 뭐라고 대답했니?"

"별로 대답할 게 없었으니까, 그건 모르겠다고 말씀드렸습니다."

"그랬더니?"

"그랬더니 더욱 불쾌한 얼굴을 하셨습니다. 도대체 무턱대고 방으로 들이는 것부터 잘못이라고."

"그런 말씀을 하셨어? 하지만 오랜 친구라면 할 수 없잖아."

"그래서 저도 그렇게 말씀드렸습니다. 게다가 아주머니는 때마침 옷을 갈아입고 계셔서 금방 현관으로 나갈 수 없었으니까 부득이했다고요."

"그랬더니?"

"그랬더니, 넌 원래 오카모토 씨 집에 있어서 아주머니 일이라면 뭐든지 열심히 두둔하니 기특하다고 놀리셨습니다."

오노부는 쓴웃음을 지었다.

"정말 미안해. 그것뿐이야?"

"아뇨, 또 있습니다. 고바야시가 술을 마시지 않았냐고 물으셨습니다. 저는 알아차리지 못했습니다만, 설날도 아닌데 설마 아침부터 취해서 남의 집에 오시는 분은 없으리라고 생각해서."

"안 취하셨다고 말했구나."

"예."

오노부는 아직 그 뒷이야기가 있을 거라는 낌새를 비쳤다. 오토키는 과연 이야기를 거기에서 끝내지 않았다.

"주인어른께서 집에 돌아가면 아주머니께 부디 잘 전하라고 말씀하셨습니다."

"뭘?"

"고바야시란 놈은 무슨 말을 할지 모르는 놈이다, 특히 취하면 종잡을 수 없는 사내다. 그러니까 그 녀석이 무슨 말을 해도 절대 상대하지 않는 게 좋다. 뭐, 전부 거짓말이라고 생각하면 틀림없을 거라고."

"그래?"

오노부는 더 이상 아무 말도 할 기분이 들지 않았다. 오토키는 혼자서 깔깔 웃었다.

"호리 사모님도 곁에서 웃고 계셨습니다."

오노부는 비로소 쓰다의 여동생이 오늘 아침 병문안을 온 것을 알았다.

91

오노부보다 한 살 위인 그 여동생은 벌써 두 아이의 어머니였다. 장남은 이미 4년 전에 태어났다. 단지 어머니라는 사실만이 그녀의 의식을 지배했다. 그녀의 마음은 4년 전부터 언제나 '어머니'였다. 어머니가 아닌 날은 단 하루도 없었다.

그녀의 남편은 도락가였다. 그리고 도락가에게 흔히 보이는 수더분한 성격을 지니고 있었다. 자기가 자유롭게 노는 대신 아내에게도 못마땅한 얼굴을 비치지 않았다. 그렇다고 무턱대고 애지중지하지도 않았다. 이것이 그의 오히데에 대한 태도였다. 그는 그것을 뽐내듯 우쭐거렸다. 도락의 경륜을 쌓아야 비로소 그런 경지에 도달하는 것으로 생각했다. 만약 인생관이라는 엄숙한 이름을 붙여 마땅할 것을 그가 가지고 있다고 한다면, 그것은 곧 매사를 미적지근하게 대하는 것이었다. 적당히 미소로 넘어가는 것이었다. 어떤 일에도 집착하지 않는 것이었다. 태평하게, 흐리터분하게, 담백하게, 대범하게, 선량하게 세상을 걸어가는 것이었다. 그것이 이른바 그의 풍류였다. 돈에 쪼들리지 않은 그는 지금까지 그것만으로 살아왔다. 또 어디를 가든지 부족함을 느끼지 않았다. 이 좋은 성과가 더욱 그를 낙천적으로 만들었다. 누구에게나 호감을 사고 있다는 자신감을 가진 그는 물론 오히데에게도 사랑받고 있다고 확신하고 있었다. 그리고 그것은 틀리지 않았다. 실제로 그는 오히데에게 미움받지 않고 있었다.

미모 덕으로 호리에게 시집간 오히데는 결혼하고 나서 비로소 남편의 성격을 알았다. 술독에 빠져 술로 오장육부를 씻은 것 같은 그의 정취도 차차 이해할 수 있게 되었다. 이렇게 아쉬울 것이 없는 남자가 뭐가 부족해서 꼭 자기와 결혼하고 싶다고 진지하게 말을 꺼냈을까, 하는 의심마저 자기도 모르는 사이에 사라져버렸다. 오노부만큼 끈질기지 못한 그녀는 그 의미를 깨닫기 전에 이미 아내로서의 흥미를 놓아버리고 새로 태어난 아이에게만 빛나는 눈을 쏟아붓는 어머니로 변했다.

오히데가 오노부와 다른 점은 그것만이 아니었다. 오노부의 신접살림은 부부뿐이고 시댁이나 친정이 둘 다 먼 교토에 있는 데 반해, 호리에게는 어머니가 있었다. 남동생도, 여동생도 같이 살았다. 친척 식객도 있었다. 자연히 그녀는 남편만 생각할 수는 없었다. 그중에서도 시어머니 때문에 남모르는 마음고생을 해야 했다.

미모 덕으로 시집올 만큼 겉으로 드러난 오히데는 시간이 흘러도 언제나 젊었다. 한 살 아래인 오노부와 비교해보아도 역시 젊었다. 네 살배기 아이를 가진 어머니라고는 도저히 믿을 수 없을 정도였다. 하지만 오노부와 다른 가정환경에서 과거 4~5년을 지내온 그녀는 어딘가 오노부와 다른 마음가짐을 가지고 있었다. 오노부보다 젊게 보이지 말라는 법도 없는 그녀는 어느 의미에서는 확실하게 오노부보다 늙어 있었다. 말이나 태도가 늙었다기보다 마음이 늙어 있었다. 말하자면 살림때가 묻어 있었던 것이다.

이런 살림때가 묻은 눈으로 오빠 부부를 바라보지 않을 수 없었던 오히데는 항상 그들에게 불만이 있었다. 그 불만이 무슨 일이 있기만 하면 다짜고짜로 그녀를 교토의 친정 부모님 편에 서게 했다. 하지만 그녀는 될 수 있는 한 오빠와 충돌하는 상황을 피하려고 했다. 특히 올케에게 거북한 말을 하는 것은 직접 오빠에게 들이대는 것보다 더욱 나쁘다고 생각해서 평소 조심해왔다. 그러나 속으로는 오히려 반대였다. 무엇인가 말해주는 오빠보다 아무 말도 하지 않는 오노부에게 그녀는 언제나 필요 이상의 비난을 일삼았다. 오빠가 만약 그런 화려한 것을 좋아하는 여자와 결혼하지 않았더라면, 하는 마음이 늘 가슴 저 밑에 도사리고 있었다. 그리고 그것이 자기 피붙이를 편드는 것에 불과한, 오노부를 딱한 처지로 몰아가는 비난이라는 데에는 전혀 생각이 미치지 못했다.

오히데는 자신의 입장을 잘 알고 있다고 생각했다. 오빠 부부가 경원하지는 않더라도 결코 기분 좋게 여기지 않는다는 것쯤이야 눈치채고 있었다. 그러나 자신의 태도를 바꿔보려는 생각은 그녀의 머릿속 어디에도 들어 있지 않았다. 첫째로 두 사람이 싫어하니까 더욱 고치지 않았다. 자신의 입장을 싫어하는 것이 결국 자신을 싫어하는 것과 같다는 결론에 이르기 때문에 그녀는 거기에서 반항적 고집을 보이고 싶었던 것이다. 둘째로 옳다는 양심이 움직이고 있었다. 이것은 아무리 싫어해도 오빠를 위한 것이라면 괜찮다는 주장이었다. 셋째로 오로지 화려한 것만을 좋아하는 오노부를 싫어한다는 오직 한 점에 초점을 맞췄다. 오노부보다 여유 있고 또 오노부보다 사치를 부릴 수 있는 그녀가 그 점에서 자기 형편보다 옹색한 오노부를 왜 마음에 들어 하지 않는 것일까. 그것은 오히데에게 어떤 문제도 되지 않았다. 다만 오히데에게는 시어머니가 있었다. 그리고 오노부는 남편을 제외하면 오로지 자기 자신이 주인공이었다. 그러나 오히데는 이 문제에 관련해서 그 차이조차 고려하지 않았다.

오히데가 오노부에게 쓰다의 소식을 듣고 이튿날 병원으로 병문안을 간 것은 오토키가 가기 한 시간쯤 전으로, 때마침 고바야시가 외투를 가지러 방으로 들어갔을 무렵이었다.

92

전날 밤 잠을 설친 쓰다는 그날 아침 간호사가 가져온 밥상에 가볍게 손만 댄 후, 다시 드러누워 어젯밤의 부족한 잠을 채우기 위해 무거운 눈을 감았다. 오히데가 들어온 것은 때마침 그가 들락날락 반수면 상태에 빠져드는 순간이었기 때문에 그는 문 여는 소리에 깜빡 눈을 떴다. 그리고 환자를 배려해 일부러 조심스레 문을 연 오히데와 얼굴이 마주쳤다.

이런 경우 그들은 결코 살갑게 굴지 않았다. 서로 기쁜 표정도 보이지 않았다. 그들이 볼 때 그것은 오히려 진부하기 짝이 없는 사교상의 너스레에 불과했다. 그리고 일종의 허위에 가까운 노력이기도 했다. 그들에게는 자기들 남매가 아니면 보이지 않는, 또 자기들 이외의 타인에게는 통용하기 어려운 묵계가 있었다. 어차피 서로 잘 보이려고 겉치레일 뿐인 언행으로 남들처럼 억지 호들갑을 떤다고 해서 새삼스레 잘 봐줄 것도 아니므로, 차라리 어쭙잖게 서로 속이는 수고를 생략하고 양심에 어긋나지 않는 얼굴 그대로 마주 대면하자는 무언의 약속이 다년간에 걸쳐 성립된 것이다. 그리고 그 양심에 어긋나지 않는 얼굴이란 바꿔 말하면 즉 살가움 없는 얼굴이라는 것과 같았다.

첫째, 그들은 보통의 남매로서 친한 사이였다. 그러므로 체면치레가 필요 없다는 의미에서 무덤덤한 인사가 낯설지 않았다. 둘째, 그들은 어딘가 마음이 맞지 않는 데가 있었다. 그것이 화근이 되어 서로 얼굴을 보기만 하면 부딪치기 일쑤였다.

문득 고개를 들어 오히데를 발견한 쓰다의 눈에는 바로 이런 이중의 의미에서 오는 권태와 무심으로 젖어 있었다. 그는 무엇인가를 기다리고 있었다는 듯이 일단 획 쳐든 목을 다시 베개 위에 뉘었다. 오히데는 또 오히데 대로, 거기에는 전혀 개의치 않고 말도 걸지 않은 채 대뜸 실내로 들어왔다.

그녀에게는 무엇보다 먼저 머리맡에 있는 밥상이 눈에 들어왔다. 상바닥은 지저분했다. 옆으로 넘어진 우유병 밑에 달걀 껍데기 하나가 눌려 부스러진 곁으로 잇자국이 그대로 남은 토스트가 팽개쳐져 있었다. 게다가 아직 손도 대지 않은 조각 하나가 접시 위에 그대로 있었다. 달걀도 아직 한 개가 남아 있었다.

"오빠, 이거 전부 다 먹은 거야, 아직 먹을 거야?"

실제로 쓰다의 상물림은 어느 쪽으로든 생각할 수 있을 만큼 깔끔하지 못했다.

"다 먹었어."

오히데는 눈살을 찌푸리며 상을 계단 입구 쪽으로 치웠다. 간호사가 손이 비지 않아서였는지, 이렇듯 오빠 머리맡의 너저분한 아침의 잔해는 방금 집 안을 구석구석 청소하고 나온 그녀에게 별로 보기 좋은 풍경이 아니었다.

"아이, 지저분해."

그녀는 누구 들으라는 잔소리인지 이렇게 혼잣말로 투덜대며 원래의 자리로 돌아왔다. 그러나 쓰다는 이에 대꾸하지 않았다.

"어떻게 내가 여기 있는 걸 알았어?"

"전화로 알려줬어요."

"오노부가?"

"예."

"알리지 않아도 된다고 말했는데."

이번에는 오히데가 대꾸하지 않았다.

"얼른 오려고 했는데 공교롭게도 어제는 일이 좀 있어서……."

오히데는 그렇게만 말하고 뒤를 잇지 않았다. 결혼 후 그녀는 이런 식으로 매사를 절반 정도밖에 말하지 않는 버릇이 자기도 모르는 사이에 생겼다. 경우에 따라 쓰다는 그것을 이상하게 받아들였다. '시집 간 이상 오빠라도 남이니까'라는 의미로 가끔 해석될 때가 있었다. 물론 쓰다는 자기들 부부 사이를 생각해도 거기에 무리는 없다고 이해하지 못할 만큼 꽉 막힌 머리를 가지지는 않았다. 그러기는커녕 그는 오노부도 이 여동생과 같은 태도로 남들 앞에서 행동해주기를 은연중 바랄 정도였다. 하지만 자신이 오히데의 그런 기색을 보게 되자 결코 기분이 좋지 않았다. 그리고 자신이야말로 끊임없이 오히데에게 그런 기색을 보였다는 것에는 반성할 이유가 사라져버렸다.

쓰다는 더 물어보지 않고 나오는 대로 말했다.

"뭐, 오늘이라고 바쁘지 않겠니? 일부러 와주지 않아도 괜찮다. 대단한 병도 아니니까."

"하지만 언니가 만약 짬이 있으면 한 번 와달라고 일부러 전화까지 해서요."

"그랬어?"

"게다가 내가 오빠한테 이야기할 것도 좀 있고."

쓰다는 그제야 오히데 쪽으로 고개를 돌렸다.

93

수술 뒤의 국부에 느껴지는 이상한 느낌이 그를 엄습해왔다. 그것은 거즈를 쑤셔 넣은 상처 주변에 있는 근육이 한꺼번에 수축해서 일어나는 특수한 기분에 불과했지만, 일단 시작하기만 하면 흡사 호흡이나 맥박처럼 규칙적인 진행을 멈추지 않는 종류의 것이었다.

그는 그저께 오후 처음으로 첫 번째 수축을 느꼈다. 연극을 관람해도 된다는 허락을 얻은 오노부가 계단을 내려간 순간 일어난 이 경험은 그에게 전혀 새로운 일이 아니었다. 이전에 치료를 받았을 때 이미 같은 현상을 경험했던 그는 저도 모르게 '또 시작했구나' 하고 속으로 부르짖었다. 그러자 괴로운 기억을 일부러 상기해주기라도 하듯 수축이 규칙적으로 진행되기 시작했다. 처음에는 살이 오그라든다, 쑤셔 넣은 거즈가 거칠게 그 살을 긁어대는 느낌이 온다, 다음에 그것이 점점 완화된다, 이윽고 원래대로 돌아가려고 한다, 그 순간 잠시 잠잠했던 파도가 다시 바닷가로 밀려오는 듯한 맹렬한 기세로 수축감이 엄습한다. 그러면 그의 의지는 그 국부에 대한 평소의 제어력을 완전히 잃어버린다. 멈추게 하려고 조바심치면 조바심칠수록 근육은 더욱 그의 말을 듣지 않게 된다. ……이런 과정이었다.

쓰다는 이 이상한 느낌과 오노부 사이에 무슨 관계가 있는지 몰랐다. 그는 그녀를 새장 안의 새처럼 다루는 것이 안쓰러웠다. 언제까지고 그녀를 자기 곁에 붙잡아 두는 것은 남자답지 않다고 생각했다. 그래서 기분 좋게 그녀를 자유스러운 공기 속에 풀어놓았다. 그러나 그녀가 그의 호의를 기다렸다는 듯이 그의 병상을 떠나자마자 갑자기 자기 혼자만 남겨진 듯한 기분이 들기 시작했다. 그는 어쩐지 허전해서 아래층으로 내려가는 오노부의 발소리에 귀를 기울였다. 그녀가 현관문을 열었을 때 요란하게 울리는 벨소리마저 그에게는 너무 매정하게 느껴졌다. 그가 국부에서 느끼는 근육의 불쾌한 느낌은 공교롭게도 그때 재발한 것이었다. 그는 그것을 일종의 자극으로 돌렸다. 그리고 그 자극은 과민해진 신경 때문이라고 여겼다. 그럼 오노부의 행위가 그의 신경을 그리도 과민하게 한 것일까. 오노부의 태도에 갑작스레 불쾌감을 느낀 그도 거기까지는 단정할 수 없었다. 그러나 그의 입장에서 보면 전혀 우연이 아니라는 것은 자명한 이치였다. 그는 자신만의 소견으로 두 상황 사이의 관계를 설정했다. 더불어 그 관계를 나중에 오노부에게 들려주고 싶었다. 단지 그녀를 스스로 딱하게 하기 위해, 병상에 누워 있는 남편을 버리고 하루의 환락을 좇아간 결과가 어떻다는 것을 그녀가 뉘우치도록 하기 위해. 하지만 그는 그것을 적절히 표현할 말을 몰랐다. 설혹 표현하더라도 그녀가 받아들이지 않으리라는 것은 명백했다. 받아들인다고 해도 자기 생각대로 감응하도록 하는 것은 쉬운 일이 아니었다. 그는 잠자코 떨떠름하게 있을 수밖에 없었다.

오히데 쪽으로 몸을 틀자마자 또 일기 시작한 국부의 수축이 즉시 이 정도의 예상을 떠올리게 했다. 괴로운 그는 얼굴을 찡그렸다.

아무것도 모르는 오히데가 그런 복잡한 속내를 알 리 없었다. 그녀는 그것을 오빠가 언제나 자기에게만 보이는 예사로운 표정에 불과하다고 받아들였다.

"싫으면 병원에서 퇴원한 후 말할까요?"

별로 동정하는 태도도 보이지 않았던 그녀는 그래도 상황을 다소 참작하지 않을 수 없었다.

"어디가 아파요?"

쓰다는 그냥 고개만 끄덕여 보였다. 오히데는 잠시 말없이 그의 모습을 보고 있었다. 그때 쓰다의 국부에서 수축이 규칙적으로 반복되기 시작했다. 둘 사이에 침묵이 계속되었다. 침묵이 계속되는 동안 그는 괴로운 얼굴을 펴지 않았다.

"그렇게 아프면 어떡해. 언니는 왜 그랬을까요? 어제 전화로는 아프지도, 아무렇지도 않은 것처럼 말했는데."

"오노부는 몰라."

"그럼, 언니가 돌아간 뒤 아프기 시작한 거예요?"

'아니, 사실 오노부 덕분에 아프기 시작한 거야'라고 말하지 못한 쓰다는 갑자기 자신이 떼쟁이 같다고 느껴졌다. 겉으로야 어찌 됐든 마음속이 오빠답지 않은 것이 부끄러웠다.

"대체 네 용건이란 뭐냐?"

"뭐, 그렇게 아플 때 말하지 않아도 좋아요. 나중에 말할게요."

쓰다는 교묘히 자신을 속일 수 있었다. 그러나 그때의 그는 속이는 것이 싫었다. 그는 이미 국부의 느낌을 잊어버리고 있었다. 수축감은 잊어버리면 멎고 멎으면 잊어버리는 것이 특징이었다.

"괜찮으니까 말해라."

"어차피 내 얘기니까 시답잖을 텐데, 그래도 좋아요?"

쓰다도 대충 짐작은 하고 있었다.

94

"또 그 일이겠지."

쓰다는 한참 뜸을 들인 후 별수 없이 이렇게 말했다. 그러나 그때의
그는 이미 평소처럼 듣고 싶지 않다는 얼굴로 돌아가 있었다. 오히데
는 속으로 이 모순에 분노를 느꼈다.

"그러니까 제가 아까부터 다음에 말씀드리겠다고 하잖아요. 그런데
오빠가 자꾸 말하라고 재촉하시니까 그만 말해야겠다는 기분이 든다
고요."

"그러니까 사양 말고 말하면 되잖니? 어차피 넌 그럴 생각으로 왔을
테니까."

"하지만 오빠가 그렇게 싫은 얼굴을 하시는데."

오히데는 적어도 오빠에게라면 싫어하는 얼굴에 대고 인사를 덧붙
일 여자가 아니었다. 따라서 쓰다도 미안해할 리 없었다. 오히려 여동
생 주제에 부질없이 자기를 비난하는 녀석 정도로 생각했다. 그는 상
대하지 않고 앞질러 말했다.

"또 교토에서 무슨 말이 있었구나."

"예, 뭐 그 비슷한 거예요."

쓰다에게는 아버지가, 오히데에게는 어머니가 교토 소식을 항상 전
하기 때문에 그는 편지 발신자를 새삼스레 물을 필요도 없었다. 그러
나 당장의 처지로는 오히데가 어머니에게서 받은 편지 사연에 냉담할

수가 없었다. 두 번째 부탁을 교토에 보내고 난 이후 그는 끊임없이 송금 여부를 마음속으로 조바심하고 있었던 것이다. 남매 사이에 '그 일'로 들먹이는 사안은 될 수 있는 대로 듣지 않으려 조심하면서도 월말에 지불할 돈과 병원에 드는 돈의 출처에 초미의 관심을 기울이지 않을 수 없었던 쓰다는 또 이 두 가지가 서로 얽혀 떨어질 수 없는 관계라는 것을 오히데보다 더 잘 알고 있었다. 그는 아무래도 자신이 적극적으로 나서지 않으면 안 될 것 같았다.

"뭐라고 말씀하셨어?"

"오빠한테는 아버지가 뭐라고 말씀하지 않으셨어요?"

"응, 말씀하셨다. 그거야 말하지 않아도 너는 대강 알고 있을 테지."

오히데는 안다고도 모른다고도 대답하지 않았다. 단지 엷은 웃음기만이 꼭 다문 입가에 묻어 있을 뿐이었다. 그것이 마치 오빠를 이겼다는 득의의 표정을 은근히 비치는 것 같아서 쓰다는 신경이 곤두섰다. 평소에는 그저 여동생이라는 인연 탓으로 전혀 자기 눈에 들어오지 않던 오히데의 미모가 이럴 때만은 얄궂게 그를 자극했다. 용모가 보통 이상으로 뛰어나기 때문에 생각지도 않게 다른 사람의 감정을 해치는 것이 아닐까, 라는 의혹을 한두 번 품은 것이 아니었다. '넌 미모 덕으로 시집간 걸 평생 자랑으로 여길 테지'라고 말해주고 싶었던 적도 가끔 있었다.

오히데는 이윽고 반듯한 이목구비를 오빠에게 향했다.

"그래서 오빠는 어떻게 하셨어요?"

"어떻게 하기는, 어쩔 수 없잖니."

"아버지한테 아무 말씀도 드리지 않으셨어요?"

쓰다는 한참 말없이 있었다. 그러고는 자못 부득이하다는 투로 대답했다.

"말했지."

"그랬더니?"

"그랬더니 아직 아무런 회답이 없다. 어쩌면 집에 와 있을지도 모르겠지만 어쨌든 오노부가 오지 않으면 그것도 몰라."

"하지만 아버지가 뭐라고 답을 쓰셨을지 오빠는 짐작이 가겠죠?"

쓰다는 아무 말도 하지 않았다. 오노부가 지어준 솜옷 깃을 더듬어 거기에 꽂혀 있던 이쑤시개를 뽑아 연달아 앞니를 쑤시기 시작했다. 그가 계속 잠자코 있어서 오히데는 같은 의미의 질문을 다른 말로 바꿨다.

"오빠는 아버지가 기분 좋게 송금해주실 것으로 생각하세요?"

"몰라."

쓰다는 무뚝뚝하게 대답했다. 그러고는 화가 치미는 듯 덧붙였다.

"그러니까 어머니가 너한테 무슨 말씀을 해왔느냐고 아까부터 묻고 있잖아."

오히데는 일부러 눈을 피하며 툇마루 쪽을 바라보았다. 그것은 그의 앞에서 아아, 하고 탄식하는 몸짓이나 다름없었다.

"그래서 말하지 않잖아요. 난 처음부터 이렇게 될 줄 알고 있었다고요."

95

쓰다는 오히데 앞으로 온 어머니의 편지 속에 무슨 말이 쓰여 있는지 간신히 들을 수 있었다. 여동생이 털어놓은 말에 의하면, 아버지의 분노는 그가 예상한 이상으로 격렬했다. 월말의 부족액을 스스로 변통한다면 몰라도 만약 그것조차 할 수 없다면, 본때를 보여주기 위해서라도 앞으로의 송금은 당분간 중지할지도 모른다는 것이 아버지의 생각 같았다. 듣고 보니 일전에 그에게 담장 수리라는 둥, 집세가 밀린다는 둥 둘러댔던 것은 거짓말이었다. 설사 거짓말이 아니라고 해도 단순히 입에 발린 핑계로 봐야 했다. 또 아버지는 왜 그에게 그토록 속이 들여다보이는 어설픈 사연을 띄운 것일까? 꾸짖으려면 보다 더 남자답게 꾸짖는 게 좋을 것 같은데.

그는 생각에 잠겼다. 염소수염을 달고 만사에 점잖은 체하는 아버지의 얼굴, 의식도 없으면서 서양식으로 틀어 올리는 머리를 싫어하고 일본식 트레머리만 고집하는 어머니, 이 정도의 유별은 이 경우를 이해하는 데 어떤 단서도 되지 않았다.

"애당초 오빠가 약속대로 행동하지 않은 것이 잘못이에요"라고 오히데가 말했다. 사건 이후 그녀에 의해 되풀이된 이 말만큼 쓰다가 듣기 싫어하는 말은 없었다. 약속을 지키지 않은 것이 나쁘다는 것쯤은 여동생이 가르쳐주지 않아도 잘 알고 있었다. 그는 단지 그 필요를 느끼지 않았을 뿐이다. 그리고 그 입장을 남에게도 이해받고 싶었다.

"하지만 그건 무리예요"라고 오히데가 말했다.

"아무리 부모 자식이라 하더라도 약속은 약속이니까요. 게다가 아버지와 오빠만의 일이라면 아무래도 상관없지만."

오히데에게는 자기 남편인 호리가 거기에 관련되어 있다는 사실이 무엇보다 중요한 문제였다.

"우리 집 양반도 곤란해요. 그런 편지를 어머니가 써서 보내시면."

학교를 졸업하고 걸맞은 직장을 얻어 새 가정을 꾸린 이상, 옹색하나마 부모에게 기대지 않고 독립된 생활을 해야 한다는 아버지의 의견을 뒤집은 것은 호리의 힘이었다. 쓰다의 부탁을 받고 또 손쉽게 그것을 받아들인 호리는 물가 상승, 교제의 필요, 시대의 변화, 도쿄와 지방의 차이 등 갖가지 구실 좋은 자료를 멋대로 늘어놓으면서 오로지 근검절약만 강조하는 아버지를 설득한 것이다. 그 대신 추석 때면 쓰다가 받는 상여금을 쪼개 매월 지원하는 보조금을 한 번에 얼마씩 갚게 하자는 방침을 세운 것도 그였다. 그 계획의 성립과 함께 책임을 지게 된 그는 또 지극히 태평스러운 남자였다. 약속의 이행 따위는 처음부터 깊이 생각하지 않았을 뿐만 아니라 갚을 시기가 왔을 무렵에는 이미 그것을 잊어버리고 있었다. 쓰다의 아버지에게서 힐책에 가까운 편지를 받은 그는 거의 그 사건을 염두에 두지 않았던 만큼 몹시 놀랐다. 그러나 현금을 깨끗이 써버린 뒤에 알아차렸다고 해보았자 어떻게 할 수도 없었다. 낙천적인 그는 단지 죄송하다는 답장을 써 보내면 그것이 마무리되었다고 믿고 있었다. 그런데 세상에서는 자신의 두루뭉술한 처방이 통하지 않는다는 사실을 그는 쓰다의 아버지에게서 배워야만 했다. 쓰다의 아버지는 아무리 시간이 흘러도 그를 책임자로 몰아갔다.

동시에 쓰다의 재력에는 어울리지 않는 멋진 반지가 오노부의 손가락에서 빛나기 시작했다. 그것을 처음 발견한 사람은 오히데였다. 여자끼리의 호기심이 그녀의 신경을 예민하게 했다. 그녀는 오노부의 반지를 예찬했다. 예찬한 김에 그것을 샀을 때와 산 곳을 밝혀내려고 했다. 호리가 보증하여 성립한 쓰다와 아버지의 약속을 전혀 몰랐던 오노부는 평소의 조신에 어울리지 않게 그 점에서는 매우 순진했다. 자신이 얼마나 쓰다에게 사랑받고 있는가를 오히데에게 과시하려는 노력이 모든 생각을 잠재웠다. 그녀는 있는 그대로 오히데에게 밝혔다.

평소 사치스러운 여자라고 오노부를 다소 언짢게 보고 있던 오히데는 곧 그 전말을 교토에 보고했다. 게다가 오노부가 추석 때의 약속을 알고 있으면서 일부러 남편을 부추겨 갚아야 할 돈을 돌려주지 못하게 했다는 식으로 편지를 보냈다. 쓰다가 자기 아내에 대한 허영심에서 오노부에게 실정을 밝히지 않은 것을 오히데는 오노부의 허영심 때문이라고 처음부터 단정하고 있었다. 그러고는 자신의 오해를 그대로 교토에 전해버린 것이다. 지금도 그녀는 그 오해에서 벗어날 수 없었다. 따라서 그 사건에 대해서라면 그녀의 상대는 오빠인 쓰다라기보다는 오히려 올케인 오노부라고 말하는 것이 적절할지도 몰랐다.

"도대체 언니는 어떻게 할 생각이지요, 이번 일에 대해?"

"오노부는 아무 관계도 없잖니. 언니에게는 아무 말도 안 했으니까."

"그래요? 그럼 언니가 제일 맘 편하겠네."

오히데는 빈정거리는 미소를 띠웠다. 쓰다의 머리에는 연극을 보러 가기 전날 밤, 이걸 전당포에라도 맡길까 하고 말하며 화려한 오비를 전깃불 밑에 들이대던 오노부의 모습이 또렷하게 떠올랐다.

96

"도대체 어떻게 하면 좋을까요?"

오히데의 말은 불성실한 오빠를 난처하게 하려는 의도로도 들렸고 또 자신의 당혹감을 드러내는 것 같기도 했다. 그녀에게는 남편에 대한 체면이라는 면이 있었다. 남편보다도 더욱 조심해야 할 시어머니까지 그 뒤에 도사리고 있었다.

"그야 우리 집 양반도 오빠가 부탁해서 말을 했을 뿐 거기까지 책임 질 생각은 없었으니까요. 그렇다고 그건 경솔했다고 이제 와서 양해를 구할 마음도 전혀 없지만요. 어쨌든 만일의 경우에는 이렇게 하겠습니다, 하고 증서를 쓴 것도 아니니까 그렇게 아버지처럼 법적으로만 해석하면 제가 우리 집 양반한테 난처하기만 해요."

쓰다는 적어도 표면적으로는 여동생의 입장을 수긍할 수밖에 도리가 없었다. 그러나 속으로는 그녀에게 미안하다는 마음이 손톱만치도 일어나지 않아서 그의 태도는 자연히 오히데를 자극했다. 그녀는 자기 앞에서 너무나 뻔뻔스러운 오빠를 보았다. 오빠는 자신의 편의 말고는 아무것도 생각하지 않는 것 같았다. 오로지 생각하는 것이 있다면 갓 결혼한 아내에 관한 일뿐이었다. 그리고 그는 그 아내에게 엄정하지 않았다. 오히려 방만했다. 아내를 만족하게 하려고 외부에 대해서는 예전보다 더 제멋대로였다.

오빠를 이렇게 본 그녀는 쓰다의 말에 따르면 가장 인정머리 없는 동생답지 않은 태도로 오빠를 대했다. 그것을 가감 없이 말한다면 '오빠가 곤란한 건 자업자득이라 할 수 없지만 제 쪽은 어떻게 처리해줄 거예요?'라는 노골적인 것이었다.

쓰다는 어떻게 하겠다는 말을 하지 않았다. 또 어떻게 할 기분도 들지 않았다. 오히려 상상하기도 싫은 아버지의 사고방식을 오히데 앞에서 문제로 삼았다.

"도대체 아버지야말로 어떻게 하실 생각일까? 갑자기 돈을 보내지 않겠다고 선고하면 내가 어쩔 수 없이 변통할 거라고 생각하시는 모양이지?"

"바로 그거예요, 오빠."

오히데는 의미심장하게 쓰다의 얼굴을 바라보았다. 그리고 덧붙였다.

"그래서 제가 우리 집 양반한테 난처하다고 하는 거예요."

어렴풋한 암시가 쓰다의 머리에 피어올랐다. 초가을 맑은 하늘에 번쩍이는 섬광처럼 그것은 아득한 것이었다. 하지만 날카로운 것임에 틀림없었다. 그것은 아버지의 품성과 관련했다. 지금까지 전혀 모르고 있었다는 의미로 아득하다고 말할 수 있는 대신, 일단 알게 된 이상 아버지의 평소 행동으로 추측건대 그것을 인정하고 싶다는 점에서는 자식인 쓰다에게 상당히 맵게 치고 들어올 성질의 것이었다. 마음속으로 저도 모르게 '설마'라고 부르짖은 그는, 다음 순간 '혹시'라고 고쳐 생각했다.

억단의 거울에 나타난 아버지의 심리 상태는 다음과 같은 순서로 예상한 결과에 도달하도록 짜여 있었다. ……처음에는 보기 좋게 송금을 거절한다. 쓰다는 난처하다. 지금까지의 관계로 미뤄 호리에게 사정을 호소한다. 어쩔 수 없이 교토에 책임을 통감한 호리는 쓰다를 궁지에

276

서 구해줌으로써 비로소 아버지에 대한 보증인의 의무를 매듭지으려고 한다. 그래서 싫든 좋든 매달 돈을 입체해준다. 아버지는 그저 감사만을 표할 뿐 모른 척한다.

이렇게 차례대로 과정을 생각해보니 거기에는 어떤 줄기가 있었다. 상당한 논리도 있었다. 어느 정도의 수완도 물론 인정했다. 거기에는 아무런 담백함도 존재하지 않았다. 야비하다고까지는 말할 수는 없어도 여우같이 교활한 구석도 조금 있었다. 소액의 돈에 관한 지나친 집요함이 새삼스레 두드러져 보였다. 요컨대 모든 것이 아버지답다고 할 수 있었다.

다른 점에서 어떻게 충돌하든 이런 아버지의 수법에 오히데 못지않게 쓰다도 기가 막혔다. 모든 면에서 아버지를 동정하면서도 이 한 점에 이르면 역시 오히데도 쓰다처럼 눈살을 찌푸릴 수밖에 없었다. 아버지의 품성은 오히려 별개였다. 쓰다는 오히데에게 지원받는 것을 반가워하지 않았다. 오히데는 오빠 부부에게 좋은 감정을 가지고 있지 않았다. 게다가 남편과 시어머니에게 도리를 지키는 것도 고민거리였다. 두 사람은 우선 실제 문제를 어떻게 처리해야 좋을지 고민했다. 그러면서 말로는 둘 다 바닥의 바닥까지 파고들어갈 용기가 없었다. 단지 지금까지 잘 몰랐던 아버지의 생각을 서로 추측하며 굳이 말하지 않고 묵인하는 정도로 발전했을 뿐이다.

97

감정과 논리로 얽히고설킨 대목을 풀면서 앞으로 나아갈 수 없었던 그들은 계속해서 말을 빙빙 돌렸다. 요점을 건드리는 듯 또 건드리지 않는 듯한 서로의 태도가 마음속에서 서로를 답답하게 만들었다. 하지만 그들은 남매였다. 둘 다 치근치근 물고 늘어지는 성격을 공통으로 지니고 있었다. 상대의 솔직하지 않은 점을 은연중 비난하면서도 자신이 폭발할 듯한 거북한 행동은 저지르지 않았다. 단지 쓰다는 오빠인 만큼 또한 남자인 만큼 오히데보다 이야기를 한곳으로 묶는 재주가 있었다.

"말하자면 넌 오빠를 동정할 마음이 없다는 말이지."

"그렇지 않아요."

"그러면 오노부한테 동정할 것 없다는 말이군. 뭐 어느 쪽이든 같은 말이지만."

"어머, 전 언니에 대해서는 한마디도 안 했는데요."

"말하자면 이 사건에서 제일 나쁜 건 나라는, 결국 그 말이지. 그거야 새삼스레 묻지 않아도 이 오빠도 충분히 알고 있어. 그러니까 좋아. 오빠는 그 벌을 달게 받을 테니까. 이번 달은 아버지한테 돈을 받지 않아도 살 수 있어."

"오빠가 그럴 수 있겠어요?"

오빠를 조롱하는 듯한 오히데의 태도에 쓰다는 견디기 어렵다는 듯이 내뱉었다.

"안 되면 죽기밖에 더하겠어."

오히데는 마침내 꼭 다문 입가를 조금 풀며 하얀 이를 살짝 드러냈다. 쓰다의 머리에는 전깃불 밑에서 화려한 오비를 만지작거리는 오노부의 모습이 다시 한 번 떠올랐다.

'차라리 지금까지의 경제 사정을 모조리 오노부한테 털어놓을까.'

쓰다에게 그만큼 쉬운 해결법은 없었다. 그러나 전후 사정으로 볼 때 그만큼 또 난처한 자백은 없었다. 그는 오노부의 허영심을 잘 꿰뚫고 있었다. 그것을 가능한 한 만족하게 하는 것은 다른 것이 아닌 그의 허영심이었다. 자신에 대한 오노부의 믿음을, 여자에게 소중한 그것을 단지 경제적 능력 하나 때문에 잃어버린다는 것은 스스로 자신에게 타격을 가하는 것과 같은 일이었다. 오노부에게 미안하다는 의미보다 아내 앞에서 자신의 기량을 깎아내려야 한다는 것이 그의 큰 고민이었다. 남이 들으면 '그 정도를 가지고……!' 하며 비웃을 것 같은 이런 작은 경우조차 그는 해결할 마음이 들지 않았다. 집에는 실제로 돈이 있다, 오노부에 대한 자신의 체면을 유지하고도 남을 만큼의 돈이 있다. 그런데, 라는 제멋대로의 구실이 아무래도 앞섰다.

게다가 그는 어떤 경우에도 공연히 버럭 화를 내는 남자가 아니었다. 자기 자신을 잊으라고 하는 것을 대단히 하찮게 보는 그는 또 쉽게 자기 자신을 잊어버릴 수 없는 성격을 부모님에게서 물려받았다.

"못하면 죽기밖에 더 하겠어"라고 내뱉듯 말한 뒤 그는 다시 오히데의 눈치를 살폈다. 말처럼 단호한 것이 속에서 나오지 않는 것을 부끄럽게 생각하지 않았다. 그는 오히려 속으로 냉담하게 저울질하기 시작했다. 그는 오노부에게 사정을 털어놓는 고통과 오히데에게 보조금을 받는 구차스러움을 비교해보았다. 그리고 차라리 둘 중 후자를 택한다면 어떻게 될까 생각했다. 그것을 대비할 만한 능력을 충분히 갖추고 있던 오히데는 다른 무엇보다 오빠가 진심으로 뉘우치지 않는 것이 못마땅했다. 오빠 뒤에 장본인인 오노부가 새침하게 서 있는 것도 마뜩잖았다. 남편 호리를 이 사건의 책임자라도 되는 양 교토의 아버지가 에둘러서 탓하는 데는 그야말로 부아가 치밀었다. 이런저런 맺힌 감정 때문에 쓰다의 의도가 빤하게 드러난 뒤에도 그녀는 적극적인 호의를 쉽사리 드러내지 않았다.

더불어 미모 덕에 비교적 부유한 집으로 시집간 오히데에 대한 쓰다의 태도에도 또한 일종의 자존심이 있었다. 그는 졸부가 풍기기 쉬운 구린 냄새 같은 것을 결혼 후의 이 여동생에게서 맡았다. 어느새 오빠라는 서열을 내세워 그녀를 상대하려고 하는 권위 의식에 사로잡히기 시작했다. 아무리 옹색해도 무턱대고 오히데 앞에 머리를 숙일 수는 없었다.

둘은 어느 쪽에서도 돈 이야기를 꺼내지 않았다. 그리고 서로 먼저 꺼내기를 기다렸다. 그 미적지근하고 허랑한 집안 이야기 도중에 갑자기 오토키가 뛰어들어와 둘이 겨루고 있던 국면을 단번에 무너뜨렸다.

98

하지만 오토키가 직접 찾아오기 전에 쓰다에게 전화가 걸려온 것도 사실이었다. 그는 계단 중간쯤에서 "쓰다 씨, 전화입니다"라는, 조제실 직원의 귀찮은 듯한 목소리를 들었다. 그는 오히데와의 언쟁을 잠시 접고 "어디서입니까?"라고 물었다. 조제실 직원은 내려가면서 "아마 집이겠지요"라고 말했다. 무심한 이 대답이 방금 복잡하게 뒤얽힌 이야기에 지나치게 집중한 쓰다의 마음을 자극했다. 연극을 보러 간 이후 어제도, 오늘도 오지 않은 오노부의 처사를 은근히 언짢게 여기고 있던 그를 더욱 짜증스럽게 했다.

"전화로 낚으려는구나."

그는 순간적으로 낚시질이 떠올랐다. 어제 아침에도 걸고, 오늘 아침에도 걸고, 어쩌면 내일 아침에도 전화만 걸어놓고 실컷 사람의 마음을 자기 쪽으로 끌어당긴 뒤에 불쑥 진짜 얼굴을 들이밀 심산일 거라고 판단했다. 그에 대한 오노부의 평소 소행으로 미뤄보아도 이 유추가 전혀 엉뚱하다고만 할 수는 없었다. 그는 그가 방심할 때 불쑥, 그것도 자기를 놀래주려고 다소곳이 들어오는 오노부의 웃음 띤 얼굴까지도 상상했다. 그 웃음 띤 얼굴이 또 이상하게 그의 마음을 흔들리라는 것도 그는 잘 알고 있었다. 그녀는 한순간에 번득이는 그 촌철살인의 재간으로 언제나 즉석에서 그를 제압했다. 지금까지 참고 버텨왔던 마음을 단숨에 전환시킨 그로서는 빤히 알면서도 그녀의 계략에 빠지는 듯한 것이었다.

그는 오히데의 주의에도 불구하고 전화를 받지 않았다.

"뭐, 보나 마나 별일 아닐 거다. 괜찮아. 그냥 내버려 둬."

이 대답이 또 오히데에게는 의외였다. 첫째로 흐리멍덩한 것을 싫어하는 오빠의 성질에 어울리지 않았다. 둘째로 무엇이든지 오노부가 시키는 대로만 움직이는 오빠의 태도가 아니었다. 그녀는 오빠가 체면상 자기 앞에서 평소의 무른 곳을 애써 감추려고 일부러 올케에게 무심한 척한다고 받아들였다. 속으로 다소 그것을 후련하게 느낀 그녀도 밑에서 재촉하는 조제실 직원의 큰 목소리를 들었을 때는 그래도 오빠 대신에 자리에서 일어나지 않을 수 없었다. 그녀는 일부러 아래층까지 내려갔다. 그러나 그것은 어떤 도움도 되지 않았다. 조제실 직원이 멋대로 응답하고 내던지듯 수화기를 내려놓은 뒤라 통화가 불가능했다.

헛수고나마 할 일을 마친 그녀가 원래의 자리로 돌아와 다시 두 사람에게 공통된 화제의 실마리를 꺼냈을 때, 다른 한편으로는 조급한 오토키가 마침내 참지 못할 지경이 되어서 전화를 집어 던지고 전차를 탔다. 그리고 15분이 지나 쓰다는 다시 예상 밖의 그녀에게서 예상 밖의 용건을 듣고 깜짝 놀랐다.

오토키가 돌아간 뒤 그의 마음은 쉽게 가라앉지 않았다. 고바야시의 성격을 속속들이 알고 있다고 자신했지만, 자기가 없는 집에 난데없이 들이닥쳐 별로 친하지도 않은 오노부를 상대로 이야기에 열중하리라고는 생각지도 못했던 그는 경악과 함께 또 따져보지 않을 수 없었다. 그것은 외투를 주고 안 주고의 문제가 아니었다. 문제는 외투와 전혀 상관이 없는, 잘 알지도 못하는 아내에게 천연덕스럽게 외투를 직접 얻으러 가는 그의 성격이었다. 아니면 그럴 수밖에 없는 그의 처지에서 나온 또 다른 성격이었다. 한 걸음 더 나아가 말한다면 그 성격이 오노부에게 어떻게 작용할지가 문제였다. 거기에는 생뚱맞은 구석이 있었다. 자포자기가 있었다. 만족하며 지내는 인간을 언제나 불만스럽게 바라보는 차가운 눈이 있었다. 새로 결혼한 그들 두 사람은 그가 접촉할 수 있는, 만족하며 지내는 인간 가운데 가장 만만한 표상으로 선택될 위험성이 있었다. 평소 그를 경멸하는 것에 인정사정없었던 쓰다에게는 또 그런 소지를 만들어놓았다는 자각이 생겼다.

'무슨 말을 할지 몰라.'

쓰다의 마음속에 불현듯 종잡을 수 없는 공포심이 일었다. 그와 달리 오히데는 또 웃기 시작했다. 언제나 이 고바야시라는 남자를 이러쿵저러쿵 비난하고 싶어 하는 오빠의 속내는 그녀가 알 바 아니었다.

"뭐라고 말하든 무슨 상관이 있나요? 고바야시 따위. 그런 사람이 하는 말을 진짜로 믿는 사람이 누가 있겠어요."

오히데도 고바야시의 일면을 잘 알고 있었다. 그러나 그것은 거의 그가 후지이 숙부 앞에 드러낸 일면일 뿐이었다. 그리고 그 일면은 술을 마셨을 때와는 딴판인 조용한 일면이었다.

"그렇지 않아, 쉽사리."

"요즘 그렇게 사람이 나빠졌어요, 그 사람이?"

오히데는 역시 믿을 수 없다는 얼굴이었다.

"하지만 마음만 먹는다면 성냥 한 개비로 큰 집을 태울 수도 있으니까."

"그 대신 불이 붙지만 않으면 그만이죠, 뭐. 아무리 성냥개비를 그어대도. 언니는 그런 사람한테 불이 붙을 사람이 아니에요. 아니면……."

99

쓰다는 오히데의 입에서 다독이는 말이 나오자 일부러 눈망울을 움직이지 않았다. 딴 곳을 보며 가만히 그다음 말을 기다렸다. 그러나 그가 들으려고 하는 다음 말은 결국 이어지지 않았다. 오히데는 그가 신경 쓸 듯한 것을 반 정도만 흘렸을 뿐 금방 그 말을 바꿔버렸다.

"오빠는 오늘따라 별 쓸데없는 걱정을 하고 있네요. 뭐 특별한 사정이라도 있어요?"

쓰다는 역시 조금 전처럼 딴 곳에 눈을 박고 있었다. 될 수 있으면 여동생이 자신의 마음을 눈치채지 못하게 하려는 속셈이었다. 그녀가 눈빛을 읽지 못하게 하려는 속셈이었다. 부자연스러운 그 몸짓은 그에게 실제적인 영향을 끼쳤다. 그는 왠지 모르게 겁이 났다. 그는 가까스로 오히데 쪽을 보았다.

"별로 걱정하진 않아."

"그냥 마음에 걸려서?"

그 상태로 억지로 끌려가면 그는 오히데에게 놀림당하는 것이나 마찬가지였다. 그는 얼른 입을 다물었다.

동시에 조금 전부터 느끼기 시작한 수축감이 또 그의 국부를 괴롭혔다. 그는 두세 번 그것을 불쾌하게 경험한 뒤라, 혹시 이번에도 일정한 시간 동안 규칙적으로 되풀이되는 것은 아닌지 불안했다.

그런 것을 알 리 없는 오히데는 어쩐 일인지 같은 문제를 오랫동안 내려놓지 않았다. 그녀는 일단 실마리를 놓친 이 문제를 곧 다른 형태로 그의 앞에 끄집어냈다.

"오빠는 언니를 도대체 어떤 사람이라고 생각해요?"

"왜 새삼스레 지금 그런 질문을 하니? 바보같이."

"그렇다면 좋아요, 말하지 않아도……."

"그런데 왜 물어. 그 이유를 말해봐."

"좀 알고 싶어서 물었어요."

"그러니까 그 까닭을 말하라니까."

"오빠를 위해서예요."

쓰다는 납득이 되지 않는다는 표정이었다. 오히데는 바로 다음 말을 이었다.

"오빠가 고바야시 씨에게 너무 신경 쓰는 것 같아서요. 왠지 이상하잖아요."

"그건 네가 몰라도 된다."

"어차피 모르니까 이상하죠. 대체 고바야시 씨가 어떤 걸, 어떤 식으로 언니한테 말을 꺼낸다고 하는 거죠?"

"말을 꺼낸다는 따위의 말은 한마디도 안 했다."

"말을 꺼낼 우려가 있다는 의미예요, 바꿔 말하면."

쓰다는 대답하지 않았다. 오히데는 그 얼굴을 뚫어지게 쳐다보았다.

"전혀 상상이 안 되잖아요. 가령, 아무리 그 사람이 나빠졌다고 쳐도 그걸 이쪽에서 뭐라 말할 처지가 아니잖아요. 단순히 생각해봐도."

쓰다는 여전히 대답하지 않았다. 오히데는 어떻게 해서든 쓰다에게서 대답을 끌어내려고 했다.

"설사 그 사람이 뭔가 말했다고 해도 언니만 상대하지 않으면 그만이지요, 뭐."

"그쯤이야 너한테 듣지 않아도 알아."

"그러니까 제가 묻는 거예요. 오빠는 도대체 언니를 어떻게 생각해요? 오빠는 언니를 신뢰해요?"

오히데는 갑자기 연거푸 질문을 던졌다. 쓰다는 왜 그런지를 잘 몰랐다. 하지만 상대방의 기세에 김을 뺄 필요가 있었기 때문에 그는 분명한 대답을 피하고 일부러 헛웃음을 터뜨렸다.

"아이고, 무서워라. 마치 따지는 것 같잖아."

"얼버무리지 말고 분명하게 말씀하세요."

"말하면 어떻게 할 거니?"

"전 오빠 여동생이에요."

"그게 뭐 어쨌다는 거야."

"오빠는 솔직하지 않아서 못써요."

쓰다는 이상한 듯 고개를 기울였다.

"왠지 이야기가 너무 어렵게 풀려버렸는데, 너 뭔가 잘못 알고 있는 거 아냐? 난 그렇게 심각하게 고바야시 이야기를 꺼낸 것이 아니라고. 그냥 그놈은 내가 없는 사이에 오노부를 만나 무슨 말을 지껄일지 모르는 곤란한 사내라는 것뿐이야."

"단지 그것뿐이에요?"

"응, 그것뿐이야."

오히데는 갑자기 기대가 어긋난 듯한 모습을 했다. 그러나 가만히 있지는 않았다.

"하지만 오빠, 만약 호리가 없을 때 누가 나를 찾아와 무슨 말을 했다고 해봐요. 그걸 전해들은 호리가 신경을 곤두세울 거로 생각해요?"

"호리가 걱정하고 안 하고는 난 몰라. 넌 걱정하지 않는다고 단언하고 싶을지 모르지만."

"네, 단언해요."

"다행이구나. ……그래서?"

"제 쪽도 그것뿐이에요."

두 사람은 더 이상 할 말을 잃었다.

100

하지만 두 사람은 이미 인과 관계로 얽매여 있었다. 무슨 일이 있더라도 어떤 것을 어느 선까지 대화로 풀지 않고선 이해할 수 없었다. 특히 쓰다에게는 당장 그럴 필요가 있었다. 눈앞에 닥친 입원비의 변통, 그는 지금 그 재원을 자기 앞에 두고 있었다. 그리고 한번 놓치면 그것은 영원히 그의 손에 잡힐 것 같지 않았다. 당연한 결과로 그는 그 점에서만은 오히데 앞에서는 약자였다. 그는 잃어버린 화제를 어떤 식으로 만회해야 좋을지를 생각했다.

"오히데, 병원에서 밥 먹고 가지 않을래?"

때마침 점심시간이어서 이렇게 상냥한 말을 하기가 좋았다. 특히 오늘 아침 호리는 어머니와 아이들을 데리고 요코하마의 친척 집에 갔기에 그는 이 붙임성 있는 말에 각별한 의미를 부여하기 수월했다.

"어차피 집에 가도 할 일이 없잖아."

오히데는 쓰다가 말하는 대로 했다. 두 사람 사이에 이야기가 쉽게 풀렸다. 그러나 그것은 단지 남매 사이의 이야기에 불과했다. 그리고 이 경우 단지 남매 사이의 이야기는 그들에게 조금도 성에 차지 않았다. 그들은 상대의 가슴속에 더 파고들 기회를 노렸다.

"오빠, 제가 가져왔어요."

"뭘?"

"오빠가 필요로 하는 것."

"그래?"

쓰다는 거의 상대하지 않았다. 그 냉담함은 바로 그의 자존심과 비례

했다. 그는 심적으로도 겉치레로도 여동생에게 머리를 숙이고 싶지 않았다. 하지만 돈은 가지고 싶었다. 오히데는 돈쯤은 아무래도 좋았다. 하지만 오빠가 머리를 숙이게 하고 싶었다. 기세 좋게 오빠가 원하는 돈을 미끼로 해서 자신의 목적을 달성하려고 했다. 결과는 아무래도 오빠를 약 오르게 하는 것으로 귀착했다.

"드릴까요?"

"흥."

"아버지는 어떤 일이 있어도 주시지 않을걸요."

"어쩌면 주실지도 모르지."

"하지만 어머니께서 저한테 분명히 그렇게 말씀하셨는걸요. 오늘 그 편지를 가지고 와서 보여 드릴까 했는데 그만 깜박 잊어버렸어요."

"그건 알고 있다. 좀 전에 이미 너한테 듣지 않았니."

"그러니깐 제가 가져왔다고 말하잖아요."

"날 약 올리려는 거니, 아니면 나한테 주겠다는 거니?"

오히데는 한 대 얻어맞은 사람처럼 갑자기 입을 다물었다. 그리고 순식간에 아름다운 눈 속에 눈물이 글썽였다. 쓰다는 그것을 분해서 우는 것이라고만 생각했다.

"오빠는 요즘 왜 그렇게 비뚤어졌어요? 왜 옛날처럼 사람의 진심을 받아들이지 못해요?"

"오빠는 예전과 조금도 달라지지 않았어. 요즘 네가 달라진 거야."

이번에는 어처구니없다는 표정이 오히데의 얼굴에 나타났다.

"제가 언제, 어떤 식으로 변했다는 거예요? 말씀해주세요."

"그런 것쯤이야 남한테 묻지 말고 잘 생각해보렴, 스스로 알 수 있을 테니까."

"아뇨, 모르겠어요. 그러니까 말씀해주세요. 제발 들려주세요."

쓰다는 오히려 싸늘한 눈으로 날카롭게 돌진해오는 오히데의 모습을 바라다보았다. 여기까지 이르러서도 그에게는 상대의 기분을 돌이키게 하는 쪽이 좋을까 아니면 단숨에 폭삭 짓눌러버리는 쪽이 좋을까, 따져보느라 마음이 바빴다. 그 중간쯤이 좋으리라고 결심한 그는 천천히 입을 열었다.

"오히데, 너는 모를지 모르겠지만 말이야, 오빠가 보면 넌 호리한테 시집가고 나서 상당히 변했어."

"그거야 당연하죠. 여자가 시집가서 애가 둘이나 되는데 안 변하는 게 오히려 이상하잖아요."

"그러니까 그걸로 좋다고."

"하지만 오빠한테 제가 어떻게 변했다는 말씀이세요? 그걸 들려주세요."

"그거야⋯⋯."

쓰다는 완전히 대답하지 않았다. 하지만 대답하지 못할 것도 없다는 것을 오히데가 말투로 알아차리도록 했다. 그녀는 조금 여유를 두었다. 그러고는 얼른 되물었다.

"오빠는 줄곧 속으로 제가 교토에 고자질했다고 생각했죠?"

"그런 건 아무래도 좋아."

"아뇨, 그래서 틀림없이 저를 눈엣가시로 여기고 있는 거예요."

"누가?"

불행하게도 이 말은 두 사람 사이에 복병처럼 숨어 있던 오노부라는 이름에 불을 붙인 것과 같았다. 오히데는 그것을 횃불처럼 오빠의 눈앞에서 휘둘렀다.

"오빠야말로 변했어요. 언니랑 결혼하기 전의 오빠와 언니랑 결혼한후의 오빠는 너무 달라요. 누가 봐도 딴사람이에요."

101

쓰다가 본 오히데는 그에 대한 편견으로 무장하고 있었다. 특히 마지막 공격은 오해 그 자체였다. 그에게는 '언니, 언니'를 되풀이하는 여동생의 목소리가 정말 귀에 거슬렸다. 오히려 자신이 만족하려고 행한 행위를 모두 아내를 만족시키기 위한 것으로 돌리는 여동생에게 적잖은 불쾌감을 느꼈다.

"나는 네가 생각하는 것처럼 그런 공처가가 아니야."

"그거야 그럴지도 모르죠. 언니한테 전화가 와도 제 앞이라 일부러 냉담한 척하며 따돌릴 정도니까."

이런 말이 오히데의 입에서 마구 쏟아질 때 쓰다는 어쩔 수 없이 당면한 이해득실에 눈을 감아야 했다. 그는 두어 번 속으로 혀를 찼다.

"그래서 너한테 전화 걸지 말라고 오노부한테 그렇게도 주의를 주었건만."

그는 흥분을 감추려는 듯 짧은 콧수염을 연거푸 만지작거렸다. 그 얼굴에 점점 마뜩잖은 기색이 짙어졌다. 그리고 차츰 말수가 줄어들었다.

쓰다의 이런 태도는 엉뚱한 방향으로 오히데를 자극했다. 오히데는 오빠의 약점이 자기 때문에 한 꺼풀씩 적나라하게 드러난 나머지, 마침내 그가 제풀에 꺾여 입을 다물었다고만 단정하고 더욱 당차게 다그쳤다. 마치 이제 단숨에 그를 자기 앞에 무릎 꿇리고야 말겠다는 기세로.

"언니랑 결혼하기 전의 오빠는 어느 정도 정직했어요. 적어도 지금보다는 솔직했다고요. 터무니없는 말을 한다고 할까 봐 사실대로 말씀드릴게요. 그러니까 오빠도 솔직하게 제 질문에 답해줘요. 오빠는 언니랑 결혼하기 전에 이번 같은 거짓말을 아버지한테 한 기억이 있어요?"

이제야 그는 곤혹스러워졌다. 오히데의 말은 분명 사실이었다. 하지만 그 사실은 결코 오히데가 생각한 대로는 아니었다. 쓰다의 말로 미루어보면, 단지 우연한 사실에 지나지 않았다.

"그래서 넌 이 사건의 책임이 오노부에게 있다는 거니?"

오히데는 그렇다고 대답하고 싶었으나 피해나갔다.

"아뇨, 언니 이야기는 한마디도 안 했어요. 단지 오빠가 변한 증거로 그 정도의 사실을 주장한 거예요."

쓰다는 겉으로나마 굽히고 들어갈 수밖에 없었다.

"네가 그렇게 주장하고 싶다면, 변한 모습이 좋지 않니?"

"안 좋아요. 아버지, 어머니한테 미안해요."

대뜸 "그러냐"라고 대꾸한 쓰다는 냉담하게 "그렇다면 할 수 없지 뭐"라고 덧붙였다.

오히데는 이래도 아직 후회하지 않느냐는 얼굴이었다.

"오빠가 달라진 증거는 아직 더 있어요."

쓰다는 못 들은 척했다. 오히데는 주저하지 않고 그 증거를 늘어놓았다.

"오빠는 고바야시 씨가 오빠가 안 계신 집에 가서 언니한테 무슨 말을 하지 않을까 하고 아까부터 걱정하고 있잖아요."

"시끄럽다. 걱정하지 않는다고 아까 설명했잖니."

"하지만 신경이 쓰이는 건 분명하죠?"

"뭐든 네 맘대로 해석해라."

"네. ……어느 쪽이든, 어쨌든 그게 오빠가 달라진 증거가 아니겠어
요?"

"바보 같은 소리 작작해."

"아뇨, 증거예요, 확실한 증거. 오빠는 그만큼 언니를 두려워하고 있
어요."

쓰다는 문득 눈길을 바꾸었다. 그러고는 베개를 벤 채 오히데의 얼굴
을 빤히 쳐다보았다. 그는 오뚝한 콧마루에 냉소를 가득 담은 주름을
지어보였다. 이 여유가 오히데에게는 전혀 뜻밖이었다. 이제 단숨에 참
회의 깊은 골짜기로 곤두박질치게 하려고 벼르고 있던 그녀에게 아직
도 오빠는 여유작작한 것이 아닐까 하는 의구심이 일었다. 그녀는 갈
데까지 가야만 했다.

"오빠는 얼마 전까지 고바야시 씨 따위는 아주 하찮게 대하고 계시
지 않았어요? 무슨 말을 하든 상대하지 않았잖아요. 그런데 왜 오늘따
라 그렇게 두려워하세요? 고바야시 씨를 그렇게 두려워하게 된 건 그
상대가 언니라서가 아닌가요?"

"그렇다면 그걸로 됐지, 뭐. 내가 아무리 고바야시를 두려워한다 해
도 아버지 어머니에 대한 의리를 저버리는 것도 아닐 테고."

"그래서 제가 참견할 계제가 아니라는 말씀이세요?"

"글쎄, 그쯤 짐작하면 되겠지."

오히데는 발끈했다. 그와 함께 한줄기 번개처럼 섬광이 그녀의 머릿속을 휙 지나갔다.

102

"알았어요."

오히데는 날카로운 목소리로 이렇게 잘라 말했다. 그러나 정색하며 말하는 그녀의 딱딱한 말투에도 쓰다는 외면상으로 조금도 흔들리지 않았다. 그는 이미 그녀의 도발에 응할 기색을 보이지 않았다.

"알았다고요, 오빠."

오히데는 쓰다의 어깨를 뒤흔들 것 같은 기세로 다시 앞말을 되풀이했다. 쓰다는 어쩔 수 없이 또 입을 열었다.

"뭐가?"

"오빠가 언니에게 그렇게 마음을 졸이고 있는 이유 말이에요."

쓰다의 머리에 호기심이 일어났다.

"말해보렴."

"말할 필요는 없어요. 단지 제가 그 낌새를 눈치챘다는 사실만 알고 있으면 충분해요."

"그렇다면 일부러 양해를 구할 것도 없다. 잠자코 혼자만 알고 있으라고."

"아뇨, 그렇게는 안 돼요. 오빠는 저를 여동생으로 여기지 않아요. 아버지나 어머니에 관한 일이 아니면 저한테는 오빠 앞에서 아무 말도 할 권리가 없다고 보고 있다고요. 그래서 저도 말하지 않는 거예요. 하지만 말은 안 해도 눈은 반듯하게 붙어 있어요. 몰라서 말을 안 한다고 착각할까봐 일단 양해를 구한 거예요."

쓰다는 이쯤에서 이야기를 끝내버리는 수밖에 방법이 없다고 생각했다. 섣불리 말려들면 말려들수록 번거로워질 뿐이었다. 하지만 그는 여동생에게 머리를 숙일 마음이 추호도 없었다. 그녀 앞에서 후회한다는 듯한 가식은 꿈에도 생각하지 않았다. 그 정도쯤이야 마음만 먹는다면 못할 것도 없는 그는 평소에 만만하게 보아온 여동생에게만은 의외로 거만했다. 그리고 그 거만함을 남을 대할 때보다 여동생에게 비교적 거리낌 없이 겉으로 드러냈다. 따라서 아무리 입으로는 화해를 말해도 별로 도움이 되지 않았다. 오히데에게는 단지 그의 중심에 있는 경멸이 미적지근한 표현을 통해서 전달될 뿐이었다. 그녀는 조금 전부터 더 이상 참을 수 없다는 모습을 내비치고 있는 쓰다를 추호도 용서할 수 없었다. 그리하여 또 "오빠" 하고 말을 꺼냈다.

그때 쓰다는 이전에는 전혀 보지 못했던 오히데의 변화를 알아차렸다. 지금까지 그녀는 항상 그를 통해서 화살을 오노부에게 겨누고 있었다. 오빠를 타박하려는 속셈도 없는 것은 아니었지만, 방패막이가 된 그를 뒷전으로 돌리고서라도 배후에 버티고 있는 올케만은 반드시 쓰러뜨려야 한다는 게 그녀의 진심이었다. 그것이 어느새 달라진 것이다. 그녀는 제멋대로 주객의 처지를 바꾸었다. 그리고 곧바로 오빠에게 돌진했다.

"오빠, 동생은 오빠의 인격에 대해 입을 열 권리가 없는 걸까요? 좋아요, 권리가 없다 쳐도 혹시 그런 의심을 동생이 조금이라도 품고 있다면 깨끗하게 그걸 풀어주는 게 오빠의 의무, ……의무는 취소하겠어요, 저한테는 어울리지 않는 말일지 모르니까. ……적어도 오빠의 인정 아니겠어요? 지금 그런 인정이 조금도 없는 오빠를 눈앞에서 보는 게 여동생인 저는 슬픕니다."

"무슨 건방진 말을 하는 거야. 입 닥쳐. 아무것도 모르는 주제에."

마침내 쓰다의 울화통이 터졌다.

"네가 인격이란 말의 의미를 알아? 기껏해야 여학교를 졸업한 주제에 그런 말을 내 앞에서 아무렇지 않게 내뱉는 것 자체가 괘씸하다."

"전 말을 중요시하지 않아요. 사실을 문제로 삼고 있는 거예요."

"사실이란 게 뭐야. 내 머릿속에 있는 사실이 너같이 교양 없는 여자한테 잡힐 것 같아? 바보 등신."

"그렇게 저를 경멸하신다면 경고 정도로 끝내 드리지요. 하지만 괜찮으시겠어요?"

"괜찮고 자시고 대답할 필요도 없다. 아픈 사람한테 와서 뭐야, 그 태도는. 그래도 여동생이라고 할 테냐?"

"오빠가 오빠답지 않기 때문이에요."

"입 닥쳐."

"못 닥쳐요. 말할 수 있는 데까진 말하겠어요. 오빠는 언니한테 꼼짝 못 하고 쥐여 사세요. 아버지나 어머니, 저보다도 언니를 더 소중히 생각하고 계세요."

"여동생보다 아내를 더 소중히 하는 건 어느 나라에 가도 마찬가지다."

"그것만이라면 괜찮죠. 그러나 오빠는 그것만이 아니에요. 오빠는 언니를 소중히 여기면서도 소중히 하는 사람이 또 있으니까요."

"뭐야?"

"그래서 오빠가 언니를 두려워하는 거예요. 게다가 그 두려워하는 건……."

오히데가 이렇게 말을 꺼내자마자 병실 문이 스르르 열렸다. 그리고 오노부가 갑자기 두 사람 앞에 창백한 얼굴로 나타났다.

103

그녀가 병원 현관에 닿은 것은 그 3~4분 전이었다. 병원의 진료 시간은 오전과 오후로 나뉘어 있고 오후 시간은 관공서나 회사에 근무하는 사람들의 편의를 위해 4시부터 8시까지로 정해져 있었기 때문에 오노부는 비교적 한가한 시간에 문을 열고 안으로 들어갈 수 있었다.

실제로 그녀는 사나흘 전에 왔을 때처럼 신발장에서 어수선하게 널린 반장화라든가, 굽 높은 게다 같은 신발을 한 켤레도 발견하지 못했다. 물론 환자의 그림자도 볼 수 없었다. 진료 시간이 지났다는 생각은 전혀 머릿속에 두지 않았던 그녀는 그것이 아무리 봐도 이상할 정도로 사위가 적막했다.

그녀는 그 조용한 현관의 신발장 위에 반듯하게 놓인 한 켤레의 여자 게다를 보았다. 값으로 봐도 간호사가 사 신을 것 같지 않은 그 새 게다가 갑자기 그녀의 마음을 두근거리게 했다. 게다는 틀림없이 젊은 부인의 것이었다. 고바야시가 귀띔한 의혹으로 가슴이 터질 것 같던 그녀는 한참 거기에서 눈을 뗄 수 없었다. 그녀는 사나운 눈초리로 그것을 노려봤다.

오른쪽의 사각 유리창 너머로 안내 직원이 얼굴을 내밀었다. 그리고 거기에 꼼짝 않고 서 있는 오노부를 보자 검문하는 보초의 표정으로 그녀를 살폈다. 그녀는 얼른 쓰다에게 손님이 찾아왔는지 확인했다. 그 손님이 젊은 여자인지도 물었다. 그러고는 자신의 방문을 전해주려는 것을 일부러 거절하고 혼자 이층으로 올라가는 계단 아래까지 왔다. 그리고 위를 올려다보았다.

위에서는 끊임없이 말소리가 들렸다. 그러나 보통 잡담할 때 오가는 대화의 흐름과는 분위기가 사뭇 달랐다. 거기에는 격렬한 감정이 요동치고 있었다. 흥분이 있었다. 게다가 그것을 자제하려는 노력의 흔적이 역력히 감지됐다. 남에게 들릴까봐 매우 조심한다고밖에 할 수 없는 그 대화가 오노부의 신경을 바늘처럼 예민하게 자극했다. 게다를 노려보았을 때보다 더 맹렬한 궁금증이 솟았다. 한층 더 날카롭게 귀를 곤두세웠다.

쓰다의 방은 진찰실 바로 위층이었다. 계단을 올라가면 먼저 벽이 나타나고 그 오른쪽이 작은 방이었는데, 그 방 앞을 지나 복도를 따라가야 쓰다가 누워 있는 방까지 갈 수 있는 구조였다. 따라서 오노부가 들으려고 하는 대화는 듣기 불편한 방향, 즉 그녀의 뒤쪽에서 흘러나오는 것이었다.

그녀는 살금살금 계단을 올라갔다. 유연한 몸을 가진 그녀의 발소리는 고양이처럼 은밀했다. 그리고 고양이처럼 성공을 거두었다.

올라가는 계단 한쪽에는 떨어지지 않도록 2미터 정도의 난간이 세워져 있었다. 오노부는 거기에 기대서 쓰다의 모습을 엿보았다. 그러자 갑자기 날카로운 오히데의 목소리가 그녀의 귀로 들어왔다. 특히 '언니'라는 예사롭지 않은 말이 유난히 고막을 울렸다. 보기 좋게 예감이 빗나간 그녀는 가슴이 덜컥했다. 팽팽한 긴장이 풀릴 틈도 없이 재차 그녀를 엄습해왔다. 그녀에게는 쓰다를 향해 오히데의 입에서 터져 나온 언니라는 그 호칭이 어떤 의미로 쓰였는지가 문제였다. 그녀는 귀를 곧추세웠다.

두 사람의 말투는 점점 격렬해졌다. 둘은 분명히 다투고 있었다. 그 싸움의 와중에는 뜬금없게도 자기가 끼어 있었다. 어쩌면 자기가 그 싸움의 주요 원인인지도 몰랐다.

하지만 앞뒤 사정을 모르는 그녀는 단지 그것만으로 자신의 처지를 단정할 수는 없었다. 게다가 두 사람이 꺼낸, 아니 오히려 오히데가 꺼낸 말은 우박이 쏟아지듯 정신이 없었다. 연이어 쏟아지는 단어의 의미를 하나씩 챙겨 음미해볼 여유 따위는 도저히 없었다. '인격', '소중히 한다', '당연하다'라는 말들이 꼬리를 물고 거기에 엉거주춤 서 있는 그녀의 귓불을 두드릴 뿐이었다.

그녀는 사태를 분명히 파악할 때까지 꼼짝 않고 그 자리에 서 있을까 생각했다. 그러자 그때 오히데의 입에서 마지막 포격처럼 터진 "오빠는 언니를 소중히 여기면서도 소중히 하는 사람이 또 있으니까요"라는 말이 갑자기 그녀의 마음을 뒤흔들었다. 유독 명료하게 들린 이 한마디만큼 오노부를 사로잡은 것은 없었다. 동시에 이 한마디만큼 그녀를 혼란스럽게 한 것도 없었다. 이어지는 말을 듣지 않는다면 그것만으로는 도저히 제대로 된 판단을 할 수 없었다. 오노부는 어떤 희생을 치르더라도 그다음 말을 듣지 않고서는 종잡을 수 없을 것 같았다. 그러나 그 이상은 또 아무리 애써도 들을 수 없었다. 조금 전부터 말 한마디마다 조금씩 언성이 높아진 두 사람의 대화는 이제 절정에 달했다고 간주할 수밖에 없었다. 한 걸음도 앞으로 나갈 수 없는 극단까지 와 있었다. 만약 억지로 앞으로 나아가려고 한다면 어느 쪽에선가 손을 대야 할 지경이었다. 따라서 오노부는 남세스러움을 막는 완화제로서 무슨 일이 있어도 병실에 들어가지 않을 수 없었다.

그녀는 남매 사이를 잘 알고 있었다. 그들의 불화 원인이 자신에게 있다는 것도 평소 알고 있었다. 거기에 얼굴을 내미는 것은 비상한 수완이 필요했다. 그러나 그녀에게는 자신감이 없는 것도 아니었다. 그녀는 아슬아슬한 찰나에 마음을 다져 먹었다. 그리고 일부러 조용히 병실 문을 열었다.

104

과연 두 사람은 입을 딱 다물었다. 하지만 폭풍우가 휘몰아치기 직전의 갑작스러운 고요는 결코 평화일 수 없었다. 부자연스럽게 억눌린 무언의 순간에는 오히려 무시무시한 어떤 것이 숨어 있었다.

각자의 위치에서 오노부를 처음 발견한 사람은 쓰다였다. 남향 툇마루 쪽에 머리를 두고 누워 있던 그의 눈에 반대쪽에서 들어온 오노부의 모습이 제일 먼저 눈에 뜨이는 것은 당연했다. 그 순간 그의 두 가지가 오노부의 촉수에 걸려들었다. 하나는 그의 불안이었다. 다른 하나는 그의 안도였다. 난처하다는 마음과 살았다는 마음이 숨길 틈도 없는 사이에 한꺼번에 그의 얼굴에 나타났던 것이다. 그리고 그것이 느닷없이 들어온 오노부의 예상과 딱 들어맞았다. 그녀는 그때 남편 얼굴에 나타난 표정 일부분에서 어떤 것을 의심해도 무방하다는 결정적 단서를 마음속에 꼭 담았다. 하지만 그것은 비밀이었다. 순간적으로 그녀는 남편의 또 다른 일면을 파악하는 것을 이곳에 온 과제로 삼지 않을 수 없었다. 그녀는 창백한 뺨에 억지 미소를 띠며 쓰다를 바라보았다. 그리고 그것이 때마침 오히데가 뒤를 돌아보는 순간과 동시에 일어났기 때문에 오히데는 오노부가 자신을 따돌리고 쓰다와 묵계를 주고받은 것으로 착각했다. 오히데의 뺨이 저도 모르게 불그스름해졌다.

"어머!"

"안녕하세요."

가벼운 인사가 오갔다. 하지만 그것이 끝나자 이야기는 여느 때처럼 이어지지 않았다. 두 사람 모두 침묵의 수렁에 빠져들기 시작했다. 좀처럼 말할 수 없는 오노부는 옆에 끼고 온 보자기를 풀어 오카모토가 빌려준 영어 유머집들을 꺼내 쓰다에게 건넸다. 그 손가락 끝에는 시종 오히데의 눈에 거슬렸던 예의 그 반지가 번쩍였다.

쓰다는 두께가 얇은 작은 책자를 한 권씩 집어 들고 펄럭펄럭 페이지를 넘겨본 뒤 다시 그것을 머리맡에 놓았다. 그는 그 책들의 한 줄도 읽을 마음이 일지 않았다. 따따부따할 기분 따위는 더더구나 없었다. 그는 잠자코 있었다. 오노부는 그사이 또 오히데와 두어 마디 주고받았다. 그것도 전부 그녀가 말을 걸어서 필요한 대답만을, 이를테면 상대방의 목에서 쥐어짜낸 것과 같은 응답이었다.

오노부는 또 품속에서 편지 한 통을 꺼냈다.

"집을 막 나오면서 우편함을 보았더니 들어 있어서 가져왔습니다."

오노부는 또박또박 격식을 차리며 말했다. 쓰다와 마주할 때와 비교하면 마치 다른 사람처럼 정중했다. 그녀는 그 서먹서먹한 격식을 은연중에 싫어했다. 하지만 타인, 그것도 오히데의 앞에서는 그런 부자연스러운 말투를 일종의 유의미한 수단으로 어쩔 수 없이 활용해야 한다고 생각했다.

편지는 부부가 기다리고 있던 교토의 아버지가 보낸 것이었다. 이것도 일전의 편지와 마찬가지로 등기가 아니었으므로 목전의 돈 문제를 해결해줄 내용이 아니라는 것은 오히데에게 아직 아무 말도 듣지 않은 오노부도 얼추 짐작할 수 있었다.

쓰다는 봉투를 뜯기 전에 그녀에게 말했다.

"오노부, 안 된대."

"음, 뭐가요?"

"아버지는 아무리 부탁해도 이젠 돈을 주시지 않겠대."

쓰다의 말투는 여느 때와 달리 진지했다. 오히데에 대한 반발 때문인지, 그는 저도 모르게 오노부에게 너그러운 남편이 되어 있었다. 게다가 자신은 그것을 전혀 알아차리지 못하고 있었다. 잘난 척하지 않는 그 태도가 오노부의 마음에 들었다. 그녀는 위로하는 듯한 따뜻한 태도로 대답했다. 저도 모르게 평소 자신의 말투로 돌아가버렸다.

"좋아요, 그렇다면. 이쪽에서 어떻게든 해볼게요."

쓰다는 말없이 봉투를 뜯었다. 안에서 나온 아버지의 편지는 그리 길지 않았다. 게다가 한눈에 봐도 금방 알 수 있을 만큼 큼직큼직한 글씨로 쓰여 있었다. 그래도 두 여자는 영어 유머집을 건넬 때처럼 말을 주고받지 않았다. 주의 깊은 시선으로 편지지만 바라볼 뿐이었다. 그러므로 그것을 다 읽은 쓰다가 원래대로 봉투에 넣고 베갯머리에 팽개쳤을 때는 두 사람 모두 그 편지의 대체적인 의미를 충분히 짐작하고 있었다. 그래도 오히데는 짐짓 물었다.

"뭐라고 쓰여 있어요? 오빠."

맥 빠진 얼굴을 하고 있던 쓰다는 가볍게 "흥" 하고 대답했다. 오히
데는 잠깐 딴 곳을 바라보았다. 그러고는 또 물었다.

"제가 말한 대로죠?"

편지는 과연 그녀가 추측한 대로였다. 그러나 그것 보라는 듯한 여동
생의 태도가 쓰다는 정말이지 마음에 들지 않았다. 그렇지 않아도 조
금 전에 그 문제로 다툰 터라 그는 자기도 모르게 그녀에게 편지에 쓰
인 대로 대답하는 것에 부아가 치밀었다.

105

오노부는 남편의 심정을 또렷이 눈치챘다. 그녀는 그들이 다시 충돌
할까봐 마음속으로 조마조마했다. 그와 함께 남편의 진의도 의심스러
웠다. 그녀가 본 평소의 남편은 언제나 자제력이 강했다. 자제만이 아
니었다. 마음속으로 상대방을 업신여길 때의 냉랭함이 늘 거기에 묻어
있었다. 그녀는 남편의 이런 특성 중에 아직 자신에게 버거운 어떤 것
이 숨어 있다고도 믿었다. 그녀에게 그것은 아직껏 미지수임에도 불구
하고, 그것만 명료하게 찾아낸다면 어려움 없이 그를 충분히 다룰 수
있다고까지 믿고 있었다. 하지만 겉으로 드러낼 정도의 남편이라면 한
마디로 평하는 것도 별로 어려운 일은 아니었다. 그는 쉽게 화를 내지
않는 사람이었다. 영어로 말하면 템퍼(temper, 마음의 평정)를 잃어버리
지 않는 예로 들 수 있는 그 사람이 또 어째서 자기 동생 앞에서는 이렇

게 자제력을 잃어버린 것일까? 더 엄밀히 말하면 그녀가 병실로 들어오기 전에 왜 그토록 노골적으로 폭발했을까? 어쨌든 그녀는 물러난 파도가 재차 덮쳐오기 전에 두 사람 사이로 비집고 들어가야 했다. 그녀는 싸움의 상대를 자기가 끌어안으려고 했다.

"아버님께서 히데코 씨한테도(일본에서는 시누이와 올케 간에 이름을 부르는 풍습이 있다) 무슨 소식을 전하셨어요?"

"아뇨, 어머니가요."

"역시 이 일로요?"

"네."

오히데는 그것 말고는 아무 말도 하지 않았다. 오노부가 뒤를 달았다.

"교토에서도 여러모로 돈 쓸 일이 많으실 거예요. 게다가 원래 우리가 잘못한 거니까요."

오히데에게는 이때만큼 오노부의 손가락에 끼워진 보석이 번쩍거려 보인 적이 없었다. 그리고 오노부는 또 자못 천진하게 그 번쩍이는 반지를 오히데 앞에 내밀었다. 오히데가 말했다.

"그런 이유만은 아니겠지만요. 노인네들이란 이상해서 오빠를 믿고 계셔요. 그 정도의 변통은 어떻게든 될 거로 생각하고요."

오노부는 미소를 지었다.

"그거야 닥치면 그럭저럭 되겠지요. 그렇죠, 여보?"

이렇게 말하며 쓰다 쪽을 바라본 오노부는 '빨리 그렇다고 하세요'라는 눈치를 줬다. 그러나 쓰다는 그녀가 지어보이는 눈짓은 보았지만 의미는 전혀 알아차리지 못했다. 그는 항상 하는 말을 되풀이했다.

"하려면 못할 것도 없지만, 난 아무래도 아버지 말씀이 이상하기만 하단 말이야. 담장 수리네, 집세가 안 들어오네, 그런 비용은 원래 사소한 거 아냐?"

"그런 건 아니겠지요, 여보. 자기 집을 한 채 가져보면."

"우리도 한 채 가지고 있잖아."

오노부는 그녀 특유의 미소를 이번에는 오히데 쪽으로 보냈다. 오히데도 비슷한 애교로 아낌없이 응답했다.

"오빠는 그 밑바닥에 뭔가 꿍꿍이속이 있다고 생각하는 거예요."

"그렇다면 여보, 당신이 나빠요, 아버님을 의심하다니요. 아버님께 꿍꿍이속이 있을 리 없잖아요. 그렇죠, 히데코 씨?"

"아뇨, 아버지랑 어머니 외에 또 꿍꿍이속이 있는 사람이 있다고 생각하는 것 같아요."

"그 외에 또?"

오노부는 의외라는 얼굴을 했다.

"네, 또 있다고 생각하는 게 틀림없어요."

오노부는 다시 남편 쪽으로 향했다.

"여보, 그건 또 무슨 이유예요?"

"오히데가 그렇게 말했으니까 오히데에게 물어봐."

오노부는 쓴웃음을 지었다. 오히데가 말할 차례가 다시 돌아왔다.

"오빠는 제가 뒤에서 교토를 부추겼다고 생각하고 있어요."

"하지만."

오노부는 그 이상 말할 수가 없었다. 그리고 그 한마디는 거의 의미가 없었다. 오히데가 얼른 그 여백을 채웠다.

"그래서 아까부터 기분이 매우 나빠요. 하긴 우리 남매는 만나기만 하면 싸우지만, 특히 이 사건 이래로는요."

"딱하네요."

오노부는 한숨 섞어 대답한 뒤 또 쓰다에게 묻기 시작했다.

"그런데 그건 정말이에요, 여보? 당신도 설마 그런 남자답지 못한 걸 생각하고 계시진 않으시겠죠?"

"뭔지 모르겠지만, 오히데한테는 그렇게 보이는 모양이야."

"그런데 오히데 씨가 부추겼다면 도대체 무슨 소용이 있어서 그랬다고 당신은 생각하세요?"

"아마 본때를 보이기 위해서겠지. 난 잘 모르겠지만."

"무슨 본때? 당신 도대체 무슨 나쁜 짓을 한 거예요?"

"몰라."

쓰다는 성가시다는 듯 이렇게 흘렸다. 오노부는 말도 붙일 수 없다는 투로 오히데를 쳐다봤다. 제발 도와달라는 표정이 그녀의 가느다란 눈과 눈썹 사이에 나타났다.

106

"아니, 오빠가 고집이 세서 그래요."

오히데가 말을 꺼냈다. 올케언니에게 어떻게든 해명해야 할 입장인 그녀는 이렇게 말하면서 속으로는 한층 더 올케언니를 밉살스러워했다. 그녀가 본 그때의 오노부만큼 속이 빤히 들여다보이고 뻔뻔스러운 여자는 없었다.

"네, 우리 집 양반은 고집이 세요"라고 대답한 오노부는 얼른 남편

쪽을 향했다.

"당신, 정말로 고집이 세요. 히데코 씨가 말씀하시는 대로예요. 그 버릇만은 반드시 고치셔야 해요."

"대체 뭐가 고집이 센 거야?"

"그거야 저도 잘 모르지만."

"어떻게든 아버지한테 돈을 받아내려고 하기 때문이야?"

"그래요."

"받아낸다고도, 뭐라고도 하지 않았는데."

"그러시겠죠. 그런 말씀을 하실 리 없지요. 또 말씀하셨다 해도 효과가 없으면 별수 없으니까요."

"그럼 어디가 고집이 세다는 거야?"

"그렇게 물으시면 곤란해요. 저도 잘 모르니까. 하지만 어딘가에 있어요, 고집 센 데가."

"바보."

바보라는 말을 들은 오노부는 오히려 기분 좋게 미소를 지었다. 오히데는 견딜 수 없었다.

"오빠, 오빠는 왜 제가 가져온 걸 순순히 받지 않아요?"

"순순히 받든 안 받든, 네가 처음부터 꺼내지 않고 있잖아."

"오빠 쪽에서 받는다고 말씀하지 않으시니까 꺼내지 않은 거예요."

"내가 말하면 네가 꺼내지 않으니까 받지 않는 거야."

"하지만 받으려는 태도가 아니시니 저도 드리기 싫다고요."

"그럼 어떻게 하면 좋겠니?"

"알고 계시잖아요."

세 사람은 한참 말이 없었다.

갑자기 쓰다가 말을 꺼냈다.

"오노부, 당신 오히데한테 사과하면 어때?"

오노부는 어처구니없다는 듯 남편을 쳐다보았다.

"왜요?"

"당신만 사과하면 갖고 온 걸 꺼내겠다는 심산 아냐, 오히데의 생각은."

"내가 사과하는 건 일도 아니에요. 당신이 사과하라고 하시면 얼마든지 사과할게요. 하지만……."

오노부는 여기서 호소하는 듯한 시선을 오히데에게 보냈다. 오히데는 이를 가로막았다.

"오빠, 오빠는 지금 무슨 말씀을 하는 거예요. 제가 언제 언니한테 사과하라고 말했어요? 그런 생트집을 잡으시면 제가 언니한테 면목이 없잖아요."

세 사람은 또 침묵에 빠졌다. 쓰다는 일부러 말을 하지 않았다. 오노부는 말을 할 필요가 없었다. 오히데는 말할 준비를 했다.

"오빠, 저 이래 봬도 오빠에 대한 의무를 다하고 있다고 생각해요."

오히데가 겨우 여기까지 말을 꺼냈을 때 쓰다가 갑자기 질문을 던졌다.

"잠깐 기다려. 의무야, 친절이야? 네가 말하려는 의도가?"

"제게는 어느 쪽이든 같아요."

"그래? 그럼 할 수 없지. 그래서?"

"그래서가 아니에요. 그러므로예요. 제가 아버지랑 어머니를 부추겨서 오빠랑 언니를 불편하게 했다고 오해받는 게 저한테는 그야말로 괴로워요. 그러므로 그 금액만이라도 어떻게 해서든 드리고 싶다는 호의에서 오늘 일부러 가지고 왔다고 하는 거예요. 실은 어제 언니한테 전화가 왔을 때 당장 올 생각이었는데 아침에는 집안일이 있었고, 낮에는 그 일로 은행에 갈 일이 생겨서 그만 오지 못하고 말았어요. 원래 얼마 안 되는 금액이니까 거기에 대해서 이러쿵저러쿵 말할 기분은 손톱만큼도 없지만, 제 배려가 오빠한테 전혀 통하지 않으니까 그게 단지 유감스럽다는 말만은 하고 싶어요."

오노부는 여전히 입을 다물고 있는 쓰다의 얼굴을 훔쳐보았다.

"여보, 뭐라고 말씀 좀 하세요."

"왜?"

"왜라뇨. 고맙다고요. 히데코 씨의 친절에 대한 감사 말이에요."

"기껏 그 정도 돈을 받는데 그렇게 은혜를 입은 척하는 건 싫어."

"은혜를 베푼 게 아니라고 방금 말하지 않았어요?"라고 오히데가 조금 새된 목소리로 둘러댔다. 오노부는 원래의 온화한 태도를 흐트러뜨리지 않았다.

"그래서 고집부리지 말고 고맙다는 인사를 드리라고 하는 건데. 만약 돈을 빌리는 게 싫으시다면 돈은 안 받으셔도 좋으니까 그냥 인사만 드리세요."

오히데는 야릇한 표정을 지었다. 쓰다는 바보 같은 소리 하지 말라는 태도였다.

107

세 사람은 묘한 처지에 놓였다. 내친걸음에 일종의 인과 관계로 묶인 그들은 점점 이야기를 다른 방향으로 돌리는 것이 곤혹스러웠다. 물론 자리에서 일어설 수도 없었다. 그들은 그곳에 앉아서 어떻게든 이 문제를 해결해야 했다.

게다가 이 문제는 결코 중요한 것이라고 말할 수 없었다. 멀리서 냉정하게 그들의 신분과 처지를 바라볼 수 있는 누구의 눈에도 별것 아닌 것으로 비칠 수밖에 없는 사소한 것에 불과했다. 그들은 남에게 주의를 받을 필요도 없이 그것을 잘 알고 있었다. 하지만 그들은 따져봐야 했다. 그들이 배후에 짊어지고 있는 인연은 남이 모르는 과거에서부터 얽힌 복잡한 손을 뻗치며 자유롭게 그들을 조종했다.

이윽고 쓰다와 오히데 사이에 다음과 같은 문답이 오갔다.

"처음부터 말하지 않았다면 그만이겠지만, 일단 말을 꺼내놓고 가져온 걸 전해주지 않고 그냥 돌아가는 것도 기분이 찜찜하니까 모쪼록 받아주세요, 오빠."

"두고 가고 싶다면 두고 가."

"그러니까 받을 자세를 하시고 받아주세요."

"내가 도대체 어떻게 해야 네 마음에 들지 몰라서 말이야, 그러니 조건을 좀 더 솔직하게 말해주면 좋겠다."

"저는 조건 따위, 그런 어려운 것은 바라지 않아요. 단지 오빠가 기분 좋게 받아주면 그걸로 족해요. 즉 남매답게 대해주면 그걸로 좋다는 것뿐이에요. 그리고 아버지한테 미안했다고 진정으로 한마디만 해주면 돼요."

"아버지한테는 옛날에 이미 죄송하다고 말했다. 너도 알고 있잖아. 게다가 한두 마디가 아니었잖니."

"하지만 제가 말하는 건 그런 형식적인 사과가 아니에요. 진심에서 우러나오는 후회예요."

쓰다는 '겨우 이까짓 일로'라고 생각했다. 후회 따위는 상상조차 못 했다.

"내 사과가 입에 발린 말이라고 생각하는 모양이구나. 아무리 내가 돈이 탐난다 해도 이래 봬도 남자다. 그렇게 굽실굽실 머리를 숙이겠니? 생각 좀 해봐라."

"하지만 오빠는 실제로 돈이 탐나잖아요."

"탐나지 않는다는 말은 안 해."

"그래서 아버지한테 사죄하셨죠?"

"아니면 아무것도 사죄할 필요가 없잖니."

"그러니까 아버지가 주지 않는 거라고요. 오빠는 그것도 눈치채지 못해요?"

쓰다는 입을 다물었다. 오히데는 얼른 위압적인 태도로 나왔다.

"오빠가 그런 마음을 가진 이상 아버지만이 아니에요. 저도 못 드려요."

"그럼 그만둬. 억지로 받으려고 하지는 않을 테니까."

"그런데 억지로라도 받으려고 하잖아요."

"언제?"

"아까부터 그렇게 말하고 계세요."

"생트집 잡지 마라, 바보 등신."

"생트집이 아니에요. 아까부터 속으로 그렇게 계속 말하고 있잖아요. 오빠야말로 솔직하지 않으니까 그걸 입에 올리지 않는 거예요."

쓰다는 살짝 험상궂은 눈으로 오히데를 쳐다보았다. 그 속에는 증오가 번득이고 있었다. 하지만 양심에 부끄럽다는 기색은 어디에도 깃들어 있지 않았다. 그리고 그가 입을 열었을 때는 오노부조차 의외의 모습에 놀랐다. 그는 그가 발휘할 수 있는 가장 냉정한 태도로 그녀의 기대와는 전혀 다른 말을 꺼냈다.

"오히데, 네가 말하는 대로다. 오빠는 지금 다시 고백한다. 오빠한테는 네가 가져온 돈이 절대로 필요하다. 오빠는 또다시 공언한다. 너는 여동생답게 정이 깊은 여자다. 오빠는 네 친절에 감사한다. 그러니까 제발 그 돈을 이 머리맡에 두고 가다오."

오히데의 손끝이 노여움으로 부들부들 떨렸다. 양쪽 뺨에 핏기가 솟았다. 그 피는 마음 어디에선가 한꺼번에 뺨 쪽으로 몰려온 듯했다. 얼굴이 하얘서 그것이 한층 더 선명했다. 그러나 그녀의 말투만은 별로 변하지 않았다. 분노 속에 미소마저 띤 그녀는 갑자기 오빠를 버리고 번쩍이는 시선을 오노부에게 내쏘았다.

"언니, 어떻게 할까요? 일껏 오빠가 말씀하시니까 두고 갈까요?"

"글쎄, 그건 히데코 씨 뜻대로 하세요."

"그러죠. 하지만 오빠는 꼭 필요하다고 말씀하시는데요."

"뭐, 우리 집 양반한테는 꼭 필요할지 모르죠. 하지만 저한테는 필요하지 않아요."

"그럼 오빠랑 언니는 전혀 별개라는 거군요."

"그렇다고 전연 별개는 아니에요. 그래도 부부니까 하나부터 열까지 뒤섞여 있어요."

"하지만……."

오노부는 '전부'라고까지는 말하지 않았다.

"우리 집 양반에게 절대로 필요한 건 제가 반드시 마련하니까요."

그녀는 이렇게 말하며 어제 오카모토 이모부에게서 받은 수표를 품속에서 꺼냈다.

108

그녀가 일부러 그것을 오히데에게 과시하듯 쓰다의 손에 건넸을 때, 그녀에게는 남편에 대한 일종의 주문이 있었다. 전후의 사정과 자신의 성격에서 추단한 그 주문이란 별것이 아니었다. 그녀는 남편이 자신과 원만하게 호흡을 맞춰 그것을 받아주면 좋겠다고 마음속으로 빌었다. 회심의 미소를 흘리며 고개를 끄덕이고 그것을 대범하게 머리맡에 내던지든가 아니면 극히 간단한, 하지만 아내가 매우 흡족해할 만한 인사를 그저 한마디 던지고 다시 그것을 오노부의 손에 되돌려주든가, 어느 쪽이든 이 수표의 출처에 대해서 부부가 호흡을 함께하고 있다는 사실을 오히데에게 보이면 그것으로 충분했던 것이다.

불행하게도 쓰다에게는 오노부의 행동도 수표도 너무 갑작스러웠다. 게다가 이런 경우에 드러내는 그의 연극적 기교가 아내와는 취향을 달리하고 있었다. 그는 이상하다는 듯 수표를 바라다보았다. 그러고는 천천히 물었다.

"이거 도대체 어떻게 된 일이야?"

냉랭하고 싸늘한 이 반문이 원망스럽게도 댓바람부터 이미 오노부의 의욕을 꺾어놓았다.

"어떻게 된 일이긴. 그냥 필요하니까 마련했을 뿐이에요."

이렇게 말한 그녀는 속으로 조마조마했다. 그녀는 쓰다가 정색하며 자초지종을 캘까봐 겁났다. 그것은 부부 사이에 도무지 박자가 맞지 않는다는 사실을 오히데 앞에 고백하는 것과 다르지 않았기 때문이다.

"치료하는 중에 이유는 묻지 않아도 돼요. 어차피 나중에 알게 될 테니까."

이렇게 말한 뒤에도 아직 불안했던 오노부는 쓰다가 뭐라고 미처 말하기 전에 얼른 그 뒤를 이었다.

"설사 모르게 한들 상관없잖아요, 겨우 이 정도의 돈을 갖고. 마련하려고 마음만 먹으면 어떻게든 만들 수 있다고요."

쓰다는 드디어 손에 쥔 수표를 머리맡에 던졌다. 그는 돈을 갖고 싶어 하는 남자였다. 그러나 돈을 귀히 여기는 남자는 아니었다. 쓰려는 돈의 필요성을 남들보다 몇 배나 뼈저리게 느끼고 있는 그는 그 돈이 대수롭지 않다는 듯한 오노부의 말을 진정으로 받아들이고 싶었다. 그래서 그는 잠자코 있었다. 하지만 그런 이유로 또 오노부에게 고맙다는 인사는 한마디도 건네지 않았다.

그녀는 아쉬웠다. 설혹 자기에게 뭐라고 말하지 않더라도 오히데에게는 가슴이 후련해지는 말 한마디라도 해주면 좋겠다고 속으로 생각했다.

조금 전부터 두 사람의 모습을 지켜보던 오히데는 갑자기 "오빠" 하고 불렀다. 그리고 품속에서 예쁜 여성용 지갑을 꺼냈다.

"오빠, 제가 가져온 걸 여기에 두고 갈게요."

그녀는 지갑 속에서 흰 종이에 싼 것을 풀어 수표 옆에 놓았다.

"이렇게 두면 되겠죠."

쓰다에게 말을 건넨 오히데는 은근히 오노부의 대답을 기다리는 것 같았다. 오노부는 얼른 대꾸했다.

"히데코 씨, 이러면 미안하니까 모쪼록 그런 걱정하지 말고 거두어 가주세요. 이쪽에서 준비하지 못했다면 모르겠지만 이미 준비됐으니까."

"하지만 그건 내 쪽이 또 기분이 언짢아요. 이렇게 일껏 싸 왔는데, 제발 그러지 말고 받아두세요."

두 사람은 양보했다. 같은 문답을 되풀이하기 시작했다. 쓰다는 꾹 참고 그것을 끝까지 듣고 있었다. 결국 두 사람은 쓰다의 눈치를 살피지 않을 수 없었다.

"오빠, 받아주세요."

"여보, 받으면 좋겠어요?"

쓰다는 히죽히죽 웃었다.

"오히데, 묘하구나. 아까는 그렇게 강경하더니, 이번에는 또 바보처럼 애걸복걸 받아달라고 하네. 도대체 어느 쪽이 진짜야?"

오히데는 발끈했다.

"어느 쪽이든 진짜예요."

이 대답이 쓰다에게는 뜻밖이었다. 그리고 그 단호한 어조가 한사코 냉소적인 자세를 취하려고 하는 그의 예봉을 꺾었다. 오노부는 더욱 그러했다. 그녀는 놀라서 오히데를 쳐다보았다. 그 얼굴은 조금 전과 마찬가지로 달아올라 있었다. 하지만 차가운 그녀의 눈에 깃든 번쩍이는 빛은 단순한 분노만이 아니었다. 분하다거나 원통하다든가 하는 적의 이외에 아직 인정해야 하는 어떤 것이 거기에 아른거렸다. 그러나 그것이 무엇인지는 그녀의 입을 통해 들을 수밖에 없었다. 두 사람의 관심은 오히데에게 쏠렸다. 이제껏 지속해온 마음에 각도의 전환이 필요했다. 그들은 눈빛으로 보여준 솔직한 심정을 그녀에게서 직설적으로 듣고 싶었다. 그들의 기대와 동시에 오히데의 입에서 그 말이 튀어나왔다.

109

"실은 아까부터 말할까 말까 망설이고 있었는데 그런 식으로 오빠한테서 비웃음을 사고 보니 저도 이대로 참고 돌아가면 안 되겠네요. 그래서 말할 수 있는 것은 여기서 말하겠어요. 일단 미리 말해두지만, 지금부터 말씀드리는 건 여태까지와는 의미가 좀 달라요. 그것을 아까와 같은 태도로 들으신다면 아무리 저라고 해도 다소 짜증을 낼지 몰라요. 왜냐하면 단지 제가 오해받는 게 싫다는 의미가 아니라 제 마음이 오빠 내외분께 통하지 않는 까닭이에요."

오히데의 설명은 이렇게 시작되었다. 그것이 이미 자기들의 태도를 바꾸려던 두 사람의 기대에 흥미를 한층 더했다. 그들은 말없이 그다음을 기다렸다. 그러나 오히데는 다시 한 번 다짐해두었다.

"조금은 진지하게 들어주시겠죠? 제가 진지해지면."

이렇게 말을 꺼낸 오히데는 그 강렬한 시선을 쓰다에게서 오노부 쪽으로 옮겼다.

"그렇다고 여태껏 진지하지 않았다는 건 아니지만. 여하튼 언니만 여기에 있어주시면 뭐 괜찮을 거예요. 늘 하던 남매 싸움으로 번지면 그땐 말려주시면 그만이니까."

오노부는 미소를 보였다. 그러나 오히데는 반응하지 않았다.

"저는 언젠가부터 오빠한테 말하려고 벼르고 있었어요. 올케언니가 계시는 데서 말이에요. 하지만 그 기회가 없어서 여태까지 말하지 못하고 있었어요. 그것을 지금 새삼스레 오빠 내외분이 나란히 계신 자리에서 말씀드리려고 해요. 그것은 다른 게 아니라, 괜찮으시죠? 오빠 부부는 자신들만 생각하는 분들이라는 거예요. 자기들만 좋다면 남이야 아무리 곤란하든 괴롭든 전혀 아랑곳하지 않고 제 좋을 대로만 하시는 분들이라는 거예요."

쓰다는 이 단정을 오히려 냉정하게 받아들일 수 있었다. 그는 그것을 자신의 개성으로 인정한 데다가 보통 사람의 특징으로도 믿어 의심치 않았기 때문이다. 그러나 오노부에게는 또 이만큼의 엉뚱한 비판도 없었다. 그녀는 단지 어처구니없을 뿐이었다. 행운인지 불행인지 오히데는 그녀가 입을 열기 전에 다음 말을 꺼냈다.

"오빠는 자기 자신을 애지중지할 뿐이에요. 언니는 또 오빠한테 사랑받기만 할 뿐이지요. 오빠 부부의 눈에는 이외에 아무것도 보이지 않아요. 여동생 따위는 말할 필요도 없고, 아버지도 어머니도 보이지 않는다구요."

거기까지 말한 오히데는 갑자기 뒷말을 보탰다. 두 사람 중 누가 자신을 가로막지는 않을까 조바심이 나는 듯한 모습을 보이며.

"저는 단지 제 눈에 비친 그대로의 사실을 말할 뿐이에요. 그것을 꼭 어떻게 해달라고 하는 게 아니에요. 이미 그 시기는 지났죠. 사실대로 말하면 그 시기는 오늘 지나갔어요. 실은 방금 지나갔어요. 오빠 부부가 알아차리지 못하는 사이에 지나갔다고요. 저는 모든 것을 인연 탓으로 돌리고 체념할 수밖에 도리가 없어요. 하지만 그 사실에서 추단한 결과만은 반드시 오빠 부부께 들려드리고 싶어요."

오히데는 다시 쓰다에게서 오노부 쪽으로 눈길을 돌렸다. 두 사람은 오히데가 말한 결과라는 것에 대해 뚜렷한 개념이 없었다. 따라서 그것을 듣고 싶다는 호기심이 일었다. 그래서 잠자코 있었다.

"결과는 간단합니다."

오히데가 말했다.

"결과는 한마디로 말할 수 있을 만큼 간단해요. 하지만 아마 오빠 부부는 모르실 테지요. 결코 남의 친절을 받을 수 없는 사람이라는 의미를 두 분께서는 깨닫지 못하고 계시니까요. 이렇게 말해도 오빠 부부한테 통하지 않을지 모르니까 다시 한 번 되풀이하겠습니다. 자기밖에 생각지 않는 두 분은 인간으로서 남의 친절을 받아들일 자격을 잃어버렸다는 것이 제 생각이에요. 즉 남의 호의에 감사할 줄 모르는 사람으로 전락했다는 거지요. 두 분께서는 그걸로 충분하다고 여기실지 모르겠어요. 어디에도 부족한 데가 없다고 생각할지도 모르겠지요. 하지만 제가 볼 때는 그건 두 분 자신에게 당치도 않은 불행이에요. 하늘이 인간답게 고마워할 마음가짐을 빼앗은 것과 마찬가지로 보이거든요. 오빠, 오빠는 제가 내민 이 돈은 받고 싶다고 하셨어요. 하지만 제가 이 돈을 내민 호의는 필요 없다고 말씀하셨어요. 제가 볼 때는 그것이 대단히 이율배반이라구요. 전혀 인간답지 못해요. 매우 불행한 일이라고요. 그리고 오빠는 그 불행을 깨닫지 못하고 계세요. 언니는 또 제가 가져온 이 돈을 오빠가 받지 않길 바라겠지요. 아까부터 받지 않게 하려고 하고 있어요. 즉 이 돈을 거절함으로써 제 호의도 거부하려는 것이지요. 그리고 그게 언니를 사뭇 우쭐거리게 합니다. 언니도 그래요. 언니는 시누이의 진심을 솔직하게 받아들여 느낄 수 있는 좋은 마음이 지금의 우월감보다 얼마나 유쾌하고 인간적인지 전혀 모르는 분이에요."

오노부는 가만히 있을 수 없었다. 그러나 오히데는 오노부보다 더 가만히 있지 않았다. 그녀는 자기를 가로막으려고 하는 오노부를 초장부터 제압하려는 열띤 어조로 말하고 싶은 것을 토해버리지 않으면 성이 차지 않을 것 같았다.

110

"언니, 말하고 싶은 것이 있으시면 나중에 천천히 들을 테니까 번거로우시더라도 참으시고 제가 말을 좀 하게 해주세요. 뭐, 곧 끝납니다. 그렇게 오래 걸리지 않아요."

양해를 구하는 오히데의 태도는 유달리 침착했다. 조금 전 쓰다와 격렬하게 충돌했을 때와는 정반대로 달라진 그녀는 의외로 차분했다. 이 현상이 두 사람의 눈에는 정말이지 뜻밖의 태도로 비쳤다.

"오빠."

오히데가 말했다.

"저는 왜 좀 더 빨리 이 돈을 오빠 앞에 내놓지 않았을까요? 그리고 이제 와서 또 왜 천연덕스럽게 이것을 두 분 앞에 내밀었을까요? 생각해보세요. 언니도 한번 생각해보세요."

생각할 것도 없이 두 사람에게는 그것이 오히데의 궤변으로밖에 받아들여지지 않았다. 특히 오노부에게는 그렇게 보였다. 그러나 오히데는 진지했다.

"오빠, 저는 이것으로 오빠를 오빠답게 하고 싶었어요. 오빠는 '고작 그 정도의 돈으로……'라며 비웃으시겠지요. 하지만 저는 금액이 문제가 아니에요. 조금이라도 오빠를 오빠답게 할 기회가 있다면 저는 언제든지 잡을 생각이에요. 저는 오늘 이 자리에서 한껏 노력했습니다. 그리고 보기 좋게 실패했지요. 특히 언니가 온 뒤로 제 의도는 확실하게 어긋났어요. 제가 여동생으로서 오빠에 대한 집착을 영원히 포기해야 했던 것은 그때입니다. ……언니, 제발 부탁이니 조금만 참고 들어주세요."

오히데는 또 이렇게 말하며 뭔가 말하려고 하는 오노부를 저지했다.

"오빠 부부의 태도는 저도 충분히 알았습니다. 두 분한테서 한 시간, 두 시간 설명을 듣기보다 지금 여기서 뵌 것만으로 제 마음대로 판단하는 쪽이 오히려 나을 것 같으니까, 저는 이제 아무것도 듣지 않을게요. 하지만 저는 하고 싶은 말이 아직 남았어요. 그것은 반드시 들어주셔야 해요."

오노부는 상당히 제멋에 겨운 여자라고 생각하면서 잠자코 있었다. 그러나 처음부터 우월감으로 느긋했던 그녀로서는 말을 하지 않아도 아쉬울 게 없었다. "오빠" 하고 오히데가 또 말했다.

"이걸 보세요. 틀림없이 종이에 싸여 있어요. 오히데가 집에서 준비

319

해 가지고 왔다는 증거가 되겠지요. 거기에 오히데의 속사정이 있다고요."

오히데는 일부러 머리맡의 수표를 집어 들어보였다.

"이게 호의란 거예요. 두 분은 아무리 해도 그 의미를 알 수 없을 테니까 할 수 없이 제가 설명할게요. 그리고 오빠가 오빠답게 해주시지 않아도 저는 집에서 가져온 호의를 여기에 두고 갈 수밖에 도리가 없다는 것도 같이 설명할게요. 오빠, 이것은 여동생의 호의인가요, 의무인가요? 오빠는 아까 그런 질문을 던졌어요. 저는 어느 쪽이나 같다고 말했습니다. 오빠가 동생의 호의를 받아주시지 않는데 동생은 아직 그 호의를 다할 마음으로 있다면, 그 호의는 의무와 뭐가 다른 건가요? 제 호의를 오빠 쪽에서 의무라고 치부해버렸잖아요."

"오히데, 이제 알았다."

쓰다가 가까스로 말을 꺼냈다. 그의 머리에는 동생이 말하는 의미가 명료하게 포착됐다. 하지만 그녀가 기대하는 감정은 조금도 일어나지 않았다. 그는 조금 전부터 성가신 것을 참고 그녀의 이야기를 듣고 있었다. 그가 아는 여동생은 친절하지도 않고 성실하지도 않았다. 애교도 없고 품위도 없었다. 단지 성가실 뿐이었다.

"잘 알았다. 그걸로 됐어. 그거면 충분하다."

이미 체념하고 있던 오히데는 별로 원망스러운 표정도 짓지 않았다. 단지 이렇게 말했다.

"이건 우리 집 양반이 빌려주는 돈이 아니에요, 오빠. 우리 집 양반이 교토에 보증을 서서 이뤄진 약속을 오빠가 깨버렸기 때문에 아버지에 대한 도리로 할 수 없이 빌려주는 거라면 아무리 오빠라고 한들 기분 좋게 받을 수가 없잖아요? 저도 그런 일로 우리 집 양반을 번거롭게 하는 것은 싫어요. 그래서 말씀드리는데, 이것은 우리 집 양반과는 관계 없는 돈이에요. 제 돈이에요. 그러니까 오빠가 부담 없이 받아도 돼요. 제 호의는 받지 않아도 돈만은 받을 수 있을 거예요. 지금 저는 어설픈 인사말보다는 말없이 받아주는 쪽이 오히려 기분이 좋아요. 문제는 이미 오빠를 위한 게 아니라는 거예요. 단순히 저를 위해서예요. 오빠, 저를 위해서 부디 받아주세요."

오히데는 이렇게 말하고 일어섰다. 오노부는 쓰다를 바라봤다. 그 얼굴에는 어떤 암시도 드러나지 않았다. 그녀는 별수 없이 오히데를 배웅하러 계단을 내려갔다. 두 사람은 현관 앞에서 평범한 인사를 나눈 후 헤어졌다.

111

병원에서 오히데와 만난 일은 오노부에게는 의외의 일도 무엇도 아니었다. 하지만 만난 결과는 역시 의외의 일 이상의 의외의 일로 귀착했다. 자신에 대한 오히데의 태도를 평소 익히 알고 있던 그녀도 설마 이런 장면에서 그 상대가 되리라곤 생각하지 못했다. 상대가 된 후에도 그것은 우연히 부딪친 운수소관처럼 여겨질 뿐이었다. 그 필연성을 찾으려고 과거의 인과를 더듬어본다는 것은 생각조차 일지 않았다. 이 심리 상태를 더욱 쉽게 말하면, 사건의 책임은 자신과 전혀 관계없다는 것이었다. 모조리 오히데가 짊어져야 한다는 의미였다. 따라서 오노부의 마음은 의외로 평온했다. 적어도 양심에 가책을 받을 만한 일은

쉽사리 발견되지 않았다.

이 만남으로 오노부가 얻은 수확은 두 가지였다. 하나는 이 일이 있고 난 뒤의 불쾌한 감정이었다. 그 감정 속에는 오히데를 통해 앞으로 자신들에게 닥쳐올 것 같은 갈등도 포함되어 있었다. 그녀는 그것을 헤쳐 나갈 각오가 충분히 되어 있었다. 다만 거기에는 쓰다가 한결같이 자기편을 들어주어야 한다는 전제가 필요했다. 그리된다면 그녀는 7할 정도의 안심과 3할 정도의 불안을 안고 있는 셈이었다. 그 3할 정도의 불안을 자신이 오늘 얼마나 해소했는지가 그녀에게 중대한 문제였다. 적어도 오늘의 그녀는 남편의 사랑을 받기 위해 혹은 그것을 다시 찾기 위해 쓰다에게 최대한 성의를 보였다는 의미에서 자신감을 어느 정도 확보한 셈이다.

이것은 오노부 자신이 알고 있는 소식 중에서 반드시 해결하고 넘어가야 할 문제의 일부지만, 그 밖에 또 부지불식간에 그녀가 거머쥐게 된 수확이 있었다. 물론 그것은 일시적인 것에 불과했다. 하지만 당연히 자신을 겨냥할 남편의 의구심을 그녀는 운 좋게 피할 수 있었던 것이다. 왜냐하면 오히데라는 상대를 떠안기 전의 쓰다와 시달리기 시작한 후의 쓰다는 마음 상태로 보든, 의혹의 대상으로 보든 전혀 달랐다. 그러므로 이 변화가 세차게 요동치던 아슬아슬한 순간에 모습을 드러내서 그 변화의 기복을 자연스럽게 누그리는 역할을 한 오노부는 저도 모르게 이득을 본 셈이었다.

그녀는 왜 오카모토가 무리하게 자기를 연극에 초대했는지 또 왜 그 오카모토 집에 어제 가야만 했는지의 속사정과 관련된 모든 이야기를 쓰다에게 해명해야 하는 수고를 생략할 수 있었다. 오히려 자기 쪽에서 말을 꺼내고 싶을 정도였던 고바야시의 말에 대해서조차 그녀는 한마디도 꺼낼 필요를 느끼지 않았다. 오히데가 돌아간 뒤 두 사람의 머리는 온통 오히데의 일로 꽉 차 있었다.

두 사람은 서로의 표정에서 그것을 알아챘다. 그리고 두 사람이 얼굴을 마주 본 것은 오히데를 배웅한 오노부가 계단을 올라와 다시 병실 입구에 그 날씬한 모습을 드러낸 순간이었다. 오노부는 미소를 지었다. 그러자 쓰다도 미소를 지었다. 거기에는 다른 아무것도 없었다. 단지 두 사람이 있을 뿐이었다. 그리고 서로의 미소가 서로의 가슴속에 스며들었다. 적어도 오노부는 오랜만에 본래의 쓰다를 본 것 같은 생각이 들었다. 그녀는 얼굴에 떠오른 그 미소가 무슨 의미인지 전혀 몰랐다. 단지 어떤 모습을 띠고 움직인 얼굴의 그 형태가 그녀에게는 기쁜 표상이었다. 그녀는 그것을 소중하게 마음속 깊이 갈무리했다.

그때 두 사람의 미소는 별안간 바뀌었다. 두 사람은 이를 한껏 드러내고 목젖을 젖혀 한꺼번에 소리 내어 웃었다.

"놀랐어요."

오노부는 이렇게 말하며 다시 쓰다의 머리맡에 와 앉았다. 쓰다는 오히려 차분하게 대답했다.

"그러니까 그 애한테 전화하지 말라고 했잖아."

두 사람은 자연스레 오히데를 화제로 삼았다.

"히데코 씨가 설마 기독교 신자는 아니겠지요?"

"왜?"

"왜라기보다……"

"돈을 두고 갔기 때문이야?"

"그것만이 아니에요."

"자못 진지한 척 설교를 해서?"

"네, 뭐 그래요. 저는 처음 봤어요, 히데코 씨가 그런 어려운 말을 하는 건."

"걔는 이치만 따지는 애야. 즉 그렇게 일을 번거롭게 끌어가지 않으면 성이 차지 않는 여자란 말이야."

"하지만 난 처음이에요."

"당신은 처음이겠지. 난 몇 번인지도 몰라. 도대체 아무것도 아니면서 고상한 척하는 게 그 애 버릇이야. 그리고 작은아버지의 감화를 어설프게 받은 게 독이 됐어."

"어째서요?"

"어째서라니. 작은아버지 곁에서 작은아버지께서 그 이론을 좋아하시는 걸 시종 봐왔으니까 마침내 입이 그렇게 청산유수가 되어버렸다는 거지 뭐."

쓰다는 어처구니없다는 표정을 지었다. 오노부도 쓴웃음을 지었다.

112

오랜만에 남편과 직접 마주한 듯한 기분이 든 오노부는 매우 흡족했다. 두 사람 사이에 부지불식간에 드리웠던 얇은 장막이 갑자기 활짝 젖혀진 것처럼 상쾌한 기분이 들었다.

그를 사랑하기 때문에 그도 모름지기 자신을 사랑하도록 해야 한다, 이것이 그녀의 결심이었다. 그 결심은 그녀로 하여금 끊임없는 노력을 요구했다. 그녀의 노력은 다행히 헛수고로 끝나지 않았다. 그녀는 마침내 보상받았다. 적어도 희망적인 전망을 해볼 수 있는 정도에 값하는 보상이었다. 그녀에게 의외의 사태라고 말해야 할 이 파국은 곧 부활의 서광이었다. 그녀는 먼 지평선 위에 번진 장밋빛 하늘을 희붐하게 바라볼 수 있었다. 그리고 그 희망 속에서 이 파국이 빚어낸 모든 불쾌감에서 벗어났다. 고바야시가 잔혹하게 남기고 간 정체불명의 검은 점하나, 그것은 아직도 그녀의 가슴에 남아 있었다. 오히데의 입에서 매섭게 튀어나온 수상한 한마디, 그것도 의혹의 별이 되어 그녀의 머릿속에 희미하게 명멸했다. 그러나 그것들은 이미 아득하게 밀려났다. 적어도 그다지 괴롭지는 않았다. 귀에 들린 순간 일었던 흥분의 기억조차 다시 반추할 필요를 느끼지 않았다.

'만약 최악의 경우가 닥쳐온다 해도 나는 괜찮아.'

그때 오노부는 마음속으로 남편에게 이런 자신마저 품을 수 있었다. 그래서 만일의 경우에 무슨 수를 쓰든 임기응변으로 대처해보겠다는 여유가 생겼다. 상대를 정리하는 정도의 일이라면 못할 리도 없다는 기분도 한몫했다.

"상대? 어떤 상대 말인가요?"라고 누가 묻는다면 오노부는 어떻게 대답했을까? 그것은 어슴푸레하게 묽은 먹빛으로 떠오르는 상대였다. 그리고 여자였다. 그리고 쓰다의 사랑을 자기에게서 훔쳐가는 사람이었다. 오노부는 그것 말고는 아무것도 알 수 없었다. 하지만 어딘가에 그 상대가 숨어 있다고 생각했다. 오히데와 자기 부부 사이에 일어난 파란이 거기까지 아슬아슬하게 가지 않고 끝났다면, 오노부는 내친걸음에 무슨 일이 있어도 쓰다 안에 잠복한 그 상대를 막연하게 탐색해야 할 판이었다.

오노부는 그 프로그램을 변경하게 된 자신을 되돌아보고 오히려 행복하다고 여겼다. 마음에 걸리는 것을 뒤로 넘기는 것이 괴로워 견딜 수 없다고는 결코 생각하지 않았다. 그것보다 이 기회를 최대한으로 증폭시켜 다정하고 고분고분한 지금의 자신을 남편 머릿속에 강력하게 각인시키는 게 득책이라고 생각했다.

이렇게 결심하자마자 그녀는 거짓말을 풀기로 했다. 그것은 사소한 거짓말이었다. 하지만 이번 일처럼 물질과 정신 양면에 걸쳐 남편을 궁지에서 구해낸 것이 자신이 가져온 수표라는 사실을 굳게 믿어 의심치 않았던 그녀에게는 오히려 중대한 의미를 지니고 있었다.

그때 쓰다는 수표를 집어 들고 다시 그것을 바라보고 있었다. 거기에 적힌 금액은 그가 요구한 것보다 오히려 많았다. 그러나 그것을 문제 삼기 전에 그는 오노부에게 말했다.

"오노부, 고마워. 덕분에 살았다."

오노부의 거짓말은 이 고맙다라는 말이 끝나자마자 곧장 그녀의 입에서 미끄러져 나와버렸다.

"어제 이모부 집에 간 건 이걸 받기 위해서였어요."

쓰다는 뜻밖이라는 표정이었다. 오카모토에게 돈을 변통해오라고 했을 때 그것을 단번에 거절한 사람은 이 수표를 가져온 오노부 자신이었다. 일주일도 채 되지 않은 사이에 어디서 그런 호의가 갑자기 솟아났는지 생각할수록 쓰다는 야릇하기만 했다. 오노부는 그것을 이렇게 설명했다.

"그거야 싫었어요. 게다가 이모부께 돈으로 폐를 끼치는 건. 하지만 할 수 없잖아요, 여보. 여차할 때 그 정도 용기를 내지 않으면 아내로서의 내 역할에 체면이 서지 않으니까."

"이모부께 이유를 말했어?"

"네, 참 괴로웠어요."

오노부가 쓰다에게 시집올 때 필요한 것들은 대부분 오카모토가 장만해주었다.

"게다가 돈 따위는 전혀 옹색하지 않은 얼굴로 지금까지 지내왔으니까요. 그래서 더 부끄러웠어요."

그녀의 성격으로 미루어보아도 이런 경우 얼마나 부끄러워했을지는 쓰다도 충분히 이해할 만했다.

"잘했어."

"말만 하면 돼요, 여보. 없는 게 아니니까요. 단지 말하기 어려울 뿐이거든요."

"하지만 세상에는 또 아버지라든지, 오히데라든지, 그런 꾀까다로운 사람도 있는 법이니까."

쓰다는 오히려 자존심이 상한 듯한 표정을 지었다. 오노부는 그것을 수습하려는 것처럼 말했다.

"아니, 그런 의미로 받아온 건 아니에요. 이모부는 저한테 반지를 사준다는 약속을 했었어요. 결혼할 때 사주지 못한 대신 지금 사주시겠다고 지난번부터 그렇게 말씀하셨거든요. 그래서 아마 그 요량으로 주신 걸 거예요, 걱정하지 마세요."

쓰다는 오노부의 손가락을 바라보았다. 거기에는 자기가 사준 보석 반지가 반짝이고 있었다.

113

두 사람은 여느 때보다 하나가 되었다.

지금까지 오노부 앞에서 체면을 지키려고 긴장했던 쓰다의 마음이 저도 모르게 느슨해졌다. 자기 아버지가 그녀의 눈에 구두쇠로 비치지 않을까 하는 염려 혹은 자기 기대와 달리 그녀가 아버지의 재력을 얕잡아보지 않을까 하는 두려움, 이 두 가지 때문에 될 수 있으면 교토 쪽에 애매한 가림막을 치고 지내려 한 경계심이 풀어졌다. 그리고 그는 그것을 깨닫지 못하고 있었다. 노력도 하지 않고 의지도 갖추지 않은 채, 그는 저절로 거기까지 밀려왔다. 사건이 오노부를 위해 주의 깊은 그를 살짝 들어 올려 거기까지 옮겨다 준 것이나 마찬가지였다. 오노부는 그것이 기뻤다. 바뀌려는 결심 없이 바뀐 남편의 태도에는 어떠한 꾸밈도 없었다.

그때 쓰다도 오노부 역시 그런 기분이리라고 생각했다. 결혼 후 그들 사이에는 다른 일은 잠시 문제 밖으로 보류하더라도 항상 재력에 관한 묘한 갈등이 있었다. 그리고 그것은 이런 인과가 빌미였다. 보통 사람처럼 재력을 과시하고 싶어 하는 쓰다는 자신을 오노부에게 가능한 한 높이 인정받고 싶어서 아버지의 재산을 실제보다 훨씬 엄청난 액수로 그녀에게 부풀렸다. 그뿐이라면 또 괜찮았다. 그의 약점은 거기에서 한 걸음 더 나아간 데 있었다. 그가 오노부에게 암시한 처지는 지금보다 훨씬 부유한 신분의 서방님이었다. 필요한 경우에는 얼마든지 아버지에게 지원을 요청할 수 있었다. 설사 요청하지 않더라도 다달이 필요한 지출에 곤란을 겪을 우려는 결코 없었다. 오노부와 결혼할 때 그는 이미 그만큼 자기가 한 말의 책임을 그녀 앞에서 짊어진 것과 마찬가지였다. 영리한 그는 재력에 무게를 두는 점에서 그에게 결코 뒤지지 않는 오노부의 성격을 잘 알고 있었다. 극단적으로 말하면 황금에서 사랑이 싹튼다고까지 믿는 그는 어떻게 해서든지 오노부 앞에서 늘 어놓았던 허풍을 수습해야 한다는 불안이 있었다. 특히 그는 그 점에서 오노부에게 멸시당하는 것을 무척 두려워했다. 호리에게 부탁하여 매월 아버지에게 도움을 받을 수 있도록 한 것도 실은 이렇게 민감한 꿍꿍이속이 숨어 있었기 때문이었다. 그것조차 그는 어딘가 거북한 데가 있었다. 적어도 그녀를 대하는 겉과 속에는 상당한 거리가 있었다. 영리하기 그지없는 오노부는 또 그 거리를 손금 보듯 빤하게 알았다. 당연히 그녀는 거기에 불만을 품지 않을 수 없었다. 하지만 그녀는 남편의 허위를 나무라기보다 오히려 남편의 솔직하지 못한 점을 탓했다. 그녀는 단지 서먹서먹하다고 생각했다. 자신의 약점을 남자답게 아내 앞에 속속들이 드러내주지 않는 점이 괴로웠다. 나중에는 그것을 한사코 털어놓지 못할 만큼 서먹한 남편이라면 이쪽도 가만히 있지는 않을 거라고 혼자서 속으로 다짐했다. 그러자 그 태도가 또 메아리처럼 쓰다의 가슴에 울렸다. 두 사람은 줄곧 직접 마주할 수 없었다. 게다가 겸양을 떠느라 가급적이면 거기까지는 가지 않으려고 조심하고 있었다. 그런데 오히데와의 다툼이 우연히도 오노부의 닫힌 그 문짝을 일거에 제거해버렸다. 그런데도 오노부 자신은 추호도 그것을 깨닫지 못했다. 그녀는 자신을 남편 앞에 개방하려는 노력도 결심도 없이 자연스럽게 꾸밈없는 자신을 드러내버렸다. 그래서 쓰다가 봐도 마치 딴사람처럼 보였다.

두 사람은 이런 식으로 여느 때보다 하나가 되었다. 그러자 둘이 화합한 곳에 묘한 현상이 금방 나타났다. 둘은 지금까지 꺼려왔던 문제를 아무렇지 않게 꺼냈다. 둘은 함께 교토에 대한 선후책을 강구했다.

두 사람은 같은 예감이 들었다. 이 사건은 이것만으로 끝나지 않을 거라는 불안이 서로의 마음을 옭아맸다. 분명히 오히데가 무엇인가 획책할 것이다. 그렇다면 직접 교토를 향해 꾸밀 것이 틀림없다. 그리고 그 결과는 자연히 두 사람의 불이익으로 갈무리될 것이 불문가지다. ……여기까지는 둘이 일치하는 부분이었다. 그렇다면 이에 대한 대비책이 중요했다. 하지만 이것은 의견이 달라 쉽게 결론이 나지 않았다.

오노부는 중재자로서 후지이 숙부를 첫손가락으로 꼽았다. 하지만 쓰다는 고개를 가로저었다. 그는 숙부나 숙모도 오히데 편이라는 것을 잘 알고 있었다. 쓰다는 오카모토 이모부가 어떨까, 하는 의견을 냈다. 이번에는 오노부가 오카모토 이모부는 쓰다의 아버지와 그렇게 깊은 친교가 없다는 이유로 반대했다. 그녀는 차라리 간단하게 자기가 화해를 위해 오히데에게 가보겠다는 소견을 내놓았다. 여기에는 쓰다도 별다른 이의가 없었다. 설혹 이번 사건 때문이 아니라도 절교를 바라지 않는 이상, 어떤 형식으로든 두 집의 교제는 되살려야 할 운명이었기 때문이다. 그러나 그것은 그렇다 치더라도 그들은 좀 더 유효한 방법을 찾아보고 싶었다. 그들은 궁리에 들어갔다.

결국 요시카와의 이름이 두 사람의 입에서 똑같이 나왔다. 그의 지위, 아버지와의 관계, 아버지로부터 각별한 부탁을 받고 쓰다를 보살펴주고 있는 현재의 사정, ……헤아리면 헤아릴수록 그는 유리한 조건을 갖추고 있었다. 하지만 거기에는 또 약간의 어려운 점이 있었다. 그다지 친하지도 않은 요시카와에게 어렵게 다가가 부탁하려면 모름지기 그 전에 그의 부인을 설득해야 했기 때문이다. 그런데 그 부인은 오노부가 제일 상대하기 싫은 여자였다. 오노부는 쓰다의 제의에 동의하기 전에 살짝 고개를 갸웃거렸다. 부인과 사이가 좋은 쓰다는 또 성공 가망성이 충분히 보여서 줄기차게 그 방법을 주장했다. 오노부는 마침내 고집을 꺾었다.

툭 터놓고 이렇게 논의를 마친 두 사람은 가뿐한 마음으로 헤어졌다.

114

간밤에 잠을 설쳐 피곤이 겹쳤던 쓰다는 그날 밤 의외로 쉽게 잠들 수 있었다. 이튿날도 투명한 햇살에 눈을 뜨며 유리창 너머로 상쾌한 공기를 느낀 그에게 이웃 세탁소의 예의 쓱쓱 비벼대는 소리가 왠지 가을 정취를 자아냈다.

"……에 가신다면 입고 가세유, 쓱쓱쓱."

세탁소 사내는 속된 노래를 부르며 한 소절이 끝날 때마다 '쓱쓱쓱' 추임새를 넣었다. 쓰다는 그 추임새로 쉴 틈 없이 손을 움직이는 그들의 모습을 연상했다.

그들은 갑자기 이상한 통에서 하얀 것을 꺼내더니 그것을 메고 지붕으로 올라갔다. 그리고 빨래 너는 곳에 그 하얀 것을 빈틈없이 가을 하늘에 펼쳤다. 이곳에 온 뒤부터 매일 되풀이되는 그들의 동작은 단조로웠다. 하지만 부지런했다. 그것이 과연 무엇을 의미하는지 쓰다는 알 수 없었다.

그는 지금의 자신에게 좀 더 절실한 일을 궁리해야 했다. 그는 요시카와 부인의 모습을 떠올렸다. 그의 미래, 그것을 눈앞에 그려보는 일은 너무 막연했다. 그것을 대중하려고 하면 언제든지 요시카와 부인이 나타났다. 평소 자신의 미래를 지배해온 이 초점에는 이때 특별한 의미가 깃들어 있었다.

첫째로 며칠 전 방문했을 때부터 마음에 걸리는 일이 있었다. 그때 두 사람 사이에 봉해진 어떤 문제에 확 불을 붙인 것은 그녀였다. 그는 그 뒤를 듣지 않으려고 애썼다. 한편으로는 듣고 싶은 유혹이 없는 것도 아니었다. 이미 봉한 것을 뜯은 것이 그녀라고 한다면 내용을 확인할 권리는 자신에게 있는 것처럼 여겨졌다.

둘째로 교토 일이 신경 쓰였다. 경중을 별도로 따져보면 오히려 이쪽이 다급했다. 하루빨리 그녀를 만나는 것이 상책인 것 같기도 했다. 아무리 해도 아직 네댓새는 움직일 수 없는 형편인 그는 어제도 오노부가 돌아가기 전에 그녀를 자기 대신 부인에게 보낼까 했을 정도였다. 그것은 오노부가 사절해서 이뤄지지 않았지만 그는 지금도 그쪽이 가장 적당한 방법이라고 믿고 있었다.

오노부가 왜 이런 일로 부인을 방문하는 것을 싫어하는지 쓰다는 궁금하기만 했다. '가만히 있어도 그런 일이라면 드나들고 싶어 하는 주제에'라고 그는 그때 생각했다. 오노부에게 부인 앞에 나가도록 일부러 볼일을 만든 것과 마찬가지라며 자신의 제의를 강조했다. 하지만 아무리 해도 이번 경우를 받아들이기 꺼려하는 오노부에게 그는 억지로 강요할 마음이 들지 않았다. 그것은 부부가 뜻을 맞춘 기분에도 그렇지만, 한편으로는 또 오노부가 끼어들지 않으려는 이유와도 관계가 있었다. 그녀는 자기가 가면 반드시 실패한다고 말했다. 그 이유를 밝히지는 않았지만 쓰다라면 틀림없이 성공할 것이라고 말했다. 성공한다고 해도 퇴원한 뒤가 아니면 만날 수가 없으니 늦어질 위험이 있다고 쓰다가 지적하자 오노부는 또 뜻밖의 대답을 내놨다. 그녀는 부인이 반드시 병문안을 올 것이라고 단언했다. 그때를 이용하기만 하면 가장 자연스럽게, 가장 간단하게 일이 풀릴 것이라고 주장했다.

쓰다는 세탁소의 빨래 너는 곳을 바라보며 어제의 문답을 이런 식으로 차례차례 손바닥에 올려놓고 점검했다. 그러자 요시카와 부인이 병문안을 올 것 같았다. 어쩌면 오지 않을 것 같기도 했다. 요컨대 오노부가 왜 오는 쪽을 그렇게 자신 있게 주장했는지 알 수가 없었다. 그는 극장의 식당에서 만찬 식탁에 동석했다는 많은 사람을 상상해보았다. 오노부와 요시카와 부인 사이에 어떤 대화가 오고 갔는지 소설처럼 짜맞춰보기도 했다. 하지만 그 대화의 어느 대목에서 예측의 단서가 나왔을까 하는 의혹이 일었으나 아무래도 자신이 짐작할 수 있는 문제가 아니라서 그대로 접어둘 수밖에 없었다. 그는 이미 약간의 직각, 불행히도 하늘이 그에게 부여하지 않은 약간의 직각을 가진 오노부를 인정하고 있었다. 그 점에서 언제나 그녀를 조금이나마 경외할 수밖에 없었던 그는 실수라 할지라도 그것을 따져볼 만한 용기가 없었다. 그와 동시에 그 직각을 전혀 신뢰할 수 없는 그는 어떻게 해서든 이쪽에서 요시카와 부인을 병원으로 불러올 궁리를 짜냈다. 그는 얼른 전화를 떠올렸다. 무례하게 보이지도 않고, 작위적으로 보이지도 않게 자연스레 그녀가 여기로 오도록 전화 거는 방법은 없는지 고심했다. 하지만 그 고심은 잠시 부풀었다가 금방 잦아드는 물거품처럼 헛수고일 뿐이었다. 아무리 끙끙거려도 금방 사라질 뿐이었다. 근본적으로 무리한 공상을 실현시키려는 끙끙이셈이었으므로 어쩔 도리가 없다고 깨닫자 그는 혼자 쓴웃음을 지으며 또 유리문 너머로 바깥을 내다보았다.

바깥에는 언제부터인지 바람이 불고 있었다. 세탁소 앞에 있는 버드나무 한 그루가 하얀 빨래와 더불어 가볍게 하늘거렸다. 그것을 스치듯 걸린 전선 세 가닥도 다른 것과 보조를 맞추듯 흔들흔들 출렁였다.

115

아래층에서 올라온 의사에게는 그때의 쓰다가 하염없이 무료해 보였다. 얼굴을 마주하자마자 그는 "어떻습니까?"라고 물은 뒤 "조금만 참으시면 됩니다"라고 얼른 위로하듯 말했다. 그리고 그는 쓰다의 거즈를 새로 갈아줬다.

"상처는 가만히 두지 않으면 아직 위험하니까요."

그는 이렇게 주의를 주며 국부를 꽉 누르고 있는 부분을 약간 느슨하게 해보니 피가 배어 나왔다는 이야기를 조심하라는 뜻으로 들려주었다.

새로 갈아준 거즈는 일부분에 지나지 않았다. 상처 부위를 벗기면 피가 솟을지도 모르는 육신으로는 쓰다도 무리하게 집으로 돌아갈 수 없었다.

"역시 예정한 날짜까지 꼼짝 않고 있을 수밖에 방법이 없겠군요."

의사는 안됐다는 얼굴을 지었다.

"아니, 경과 나름이죠. 그 정도로 신중할 필요는 없다고 봅니다만."

그래도 의사는 시간적으로나 경제적으로 부족함이 없는, 어디로 보든 여유 있는 환자로 쓰다를 대접하고 있는 것 같았다.

"중요한 볼일이 있으신 건 아니지요?"

"예, 일주일 정도는 여기에 있어도 좋아요. 그런데 갑자기 일이 좀 생겨서……."

"허어, ……하지만 이제 얼마 남지 않았어요. 조금만 더 참으시면 됩니다."

이렇게밖에 말할 수 없었던 의사는 외래환자가 아직 붐비지 않아서인지 거기에 앉아 두세 마디 잡담을 늘어놓았다. 그중에서도 그가 어떤 큰 병원에서 아직 조수로 일하고 있었을 무렵 일어났다는 짤막한 우스갯소리가 저도 모르게 쓰다를 웃겼다. 간호사가 약을 잘못 줬기 때문에 환자가 죽었다는 혐의로 반드시 그 간호사를 죽이라고 약국을 압박해온 사람이 있었다는 그 이야기는, 쓰다가 듣기에 그야말로 우습기 짝이 없었다. 이런 성질을 가진 사람과 정반대로 태어난 그는 그 이야기에서 어리석음 이외의 어떤 것도 발견할 수 없었다. 쉽게 말하면 그는 저쪽의 허물에만 신경을 쏟았다. 그리고 그 뒤에 은근히 자신의 장점을 늘어놓으며 으스댔다. 그러므로 자신의 단점에는 조금도 생각이 미치지 않았다는 것과 동일한 결과에 귀착했다.

의사의 진료가 끝난 뒤 그는 하찮은 병 때문에 일주일이나 한곳에 묶여 있어야 하는 자신이 비참하다고 느꼈다. 기분 탓인지 그에게는 그 현재가 굉장히 귀중하게 보였다. 치료를 조금 더 뒤로 미뤘더라면 좋았을 거라는 후회마저 일어났다.

그는 요시카와 부인을 생각하기 시작했다. 어떻게든 그녀를 여기로 불러올 방책은 없을까, 라고 생각하기보다도 어떻게든 그녀가 여기로 와주면 좋겠다고 생각하는 쪽으로 점점 마음이 기울었다. 자신을 꿰뚫어 보는 듯한 오노부의 평소 직각을 좋지 않게 여겼지만 이번만은 예외로 그것이 적중하기를 비는 마음도 들었다.

그는 오노부가 두고 간 책 중에서 한 권을 빼냈다. 오카모토가 소장할 만하다고 고개를 끄덕일 분위기가 여기저기서 묻어났다. 불행하게도 그는 유머를 이해하지 못했다. 책 속에 있는 활자의 의미는 머리를 통해서도 가슴을 통해서도 별로 다가오지 않았다. 머리로도 들어오지 않는 것도 연달아 나왔다. 정독할 필요를 느끼지 못한 그는 자신에게 적당한 것을 찾으려고 척척 건너뛰었다. 그러자 우연히 다음과 같은 내용이 그의 눈에 들어왔다.

"딸의 아버지가 청년을 향해 당신은 내 딸을 사랑하느냐고 묻자 청년은 사랑한다거나 사랑하지 않는다거나 하는 단계가 아닙니다, 따님을 위해서라면 죽을 수도 있습니다, 그 정겨운 눈과 온화한 눈길을 단 한 번만이라도 볼 수 있다면 저는 정말 그것만으로도 죽을 수 있습니다, 당장 저 천 길 낭떠러지 위에서 바위 바닥으로 떨어져 형체를 알아볼 수 없는 피투성이가 될 수 있습니다, 라고 대답했다. 딸의 아버지는 고개를 가로저으며 솔직히 말해 나도 조금은 거짓말을 하는 편이지만 우리 집처럼 식구가 적은 집에 거짓말쟁이가 두 명이나 생긴다면 좀 생각해볼 여지가 있네, 라고 대꾸했다."

거짓말쟁이라는 말이 새삼스럽게 빈정대게 들려 쓰다는 쓴웃음을 지었다. 그는 자신이 거짓말쟁이라는 것을 속으로 수긍하는 남자였다. 동시에 남의 거짓말도 근본적으로 인정하는 남자였다. 하지만 조금도 염세적인 남자는 아니었다. 오히려 그 반대로 생활을 위해서라면 거짓말이 필요하다고까지 생각하는 남자였다. 그는 여태까지 이런 막연한 인생관으로 살아오면서도 자신은 그것을 몰랐다. 그는 그저 그렇게 지내왔다. 그러므로 조금만 깊이 들어가면 스스로도 자기 입장을 알 수 없었다.

'사랑과 허위.'

자신이 읽은 짤막한 우스갯소리에서 이 두 마디를 암시받은 그는 둘의 관계를 어떻게 설명해야 좋을지 갈피를 잡을 수 없었다. 그는 자신에게 소중한 어떤 문제를 가지고 있는 사람이었다. 마음속 저 깊은 곳에서 늘 꿈틀거리는 그 문제를 반드시 짚고 넘어가야 할 그는 정리할 기회가 주어지지 않는 한, 그 문제로 부질없이 번민할 수밖에 없었다. 철학자가 아닌 그는 지금까지 살아온 자신의 인생관조차 조리 있게 자기 눈앞에 늘어놓지 못했던 것이다.

116

쓰다는 심란하기 그지없는 것들을 계속해서 생각했다. 그러노라니 어느새 점심때가 지나 있었다. 그의 머리는 지쳤다. 이미 한 가지 일을 길게 생각할 의지가 사라졌다. 가을이라고는 하지만 혼자 지내기에는 해가 너무 길었다. 그는 무료해지기 시작했다. 그리고 다시 오노부로 생각을 기울였다. 그녀를 기다리는 그는 뻔뻔스러웠다. 여태껏 그녀

앞에서 꺼려야 할 일만 실컷 생각한 주제에 그것이 싫어지자 곧 오노부가 이제 올 것으로 생각하며 태연해했다. 저절로 그렇게 기다려지니할 수 없다는 변명도 그때의 그에게는 없었다. 그가 오노부에게 이해할 수 없는 점이 있는 것처럼, 자신도 오노부가 모르는 사실을 가슴속에 품고 있다는 것쯤은 희미하게 생각하고 있었을지 모르지만, 그것조차 막상 닥치지 않으면 그의 뇌리에 확실하게 잡힐 리가 없었다.

오노부는 좀처럼 나타나지 않았다. 오노부 못지않게 기다리는 요시카와 부인도 물론 모습을 보이지 않았다. 쓰다는 재미가 없었다. 조금 전부터 가까이에서 누군가가 불러대는, 그가 가장 싫어하는 요곡(謠曲, 일본의 대표적인 가면 음악극인 노가쿠의 대본에 가락을 붙여서 부르는 노래)을 뽑는 목소리가 불쾌하게 그의 귀를 자극했다. 요곡 교습소라고 쓰인 가늘고 긴 간판이 갑자기 떠올랐다. 그곳은 세탁소에서 대각선으로 마주보이는 이층 건물이었다. 이층이 연습실인 모양인지 거리에 비해 목소리가 지나치게 크게 울렸다. 남이 자기 멋에 부르고 있는 것을 가로막을 권리가 전혀 없는 그는 자신의 불만을 어찌할 수 없었다. 그는 그저 빨리 퇴원하고 싶다는 생각만 했다.

버드나무 뒤에 있는 붉은 벽돌 창고에 산을 그린 듯한 그림 아래 한 일자(一)를 그은 옥호를 상징한 문장이 처져 있고, 그 좌우에 무엇 때문인지 알 수 없는 대못 비슷한 것이 벽에서 불쑥 튀어나와 있는 곳을 무심하게 멍한 눈으로 바라보고 있노라니 누군가 거침없는 발소리와 함께 계단을 쿵쾅거리며 올라왔다. 쓰다는 '어?' 하고 생각했다. 그 발소리의 기세로 보아 이미 7할 이상 그의 머릿속에 그 주인이 추정되었다.

그의 예감은 곧 사실로 나타났다. 그가 방 입구로 눈을 돌리는 것과 거의 동시에 얻어 입은 외투를 입은 고바야시가 성큼성큼 들어왔다.

"어때?"

그는 즉시 양반다리를 하고 앉았다. 쓰다는 오히려 괴로워 보이는 웃음으로 인사를 대신했다. 그의 얼굴을 보자마자 뭐하러 왔느냐고 묻고 싶은 기분이 들었다.

"이거야."

그는 외투 소매를 쓰다 앞으로 들이대듯 보여주었다.

"고맙다, 덕분에 이번 겨울도 살 수 있을 것 같다."

고바야시는 오노부 앞에서 했던 말을 쓰다에게 되풀이했다. 하지만 쓰다는 오노부에게 그 말을 듣지 못했으므로 별로 야유라고도 생각하지 않았다.

"부인이 왔겠지?"

고바야시는 또 이렇게 물었다.

"왔지. 당연하잖아."

"뭐라고 말했겠지?"

쓰다는 '응'이라고 대답할까, '아니'라고 대답할까 잠시 망설였다. 그는 고바야시가 오노부에게 무슨 말을 했는지 알고 싶었다. 그것을 그의 입으로 여기에서 되풀이하게 할 수만 있다면 자신의 대답은 '응'이든 '아니'든 마찬가지일 것이었다. 하지만 어떻게 대꾸해야 좋을지 순간적인 판단으로 판가름할 수가 없었다. 그런데 이 태도가 의외의 의미를 띠고 고바야시에게 울렸다.

"부인이 화를 냈구나. 분명히 그럴 거라고 나도 생각했지."

쉽게 실마리를 잡은 쓰다는 얼른 거기에 들러붙었다.

"네가 너무 괴롭히니까."

"아니, 괴롭히지 않았어. 그냥 농담이 좀 지나쳤어. 가엾게도, 울진 않았지?"

쓰다는 조금 놀랐다.

"울릴 만한 말이라도 했어?"

"뭐, 어차피 내가 말하는 거니까 엉터리지. 부인은 오카모토 집안 같은 상류 가정에서 자라서 천하에 나같이 못난 인간이 존재한다는 사실을 아직 몰랐거든. 그래서 대수롭지 않은 일까지 괴로워하는 거겠지. 그따위 바보 같은 자식은 상대하지 말라고 네가 평소에 가르쳐두었다면 그걸로 뭐, 괜찮을 테지."

"그렇게 가르치긴 했어"라고 쓰다는 지지 않고 받아쳤다. 고바야시는 하하하 웃었다.

"아직 훈련이 좀 부족한 거 아냐?"

쓰다는 말을 고쳤다.

"그런데 넌 도대체 어떤 말로 우리 집사람을 놀렸냐?"

"그거야 뭐, 벌써 오노부 씨한테서 들었을 텐데."

"아니, 못 들었어."

두 사람은 얼굴을 마주 보았다. 서로의 심중을 탐색하려는 마음보였다.

117

쓰다가 고바야시에게 속마음을 실토하게 하려고 하는 데에는 깊은 뜻이 있었다. 그는 오노부의 성격을 잘 알고 있었다. 오히데와 정반대인 그녀는 그의 앞에서 어디까지나 솔직하게, 어디까지나 정숙한 태도를 끊임없이 견지하는 것과 함께 도저히 그가 마음대로 할 수 없는 부분도 견고하게 지니고 있었다. 그녀의 재능은 하나였다. 하지만 그 응용은 양면에 걸쳐 있었다. 이것은 남편에게 알려야 한다고 생각하는 것, 아니면 숨겨두는 쪽이 편의상 좋다고 정한 것, 어떤 경우든 그녀는 도대체가 쓰다의 힘에 벅찬 아내였다. 그녀가 유순하면 유순할수록 쓰다는 그녀에게서 아무것도 캐낼 수가 없었다. 오히데의 소란으로 그녀와 고바야시 사이에 어제 어떤 일이 일어났는지 자세한 내용을 물을 틈도 없이 시간이 지나가버렸기 때문에 사실 어쩔 수 없다 치더라도, 만약 그런 탈이 없을 적에 쓰다가 물었다면 오노부가 그렇게 간단히 그가 원하는 대로 자세한 대답을 들려주어 만족시켜 주었을까 하는 점에 이르니 거기에는 큰 의문이 남았다. 오노부의 평소 행동으로 추측하건대 쓰다는 오히려 숨길 게 틀림없다고 생각했다. 특히 그가 혹시나 하는 점을 고바야시가 거침없이 지껄였다면 오노부는 한층 더 그것을 듣지 않은 척하며 아무 말 없이 남편 앞을 지나갈 여자였다. 적어도 쓰다가 관찰한 그녀에게는 그만한 여유가 충분히 있었다. 이미 오노부를 체념해야 한다면 쓰다는 자신에게 필요한 정보를 고바야시를 통해 알아낼 수밖에 없었다.

고바야시는 웬지 그것을 알고 있는 것 같았다.

"뭐, 아무 말도 안 했어. 거짓말이라고 생각하면 한번 오노부 씨한테 물어보게나. 어쨌든 나는 돌아오는 길에 미안하다고 생각해서 사과하고 왔어. 솔직히 말하면 왜 사과했는지 나 자신도 모를 정도지만 말이야."

그는 이렇게 말하며 딴전을 부렸다. 그리고 갑자기 손을 뻗쳐 쓰다의 머리맡에 펼쳐진 책을 집어 들더니 1분쯤 그것을 묵독했다.

"이런 걸 다 읽어?"

그는 자못 경멸하는 어조로 쓰다에게 물었다. 그는 거칠게 페이지를 넘기며 마지막 페이지에서 다시 첫 페이지로 왔다. 그리고 거기에 오카모토라는 작은 막도장을 발견했을 때 그는 '흥' 하는 소리를 냈다.

"오노부 씨가 가져온 거구나. 어쩐지 이상한 책이라고 생각했다. ……그런데 너, 오카모토 씨는 부자렷다?"

"그런 거 난 몰라."

"모를 리가 있나. 오노부 씨 친정이잖아."

"난 오카모토의 재산을 조사하고 결혼한 게 아니야."

"그렇군."

이 단순한 '그렇군'이라는 말이 이상하게 쓰다의 머리를 때렸다. '네가 오카모토의 재산을 조사하지도 않고 결혼했다고?'라는 의미 같기도 했다.

"오카모토는 오노부의 이모부일 뿐이야, 너 몰라? 친정도 무엇도 아니라고."

"그렇군."

고바야시는 또 같은 말을 되풀이했다. 쓰다는 더욱 불쾌해졌다.

"그렇게 오카모토의 재산이 알고 싶으면 알아봐줄까?"

고바야시는 "에헤헤" 하고 선웃음을 쳤다.

"가난하면 남의 재산까지 어쩔 수 없이 신경이 쓰이거든."

쓰다는 상대하지 않았다. 그것으로 이 문제를 끝냈다고 생각하고 있는데 고바야시는 곧 원래 이야기로 돌아왔다.

"그런데 얼마쯤 있는 것일까, 실제로?"

이런 태도는 그야말로 그의 기질이었다. 그리고 언제든지 두 가지로 해석할 수 있었다. 처음부터 상대를 바보라고 인정해버리면 그것으로 그만인 것과 함께, 한번 이쪽이 바보 취급당한다고 생각하기 시작하면 또 끝없이 바보 취급을 당하고 있는 셈이기도 했다. 그를 대하는 쓰다는 사실 반신반의의 한가운데에 서 있었다. 그러므로 거기에 조금이라도 자신의 약점이 잠재하는 경우에는 바보 취급을 당하고 있는 쪽으로 해석이 기울어지지 않을 수 없었다. 그저 상대가 기어오르지 않게 조심하는 것밖에 할 수 없었던 그는 미소만 지었다.

"좀 빌려줄까?"

"빌리는 건 싫어. 받는 거라면 몰라도. 아니 받는 것도 사양할래. 어차피 줄 심산이 아닐 테니까. 어쩔 수 없다면 뭐, 빼앗는 거겠지."

고바야시는 하하하 웃었다.

"우선, 조선에 가기 전에 재미있는 비밀이라도 제공해서 오카모토 씨한테서 좀 빼앗아갈까?"

쓰다는 얼른 이야기를 조선으로 돌렸다.

"그런데 언제 떠나?"

"아직 확실히 몰라."

"하지만 떠나긴 떠나는 거지?"

"떠나는 건 떠나. 네가 재촉하지 않아도 떠날 날이 오면 분명히 떠나."

"난 재촉하는 게 아니야. 시간이 있으면 너를 위해 송별회를 열려고 하는 거야."

오늘 고바야시에게 충분한 이야기를 들을 수 없으면 그 송별회라도 이용해보려는 데 생각이 미친 쓰다는 이렇게 말하며 제2의 기회를 은근히 만들어냈다.

118

고의인지 우연인지 쓰다가 몰아가려고 하는 쪽으로는 좀처럼 걸려들지 않는 고바야시에게 이런 준비는 오히려 필요할지도 몰랐다. 그는 어디까지나 쓰다의 질문에 응하는 듯, 또는 응하지 않는 듯한 태도를 보였다. 그러고는 자기 자신의 화제만 집요하게 늘어놓았다. 그것이 또 쓰다가 듣고자 하는 것과 간접적이기는 하지만 깊은 관계가 있어서 쓰다는 번거롭기도 하고 속이 타기도 했다. 어쩐지 우회적으로 등을 치는 듯한 기분도 들었다.

"요시카와하고 오카모토는 친척이야?"라고 고바야시가 말을 꺼냈다.

쓰다는 이 질문이 순수하게 느껴지지 않았다.

"친척은 무슨, 그냥 친구야. 예전에 네가 물었을 때 그렇게 대답했을 텐데."

"그렇군. 나랑 별로 관계없는 사람들의 일이어서 그만 잊어버렸지. 하지만 그들은 친구라고 해도 그냥 친구는 아니겠지."

"무슨 말을 하려는 거야."

쓰다는 그만 그 뒤에 바보 같은 자식이라고 쏘아붙이고 싶었다.

"아니, 보통 친구 사이가 아닐 거라는 의미지. 그렇게 화낼 일도 아니잖아."

요시카와와 오카모토는 고바야시가 상상하는 그런 사이임에 틀림없었다. 단순한 사실은 단지 그것뿐이었다. 그러나 그 이면에 쓰다와 오노부를 연관 지어 생각해볼 여지는 있었다.

"넌 행복한 남자다."

고바야시가 말했다.

"오노부 씨만 소중히 하고 있으면 틀림없을 테니까."

"그래서 소중히 하고 있어. 네가 주의시키지 않아도 그 정도는 알고 있다고."

"그렇군."

고바야시는 또 '그렇군'이라고 했다. 그 자못 진지한 '그렇군'이 되풀이될 때마다 쓰다는 그에게 압박당하는 기분이 들었다.

"하지만 넌 나 같은 것과는 달리 총명해서 좋아. 남들은 모두 네가 오노부에게 굴복해버린 것처럼 생각하고 있지만 말이야."

"남들이라니, 누구 얘기야?"

"선생님과 사모님 말이야."

숙부 내외가 그렇게 생각하고 있다는 것은 쓰다도 짐작하고 있었다.

"굴복해버렸으니까 그렇게 보였다고 해도 할 수 없지."

"그렇군. 하지만 나처럼 정직한 사람은 죽었다 깨어나도 네 흉내를 낼 수 없거든. 넌 역시 훌륭한 사내야."

"너는 정직하고, 나는 가짜라는 거야? 또 그 가짜가 훌륭하고, 정직한 사람은 바보라는 거야? 넌 언제 또 그런 철학을 창안했나?"

"철학은 훨씬 전부터 창안했지만, 이번에 다시 그걸 발표하려는 거야, 조선에 가는 것에 대해."

쓰다의 머리에 묘한 암시가 번쩍 떠올랐다.

"너 여비는 다 마련됐어?"

"여비야 어떻게든 되겠지 뭐."

"회사에서 준다는 말이 왔어?"

"아니. 선생님께 빌리기로 했어."

"그렇구나. 그거 좋은 방법이네."

"전혀 좋은 방법이 아니야. 난 이래 봬도 선생님께 신세 지는 게 죄송해 죽을 지경이거든."

이렇게 말하는 그는 태연하게 자기 누이동생 오킨을 후지이에게 치워달라고 맡긴 남자였다.

"아무리 내가 뻔뻔해도 돈 문제까지 선생님께 폐를 끼치는 건 죄송하니까."

쓰다는 아무 말도 하지 않았다. 고바야시는 순진하게 의논이라도 하는 듯한 어조로 말했다.

"야, 어딘가 빼앗을 만한 데 없을까?"

"글쎄, 없네"라고 잘라 말한 쓰다는 일부러 외면했다.

"없어? 어딘가 있을 듯한데."

"없어. 요즘은 불경기니까."

"넌 어때? 세상은 어떻든 간에 너만은 언제나 경기가 좋아 보이잖아."

"바보 같은 소리 그만해."

오카모토에게 받은 수표도, 오히데가 놓고 간 봉투도 전부 오노부에게 건넨 뒤라 그의 지갑은 빈 것이나 마찬가지였다. 만약 그것이 바로 옆에 있었더라도 그는 고바야시를 위해서 금전상의 희생을 치를 마음은 들지 않았다. 무엇보다 일이 그렇게까지 다급해지지 않는 한 그는 의논할 용의가 조금도 없었다.

이상하게도 고바야시도 그 이상 쓰다에게 강요하지 않았다. 그 대신 갑자기 묘한 이야기를 꺼내 그를 놀라게 했다.

그날 아침 후지이 집에 간 그는 거기에서 여느 때처럼 점심을 먹고 긴 시간 동안 원고를 정리하고 있었는데 현관문이 열려 냉큼 자신이 응대하러 나갔다. 그리고 거기에서 우연히 오히데의 모습을 발견한 것이다.

고바야시의 이야기를 거기까지 들었을 때 쓰다는 저도 모르게 속으로 '빌어먹을, 앞질러 갔구나' 하고 부르짖었다. 그러나 단지 그것만으로 끝나지 않았다. 고바야시의 머리에는 아직 쓰다를 놀라게 할 소재가 남아 있었다.

119

그러나 고바야시가 놀라게 하는 방법에는 또 특유의 순서가 있었다. 그는 가장 먼저 이런 말로 쓰다를 놀렸다.

"남매 싸움을 했다지 뭐야. 선생님도 사모님도 오히데 씨의 수다에 질릴 정도였다고."

"넌 또 곁에서 그걸 듣고 있었단 말이지?"

고바야시는 쓴웃음을 지으며 머리를 긁적거렸다.

"뭐, 들으려고 해서 들은 건 아니야. 저절로 귀에 들어왔으니까. 어쨌든 지껄이는 사람이 오히데 씨고 지껄이게 내버려둔 사람이 선생님이니까."

오히데는 어딘지 모르게 외고집에다 단세포 같은 구석이 있었다. 거기에 뭔가 자극이 가해지면 평소의 차분함이 깡그리 사라지고 평소와 달리 맹렬하게 돌변한다는 점이 쓰다와는 기질이 전혀 달랐다. 숙부는 또 숙부대로, 뭐든지 개의치 않고 바닥까지 파고들지 않으면 납득하지 못하는 남자였다. 단지 말이라도 좋으니까 앞뒤가 일관되게, 속된 말로 앞뒤가 맞을 때까지 끝까지 가겠다는 것이 이런 경우 상대에 대한 그의 태도였다. 시종 붓끝으로 사상의 문제를 다룬 나머지 굳어버린 버릇이 활자를 떠난 그의 일상생활에도 나타난 결과였다. 그는 상대가 얼마든지 지껄이도록 내버려뒀다. 그 대신 또 실컷 질문을 던졌다. 그것을 어느 정도 하면 질문이라는 성질을 떠나 힐문으로 변하는 일도 자주 있었다.

쓰다는 마음속으로 이런 숙부와 여동생이 대좌했을 때의 모습을 상상해보았다. 어쩌면 거기에서 또 일대 파란이 일어난 것이 아닐까 하는 의심마저 들었다. 하지만 고바야시에 대한 체면상 겉으로는 일부러 고자세를 취했다.

"아마 내 욕을 엄청 했을 테지."

고바야시는 거 무슨 실례의 말씀이냐는 듯 단지 크게 웃은 다음에 이렇게 말했다.

"하지만 너한테는 안 어울려, 오히데 씨하고 싸우는 건."

"나니까 했지. 그놈도 호리 앞에서라면 더 조심했을걸."

"과연 그럴까? 세상에선 걸핏하면 부부 싸움이라고 하는데 부부 싸움보다 남매 싸움 쪽이 더 예사로운 건가? 난 아직 마누라를 얻은 경험이 없어서 그쪽 소식은 전혀 모르지만, 이래 봬도 누이동생은 있으니까 남매의 정이라면 잘 알고 있지. 너 뭐야, 나 같은 오라비도 누이동생하고 싸운 기억이 한 번도 없는데."

"그거야 누이동생 나름이겠지."

"하지만 그건 또 오라비 나름이기도 하겠지."

"아무리 오라비라고 해도 조금은 화날 때도 있어."

고바야시는 히죽히죽 웃었다.

"하지만 너인들 오히데 씨를 화나게 하는 게 유리한 계책이란 생각은 하지 않을 테지."

"그거야 당연하지. 좋아서 싸우는 사람이 어디 있겠어, 더욱이 그런 놈이랑."

고바야시는 더욱 웃었다. 그는 웃을 때마다 기세에 조금씩 여유가 생겨났다.

"아마 어쩔 수 없는 사정이 있었겠지. 하지만 그건 내가 할 말이다. 난 누구와 싸워도 개의치 않은 남자야. 누구와 싸운들 손해 보지 않는 처지로 몰락한 인간이야. 만약 싸움의 결과가 나타난다면 그건 내게 아무 손해가 안 돼. 왜냐하면 난 일찍이 한 번도 손해 볼 걸 가져본 적이 없거든. 요컨대 싸움에서 일어날 수 있는 모든 변화는 전부 내 득이 될 뿐이니까 난 오히려 싸움을 바랄 정도야. 하지만 넌 달라. 네 싸움은 결코 득이 안 돼. 그리고 너만큼 또 이해득실을 잘 터득하고 있는 사내는 세상에 그렇게 많지 않아. 단지 터득 정도로 그치는 게 아니야, 넌 그런 마음가짐으로 아침부터 밤까지 자거나 일어나거나 할 수 있는 사내란 거야. 적어도 그렇게 해야 한다고 시종 생각하는 사내란 말이야. 그런 너는……."

쓰다는 몹시 성가시다는 듯 고바야시를 제지했다.

"좋아, 알았다. 알았다니까. 요컨대 남하고 충돌하지 말라고 주의를 주는 거지? 특히 너와 부딪히면 내가 손해를 볼 뿐이니까 될 수 있으면 일을 원만하게 다루라는 충고겠지, 네 생각은."

고바야시는 딴청부리는 얼굴로 시치미를 떼며 대답했다.

"뭐, 나랑? 난 너하고 싸울 생각이 조금도 없는데."

"글쎄, 알았다고 하잖아."

"알았다면 그걸로 좋아. 하지만 오해가 없도록 주의해두겠는데 난 조금 전부터 오히데 씨의 일을 문제로 삼고 있다고, 너."

"그것도 알고 있어."

"알고 있다니, 그건 교토 건이겠지. 그쪽이 잘 안 풀린다는 의미겠지."

"물론."

"그런데 너, 그것만이 아닌 것 같던데. 그 밖에도 영향이 있을 것 같더라, 조심해야 할걸."

고바야시는 거기에서 잠시 뜸을 들인 뒤, 자기 말의 영향력을 시험하기 위해 쓰다의 얼굴을 바라보았다. 쓰다는 과연 태연하게 있을 수 없었다.

120

고바야시는 이때다 싶은 시기를 포착했다.

"오히데 씨가 말이야"라고 말을 꺼냈을 때의 그는 이미 쓰다를 사로잡고 있었다.

"오히데 씨가 말이야, 선생님 댁에 오기 전에 이미 다른 집에도 들러서 왔더라. 그 집이 누구네 집인지, 너 상상할 수 있겠어?"

쓰다는 상상할 수 없었다. 적어도 이 사건으로 그녀가 갈 것 같은 곳은 후지이 숙부 외에 있을 리 없었다.

"도쿄에는 들릴 곳이 없어."

"아니, 있더라."

쓰다는 별수 없이 또 머릿속으로 이리저리 궁리해보았다. 하지만 아무리 생각해도 눈에 띄지 않는 것은 역시 눈에 띄지 않았다. 마침내 고바야시가 웃으며 그 집 이름을 말했을 때 쓰다는 깜짝 놀란 나머지 큰 소리를 질렀다.

"요시카와? 요시카와 씨한테는 왜 또 갔을까? 아무 관계도 없는데."

쓰다는 이상히 여기지 않을 수 없었다.

단지 요시카와와 호리를 결부시키는 것뿐이라면 쓰다도 용이했다. 지나친 공상을 빌릴 필요도 없었다. 쓰다 부부가 결혼할 때 표면상 중매인의 수고를 맡아준 요시카와 부부와 그의 여동생에 해당하는 오히데, 그 남편인 호리 등이 사교 관계를 가지는 것은 누구의 눈에도 뚜렷했다. 하지만 그 연고로 오히데가 이 문제를 들고, 특히 요시카와 집으로 향할 이유는 어디에도 찾을 수 없었다.

"그냥 인사하러 갔겠지. 단순히 예의를 표했을 거야."

"그런데 그렇지 않은 것 같던데. 오히데 씨 이야기를 듣고 있으려니."

쓰다는 별안간 그 이야기가 듣고 싶었다. 고바야시는 그를 만족시키기는커녕 주의를 시켰다.

"그런데 너는 대단히 용의주도한 것 같으면서 어딘가 허술한 데가 있어. 너무 용의주도한 나머지 머리가 돌아가지 않은 셈이지. 이번 일만 해도 그래. 무엇보다 오히데 씨를 화나게 하는 게 아니었어, 네 입장에서. 그리고 화를 돋운 이상, 요시카와 쪽으로 달려가게 한 건 어리석었어. 게다가 요시카와 쪽에 갈 리 없다고 믿어버리고 처음부터 대수롭지 않게 여겼다는 건 평소의 너답지 않은 일이야."

결과적으로 쓰다의 허점을 찾아내는 것은 고바야시에게도 용이했다.

"원래 네 아버지와 요시카와 씨는 친구잖아. 그리고 네 일은 아버지가 요시카와한테 만사 잘 부탁드린다고 하셨다면서? 그러니 거기에 오히데 씨가 뛰어가는 건 당연하잖아."

쓰다는 병원에 오기 전 회사의 중역실에서 요시카와에게서 들은 '노인네한테 걱정 끼치면 안 되네. 자네가 도쿄에서 뭘 하고 있는지 이쪽에서 잘 알고 있으니까 만약 나쁜 짓을 한다면 교토에 알릴 걸세. 조심하게'라는 의미의 말을 떠올렸다. 그것은 지금부터 해석해도 반농담조의 훈계에 지나지 않았다. 하지만 만약 그것을 여기에서 오로지 성실을 강조한 언사로 전도시키는 자가 있다고 한다면 그 작자는 오히데였다.

"상당히 엉뚱한 놈이네."

엉뚱하다는 성격이 그의 집안에 대대로 전해 내려오는 비방의 약도 아닌 이상, 그의 비평에는 의외라는 관념이 포함되어 있었다.

"대체 뭘 말하고 싶었을까? 요시카와 씨한테. ……그놈이 하는 말을 그대로 받아들이면 좋은 건 자기뿐이고, 그 밖의 사람들은 전부 나빠지니까 곤란한데."

쓰다의 머리에는 직접적인 영향 이상으로 더 멀리 있는 심각한 결과가 어른거렸다. 요시카와와 자신의 신용, 요시카와와 오카모토의 관계, 오카모토와 오노부의 관계, 그런 것들이 오히데의 기교 하나로 어떻게 달라질지 몰랐다.

"여자란 밴댕이 소갈머리라니까."

이 말을 들은 고바야시가 갑자기 웃기 시작했다. 지금까지 웃은 것 중에서 가장 큰 그 웃음이 쓰다를 퍼뜩 정신이 들게 했다. 그는 비로소 자신이 무엇을 말했는지 깨달았다.

"그건 아무래도 괜찮지만, 오히데가 요시카와 씨 집에 가서 뭘 지껄였는지, 작은아버지한테 말한 걸 네가 들었다면 가르쳐줘."

"뭔가 열심히 말하던데. 사실대로 말하자면 난 성가셔서 제대로 듣질 않았거든."

이렇게 말한 고바야시는 가장 중요한 곳에 와서 모른다는 얼굴로 화제 밖으로 나가버렸다. 쓰다는 실망했다. 그 실망을 잠시 곱씹고 있노라니 고바야시가 또 화제 안으로 돌아왔다.

"하지만 조금 기다려보게나. 싫든 좋든 듣게 될 테니."

쓰다는 설마 오히데가 또 올 리는 없다고 생각했다.

"아니, 오히데 씨가 아니야. 오히데 씨는 직접 안 와. 그 대신 요시카와의 부인이 온다고. 거짓말 아니야. 이 귀로 확실히 들었으니까. 오히데 씨는 부인이 오는 시간까지 명언(明言)할 정도였어. 아마 조금 있으면 올걸."

오노부의 예언은 적중했다. 쓰다가 어떻게 해서든지 부르고 싶어 했던 요시카와 부인은 어느새 오기로 되어 있었다.

121

쓰다의 머리에 두 가지 일이 잇달아 번뜩였다. 하나는 곧 이곳에 나타날 요시카와 부인을 잘 다뤄야 한다는 사전 암시였다. 그녀가 병원까지 발걸음을 해주겠다는 것은 그가 가장 바라던 일이 틀림없었지만, 내방의 의미가 새롭게 부가된 이상 그것에 대한 그의 대응도 달라져야 했다. 부인의 태도를 예상해본 그는 다소 불안을 느꼈다. 오히데의 편견이 주입되기 전의 부인과 반감이 가득 찬 오히데가 충동질한 후의 부인 모습은 상상만으로도 사뭇 달랐다. 하지만 거기에는 평소의 자신감도 뒤따랐다. 그는 부인이 품고 올 편견과 반감을 단 한 번의 담화로 일격에 뒤집어 보이겠다고 속으로 다짐했다. 적어도 거기에서 오금을 박아두지 않으면 자신의 미래가 아슬아슬하리라고 생각했다. 그는 3할의 불안감과 7할의 자신감을 가지고 그녀의 내방을 기다렸다.

또 하나의 번뜩임은 오노부를 어떻게 다뤄야 할지, 그 임기응변에 대한 암시였다. 조금 전까지 그는 따분한 나머지 그녀가 나타나기를 시시각각으로 기다렸다. 그러나 지금의 그에게는 또 다른 긴장이 있었다. 그는 전혀 다른 쪽의 자극을 예상했다. 오노부는 이미 소용이 없었다. 다시 말해 오히려 오는 것이 성가셨다. 게다가 그는 단지 부인하고만 마주 앉아 이야기를 나눠야 할 특수한 문제도 눈앞에 두고 있었다. 그는 오노부와 부인이 이곳에서 부딪히는 것만은 반드시 막아야 한다고 결심했다.

요시카와 부인이 오기 전에 고바야시를 빨리 쫓아낼 수단도 절실했다. 그런데 고바야시는 당장이라도 요시카와 부인이 올 것 같이 말하면서도 자신은 돌아갈 낌새를 추호도 드러내지 않았다. 그는 남에게 방해가 되지 않도록 조심하는 남자가 아니었다. 때와 장소에 따라서는 알면서도 일부러 훼방까지 서슴지 않은 인간이었다. 그러고서도 실제로 깨닫지 못해 폐를 끼치는 것인지, 아니면 일부러 짓궂게 구는 것인지, 속내를 내비치지 않고 예사로 넘기는 속 터지는 인간이었다.

쓰다는 하품을 해 보였다. 속내와 맞지 않은 이 태도는 내면과 외면이 따로따로 엇박자로 가는 셈이었다. 겉으로는 무료하기 그지없는 것 같았지만, 고바야시를 어떻게 처치해야 할지 오노부와 요시카와 부인을 어떻게 다뤄야 할지 생각하며 어딘지 안절부절못하는 속마음은 여기저기에 묻어났다. 그래도 고바야시는 모른 척했다. 머리맡에 있는 시계를 다시 들어서 본 쓰다는 그것을 제 자리에 놓으면서 할 수 없이 질문을 던졌다.

"너는 무슨 볼일이 있는 거야?"

"없는 것도 아니지만, 뭐 그건 꼭 지금 해야 할 일도 아니거든."

쓰다는 그가 말하는 의미를 대충 어림잡을 수 있었다. 하지만 지금 물러설 기분은 들지 않았다. 그렇다고 당장 격퇴할 용기는 더욱 없었다. 그는 할 수 없이 침묵했다. 그러자 고바야시가 이런 말을 꺼냈다.

"나도 요시카와 부인을 만나보고 갈까?"

쓰다는 속으로 '농담은 그만하지'라고 생각했다.

"무슨 볼일이 있어?"

"넌 걸핏하면 볼일, 볼일 하는데 뭐 볼일이 있어서 사람을 만나는 것만은 아니야."

"하지만 모르는 사람이잖아."

"모르는 사람이니까 좀 만나보고 싶은 거지. 어떤 모습일까 하고. 도무지 난 부잣집에 가본 적도 없고, 또 그런 사람과 교제해본 적도 없는 사내라서 바로 이런 기회에 잠깐이라도 좋으니까 만나보고 싶어지네."

"구경거리도 아니고."

"아니, 단순한 호기심이야. 게다가 난 한가하니까."

쓰다는 기가 막혔다. 그는 고바야시 같은 초라한 남자를 친구로 둔 것을 부인에게 보이는 것이 견딜 수 없이 싫었다. 그런 사람과 사귀고 있었느냐고 경멸하는 날에는 자신의 미래에까지 영향이 있을 것으로 생각했다.

"너도 상당히 태평이다. 요시카와 사모님이 오늘 여기에 뭘 하러 오는지 너도 알고 있잖아."

"알고 있지. ……방해될 거 같아?"

쓰다는 결정적인 선언으로 밀어내는 것 말고는 뾰족한 수가 없었다.

"방해되지. 그러니까 아직 사모님이 오기 전에 빨리 돌아가줘."

고바야시는 별로 화난 모습도 보이지 않았다.

"그렇군, 그럼 돌아가주지. 돌아가긴 하는데 그 대신 용건만은 말하고 가야지. 일껏 왔으니까."

성가신 쓰다는 마침내 자기 쪽에서 그 용건을 말해버렸다.

"돈이겠지. 나한테 적당한 금액이라면 생각해볼게. 하지만 지금 여기에는 한 푼도 없어. 그렇다고 해서 또 외투 일처럼 내가 없는 집에 받으러 가면 곤란해."

고바야시는 히죽히죽 웃으며 자, 그럼 어떻게 해야 하느냐는 질문을 표정으로 나타냈다. 아직 고바야시에게 듣고 싶은 것이 남아 있는 쓰다는 조선으로 떠나기 전 다시 한 번 그를 만날 필요가 있었다. 하지만 그와 오노부가 맞닥뜨릴 염려가 있는 병원은 적절한 곳이 아니었다. 쓰다는 송별회라는 핑계로 그들이 만나야 할 날과 시간, 장소를 정한 후에야 겨우 이 귀찮은 존재를 몰아냈다.

122

쓰다는 곧 제2의 예방책을 강구했다. 그는 도코노마 위에 놓인 작은 화장 도구 상자를 열어 그 속에 들어 있는 예의 그 편지지와 같은 라벤더색의 봉투를 꺼내자마자 얼른 만년필을 놀렸다. 오늘은 사정이 좀 있으니 병문안 오는 것을 보류해달라는 사연을 간단히 적는 일은 1분도 채 걸리지 않았다. 마음이 다급한 그는 그것을 다시 읽을 틈조차 아까웠다. 그는 즉시 봉투를 봉했다. 그리고 부실한 알맹이 때문에 오노부가 의심할지 모른다는 것은 전혀 신경도 쓰지 못했다. 너무 서두른 나머지 그가 평소의 용의주도함을 잊어버린 이 경우는 그를 경솔하게 했을 뿐 아니라 그의 마음을 가다듬을 틈도 주지 않았다. 그는 편지를 들고 바로 아래층으로 내려가 간호사를 불렀다.

"좀 급한 일이니 얼른 이걸 가지고 인력거꾼을 집까지 보내주시오."

간호사는 "아, 네" 하며 봉투를 받더니 어디에 급한 일이 생겼을까 하는 얼굴로 봉투에 쓰인 주소와 이름을 바라보았다. 쓰다는 왕복하는 데 걸리는 인력거꾼의 시간까지도 계산해봤다.

"전차로 가도록 전해주시오."

그는 엇갈리는 것을 두려워했다. 편지를 받기 전에 오노부가 병원에 온다면 모처럼의 노력도 헛수고가 될 뿐이었다.

이층으로 돌아온 뒤에도 그는 그것만이 걱정이었다. 그렇게 생각하자 오노부가 이미 집을 나와 전차를 타고 이쪽을 향해 오고 있다는 착각마저 들었다. 자연히 그것과 함께 머릿속을 떠나지 않는 것은 고바야시였다. 만약 자신의 의도가 이뤄지기 전에 요시카와 부인이 계단 위로 훌쩍 그 모습을 나타낸다고 한다면 그것은 전적으로 고바야시 탓이라고 그는 생각했다. 귀중한 시간을 쓸데없이 허송해버린 끝에 사정하듯 돌려보낸 그의 뒷모습을 배웅한 쓰다는 그럼에도 불구하고 자칫했더라면 당장의 용무를 해결하기 위해 고바야시에게 부탁할 뻔했다.

'번거롭겠지만 돌아가는 길에 우리 집에 좀 들러 집사람한테 오늘 오지 말라고 일러줘.'

이런 말이 무심코 목구멍까지 차오른 것을 그는 깜짝 놀라며 집어삼켰던 것이다. 만약 그것이 고바야시가 아니었더라면 이때 얼마나 도움이 됐을까 하는 생각마저 들었다.

쓰다가 신경을 날카롭게 세우고 이제나저제나 하는 마음으로 요시카와 부인을 일각일각 기다리고 있는 사이, 그가 오노부에게 보내려고 간호사에게 건넨 편지는 또 그가 미처 생각지도 못한 운명에 처해 있었다.

편지는 그의 명령대로 지체 없이 인력거꾼의 손에 넘어갔다. 인력거꾼은 또 간호사의 지시대로 그것을 손에 든 채 즉시 전차를 탔다. 그리고 알려준 정류장에서 내렸다. 그곳을 조금 걸어 큰길을 지나, 예의 좁은 길로 접어든 그는 수고로울 것도 없이 또 주소에 나타난 성씨를 조촐한 이층 집의 문패에서 발견했다. 그는 현관문을 두드렸다. 거기서 문을 연 오토키에게 편지를 건넸다.

여기까지는 모든 것이 쓰다가 뜻한 대로 진행됐다. 하지만 그 후에는 편지를 쓸 때는 전혀 그의 머릿속에 들어 있지 않았던 사실이 앞을 가로막고 있었다. 편지는 곧바로 오노부의 손에 들어가지 않았다.

하지만 쓰다가 우려한 것처럼 집에 없었던 오노부는 병원에 간 것은 아니었다. 그녀는 다른 행선지를 눈앞에 두고 있었다. 게다가 그것은 아슬아슬한 기회를 잘 이용하려는 그녀의 민첩한 수완이 충분히 발휘된 결과였다.

그날 오노부는 여느 때와 다름없는 아침을 보냈다. 그녀는 평소처럼 일어나서 평소처럼 움직였다. 쓰다가 있을 때처럼 만사 변함없이 움직인 그녀였지만 남편의 부재에 따르기 마련인 시간의 여유를 주체 못할 만큼 편안한 오전을 보냈다. 점심을 먹은 뒤 그녀는 대중목욕탕에 갔다. 병원에 얼굴을 내밀기 전에 깨끗이 씻고 가고 싶다고 생각했던 그녀는 거기서 시간을 들여 몸을 꼼꼼하게 씻은 뒤 상쾌한 기분으로 목욕탕에서 막 나와 윤기가 흐르는 피부에 싸여 집에 돌아오자 오토키에게서 거짓말 같은 보고를 들었다.

"호리 사모님께서 다녀가셨습니다."

오노부는 하녀의 말을 믿을 수 없을 만큼 놀랐다. 어제의 다음 날인 오늘, 오히데가 일부러 자기를 방문했다? 그런 생뚱맞은 방문이 있을 리 만무했다. 그녀는 두 번, 세 번 거듭해서 하녀의 말을 확인했다. 당연히 왜 왔냐는 물음이 따랐다. 왜 기다리게 하지 않았는지도 문제가 되었다. 하지만 하녀는 아무것도 몰랐다. 단지 후지이 숙부 집에서 돌아가는 길에 잠깐 들렀을 뿐이라는 말만이 오히데가 하녀에게 남기고 간 말임을 알았다.

오노부는 예정된 프로그램을 변경하는 순발력을 발휘했다. 병원은 나중으로 미루고 오히데의 집으로 행선지를 바꿔야겠다는 각오였다. 그것은 어제 교토 일에 대한 선후책을 강구할 때 쓰다와 자기 사이에서 교환된 약속에 불과했다. 조금도 부자연스러운 흔적을 남기지 않고 그 약속을 이행할 때는 지금이었다. 그녀는 오히데의 뒤를 쫓듯 집을 나섰다.

123

호리의 집은 병원과 거의 같은 방향이라 전차를 타고 병원보다 두 정거장 앞에서 내린 뒤, 거기에서 곧장 오른쪽으로 꺾어 들어가 조금 걸으면 금방 문 앞에 닿을 수 있었다.

후지이나 오카모토의 집과 달리 시내에 있는 호리의 저택에는 정원이라고 할 만한 곳이 거의 없었다. 현관 앞에 인력거나 마차를 되돌리기 위한 공간은 물론 없었다. 큰길에 지어졌다고 해도 좋을 이층 집과 문 사이에는 5미터가 채 안 되는 좁은 공간이 있을 뿐이었다. 게다가 그곳도 전부 돌바닥으로 되어 있어서 흙은 어디에도 보이지 않았다.

시의 구획 개정 결과, 상당히 오래전에 확대된 큰길은 비교적 다른 곳에서는 볼 수 없을 만큼 폭이 넓었다. 그런데도 동네에는 장사하는 가게가 한 집도 없었다. 변호사, 의사, 여관 같은 것만 늘어서 있어 주위가 번화한 것치고 거리는 항상 한적했다.

게다가 길 양쪽에는 버드나무가 질서정연하게 줄지어 있었다. 따라서 절기가 좋을 때는 살풍경한 도회를 스쳐온 바람도 양쪽에서 흔들리는 연둣빛 속에서 일종의 정취를 자아냈다. 그중에서도 제일 큰 나무가 때마침 호리 집의 담 곁에서 비스듬히 대문 위로 긴 가지를 내밀고 있어서 남 보기에는 그것이 집과 조화를 이루려고 일부러 거기에 옮겨 심은 듯한 모양새를 만들었다.

그 밖의 특색을 말하자면 현관 앞에 커다란 무쇠로 된 방화수 통이 있었다. 변두리 전당포를 연상시키는 이 쓸모없는 장물과 바로 곁에 있는 현관의 구조가 또 잘 어울렸다. 비교적 폭이 넓은 현관 입구는 죄다 가는 격자무늬의 칸살로 촘촘히 막혀 있을 뿐, 문틀이나 문짝의 장식은 어디에도 보이지 않았다. 한마디로 하이칼라의 여염집 정도라고 하면 그것으로 얼른 수긍되는 이 집의 직업은 얼핏 겉으로 드러난 집 모양만으로도 짐작할 수 있는데, 신기한 것은 그 주인이었다. 그는 자신이 어떤 집에 살고 있는지 일찍이 한 번도 생각해본 적이 없었다. 그런 것을 고민하는 신경이 결여된 그는 남들이 자신의 가업을 가지고 왈가왈부해도 아주 태연했다. 난봉꾼이지만 아주 무식한 보통의 부자와 달리, 인품으로 말하면 가부키 배우에게나 어울릴 법한 이런 집에 사는 것이 오히려 부적절할지도 모를 정도로 그는 지극히 자기 생각이 적은 사람이었다. 나쁘게 말하면 정체성이 결여된 남자였다. 무엇이든 세상의 풍속대로 했고 자기 가정 특유의 풍속 역시 고치려 하지 않는 천하태평인 사람이었다. 이리하여 그는, 그의 아버지와 어머니의 말에 따르면, 즉 선대가 지은 광 같은 구조의, 그리고 어딘가에 광대 취향이 있는 집에 사는 것으로 만족하고 있었다. 만약 거기에도 그의 장점이 있다면 일부러 뻐기지 않는 그의 태도를 칭찬할 수밖에 없었다. 그러나 그는 또 뻐기고 싶어 할 리도 없었다. 그의 눈에 비친 주택은 뻐기기에는 그에게 너무 진부했다.

오노부는 호리의 집을 볼 때마다 자신과 집 사이에 존재하는 생경함을 느꼈다. 집에 들어가서도 그 간극을 떠올릴 때가 자주 있었다. 오노부의 생각으로는 그곳에 어울리게끔 가장 안정되게 앉아 있는 사람은 호리의 모친뿐이었다. 그런데 그 모친은 가족 중에서 오노부가 제일 좋아하지 않는 여자였다. 좋아하지 않는다기보다 오히려 대응하기 어려운 여자였다. 시대가 다르다, 잔혹하게 말하면 격세지감이 있다, 혹시 그것이 맞지 않는다면 어쩐지 마음이 맞지 않는다, 출신이 다르다, 등등 그 밖에 비평할 말은 얼마든지 있었지만 결과는 언제나 같은 것으로 귀착했다.

다음은 호리, 그 사람이 문제였다. 오노부는 그 주인이 이 집과 어울리는 것 같기도 하고 또 어울리지 않는 것 같기도 했다. 그것을 좀 더 파고들면, 그는 어떤 집에 살았어도 어울릴 것 같기도 하고 어울리지 않을 것 같기도 하다는 것과 거의 같은 의미가 되므로 처음부터 문제 삼지 않는 것과 별 차이가 없었다. 이 애매한 점이 또 오노부의 호리에 대한 싫고 좋음의 감정을 그대로 나타내고 있었다. 솔직히 말하면 그녀는 호리를 좋아하기도 하고 또 좋아하지 않기도 했다.

요컨대 오히데에 관해서는 단지 한마디로 말할 수 있었다. 오노부가 보기에 그녀는 이 집의 구조에 가장 어울리지 않게 자랐다. 이 결론을 조금 더 그럴듯하게 심리적으로 해석하자면, 그녀와 이 가정의 공기가 언제까지나 일치할 것 같지 않았다. 호리의 모친과 오히데, 오노부는 머릿속에 이 두 사람을 나란히 놓고 볼 때마다 일종의 모순을 느꼈다. 하지만 그 모순의 결과가 비극일지 희극일지는 쉽게 판단이 서지 않았다.

집과 사람을 이렇게 조합해서 생각하는 오노부의 눈에 이상하게 여겨지는 일은 오로지 하나였다.

'집과 가장 조화로운 호리의 모친이 그녀를 가장 속 썩이는 존재이자 그 반대로 형성된 오히데 역시 또 다른 의미에서는 그녀에게 가장 고통을 줄 수 있는 상대다.'

현관의 격자문을 열었을 때 오노부의 머리에는 평소 지녔던 이런 생각을 순식간에 되살리게 하듯 벨 소리가 요란스럽게 울렸다.

124

그날 손자를 데리고 요코하마의 친척 집에 갔다는 호리의 모친이 아직 돌아오지 않은 것은 객실로 안내된 오노부에게는 뜻밖의 기회였다. 어찌 보면 좋은 상황이기도 하고 또 나쁜 상황이기도 한 이 기회는 그녀가 말하기 어려운 노인네를 피하게 해준 이점이 있었는가 하면, 단한 사람 바로 그의 적수인 오히데와 마주 앉아 상대해야 하는 불리함도 따랐다.

오노부가 몰랐던 이러한 실정은 방문하고부터 그녀의 상황을 빗나가게 했다. 평상시 같으면 무슨 일이 있어도 쪽머리를 작게 틀어 올린 호리의 모친이 가장 먼저 나와 의리상 비위를 맞춰주는데, 오늘은 벽두부터 오히데가 얼굴을 불쑥 내민 데다가 기다리던 늙은 여자는 그 뒤에도 전혀 모습을 나타내지 않아서 평소의 예상이 어긋난 오노부는 먼저 자연스러운 태도를 잃어버렸다. 그때 오히데를 본 그녀의 눈에 당혹스러운 빛이 드러났다. 하지만 그것은 미안했다는 후회의 눈빛이 아니었다. 단순히 어제의 전쟁에서 이긴 우쭐한 반동에서 오는 일종의 쑥스러움이었다. 상대가 어떻게 원수를 갚으려고 할지 모른다는 희미한 공포였다. 이 자리를 어떻게 벗어나면 좋을지에 대한 사념의 혼란이기도 했다.

오노부는 이 눈빛으로 오히데를 본 순간 오늘은 이미 자신이 상대의 수중에 들어갔다고 생각했다. 하지만 그것은 자신이 지닌 기교로는 감당할 수 없는 내면에서 자연스럽게 발하는 눈빛이 갑자기 섬광처럼 번득인 뒤였다. 자신의 내면을 볼 수 없는 그녀는 어둠 속에서 불쑥 나타난 것 같은 이 일별을 그만두게 할 능력이 없었으므로 달게 감수하고 그 결과를 기다릴 수밖에 없었다.

눈빛은 과연 오히데에게 효과가 있었다. 하지만 그것에 반응한 그녀의 모습은 또 전혀 예상 밖이었다. 그녀의 평소 기분, 그 평소 기분이 파열한 어제, 쓰다와 자신이 협력해서 그 파열을 유리하게 마무리한 경위, 이런 자초지종을 주위 사람이야 어떻든 자기주장이 강한 그녀의 평소 성격으로 짐작해보면 아무래도 무사히 넘어갈 것 같지 않았다. 크든 작든 아무 파란 없이 결말이 나리라고는 아무리 자신의 수완에 자신감이 있는 오노부라 하더라도 확신할 수 없었다.

그렇게 생각해서인지 그녀는 놀라지 않을 수 없었다. 자리에 앉은 오히데가 예상과는 달리 여느 때보다 애교 섞인 인사를 건넸을 때는 거의 자신을 의심할 정도였다. 게다가 그 의심이 조금도 흔들리지 않도록 실수 없이 유도하는 상대의 태도를 눈앞에 대했을 때 오노부는 오히려 기분이 상했다. 무슨 조화일까 하는 그 의외성과 함께 왜 이렇게 나오는지에 대한 의구심이 따랐다.

하지만 오히데는 또 결코 중요한 그 의미를 오노부에게 설명하려고 하지 않았다. 그것만이 아니라 어제 병원에서 일어난 불행한 오해에 대해 끝내 한마디도 입을 열지 않았다.

상대에게 생각이 있어서 일부러 아슬아슬한 문제를 피해가는 이상 오노부가 말을 꺼내는 것도 껄끄러운 일이었다. 우선 자진해서 아픈 곳을 건드릴 필요는 어디에도 없었다. 그렇다고 해서 어딘가에서 매듭을 지어 쌍방을 산뜻하게 해두지 않으면 자신이 무엇 때문에 오늘 여기까지 발길을 했는지, 의미가 없어지게 된다. 하지만 화해의 과정을 거치기도 전에 이미 화해의 열매를 거둔 이상 그것을 이러쿵저러쿵 트집 하는 것도 어리석은 일이었다.

영리한 오노부는 아주 난감했다. 대화가 매끄럽게 미끄러져 가면 갈수록 어딘가 공허한 느낌이 그녀의 가슴속에서 고개를 들었다. 마침내 그녀는 상대의 어디를 뚫고 그 내부를 들여다볼까 하고 생각했다. 그런 부분에서 굉장히 모험적인 구석이 있는 그녀가 만일 실패할 경우에 발생할 수 있는 위험을 모를 리 없었다. 하지만 거기에는 자신의 수완에 대한 상당한 자신감도 곁들여 있었다.

게다가 만약 기회가 닿는다면 오노부는 오히데가 가슴속에 숨기고 있는 초미의 관심 사항을 타진해보고 싶다는 욕망이 있었다. 거기를 공격하면 어느 대목에선가 자연스럽게 흘러나올 속내를 충분히 들을 수 있다고 생각했다. 그것은 쓰다와 협의 끝에 이뤄진 방문의 주안점도 무엇도 아니었지만, 오노부 자신에게는 유리한 상황으로 강화의 역할을 끝내고 돌아가는 것보다 훨씬 절박한 용건이었다.

쓰다가 눈치채지 못하도록 알아내야 할 이 용건은 쓰다가 오노부에게 비밀로 해야 하는 사건과 성격이 통하는 데가 많았다. 그리고 쓰다가 자신이 없을 때 고바야시가 오노부에게 무엇을 말했는지 알고 싶어 했듯 오노부 역시 자신이 없을 때 오히데가 쓰다에게 무엇을 말했는지 확실하게 밝혀내고 싶었던 것이다.

어떻게 실마리를 풀어갈까 하고 궁리한 끝에 그녀는 할 수 없이 후지이 집에서 돌아오는 길에 들렀다는 오히데의 방문을 문제로 삼았다. 하지만 자리에 앉았을 때 이미 "조금 전에 우리 집에 오셨다고 들었습니다만 공교롭게 제가 목욕탕에 가서"라고 말을 시작했던 그녀가 이번에는 "뭔가 볼일이라도 있었어요?"라는 질문으로 그것을 되살리려고 했을 때 오히데는 단지 간단히 "아니요"라는 대답으로 가볍게 오노부의 말을 일축했다.

125

그러자 오노부는 후지이 이야기로 들어가려고 했다. 오늘 아침 숙부의 집을 방문했다고 하는 오히데의 고백이 때마침 이야기를 그쪽으

로 끌어가기에 알맞았다. 하지만 오히데의 대응은 여전히 그 대목에서
도 엄중했다. 그녀는 필요할 때마다 일부러 그 이야기를 못 들은 척하
며 붙임성 있게 오노부를 응대했다. 오히데가 숙부의 보살핌으로 자랐
다는 사실은 오노부도 잘 알고 있었다. 그녀가 정신적으로 그의 감화
를 받은 점 역시 오노부도 잘 아는 바였다. 그래서 오노부는 매듭을 풀
어가기 위해 우선 이 숙부의 인격이나 생활 등에 대해 오히데의 마음
에 들 것 같은 언사를 늘어놓아야만 했다. 하지만 오히데가 듣기에는
그것이 또 하나하나 과장과 허위처럼 울려서 그녀는 진지하게 상대할
만한 실마리를 어디에서도 찾아내지 못했을 뿐만 아니라 이것저것 따
지다 보니 자연히 언짢은 기분을 밖으로 드러내고야 말았다. 민첩한
오노부는 상대를 너무 얕보고 있었다는 것을 깨닫자마자 얼른 말을 멈
추었다. 그러자 이번에는 오히데가 오카모토 이야기를 꺼내 수다를 떨
기 시작했다. 오히데와 후지이의 관계를 꼭 닮은 이모부는 오노부에게
는 소중한 사람이지만 오히데에게는 친밀감도 무엇도 느낄 수 없는 생
소한 사람이었다. 따라서 그녀의 말에는 매끄러운 겉발림만 있을 뿐
정작 내용에는 아무것도 담겨 있지 않았다. 그래도 오노부는 오히데의
손님접대용 겉치레 답례를 자못 고맙다는 듯 받아들여야 했다.

하지만 재차 자기 차례가 돌아왔을 때 오노부는 두 번째의 애교를 고
봉밥처럼 수북이 담아 갚는 것으로 오히데를 궁지로 몰아갈 만큼 어리
석은 여자가 아니었다. 기회를 보아 요령 좋게 갈무리한 그녀는 다음
으로 요시카와 부인 이야기를 꺼내 군불을 지펴보려고 생각했다. 하지
만 전과 같은 수단으로 단지 격찬하기만 해서는 계속 성적이 나쁠지도
모른다는 안타까움이 있었다. 거기에서 그녀는 선악의 표준을 무시하

고 단지 부인의 이름만을 두 사람 사이에 슬쩍 끼워 넣어보았다. 그리고 그 반응에 따라 다음 행동을 정하려고 작정했다.

그녀는 오히데가 자신이 목욕탕에 갔을 때 후지이 집에서 돌아오는 길에 들렀다는 것을 알고 있었다. 하지만 후지이 집에 가기 전에 그녀가 이미 요시카와 부인을 방문했다는 것은 전혀 생각하지 못했다. 게다가 어제 병원에서 일어난 파란의 뒤끝으로 그녀가 일부러 거기까지 발길을 했다는 것은 꿈에도 몰랐다. 그 점에서 쓰다와 마찬가지로 순진했던 그녀는 쓰다가 고바야시의 말에 경악을 금치 못했던 것처럼 그녀 역시 오히데의 말에 경악하지 않을 수 없었다. 그러나 놀라게 한 방법은 둘 다 전혀 달랐다. 고바야시의 그것은 노골적인 사실의 보고였다. 오히데의 그것은 의미가 있어 보이는 침묵이었다. 침묵과 함께 붉어진 그녀의 얼굴빛 또한 그랬다.

처음에 부인의 이름이 오노부의 입술에서 흘러나왔을 때 그녀는 두 사람 사이에 한 방울의 영약이 하늘에서 떨어진 것 같은 느낌이 들었다. 그녀는 곧 나타날 효과를 주목했다. 하지만 불행하게도 그것은 그녀에게 잘못 짚은 허방일 뿐이었다. 적어도 어떻게 이용해야 좋을지 모르는 효과였다. 뜻하지 않은 결과에 그녀는 흠칫 놀랐다. 그녀는 부인의 이름을 꺼내고 나서 바로 어쩌면 그 자리에서 실언을 사과해야 하지 않을까 하는 생각까지 했다.

그러자 두 번째 예상 밖의 일이 연달아 이어졌다. 오히데가 살짝 외면하는 듯한 얼굴을 보였을 때 오노부는 아무래도 처음에 받은 인상을 바로잡지 않을 수 없었다. 혈색의 변화는 결코 노여움 때문이 아니라는 것을 이때 비로소 알았다. 다년간 진부하리만큼 싫증 나게 보아온 단순한 쑥스러움이라고밖에 평할 수 없는 그 표정이 오노부를 더욱 당혹스럽게 했다. 그녀는 그 표정의 의미를 분명히 확인했다. 하지만 그 의미의 원인이 무엇인지는 오히데의 설명을 기다리지 않으면 또 확인할 길이 없었다.

오노부가 어떻게 할지 망설이고 있는 사이에 오히데는 마치 자다가 봉창 두드리듯 별안간 화제를 바꾸었다. 형편상 지금과 전혀 관계없는 그 화제는 세 번째로 오노부를 경악시키기에 충분할 만큼 엉뚱했다. 하지만 오노부는 자신이 있었다. 그녀는 얼른 그것을 받아쳤다.

126

오히데의 입에서 새어 나온 뜻밖의 말 가운데 처음 오노부의 귀를 때린 것은 '사랑'이라는 말이었다. 이 진부하고 흔해빠진 한마디가 어떻게 오노부 앞에 복병처럼 새로운 의미를 띠고 나타났는지는 앞뒤 연관 없이 뜬금없이 돌출했다는 것이 주원인임에 틀림없었지만 또 하나는 그 말이 아직 한 번도 둘 사이에 화제로 오간 적이 없었기 때문이다.

오노부에 비하면 오히데는 부질없는 논리를 내세우는 여자였다. 하지만 그런 결론에 다다르기까지는 다소의 설명이 필요했다. 오노부는 스스로 자신의 논리를 행동으로 옮기는 여자였다. 그러므로 평소 그녀가 논의를 거치지 않는 것은 할 수 없어서가 아니라 할 필요가 없어서였다. 그 대신 타인에게서 배운 지식은 별 이렇다 할 축적도 아무것도 없었다. 여학생 시절에 열심히 읽은 잡지조차 최근에는 거의 읽지 않을 정도였다. 그럼에도 불구하고 그녀는 여태까지 자신의 배경 지식이 빈약하다고 인정한 적이 없었다. 허영심이 강한 것치고 그 방면의 욕구에 별로 자극받지 않고 지낼 수 있었던 것은 시간이 없다거나 경쟁할 말 상대가 없어서가 아니라 전적으로 자신의 부족함을 별로 느끼지 않았기 때문이었다.

그런데 오히데는 우선 교육부터가 달랐다. 독서는 그녀를 여자답게 하는 거의 모든 것이었다. 적어도 모든 것이어야 한다고 생각해왔다. 책과 인연이 깊은 후지이 숙부에게 교육받은 결과는 선악의 두 가지 측면에서 그녀에게 묘한 결과를 빚게 했다. 그녀는 자신보다 책에 무게를 두게 되었다. 하지만 아무리 자신을 책보다 가볍게 여긴다고 해도 자신은 나름대로 책과 독립한 채 살아 움직여야 했다. 그러므로 당연하게도 책과 자신은 별개일 뿐이었다. 그것을 더 적절한 말로 표현하면 그녀는 때때로 격에 맞지도 않은 논쟁을 일삼는 폐단에 빠졌다. 하지만 자신이 논쟁을 위한 논쟁을 하고 있으므로 재미없다는 것을 알아차리기까지는 그녀의 반성 능력으로 보아 아직 상당한 거리가 있었다. 자기 세계를 표현한다는 시각으로 본다면 지나치게 자기주장이 강했다. 쉽게 말하자면 그 자기주장이 곧 자신의 진정한 모습이었는데, 그 모습에 어울리지 않는 부질없는 논리를 일부러 자신이 신뢰하는 책 가운데에서 끄집어내 거기에 적혀 있는 말의 권위에 기대어 그것을 강변하는 것과 같은 것에 귀착했다. 자연히 닭 잡는 데 황소 잡는 칼을 휘두르는 듯한 우스꽝스러운 일도 가끔 나오지 않을 수 없었다.

문제는 역시 어느 잡지에서 시작되었다. 매달 발행되는 그 잡지에서 여러 사람의 연애관을 읽은 오히데의 질문은 솔직히 말해 오노부에게 별로 흥미로운 것이 아니었다. 하지만 아직 읽지 않았다는 사실을 고백하면서 그녀의 과시욕이 갑자기 발동했다. 그녀는 이 추상적인 문제를 어딘가에서 자기 생각대로 살려보자는 결심을 했다.

오노부는 자칫하면 공론으로 흐르기 쉬운 상대의 약점을 충분히 포착하고 있었다. 아슬아슬한 실제 문제에 바야흐로 뛰어들려고 하는 그녀에게 그만큼 고약한 태도는 없었다. 단지 논쟁을 위한 논쟁이라면 처음부터 상대하지 않는 쪽이 더 나았다. 하지만 그녀에게는 어떻게 해서든지 상대를 땅바닥에 붙들어 매둘 필요가 있었다. 그런데 불행하게도 이때의 상대는 처음부터 이미 땅바닥에 없었다. 오히데가 입에 올리는 사랑은 쓰다의 사랑도, 호리의 사랑도, 혹은 오노부, 오히데의 사랑도 무엇도 아니었다. 그저 산만하고 공중에 뜬 사랑이었다. 따라서 오노부의 노력은 우선 고무풍선 같은 오히데의 말의 바람부터 빼야 했다.

아이가 이미 둘이나 있고 만사 자신보다 살림때가 묻은 오히데가 그런 의미에서 훨씬 자신보다 착실하지 못하다는 것을 발견했을 때, 오노부는 입으로는 네, 네 하며 상대방이 말하는 대로 머리를 끄덕였지만 속으로는 답답해 견딜 수 없었다. '그런 말만 앞세우지 말고 발가벗고 진짜로 나와보세요. 실력으로 상대해드릴 테니까'라고 말하고 싶어진 그녀는 어떻게 하면 이 이론가를 발가벗길 수 있을지를 궁리했다.

이윽고 오노부의 마음에 분별이 생겼다. 분별이란 다른 것이 아니었다. 이 문제를 살리기 위해서는 오히데를 희생양으로 삼든지 자신을 희생양으로 삼든지 어느 쪽이든 선택하지 않으면 도저히 생각대로 되지 않을 것이라는 사실이었다. 상대를 희생양으로 삼는 데는 어려움이 없었다. 그저 어느 것이든 상대방의 약점을 슬쩍 건드리기만 하면 그것으로 충분했다. 그 약점이 사실이든 아니든 그것은 오노부가 알 바 아니었다. 그저 자연스러운 반응을 기대하며 시험해보는 자극에 진위 따위는 필요 없는 참고 사항일 뿐이었다. 그러나 거기에는 또 응분의 위험도 있었다. 오히데는 틀림없이 화를 낼 것이었다. 하지만 오히데를 화나게 하는 것은 오노부의 목적이면서 또 목적이 아니기도 했다. 그러므로 오노부는 망설이지 않을 수 없었다.

마침내 그녀는 기회를 포착했다. 그리고 그 기회를 이용하려고 했을 때는 이미 자신을 희생하는 쪽으로 결심을 굳혔다.

127

"그런 말을 들으니 뭐라고 말해야 좋을지 모르겠네요, 저 같은 건. 남편에게 사랑받고 있는 건지, 그렇지 않은 건지 전 전혀 모르겠거든요. 히데코 씨는 행복하겠네요, 그 점에선. 처음부터 자신에게 분명한 보증이 붙어 있으니까요."

오노부는 쓰다와 결혼하기 전부터 오히데가 미모 덕으로 시집갔다는 것을 알고 있었다. 그것은 일반적인 여자, 특히 오노부와 같은 여자에게는 부러운 사실임에 틀림없었다. 쓰다에게 그 이야기를 처음 들었을 때 오노부는 오히데를 만나보기도 전에 그녀에게 가벼운 질투를 느꼈다. 하지만 외모에 비해 속이 실하지 않다는 것을 알았을 때는 엷은 냉소와 함께 복수한 듯한 쾌감도 느꼈다. 그 이후 사랑이라는 문제에서 오히데를 대하는 오노부는 늘 경멸하는 태도를 보였다. 그것을 표면상 자못 기쁜 소식이라도 되는 것처럼 다루며 피차 공통 관심사인 듯 꾸며 보인 것은 물론 약간의 사탕발림에 불과했다. 더 나쁘게 표현하자면 일종의 조롱이었다.

　다행히 오히데는 그것을 눈치채지 못했다. 그리고 눈치챌 수 없기도 했다. 말로는 어찌 됐든 실제로 사랑을 체득하는 데서 오히데는 전혀 오노부의 적수가 되지 못했기 때문이다. 열렬하게 사랑한 경험도, 외곬으로 사랑받은 기억도 가지지 못한 그녀는 그 능력의 최대치가 얼마나 강하고 큰지를 아직 모르는 여자였다. 그럼에도 불구하고 남편에게 만족하는 아내였다. 모르는 게 약이라는 속담이 바로 이 경우의 그녀를 잘 대변해주었다. 결혼 당시 자신의 미래에 남편의 손으로 강요된 사랑의 도장을 일반 증서처럼 한사코 가슴속 깊이 찍어뒀던 그녀는 오노부의 말을 그 가슴속에 액면 그대로 받아들일 만큼 순진했던 것이다.

　진실로 사랑의 실체를 인정한 적이 없는 오히데는 그녀가 부질없이 늘어놓는 확실하지 않은 말을 통해 예리한 오노부에게 간파당한 것이 아니었다. 그녀는 쓰다와 오노부의 관계를 자기네 부부를 기준으로 추단하고서도 태연자약했다. 그것은 오노부의 말을 들은 그녀가 실제로 놀란 얼굴을 지은 것으로도 알 수 있었다. 쓰다가 오노부를 사랑하는지 아닌지가 이제 와서 왜 문제가 되는 걸까? 게다가 그것이 아내의 입에서 나오는 것은 무슨 까닭일까? 더구나 그것을 남편의 여동생 앞에서 꺼낸다는 것은 어떤 의미가 있는 것일까? 이것이 오히데의 표정이었다.

　실제로 오히데가 본 오노부는 현재 쓰다의 사랑에 만족할 줄 모르는 철면피 아니면 자신이 충분히 쓰다를 손아귀에 쥐고 있으면서 일부러 그것을 알아차리지 못하는 척하는, 빤히 속이 들여다보이는 여자에 불과했다. 그녀는 "어머" 하고 말했다.

"아직 그보다 더 사랑받고 싶어요?"

이 대답은 평소 오노부의 주문대로 나왔다. 하지만 지금 상황에서는 오노부가 만족할 리 없었다. 그녀는 또 뭐라고 말하며 자신의 의지를 분명히 해야 했다. 그런데 그것을 확실하게 표현하면 '쓰다가 나 이외에 아직 생각하고 있는 사람이 따로 있다면 아무리 나라고 해도 도저히 이대로 만족할 리 없지 않겠어요?' 하는 노골적인 말이 될 수밖에 없었다. 과감하게 그렇게 치고 나가면 스스로 자신의 계획을 결딴내는 것과 마찬가지라고 느낀 그녀는 "왜냐하면"이라고 말을 꺼낸 채 망설이며 거기에서 더 나아갈 수 없었다.

"아직 뭐가 부족한 게 있어요?"

이렇게 말한 오히데는 눈을 모아서 오노부의 손을 바라봤다. 거기에는 예의 반지가 나 보란 듯 반짝이고 있었다. 하지만 오히데의 날카로운 눈길은 오노부에게 어떤 자극도 주지 못했다. 반지에 대한 그녀의 천진함은 어제와 추호도 변한 게 없었다. 오히데는 조금 답답해졌다.

"하지만 언니는 행복하잖아요? 원하기만 하면 뭐든지 사주고, 가고 싶은 곳이 있으면 어디든지 데려가주고……."

"네. 그것만은 뭐, 행복해요."

남에게 자신의 행복을 강조하지 않으면 자신의 약점이 밖으로 드러나는 것 같아 불편하다고 생각해온 오노부는 평상시 지닌 인사를 그만 이 경우에도 해버리고 말았다. 그리고 또 정체 상태에 빠졌다. 연극 공연장에 간 그 이튿날 오카모토 집에 가서 쓰기코와 이야기를 했을 때 했던 말을 그대로 되풀이한 뒤, 그녀는 상대가 오히데라는 것을 깨달았다. 오히데는 '그것이 행복하다면 그걸로 충분하잖아요?'라는 얼굴이었다.

오노부는 자신이 쓰다를 의심하고 있다는 흔적을 오히데에게 결코 드러내고 싶지 않았다. 그렇다고 해서 아무것도 모른다는 듯이 가장하며 오히데에게 빤히 바보 취급을 당하는 것은 더더욱 싫었다. 따라서 대응하는 데 비상한 호흡이 필요했다. 목적을 달성할 때까지는 상당히 버거울 거라고 생각했다. 하지만 그녀는 도저히 가망이 없는 무리한 수고를 하고 있다는 것은 결국 깨닫지 못했다. 그녀는 다시 태도를 싹 바꿨다.

128

그녀는 과감히 한달음에 치고 나갔다. 정실에 얽매인 거북한 표현은 접고 정면으로 마주 보며 오히데를 대면하려고 했다. 그 대신 말은 어쩔 수 없이 추상적일 수밖에 없었다. 그래도 그녀는 자극적인 논쟁으로 실상을 가려내는 쪽이 더 낫다고 여겼다.

"도대체 한 남자가 한 사람 이상의 여자를 동시에 사랑할 수 있을까요?"

이 질문을 출발점으로 걸음을 뗐을 때 오히데는 거기에 대해 미리 준비된 답을 하나도 갖고 있지 않았다. 책과 잡지에서 얻은 그녀의 지식은 단지 일반적인 연애에 관한 것일 뿐 이 특수한 경우에 활용하기에는 턱없이 부족했다. 마음속에 아무런 배경 지식이 없는 그녀는 생각하는 시늉을 했다. 그리고 정직하게 말했다.

"그건 모르겠어요."

오노부는 안쓰러웠다.

'이 사람은 살아 있는 연구 대상으로서 호리라는 남편을 이미 확보하고 있잖아. 부인에 대한 남편의 태도도 아침저녁으로 곁에서 확인하고 있을 텐데.'

오노부가 이렇게 생각하는 순간 두 번째 말이 오히데의 입에서 떨어졌다.

"알 리 없잖아요. 이쪽이 여자인걸요."

오노부는 이것도 어리석은 답이라고 생각했다. 만약 이것이 있는 그대로의 모습이라면 그녀의 사고력이 어느 정도 수준인지 짐작이 갔다. 그러나 오노부는 얼른 그 어리석은 답을 낚아챘다.

"그럼 여자 쪽에서 보면 어떨까요? 자기 남편이 자기 말고 다른 여자를 사랑하고 있다는 걸 상상할 수 있을까요?"

"언니한테는 그게 안 돼요?"라는 말을 들었을 때 오노부는 '어?' 하고 생각했다.

"내가 지금 그런 걸 상상해야 할 처지에 있는 건가요?"

"그건 괜찮아요"라고 오히데가 얼른 꼬리를 내렸다. 오노부는 즉각 상대방의 말을 되풀이했다.

"괜찮아요?"

의문사인지 감탄사인지 알 수 없는 그 어미가 오히데의 말을 곱씹는 오노부 자신도 무슨 뜻인지 잡히지 않았다.

"괜찮아요."

오히데도 다시 한 번 같은 말을 되풀이했다. 그 순간 오노부는 얼핏 오히데의 입술 언저리에서 냉소의 그림자를 확인했다. 하지만 그녀는 얼른 그것을 무시해버렸다.

"그거야 히데코 씨는 괜찮고말고요. 원래 호리 씨랑 결혼하실 때의 조건이 조건이니까요."

"그럼 언니는 어때요? 역시 오빠 눈에 들어 결혼한 것 아니에요?"

"거짓말이에요. 그건 히데코 씨 경우예요."

오히데는 갑자기 입을 다물었다. 오노부도 시시콜콜 따지는 헛수고를 생략했다.

"도대체 쓰다는 여자에 관해 어떤 생각을 갖고 있을까요?"

"그거야 여동생보다 부인이 더 잘 알고 있을 텐데요."

오노부는 이런 말로 치부된 뒤에 자신도 오히데와 마찬가지로 어리석은 질문을 던졌다는 것을 깨달았다.

"하지만 남매니까 저보다 히데코 씨가 쓰다를 더 잘 알지 않겠어요?"

"네, 하지만 아무리 안다고 해도 언니한테는 도움이 안 돼요."

"도움이 되고말고요. 하지만 그 문제라면 나도 훨씬 이전부터 알고 있다고요."

오노부는 아슬아슬하게 베거리를 던졌다. 오히데는 생각했던 대로 걸려들었다.

"하지만 괜찮아요. 언니라면 걱정 없어요."

"괜찮지만 위험해요. 무슨 일이 있어도 히데코 씨한테서 이야기를 듣지 않으면."

"어머, 저는 아무것도 몰라요."

이렇게 말한 오히데는 갑자기 얼굴을 붉혔다. 그것이 무슨 수치심 때문에 일어났는지는 아무리 긴장한 오노부의 신경일지라도 억측할 수는 없었다. 게다가 그녀는 이 방문의 첫 대면에서 받은 기억을 아직 잊지 않고 있었다. 요시카와 부인의 이름을 들먹였을 때 본 그 불그스레한 얼굴과 지금 그녀의 눈앞에 재현된 이 홍조 사이에 어떤 관계가 있는지 아무리 사물의 차이를 식별하는데 뛰어난 그녀라 할지라도 짐작이 가지 않았다. 그녀는 이 경우 무리하게라도 두 상황을 연결해보고 싶어서 견딜 수 없었다. 하지만 그것을 이어주는 밧줄은 어디를 어떻게 찾아도 끝끝내 나타나지 않았다. 오노부에게 더욱 안타까운 점은 현재 자신의 힘에 부치는 이 둘 사이에 틀림없이 어떤 관계가 실재하고 있다는 추측이었다. 그리고 그 관계가 지금의 그녀에게 상당히 심각한 의미를 가지고 있음에 틀림없다는 예감이었다. 자연히 그녀는 그것을 더 건드려볼 수밖에 방법이 없었다.

129

순간적인 충동에 사로잡힌 오노부는 자신의 입에서 나오는 거짓말을 억제할 수가 없었다.

"요시카와 부인한테서도 들은 적이 있다고요."

이렇게 말했을 때 오노부는 비로소 자신이 대담하다고 생각했다. 그녀는 그쯤에서 모험의 결과를 기다렸다. 그러자 오히데가 여태까지의 홍조에서 돌변해 야릇한 표정으로 되물었다.

"어머, 뭘요?"

"그 일 말이에요."

"그 일이라니, 어떤 일 말이에요?"

오노부는 이미 물러설 데가 없었다. 오히데는 여유가 있었다.

"거짓말이죠?"

"거짓말이 아니에요. 쓰다의 일이에요."

오히데는 갑자기 반응하지 않았다. 그 대신 야무진 입 언저리에 냉소의 그림자를 띄웠다. 그것이 조금 전보다 눈에 띄게 두드러지자 오노부는 길을 잘못 들어 개펄 속으로 한 발을 내디딘 느낌이 들었다. 유달리 지기 싫어하는 그녀의 유별난 고집이 강력하게 발휘되지 않았더라면 그녀는 오히데 앞에 머리를 숙이며 구원을 요청했을지도 몰랐다. 오히데는 말했다.

"이상하네. 오빠 일 따위를 요시카와 사모님이 말씀할 리 없을 텐데요. 웬일일까?"

"하지만 정말이에요, 히데코 씨."

오히데는 처음으로 소리 내어 웃었다.

"그거야 정말이겠죠. 거짓말이라고 생각하는 사람은 아무도 없을 거예요. 하지만 무슨 일이예요, 도대체."

"쓰다의 일이에요."

"그러니까 오빠의 무슨 일이냐고요?"

"그건 말 못 해요. 히데코 씨가 말씀해줘야지요."

"상당히 무리한 주문이시네. 말하려고 해도 짐작이 가야 말이죠."

오히데는 어디서든지 들어오라는 듯이 차분한 태도를 보였다. 오노부의 겨드랑이에서 진땀이 흘렀다. 그녀는 왈카닥 덤벼들었다.

"히데코 씨, 당신은 기독교 신자가 아닌가요?"

오히데는 뜨악한 표정이었다.

"아닌데요."

"그렇지 않다면 어제와 같은 걸 말씀하실 이유가 없다고 생각하는데 요."

어제와 오늘의 두 사람은 마치 입장을 바꾼 것 같은 형세에 빠졌다. 오히데는 느긋하게 승기를 잡은 듯한 여유를 드러냈다.

"그래요, 그럼 그렇다고 해두죠. 언니는 아마 기독교를 싫어하나 봐 요."

"아뇨, 좋아해요. 그래서 부탁드리는 거예요. 그러니까 어제처럼 고 귀한 마음으로 이 작고 보잘것없는 저를 불쌍히 여겨달라는 거예요. 만약 어제 제가 잘못했다면 이렇게 히데코 씨 앞에서 엎드려 빌게요."

오노부는 반짝이는 보석 반지 낀 손을 오히데 앞에 짚으며 입으로 말 한 대로 엎드려 빌었다.

"히데코 씨, 제발 숨기지 말고 정직하게 말해주세요. 그리고 전부 다 털어놓아 주세요. 오노부는 이처럼 절실해요. 이처럼 후회하고 있어 요."

특유의 버릇인 눈썹을 꿈틀했을 때 오노부의 작은 눈에서 눈물이 무 릎 위로 떨어졌다.

"쓰다는 내 남편이에요. 히데코 씨는 쓰다 여동생이고요. 히데코 씨 한테 쓰다가 소중한 사람이듯 쓰다는 저한테도 소중한 사람이에요. 오 로지 쓰다를 위해서예요. 쓰다를 위해서 전부 털어놓고 말해주세요. 쓰 다는 저를 사랑해요. 쓰다가 여동생인 당신을 사랑하는 것처럼 아내로 서 나를 사랑해요. 그러니까 쓰다한테 사랑받고 있는 저는 쓰다를 위해서 전부 알아야만 해요. 쓰다한테 사랑받고 있는 당신 역시 쓰다를 위해서 제게 다 알려주셔야 해요. 그게 여동생으로서 당신이 해야 할 일이에요. 히데코 씨가 저한테 이런 마음을 느끼지 못하더라도 조금도 원망하지 않아요. 하지만 오빠인 쓰다에게는 아직 진력할 마음을 가지고 계시겠지요. 히데코 씨가 그런 마음을 가지고 계신 건 충분히 지금 당신의 표정으로 잘 알 수 있어요. 히데코 씨, 당신은 그런 냉혹한 사람이 결코 아니에요. 어제 당신이 스스로 말한 것처럼 친절한 사람이 분명하잖아요."

오노부가 여기까지 말하고 오히데의 얼굴을 보았을 때 그녀는 거기에서 눈에 띄는 변화를 발견했다. 오히데는 얼굴이 창백해졌다. 그리고 지나치게 조급한 태도로 오노부의 말을 재빨리 부정하지 않으면 안 된다는 듯이 말했다.

"저는 아직 아무것도 나쁜 짓을 한 기억이 없어요. 오빠한테도, 언니한테도 가지고 있는 건 호의뿐이에요. 악의는 조금도 없어요. 아무쪼록 오해하지 말아주세요."

130

오노부에게 오히데의 변명은 의외였다. 뜬금없기도 했다. 그런 변명이 어디서 나왔는지 또 무엇 때문에 한 것인지 전혀 짐작할 수 없었다. 오노부는 문득 생각했다. 하늘이 내려준 은총처럼 이때 그녀 앞에 노출된 오히데의 배후에 무엇이 숨어 있는 것일까? 오노부는 얼른 그 어둠을 공격하려고 했다. 세 번째 거짓말이 그녀의 입에서 술술 미끄러져 나왔다.

"그거야 알고 있어요. 히데코 씨가 한 행동도, 히데코 씨 마음도 저는 잘 알고 있다고요. 그러니까 숨기지 말고 전부 말해줘요. 응, 싫어요?"

이렇게 말했을 때 오노부는 그 가느다란 눈에 최대한 애교를 가득 담아 오히데를 쳐다보았다. 하지만 이성을 대할 때와 같은 효과를 예상한 그 동작은 완전히 빗나갔다. 오히데는 깜짝 놀랐다는 듯이 난데없는 질문을 던졌다.

"언니, 오늘 여기 오시기 전에 병원에 다녀오셨어요?"

"아뇨."

"그럼 어디 다른 데라도 들렀다 오셨어요?"

"아니, 집에서 곧장 왔어요."

오히데는 겨우 안심한 것 같았다. 그 대신 그다음은 아무것도 말하지 않았다.

오노부는 붙잡은 끈을 계속 놓지 않았다.

"제발, 히데코 씨, 말해줘요."

그때 오히데의 차가운 눈 속에 잔혹한 빛이 번득였다.

"언니는 상당히 제멋대로네요. 혼자서 한껏 사랑받지 않으면 직성이 풀리지 않는 것처럼 보여요."

"물론이죠. 히데코 씨는 그렇지 않아도 상관없어요?"

"우리 집 양반을 한번 보세요."

오히데는 얼른 이렇게 말하며 물러섰다. 오노부는 화제에서 일부러 호리를 비껴갔다.

"호리 씨는 문제 밖이에요. 호리 씨는 어떻든 상관없지만 서로 정직하게 말해보자고요. 아무리 히데코 씨라 하더라도 바람기 있는 사람이 좋을 리는 없겠지요."

"하지만 나 말고 다른 여자는 거들떠보지도 않는 진실한 남편이 이 세상에 있을 리 없잖아요."

잡지와 책에서만 지식을 얻어들은 오히데는 이때 갑자기 마치 겪어보기라도 한 듯한 모습을 오노부 앞에 나타냈다. 오노부는 그 모순을 따져 볼 여유조차 없었다.

"있어요, 히데코 씨. 없어야 할 이유가 없잖아요. 적어도 남편이란 이름이 붙는 이상."

"흥, 그런 좋은 사람이 어디 있을까?"

오히데는 또 냉소 어린 눈으로 오노부를 바라보았다. 오노부는 아무리 해도 쓰다라는 이름을 큰소리로 외칠 용기가 없었다. 어쩔 수 없이 입 끝으로 대답했다.

"그게 제 이상이에요. 거기까지 가지 않으면 납득할 수 없어요."

오히데가 실무가(實務家)가 된 것처럼 오노부도 어느새 이론가로 변해 있었다. 지금까지의 두 사람의 처지가 뒤집혔다. 그러고는 둘 다 그것을 깨닫지 못한 채 분위기가 흐르는 대로 앞으로 떠내려갔다. 그 뒤의 대화는 이론이라고도 실무라고도 할 수 없이 그때그때의 상황에 따른 것이었다.

"아무리 이상이라 해도 그건 안 돼요. 그 이상이 실현됐을 때는 아내 이외의 여자란 여자는 모두 여자의 자격을 잃어버려야 하잖아요."

"하지만 완전한 사랑은 그런 데서 비로소 맛보는 거 아닐까요? 거기까지 이르지 않으면 본래의 진정한 애정은 평생 가도 느낄 수 없지 않을까요?"

"그건 어떨지 모르겠지만 당신 이외의 여자를 여자로 생각하지 말고 당신만을 이 세상에 존재하는 단 한 사람의 여자로 생각하라고 이성에 호소해봤자 그리 될 리가 없잖아요."

오히데는 마침내 당신이라는 호칭을 던졌다. 오노부는 전혀 개의치 않았다.

"이성이야 어찌 됐든 감정상 나만을 단 한 사람의 여자로 생각해주면 그걸로 족해요."

"당신만을 여자라고 여기는군요. 그건 알겠어요. 하지만 다른 여자를 여자로 여기면 안 된다는 건 마치 살인이나 마찬가지예요. 만약 다른 여자를 여자로 여기지 않는 남편이라면 정작 당신도 여자로 여기지 않을 테지요. 자기 집 뜰에 핀 꽃만이 진짜 꽃이고, 바깥 세상에 있는 다른 꽃들은 꽃이 아니라 쓰레기 같은 풀이라는 것과 마찬가지예요."

"쓰레기 같은 풀이라고 해도 좋아요."

"당신은 좋겠지요. 하지만 남자에게 쓰레기 같은 풀은 없으니까 방법이 없어요. 그보다 좋아하는 여자가 세상에 얼마든지 널려 있는 가운데 당신에게 제일 끌린다는 쪽이 언니한테도 오히려 만족스러운 일이 아닐까요? 그게 진정으로 사랑받고 있다는 의미일걸요."

"저는 무슨 일이 있어도 절대 사랑을 받고 싶어요. 비교 따위는 애당초 싫으니까."

오히데의 얼굴에 경멸의 빛이 감돌았다. 그 속에는 어쩌면 이렇게 이해력이 부족한 여자일까 하는 기색이 뚜렷했다. 오노부는 발끈했다.

"저는 어차피 바보라서 이론 따위는 몰라요."

"단지 실례를 들었을 뿐이에요. 언니가 이해하기 쉬울 것 같아서."

오히데는 냉정하게 이야기를 일단락 지었다. 오노부는 속으로 발을 동동 굴렀다. 모처럼의 노력은 더 진전이 없었다. 그사이에 그녀를 기다리는 쓰다의 편지가 와 있는 것도 모르는 그녀는 그대로 호리의 집을 나왔다.

131

오노부와 오히데가 마주 앉아 실랑이를 벌이는 동안 병원에서는 또 병원대로 별개의 예정된 사건이 진행됐다.

쓰다가 기다리던 요시카와 부인이 얼굴을 내민 것은 오노부 앞으로 쓴 편지를 들고 간 인력거꾼이 아직 돌아오지 않은 사이, 시간으로 치자면 마침 고바야시가 병실에서 나간 지 10분 정도 지난 뒤였다.

그는 간호사로부터 부인의 이름을 들었을 때 다른 인종에 가까운 이 두 사람이 좁은 방에서 맞닥뜨리지 않고 지나간 절묘한 순간이 무엇보다도 기꺼웠다. 그때의 그는 이 형편을 조성하기 위해 어쩔 수 없이 치러야 했던 물질상의 희생을 반추해볼 겨를조차 없었다.

그는 부인을 보자마자 얼른 자리에서 일어나려고 했다. 부인은 서서 그것을 제지했다. 그리고 그녀를 안내한 간호사가 양손에 껴안듯 들고 있는 화분을 잠깐 뒤돌아보고 "어디에 두면 좋을까"라면서 두리번거렸다. 쓰다는 간호사의 하얀 가슴에 안긴 아름다운 단풍나무를 바라보았다. 작은 화분 속에는 옹색한 듯 나무줄기 세 가닥이 가지런히 모양을 맞추고 있었고 화분 아래에는 멋진 조약돌까지 깔려 있었다. 그 분재를 도코노마 위에 놓은 뒤에야 부인은 비로소 자리에 앉았다.

"어떠셔요?"

조금 전부터 그녀의 모습을 지켜보고 있던 쓰다는 이때 처음으로 그에 대한 부인의 태도를 확인할 수 있었다. 혹시나 하고 은연중 걱정하고 있던 염려의 절반은 이 한마디로 날아간 것과 마찬가지였다. 부인은 여느 때처럼 쾌활하지는 않았다. 그 대신 여느 때처럼 경박하지도 않았다. 요컨대 그녀는 쓰다가 일찍이 한 번도 그녀에게서 경험해보지 못했던 독특한 기분으로 그의 병실에 들어온 것 같았다. 그것은 한편으로 그녀가 침착성을 최대한 발휘하면서 다른 한편으로는 그녀의 느긋함을 역시 최고조로 드러내는 것처럼 보였다. 쓰다는 조금 놀랐다. 하지만 의외성에 놀란 만큼 마음은 조심스러울 수밖에 없었다. 설혹 이 태도가 그에 대한 반감을 암시하지 않는다고 하더라도 그 속에 무엇이 들어있는지 알 수 없었다. 지금 그 속에 가공할 만한 그 무엇이 없다고 해도 이야기하다가 상대방의 기분이 어떻게 변할지 알 수 없었다. 쓰다는 거드름을 피우는 데 익숙한 부인의 평소 모습으로 미뤄 보아 얼마든지 제멋대로 바뀌고 혹은 바뀌어도 어쩔 수 없다고 스스로 받아들이는 이 부인을 무서운 여왕으로 모셔야 하는 처지였다. 사자성어로 말하자면 그녀의 일빈일소가 쓰다에게는 모두 문제가 되었다. 이번은 특히 그러했다.

"오늘 아침에 히데코 씨가 와서 말이야."

오히데의 방문이 첫 번째 안건인 것처럼 그녀의 입에서 튀어나왔다. 쓰다는 물론 상대방에 대꾸해야 했다. 그리고 그 방법은 부인이 오기 전부터 이미 준비하고 있었다. 그는 오히데가 부인을 방문했다는 것을 알면서도 모른 척할 심산이었다. 누구에게 들었느냐고 물었을 때 고바야시의 이름을 들먹이기 싫었기 때문이다.

"아, 그래요? 평소 너무 격조하니까 가끔 인사드리러 가지 않으면 안 된다고 생각한 모양이지요."

"아니, 그게 아니에요."

쓰다는 부인의 말을 들은 후에 잽싸게 거짓말을 풀었다.

"그런데 그 녀석에게 볼일이 있을 리가 없을 텐데요."

"그런데 있었어요."

"허어."

쓰다는 이렇게 말한 채 다음 말을 기다렸다.

"무슨 볼일인지 알아맞혀 보셔."

쓰다는 시치미를 떼고 생각하는 시늉을 했다.

"글쎄요, 오히데의 볼일이라면, ……음, 뭘까요?"

"모르시겠어?"

"전혀. ……저랑 오히데는 남매지만 원래부터 성격은 사뭇 다르니까요."

쓰다는 그쯤에서 쓸데없는 남매 관계를 일부러 넌지시 비쳤다. 그것은 일이 터지기 전에 자신을 일찌감치 변호해두기 위해서였다. 그리고 자신의 말을 부인이 어떻게 받아들일지 그 반향을 들어보기 위해서이기도 했다.

"이론을 좀 내세우더군요."

이 한마디를 듣자마자 쓰다는 얼씨구나 하고 그 틈을 파고들었다.

"그 녀석의 시답잖은 이론은 오빠인 저도 골치가 아플 정도라니까요. 누구든 도저히 점잖게 참고 들을 수 없을 거예요. 그래서 전 그 녀석이랑 싸우면 언제나 적당히 포기해버린답니다. 그러면 그 녀석은 또 기가 살아나서 이겼네, 뭐네 하면서 저 좋을 대로만 여기저기 마구 떠벌리고 다니지요."

부인은 미소 지었다. 쓰다는 그것을 분명 자기와 공감한 미소로 받아들였다. 그러자 부인의 말이 오히려 그의 기대와는 다른 방향에서 나왔다.

"설마 그렇겠어요. ……그러나 꽤 조리 있고 좋은 머리를 가진 분 아닌가요? 난 그분이 좋아."

쓰다는 쓴웃음을 지었다.

"그거야 댁까지 찾아가서 무턱대고 본성을 드러낼 만큼 바보는 아닐 테니까요."

"아니 정직해, 히데코 씨는."

오히데가 누구보다 정직하다는 것인지 부인은 밝히지 않았다.

132

쓰다는 호기심이 발동했다. 상상되기도 했다. 하지만 거기에 접근하는 것은 그의 속내와 달랐다. 그는 단지 부인과 오히데 사이에 오간 담론을 알아내기만 하면 족했다. 병문안을 겸한 부인의 볼일도 물론 그와 관련한 이야기일 터였다. 하지만 그녀에게는 또 그녀 특유의 취향이 있었다. 시간이 남아도는 그녀는 누가 부탁하지 않아도 기회만 있으면 남의 집안일에 깊숙이 고개를 들이미는 것을 좋아했다. 그것도 손아랫사람 특히 자기 마음에 든 손아랫사람을 돌봐주고 싶어 하는 대신, 곳곳에 흥미 본위의 본성을 드러내고도 태연했다. 어떤 때의 그녀는 무턱대고 서둘러 일을 정리하려고 안달했다. 그런가 하면 어떤 때는 또 정반대였다. 일부러 장황하게 질질 끌며 자못 흥미가 있는 듯한 모습을 보이며 시간을 때웠다. 쥐를 가지고 노는 고양이 같은 이런 그녀의 태도를 곁에서 보고 있노라면 남이야 어떻든 간에 자신은 한가한 시간에 변화를 불어넣기 위한 윗사람의 특권이라고 해석하고 있는 것 같았다. 이 술수에 걸려들면 상대는 상당한 인내가 필요했다. 그 대신 끝까지 인내했을 경우 거기에 대한 답례는 반드시 돌아왔다. 또 그것으로 그녀는 상대를 격려했다. 뿐만 아니라 그것을 자신의 윤리적 자부심으로 여겼다. 그녀와 쓰다 사이에 오고 간 이 묵계로 인해서 쓰다가 입은 중대한 손실이 지금까지 단 하나 있었다. 그 점에서 그녀가 속으로 얼마나 그에 대한 책임을 느끼고 있는지 영리한 쓰다가 놓칠 리 없었다. 무슨 일에서든 부인의 뜻을 존중하면서 움직이는 쓰다였지만 은근히 이 강점만은 기대하고 있었다. 하지만 그것은 만일의 경우를 위해 미뤄둔 그의 무기에 불과했다. 평상시 그는 기꺼이 고양이 앞의 쥐가 되어 상대방의 생각대로 재롱을 떨어야 했다. 이때의 부인도 핵심에 다다를 때까지 상당한 시간을 낭비했다.

"어제 히데코 씨가 왔지요, 여기에?"

"예, 왔습니다."

"노부코 씨도 왔지요?"

"예."

"오늘은?"

"오늘은 아직 안 왔습니다."

"곧 올 테지요."

쓰다는 예측할 수 없었다. 조금 전에 오지 말라는 편지를 보낸 사실도 부인 앞에서는 털어놓지 않았다. 예상과 달리 오노부의 회답을 아직 받지 못한 것도 실은 마음에 걸렸다.

"글쎄요, 어떨지."

"오실지, 안 오실지 모른다는 말씀이셔?"

"예, 잘 모르겠습니다. 아마 오지 않을 거라고 생각합니다만."

"굉장히 냉담하시네."

부인은 비웃는 듯한 미소를 띠었다.

"제가 말입니까?"

"아니, 양쪽 다."

쓴웃음을 지은 쓰다의 입이 다물어지기를 기다렸다가 부인이 입을 열었다.

"노부코 씨랑 히데코 씨가 어제 여기서 만났지요?"

"예."

"그리고 뭔가 있었지요, 이상한 일이."

"별로……."

"시치미 떼면 안 돼요. 있었으면 있었다고 분명히 말씀하셔, 남자답게."

부인은 드디어 그녀 특유의 말씨와 개성을 발휘하기 시작했다. 쓰다는 대답이 궁했다. 잠자코 지켜볼 수밖에 없다고 생각했다.

"히데코 씨를 몹시 괴롭혔다지요? 둘이서."

"그럴 리 있겠습니까? 오히데가 열이 올라서 씩씩거리며 화를 내다가 돌아갔습니다."

"그래? 하지만 싸움은 했지요? 싸움이라고 해도 치고 받는 싸움은 아니었을 테지만."

"그렇긴 해도 오히데가 말하는 것처럼 야단스러운 건 아니었습니다."

"그럴지도 모르겠지만, 조금이라도 뭔가 있었던 거지요?"

"그야 약간 의견이 맞지 않은 일은 있었습니다."

"그때 당신들 둘이 작당해서 히데코 씨를 괴롭혔지요?"

"괴롭히지 않았습니다. 오히데가 기독교 신자처럼 기염을 토했을 뿐입니다."

"어쨌든 당신들은 두 사람이었고 상대는 혼자였던 게 틀림없지요?"

"그건 그럴지도 모르겠습니다."

"거 보시라고. 그게 나쁘잖아."

부인의 단정에는 의미도 이치도 없었다. 따라서 어디가 나쁜 건지 쓰다는 전혀 이해가 가지 않았다. 하지만 이런 경우 이런 식으로 나오는 부인의 말은 결코 거역할 수 없는 것으로 이미 쓰다의 머릿속에 주입되어 있었다. 그는 도리 없이 고분고분 야단을 맞을 수밖에 없었다.

"그럴 생각은 추호도 없었는데, 저절로 그만 그렇게 되어버린 것 같습니다."

"되어버린 것 같다니, 그렇게 말하면 안 되지. '되어버렸습니다'라고 분명히 말씀하셔야지. 이렇게 말하면 실례겠지만, 당신이 노부코 씨를 너무 소중히 여기시기 때문이야."

쓰다는 고개를 갸웃했다.

133

　눈치가 빠른 성품에 어울리지 않게 쓰다는 부인과 오노부의 관계를
잘 모르고 있었다. 부인에게 쓰다의 체면이 있듯이, 오노부도 쓰다 앞
에서 거리끼는 것이 있었기 때문에 그것이 쌍방을 제대로 이해할 수
있는 총명한 그의 머리를 흐리게 하는 원인이 되었다. 여자의 인사를
상당히 에누리해서 보는 그도 거기에는 미처 생각이 미치지 못한 탓으
로 그는 자기 앞에서 말하는 부인의 오노부에 대한 평을 그대로 받아
들이면서, 자신의 귀에 들려오는 부인에 대한 오노부의 평 또한 의심
하지 않았다. 그리고 그 평들은 양쪽 다 아름다운 것이었다.
　두 여성 모두 각자의 마음속에 감지하면서도 지금까지 그것을 밖으
로 드러내지 않으려고 애써온 미묘한 알력이 점점 안개가 걷히듯 어쩔
수 없이 쓰다 앞에 전개된 것은 이때였다.
　쓰다는 부인을 향해 말했다.
　"특별히 소중히 할 만한 마누라도 아니니까 그런 걱정은 하지 않으
셔도 됩니다."
　"아니, 그렇지 않은 것 같던데. 세상에선 모두 그렇게 생각하고 있더
라고."
　'세상'이라는 과장된 말에 쓰다는 놀랐다. 부인은 할 수 없이 설명
했다.
　"세상이란 모두를 말하는 거예요."

쓰다는 그 '모두'란 말조차 명료하게 의식할 수가 없었다. 하지만 세상이라든지 모두라는 과장된 말을 강조하는 부인의 속셈을 짐작하기란 결코 어려운 것이 아니었다. 그녀는 무슨 일이 있어도 그 점을 쓰다의 머릿속에 주입할 요량 같았다. 쓰다는 일부러 웃어보였다.

"모두라니? 오히데의 일이지요?"

"히데코 씨는 물론 그중 한 사람이야."

"그중의 한 사람이자 그리고 또 주인공이겠지요."

"그럴지도 모르지."

쓰다는 또 한 번 큰소리로 웃었다. 하지만 웃음을 거둔 뒤에 바로 깨달았다. 결국 부인의 비위를 건드리고 만 그 웃음은 이미 되돌릴 수 없었다. 아무 말 하지 않고 엎드려 비는 것이 제일 상수라고 판단한 그는 금세 태도를 바꾸었다.

"어쨌든 앞으로 조심하겠습니다."

하지만 부인은 그래도 아직 풀리지 않았다.

"히데코 씨만 그렇다고 생각하면 오해예요. 당신 작은아버님도 작은어머님도 같은 생각이시니까, 그렇게 알고 계시라고."

"예, 그렇습니까?"

후지이 부부의 소식이 오히데의 입을 통해 부인에게 전해진 것도 분명했다.

"그 외에도 더 있어요."

부인이 다시 덧붙였다. 쓰다가 단지 "아, 예" 하며 상대방의 얼굴을 바라본 순간, 그가 예측한 말이 그녀의 입에서 제꺽 흘러나왔다.

"솔직히 말하면 나도 모두와 같은 의견이야."

권위를 내세우는 태도로 이렇게 말하는 부인 앞에서 그는 물론 항변할 용기가 없었다. 하지만 그와 함께 마음속으로는 묘한 이견을 떠올렸다. 그는 의심했다.

'왜 이 사람이 갑자기 이런 태도를 취하게 됐을까? 내가 오노부를 소중히 하는 게 나쁘다고 비난하면서 실은 오노부를 비난하고 있는 게 아닐까?'

쓰다에게 이 의심은 일체 새로운 것이었다. 부인의 진의를 상상하는 일조차 곤란할 만큼 그에게는 새로운 것이었다. 그는 이 의문에 감연히 대처하기 전에 아직 자신의 머릿속에 남아 있는 한 가지 질문을 던졌다.

"오카모토 씨한테도 그런 평판이 있나요?"

"오카모토 씨는 별도예요. 오카모토 씨가 뭐라고 하든 나하곤 상관없으니까."

부인이 거드름을 피우며 이렇게 잘라 말하자 쓰다는 저도 모르게 '어?' 하고 생각했다.

'그럼 오카모토와 당신은 별개였단 말이죠?'라는 다음 질문이 저도 모르게 그의 목젖까지 올라왔다.

솔직히 말하면 그는 세상의 소문대로 오노부를 소중히 여기지 않았다. 오해가 섞인 이 소문이 어디에서 어떻게 생겼는지 남에게 해명하려면 상당히 복잡한 공력이 들겠지만, 아무리 공력이 든다 해도 그의 머릿속에는 정연하고 명석한 관념이 있어 일일이 손바닥 위에 올려놓고 가려 낼 수 있을 정도로 사실을 정확히 알고 있었다.

첫 번째 책임자는 오노부 그 사람이었다. 자신이 얼마나 쓰다에게 사

랑받고 또 쓰다를 어떻게 주무르고 있는지를 다른 무엇보다 굴절된 시
각으로 내비치는 재간을 여기저기에 발휘하는 데 거리낌이 없는 것은
그녀였다. 두 번째 책임자는 오히데였다. 이미 과장기가 있는 그녀의
눈에 일종의 질투가 영향을 끼쳤다. 그 질투가 어디에서 나온 것인지
쓰다는 몰랐다. 결혼 후 처음으로 시누이라는 의미를 깨달은 그는 일
껏 터득한 의미를 해석할 수 없어서 난처했다. 세 번째 책임자는 후지
이 숙부 내외였다. 거기에는 과장도 질투도 없는 대신 실속은 없고 겉
만 화려한 것에 대한 혐오가 지나치게 강했다. 그러므로 결과는 역시
오해와 같은 것으로 귀착했다.

134

쓰다는 이 오해를 오해대로 내버려둘 만한 특별한 이유가 있었다. 그
리고 그 이유는 이미 고바야시가 간파한 대로였다. 그러므로 그는 이
오해가 불러온 오카모토의 호의를 될 수 있으면 자신에게 도움이 되도
록 그대로 넘기려고 생각했다. 오노부를 소중히 다루는 것은 즉 오카
모토 가의 비위를 맞추는 것과 같고, 오카모토와 요시카와가 형제처럼
가까운 사이인 이상 그의 미래는 오노부를 소중히 할수록 희망적일 터
였다. 이해타산에 빈틈없는 기민함을 자랑으로 여기는 그는 요시카와
부부가 표면상의 중매인으로서 자기들의 결혼에 관계해준 사실을 단
지 명예롭다고 기뻐할 만큼 순진한 바보가 아니었다. 그는 거기에 명
예 이외의 중대한 의미를 터득한 것이었다.

하지만 이것은 오히려 일반적인 속사정에 불과했다. 다시 한 꺼풀 벗

겨 속으로 들어가 보면 바닥 밑에는 또 바닥이 있었다. 쓰다와 요시카와 부인은 사태가 여기에 이르기까지 타인이 관여하지 않은 인과 관계로 이미 연결되어 있었다. 그들에게만 특유한 안팎의 곡절을 거쳐온 그들은 타인보다 조금 복잡한 눈으로 반년 전에 성립한 이 새로운 관계를 바라보지 않을 수 없었다.

사실대로 말하면 오노부와 결혼하기 전에 쓰다는 한 여자를 사랑했다. 그리고 그 여자와 가까워지도록 유도한 것은 요시카와 부인이었다. 오지랖 넓은 부인은 이 젊은 두 사람을 붙일 듯 말 듯이 심심풀이 수완을 마음껏 구사하면서 그때마다 우물쭈물하거나 얼어붙는 두 사람을 눈앞에서 보고 즐겼다. 하지만 쓰다는 부인의 친절을 굳게 믿어 의심하지 않았다. 부인도 끝내 다가올 두 사람의 운명을 두고 확신하기를 주저하지 않았다. 그뿐만 아니라 분위기가 무르익을 때를 기다려 둘을 영원히 결합시키려고 했다. 그런데 바야흐로 그 직전에 이르러 부인의 자신감은 보기 좋게 콧대가 꺾였다. 쓰다의 교만도 살아날 리 없었다. 부인의 자신감과 함께 일거에 박살이 났다. 가장 중요한 새가 홀연히 날아가 버린 채 두 번 다시 부인의 손에 돌아오지 않았던 것이다.

부인은 쓰다를 나무랐다. 쓰다는 부인을 탓했다. 부인은 책임을 느꼈다. 하지만 쓰다는 달랐다. 그는 오늘까지 그 의미를 모른 채 아직 안개 속에서 헤매고 있었다. 거기에 오노부와의 결혼 문제가 불거졌다. 부인은 다시 제2의 연애 사건에 간여하기 위해 일어섰다. 그리고 남편과 함께 표면상의 중매인으로서 그 일을 깔끔하게 갈무리했다.

그때 부인의 모습을 자세히 관찰한 쓰다는 역시 다르다고 여겼다.

'나한테 보상해준 모양이구나.'

그는 이렇게 생각했다. 그는 미래의 방향과 계획을 대체적으로 이런 마음으로 추단하려고 했다. 오노부와 사이좋게 지내는 일이 부인에 대한 의무의 일단이라고 굳게 믿었다. 다투지만 않는다면 자신의 미래는 틀림없다는 진단까지 내렸다.

이런 마음가짐으로 만에 하나 틀림이 있을 리 없다고 처음부터 단정하고 요시카와 부인을 대하고 있는 쓰다가 설령 에두르긴 했어도 오노부를 비난하는 상대의 낌새를 맡은 이상 '어?' 하고 놀라는 것은 당연했다. 그는 부인의 마음에 들도록 자신의 입장을 바꾸기 전에 우선 확인할 필요가 있었다.

"제가 오노부를 너무 소중히 하는 게 마음에 안 든다는 말씀 말고도 오노부에게 뭔가 허물이라도 있다면 서슴지 말고 충고해주시면 좋겠습니다."

"실은 그래서 왔어, 오늘은."

이 말을 들었을 때 쓰다의 마음은 부인의 입에서 무슨 말이 나올지 호기심으로 가득했다. 부인은 말을 계속했다.

"이건 내가 아니면 맞대고 누구라도 당신한테 말할 수 없는 거라고 생각해서 하는 말인데, ……히데코 씨가 꼬드겨서 왔다고 생각하면 곤란해요. 또 나중에 히데코 씨를 번거롭게 하면 내가 난처해지니까, 아셨지? 그야 히데코 씨도 그 일로 일부러 찾아온 건 틀림없어요. 하지만 내 생각은 조금 달라요. 히데코 씨는 주로 교토 쪽을 걱정하고 있더라고. 물론 교토가 당신 아버지니까 결코 소홀히 해서는 안 되지. 특히 우리 집 양반에게 부친이 그토록 당신을 잘 돌봐달라고 부탁한 이상 잠자코 내버려둘 수도 없잖아. 하지만 말야, 즉 그쪽은 가지이고 뿌리는 따로 있으니까, 나는 뿌리부터 먼저 치료하는 쪽이 훨씬 더 유효하다고 생각해요. 그렇지 않으면 모름지기 이번 같은 오해가 또 생길 테니까. 단지 생기기만 한다면야 괜찮지만, 그때마다 히데코 씨가 우리 집으로 달려오면 나도 말을 하기가 무척 힘들 것 같아서 말이지."

부인이 말하는 화단은 분명히 오노부 일임에 틀림없었다. 그러면 그 뿌리를 어떻게 치료하려고 하는 것일까? 육체적 병도 아닌 이상, 이별이나 별거 말고는 치료라는 말은 쉽게 들먹이는 것이 아니라고 쓰다는 생각했다.

135

쓰다는 물을 수밖에 없었다.

"요컨대 어떻게 하면 좋겠습니까?"

부인은 어린애 같은 질문에 어머니처럼 흐뭇한 표정을 지었다. 하지만 곧장 핵심으로 들어가지는 않았다. 그녀는 '바로 그것'이라고 말하는 듯한 미소만 띠었다.

"도대체 당신은 노부코 씨를 어떻게 생각하셔?"

어제와 같은 말이 같은 질문으로 되돌아왔을 때, 오히데에게 어떻게 대답했는지 기억을 떠올렸다. 그는 부인에게 특별한 대답을 준비해두지 않았다. 하지만 몇 번이라도 대답할 수 있는 거리낄 것이 없는 입장이었다. 숨김없이 말한다면, 무슨 말이든 '당신 마음에 드는 대답을 하겠습니다'라는 것이 그의 속마음이었다. 하지만 부인이 바라는 대답은 전혀 그의 상상 밖에 있었다. 그는 쩔쩔매면서 히죽거렸다. 자연히 부인이 한 발짝 앞으로 나섰다.

"당신은 노부코 씨를 귀여워하죠?"

거기서도 쓰다의 준비는 소홀했다. 그는 반 농담으로 부인의 말을 받아넘기는 일이라면 얼마든지 할 수 있었다. 그러나 성실하게 격식을 차린 책임 있는 답변을 부인의 마음에 드는 모양새로 말하려고 하면 그 대답은 결코 술술 나오지 않았다. 그에게 가장 형편이 좋은 일이면서도 가장 형편이 좋지 않은 일은 어느 쪽으로든 자유롭게 대답할 수 있는 그의 마음 상태였다. 사실 그는 오노부를 사랑하면서도 또 그다지 사랑하고 있지 않았기 때문이다.

부인은 드디어 진지한 태도를 취했다. 그리고 세 번째 질문을 피하지 못하게 하겠다는 낌새였다.

"나와 당신만의 비밀로 해둘 테니까 정직하게 말하세요. 내가 듣고 싶은 건 아무것도 아니에요. 단지 당신이 생각한 한마디만 들으면 그걸로 족해요."

무슨 말을 듣고 싶은 것인지 짐작이 가지 않은 쓰다는 점점 더 허둥거렸다. 부인이 말했다.

"당신도 참 답답한 분이네. 말할 수 있는 건 남자답게 후딱후딱 말해버리면 되잖아. 그렇게 어려운 걸 묻는 게 아니라니까."

쓰다는 마침내 입을 열지 않을 수 없었다.

"대답을 드릴 수 없는 건 아니지만 너무 질문이 막연해서……."

"그럼 할 수 없으니 내가 말해볼까? 괜찮겠어요?"

"아무쪼록 그렇게 해주십시오."

"당신은"이라고 말을 꺼낸 부인은 이때 잠시 호흡을 가다듬은 뒤 다시 말을 이었다.

"정말 괜찮지요? ……난 이런 무람없는 성격이라 종종 내가 생각한 그대로를 말해버리고는 돌이킬 수 없는 일을 했다고 후회하는 경우가 자주 있어서 말이야."

"아뇨 괜찮습니다."

"하지만 만약 당신이 화내면 그걸로 끝이니까. 나중에 아무리 사과해도 되돌리지 못하는 어리석은 짓은 하기 싫거든."

"하지만 제 쪽에서 아무렇지 않게 생각하면 그걸로 되는 거잖아요."

"그것만 확실하다면 물론 좋지."

"괜찮습니다. 거짓말이든 진짜든 사모님 말씀이라면 결코 화를 내지 않을 테니까 사양 마시고 말씀해주십시오."

모든 책임을 부인에게 짊어지게 하는 편이 훨씬 편하다고 생각한 쓰다는 이렇게 다짐한 뒤에 재촉하듯 부인을 바라보았다. 여러 번 다짐을 받은 부인은 그제야 마침내 입을 열었다.

"만약 틀렸다면 용서하셔. 당신은 모두가 생각하는 대로 마음속으로는 그렇게 노부코 씨를 소중히 여기지 않고 계시지? 히데코 씨와 달리 난 옛날부터 그렇게 꿰뚫어 보고 있는데, 어때요? 내 관측이 맞지 않아요?"

쓰다는 아무렇지도 않았다.

"물론입니다. 그래서 아까부터 말씀드리고 있질 않습니까? 그렇게 오노부를 소중히 하고 있지는 않다고요."

"하지만 그건 인사치레로 하신 말씀이고……."

"아뇨, 저는 진심으로 말한 건데요."

부인은 단호하게 수긍하지 않았다.

"속이는 일 없기예요. 그럼 그다음을 말해도 괜찮겠어요?"

"예, 말씀하세요."

"당신은 노부코 씨를 별로 소중히 여기지 않으면서 겉으로는 자못 소중히 하는 것처럼 남에게 보이려고 애쓰는 거 아닌가요?"

"오노부가 그런 말이라도 했습니까?"

"아니요"라고 부인이 딱 잘라 부정했다.

"당신이 말하고 있잖아요. 당신의 표정이나 태도가 그런 것을 나한테 분명히 일깨워준 것뿐이에요."

부인은 거기에서 잠시 뜸을 들였다. 그러고는 뒤를 이었다.

"어때요, 명중했지요? 난 당신이 왜 그렇게 위장하는지 그 원인까지 분명히 알고 있다고요."

136

쓰다는 오늘까지 부인의 입으로 이런 말을 한 번도 들은 적이 없었다. 부인이 뒤에서 자기들 부부 사이를 어떤 눈으로 관찰하고 있는지에 대해 별로 신경을 쓰지 않았던 그는 이제야 거기에 생각이 미쳤다. 그러면 그렇다고 진작 주의를 주었더라면 좋았을 거라고 생각하며 그는 어쨌든 부인의 판단이나 소견을 얌전하게 끝까지 듣는 것이 가장 현명한 것이라고 여겼다.

"어서 사양 마시고 뭐든 전부 말씀해주십시오. 앞으로 저의 마음가짐에 도움이 될 테니까요."

이왕 내친김이라 부인은 설혹 쓰다의 권유가 없다고 해도 이미 거기서 멈출 수 없었기 때문에 얼른 남은 말을 쓰다 앞에 쏟아냈다.

"당신은 우리 집 양반이나 오카모토의 체면이 있으니까 그래서 그렇게 노부코 씨를 소중히 여기는 거겠지요. 더 숨김없이 듣고 싶으시다면 더 노골적으로도 말할 수 있어요. 당신은 겉으로만 노부코 씨를 소중히 하는 척하고 계셔. 속내는 별로 그렇지 않으시면서. 그렇죠?"

쓰다는 상대의 관찰이 설마 이 정도로 깊은 곳까지 매섭게 추궁해올 줄은 몰랐다.

"제 성격이나 태도가 사모님께 그렇게 보입니까?"

"보이고말고."

쓰다는 단칼에 결딴난 것이나 마찬가지였다. 그는 거덜 난 기분으로 그 이유를 물었다.

"어째서 그렇게 보인단 말입니까?"

"숨기지 않아도 좋을 텐데."

"별로 숨기려고도 하지 않습니다만……."

부인은 자신의 추정이 열이면 열 적중했다고 굳게 믿는 것 같았다. 마음속으로 어느 정도를 긍정한 쓰다의 대답은 자연히 어딘가 모호한 구석을 남기지 않을 수 없었다. 그것이 이 경우 오해의 씨앗이 되는 것은 뻔한 이치였다. 부인은 한사코 같은 말을 반복해서 자기가 좋아하는 쪽으로만 쓰다를 몰아갔다.

"숨기면 안 돼요. 당신이 숨기면 다음 말을 할 수 없게 될 뿐이니까."

쓰다는 꼭 뒷부분 말을 듣고 싶었다. 그 내용을 들으려면 부인의 말을 하나에서부터 열까지 모조리 수긍할 수밖에 없었다. 부인은 "거 보세요"라고 하며 쓰다를 꼼짝 못 하게 한 다음 말을 이었다.

"당신은 처음부터 오해하고 있어요. 당신은 날 우리 집 양반과 같이 보고 있으시겠지. 그리고 우리 집 양반과 오카모토를 또 같이 보고 있으시겠지. 그게 큰 착각이예요. 오카모토와 우리 집 양반을 같이 보는 건 그렇다 치더라도 나를 우리 집 양반과 오카모토와 같이 보는 건 우습잖아, 이 사건에 대해. 배운 분 같지 않네, 당신도. 그런 식으로 밖에 생각하지 못하다니."

쓰다는 겨우 부인의 입장을 알 수 있었다. 하지만 그 입장과 그것이 자신과 어떤 관계에 있는지 아직 잘 몰랐다. 부인이 말했다.

"명백하잖아요. 나만은 당신과 특별한 관계라는걸."

특별한 관계라는 말 속에 어떤 의미가 담겨 있는지 쓰다는 잘 알고 있었다. 하지만 그것은 당장의 문제가 아니었다. 왜냐하면 그 특별한 관계를 충분히 이해했기 때문에 오늘까지 자신의 행동에도 그에 상응한 일종의 분위기를 조성해왔다고 그는 믿고 있었으므로. 이 특별한 관계가 부인을 어떻게 조종하고 있는지 그것을 더 분명히 밝혀내야 비로소 새로운 문제가 대두된다는 것을 깨달은 그는 단지 자신의 오해를 인정하는 것만으로는 끝낼 수 없었다.

부인은 한마디로 단언했다.

"난 당신의 지지자야."

쓰다는 대답했다.

"그건 여태까지 단 한 번도 의심해본 적이 없습니다. 저는 굳게 믿고 있습니다. 그리고 그 점에서 부인께 깊이 감사드리고 있습니다. 하지만 어떤 의미로 지지자가 되어 주실 작정입니까? 저는 아둔해서 사모님

이 말씀하시는 의미를 잘 모르겠습니다. 그러니까 좀 더 분명히 말씀
해주십시오."

"이 경우에 지지자로서 내가 당신에게 해줄 수 있는 일이 단 하나 있
다고 생각해요. 하지만 아마……."

부인은 이렇게만 말하고 쓰다의 얼굴을 바라보았다. 쓰다는 또 애간
장을 녹이려는 거라고 생각했다. 그러나 그렇지 않다고 단언한 부인의
질문이 갑자기 돌변했다.

"내가 말하는 걸 듣겠어요, 듣지 않겠어요?"

쓰다에게는 아직 상식이 남아 있었다. 그는 도망갈 곳이 없는 사람들
이 쥐어짜는 여러 생각을 떠올렸다. 하지만 생각한 대로를 부인 앞에
공공연히 밝힐 용기는 없었다. 자연히 그의 태도는 미적지근했다. 듣는
다고도 듣지 않겠다고도 말하기 거북한 그는 머뭇머뭇했다.

"……뭐, 말씀해보십시오."

"뭐라는 건 안 돼. 당신이 좀 더 확실히 하지 않으면 나도 말할 기분
이 들지 않아요."

"하지만……."

"하지만도 안 돼. '듣겠습니다'라고 남자답게 말해야지."

137

부인의 입에서 어떤 주문이 나올지 짐작할 수 없는 쓰다는 은근히 겁
이 났다. 약속한 뒤에 철회해야 할 궁지에 빠지면 그것으로 끝이었다.
그는 그럴 경우의 부인을 상상해보았다. 지위로 보아도 성격으로 보아

도 또 그에 대한 특별한 관계에서 판단하더라도 부인은 결코 그를 용서할 사람이 아니었다. 영원히 부인 앞에서 용서받지 못한다면 그는 마치 살아날 구멍을 빼앗긴 산송장이나 마찬가지였다. 주의 깊은 그는 생환의 희망이 분명하지 않은 위험한 곳에 들어갈 용기가 없었다.

게다가 보통 사람과 다른 부인이 어떤 난제를 들고나올지 알 수 없었다. 오랫동안 지나치리만큼 자유분방함에 익숙한 그녀의 눈에는 자신의 역량으로 해결하지 못할 일이 없다는 자신감에 차 있었다. 말만 하면 거의 모든 것이 통했다. 간혹 해결되지 않을 때는 고집으로 버텼다. 특히 곤란한 것은 그렇게 해야 하는 행동의 계기를 명료하게 따져본 적이 없는 그녀의 여유였다. 여유라기보다 오히려 방만한 마음가짐이었다. 남의 일을 봐줄 때 보이는 자신의 행동은 전부 친절과 호의의 발현이지 그 이외에 어떤 사심도 없다고 처음부터 작정한 그녀에게 불안이 생길 리 없었다. 자기반성이란 건 애당초 해본 적이 없고 남의 비판은 귀에 들어오지도 않았으며 또 귀담아 들으려고도 하지 않았으므로 이렇게 되는 것은 자연스러운 귀결이기도 했다.

부인 앞에 내동댕이쳐졌을 때 쓰다의 마음에는 이런 생각만 오락가락해서 점점 더 결말은 나지 않았다. 그의 모습을 본 부인은 마침내 웃음을 터뜨렸다.

"뭘 그렇게 어렵게 생각해요? 아마 내가 또 무리한 말을 꺼낸다고 생각하는 모양이네. 아무리 나라고 한들 당신이 할 수 없는 무도한 생각이야 할 수 없지. 당신이 하겠다고 맘만 먹으면 쉽사리 할 수 있는 일이에요. 그리고 그 결과는 당신에게 득이 된다고."

"그렇게 손쉽게 할 수 있습니까?"

"네, 뭐 농담 같은 거예요. 과장해서 말하면 재미 삼아 하는 장난이야. 그러니까 과감히 나서겠다고 말씀하셔."

쓰다에게는 모든 것이 수수께끼였다. 하지만 고작 장난 정도라면, 하는 생각이 들어 마음이 가벼워졌다. 그는 마침내 결심했다.

"뭔지 모르지만 뭐 해보지요. 말씀해주십시오."

하지만 부인은 곧바로 그 장난의 성격을 설명하지 않았다. 쓰다의 다짐을 받고 나서야 다시 화제를 바꾸었다. 그런데 그것은 모든 면에서 장난과는 전혀 거리가 먼 것이었다. 적어도 쓰다에게는 심각한 요소를 가지고 있었다.

부인은 아래와 같은 말로 먼저 핵심을 건드렸다.

"당신은 그 뒤로 기요코 씨를 만났나요?"

"아니요."

쓰다가 약간 놀란 것은 단지 문제 제기의 당돌함만이 아니었다. 난데없이 자신을 버린 여자의 이름이, 갈라서게 된 책임의 절반을 짊어진 부인의 입에서 불쑥 터져 나왔기 때문이었다. 부인은 말을 이었다.

"그럼, 지금 어떻게 지내고 있는지 모르시겠네."

"전혀 모릅니다."

"전혀 몰라도 돼."

"알아도 할 수 없지 않습니까? 이미 다른 데로 시집가버렸는걸요."

"기요코 씨의 결혼 피로연에 당신이 오셨던가?"

"안 갔습니다. 가려고 해도 가기 좀 거북했으니까요."

"초대장은 왔어요?"

"초대장은 왔습니다."

"당신 결혼 피로연 때 기요코 씨는 오지 않은 모양이던데."

"예, 안 왔습니다."

"초대장은 보냈나요?"

"초대장은 보냈습니다."

"그럼 그 길로 끝이었구나, 두 사람 다."

"물론입니다. 만약 그 길로 끝이 아니었다면 문제지요."

"그렇구나. 하지만 문제도 문제 나름이겠지."

쓰다는 부인의 말하는 의미를 잘 알 수 없었다. 부인은 그것을 설명하기 전에 또 다른 쪽으로 말을 옮겼다.

"대체 노부코 씨는 기요코 씨 일을 알고 있나요?"

쓰다는 말이 막혔다. 고바야시가 무슨 말을 했는지 알 수 없는 이상 분명한 대답을 할 수 없었다. 부인은 다시 물었다.

"당신 스스로 말한 적은 없고?"

"없습니다."

"그럼 노부코 씨는 전혀 모르고 있겠네, 그 일을."

"예, 적어도 제 쪽에서는 아무것도 들은 바 없습니다."

"그래? 그럼 진짜 순진하네. 아니면 약간은 눈치채고 있을지도."

"글쎄요."

쓰다는 생각하지 않을 수 없었다. 생각은 해도 단정적인 표현은 삼갈 수밖에 없었다.

138

이야기를 나누는 사이 쓰다는 또 생각지도 않은 상대의 심리 작전에 말려들었다. 여태껏 오노부에게 기요코의 일을 알리지 않는 것이 자신에게 편하기도 하고 또 부인의 의지이기도 하다고 받아들여 그대로 넘어갔던 그는 이때 비로소 정신이 번쩍 들었다. 부인은 아무래도 오노부에게 그것에 대해 눈치를 주고 싶어 하는 것 같았다.

"대충 짐작은 갈 것 같은데 말이야"라고 부인은 말했다. 쓰다는 오노부의 성격을 알고 있는 만큼 더욱 대답하기가 어려웠다.

"그걸 모르면 안 됩니까?"

"네."

쓰다는 왠지 몰랐다. 그렇지만 대답했다.

"혹시 필요하다면 이야기해도 좋습니다만……."

부인은 웃음을 터뜨렸다.

"이제 와서 당신이 그렇게 하면 모두를 망치는 거야. 당신은 끝까지 모른 척하고 있는 게 수라고."

부인은 이 말만으로 매듭을 지은 후 새롭게 이야기를 시작했다.

"내 판단을 말할까? 아시다시피 노부코 씨는 영리한 분이니까 틀림없이 이미 눈치채고 있을걸. 하지만 뭐 속속들이 알 리는 없고 또 전부 알아버리면 이쪽이 난처해. 알 듯 모를 듯한 지금이 딱 좋네. 그래서 내 감정으로 말하면 지금의 노부코 씨는 내가 예상한 단계에 와 있는 게 틀림없어."

쓰다는 "그렇습니까"라고 말할 수밖에 없었다. 하지만 부인이 그렇게 확신할 빌미는 거의 없을 거라고 속으로 생각했다. 그런데 부인의 말은 달랐다.

"그렇지 않다면 그런 허세를 부릴 이유가 없거든."

오노부의 태도를 허세라고 비판한 것은 부인이 처음이었다. 이 두 글자 앞에 의아해하지 않을 수 없었던 쓰다는 한편으로 또 그 빈정거림을 맨 먼저 수긍해야 했다. 그럼에도 불구하고 그는 선뜻 승낙할 수 없었다. 부인은 또 대수롭지 않은 듯 웃어넘겼다.

"아니 뭐 괜찮아. 만일 전혀 눈치채지 못하고 있다면 그때는 그때고. 이쪽에도 얼마든지 방법이 있으니까."

쓰다는 잠자코 그다음 말을 기다렸다. 그러자 그 말은 나오지 않고 갑자기 기요코 쪽으로 이야기가 옮아갔다.

"당신은 기요코 씨에게 아직 미련이 있을 테지요."

"없습니다."

"전연?"

"전연 없습니다."

"그게 바로 사내들의 거짓말이란 거예요."

거짓말을 꺼낼 생각도 없었던 쓰다는 진실을 말한 것도 아니라는 것을 알아차렸다.

"이래도 미련이 있어 보입니까?"

"그렇게 보이지는 않아, 당신은."

"그럼 왜 그런 판단을 하십니까?"

"바로 그거야. 보이지 않으니까 그렇게 판단한다고."

부인의 논리는 보통의 그것과 전혀 반대였다. 그렇다고 해서 지리멸

렬한 것은 어디에도 들어 있지 않았다. 그녀는 신명이 나서 그것을 길게 끌고 갔다.

"다른 사람에게는 안팎이 다 같은 것으로밖에 보이지 않겠지. 하지만 나는 겉으로 드러낼 수 없어서 할 수 없이 미련이 안으로 틀어박혔다고밖에 생각이 안 돼요."

"사모님은 처음부터 저한테 미련이 있다고 굳게 믿고 계시니까 그렇게 말씀하시는 겁니다."

"굳게 믿는 데에 무리가 있어요?"

"그렇게 멋대로 인정해버리면 견딜 수 없습니다."

"내가 언제 멋대로 인정했어요? 내가 말한 건 인정이 아니에요. 사실이에요. 당신과 나만 알고 있는 사실을 말하는 거예요. 사실이라는 걸 분명히 알고 있는 나한테 숨길 것까지는 없잖아요, 다른 사람은 아무리 속이더라도. 그것도 당신만 알고 있는 사실이라면 또 모르지만 두 사람이 공유한 사실이니까 서로 의논한 후에 어딘가에 묻어버리지 않으면 기억이 있는 한 사라지지 않을 거예요."

"그럼 의논했다 치고 여기에서 묻어버리는 건 어떻습니까?"

"왜 묻어요? 묻을 필요가 어디에 있나요? 그보다 왜 그걸 살리지 않는 거죠?"

"살린다? 저는 이래 봬도 아직 죄악에는 다가가고 싶지 않습니다."

"죄악이란 뭐예요? 그런 난폭한 짓을 하라고 내가 언제 말했어요?"

"하지만……."

"당신은 아직 내가 하는 말을 끝까지 듣지 않았잖아요?"

쓰다의 눈이 호기심으로 빛났다.

139

부인은 이제 미련이 있다는 증거를 눈앞에 들이대며 쓰다를 제압한 것이나 마찬가지였다. 자백한 것이나 진배없는 그의 태도는 두 사람의 경합에 일단락을 지은 것처럼 부인을 자신 있게 만들었다. 하지만 그녀는 쓰다가 처음에 생각한 만큼 이 점에 있어서 독단적인 폭군은 아니었다. 그녀는 생각보다 치밀한 주의를 기울여 쓰다의 심리 상태를 관찰하고 있는 것 같았다. 그녀는 일단 승기를 잡은 뒤에 그 사실의 증거를 그에게 들이밀었다.

"단지 미련, 미련이라고 뜬구름 잡듯 법석을 떠는 게 아니에요. 난 나대로 또 확실히 잡은 게 있으니까. 이래 봬도 당신의 미련은 이런 거라며 남한테 설명할 수도 있다고 생각하거든요."

쓰다는 뭐가 뭔지 전혀 알 수 없었다.

"설명을 좀 해주시지 않겠습니까?"

"원한다면 설명해드리지. 하지만 그렇게 하면 곧 당신을 설명하는 것이 되어버리는데?"

"예, 괜찮습니다."

부인은 웃음을 터뜨렸다.

"그렇게 남의 말을 알아듣지 못하면 어려워져요. 지금 자기가 뻔히 그쪽에 발을 내디디고 있으면서 그걸 모르겠다고 남에게 설명해달라니, 참 어리석군요."

과연 부인의 말대로라면 어리석은 것임에 틀림없었다. 쓰다는 고개를 갸우뚱했다.

"하지만 모르겠어요."

"아니, 알고 있어요."

"그럼 알아차리지 못한 거겠지요."

"아니, 알아차리고 있다고."

"그럼 어찌 된 걸까요. ……즉 제가 숨기고 있는 걸로 귀착합니까?"

"뭐, 그래요."

쓰다는 포기했다. 거기까지 몰아넣는데 아직도 숨기려고 하는 것은 과연 자신에게도 도리가 아니라고 여겼다.

"바보라고 해도 할 수 없습니다. 바보란 비난은 달게 받을 테니 제발 설명해주세요."

부인은 가늘게 한숨을 토했다.

"아이고, 보람이 없네요, 그래서는. 일껏 내가 정성을 다해 준비해드렸는데 중요한 당신이 그래서야, 마치 헛수고를 한 것과 마찬가지네. 더 말하지 말고 돌아가 버릴까?"

쓰다는 미궁 속으로 빠져들 뿐이었다. 빠져드는 것을 알면서도 그는 부인의 뒤를 좇지 않을 수 없었다. 거기에는 자신의 호기심이 강렬하게 작용했다. 부인에 대한 의리와 배려도 결코 가벼운 요인은 아니었다. 그는 몇 번이나 같은 말을 되풀이하며 부인의 설명을 재촉했다.

마침내 "그럼 말할게요"라고 응했을 때의 부인은 오히려 의기양양했다. "그 대신 묻겠어요"라고 전제한 그녀는 과연 대뜸 쓰다의 독기부터 뺐다.

"당신은 왜 기요코 씨랑 결혼하지 않았나요?"

질문은 뜬금없었다. 쓰다는 별안간 숨이 막혔다. 말 없는 그를 바라본 부인은 말을 바꾸었다.

"그럼 질문을 바꾸죠. ……기요코 씨는 왜 당신과 결혼하지 않은 거죠?"

이번에는 쓰다가 오히려 자기가 궁금하다는 듯이 대답했다.

"이유를 전혀 모르겠습니다. 그저 이상할 뿐입니다. 아무리 생각해도 도무지 알 수 없습니다."

"갑자기 세키 씨에게 가버렸지요?"

"예, 갑자기. 사실을 말하면 갑자기라는 건 이미 먼 옛날에 뛰어넘었습니다. 아차 하고 놀라 뒤를 돌아보니 이미 결혼했습니다."

"누가 아차, 하고 놀랐는데?"

이 질문만큼 쓰다에게 무의미한 것은 없었다. 누가 아차 하든 말든 쓸데없는 참견이었다. 그런데도 부인은 거기에 멈춰서 움직이지 않았다.

"당신이 아차, 하고 놀란 건가요? 기요코 씨가 아차, 하고 놀란 건가요? 혹은 두 사람 다 아차, 하고 놀란 건가요?"

"글쎄요."

쓰다는 부득이하게 되었다. 부인은 그보다 앞질러 나왔다.

"기요코 씨는 태연하지 않았어요?"

"글쎄요."

"글쎄요라고 하면 할 말이 없네. 당신한텐 어떻게 보였나요? 그때의 기요코 씨가. 태연하게 보이지 않았어요?"

"어쩐지 아무렇지 않아 보였습니다."

부인은 경멸스러운 눈으로 그를 들여다봤다.

"꽤 태평이네, 당신도. 기요코 씨가 태연했으니까 당신이 아차, 하고

413

놀란 거 아닌가요?"

"어쩌면 그럴지도 모르겠습니다."

"그렇다면 그때의 아차, 한 것은 어떻게 매듭지을 생각이셔?"

"특별히 매듭지을 필요도 없습니다."

"매듭지을 필요는 없지만 실은 매듭짓고 싶겠지?"

"예. 그래서 이것저것 생각했어요."

"생각해서 알아냈어?"

"모르겠습니다. 생각하면 할수록 알 수 없게 될 뿐입니다."

"그래서 생각하는 건 이제 그만둔 거예요?"

"아니요. 역시 그만둘 수가 없습니다."

"그럼 지금도 아직 생각하고 있겠네?"

"그렇습니다."

"거 보세요. 그게 당신의 미련 아닙니까."

부인은 마침내 쓰다를 자신이 생각하는 곳으로 밀어 넣었다.

140

준비는 거의 다 되었다. 쓰다를 핵심으로 끌고 갈 시점이 슬슬 다가왔다. 부인은 기회를 틈타 점차 그곳으로 들어갔다.

"그렇다면 더욱 남자답게 하면 어때요?"라는 막연한 말이 비로소 부인의 입에서 나왔다. 그때 쓰다는 또 시작이라고 생각했다. 조금 전부터 남자답게 하라는 둥 남자답지 않다는 둥 잔소리를 들을 때마다 그는 내심으로 은근히 부인을 비웃었다. 부인이 말하는 남자다움이 도대체 무엇을 의미하는 말인지 의심스러웠다. 냉철한 눈을 닦고 볼 필요도 없이 그녀는 자신의 형편만 생각하고 쓰다를 옴짝달싹 못 하게 하려고 함부로 말을 늘어놓는다고 해석할 수밖에 없었다. 그는 쓴웃음을 지으며 물었다.

"남자답게 하라니요? ……어떻게 하는 것이 남자다운 건가요?"

"당신의 미련을 버리는 것밖에 더 있겠어요. 뻔하잖아."

"어떻게요?"

"도대체 어떻게 하면 미련에서 벗어날 거라고 생각해요, 당신은?"

"그건 저도 몰라요."

부인이 갑자기 적극적으로 나왔다.

"당신 참 바보네. 그까짓 걸 모른다면 어떻게 해. 만나서 묻는 수밖에 더 있어요?"

쓰다는 대답할 수 없었다. 만나는 것이 필요하다 해도 어떤 방법으로 어디에서 어떻게 만난단 말인가? 그 문제가 선결되어야 했다.

"그래서 오늘 내가 일부러 여기에 오지 않았겠어요?"라고 부인이 말했을 때 쓰다는 저도 모르게 그녀의 얼굴을 들여다보았다.

"실은 진작부터 당신의 생각을 한번 물어보고 싶었어요. 오늘 아침에 히데코 씨가 그 일로 왔기에 그래서 마침 잘됐다 싶어서 온 거라고나 할까."

마음의 준비가 덜 된 쓰다의 머리는 그저 혼란스럽기만 할 뿐이었다. 부인은 그것을 확인하고는 이렇게 말했다.

"오해하면 안 돼요. 나는 나, 히데코 씨는 히데코 씨니까. 아무리 히데코 씨 부탁으로 왔다고 해도 꼭 그분 편만 드는 게 아니란 것쯤은 당신도 잘 알죠? 조금 전에 말한 대로 난 이래 봬도 당신 지지자예요."

"예, 그건 잘 알고 있습니다."

거기에서 문답을 매듭지은 부인은 곧 요점이라 할 두 번째 단계로 깊숙이 들어갔다.

"기요코 씨가 지금 어디에 계시는지 알고 계셔?"

"세키네 집이 아니겠습니까?"

"그건 평상시 이야기죠. 내가 말하는 건 지금 일이야. 지금 어디 있는지 말하는 거라고. 도쿄일까, 도쿄가 아닐까?"

"모르겠습니다."

"알아맞혀봐요."

쓰다는 알아맞히기가 시답잖다는 듯이 가만히 있었다. 그러자 생각지도 않은 장소가 부인 입에서 갑자기 튀어나왔다. 도쿄에서 하루면 갈 수 있는 상당히 유명한 그 온천장의 기억은 쓰다에게도 그리 생소한 곳이 아니었다. 갑자기 그 주변의 경치를 떠올린 그는 그저, "허, 정말입니까?"를 말했을 뿐 그 뒤를 이을 지혜가 떠오르지 않았다.

부인은 쓰다를 위해 친절한 설명을 덧붙였다. 그녀의 말에 의하면, 그녀는 정양을 위해 당분간 거기에 체류할 거라고 했다. 부인은 왜 정양이 필요한지도 알고 있었다. 유산 후 몸을 회복하는 것이 주안점이라고 들려준 부인은 쓰다를 보며 의미심장한 미소를 지었다. 쓰다는 속으로 그 미소를 어느 정도 이해할 수 있을 듯한 기분이 들었다. 하지만 그런 일은 부인에게도 쓰다에게도 목전의 문제가 아니었다. 한마디의 꼬투리도 달 마음이 없었던 그는 말없이 부인의 말을 들어줄 심산으로 얌전하게 있었다. 부인은 세 번째 단계로 옮겨갔다.

"당신도 가세요."

쓰다는 그 말이 나오기 전부터 이미 흔들리고 있었다. 그러나 간다는 결심은 그 말을 들은 후에도 생기지 않았다. 부인은 단번에 부추겼다.

"가세요. 간다고 해서 누구한테 폐 끼칠 일도 없고. 가서 얌전히 있으면 그뿐일 테니까."

"그건 그렇습니다."

"당신은 처음부터 독립된 존재니까 거리낄 것 없어요. 사양이나 눈치 따위 같은 괜스레 쓸데없는 걸로 부담스러워 하면 일만 번거로워질 뿐이야. 게다가 당신 병에는 여기서 나간 뒤에도 그런 곳에 잠시 다녀오는 게 좋아. 나는 병만으로도 갈 필요가 충분히 있다고 생각해요. 그러니까 꼭 가세요. 가서 우연히 온 듯한 얼굴로 시치미를 떼세요. 그리고 남자답게 미련을 털고 오세요."

부인은 여비까지 주겠다며 쓰다를 재촉했다.

141

여비를 받고 직장의 양해를 얻어서 병후의 몸을 기분 좋은 온천장에서 정양하는 것은 누구나 바라는 일임에 틀림없었다. 특히 자신의 쾌락을 삶의 신조로 생활하는 쓰다에게는 좀체 찾아오지 않는 안성맞춤의 기회였다. 쓰다는 뻔히 알고 있으면서 이런 기회를 놓친다면 이보다 어리석은 일은 없으리라고 생각했다. 하지만 이 경우에 따르는 조건은 결코 녹록한 것이 아니었다. 그는 돌이켜 생각했다.

그를 주저하게 하는 심리 작용은 일목요연했다. 하지만 그는 그 심리 작용의 힘이 매우 강하다는 것만 짐작할 뿐 그 의미를 곰곰이 따져볼 겨를이 없었다. 그 점에서도 부인이 쓰다보다 오히려 더 확실한 심리 관찰자였다. 기꺼이 단행하겠다고 작정하면서도 쓰다가 어딘지 거리끼는 모습을 보이자 부인은 이렇게 말했다.

"당신은 속으로는 가고 싶으면서도 머뭇거리고 있네. 그게 내가 볼 때 남자답지 못한 당신의 가장 나쁜 점이거든."

남자답지 못하다는 비난을 받아도 별로 고통을 느끼지 않는 쓰다는 대답했다.

"그럴지도 모르지만 좀 생각해보지 않으면……."

"그 생각하는 버릇이 당신의 인격에 재앙을 가져온다고요."

쓰다는 "어이쿠" 하며 놀랐다. 부인은 시침을 뗐다.

"여자는 생각 따위 하지 않아, 그럴 때."

"그럼 생각한 제가 남자다운 거 아닙니까?"

그 대답을 들었을 때 부인의 태도가 갑자기 험악해졌다.

"그런 시건방진 말대꾸는 하는 게 아니에요. 말로 남을 골탕 먹이면 뭐가 어떻게 됩니까? 바보 같은 일이라고. 당신은 학교에도 갔고 학문도 배운 분이 전혀 자기 자신을 볼 수 없으니 딱해요. 그러니까 필경 기요코 씨가 달아나버렸을 거야."

쓰다는 또 "어이쿠" 하고 내질렀다. 부인은 신경 쓰지 않았다.

"당신이 모른다면 내가 말해드리죠. 당신이 왜 가고 싶어 하지 않는지 난 똑똑히 알고 있거든. 당신은 겁쟁이예요. 기요코 앞에 나설 수 없는 거예요."

"그렇지 않습니다. 전……."

"기다리세요. ……당신은 용기가 있다고 말할 생각이겠죠? 하지만 기요코를 만나러 가는 건 자존심에 흠이 간다는 거죠? 내 생각에는 그런 잘난 체하는 것이 바로 당신이 겁이 많다는 거예요, 아시겠어요? 왜냐고 말해보세요. 그런 자존심은 단지 허울이 아닌가요? 좋게 말해서 표면상의 체면 아니겠어요? 세상에 대한 체면과 눈치를 빼면 나중에 뭐가 남죠? 새색시가 누구도 뭐라고 하지 않는데 스스로 쑥스러워서 삼시 세끼를 거르는 것과 마찬가지예요."

쓰다는 어안이 벙벙했다. 부인의 잔소리는 계속 이어졌다.

"즉 세상에 대한 체면치레가 지나치니까 그런 쓸데없는 데까지 고집을 부리고 싶은 거라고요. 그러고는 그게 당신의 자만심으로 거듭나서 이상한 곳에 나타나는 거지."

쓰다는 별수 없이 잠자코 있었다. 부인은 가차 없이 한 발 전진하여 그 자만심을 설명했다.

"당신은 언제까지나 품위를 지키며 가만히 있겠다는 거죠. 손에 물한 방울 묻히지 않고 넘어가려고 하고요. 그러면서 속으로는 그 일로 시종 속 끓이고 있겠지요. 그쪽으로 좀 더 밀고 나가세요. 내가 이러고 있노라면 머지않아 기요코가 뭔가 설명해올 거다, 꼭 설명해올 거다, 라고 눙치지 말고……."

"그럴 리가 있겠습니까? 아무리 저라고 한들."

"아니, 그러고 있는 것과 마찬가지라는 거예요. 실제로 어디에도 변함이 없으면 그런 말을 들어도 할 수 없잖아요."

쓰다는 이제 반박할 용기가 없었다. 눈치 빠른 부인은 그 틈을 파고들었다.

"원래 당신은 뻔뻔스러운 성격 아닌가요? 그리고 그 뻔뻔스러운 것도 처세하는 데 득이라고 생각하고 있을 텐데요."

"설마."

"아뇨, 그래요. 그걸 아직도 내가 모르는 줄 알고 있다면 큰 오산이에요. 좋잖아요, 뻔뻔스러운 거. 난 뻔뻔스러운 거 좋아하니까. 그러니까 여기서 타고난 뻔뻔스러운 면모를 남자답게 마음껏 발휘해보세요. 그걸 위해 내가 모처럼 애써서 준비해왔으니까."

"뻔뻔스럽게 굴라는 겁니까?"라고 말한 쓰다는 말을 바꾸었다.

"그 사람은 혼자 간 겁니까?"

"물론 혼자예요."

"세키는?"

"세키 씨는 여기 있어요. 여기에 일이 있잖아요."

쓰다는 비로소 가기로 결심했다.

142

하지만 부인과 쓰다 사이에는 아직 매듭짓지 않은 또 하나의 문제가 남아 있었다. 둘은 그것을 지나치고 이야기를 일단락 지을 수 없었다. 부인이 그 문제로 말길을 돌리기 전에 쓰다가 먼저 꺼냈다.

"그래서 제가 간다면 어떻게 되는 겁니까? 아까 말씀하신 건."

"그거예요. 그걸 지금 말하려고 했어요. 나는 이만큼 좋은 치료는 없다고 생각하는데. 어때요, 당신 생각은?"

쓰다는 대답하지 않았다. 부인은 다짐을 두었다.

"알았죠? 나머지는 말하지 않아도."

부인의 말뜻은 설명을 기다리지 않아도 거의 짐작할 수 있었다. 하지만 어떤 식으로 오노부를 구슬릴 것인지, 그에게는 확실한 복안이 없었다. 부인은 웃음을 터뜨렸다.

"당신은 모른 척하고 있으면 돼요. 나머지는 내가 알아서 할 테니까."

"그렇습니까?"라고 대답한 쓰다의 머리에는 의구심이 일었다. 부인을 믿고 일임하게 되면 오노부의 운명을 타인에게 맡기는 것이나 다름없기 때문이었다. 부인의 수완에 믿음이 가지 않은 그는 다소 불안했다. 무엇을 할지 모른다는 우려에 휩싸였다.

"그렇게 해주셔도 괜찮습니다만, 어떻게 하실지 미리 말씀해주신다면 제가 마음 놓을 수 있을 것 같아서 여쭙는데요."

"그런 건 당신은 몰라도 돼요. 자, 보고만 계셔. 내가 노부코 씨를 얼마나 부인다운 부인으로 변화시킬지 보여줄 테니까."

쓰다의 눈에 비친 오노부는 물론 불완전했다. 하지만 그의 마음에 들지 않는 결점이 어김없이 부인의 지적을 받을 거라고는 할 수 없었다. 그것을 섞어 혼동하고 있는 듯한 부인은 적어도 자신이 다루기 쉬운 오노부로 변화시키는 것이 곧 쓰다를 위해 가장 적절한 아내를 만드는 것이라고 오해하고 있는 것 같았다. 그뿐 아니라 다시 한 발 부인의 마음속으로 들어가 그 본심을 살펴보면 터무니없는 결론이 날지도 몰랐다. 그녀는 단지 오노부가 마음에 들지 않는다는 이유로 갖은 수단을 다 부려 상대를 왕따로 만들지도 몰랐다. 아니면 마음에 들지 않을 만한 것을 트집 잡아 적을 치는 방법을 궁리하고 있는지도 몰랐다. 다행히 스스로 그것을 인정해야 할 만큼 세상으로부터도 자신으로부터도 반성을 강요받은 적이 없는 그녀는 마음이 편한 것 같았다. 오노부의 교육. ……이 말이 뻔뻔스럽게 그녀의 입에서 새어 나왔다. 부인과 오노부의 관계를 내면에서 간파할 기회에 부딪혀본 적이 없는 쓰다는 또 그 말을 의심할 자격이 없었다. 그는 대체로 부인의 본심을 믿었다. 하지만 그 본심이 어떻게 움직일까 하는 그 점에 이르자 자연히 위구심이 따를 수밖에 없었다.

"걱정할 거 없어요. 여러모로 방법을 궁리하고 있으니까 그 결말을 보고나서 천천히 말하세요."

아무리 쓰다가 물어도 자세한 이야기를 하지 않던 부인은 대수롭지 않게 대꾸하고는 가르치려는 듯이 쓰다에게 말했다.

"그분은 좀 자만심이 지나친 데가 있어. 그리고 겉과 속이 일치하지도 않아. 겉으로는 굉장히 공손한 것 같지만 속은 지나칠 정도로 당차니까. 게다가 영리해서 겉으론 좀체 드러내지 않지만 상당히 교만스러워. 그러니까 그런 걸 전부 걷어내지 않으면……."

부인이 한참 오노부를 거침없이 비난하고 있을 때 계단 중간쯤에서 발을 멈춘 간호사의 목소리가 두 사람의 귀로 들어왔다.

"요시카와 사모님께 호리 씨라는 분의 전화입니다."

부인은 "네" 하며 제꺽 일어섰지만, 문턱에서 쓰다를 뒤돌아보았다.

"무슨 일일까?"

쓰다도 알 수 없었던 그 일을 보러 아래로 내려갔던 부인은 금방 다시 올라와 느닷없이 말했다.

"큰일이다, 큰일."

"무슨 일이 있습니까?"

부인은 웃으면서 침착하게 대답했다.

"히데코 씨가 일부러 주의해줬어."

"뭘 말입니까?"

"여태까지 노부코 씨가 히데코 씨네 집에 와서 이야기했대요. 돌아가는 길에 병원에 들를지도 모르니까 급히 알린다고. 지금 히데코 씨네 집 대문을 막 나갔다나. ……정말 잘됐다. 험담이라도 하고 있을 때 온다면 큰 창피를 당할 뻔했어."

일단 자리에 앉은 부인은 이윽고 다시 일어섰다.

"그럼 난 이만 돌아갈게요."

이런 협의를 한 뒤에 오노부의 얼굴을 보는 것은 그녀에게도 겸연쩍은 것 같았다.

"오기 전에 빨리 퇴각해야지. 안부 전해주세요."

그녀에게 한마디 인사말을 남긴 채 부인은 마침내 병실을 나갔다.

143

이때 오노부의 발걸음은 이미 병원을 향해 움직이고 있었다.

호리의 집에서 병원으로 가려면 대문을 나와 동네의 동쪽으로 200미터쯤 걷고, 거기에서 정(丁)자형으로 난 큰길을 또 하나 건너야 했다. 그녀가 구부러지는 길목에 접어들었을 때 북쪽에서 달려온 전차 한 대가 때마침 그녀의 앞, 방향으로 본다면 약간 비스듬히 교차하는 곳에서 멈췄다. 무심코 고개를 든 그녀는 의식하지 않고 자기 앞에 보이는 창문을 보았다. 그러자 그 유리창 너머로 보이는 승객 중에 한 여자가 있었다. 위치상 오노부는 단지 그 여자의 옆얼굴을 반 정도, 혹은 3분의 1 정도를 봤을 뿐이지만 보는 즉시 흠칫 놀랐다. 요시카와 부인이 아닐까 하는 느낌이 순식간에 그녀의 머리를 자극했기 때문이다.

전차는 곧 움직이기 시작했다. 오노부는 자신에게 물색할 충분한 시간을 주지 않고 떠난 그 뒷모습을 잠시 배웅한 뒤 길을 동쪽으로 가로질러갔다.

그녀가 걷는 길은 이제 골목뿐이었다. 그 주변 지리에 환한 그녀는 몇 개의 골목을 오른쪽으로 꺾어 들거나 왼쪽으로 구부러들면서 가장 가까운 길로 빨리 병원에 도착할 예정이었다. 하지만 전차를 만난 그녀의 발걸음은 갑자기 무거워졌다. 거리로 치면 이미 200~300미터쯤 되는 곳까지 왔을 때 그녀는 병원에 들르지 않고 일단 집으로 돌아갈까 하고 생각했다.

그녀의 마음은 호리의 집을 나설 때부터 이미 무거웠다. 그녀는 무턱대고 오히데를 쿡쿡 찔렀다가 오히려 실패한 불쾌감을 가슴에 품고 있었다. 거기에는 중요한 것을 분명하게 밝히기는커녕 일부러 은근슬쩍 풍기는 냄새만 맡고 온 안타까움이 있었다. 어중간하게 냄새만 맡은 불안감도 전보다 한층 더 가중됐다. 무엇보다 가장 신경 쓰이는 것은 이쪽의 약점을 꼬집혀 반대로 다시 상대방에게 농락당한 것 같다는 의구심이었다.

오노부는 그 이상으로 계속 예민하게 생각을 먼 곳까지 넓히고 있었다. 그녀는 자신을 향해 꾸며진 계략이 은밀히 어딘가에서 진행되고 있는 듯하다는 것까지 느끼고 있었다. 주모자가 누구이든 오히데가 그

중 한 사람이라는 것은 분명했다. 요시카와 부인이 관련됐다는 것도 명료하게 추측되었다. ……이렇게 생각한 그녀는 더욱 불안해졌다. 모르는 사이에 겹겹이 포위당한 자신을 발견하고 고군분투하는 것 같은 심경이 시나브로 그녀를 엄습해왔다. 그녀는 주위를 둘러보았다. 하지만 거기에는 남편을 제외하고 의지할 수 있는 사람은 한 사람도 없었다. 그녀는 만사 제쳐놓고 우선 쓰다에게 달려가야 했다. 쓰다를 의심하고 있는 그녀에게도 아직 믿음은 남아 있었다. 어떤 일이 있어도 남편만은 공모자와 한패가 아닐 거라고 마음속으로 빌며 그녀의 발길은 호리의 집을 나오자마자 저절로 병원으로 향했던 것이다.

그런 심리가 지금 차단될 수밖에 없게 됐을 때 오노부는 거리에서 만난 전차의 그림자를 마음껏 저주했다. 만약 전차 안의 사람이 요시카와 부인이었다면, 만약 요시카와 부인이 쓰다에게 병문안을 갔다면, 만약 병문안을 간 김에……, 아무리 영리한 오노부도 안절부절못한 나머지 그 뒤의 생각이 쉽사리 이어지지 않았다. 하지만 결과는 하나였다. 그녀의 머리는 갑자기 오히데에게서 요시카와 부인, 요시카와 부인에게서 쓰다로 재빠르게 옮겨갔다. 그녀는 어쩐지 이 세 사람을 한 방향으로 원형을 그리며 도는 소용돌이처럼 바라보기 시작했다.

'어쩌면 세 사람은 서로 내가 느끼지 못하는 영감 같은 것으로 통하고 있는지 몰라.'

지금까지 도피처로 삼은 남편에게 달려가는 데만 몰두했던 그녀는 마음을 고쳐먹지 않을 수 없었다.

'이래서야 가도 소용없어. 가서 뭘 한다는 거야.'

그녀는 어떻게 하겠다는 생각도 없이 달려왔다는 것을 깨달았다. 그러자 어떤 태도로, 어떤 식으로 쓰다를 만나는 것이 이 경우에 가장 적절할까 하는 생각이 마치 중요한 문제라도 되는 양 그녀에게 다가오기 시작했다. 부부 사이에 그런 태도를 취해서 뭘, 어떻게 할 것이냐는 비난의 목소리는 이때의 오노부에게 전혀 들리지 않았다. 일단 집으로 돌아가 기분을 진정시킨 뒤 다시 나오는 것이 상책이라고 작정한 그녀는 마침내 5~6분이면 금방 병원에 도착하는 골목길 중간쯤에서 되돌아섰다. 그리고 버드나무가 서 있는 큰길에서 변화한 길까지 걸어가 얼른 전차를 탔다.

144

오노부는 해 질 무렵 집으로 돌아왔다. 전차에서 내려 100미터쯤의 거리를 몸에 스며드는 듯한 저녁 안개에 휩싸여 걸어온 그녀는 무엇보다도 화롯가가 그리웠다. 그녀는 코트를 벗자마자 우선 거기에 앉아서 손을 쬐었다.

하지만 그녀에게는 거의 1분의 휴식시간도 주어지지 않았다. 앉자마자 그녀는 오토키에게 쓰다의 편지를 받았다. 편지 문구는 물론 간단했다. 그녀는 봉투를 뜯는 시간과 거의 같은 시간에 그것을 내리읽을 수 있었다. 하지만 읽기를 마친 그녀는 이미 읽기 전의 그녀가 아니었다. 고작 세 줄 정도의 문장은 한 권의 책보다 더 강렬하게 그녀를 흔들었다. 밖에서부터 계속된 기분에 단숨에 불을 붙인 그 편지 앞에 그녀의 마음은 요동쳤다.

'오늘 병원에 오면 안 된다는 의미는 무엇인가?'

그렇지 않아도 다시 한 번 나가려고 생각했던 그녀는 시간에 마음 쓸 여유조차 없었다. 그녀는 부엌에서 밥상을 차려온 오토키가 깜짝 놀랄 정도로 냉큼 일어섰다.

"저녁은 돌아와서 먹을게."

그녀는 방금 벗은 코트를 다시 걸치고 문을 나왔다. 하지만 전찻길까지 걸어왔을 때 그녀의 발길은 다시 골목길 모퉁이에서 멈추었다. 그녀는 웬일인지 병원에 가는 것이 고통스러웠다. 이런 꼴로는 간다고 해봤자 아무 도움이 되지 않는다는 사려분별이 갑자기 그녀를 붙들었다.

'남편 성격으로는 아무래도 이 편지의 의미조차 솔직히 설명해주지 않을 거야.'

마음이 허전해진 그녀는 자기 앞을 좌우로 지나가는 전차를 바라보았다. 오른쪽의 전차를 타면 병원이고, 왼쪽의 전차를 타면 오카모토의 집이었다. 차라리 애초의 계획을 접고 이모부 집에 갈까 하고 생각한 그녀는 그 생각이 들자마자 바로 그쪽에 가로놓인 곤란함도 상상했다. 이모부 집에 가서 의논하려면 그녀는 숨김없이 털어놓고 이야기해야 할 것이다. 지금까지 숨겨온 부부 관계의 비밀을 드러내지 않으면 한 발도 앞으로 나갈 수 없었다. 이모부와 이모 앞에 자신이 사람을 볼 줄 몰랐다고 속 시원히 털어놓아야 한다. 오노부는 아직 그만한 수치를 감수해야 할 정도로 사태가 다급하지는 않다고 판단했다. 주위에서 쓰다에게 사랑받고 있다고 생각하는 모양새를 아직 회복할 가능성이 충분히 있는데 일시적인 감정으로 자신의 허영심을 박살 내는 듯한 솔직함은 그녀가 가장 경멸하는 것이었다.

그녀는 이러지도 저러지도 못하고 오른쪽으로 갈까, 왼쪽으로 갈까 하며 조금씩 흔들렸다. 그녀가 이렇게 갈피를 못 잡고 있다는 것을 전혀 알 리 없는 쓰다는 이때 자리에서 일어나 예사롭게 간호사가 가져온 밥상을 마주하고 앉았다. 조금 전 오히데에게 전화가 걸려왔을 때 이미 오노부의 내방을 예상한 그는 요시카와 부인과 교대로 아내의 모습을 병실에서 보기 위해 은근히 마음의 준비를 하고 있었다. 하지만 아내가 오지 않자 가볍게 실망하면서 저녁식사 시간이 될 때까지 기다렸다. 조금 무료해 있던 그는 간호사의 얼굴을 보자마자 얼른 말을 걸었다.

"드디어 밥이구나. 아무래도 혼자 있으면 해가 길게 느껴져서 곤란해."

간호사는 몸집이 작고 혈색이 좋지 않은 여자였다. 하지만 쓰다가 아무리 해도 나이를 짐작할 수 없는 묘한 얼굴을 하고 있었다. 언제나 흰옷을 입고 있는 것이 더욱 보통 여자와는 거리가 멀게 느껴졌다. 쓰다는 늘 의심했다. ……이 여자는 보통 기모노를 입을 때 가타아게를 붙이고 있을까? 아니면 풀고 있을까?(일본에서는 어린아이의 옷을 지을 때 사이즈를 크게 만들고는 자랄 때마다 어깨 부분을 징그며 기장을 짧게 줄이며 입는데 이것을 가타아게라고 한다. '가타아게를 푼다'라는 말은 성인이 된 것을 의미한다) 아니면 다 커서 징근 것을 푼 옷을 입을까. 그는 언젠가 진지하게 이런 질문을 그녀에게 던져본 적이 있었다. 그때 그녀는 히죽 웃으며 "전 아직 수습생이에요"라고 대답했기 때문에 쓰다는 대강 유추했을 뿐이었다.

밥상을 그의 머리맡에 밥상을 놓은 그녀는 바로 아래로 내려가지 않았다.

"심심하시죠?"라고 말하며 히죽히죽 웃은 그녀는 곧 뒷말을 달았다.

"오늘은 부인께서 오시지 않네요."

"응, 안 와."

쓰다의 입안에는 이미 구운 빵이 가득 들어 있었다. 그는 그 이상 아무것도 말할 수 없었다. 하지만 간호사는 맘대로 할 수 있었다.

"그 대신 다른 손님이 오셨네요."

"응, 그 할머니 말이지. 상당히 살쪘지, 그 사모님은."

간호사가 험담에 맞장구를 칠 기색을 보이지 않았으므로 쓰다는 혼자 지껄여야 했다.

"더 젊고 예쁜 사람이 자꾸자꾸 병문안을 와주면 병도 빨리 나을 텐데"라는 말로 간호사를 웃긴 쓰다는 제꺼덕 그녀에게 놀림을 받았다.

"하지만 매일 여자분들만 오시네요. 상당히 운이 좋아 보이세요."

그녀는 고바야시가 온 사실을 모르는 것 같았다.

"어제 오신 부인은 매우 예쁘시던데요."

"별로 예쁘지도 않아. 그 여자는 내 여동생이니까. 어딘가 닮은 데가 있어, 나랑?"

간호사는 닮았다고도 닮지 않았다고도 하지 않은 채 여전히 히죽거리고 있었다.

145

그날은 간호사에게 의외로 재수가 좋은 날이었다. 설사 기운이 있어 여느 때처럼 진찰할 수 없었던 의사가 친구에게 대신 진찰을 부탁했는데, 그의 친구는 오전 진찰만 했을 뿐 오후부터 밤까지 내내 얼굴을 내

비치지 않았다.

"오늘은 당직이니까 밤에는 오시지 못한대요."

그녀는 이렇게 말하고 평소 같은 바쁜 모습을 전혀 보이지 않은 채 느긋하게 쓰다의 상머리에 앉았다.

심심풀이로 좋은 상대가 생겼다고 생각한 그의 혀는 멈출 줄을 몰랐다. 그는 장난삼아 이것저것 물었다.

"아가씨 고향은 어디야?"

"도치기 현이에요."

"과연 그렇게 듣고 보니 그런 것 같군. 이름은 뭐야?"

"이름은 몰라요."

간호사는 좀처럼 이름을 밝히지 않았다. 쓰다는 그 저항이 유쾌해서 일부러 몇 번씩 같은 말을 되풀이해서 물었다.

"그럼 앞으로 아가씨를 부를 땐 도치기 현, 도치기 현이라고 부를게. 괜찮지?"

"예, 괜찮아요."

그녀의 이름 첫 글자는 '쓰'였다.

"쓰유야?"

"아뇨."

"역시 쓰유는 아닌가 보다. 그럼 쓰치야?"

"아뇨."

"잠깐 기다려, 쓰유도 아니고 쓰치도 아니라면. 아, 알았다. 쓰야다. 아니면 쓰네."

쓰다는 아무렇게나 되는대로 말했다. 말할 때마다 간호사는 고개를 저으며 히죽거렸다. 웃을 때마다 쓰다는 또 그녀를 추궁했다. 마침내 그녀의 이름이 '쓰키'라는 것을 알았을 때 그는 이 별난 이름이 또 유쾌했다.

"그럼 오쓰키 씨구나, 오쓰키('쓰키'는 일본 말로 '달'을 일컫는다)는 좋은 이름이야. 누가 지었어?"

간호사는 대답 대신 갑자기 역습을 했다.

"아저씨 부인 이름은 뭐라고 하세요?"

"맞혀봐."

간호사는 일부러 여자다운 이름 두서너 가지를 늘어놓은 다음 말했다.

"오노부 씨지요?"

그녀가 보기 좋게 맞혔다기보다는 어느 틈엔가 오노부의 이름을 듣고 기억한 것이었다.

"오쓰키 씨는 역시 방심할 수 없구나."

쓰다가 이렇게 말하며 즐거워하고 있을 때 오노부 본인이 불쑥 얼굴을 내밀어서 놀란 간호사는 얼른 상을 들고 일어났다.

"아이고, 드디어 오셨네요."

간호사와 교대해 쓰다의 머리맡에 앉은 오노부는 곧 쓰다를 쳐다보았다.

"안 올 거라고 생각하고 계셨죠?"

"아니, 그렇지 않아. 하지만 오늘은 뭐 늦었으니까 어떨까 하고 생각했지."

쓰다의 말에 거짓은 없었다. 오노부에게는 그것을 인정할 만한 눈이 있었다. 하지만 그렇게 하면 사태는 심각하게 꼬여갈 뿐이었다.

"하지만 조금 전에 편지를 보내셨더군요."

"응, 보냈지."

"오늘 오면 안 된다고 쓰여 있더군요."

"응, 좀 안 좋은 사정이 있었어."

"왜 제가 오면 사정이 좋지 않아요?"

쓰다는 겨우 깨달았다. 그는 오노부의 모습을 보면서 대답했다.

"뭐 아무것도 아냐. 시시한 일이야."

"하지만 일부러 심부름꾼을 보내실 정도였으니까 뭔가 있었을 테지요."

쓰다는 얼버무리려고 했다.

"시시한 일이라니까. 왜 또 그런 걸 신경 써. 당신도 바보군."

위로하는 의미로 한 쓰다의 말은 오노부로 하여금 오히려 반대 결과를 빚게 했다. 그녀는 검은 눈썹을 꿈쩍였다. 말없이 품속에 손을 넣어 조금 전의 편지를 꺼냈다.

"이걸 다시 한 번 보세요."

쓰다는 묵묵히 그것을 받아들었다.

"특별히 아무것도 쓰여 있지 않잖아"라고 말했을 때 그의 심중은 겨우 자신의 말에 모순이 있음을 깨달았다. 내용은 간단했다. 하지만 오노부의 의심을 사기에는 충분했다. 이미 의심받을 만한 약점을 가지고 있는 그는 기회를 놓쳤다고 생각했다.

"아무것도 쓰여 있지 않으니까 그 이유를 묻는 거예요"라고 오노부는 말했다.

"말씀해주셔도 좋잖아요. 일껏 왔으니까."

"당신은 그걸 들으러 왔어?"

"네."

"일부러?"

"네."

오노부는 한사코 움직이지 않았다. 상대가 만만치 않음을 깨닫자 쓰다는 생각지도 않게 그럴싸한 거짓말이 떠올랐다.

"실은 고바야시가 왔어."

고바야시라는 이름은 확실히 오노부의 가슴을 울렸다. 하지만 그것만으로 끝나지 않았다. 그는 오노부를 진정시키기 위해 도리어 그 대목을 설명해야 했다.

146

"고바야시 따위랑 만나는 것은 당신도 싫어할 거라고 생각했어. 문득 생각나서 일부러 알려준 거야."

이렇게 말해도 오노부는 아직 납득한 기미를 보이지 않았기 때문에 쓰다는 부득이 위로의 말을 길게 끌어대야 했다.

"당신이 싫어하지 않는다고 해도 내가 싫거든. 당신이 그런 남자를 만나는 건. 게다가 그 녀석이 또 당신한테 들려주고 싶지 않은 불쾌한 용건을 가져와서 말이야."

"내가 들어서 나쁜 일? 그럼 두 사람 사이의 비밀이겠네."

"그런 뜻이 아니고"라고 말한 쓰다는 자기를 향해 한 치의 빈틈도 없이 붙박여 있는 오노부의 눈초리를 보자 허겁지겁 그 뒤를 이었다.

"또 돈을 뜯으러 왔지 뭐야. 단지 그것뿐이야."

"그럼 내가 들어서 나쁜 건 뭐예요?"

"나쁘다는 말은 아니야. 들려주고 싶지 않다는 것뿐이야."

"그럼 그냥 친절한 마음에서 보내준 편지구나, 이건."

"뭐, 그래."

지금까지 남편을 주시하고 있던 오노부의 가는 눈이 점점 더 가늘어지더니 희미한 웃음이 입술에 묻어났다.

"어머, 고마워라."

쓰다는 가만히 있을 수 없게 되었다. 그는 말을 가려낼 여유를 잃어버렸다.

"당신도 그런 자식을 만나는 건 싫잖아."

"아뇨, 전혀."

"그건 거짓말이야."

"왜 거짓말이라는 거죠?"

"고바야시가 뭔가 당신한테 말했다고 하던데."

"네."

"그러니까 말이야. 그래서 당신도 그 녀석이랑 만나는 게 싫을 거라고 생각했어."

"그럼 당신은 내가 고바야시 씨에게 무슨 말을 들었는지 알고 있어요?"

"그거야 모르지. 하지만 어차피 그 녀석 일이니까 도움이 될 만한 걸 말하진 않았겠지. 대체 어떤 걸 말했어?"

오노부는 입에 걸린 말을 삼켜버렸다. 그리고 반문했다.

"여기서 고바야시 씨는 뭐라고 말하던가요?"

"아무 말도 안 했어."

"그거야말로 거짓말이네. 당신은 숨기고 있어요."

"당신이 숨기고 있잖아. 고바야시한테서 무책임한 말을 듣고 그것을 곧이듣고 있으면서."

"그야 숨기고 있을지도 몰라요. 당신이 숨기는 이상 나도 어쩔 수 없죠."

쓰다는 입을 다물었다. 오노부도 입을 다물었다. 둘 다 상대의 입이 열리기를 기다렸다. 그러나 오노부의 참을성은 쓰다보다 빨리 무너졌다. 그녀는 갑자기 날카로운 소리를 냈다.

"거짓말이야, 당신 말은 전부 거짓말이야. 고바야시 따위 여기에 오지도 않았는데 당신은 날 속이려 생각하고 고의로 그런 일을 꾸며서 말하는 거야."

"꾸몄다니? 내게 도움이 될 것도 없잖아."

"아뇨, 다른 사람이 온 걸 숨기려고 고바야시란 사람을 일부러 끌어낸 것이 틀림없어요."

"다른 사람? 다른 사람이라니?"

오노부의 눈이 도코노마 위에 놓인 단풍분재 위에 떨어졌다.

"저건 누가 가져오셨어요?"

쓰다는 아차, 했다. 왜 빨리 요시카와 부인이 온 것을 말하지 않았을까 후회했다. 그가 처음에 그것을 말하지 않은 것은 사리를 분별한 결과였다. 이야기하지 못할 이유는 없었지만 부인과 나눴던 화제가 오노부를 대하는 그를 주눅 들게 한 탓으로 속이 켕겼던 그는 미뤄두는 편이 좋겠다고 궁리한 것이다.

분재를 뒤돌아본 그가 요시카와 부인의 이름을 말하려고 잠시 말을 우물거렸을 때 오노부는 기선을 제압했다.

"요시카와 사모님께서 오시지 않았어요?"

쓰다는 저도 모르게 말했다.

"어떻게 알았어?"

"알고 있어요, 그 정도는."

오노부의 눈치를 살피고 있던 쓰다는 겨우 배짱을 되찾았다.

"응 왔어. 즉 당신 예언이 적중한 셈이야."

"난 사모님이 전차에 탄 것까지 분명히 알고 있어요."

쓰다는 또 깜짝 놀랐다. 어쩌면 자동차가 큰길에서 기다리고 있을지 모른다고 생각했을 뿐, 부인의 교통편에 대해서 그 이상 자세히 주의를 기울이지 않았었다.

"당신, 어디서 만나기라도 했어?"

"아니요."

"그럼 어떻게 알지?"

오노부는 대답하는 대신 되물었다.

"사모님께서는 뭘 하러 오셨죠?"

쓰다는 태연하게 대답했다.

"그걸 지금 막 말하려고 하던 중이야. ……하지만 오해하면 곤란해. 고바야시는 분명히 왔으니까. 고바야시가 왔다 간 다음에 사모님이 왔어. 그래서 공교롭게 엇갈리게 된 셈이지."

　오노부는 남편보다 자신이 더 조급하게 안달하고 있다는 것을 알아차렸다. 이런 식으로 내리눌러봤자 남편은 결코 으스러지지 않으리라고 단념한 그녀는 자신의 허점이 드러나기 전에 마음을 돌렸다.

　"응, 그렇다면 그걸로 좋아. 고바야시 씨가 왔든 안 왔든 제 알 바 아니니까요. 그 대신 요시카와 사모님의 용건을 들려줘요. 물론 단순한 병문안이 아니라는 것은 저도 알고 있지만."

　"그래 봤자 대단한 용건으로 온 것도 아니야. 그렇게 기대하면 듣고 나서 또 실망할지 모르니까 미리 말해두는 거야."

　"상관없어요, 실망하더라도. 단지 사실대로 듣기만 한다면 그걸로 마음이 개운해질 테니까."

　"본래는 문병으로 왔고, 용건은 곁다리 같은 거야. 좋아?"

　"좋아요, 어느 쪽이든."

　쓰다는 부인이 전한 온천행의 조언만을 극히 간단히 이야기했다. 오노부에게 오노부 방식의 기략이 있는 것처럼 그에게도 상응한 노림수가 있어서 형편상 곤란한 대목은 재주껏 넘어갔다. 누구의 귀에도 진솔하고 합리적으로 들릴 만한 설명이 손쉽게 그의 입에서 오노부 앞에 펼쳐졌다. 그녀는 표면상 거기에 대해서 한마디도 트집할 구석이 없었다.

　단지 서로의 마음만이 뒤숭숭할 뿐이었다. 오노부는 이 단순한 설명을 꿰뚫고 그 속을 들여다보려고 했다. 쓰다는 어떻게든 그것을 드러내지 않으리라고 각오했다. 극히 평화로운 암투가 담력 겨루기와 기교 겨루기로 연출됐다. 하지만 지키는 남편에게 약점이 있는 이상 공격하는 아내에게 그만한 강점이 따르는 것은 자연스러운 이치였다. 그러므로 두 사람의 천부적인 재능은 접어두고 단지 둘의 처지만 들여다보면 오노부는 싸우기도 전에 이미 승기를 잡은 셈이었다. 실질적인 잘잘못을 가늠해보더라도 경합하기 전에 그녀는 이미 이기고 있었다. 쓰다에게는 그런 자각이 있었다. 오노부에게도 이와 비슷한 예감이 있었다.

전쟁은 이 내부의 사실을 표면에 드러내느냐 마느냐로 일단락지게 되어 있었다. 쓰다만 정직하다면 이렇게 간단한 승부도 없을 터였다. 하지만 쓰다에게 단 한 점이라도 정직하지 못한 곳이 남아 있다면 이렇게 또 공략하기 어려운 성벽도 결코 없을 터였다. 가엾은 오노부는 쓰다를 무너뜨릴 만한 무기를 아직 마련하지 못했다. 저쪽에서 먼저 문 열어주기만을 재촉하는 것 말고는 어떤 묘책도 찾을 수 없는 처지인 지금의 그녀는 어찌 보면 거의 무능력자나 다를 바 없었다.

어째서 마음을 이긴 것만으로 그녀는 아름답게 일단락 지을 수 없는 것일까? 어째서 승리의 환호성을 겉으로 드러내지 않으면 성에 차지 않는 것일까? 지금의 그녀에게는 그럴 여유가 없었다. 이 승부 이상으로 중요한 일이 아직 남아 있었다. 아직 제2, 제3의 과제를 뒤에 두고 있었던 그녀는 그곳을 돌파하지 않으면 그다음을 어떻게 해볼 수 없었던 것이다.

그뿐인가, 솔직히 말하면 승부는 그녀에게 근본적인 문제가 아니었다. 사실 그녀가 지향하는 것은 오히려 진상을 규명하는 것이었다. 남편에게 이기는 것보다 자신의 의심을 불식시키는 것이 주안점이었다. 그리고 그 의심을 푸는 것은 쓰다의 사랑을 대상으로 삼은 그녀의 생존에 절대적으로 필요했다. 그 자체가 이미 큰 목표였다. 일시적 방편이나 수단이라고 치부할 수 없을 만큼 무거운 의미를 그녀의 눈앞에 들이대고 있었다.

그녀는 전후 관계에서 헤아린 생각과 분별이 허락하는 한 온 힘을 다해 거기에 매달려야 했다. 그것이 그녀의 자연(自然, 자연은 자아를 초월할 수 있는 구원의 장소로 소세키가 추구한 사상이다. 작품의 주제에 따라 다양한 변모와 심화를 보이는 이 개념은 본문에서도 여러 이미지로 나타나는데, 여기에서 말하는 '작은 자연'에 내포된 의미는 남편에 대한 의심을 풀고자 하는 오노부의 인간적인 노력 곧 생존을 위한 인간적 아집의 세계라고 말할 수 있다. 반면, '큰 자연'이란 '작은 자연' 안에서 생존하는 인간의 힘으로는 어떻게 할 수 없는 인간의 의식을 뛰어넘은 큰 세계로 보인다)이었다. 하지만 불행하게도 자연 전체는 그녀보다 컸다. 그녀의 위에서도 계속되고 있었다. 공평한 빛을 비춰 가련한 그녀를 소멸시키려는 것 같기도 했다.

그녀가 한 마디 따질 때마다 쓰다는 한 발 그녀에게서 물러났다. 두 마디를 따지면 두 발 물러났다. 따질 때마다 쓰다와 그녀의 거리는 점점 벌어졌다. 큰 자연은 그녀의 작은 자연에서 나온 행위를 거침없이 짓밟았다. 한 발 뗄 때마다 그녀의 의도를 무너뜨렸다. 그녀는 은연중 그것을 깨달았다. 하지만 그 의미를 깨닫지는 못했다. 그녀는 단지 그럴 리 없다고만 고집했다. 그리고 결국 또 마음의 평정을 잃었다.

"제가 이 정도로 당신만 생각하고 있는데 당신은 조금도 헤아려주지 않네요."

쓰다는 참을 수 없다는 표정을 지었다.

"그래서 난 당신을 의심하지 않아."

"당연하죠. 이제 당신한테 의심까지 받는다면 차라리 죽는 편이 나아요."

"죽는다니, 그런 심한 말은 안 하는 게 좋아. 우선 아무 일도 없잖아, 어디에도. 만약 있다면 말해봐. 그러면 나도 변명도 하고 설명도 하겠지만 처음부터 근거 없는 불평을 하면 손쓸 재간이 없잖아."

"근거는 당신 마음속에 있을 텐데요."

"곤란해, 그것만으론. ……당신, 고바야시가 뭔가 꼬드겼지? 틀림없이 그랬을 거야. 고바야시가 뭐라고 했는지 여기서 털어놔 봐. 사양하지 말고."

148

오노부는 쓰다의 말투나 태도에서 그의 마음을 명료하게 추측할 수 있었다. ……남편은 자신의 부재중에 고바야시가 집에 온 것을 겁먹고 있다. 고바야시가 내게 무엇을 말했는지를 두려워하고 있다. 그리고 그 이야기의 내용은 아직 분명하게 파악하지 못하고 있다. 그러므로 베거리를 해서 나를 꾀어내려고 한다.

거기에 명백한 비밀이 있었다. 지금까지 그녀의 마음에 누적된 모든 것은 의혹할 것도 없고 모순된 것도 없이 모조리 같은 방향으로 쏠아졌다. 비밀은 확실했다. 청천백일처럼 분명했다. 동시에 청천백일과 마찬가지로 어디에도 그림자를 남기지 않았다. 그녀는 그것을 응시할 뿐이었다. 어떻게 손대야 할지 아득했다.

번민으로 마음이 혼란스러우면서도 아직 한 치의 틈도 보이지 않을 만큼 야무진 그녀는 의중을 떠보기 위해 남편이 넌지시 건넨 말을 피하지 않고 즉각 상대편을 향해 되받아쳤다.

"그럼 솔직히 말할게요. 실은 고바야시 씨한테서 자세한 이야기를 전부 들어버렸어요. 그러니까 숨긴다고 해도 이미 늦었어요. 당신도 상당히 형편없는 분이시네."

그녀의 말은 대부분 엉터리에 가까웠다. 하지만 그것을 입에 올리는 심정은 참으로 진지함 그 자체였다. 그녀는 흥분한 어조로 쓰다를 '형편없는 분'이라고 불러야 했다.

반항은 남편에게 바로 나타났다. 쓰다는 이 엉터리 말 앞에 움츠러드는 기색을 보였다. 오히데의 집에서 실패한 쓰디쓴 경험에도 굴하지 않고 다시 같은 모험을 시도한 오노부의 담력은 보답받게 되었다. 그녀는 곧장 앞으로 나아갔다.

"왜 이렇게 되기 전에 털어놓지 않으셨어요?"

'이렇게 되기 전에'라는 말은 애매했다. 쓰다는 그 의미를 포착하는 데 고심했다. 막상 오노부 본인은 더욱 알 수 없었다. 그래서 물어도 설명하지 않았다. 쓰다는 그저 망연히 확인했다.

"설마 온천에 가는 걸 두고 말하는 건 아니겠지. 그게 마음에 걸린다면 그만둬도 괜찮아."

오노부는 뜬금없다는 표정을 지었다.

"누가 그런 무리한 말을 한답니까? 회사에서 사정을 봐줘서 병후의 몸을 회복할 수 있다면 그보다 더 좋은 일은 없잖아요. 그게 나쁘다는 터무니없는 말을 내가 한다고 생각하셨어요? 어처구니없어. 히스테리도 아니고."

"그럼 가도 좋아?"

"좋고말고요"라고 말했을 때 오노부는 갑자기 소매 속에서 꺼낸 손수건을 얼굴에 대더니 훌쩍훌쩍 흐느끼기 시작했다. 뒷말은 흐느낌 속에서 말을 잇지 못하고 띄엄띄엄 부서진 물건 같은 형태로 나왔다.

"아무리 제가 ……제멋대로라고 해도 ……당신 요양을…… 방해하는, ……그런…… 저는 평소 당신이 저를 자유롭게 생활하게 해줘서 늘 고마워하고 있어요…… 그런 제가 당신의 전지 요양을…… 방해하다니……."

쓰다는 겨우 마음을 놓았다. 하지만 오노부에게는 아직 뒤끝이 있었다. 발작이 진정되자 그 뒷말이 비교적 술술 풀렸다.

"저는 그렇게 사소한 걸 생각하고 있는 게 아니에요. 아무리 제가 여자이고 바보라고 해도 저에게는 또 저만의 체면이라는 게 있어요. 그래서 여자라면 여자로서 바보라면 바보로서 그 체면을 유지하고 싶어요. 만약 거기에 상처를 받으면……."

오노부는 여기까지 말하고 또 울기 시작했다. 뒷말이 다시 띄엄띄엄 이어졌다.

"만일…… 만일 그런 일이 생긴다면, …… 이모부께도…… 이모께도 …… 면목이 없고 얼굴도 들 수 없게 돼요. ……그렇지 않아도 이미 히데코 씨한테서 바보 취급을 당하고 있는데…… 그걸 당신은 곁에서 보고 있으면서 ……모른 척……, 모른 척…… 외면하고 있어요."

쓰다가 갑자기 입을 열었다.

"오히데가 당신을 바보 취급했다고? 언제? 오늘 당신이 갔을 때야?"

쓰다는 저도 모르게 엄청난 말을 실토해버렸다. 오노부가 말하지 않은 이상 그는 그 충돌을 알 리 없었기 때문이다. 그러자 오노부의 눈이 번쩍 했다.

"그거 보시라고요. 제가 오늘 히데코 씨 집에 간 걸 당신은 이미 분명히 알고 계시잖아요."

'오히데가 전화를 걸었어'라는 대답이 얼른 쓰다의 입 밖으로 미끄러져 나오지 않았다. 그는 말을 할까 말까 망설였다. 하지만 상황은 한 치의 용서도 없었다. 쩔쩔매면 맬수록 형세는 불리해질 뿐이었다. 그는 거의 막다른 상태에 빠졌다. 하지만 절체절명의 아슬아슬한 순간에 하늘이 내려보낸 듯한 그럴듯한 핑계가 그의 머리에 번쩍 떠올랐다.

"인력거꾼이 돌아와서 그렇게 말하더라고. 아마 오토키가 인력거꾼한테 말했겠지."

다행히 오노부가 오히데 뒤를 좇아간 것은 하녀도 알고 있었다. 우발적인 변명이 생각지도 않게 명중하자 쓰다는 다시 한 번 가슴을 쓸어내렸다.

149

무턱대고 쓰다를 밀어뜨리려고 한 오노부는 거기서 멈췄다. 남편이 그렇게 자신을 속이지 않았다고 생각하자 단숨에 돌진할 작정이었던 그녀는 긴장이 풀린 탓에 앞으로 더 나아가질 못했다. 쓰다는 그곳을 노렸다.

"오히데 따위가 무슨 말을 하든 상관없잖아. 오히데는 오히데, 당신은 당신이니까."

오노부는 대답했다.

"그렇다면 고바야시 따위가 나한테 무슨 말을 했든 상관없잖아요. 당신은 당신, 고바야시는 고바야시니까."

"그거야 상관없지, 당신만 중심을 잡고 있으면. 단지 의심이나 오해를 일으켜 그걸 마구 휘두르면 난처하니까 이쪽인들 가만히 있지 못하게 된다는 거지."

"나 역시 마찬가지예요. 아무리 오히데 씨한테 바보 취급을 당해도, 아무리 작은어머님이 따돌려도 당신만 중심을 잡고 있으면 걱정이 될 리 없죠. 그걸 정작 당신이……."

오노부는 말이 막혔다. 그녀는 명료한 사실을 알지 못했다. 따라서 명료한 말이 입에서 나오지 않았다. 거기를 쓰다가 또 파고들었다.

"아마 당신 체면에 불미스러운 일이라도 한다고 생각하는 모양이군. 그럼 좀 더 나한테 기대고 안심하면 되잖아."

오노부는 갑자기 목소리를 높였다.

"저도 기대고 싶어요. 안심하고 싶어요. 얼마나 기대고 싶어 하는지 당신은 상상도 할 수 없을 만큼이에요."

"상상도 할 수 없을 만큼?"

"네, 전혀 상상도 할 수 없을 만큼요. 만약 상상할 수 있다면 당신도 변해야 하거든요. 못 하니까 그렇게 모른 체할 수 있는 거라고요."

"모른 체하지 않아."

"안쓰럽다고도, 불쌍하다고도 생각해주지 않잖아요."

"안쓰럽다고도, 불쌍하다고도……."

이것만 되풀이한 쓰다는 일단 말이 막혔다. 그 후에 덧붙인 말은 오히려 종잡을 수 없게 되었다.

"생각해주지 않는다니. ……아무리 생각하려고 해도. ……생각할 만한 이유가 있으면 얼마든지 생각하겠지. 하지만 없으면 별수 없잖아."

오노부의 목소리는 긴장으로 떨렸다.

"여보, 여보."

쓰다는 잠자코 있었다.

"제발 저를 안심시켜주세요. 구해준 셈치고 안심시켜주세요. 저는 당신 말고는 의지할 데 없는 여자니까. 당신이 저를 따돌리시면 전 그 길로 허물어지는 가엾은 여자예요. 그러니까 제발 안심하라고 말해주세요. 단 한마디로 족하니까 안심하라고 말해주세요."

쓰다는 대답했다.

"걱정 마. 안심해."

"정말요?"

"정말로 안심해."

오노부는 갑자기 터질 것 같은 기세로 달려들었다.

"그럼 말해줘. 제발 말해줘. 숨김없이 전부 여기서 말해줘. 그리고 단숨에 안심시켜줘."

쓰다는 쩔쩔맸다. 그의 마음은 파도처럼 앞뒤로 출렁거리기 시작했다. 그는 차라리 과감하게 모든 것을 오노부 앞에 죄다 털어놓을까 생각했다. 그와 함께 자신은 단지 의심만 받을 뿐 실증(實證)을 잡힌 것은 아니라고 추단했다. 만약 오노부가 사실을 알고 있다면 여기까지 밀고 와서 그것을 그의 얼굴에 내리치지 않을 리 없을 거라고 생각했다.

그는 딱하게 됐다. 하지만 달아날 여지는 아직 남아 있었다. 양심과 이해타산이 파고를 그리며 그의 마음을 출렁거리게 했다. 그러자 그 한쪽으로 온천행의 부담감이 무겁게 짓눌렀다. 약속을 단행하는 것은 요시카와 부인에 대한 그의 의무였다. 반드시 실행해야 할 요구이기도 했다. 적어도 그것을 다 마무리할 때까지는 밝히지 않는 게 상책이라는 결심을 굳혔다.

"그런 번거로운 걸 말해봤자 서로 얼굴만 붉힐 뿐, 끝이 없으니까 이제 그만두자. 그 대신 내가 보증하면 되겠지."

"보증이라뇨?"

"보증 말이야. 당신 체면에 관해 괜찮다는 증서를 넣을게."

"어떻게?"

"어떻게라니, 따로 증서를 넣을 수도 없으니까 그냥 입으로 맹세할게."

오노부는 잠자코 있었다.

"당신이 나를 믿는다고 말만 하면 그걸로 돼. 만일 어떤 일이 생겼을 때는 책임지라고 말하면 돼. 그러면 내가 좋아, 책임질게라고 대답할 테니까. 어때, 이쯤에서 타협하면 안 될까?"

150

타협이라는 한자어가 이 경우 아무리 어울리지 않게 들렸더라도 그때 쓰다의 심정을 대변하기에는 참으로 적절했다. 실제로 이 말이 상징하는 가장 적절한 의미가 그의 심중에 있었던 것은 분명했다. 명민한 오노부의 눈에 그것이 비쳤을 때 그녀의 흥분은 가까스로 진정됐다. 감정의 파도가 또 몰려올지 모른다는 우려로 은근히 골머리를 앓던 쓰다는 숨통이 트였다. 그다음 그는 멈춘 파도의 기세를 반대 방향으로 역이용하는 수단을 짜낼 만큼 여유가 생겼다. 그는 오노부를 위로하기 시작했다. 그녀의 마음에 들 만한 말을 마음껏 쏟아냈다. 겉으로 차분해 보이는 그는 또 상대가 누구냐에 따라 임기응변을 구사하여 자신을 적응시키는 기교도 터득하고 있었다. 그의 노력은 결코 허망하지 않았다. 오노부는 오랜만에 결혼 전의 쓰다를 보았다. 약혼 당시의 기억이 그녀의 가슴에 되살아났다.

'남편은 변하지 않았어. 역시 옛날의 그 사람이었어.'

이렇게 생각한 오노부의 만족감은 쓰다를 궁지에서 구하기에 충분했다. 폭풍우로 변하려고 하다가 꺾인 파란은 겨우 수습되었다. 하지만 지금의 부부는 이미 이전의 부부가 아니었다. 그들은 어느새 자기들도 모르는 사이에 처지가 바뀌있다.

파란이 진정되자 쓰다는 깨달았다.

'결국 여자는 위무하기 쉬운 존재다.'

그는 한차례 풍파가 그에게 심어준 이 자신감으로 가슴이 뻐근했다. 지금까지 그는 오노부를 대할 때마다 버거운 느낌이 마음 한구석에서 늘 꿈틀거렸다. 여자라고 깔보면서 어쩐지 꺼림칙한 생각을 해야 하는 경우가 날마다 되풀이되었다. 그것은 그녀의 직각일까, 또는 늘 직각이 작동 중이라고 해야 할 그녀의 기략일까, 혹은 그 이외의 어떤 것일지 아직은 그도 확실하게 분석해보지 않았지만 어쨌든 사실은 사실임에 틀림없었다. 게다가 자신의 마음속에 깊이 간직했을 뿐 아직 한 번도 남에게 누설한 적이 없는 사실임이 틀림없었다. 그러므로 사실이지만 그 사실은 하나의 비밀이기도 했다. 그렇다면 왜 그가 이 명백한 사실을 일부러 비밀에 부쳤던 것일까? 간단히 말하면 그는 되도록 자기를 존귀하게 포장하고 싶었기 때문이었다. 사랑의 전쟁이라는 눈으로 바라본 그들의 부부 생활에서 언제나 패자의 자리에 섰던 그는 또 그 값에 상당한 자만심이 있었다. 그런데 오노부를 달래기 위해 한발 물러선 그는 어쩔 수 없이 져주는 척했을 뿐 진정으로 꼬리를 내린 것이 아니었다. 당당하게 사랑의 포로가 되는 것이 아니라 항상 속임수에 넘어간 듯한 기분이었다. 오노부가 남편의 자존감을 짓밟는다는 것을 알아차리지 못하고 단지 그를 정복할 때 사랑의 만족을 느끼는 것처럼, 지기 싫어하는 성격인 쓰다도 유감이라고 생각하면서도 역부족으로 밀릴 때마다 한발 물러섰다. 이 특수한 관계가 하룻밤의 말다툼으로 뒤집혔을 때 오노부에 대한 그의 생각이 바뀌는 것은 지당했다. 그는 지금까지 이렇게 맹렬하게, 또 바로 정면에서 고자세로 나오는 것 같으면서도 실은 꾸밈없는 저자세로 나오는 오노부라는 여자를 본 적이 없었다. 약점을 안고 도망치기만 하던 그는 처음으로 오노부를 이길 수 있었다. 결과는 명료했다. 그는 겨우 그녀를 한 수 아래로 볼 수 있었다. 아울러 전보다 더욱 그녀가 안쓰럽다는 생각이 들었다.

오노부에게는 또 오노부대로 파란이 지나간 뒤의 변화가 일어나고 있었다. 지금까지 단 한 번도 이런 태도를 남편 앞에 보인 적이 없었던 그녀는 단숨에 쓰다의 허점을 찌르는 쪽에만 마음을 빼앗겨서 일찍이 한 번도 드러낸 적이 없는 자신의 허점을 오히려 남편 앞에 내보인 것이 무엇보다 분해서 견딜 수 없었다. 남편에게 사랑받고 싶다는 생각만 했던 그녀는 평소 자신의 수완을 믿는 마음이 있었다. 자신의 식견을 관철해 보이겠다는 각오가 있었다. 물론 그 식견은 복잡하지 않았다. 남편의 사랑이 아무리 필요하다고 해도 머리 숙여 연민을 구걸하는 보기 흉한 짓은 할 수 없다는 고집에 불과했다. 만약 남편이 자기 뜻대로 자신을 사랑하지 않는다면 수완을 살려 주무르겠다는 굳은 결심이었다. 줄곧 그 결심을 실행해온 그녀는 요컨대 줄곧 긴장 상태를 유지해온 셈이었다. 그리고 그 긴장이 극도에 달한다면 어딘가에서 파열할 수밖에 없었다. 파열하면 스스로 자신의 식견을 때려 부수는 것과 같은 결과에 빠질 것이 분명했다. 불행히도 그녀는 이 모순을 알아차리지 못하고 달려왔다. 그리하여 마침내 파열했다. 파열한 후 그녀는 겨우 뉘우쳤다. 다행스럽게도 자연은 생각보다 잔혹하지 않았다. 그녀는 자신의 약점을 속속들이 드러냈지만 일종의 보상을 받았다. 여태까지 이겼다고 아무리 우쭐거려봤자 흡족한 때가 없었던 남편의 모습이 조금 변했다. 그는 그녀가 만족하는 방향으로 한발 가까이 왔다. 그는 분명히 타협이라는 말을 썼다. 그 이면에 그녀가 있는 힘을 다해 캐내려고 애를 태우던 비밀이 잠재하고 있다는 것을 은연중에 고백했다. 고백? 그녀는 몇 번이나 자신에게 확인해보았다. 그리고 그것이 묵인에 가까운 고백임에 틀림없다는 것이 확실해지자 그녀는 분하면서도 기뻤다. 그녀는 더 이상 남편을 추궁하지 않았다. 쓰다가 그녀에게 안쓰럽다는 생각을 한 것처럼 그녀 역시 쓰다에게 안쓰럽다는 기분을 느꼈기 때문이다.

151

하지만 자연은 생각보다 완고했다. 두 사람은 그것만으로 헤어질 수

449

가 없었다. 묘한 계기로 일단 잠잠해진 풍파가 조금 뒤 다시 꿈틀거릴 조짐이 보였다.

그것은 흥분한 오노부의 마음이 다소 평정을 되찾았을 때의 일이었다. 가까스로 마음을 추스른 격정의 결과는 계속 그녀의 기분을 압박하고 있었다. 취기를 느끼는 사람이 그 취기를 이용하는 듯한 태도로 그녀는 쓰다를 겨냥했다.

"그럼, 온천에는 언제쯤 가세요?"

"여기를 나가면 바로 갈 거야. 건강 회복을 위해서도 그게 좋을 것 같아."

"그러네요. 될 수 있으면 빨리 가시는 게 좋겠죠. 간다고 작정한 이 상은."

쓰다는 이것으로 우선 됐다고 안도했다. 그러자 오노부가 불쑥 말했다.

"나도 같이 가도 되죠?"

마음 놓고 있던 쓰다는 갑자기 가슴이 철렁했다. 대답하기 전에 그는 곰곰이 생각했다. 동행할 것은 미처 생각하지 못했다고 거절하기는 역시 곤란했다. 거절하는 방식에 따라 상대가 어떻게 나올지도 몰랐다. 그가 어떻게 대답해야 좋을지 궁리하고 있는 사이에 좋은 기회는 사라졌다. 오노부가 재촉했다.

"네, 가도 되죠?"

"글쎄."

"안 돼?"

"안 될 거야 없지만……."

쓰다는 동행하고 싶지 않다는 속마음을 저도 모르게 드러낼 뻔했다. 만약 오노부가 의심의 눈동자를 한 번 굴리기만 하면 일은 그것으로 끝이라고 판단한 그는 사실 오노부와 같은 심리 상태에 사로잡혀 있었다. 조금 전에 지나갔던 파란의 결과는 그에게 이미 아귀처럼 붙어 있었다. 그는 그 나름대로 그것을 이용할 수밖에 별도리가 없었다. 그는 '위무'라는 두 글자가 금방 떠올랐다.

'위무가 제일이다. 여자는 어루만져주기만 하면 어떻게든 돼.'

그는 방금 깨달은 이 새로운 단안을 내걸고 오노부를 향했다.

"가도 괜찮아. 아니 괜찮은 정도가 아니야. 실은 같이 갔으면 했어. 무엇보다 혼자 가면 불편하잖아. 뒷바라지해주는 것만으로도 얼마나 좋은데."

"어머 좋아라, 그럼 갈게요."

"그런데 말이야……."

오노부가 얼굴을 찌푸렸다.

"그런데 뭐가요?"

"그게 말이야, 집은 어떻게 할 생각이야?"

"집은 오토키가 있으니까 괜찮아요."

"괜찮다니, 애같이 철없는 말을 하면 곤란해."

"왜? 어째서 철이 없어요? 만약 오토키만으로 마음이 놓이지 않으면 누군가에게 부탁할게요."

오노부는 잇따라 집을 봐줄 만한 몇 사람의 이름을 늘어놓았다. 쓰다는 될 수 있는 한 그것을 막아야 했다.

"젊은 남자는 안 돼. 오토키랑 단둘이 두고 갈 수는 없으니까."

오노부가 웃음을 터뜨렸다.

"설마. ……아무 일도 안 일어나요. 잠깐인데요 뭐."

"그렇지 않아. 결코 그게 아니라고."

쓰다는 단호한 태도와 함께 생각하는 척했다.

"누구, 적당한 사람이 없을까? 할머니가 있으면 딱 제격인데."

후지이 숙부 집에도, 오카모토 이모부 집에도, 그 밖의 다른 곳에도 그런 입맛대로 일손이 빈 사람은 아무도 없었다.

"뭐, 잘 생각해봐."

이쯤에서 이야기를 매듭지으려고 생각한 쓰다는 기대가 빗나갔다. 오노부는 붙잡은 소매를 좀처럼 놓지 않았다.

"생각해보지 않으면 어떻게 되는데. 만약 할머니가 없으면 저는 가면 안 돼요?"

"안 된다는 말은 안 했어."

"하지만 그럴 만한 할머니가 있을 리 없잖아요. 생각해보고 말고 할 것도 없어요. 그보다 가는 게 좋지 않다면 좋지 않다고 분명히 말해주세요."

궁지에 몰린 쓰다는 이때 신통하게도 또 좋은 핑계가 떠올랐다.

"그거야 여차하면 집 보는 것 따위 아무래도 괜찮아. 하지만 오토키 혼자 두고 간다 해도 아직 곤란한 일이 있어. 난 요시카와 사모님한테서 여비를 받으니까 말이야. 남의 돈을 받고 부부 동반으로 놀러 가는 것처럼 오해를 산다면 좋을 게 별로 없잖아."

"그렇다면 요시카와 사모님한테서 여비를 안 받으면 되잖아요. 그 수표가 있으니까."

"그렇게 하면 이달 치 생활비가 달리잖아."

"그런 거라면 히데코 씨가 두고 간 게 있어요."

쓰다는 또 말문이 막혔다. 그리고 또 위험한 혈로를 열었다.

"고바야시한테 돌려줄 것도 좀 있고."

"그런 사람한테?"

"당신은 '그런 사람'이라고 말하지만 말이야, 그래 봬도 이번에 멀리 조선으로 가거든. 불쌍해. 게다가 이미 약속해버려서 할 수 없어."

오노부는 물론 만족한 얼굴을 할 리 없었다. 하지만 쓰다는 이것으로 빠듯하게 그 곤경에서 빠져나올 수 있었다.

152

그 뒤로는 이야기가 의외로 술술 풀려서 이윽고 제2의 타협안이 성립되었다. 고바야시에 대한 우의를 만족시키기 위해, 한편으로는 일단 약속한 말에 대한 책임을 다하기 위해 쓰다는 오노부가 받아온 수표 가운데서 얼마를 내어 고바야시에게 조선행 전별금을 주기로 했다. 명색이야 빌려주는 것이라지만 그쪽에서 애당초 갚을 생각이 없는 이상, 그것을 예산에 집어넣어 뒷날을 기대할 만한 싹수가 있을 리 없으므로 결국은 기부하는 것이나 마찬가지였다. 물론 그런 결론에 다다르기까지 오노부에게도 다소의 어려움이 있었다. 고바야시처럼 뻔뻔스러운 사내에게 적선은커녕 반듯한 차용 증서를 받고 잠시 변통해주려는 호의조차 그녀에게는 전혀 없었다. 그뿐만이 아니라 그녀는 굳이 고바야시에게 돈을 주려고 하는 남편의 속내를 떠보려고 해서 쓰다는 그때마다 적잖이 조마조마했다.

"그런 사람한테 왜 그렇게 베풀려고 하는지 저는 통 알 수가 없어요."

이런 말이 두서너 번 그녀의 입에서 반복되었다. 쓰다가 도무지 대꾸할 기색을 보이지 않자 그녀는 한 걸음 더 나아갔다.

"그러니까 이유를 말하세요. 이러이러한 이유가 있어서 이렇게 하지 않으면 친구에게 도리가 아니라는 사정만 뚜렷하다면 그 수표를 전부 드려도 괜찮으니까."

쓰다는 여기가 무엇보다도 중요한 관문이어서 어떤 일이 있어도 오노부를 꺾어야 했다. 그는 고바야시를 감싸는 대신 과거부터 이어온 두 사람의 오랜 교제와 그 교제에서 떠오르는 정겨운 기억들을 들추었다. 오노부가 정겹다는 말을 낚아채 비꼬았을 때는 할 수 없이 옛날의 고바야시와 지금의 고바야시의 다른 점까지 설명할 수밖에 없었다. 그래도 이해가 가지 않는 듯한 오노부의 얼굴을 보자 이번에는 대화의 격조를 고상하게 포장해서 인도주의까지 들먹였다. 하지만 그가 입에 담은 인도주의는 결국 공허한 공리주의일 뿐이어서 그는 저도 모르게 자신이 만든 함정으로 다가가는 줄도 모르고 하마터면 오노부에게 발목을 잡힐 뻔하기도 했다. 궁지를 벗어나기 위해 쩔쩔맨 나머지 쓰다는 구구한 말로 둘러댔다.

"어쨌든 딱해서 말이야. 내지[内地, 제2차 세계대전 이전의 일본, 즉 일본 제국주의 시대에 지금의 일본 열도(일본 본토)를 가리키는 용어]에서 더는 배겨 낼 수 없어서 조선까지 떠밀려 가니까 조금은 동정해도 되잖아. 게다가 당신은 그 녀석의 인격을 함부로 공격하는데 그건 좀 무리가 있어.

정말이지 그 녀석은 어쩔 수 없는 놈이야. 어쩔 수 없는 놈인 건 틀림없지만 그놈이 그렇게 된 원인을 곰곰이 생각해보면 아무것도 아니야. 단지 불공평하기 때문이라고. 그럼 왜 불공평하냐? 돈이 없어서지. 그런데 그 녀석은 굼벵이도 아니고, 바보도 아니고 상당한 머리를 가지고 있거든. 불행하게도 정규 교육을 못 받아서 그렇게 됐다고 생각하면 가엾기도 해. 일테면 그 녀석이 나쁜 게 아니라 환경이 그렇게 만들었다고 생각하면 그만이야. 요컨대 불행한 사람이지."

이 정도라면 입에 발린 말이라도 썩 그럴듯한데 그는 거기서 멈출 수가 없었다.

"게다가 또 이런 것도 생각해야 하거든. 그런 자포자기한 인간을 건드리면 어떻게 나올지 몰라. 누구하고든 한번 붙고 싶다, 누구와 싸워도 자신에겐 손해 볼 게 없다고 여기 와서 떠벌리면서 으스댔으니까. 정말로 다루기 어려워. 그러니까 지금 만약 내가 그 녀석의 요구를 뿌리친다면 그 자식은 길길이 날뛸 거야. 그냥 화만 낸다면 별거 아니지만 반드시 뭔가 있을걸. 당연히 복수하겠지. 그런데 이쪽에는 세상에 대한 체면이 있지만 상대는 그런 게 전혀 없으니까 여차할 땐 도저히 당해낼 수 없어. 무슨 뜻인지 알겠어?"

이쯤 되면 환경이 나빠서 불행해졌다는 처음의 인도주의적 태도는 이미 상당히 무너져버린다. 하지만 그렇다고 해도 여기서 일단락만 지으면 오노부는 말없이 고개를 끄덕일 수밖에 없을 터였다. 그런데 그는 계속 말을 이었다.

"그것도 그 녀석이 논리를 앞세워 단지 상류 사회를 공격하거나 또는 일반 부자를 욕하기만 하면 좋지만 그 녀석은 그게 아니거든. 더 현실적이란 말이야. 우선 처음에 자신의 손이 닿는 곳에서부터 점점 파고들려고 해. 그래서 가장 골탕 먹는 건 바로 나야. 아무래도 이쯤에서 내가 감당할 만한 친절을 보여 그 녀석의 감정을 부드럽게 달래놓고, 하루 빨리 조선으로 떠나보내는 게 상책이거든. 그렇지 않으면 언제 무슨 일을 당할지 알 수 없어."

이렇게 되자 오노부는 무슨 일이 있어도 또 말하고 싶어졌다.

"아무리 고바야시가 거칠다 해도 당신에게 아무 약점이 없다면 그렇게 무서워할 까닭이 없잖아요."

두 사람은 이런 승강이를 하고 수표의 결말을 짓는 것만으로도 대략 10분이 걸렸다. 하지만 고바야시 일이 결정되자 나머지 조치는 바로 결말이 났다. 남은 수표를 자신의 용돈으로 삼아 쓰고 싶은 대로 쓰겠다는 그녀의 조건은 즉각 성립되었다. 그 대신 그녀는 쓰다와 함께 온천에 가지 않기로 했다. 그리고 온천행의 비용은 요시카와 부인의 호의를 받아들인다는 제안에 동의했다.

으스스 추운 초저녁, 젊은 부부 사이에 일어난 파란의 부침은 이것으로 겨우 진정됐다. 두 사람은 일단 헤어졌다.

153

쓰다가 참고 견뎌야 했던 수술의 경과는 양호했다. 아니 오히려 순조로웠다. 닷새째 되는 날 의사는 거즈를 전부 갈아준 다음 이렇게 말했다.

"극히 좋은 상태입니다. 출혈도 항문 바깥쪽입니다. 속은 아무렇지 않습니다."

엿새 되는 날에도 같은 치료를 되풀이했다. 하지만 국부는 전날보다 호전되어 있었다.

"출혈은 어떻습니까? 아직 멎지 않습니까?"

"아니요, 뭐 거의 멎었습니다."

출혈의 의미를 이해하지 못한 쓰다는 이 대답의 의미도 이해하지 못했다. 적당히 '다 나았다'라는 의미인 듯해서 자못 기분이 좋았다. 하지만 실상은 그의 생각과 달랐다. 그와 의사 사이에 일어난 한 차례의 문답이 그간의 사정을 분명히 했다.

"이게 낫지 않는다면 어떻게 될까요?"

"또 자릅니다. 그리고 지금보다 가볍게 구멍이 남을 거예요."

"불안하네요."

"아니, 십중팔구는 낫게 마련이에요."

"그럼 진정으로 완쾌하려면 앞으로도 꽤 시간이 걸리겠군요."

"빠르면 3주, 늦어도 4주 정도입니다."

"여기를 나가는 건?"

"나가는 건 모레 정도면 지장이 없습니다."

쓰다는 고마웠다. 그리고 나가면 즉시 온천으로 가야겠다고 작정했다. 섣불리 의사에게 의논해서 전지 요양을 말리기라도 하는 날에는 오히려 골치만 아프리라고 헤아린 그는 일부러 잠자코 있었다. 그것은 평소의 그답지 않은 경솔한 짓이었다. 그는 신중하지 못한 행동을 기꺼이 단행하겠다고 결심하면서도 마음속으로는 걸리는 데가 있어서 왠지 불안했다. 그는 묻지 않아도 좋을 질문을 의사에게 던져보기도 했다.

"괄약근을 남겼다고 말씀하셨는데, 그럼 어떻게 밑에서 거즈를 채워 넣을 수 있습니까?"

"괄약근은 항문 입구에 있는 게 아닙니다. 1.5센티미터 정도 안으로 쑥 들어가 있어요. 그걸 아래에서 비스듬히 1센티미터 정도 깎아 올린 데에 있습니다."

쓰다는 그날 밤부터 죽을 먹기 시작했다. 빵만으로 오래 견뎌왔던 쓰다의 입에는 묽은 죽도 뭔가 새로운 맛이었다. 쌀쌀한 가을밤의 따뜻한 죽을 풍류로 즐길 감성이 없는 그는 가을밤의 찬 기운을 쐬며 묽은 죽의 따뜻함을 읊는 하이쿠 시인 이상으로 아껴가며 홀짝거렸다.

치료하는 데 필요해서 오랫동안 막혀 있던 변을 소통시키려고 그는 다시 가벼운 설사약을 먹어야 했다. 그리 걱정도 하지 않았던 속이 가벼워짐에 따라 그의 기분도 금세 가뿐해졌다. 몸이 편안해진 그는 누워 뒹굴며 단지 퇴원할 날을 기다릴 뿐이었다.

그날은 하룻밤이 지나자 금방 다가왔다. 그는 인력거를 불러 마중하러 온 오노부의 얼굴이 눈에 띄자마자 말했다.

"마침내 돌아가게 된 건가? 음, 고마워."

"별로 고맙지도 않으시면서."

"아니야, 고마워."

"집이 병원보다 더 낫다는 거죠?"

"글쎄, 그럴지도 몰라."

쓰다는 평소대로 이렇게 말한 뒤 갑자기 떠올랐다는 듯 뒷말을 덧붙였다.

"이번에 당신이 마련해준 솜옷 덕분에 살았어. 새 솜이어서 그런지 아주 착용감이 좋았어."

오노부는 웃으면서 남편을 놀렸다.

"웬일이세요. 갑자기 빈말이 느셨네. 하지만 틀렸어요, 당신의 감정 (鑑定)은."

오노부는 문제의 솜옷을 개면서 새 솜을 넣지 않았다는 사실을 남편에게 털어놓았다. 쓰다는 그때 옷을 갈아입고 있었다. 그는 오글쪼글한 바탕에 꽃잎 무늬를 새긴 긴 허리띠를 허리에 빙빙 돌려 매는 데만 신경을 쏟았다. 그 정도로 솜옷을 대수롭지 않게 여기던 그는 정직한 오노부의 대답을 기다릴 것도 없었다. 그는 그저 "아, 그랬어?"라고 대꾸할 뿐이었다.

"마음에 드시면 온천에 갈 때 가지고 가세요."

"그렇게 해서 가끔 당신 친절이라도 떠올려 볼까나."

"하지만 여관에서 빌려주는 솜옷이 더 좋으면 저는 망신당하겠네요."

"그럴 리 없어."

"아니, 그럴 거예요. 품질이 나쁘면 아무래도 남세스럽거든요, 그럴 땐. 친절 따위는 금방 어디론가 날아가 버릴 테니까."

순진한 오노부의 말은 그녀의 말처럼 단순하게 쓰다의 귀에 울리지 않았다. 거기에는 일종의 아이러니가 있는 것 같았다. 솜옷은 무언가의 상징처럼 느껴졌다. 다소 기분이 언짢아진 쓰다는 오노부를 등진 채 빙빙 두른 허리띠 끝을 옭매었다.

이윽고 두 사람은 간호사의 배웅을 받으며 현관을 나와 거기서 기다리던 인력거에 제꺼덕 올라탔다.

"안녕."

분주했던 일주일 동안의 병원 생활은 이 한마디로 가까스로 막을 내렸다.

154

목적지인 온천장으로 떠나기 전 쓰다는 정해진 프로그램 순서에 따라 우선 고바야시를 만나야 했다. 약속한 날이 왔을 때 오노부에게서 필요한 돈을 받은 쓰다는 웃으며 아내를 뒤돌아보았다.

"어쩐지 아까워, 그 녀석한테 이렇게 빼앗기는 건."

"그럼 그만두면 되잖아요."

"나도 그러고 싶어."

"그만두고 싶은데 왜 그만두지 못해요. 내가 대신 가서 양해를 구할까요?"

"응, 그거 좋겠다."

"어디서 그 사람이랑 만나요? 장소만 말씀해주시면 내가 갈게요."

오노부가 진심인지 아닌지는 쓰다도 몰랐다. 하지만 이런 경우에 괜찮다고 생각해서 무심코 농담 삼아 말을 던지면 도리어 말한 이쪽이 애를 먹는다는 것쯤은 상상하기 어려운 일이 아니었다. 오노부는 마음만 먹으면 입으로 말한 것을 곧장 행동으로 옮기는 여자였다. 가령 위약이든 아니든 쓰다를 대신해서 고바야시를 격퇴하는 역할이라면 앞장서 떠맡지 않으리라는 법도 없었다. 그는 위험 구역에 발을 들여놓지 않으려고 조심하며 일부러 이야기를 불성실한 쪽으로 흘려버렸다.

"당신은 겉보기와 달리 용기 있는 여자야."

"이래 봬도 깜냥으로는 그렇게 여기고 있어요. 하지만 아직 용기 있게 나서본 적이 없어서 실제로 어느 정도인지는 나도 몰라요."

"아니, 당신은 몰라도 나는 분명히 알고 있으니까 그걸로 됐지 뭐. 여자가 그렇게 무턱대고 용기를 내는 날엔 남편인 내가 곤란할 뿐이니까."

"전혀 곤란하지 않아요. 남편을 위해서 내는 용기라면 남자도 곤란할 리 없잖아요."

"그런 고마운 경우도 가끔 있겠지"라고 말한 쓰다는 처음부터 진정으로 대답할 생각이 아니었다.

"오늘까지 그렇게 탄복할 만한 용기를 본 적이 없는 것 같은데."

"그건 그래요. 왜냐하면 전혀 밖으로 드러내지 않았거든요. 하지만 깊숙이 들어와서 보세요. 아무리 저라고 한들 당신이 생각하시는 것처럼 태평하지는 않으니까."

쓰다는 대답하지 않았다. 하지만 오노부는 멈추지 않았다.

"제가 그렇게 편해 보여요, 당신한테는?"

"응, 그렇게 보여. 굉장히 편해 보인다고."

되는 대로 지껄이는 농담에 오노부는 가는 한숨을 흘린 뒤 말했다.

"재미없어, 여자 따위. 난 왜 여자로 태어났을까?"

"그걸 나한테 왜 물어. 교토의 아버지나 어머니 말고는 불만을 하소연할 데는 없을 것 같은데."

쓴웃음을 지은 오노부는 입을 다물지 않았다.

"아무렴 이제 두고 보세요."

"뭘?"

쓰다는 약간 뜨악했다.

"뭐든 좋으니 이제 두고 보세요."

"보고 있어, 도대체 뭐야?"

"그건 실제로 문제가 생기지 않으면 말할 수 없어요."

"말할 수 없다는 건 당신도 모른다는 의미 아냐?"

"네, 그래요."

"뭐야, 시시하게. 마치 뜬구름 잡는 것 같은 예언이네."

"그런데 그 예언이 이제 반드시 맞아떨어질 테니까 보고 계시라는 거예요."

쓰다는 콧방귀를 픽 뀌었다. 그와 달리 오노부의 태도는 점점 더 진지해졌다.

"정말이에요. 왠지 잘 모르겠지만 저는 요즘 줄곧 그렇게 생각하고 있어요. 언젠가 한 번 이 뱃속에 들어 있는 용기를 밖으로 내보내지 않으면 안 될 날이 틀림없이 올 거라고요."

"언제 한번? 그래서 당신 생각이 망상과 같은 거야."

"아뇨, 일생에 언젠가 한번이 아니에요. 조만간이에요. '조만간'의 '언젠가 한 번'이에요."

"점점 나빠질 뿐이야. 가까운 장래에 만용 따위를 남편 앞에서 발휘하는 날에는 당할 재간이 없지."

"아뇨, 당신을 위해서예요. 그래서 아까부터 말하고 있잖아요, 남편을 위해서 내는 용기라고."

진지한 오노부의 얼굴을 보자 쓰다도 점차 끌려들어갔다. 그의 성격은 오노부만큼 시적이지 못했다. 그 대신 다소 기분 나쁜 사실이 은근히 그를 압박했다. 오노부의 시, 그가 말하는 소위 망상은 점점 꿈틀거리기 시작했다. 지금까지 죽었다고만 여기고 아무렇게나 다루던 새의 날개가 갑자기 퍼덕이기 시작한 것처럼 그는 야릇한 기분이 들어 얼른 대화를 끝내고 말았다.

그는 허리띠 사이에서 시계를 꺼내 보았다.

"시간이 다 됐네. 슬슬 나가야 해."

이렇게 말하고 일어선 그를 배웅하러 현관까지 따라온 오노부는 모자걸이에서 갈색 중절모자를 집어 그의 손에 건넸다.

"다녀오세요. 고바야시 씨에게 안부 전하라고 오노부가 말했다는 거 잊지 말고요……."

쓰다는 뒤돌아보지 않고 차가운 저녁 공기 속으로 나아갔다.

155

고바야시와 만날 장소는 도쿄에서 가장 번화한 큰길의 중간에서 살짝 옆으로 꺾인 곳이었다. 고바야시가 집에 들르는 불쾌함을 피하고 이쪽 역시 그의 하숙집을 찾아가는 번거로움을 덜고자 쓰다는 시간을 정해 거기에서 만나기로 약속을 한 것이다.

약속 시간은 그가 전차를 타고 있는 동안 지나고 말았다. 하지만 옷을 갈아입고 오노부에게서 돈을 받고 나서 잠시 앉아 이야기하다가 늦어진 것은 그에게 아무런 느낌도 주지 않았다. 솔직히 말하면 그는 고바야시에게 신의를 지키고 싶지 않았다. 오히려 조금 늦게 도착해서라도 제멋대로인 그의 콧대를 꺾어주고 싶었다. 명목이 송별회든 뭐든

기실 돈을 주는 쪽과 받는 쪽이 얼굴을 맞대는 자리로 정해진 이상 쓰다는 확실히 승자였다. 그러므로 그 승자의 특권을 한껏 증폭시켜 주객의 위치를 확실히 선점해두는 쪽이 상대의 교만을 미연에 꺾는 수단으로서는 상책이었다. 득실을 떠난 단순한 보복으로서도 그쪽이 고소할 노릇이었다.

그는 요란스럽게 덜컹대는 전차 안에서 시계를 보며 뻔뻔스러운 고바야시에게는 이 시각도 너무 이르다고 생각했다. 만약 너무 일찍 도착한다면 밤거리의 노점이라도 한 바퀴 기웃거리며 욕심덩어리 고바야시를 좀 더 애태우게 하려고까지 생각했다.

정류장에서 내리자 도시의 밤이 현란함을 한껏 뽐내듯 무수한 불빛이 여기저기서 번쩍거렸다. 그는 약속 장소가 있는 골목으로 꺾어 들기 전에 이런 불빛 속을 10분쯤 더 걸을까 망설였다. 그런데 코앞에 석간신문을 들이대는 신문팔이를 피해 주위를 둘러본 그는 갑자기 어, 하고 놀라지 않을 수 없었다.

아마 상당히 기다림에 지쳐 있을 거라고 추정했던 고바야시가 뜻밖에도 맞은편에 서 있었던 것이다. 위치는 쓰다가 내린 보도와 차도 하나 사이에 둔 사거리의 한쪽이어서 두 사람의 시선이 보기 좋게 마주치지 않은 이상, 밤과 사람과 번쩍이는 불빛이 서로의 인식을 차단해주는 편리함이 있었다. 그뿐만 아니라 고바야시는 이쪽을 정면으로 보고 있지 않았다. 그는 쓰다가 알지 못하는 청년과 이야기하고 있었다. 쓰다가 있는 쪽에서 청년의 얼굴은 3분의 2 정도, 고바야시는 3분의 1 정도만 보일 뿐이어서 그는 거의 눈에 띌 염려 없이 그 자리에서 두 사람을 하나하나 관찰할 수 있었다. 두 사람은 결코 한눈을 팔지 않았다. 얼굴과 얼굴을 마주한 채 줄곧 같은 자세를 허물지 않는 그들의 모습이 쓰다의 눈에 또렷이 들어오자 두 사람 사이에 진지한 용건이 교환되고 있다는 것만은 명료하게 알 수 있었다.

두 사람 뒤에는 벽이 있었다. 공교롭게도 옆면에 창문이 없어서 강한 불빛은 어디에서도 비치지 않았다. 그런데 남쪽에서 달려온 자동차가 요란한 소리와 함께 사거리를 돌아가려고 했다. 그때 두 사람은 자동차의 눈부신 전조등 빛을 온몸으로 받았다. 쓰다는 비로소 청년의 용모를 분명히 확인할 수 있었다. 창백한 얼굴이 모자 밑에서 좌우로 늘어진, 몇 달 동안이나 깎지 않아 치렁치렁한 머리와 함께 그의 시각을 모독했다. 그는 자동차가 사라지자 얼른 발길을 돌렸다. 그리고 두 사람이 서 있는 보도를 피해 일부러 반대 방향으로 걷기 시작했다.

그에게는 아무 목적도 없었다. 전등을 눈부시게 밝힌 가게를 하나하나 살피며 걷는 흥미는 단지 휘황한 도회적 풍광에 지나지 않을 뿐이었다. 거기에는 업종에 따라 상품도 제각각이라는 것 외에 아무런 정취도 풍기지 않았다. 그럼에도 불구하고 그는 곳곳에서 시각의 즐거움을 맛보았다. 마지막으로 어느 양품점 앞에 장식된 멋진 넥타이를 보았을 때 그는 마침내 그 가게에 들어가서 자기 마음에 드는 것을 손에 들고 만지작거리기도 했다.

이쯤에서 됐다고 생각될 무렵 이윽고 그는 돌아섰다. 보도 위에 서 있던 두 사람의 그림자는 이미 어딘가로 사라져버렸다. 그는 걸음을 조금 서둘렀다. 약속한 집의 창문에서 따뜻함을 연상시키는 불빛이 거리로 쏟아졌다. 붉은 벽돌 건물은 창문이 높은 데다가 무늬가 있는 연노랑색 커튼에 가려서 간접적으로 빛이 방사되었기 때문에 거리에서 올려다본 쓰다의 머리에 떠오른 것은 따뜻한 가스난로를 갖춘 품격 높은 식당이었다.

넓은 시가지의 한 모퉁이에, 겉으로 보기에는 오히려 적막하게 꾸며진 이 식당은 별로 넓은 곳은 아니었다. 쓰다가 그곳을 알게 된 것은 최근이었다. 오랫동안 프랑스 공사로 있던 사람의 주방장이 연 가게라 맛있다고 친구가 가르쳐준 것을 시작으로 너댓 번 먹으러 온 인연을 제외하면 고바야시를 그곳으로 초대한 별다른 이유는 없었다.

그는 서슴없이 문을 열고 안으로 들어갔다. 그리고 거기에 역시 무료를 달래는 듯 진지한 얼굴로 석간신문인가 뭔가를 보고 있는 고바야시를 발견했다.

156

고바야시는 눈을 들어 잠깐 입구 쪽을 보더니 바로 눈을 신문 위로 돌렸다. 쓰다는 어쩔 수 없이 입을 다문 채 그가 앉아 있는 식탁까지 다가가서 말을 걸었다.

"미안. 좀 늦어졌다. 많이 기다렸어?"

고바야시는 그제야 신문을 접었다.

"너 시계는 가지고 있겠지?"

쓰다는 일부러 시계를 꺼내지 않았다. 고바야시는 몸을 돌려 정면 벽에 걸린 큰 시계를 보았다. 시곗바늘은 약속 시간보다 40분 정도 지나 있었다.

"실은 나도 지금 막 왔어."

두 사람은 마주 보고 앉았다. 주위에는 두 무리의 손님만 있었는데, 그 두 무리가 모두 제법 성장한 부인과 함께 있어서 실내는 의외로 조용했다. 두 사람에게서 조금 떨어진 곳에 놓인 가스난로의 하얀 불빛이 유난히 깔끔한 실내에 걸맞은 따스함을 주었다.

쓰다의 마음에는 이상한 대조가 그려졌다. 요전날 밤 고바야시에게 억지로 끌려간 허접스러운 술집 풍경이 생생하게 그의 눈에 떠올랐던 것이다. 그때의 상대를 이번에는 자신이 이곳으로 안내했다는 데서 일종의 우쭐한 기분을 맛보았다.

"어때, 이 집? 깨끗해서 기분이 좋잖아?"

고바야시는 그제야 생각이 미쳤다는 듯이 사방을 둘러보았다.

"응. 여기엔 형사가 없는 것 같군."

"그 대신 예쁜 여자들이 있을 거야."

고바야시는 갑자기 큰소리를 냈다.

"저 사람들 다 기생 아니야?"

좀 마뜩잖은 생각이 든 쓰다는 나무라듯 말했다.

"바보 같은 소리 작작해."

"아니, 꼭 그렇다고만 할 수 없지. 어디에, 어떤 자가 있을지 모르는 세상이니까."

쓰다는 점점 더 목소리를 낮추었다.

"하지만 기생은 저런 복장을 안 해."

"그런가? 네가 그렇게 말하면 확실하겠지. 나 같은 촌놈은 무엇보다 그런 구별이 어두우니까 별수 없잖아. 뭐든지 예쁜 옷만 입고 있으면 금방 기생을 연상해버리니까."

467

"여전히 비꼬는군."

쓰다는 약간 언짢은 기색을 드러냈다. 고바야시는 태연했다.

"아니, 비꼬는 거 아냐. 진짜로 난 가난에 찌든 탓인지 그런 쪽의 눈이 아직 안 열려 있어. 그냥 정직하게 그렇게 생각한 것뿐이야."

"그렇다면 그걸로 됐다."

"안 된다고 해도 할 수 없지. 하지만 사실은 어떨까, 너?"

"뭐가?"

"사실 지금 세상에 이른바 레이디와 기생 사이를 어떻게 구별할 수 있을까?"

쓰다는 짐짓 시침을 잘 떼는 상대방을 앞에 놓고 성실하게 답하는 아이 같은 모습을 보여야 했다. 그러면서도 어떻게든 한 방 먹이고 싶다는 충동도 일었다. 하지만 그는 거기서 멈췄다. 한 방 먹일 만한 말이 입에서 나오지 않았던 것이다.

"농담도 아니고."

"정말로 농담이 아니야"라고 말한 고바야시는 불쑥 눈을 들어 쓰다의 얼굴을 들여다보았다. 쓰다는 문득 깨달았다. 하지만 상대에게 무슨 생각이 있다고 깨달은 그의 뇌리는 재빠르게 돌아갔다. 그는 모른 척 그 자리를 비껴갈 만큼 배짱이 없었다. 하지만 비위를 건드리지 않고 이야기를 옆길로 끌어갈 정도의 기교는 터득하고 있었다. 그러나 그는 고바야시에게 걸려들고 말았다. 쓰다가 말했다.

"어때, 여기 요리는?"

"여기 요리든 어디 요리든 대개 비슷하니까. 미각이 발달하지 않은 나 같은 치에겐."

"맛없어?"

"아니, 맛있어."

"그렇지? 주인이 직접 요리하니까 다른 데보다 조금은 더 맛있을지 몰라."

"주인이 아무리 솜씨를 보여도 나 같은 입에 걸리면 재간이 없어. 울기만 할걸."

"하지만 맛이 있으면 그걸로 되지 뭐."

"응, 맛만 있으면 그걸로 되는 거지. 그러나 그 맛있는 게 10전으로 균일한 간단 요리와 다를 게 없다고 하면 주인도 울상일걸?"

쓰다는 쓴웃음을 지을 수밖에 없었다. 고바야시는 혼자서 지껄였다.

"대체로 지금 내 형편에는 프랑스 요리라 맛있다는 등 영국 요리라 맛없다는 등 하면서 미식가인 척하는 여유 따윈 전혀 없어. 단지 입에 들어가니까 맛있다는 것뿐이야."

"하지만 그러면 왜 맛있는지 이유를 모르게 되잖아."

"뻔하지. 단지 배가 고프니까 맛있는 거야. 그것 외에는 핑계고 나발이고 있을 것 같아?"

쓰다는 또 입을 다물었다. 하지만 두 사람 사이에 이어지는 침묵이 가슴을 무겁게 짓누르자 그는 어쩔 수 없이 다시 입을 열려고 하다 갑자기 고바야시에게 기선을 제압당했다.

157

"너같이 민감한 치가 본다면 나 같은 둔치는 모든 면에서 자존심을 구겨도 싸다고 할지 몰라. 나도 그쯤은 알고 있어. 경멸당해도 어쩔 수 없다고 생각해. 하지만 나는 나대로 상당히 할 말이 있다고. 내 무능은 원래부터 있던 게 아니야. 내게 기회를 줘봐, 내게 돈을 줘봐. 그런 후에 내가 어떤 인간이 되어 너희들 앞에 나타나는지 기다려봐."

그때 고바야시의 머리에는 술기운이 슬슬 돌고 있었다. 농담인지 진담인지 알 수 없는 그의 기염에는 일부러 술기운을 빌리려는 듯한 기미도 엿보였다. 쓰다는 상대가 입에 올리는 말의 무게를 정면에서 수긍할 수밖에 없는 데다가 그에게 어느 정도 장단을 맞춰줘야 할 것 같았다.

"그건 네가 말하는 대로야. 그래서 난 너를 동정하고 있어. 너도 그 정도는 알고 있을 테지. 그렇지 않으면 이렇게 일부러 회식까지 하면서 네 조선행 송별회를 할 이유가 없으니까 말이야."

"고마워."

"아니, 거짓말이 아니야. 실제로 며칠 전에도 오노부에게 그 이유를 잘 들려줬을 정도니까."

어쩐지 수상쩍다는 듯한 눈빛이 고바야시의 눈썹 아래서 번득였다.

"허, 정말이냐? 부인 앞에서 나를 변호해줬다니, 너한테도 아직 옛날의 친절이 조금 남아 있는 것 같네. 그러나 그건……, 그래 부인이 뭐라고 말하든?"

쓰다는 말없이 품속에 손을 넣었다. 고바야시는 그 동작을 바라보면서 일부러 그것을 말리기라도 하듯이 말을 달았다.

"저런, 변호할 필요가 있었나 보군. 어쩐지 이상하다 했더니."

쓰다는 품속에 넣었던 손을 도로 꺼냈다. '오노부의 대답은 여기 있어'라며 가져온 돈을 그에게 깨끗하게 건넬 계획이었던 쓰다는 잠시 망설였다. 그 대신 말머리를 조금 전의 화제로 되돌렸다.

"역시 인간은 환경에 따라서 달라져."

"난 여유에 따라서 달라진다고 말하겠어."

쓰다는 반대하지 않았다.

"그래, 여유에 따라서라고도 말할 수 있지."

"난 태어나서부터 오늘까지 더는 견딜 수 없는 생활을 해왔어. 여유라는 걸 전혀 모르고 살아온 내가 더없이 호강스럽고 더없이 버릇없이 자란 사람과 뭐가 다르다고 넌 생각하니?"

쓰다는 엷은 웃음을 띠었다. 고바야시는 진지했다.

"생각할 필요도 없이 여기에 있잖아. 너하고 나. 우리 둘을 비교해보면 금방 알 텐데, 여유와 절박함으로 대표되는 생활의 결과는."

쓰다는 마음속으로 일부분은 긍정했다. 하지만 새삼스레 그런 불평을 들어도 별수 없다고 생각할 때 고바야시가 또 그 뒤를 이었다.

"그래서 어때? 난 항상 너한테 경멸당했어. 너만이 아니야. 네 부인한테도, 어느 누구한테도 경멸당했어. ……아니 좀 기다려봐, 아직 말할 게 있어. ……그건 사실이야. 너도 알고, 나도 아는 사실이라고. 전부 아까 말한 대로란 말이야. 하지만 너도 네 부인도 아직 모르는 게 하나 있어. 물론 새삼스레 그걸 너한테 말한들 서로의 처지가 바뀔 리도 없으니 어쩔 수 없지만, 앞으로 조선에 가면 난 이제 살아서 다시 너를 볼 기회가 없을지도 모르니까……."

고바야시는 여기까지 와서 잠시 울컥한 기색을 보였다가 얼른 그다음에 "아니, 내가 하는 일이니 가보면 조선도 예상외로 싫증 나서 또 금방 돌아오지 말라는 법도 없지만"이라고 정직하게 덧붙여서 쓰다는 저도 모르게 웃음을 터뜨렸다. 고바야시 자신도 일단 기세를 누그러뜨리고 다시 시작했다.

"뭐, 앞일에 너한테 참고가 안 된다는 보장도 없으니까 잘 들어둬. 솔직히 말하면 네가 나를 경멸하고 있는 것처럼 나도 너를 경멸하고 있어."

"그건 알고 있어."

"아니 몰라. 어쩌면 경멸의 결과는 알고 있을지 모르지만 경멸의 의미는 너도 네 부인도 아직 이해하지 못해. 그래서 오늘 저녁 네 호의에 대해, 나는 또 작별 인사를 겸해 그걸 행동으로 보여주고 가려 한다. 어때?"

"좋지."

"좋지 않다고 해도 나처럼 땡전도 없는 놈은 그 외에 두고 갈 게 없으니까 별수 없어."

"그러니까 좋다고."

"잠자코 들어줄래? 들어주겠다면 말할게. 난 지금 네 대접으로 이렇게 덥석덥석 먹고 있는 프랑스 요리도, 요전번에 너를 데리고 가서 야단 맞은 그 지저분한 술집의 술도 둘 다 똑같이 맛있다고 할 만큼 신통찮은 사내거든. 그걸 넌 경멸할 거야. 그런데 난 오히려 그걸 자랑삼아 경멸하는 널 반대로 경멸하고 있어. 너는 그 속내가 이해돼? 생각해보라고. 너하고 내가 이 점에서 어느 쪽이 답답하고 어느 쪽이 자유스러운가. 어느 쪽이 행복하고, 어느 쪽이 쓸데없는 압박을 느끼고 있는가. 어느 쪽이 태평하고 어느 쪽이 동요하고 있는가. 내가 보면 네 허리는 항상 흔들리고 있어. 배짱이 없어. 싫은 건 끝까지 피하려 하고 자기가 좋아하는 건 무턱대고 뒤좇으려고 해. 그건 왜냐? 왜도 뭣도 아니야, 어설픈 자유를 누리기 때문이야. 사치할 만한 여유가 있어서야. 나처럼 궁지에 몰려서 될 대로 되라는 기분이 아니기 때문이야."

쓰다는 처음부터 상대를 업신여기고 있었다. 하지만 사실을 인정하지 않을 수 없었다. 고바야시는 확실히 그보다 뻔뻔스러웠다.

158

하지만 고바야시의 설법에는 아직 뒷부분이 남아 있었다. 쓰다의 반응을 확인한 그는 돌연 생각지도 않은 화제로 되돌아왔다. 처음 만났을 때부터 잠시 두 사람 사이에서 오락가락하다가 분위기가 달라지며 곧 어디론가 흘러가 버린 문제였다.

"내 말의 의미는 이미 너도 알고 있어. 그런데 넌 아직 솔직하게 인정하려는 마음의 준비가 안 된 것 같다. 자가당착이네. 난 그 이유를 알고 있어. 첫째로 상대가 신분도 지위도 재산도 일정한 직업도 없는 나라는 인간이 총명한 너를 괴롭히고 있어. 만약 이것이 요시카와 부인이나 다른 사람의 입에서 나온다면 훨씬 하찮은 의견이더라도 넌 옷깃을 반듯이 세우고 들을 게 틀림없어. 아니, 내 버릇도 뭣도 아니야. 숨길 수 없는 사실이야. 하지만 넌 생각해야 해. 나나 되니까 이만큼 말할 수 있다는 걸. 선생님도 사모님도 거기까진 말할 수 없다는 걸 알아둬. 왜냐고? 물을 것도 없어. 아무리 선생님이 가난하다고 해도 나 같은 경험은 해보지 않았을 테니까. 하물며 선생님 이상으로 편하게 살아온 그들이야 어떻겠냐?"

그들이 누구를 말하는 것인지 쓰다는 잘 알 수 없었다. 그는 단지 속으로 아마 요시카와 부인이나 오카모토 씨일 것이라고 짐작했을 뿐이었다. 실제로 고바야시는 상대방에게 그런 질문을 할 틈을 주지도 않고 앞으로 나아갔다.

"둘째로는 말이야. 네가 지금 처한 경우가 방금 내가 말한 것 같은 조언인지 충고인지 아니면 단순한 정보 제공인지 그건 아무래도 좋지만, 아무튼 그런 것에 네가 주의를 기울이려고 하지 않는다는 거야. 머리로는 알지만 가슴으로는 느끼지 못하는 게 현재의 너라고. 요컨대 너와 나는 그 정도로 현격히 다르니까 어쩔 수 없다고 일소에 붙여버리면 그만이지만, 거기에 네가 주의를 기울이도록 하는 게 실은 내 목적이야, 알겠니? 인간의 환경이라든지 지위의 차이라는 건 뭐 별로 대단한 게 아니야. 까놓고 말하면, 열 사람이면 열 사람이 거의 같은 경험을 다른 형태로 반복하고 있어. 그걸 더 분명하게 말한다면 나는 나대로 나에게 가장 절실한 눈으로 그걸 보고 있고, 너는 또 너대로 너에게 가장 적절한 눈으로 그걸 보는, 뭐 그 정도의 차이가 아닐까? 그러니까 말이야, 좋은 환경에 있는 사람이 잠시 허둥대거나 갈팡질팡하거나 비틀거리기라도 하면 즉시 눈빛이 달라져. 하지만 아무리 눈빛이 변했다고 갑자기 눈을 다른 데로 옮길 수는 없을 거야. 즉 너에게 하루아침에 어떤 일이 생긴다면 넌 나의 이 조언을 반드시 떠올리게 될 거라는 그 말이야."

"그럼, 마음에 꼭 담아두고 잊지 않을게."

"응, 잊지 마. 꼭 그럴 때가 있을 테니까."

"좋아, 알았어."

"그런데 아무리 알았다고 해도 소용이 없으니 이상하잖아."

고바야시는 이렇게 말하고 갑자기 웃기 시작했다. 쓰다는 왜 그런지 알 수 없었다. 묻기도 전에 고바야시가 설명했다.

"그때 불쑥 떠올랐다고 하자. 그러면 그때의 네가 얏 하는 기합 소리와 함께 순간적인 변신이 가능할까? 순식간에 변신해서 나처럼 될 수 있을까?"

"그건 몰라."

"모를 리 없어, 알고 있어. 단지 못 하는 거야. 주제넘은 말이지만 거기까지 이르려면 상당한 수양이 필요하니까. 아무리 어리석고 둔한 나라고 해도 현재의 자신에 대해서는 이걸로 피의 대가를 치르고 있어."

쓰다는 고바야시의 우쭐거리는 모습이 마음에 들지 않았다. 이 녀석이 개 같은 피를 흘려 과연 무엇을 손에 넣었을까? 이렇게 생각한 그는 일부러 경멸스러운 표정으로 물어보았다.

"그렇다면 뭐 때문에 그런 이야기를 나한테 들려주는 거야? 설령 내가 기억하고 있다고 해도 막상 그런 경우에 부딪치면 도움이 안 되는 거네."

"도움은 안 돼. 하지만 듣지 않는 것보다는 낫잖아."

"안 듣는 게 더 낫겠어."

고바야시는 흐뭇했던지 몸을 의자 등받이에 기댄 채 또 웃기 시작했다.

"바로 그거야. 네가 그렇게 나오도록 하는 게 내 계략이야."

"무슨 말이야?"

"아무것도 아냐, 그냥 사실을 말했을 뿐이야. 하지만 설명은 해두지. 머지않아 네가 그 막다른 지경에 몰려 옴짝달싹할 수 없게 되면 내 말이 생각날 거야. 생각은 나지만 말대로는 전혀 움직일 수 없을 거야. 그렇다면 어설프게 그런 말을 듣지 않는 편이 좋았다는 생각이 들겠지."

쓰다는 불쾌한 표정을 지었다.

"바보, 그렇게 하면 어디가 덧나냐?"

"아무 일도 없어. 즉 네 경멸에 대한 내 복수가 그때 비로소 실현된다는 것뿐이야."

쓰다는 말을 고쳤다.

"그 정도로 너는 나한테 적의를 가지고 있나?"

"천만에, 천만에, 적의는커녕 호의로 가득 차 있을 정도야. 하지만 네가 나를 경멸하는 건 언제 어느 때든 마찬가지일 거야. 내가 그 이면을 지적하고, 이쪽에서 보면 너한테도 역시 경멸당할 구석이 있다고 지적해도 너는 잘난 척하며 태연하게 있잖아. 요컨대 입으로는 안 돼. 실전에서 하자는 거니까. 내 쪽에서도 부득불 거기까지 가서 승부를 가르자는 말이고."

"그래? 알았다. ……그뿐이야? 네 말은."

"아니, 왜? 지금부터 차차 본론으로 들어가려고 하는데."

쓰다는 컵을 입에 대고 맥주를 단숨에 들이켜는 고바야시의 모습을 조금은 어처구니없다는 듯이 바라봤다.

159

고바야시는 말을 잇기 전에 컵을 내려놓고 실내를 빙 둘러보았다. 여자와 함께 온 손님 중 한 무리의 상대는 과일을 먹고 난 뒤 핑거볼에 담갔던 손가락을 소맷자락에서 꺼낸 고운 손수건으로 훔쳤다. 그와 대각선에 자리 잡고 조금 전부터 가끔 자신들을 힐끔거리는, 스물 대여섯 살쯤 되어 보이는 여자는 커피잔을 든 채 남자가 피우는 담배 연기를 바라보며 열심히 연극 이야기를 하고 있었다. 양쪽 다 그들보다 먼저 온 만큼 그들보다 먼저 자리를 뜰 것처럼 식사가 거지반 끝나 보였을 때 고바야시가 말했다.

"아아, 마침 잘됐다. 아직 있네."

쓰다는 또 문득 생각했다. 고바야시는 분명 그들을 불편하게 할 밀을 그들에게 들으라는 듯 말할 것임에 틀림없었다.

"야, 이제 그쯤에서 그만둬라."

"아직 아무 말도 하지 않았는데?"

"그래서 주의를 주는 거잖아. 나한테 하는 공격은 얼마든지 참겠지만 아무 관계도 없는 사람의 욕은 좀 조심해다오, 이런 곳에 와서."

"어지간히 소심하구나. 아마 변두리 주점과 여기를 같은 수준으로 생각해선 안 된다는 의미겠지."

"뭐, 그런 거지."

"음, 그렇다면 나 같은 무뢰한을 이런 곳에 초대한 게 잘못이었어."

"네 멋대로 해라."

"입으로는 멋대로 하라고 하면서 속으로는 조마조마하겠지."

쓰다는 입을 다물어버렸다. 고바야시는 재미있다는 듯 웃었다.

"이겼다, 이겼어. 어때, 항복하시지."

"그걸로 이긴 것이라면 멋대로 이겼다고 생각해도 좋겠지."

"그 대신 앞으로 더욱 네놈을 경멸할 테니까 그렇게 알라는 거지? 난 네 경멸 따위 방귀만큼으로도 여기지 않아."

"그렇다면 그걸로 됐어. 못 말릴 녀석이네."

고바야시는 불끈 화가 난 쓰다의 얼굴을 응시하면서 말했다.

"어때, 알았어, 친구? 이게 실전이라는 거야. 아무리 여유가 있다고 해도, 아무리 부자들하고 교제한다고 해도, 아무리 자존심을 높게 세 운다 해도 실전에서 패배하면 그것으로 끝이야. 그래서 아까부터 내가 말하고 있잖아. 현장을 밟고 단련하지 않은 사람은 망석중이 꼭두각시 와 같은 거라고."

"그래, 그래. 세상에 닳고 닳은 술주정뱅이를 이길 사람은 한 사람도 없으니까."

뭔가 말할 듯했던 고바야시는 이때 대답 대신 또 여자와 함께 있는 무리를 한 차례 둘러본 뒤 말했다.

"자, 마침내 세 번째다. 저 여자가 일어서기 전에 말해버리지 않으면 직성이 안 풀려. 알겠어, 너? 조금 전의 연장이다."

쓰다는 말없이 고개를 옆으로 돌렸다. 고바야시는 전혀 아랑곳하지 않았다.

"세 번째는 말이야, 다시 말해 본론으로 들어가서, 난 아까 저기 있는 여자들을 보고 저건 기생 아니냐고 너한테 물었다가 핀잔만 받았지. 넌 귀부인에 대한 예의를 모르는 촌놈으로 나를 핀잔했을 거야. 좋아,

난 촌놈이야. 촌놈이라서 기생하고 귀부인을 구별하지 못해. 그래서 내가 너한테 물었지. 대체 기생하고 귀부인은 어디가, 어떻게 다르냐고."

고바야시는 이렇게 말하며 세 번째의 시선을 또 여자와 함께 있는 무리 쪽으로 돌렸다. 손수건으로 손을 훔치고 있던 여자는 그것을 신호로 여기듯 일어섰다. 남은 한 사람도 식사 시중을 든 사람을 불러 계산을 했다.

"마침내 가버렸네. 좀 더 기다리면 재미있는 이야기가 나오는데, 애석하게도."

고바야시는 나가는 여자 일행의 뒷모습을 배웅했다.

"저런, 저런, 또 한 사람도 가는구만. 할 수 없지, 상대는 역시 너뿐이구나."

그는 다시 쓰다 쪽으로 방향을 바꾸었다.

"문제는 거기야, 너. 내가 프랑스 요리하고 영국 요리를 구별하지 못하고, 똥과 된장을 동일시하며 우쭐대면 넌 상대하지 않잖아. 고작 식욕 문제냐는 얼굴로 비웃잖아. 하지만 내용은 하나야, 너. 그 미각이 발달하지 않은 것도 기생과 귀부인을 혼동하는 것도."

쓰다는 그게 뭘 어떻다는 거냐고 묻는 것 같은 눈으로 고바야시를 보았다.

"그러니까 결론도 하나로 귀착해야 한다는 거야. 내가 미각 면에서 너한테 경멸당하면서 너보다 행복하다고 주장하는 것처럼, 부인을 식별하는 면에서 너한테 경멸당하면서도 너보다 자유스러운 환경에 놓였다고 자신할 수 있어. 요컨대 저건 기생이다, 이건 귀부인이다 따위 감식안이 있으면 있을수록 그 남자의 고통은 늘어만 가. 왜냐고? 결국 이것도 마다하고 저것도 마다할 거야. 혹은 이게 아니면 안 되고, 저게 아니면 안 될 거야. 답답하기 짝이 없잖아."

"하지만 그 답답하기 짝이 없는 걸 좋아한다면 도리가 없지."

"나왔다, 마침내. 음식이라면 내수롭지 않게 여기면서 여자 일이라면 역시 가만히 있을 수 없는가 보네. 그거야. 지금부터 내가 그것을 실제 문제로 따져보려고 하는 거야."

"이제 충분해."

"아니 충분하지 않아 보이는데."

두 사람은 얼굴을 마주하고 쓴웃음을 지었다.

160

고바야시는 용케 쓰다를 낚아 올렸다. 그것을 알면서도 쓰다는 생각하는 게 있어 고바야시에게 일부러 속아주었다. 두 사람은 마침내 아슬아슬한 대목까지 들어가지 않을 수 없었다.

"예를 들면 말이야"라고 그가 말을 꺼냈다.

"너는 기요코라는 여자에 빠져 있었잖아. 한동안은 무슨 일이 있어도 그 여자가 아니면 안 된다고 난리를 피웠잖아. 그뿐이냐? 그쪽에서도 천하에 네가 아닌 딴 남자는 거들떠보지도 않을 거라고 오해했지. 그런데, 어때, 결과는?"

"결과는 지금 보시다시피지."

"매우 담백하군."

"별수 없잖아."

"아냐, 있을 거야. 있어도 유난히 시침을 떼고 있는 거겠지. 아니면 나한테 숨기고 지금도 뭔가 꿍꿍이가 있을 거야."

"바보 같은 소리 마. 그런 엉터리 같은 소리를 함부로 입에 올렸다간 큰일 나. 좀 조심해줘."

"실은"이라고 말을 꺼낸 고바야시는 그다음을 알고 있다는 눈치였다. 쓰다는 얼른 묻고 싶었다.

"실은 뭐가 어쨌어?"

"실은 요전에 네 마누라한테 전부 말해버렸어."

쓰다의 표정이 순식간에 변했다.

"뭘?"

고바야시는 상대의 기분과 표정을 씹어 맛보기라도 하듯 잠시 사이를 두고 잠자코 있었다. 하지만 대답했을 때는 이미 태도가 일변해 있었다.

"거짓말이야. 사실은 한번 떠본 거야. 너무 걱정하지 마."

"걱정 안 해. 이제 와서 그깟 일을 일러바친다고 해도."

"걱정 안 해? 그래, 그럼 이쪽도 진짜야. 실은 진짜로 전부 말해버렸어."

"바보 자식!"

쓰다의 목소리는 의외로 컸다. 얌전하게 의자에 앉아 있던 시중드는 여자가 약간 고개를 들어 이쪽을 보자 고바야시는 즉시 그것을 꼬투리 잡았다.

"레이디가 놀라니까 좀 조용히 해줘. 너 같은 무뢰한하고 같이 술을 마시면 아무래도 남우세스러워서 곤란해."

그는 시중드는 여자를 보며 미소를 지어 보였다. 여자도 미소를 지었다. 쓰다 혼자 화를 낼 수도 없었다. 고바야시는 얼른 그 틈을 파고들었다.

"도대체 그 전말은 어떻게 된 거야? 난 자세한 사연을 못 들었고 너도 얘기해주지 않았잖아? 아니면 내가 잊어버린 건가? 그거야 아무래도 괜찮지만 그쪽에서 달아난 거야, 아니면 네가 도망친 거야?"

"그거야말로 아무래도 상관없잖아."

"응, 나로서는 상관없는 게 당연하지. 또 실제로 아무렇지 않아. 하지만 너는 그럴 수 없을걸. 너는 온통 마음이 쓰일 거야."

"그거야 당연하지."

"그래서 내가 아까부터 말하고 있잖아. 너는 너무 여유가 넘친다고. 그 여유가 너를 너무 사치에 물들게 했어. 그 결과가 어떤가 하면, 좋아하는 걸 손에 넣자마자 즉시 다음 것을 욕심내지. 좋아하는 사람이 달아났을 때는 발을 동동 구르며 분해하고."

"언제 내가 그런 꼴을 했지?"

"했고말고. 지금도 그렇잖아. 그것이 네 여유가 재앙이 되는 이유다. 내가 가장 통쾌하게 느끼는 점이지. 가난이 부귀를 향해 복수하는 인과응보의 이치다."

"그렇게 처음부터 자신의 생각대로 남을 평가할 생각이라면 거기까지야. 나한테는 변명할 필요가 없을 뿐이니까."

"난 그렇게 멋대로 생각한 적이 없어. 이래 봬도 네 실상을 지적하고 있다고 생각하는데. 아직도 모른다면 있는 그대로 가르쳐줄까?"

가타부타 말이 없던 쓰다는 마침내 들을 수밖에 없었다.

"너는 네가 원해서 오노부 씨와 결혼했을 거야. 하지만 지금의 너는 결코 오노부 씨에게 만족하고 있지 않을 거야."

"세상에 완전한 게 없는 이상 그것도 어쩔 수 없잖아."

"그런 구실로 더 나은 걸 찾아 기웃거릴 심산이겠지."

"사람 잡는 소리 하지 마라, 무례하게. 너는 진짜 네 말마따나 무뢰한 이야. 야비하고 비꼬는 걸 봐도, 염치없는 말과 거친 행동을 보더라도."

"그리고 그게 네가 경멸할 만한 이유겠지."

"물론이다."

"거봐. 그렇게 나오니까 결국 말로는 안 돼. 역시 실전이 아니면 너는 깨닫지 못해. 내가 예언할 테니 두고 보라고. 머지않아 싸움이 시작될 테니까. 그때 겨우 내가 적이 아니라는 의미를 알게 될 거야."

"괜찮아. 닳아빠진 자에게 져주는 건 내게도 좋은 일이니까."

"고집불통이네. 나하고 싸우는 게 아니라는데도."

"그럼 누구하고 싸워?"

"넌 지금 이미 마음속에서 싸우고 있어. 그게 조금 있으면 실제 행위가 되어서 밖으로 나와. 여유가 너를 선동해서 헛수고로 끝나는 싸움을 거는 거지."

쓰다는 느닷없이 품속에서 지갑을 꺼내 오노부와 의논하고 전별금으로 가져온 돈을 고바야시 앞에 들이댔다.

"지금 주고 갈 테니까 받아둬. 너하고 말하면 점점 이 약속을 이행하기 싫어질 뿐이니까."

고바야시는 둘로 접힌 빳빳한 10엔 지폐를 펼쳐 주의 깊게 매수를 헤아렸다.

"세 장이구나."

161

고바야시는 받은 돈을 그대로 양복 포켓 속에 아무렇게나 처넣었다. 그의 태도가 덤덤하듯 고맙다는 그의 인사도 시답잖았다.

"생큐. 난 빌릴 생각이지만 넌 줄 생각이겠지. 나한테는 갚을 재간이 없는 데다가 또 갚을 의지도 없다는 걸 넌 처음부터 같잖게 여겼을 테니까."

쓰다는 말했다.

"물론 주는 거야. 하지만 받고 보면 아무리 너라고 해도 자신의 모순을 알아차리지 않을 수 없을걸."

"아니, 전혀 몰라. 모순이란 도대체 뭐야? 너한테 돈을 받는 게 모순인가?"

"그렇지도 않지만."

쓰다는 깔보는 듯한 태도로 말했다.

"뭐 생각해보시지. 그 돈은 바로 전까지 내 지갑 속에 있었던 거야. 그런데 눈 깜짝할 사이에 네 포켓으로 들어가 버렸어. 이런 소설 같은 말을 쓰는 게 기분 나쁘다면 더 확실하게 말할까? 그 돈의 소유권을 갑자기 나한테서 네게로 옮긴 건 누구야. 대답해봐."

"너지. 네가 나한테 주었어."

"아니, 내가 아니야."

"무슨 말이야, 수도승 잠꼬대처럼. 그럼 누구야?"

"누구도 아니야, 여유야. 네가 아까부터 공격하고 있는 여유가 주었다고. 그러니까 군소리 없이 그걸 받은 넌 입으로는 여유가 어떻다는 둥 마구 매도하지만 실은 그 여유 앞에 이미 무릎 꿇은 거야. 모순 아닌가?"

고바야시는 눈을 깜박거리더니 이렇게 말했다.

"과연, 듣고 보니 그럴지도 모르겠다. 하지만 왠지 이상해. 사실 난 조금도 그 여유라는 것에 무릎 꿇고 있다는 느낌이 안 들거든."

"그럼 내놔."

쓰다는 고바야시의 코앞에 손을 내밀었다. 고바야시는 여자처럼 부드러운 그 손바닥을 들여다보았다.

"아니 못 돌려줘. 여유가 나한테 돌려주라고 안 해."

쓰다는 웃으며 손을 거두었다.

"그것 봐."

"뭐가 그것 봐야. 여유가 나한테 돌려주라고 안 한다는 의미를 너는 잘 모르는 것 같군. 가엾은 귀공자여."

고바야시는 이런 말과 함께 옆으로 고개를 돌려 출입문 쪽을 응시하다가 또 한마디를 덧붙였다.

"이제 올 것 같은데."

그의 모습을 지켜본 쓰다는 다소 뜨악했다.

"누가 와?"

"별거 아니야. 나보다 아직 여유가 부족한 사람이 올 거야."

고바야시는 지폐를 아무렇게나 처넣은 자신의 포켓을 보라는 듯 가볍게 두드렸다.

"네가 내게 이걸 전한 여유는 다시 이걸 너에게 돌려주라는 말은 안 해. 나보다 훨씬 여유가 없는 쪽에 차례로 보내라고 명령하지. 여유는 물 같은 거야. 높은 곳에서 낮은 곳으로는 흐르지만, 밑에서 위로 거슬러 가지는 않아."

쓰다는 고바야시가 하는 말을 어렴풋이 짐작할 수 있었다. 하지만 구체적으로는 이해할 수 없었다. 따라서 비몽사몽과 같은 불안정한 상태에 빠졌다. 거기에 고바야시의 다음 대답이 우르르 틈입했다.

"난 여유 앞에 머리를 숙여. 내 모순을 인정하지. 네 궤변을 수긍할게. 뭐든지 상관없어. 고맙다고 인사할게."

그는 느닷없이 눈물을 뚝뚝 흘리기 시작했다. 이 급격한 변화가 당혹스러운 쓰다를 한층 황당하게 했다. 지난밤에 애먹었던 술집 광경을 떠올리지 않을 수 없게 된 그는 눈살을 찌푸리면서 상대를 구슬릴 기회는 지금이라는 것에 생각이 미쳤다.

"내가 왜 사례 따위를 기대하겠니? 그까짓 일로. 너야말로 옛일을 잊어버리고 있구나. 내가 옛날 그대로 하고 있는 데도 넌 전부 배배 틀어서 받아들이니까 교제가 점점 번거로워지잖아. 일테면 말이야, 네가 지난번에 내가 없는 우리 집에 외투를 가지러 온 김에 뭔가 우리 집사람에게 말했다 하는 것도……."

쓰다는 이렇게만 말하고 은연중 상대방의 반응을 살폈다. 하지만 고바야시가 머리를 숙이고 있어서 그는 전혀 마음의 변화를 짐작할 수 없었다.

"아무리 그래도 네 멋에 겨워서 친구 부부 사이를 갈라놓는 듯한 장난은 치지 않아도 좋았잖아."

"난 너에 관해 아무 말도 한 기억이 없어."

"하지만 조금 전에……."

"조금 전은 농담이야. 네가 날 놀리니까 나도 놀린 것뿐이야."

"어느 쪽이 놀리기 시작했는지 모르지만 그건 아무래도 좋아. 다만 진심을 나한테 말해줘도 좋을 것 같은데."

"그러니까 말하고 있잖아. 아무것도 너에 관해서 말한 기억이 없다고 몇 번이나 되풀이하고 있잖아. 부인에게 캐물어보면 알 거 아냐?"

"오노부는……."

"뭐라고 말했어?"

"뭐라고도 하지 않으니까 곤란하다고. 말없이 속으로만 끙끙 앓고 있으니 변명도 못 하고, 해명도 못 하고, 난처한 건 나뿐이니까."

"난 아무 말도 하지 않을게. 딘지 네가 앞으로 남편답게 처신하는지, 안 하는지가 문제네."

"난……."

쓰다가 이렇게 말을 시작했을 때 가까이 다가오는 발소리와 함께 새로이 나타난 사람이 그들이 앉은 식탁 곁에 섰다.

162

그가 조금 전 큰길 모퉁이에서 고바야시와 서서 이야기하던 장발의 청년이라는 것을 깨달았을 때 쓰다는 더욱더 놀랐다. 하지만 그 놀라움 가운데에 은연중 이 남자에 대한 궁금증이 없는 것은 아니었다. 쓰다의 느낌을 숨김없이 그대로 말하자면, 이런 사람이 여기에 올 리 없

487

다는 단정과 혹시 여기에 누군가가 온다면 이 사람밖에 없을 거라는 예상의 모순이었다.

솔직히 말하면 자동차 불빛에 노출됐을 때 눈에 들어온 이 사람의 형상은 쓰다에게는 기이한 것이었다. 자신에게서 고바야시, 고바야시에게서 이 청년 순으로 차례차례 살펴보노라니 계급이나 사상, 직업이나 복장 등에서 여러모로 상당한 거리가 있었다. 그래서 쓰다는 그를 멀찌감치 바라보지 않을 수 없었다. 하지만 한 발짝 떨어져서 바라볼수록 거리에서 봤던 그가 또렷하게 떠올랐다.

'고바야시는 저런 사람과 사귀고 있구나.'

이렇게 생각한 쓰다는 그때 그런 사람과 사귀고 있지 않은 자신을 되돌아보고 다행이라고 생각한 뒤여서 새로 나타난 사람을 대하는 그의 태도도 저절로 명백해졌다. 그는 수상쩍은 인간에게 뜬금없는 인사를 받은 것 같은 표정을 지었다. 청년은 위로 젖혀진 좁은 챙 모자를 벗어 손에 든 채 고바야시 곁에 앉았다. 그의 눈에는 야릇한 빛이 감돌았다. 그는 쓰다에게 상당한 불안을 느끼는 것 같았다. 그것은 일종의 반감과 공포이자 사람에게 길들지 않은 야생적인 자존심 같은 것이 복잡하게 뒤엉킨 데서 나온 신경성으로 보였다. 쓰다는 점점 더 지겨운 기분이 들었다. 고바야시가 청년에게 말했다.

"이봐, 망토 좀 벗지."

청년은 말없이 다시 일어났다. 그리고 절집 범종처럼 민소매의 긴 비옷을 냉큼 벗어 의자 등받이에 던졌다.

"여긴 내 친구야."

고바야시는 비로소 청년을 쓰다에게 소개했다. 하라라는 성씨와 예술가라는 지칭이 가까스로 쓰다의 귀에 들어왔다.

"어떻게 됐어. 잘 됐어?"

이것이 고바야시가 다음에 던진 질문이었다. 하지만 이 질문은 충분한 대답을 들을 틈이 없었다. 고바야시는 다짜고짜 이렇게 쏟아냈다.

"안 됐지? 안 될 줄 알았어, 그런 자식. 그런 자식이 네 예술을 알 턱이 있나. 괜찮으니까 마음 푹 놓고 뭐든지 먹어."

고바야시는 금세 나이프를 거꾸로 해서 테이블을 마구 두드려댔다.

"어이, 이 사람한테 먹을 것 좀 가져와."

이윽고 하라 앞에 놓인 컵에 맥주가 철철 넘쳐흘렀다.

이 모양을 말없이 바라보고 있던 쓰다는 자신의 볼일이 이미 끝났다고 생각했다. 이런 의리상 교제를 길게 끌어서는 큰일이라고 여긴 그는 기회를 봐서 적당히 자리를 뜰 셈이었다. 그러자 고바야시가 갑자기 그를 붙들었다.

"하라 군은 좋은 그림을 그려. 한 장 사줘. 지금 어려운 처지라 안 됐어."

"그래?"

"어때, 요다음 일요일쯤 너희 집에 가져가서 보여주게 하면?"

쓰다는 깜짝 놀랐다.

"난 그림 따위 몰라."

"아니, 그럴 리 없어. 그렇지 하라, 어쨌든 가지고 가서 보여주게나."

"네, 폐가 되지 않는다면."

쓰다에게 폐가 되는 것은 물론이었다.

"난 그림이나 조각 따위에 관심이 전혀 없는 인간이니까, 제발."

청년은 마음이 상한 듯한 얼굴을 했다. 고바야시는 얼른 응원에 나섰다.

"거짓말하지 마. 너만큼 감상 능력이 풍부한 사내는 정말로 세상에 드물어."

쓰다는 쓴웃음을 짓지 않을 수 없었다.

"또 흰소리하는군, 사람 놀리지 마."

"사실을 말하는 거야, 놀리다니 말도 안 돼. 너처럼 여자를 감상하는 능력이 뛰어난 자가 예술을 가벼이 여길 리가 없어. 그렇지, 하라? 여자를 좋아하면 예술도 좋아하게 되어 있어. 아무리 숨기려 해도 소용없어."

쓰다는 점점 참을 수가 없었다.

"아마 이야기가 길어질 것 같으니 난 먼저 실례하겠어. ⋯⋯어이, 아가씨, 여기 계산."

시중드는 여자가 일어서려고 하자 고바야시가 큰소리로 저지하며 다시 쓰다 쪽을 향했다.

"지금 막 멋진 그림을 하나 그리고 있어. 그걸 사려고 하는 구매자 집에 그림값을 흥정하려고 갔다가 돌아오는 길에 하라 군이 여기에 들렀으니까 좋은 기회 아냐? 꼭 사줘라. 예술가의 약점을 이용해서 값을 깎는 그런 무례한 놈한테는 팔지 않아도 좋다는 게 내 의견이야. 그 대신 반드시 살 사람을 주선해줄 테니까 돌아가는 길에 여기에 잠깐 들르는 게 좋다고 사실은 아까 저쪽 길모퉁이에서 약속했지. 그러니까 하나 사줘라, 무조건."

"남한테 그림도 보여주지 않고 제멋대로 그런 약속을 하다니 기가 막힌다."

"그림은 보여줄게. ……하라 군, 오늘 가지고 돌아오지 않았나?"

"좀 더 기다려달라고 해서 두고 왔어."

"바보구나 넌. 나중에는 공짜로 가로채버릴 속셈인 거야."

쓰다는 이 문답을 듣고 후유 하고 한숨을 돌렸다.

163

두 사람은 쓰다를 제쳐놓고 줄곧 그림 이야기를 계속했다. 가끔 귀에 들어오는 삼각파(브라크와 피카소 등을 칭하는 입체파의 별칭)라든가 미래파라는 기괴한 명칭 말고도 그들은 일찍이 들어본 적이 없는 외국어를 몇 마디 들먹였다. 그 어디에도 흥미를 느끼지 못했던 그는 담화 밖으로 내몰릴 것도 없이 스스로 밖으로 빠져나온 것과 마찬가지였다. 이것만으로도 여간 따분한 게 아니었는데 쓰다를 적극적으로 불편하게 하는 이야기가 아직 하나 더 있었다. 그는 자신의 눈앞에 있는 이 두 사람, 특히 고바야시를 꼴같잖게 새로운 예술론이나 퍼질러대려는 어설픈 족속으로 치부하고 있었다. 그는 이런 편견에다가 별스럽게 지식인인 체하는 그들의 가납사니를 시답잖은 눈매로 바라보았다. 이 대목에 무지한 쓰다가 선망하도록 으스대는 것이 두 사람의 속셈처럼 느껴지자 그는 마지못해 일단 내려놓은 허리를 다시 일으켜 세우려고 했다. 그러자 고바야시가 또 억지로 붙들었다.

"곧 끝나. 같이 가세. 조금만 기다려."

"아니, 너무 늦어질 것 같으니까……."

"뭐, 그렇게까지 창피 줄 것도 없잖아. 아니면 하라 군이 다 먹을 때까지 기다리는 일이 신사의 체면을 깎기라도 한단 말이냐?"

하라는 잘게 썬 샐러드를 햄 위에 얹어 그것을 포크로 찌르려다가 손을 멈추었다.

"신경 쓰지 마시고 마음대로 하세요."

쓰다가 가볍게 목례한 뒤 기어코 일어서려고 하자 고바야시는 혼잣말처럼 투덜거렸다.

"도대체 이 자리를 뭐라고 생각하는 거야. 송별회라고 사람을 불러놓고는 정작 중요한 손님을 남겨두고 먼저 돌아가겠다니, 이런 모욕을 주는 놈이 세상에 있으니까 세상이 싫어진다고."

"그럴 생각은 없어."

"그럴 생각이 없다면 조금만 더 있어."

"일이 좀 있어서."

"이쪽도 일이 좀 있다."

"그럼이라면 사양하겠어."

"그럼도 무리하게 사라는 말은 안 해. 어지간히 쩨쩨하게 구네."

"그럼 빨리 그 일을 끝내."

"일어서면 안 돼, 신사답게 앉아 있어야지."

별수 없이 다시 자리에 주저앉은 쓰다는 주머니에서 담배를 꺼내 불을 붙였다. 언뜻 보니까 재떨이에는 이미 담뱃재가 수북했다. 오늘 밤의 기념으로서 이처럼 적절한 것이 없을 거라는 생각이 쓰다의 머리에 불현듯 떠올랐다. 지금부터 피우려는 담배 한 대도 3분이 채 되지 않는 사이에 부질없는 재와 연기, 꽁초로 바뀌어 냉랭한 재떨이만 채울 뿐이라고 생각하니 그는 왠지 꺼림한 기분이 들었다.

"뭐야, 그 볼 일이라는 게. 설마 돈을 요구하는 건 아니겠지, 또."

"그래서 쩨쩨한 소리 그만하라고 아까부터 말하고 있잖아."

고바야시는 오른손으로 양복 오른쪽을 잡고 왼손을 포켓 속에 넣었다. 그는 어둠 속에서 물건을 더듬듯 손을 양복 안쪽에서 꼼지락거리며 눈길은 줄곧 쓰다의 얼굴 위에 쏟고 있었다. 그러자 갑자기 엉뚱한 광경이 쓰다의 머릿속에 떠올랐다. 더불어 이상한 망상이 지금 피우고 있는 담배 연기처럼 아련하게 그의 마음을 스치고 지나갔다.

'이 녀석은 품속에서 피스톨을 꺼내는 건 아닐까. 그리고 설마 그걸 내 코앞에 들이대려고 하는 건 아니겠지.'

연극 같은 한순간이 그의 예감을 희미하게 건드리자 그의 말초 신경은 눈에 보이지 않는 바람에 희롱당하는 나무 잔가지처럼 바르르 떨었다. 동시에 제멋대로 꾸며낸 이 일장의 연극을 흘끗 보며, 그 황당함을 비웃는 이지의 힘이 그의 마음에서 일어나고 있었다.

"뭘 찾고 있어?"

"아니, 여러 가지가 뒤섞여서 말이야, 손끝으로 잘 골라내지 않으면 좀처럼 네 앞에 내놓지 못하거든."

"자칫하다가 조금 전에 쑤셔 넣은 지폐라도 나온다면 난처해질걸."

"아니, 돈은 괜찮아. 딴 종이와 달리 살아 있으니까. 이렇게 손으로 만져보면 금방 알아. 포켓 속에서 펄떡펄떡 뛰고 있거든."

고바야시는 부질없이 지껄이며 일부러 텅 빈 손을 내밀었다.

"아이고, 없네, 큰일 났다."

그는 왼쪽 가슴에 있는 주머니에 다시 오른손을 질러 넣었다. 하지만 거기에서 그가 집어낸 것은 우글쭈글 너절한 손수건뿐이었다.

"뭐야, 요술이라도 부릴 생각인가? 그 손수건으로."

고바야시는 쓰다의 말을 귓등으로 들었다. 진지한 얼굴로 일어서면서 양손으로 허리 좌우를 동시에 두드린 다음 느닷없이 말했다.

"응, 여기 있었네."

그가 바지 주머니에서 꺼내놓은 것은 한 통의 편지였다.

"실은 이놈을 너한테 보이고 싶어서. 그것도 이제 당분간 너랑 만날 기회가 없으니까 오늘 밤에 한해서. 나하고 하라 군이 이야기하는 사이에 좀 읽어봐. 뭐 어려운 일은 아니지? 좀 길긴 하지만."

편지를 받아든 쓰다의 손은 거의 기계적으로 움직였다.

164

펜으로 원고지에 휘갈겨 쓴 편지는 길이로 보더라도 보통 편지보다 곱절이나 더 길었다. 그뿐만 아니라 수취인은 고바야시임에 틀림없었지만 발송인은 쓰다가 본 적도 들은 적도 없는 전혀 모르는 인물이었다. 쓰다는 봉투의 앞뒤를 살핀 다음, 이것이 과연 자신과 어떤 관계가 있는지 따져봤다. 하지만 냉랭한 무관심 한편에 일어난 일종의 호기심은 곧 그의 손을 유혹했다. 봉투에서 뽑아낸 200자 원고지 위에 눈을 떨어뜨린 그는 단숨에 읽어 내려갔다.

저는 여기에 온 것을 이제 후회하지 않을 수 없게 되었습니다. 당신은 필시 싫증을 냈다고 생각할 테지요. 하지만 이것은 당신과 나의 성격 차이에서 나오는 것이므로 할 수 없습니다. '또 시작'이라고 하지 말고 자, 저의 호소를 들어주십시오. 여자만 있어서 밤에 마음을 놓을 수 없으니 은행 문제가 다 정리될 때까지 묵으면서 집을 봐달라, 소설을 쓰고 싶으면 자유롭게 써도 좋다, 도서관에 간다면 도시락을 가져가는 것이 좋다, 오후에는 그림을 배우러 가는 것이 좋다, 머지않아 은행을 도쿄로 옮기면 외국어학교에 입학시켜 주마, 집 정리는 걱정하지 마라, 이사 비용은 대주마. ……저는 이런 고마운 조건에 홀렸던 것입니다. 하긴 하나부터 열까지 믿은 것은 아니지만 어느 정도는 틀림없으리라고 착각했습니다. 그런데 이제 와서 보니 진정성은 하나도 없었습니다, 머리부터 발끝까지 전부 거짓말입니다. 숙부는 도쿄에 있을 때가 많다 보니 나는 서생 대신 아침부터 밤까지 심부름만 합니다. 숙부는 나를 가리켜 우리 집 서생이라고 말합니다. 그것도 손님 앞에서 말이에요. 제가 있는데도 말입니다. 이런 이유로 술 한 병 심부름부터 마루 닦는 청소까지 전부 제 몫입니다. 돈은 한 푼도 받은 적이 없습니다. 제가 신고 있던 1엔짜리 게다가 갈라져 못 신게 되자 12전짜리 싸구려 게다를 샀습니다. 숙부는 내일 돈을 준다고 말하며 우리 가족을 누나 집으로 이사하게 했습니다만, 이사한 뒤에도 돈 이야기는 뻥끗도 하지 않아서 나는 돌아갈 집조차 없습니다.

　숙부의 직업은 마치 사기꾼 같습니다. 돈은 땡전 고리도 없습니다. 그리고 그들 부부는 지독하게 매정하고 지독하게 인색한 사람들입니다. 그래서 숙부 집에 왔을 때 저는 굶주림을 견디다 못해 사흘에 한 번 꼴로 누나 집에 가서 밥을 얻어먹었습니다. 식량이 떨어져 군고구마나 감자로 때운 적도 있습니다. 하지만 이것은 저에게만 있었던 일입니다. 숙모는 느낌이 매우 좋지 않은 여자입니다. 만사가 타산적이고 겉치레뿐인 데다가 너무 좀스럽게 뭐든 참견하고 싶어 해서 저는 줄곧 쿡쿡 찔리는 형국입니다. 숙부는 돈도 없는 주제에 술만 퍼마십니다. 그리고 시골에 가면 자기가 왕이라도 된 듯이 뻐깁니다. 하지만 이면을 들여다보면 놀랄 일투성이입니다. 소송 사건만 줄곧 터집니다. 도쿄에 갈 때마다 차비가 없어서 전당포로 뛰어가거나 누나 집에 가서 어려운 처지를 변통하곤 했습니다만, 숙부 쪽은 내 식비로 공제할 생각인지 모른 척하고 있습니다.

숙모는 처음부터 제가 원고를 써서 식비라도 내놓을 것으로 생각했겠지요. 제가 펜을 들고 있으면 그렇게 쓴 것은 도대체 어떻게 되는 거냐며 빈정댑니다. 신문의 직업 안내란에 나와 있는 사무원 모집 광고를 눈앞에 들이대며 넌지시 떠보기도 합니다.

이런 일이 반복되자 저는 여기에 뭘 하러 온 것인지 전혀 영문을 모르게 되었습니다. 저는 이상한 생각이 들었습니다. 속셈을 전혀 짐작할 수 없는 이 집의 기이한 생활과 변화무쌍한 이 묘한 가정의 내부 사정이 아침부터 밤까지 무서운 꿈결처럼 제 머리에 아귀처럼 들러붙는 것입니다. 그것을 남에게 말한다 해도 도저히 통하지 않을 거라고 생각하니 세상에서 저에게만 마귀가 둘러싸였다는 생각밖에 들지 않아 더욱 불안합니다. 그리고 가끔은 미칠 것 같습니다. 아니 벌써 미쳐 있는 게 아닐까 하고 의심이 들면 참을 수 없을 만큼 무섭습니다. 감옥 속에서 괴로워하고 있는 저에게는 햇빛은커녕 이미 손발도 없는 듯한 느낌이 듭니다. 손을 들어도 다리를 움직여도 사방은 칠흑같이 어둡기만 합니다. 아무리 호소해도 두껍고 차가운 벽이 목소리를 가로

막아 세상으로 나가지 못하도록 하기 때문입니다. 지금의 저는 이 세상에 오직 혼자입니다. 친구는 없습니다. 있어도 없는 것과 마찬가지입니다. 유령 같은 제 심경을 어루만져줄 수 있는 두뇌의 소유자가 있을 리 없으니까요. 저는 괴로운 나머지 이 편지를 씁니다. 구원을 받으려고 쓴 게 아닙니다. 저는 당신의 처지를 알고 있습니다. 물질상의 보조, 그런 것을 당신에게 받을 생각은 추호도 없습니다. 단지 이 고통의 일부가 당신의 혈관 속을 흐르는 인정의 피에 전달되어 거기에 동정의 마음을 조금이라도 일으키게 해줄 수만 있다면 저는 그것으로 만족합니다. 저는 그것으로 제가 아직 인간 세상의 일원으로서 사회에 존재한다는 확증을 잡을 수 있기 때문입니다. 이 악마의 포위 속에서 드넓은 인간 세상으로 이끌어주는 광선은 한 줄기도 없는 것일까요? 저는 지금 그것조차 의심하고 있습니다. 그리고 저는 당신에게서 답장이 올지 안 올지 하는 그런 의구심도 털어버리고 싶습니다.

편지는 여기에서 끝났다.

165

그때 조금 전 불을 붙인 궐련이 어느새 타들어가 담뱃재가 원고지 위에 툭 떨어졌다. 쓰다는 가로세로로 줄 쳐진 남색 칸 위에 떨어진 이 가루에 놀라 문득 정신을 차리고 보니 그는 궐련을 낀 손가락을 그때까지 움직이지 않고 있었다. 다시 말해서 그의 입과 손이 언제부턴가 담배의 존재를 잊고 있었던 것이다. 게다가 편지를 다 읽은 것과 담뱃재를 떨어뜨린 것이 동시가 아니었으므로 두 행동의 사이에 끼인 시간이 얼마나 넋 나간 시간이었는지를 알 수 있었다.

그 공허한 시간은 과연 무엇 때문에 일어났을까? 따지고 보면 이 편지만큼 쓰다와 인연이 먼 것도 없었다. 첫째로 그는 그것을 쓴 사람이 누구인지 몰랐다. 둘째로 그것을 쓴 사람과 고바야시가 어떤 관계인지도 전혀 알 수 없었다. 편지 속에 늘어놓은 사연은 전혀 별세계의 사건이라고밖에 해석할 수 없을 만큼 그의 입장이나 환경과는 동떨어진 것이었다.

하지만 그의 감상은 거기서 끝나지 않았다. 그는 어느 구석에선가 어, 하고 놀랐다. 여태껏 앞만 바라보고 거기에 세상이 있다고 달려온 그는 갑자기 뒤를 돌아보게 된 것이었다. 그리고 자신과 딴판인 존재를 주시하려고 멈추어 섰다. 그러자 아……, 이 사람도 인간이라는 느낌이, 지금까지 아직 한 번도 만난 적이 없는 유령 같은 존재를 편지 속에서 의식하게 되었다. 거리가 아득하다고 여겼던 것이 오히려 가까이 있었다는 사실을 실감했다.

그는 거기에서 멈추었다. 그리고 곰곰이 생각했다. 하지만 거기에서 앞으로는 한 발도 나아가지 못했다. 그는 그렇게 이 무서운 편지를 받아들였다.

그가 원고지에서 담뱃재를 털어냈을 때 하라를 상대로 뭔가 지껄이고 있던 고바야시가 그를 힐끔 쳐다봤다. 볼일을 끝내려는 듯한 말 한마디가 그의 귀로 들어왔다.

"뭐 괜찮아. 불원간 어떻게 되겠지. 걱정 안 해도 돼."

쓰다는 아무 말 없이 편지를 고바야시 쪽으로 내밀었다. 고바야시가 받기 전에 물었다.

"읽어봤나?"

"응."

"어때?"

쓰다는 아무 대꾸도 하지 않았다. 그러나 일단 상대의 뜻을 확인해볼 필요는 있었다.

"도대체 뭐 때문에 그걸 나한테 읽게 했어?"

고바야시가 반문했다.

"도대체 뭐 때문에 읽혔다고 생각하나?"

"내가 모르는 사람이잖아, 그걸 쓴 사람은."

"물론 모르는 사람이지."

"몰라도 좋다고 하고, 나하고 무슨 관계가 있는 거야?"

"이 남자가? 이 편지가?"

"어느 쪽이든 상관없어."

"넌 어떻게 생각해?"

쓰다는 또 머뭇거렸다. 솔직히 말하면 그것은 편지의 의미가 그에게 통했다는 증거였다. 더 명료하게 말하면, 자신은 자기 나름대로 이 편지를 해석할 수 있었다는 자각이 그의 대답을 어눌하게 한 것과 다름 없었다. 그는 잠시 후 대답했다.

"네가 말하는 의미라면 나하고는 전혀 무관할 테지."

"내가 말하는 의미란 뭔데?"

"몰라?"

"몰라. 말해봐."

"야, ……뭐, 그만두자."

쓰다는 조금 전의 그림과 같은 의도로 고바야시가 이 편지를 들이대지 않았을까 하고 의심했다. 기어코 그를 물질의 희생자로 삼고 나서 뒤에서 그것 보라지, 마침내 항복하지 않았느냐는 태도로 나온다면 그 것은 참을 수 없는 모욕이었다. 아무리 가난의 귀신이 되어 위협한다고 해도 그 꼼수에 넘어가지 않겠다는 그의 기개가 자연히 고바야시에게 작용했다.

"그보다 네 쪽에서 그 속셈을 남자답게 나한테 설명해주면 좋잖아."

"남자답게? 흥" 하고 일단 말을 끊은 고바야시는 조금 뒤에 덧붙였다.

"그럼 설명해주마. 이 사람도 이 편지도 아니면 이 편지의 내용도 전부 너와는 상관없어. 단, 세속적으로 말한다면 말이야, 알겠어? 세속적이란 말의 의미를 또 오해하면 안 되니까 덧붙여 그것도 설명해두지. 넌 이 편지의 내용에 대해서 세상에서 말하는 이른바 의무라는 걸 지니고 있지 않구나."

"당연하잖아."

"그러니까 세속적으로는 상관없다고 내 쪽에서도 말하는 거야. 하지만 네 도덕관을 좀 더 넓혀서 바라보면 어떨까?"

"아무리 넓힌들 돈을 줘야 할 의무 따위 느끼지 않아."

"그럴 테지, 네가 하는 일이니까. 하지만 동정심은 얼마쯤 일어나겠지."

"그거야 당연하지."

"그걸로 충분해, 내 쪽은. 동정심이 일어나는 건 요컨대 돈을 주고 싶다는 의미니까. 그러면서 실제로는 돈을 주고 싶지 않으니까 거기에 양심의 갈등에서 오는 불안이 커지는 거야. 내 목적은 그걸로 이미 충분히 달성된 거다."

이렇게 말한 고바야시는 편지를 챙겨 포켓에 넣으면서 거기서 조금 전의 지폐 석 장을 모두 꺼내 식탁에 죽 늘어놓았다.

"자, 가지게나. 필요한 만큼 가지게나."

그는 이렇게 말하며 하라 쪽을 보았다.

166

쓰다에게 고바야시의 소행은 상상도 못 한 짓이었다. 마음 놓고 있는 동안 갑작스레 벌어진 일이라 그는 내내 희롱당한 것 같아 순간적으로 격한 감정이 요동쳤다. 증오의 전류라고 할까, 이루 형용할 수 없는 그 무엇이 창졸간에 그의 몸을 휩쓸었다.

동시에 총명한 그의 머리에 하나의 의혹이 번득였다.

'이것들 둘이 공모해서 아까부터 날 바보 취급하고 있는 건 아닐까?'

이런 생각이 들자 큰길 모퉁이에 서서 이야기하고 있던 두 사람의 그림자와 여기로 온 뒤에 보이는 고바야시의 거동, 도중에 들어온 하라의 모습, 그 뒤 세 사람 사이에 오간 대화 따위가 어느 것이 원인이고 어느 것이 결과인지 미처 생각할 겨를도 없이, 변화무쌍한 불꽃놀이처럼 쓰다의 머릿속에서 빙글빙글 돌았다. 그는 흰 식탁보 테이블 위에 한 장씩 나란히 펼쳐놓은 빳빳한 10엔짜리 지폐 석 장을 보고 저도 모르게 속으로 부르짖었다.

'이게 닳고 닳은 왈짜가 준비한 희극의 종착점인가? 바보 새끼, 그렇

게 네놈 생각대로 하게 둘까 보냐.'

그는 상처받은 자신의 프라이드를 위해서도 이 불명예스러운 폐막에 일대 변화를 준 다음 두 사람과 헤어져야겠다고 생각했다. 하지만 어떻게 하면 이렇게 마지막까지 몰린 불리한 국면을 유리하게 단방에 뒤집을 수 있을까, 하는 문제에 부딪히자 미리 그런 쪽으로 준비해둔 것이 없던 그는 완전히 무력감에 빠졌다.

외관상으로는 비교적 태연히 침착성을 유지하고 있던 그의 속마음에는 부질없는 온갖 궁리가 이것저것 마구 떠올랐다. 하지만 그 혼란은 그저 혼란으로 끝날 뿐, 아무런 가닥도 잡을 수 없어서 불끈거린 그의 마음은 부질없이 벌렁거리기만 했다. 안타깝게도 그 긴장이 어느새 허둥대는 모습으로 전락해가고 있는 듯한 느낌마저 들었다.

이 위기일발의 순간에 그는 다시 뜻밖의 현상에 부딪혔다. 그것은 고바야시가 죽 늘어놓은 10엔 지폐가 청년 예술가에게 끼친 영향이었다. 지폐 위에 떨어진 그의 눈에서 나오는 야릇한 광채였다. 놀람과 환희의 눈빛이었다. 일종의 기갈이었다. 강렬한 욕망이었다. 그리고 그 놀람도 환희심도, 기갈도, 욕망도 모두 숨김없는 속내 그 자체의 발현이었다. 가짜, 날조, 공모 따위로 점철된 미친 소리는 아무리 해도 받아들일 수 없었다. 적어도 쓰다는 그렇게밖에 생각할 수 없었다.

게다가 쓰다의 이 판단을 확인해줄 충분한 단서가 그 뒤에 연달아 나타났다. 하라는 그렇게 가지고 싶은 지폐에 손을 대지 않았다. 그렇다고 해서 결연히 고바야시의 호의를 물리치는 용기도 보이지 않았다. 내밀고 싶은 손을 내밀지 않는 고통스러운 빛이 그의 얼굴에 또렷이 드러났다. 만약 이 창백한 청년이 끝까지 지폐에 손을 대지 않는다고 하면 고바야시가 일껏 준비한 희극도 반은 박살이 나는 셈이었다. 또 만약 고바야시가 일단 포켓에서 꺼낸 지폐를 애초 선언한 대로 얼마간이라도 하라의 손에 건네지 않고 다시 원래대로 집어넣는다면 결과는 한층 더 희극적일 터였다. 어느 쪽이든 자신의 체면을 세우기 위해 유리한 쪽으로 진전할 것 같아서 거기에 일루의 희망을 품은 쓰다는 가만히 본새를 관망하기로 했다.

이윽고 두 사람 사이에 문답이 오갔다.

"왜 가져가지 않나, 하라 군."

"하지만 너무 딱해서."

"난 나대로 자네 쪽을 딱하다고 생각하고 있네."

"예, 고맙습니다."

"자네 앞에 앉아 있는 이 남자는 이 남자대로 또 나를 딱하다고 생각하고 있거든."

"아, 예."

하라는 전혀 이해할 수 없다는 듯한 얼굴로 쓰다를 쳐다보았다. 고바야시가 얼른 설명했다.

"그 지폐 석 장은 다 내가 지금 이 남자한테서 받은 거야. 아직 침도 안 묻었다고."

"그럼 더욱 어떻게……."

"더욱 어떻게가 아니야. 그래서지. 그래서 나도 편하게 자네한테 주는 거야. 내가 편하게 주는 거니까 자네도 편하게 받으면 돼."

"그런 논리가 되나요?"

"당연하지. 만약 이게 밤새워 쓴, 한 장에 35전짜리 원고에서 생긴 돈이라면 아무리 나라고 한들 조금이라도 집착하지 않겠어? 이마에서 뚝뚝 떨어지는 비지땀에도 미안하고 말이야. 그러나 이건 아무것도 아니거든. 여유가 공간에 바람을 불어 흩뿌려준 정재(浄財)야. 주운 자가 공덕을 입으면 입을수록 여유는 기뻐할 뿐이야. 그렇지, 쓰다 군?"

역정 낼 단계를 이미 넘어선 쓰다는 오히려 좋은 대목에서 상담받은 것이나 마찬가지였다. 느긋한 그의 승낙은 오늘 밤 여기에 어울리지 않은 세 사람의 회합에 적어도 형식상 보기 좋은 결말을 짓기에 충분했다. 그는 자신의 퇴장이 옹졸하게 보이지 않도록 하려고 눈앞의 기회를 붙잡았다.

"듣고 보니 그렇군. 그래, 그게 제일 좋겠다."

고바야시는 입씨름 끝에 드디어 석 장 중의 한 장을 하라의 손에 건넸다. 그는 남은 두 장을 다시 포켓 속에 집어넣으면서 쓰다에게 말했다.

"희한하게도 여유가 아래에서 위로 흘렀네. 하지만 여기에서 더 위로는 되돌아가지 못할 것 같아. 역시 네게 생큐해."

밖으로 나온 세 사람은 큰길로 나와 전차를 기다리는 동안 별빛이 달빛처럼 흐르는 밤하늘을 우러러보았다.

167

이윽고 세 사람은 뿔뿔이 헤어졌다.

"그럼 실례, 난 정거장까지 배웅하러 가지 않을 테니까."

"그래? 나와도 좋을 것 같은데. 네 옛 친구가 조선에 가잖아."

"조선이든, 대만이든 사양하겠어."

"참 인정머리 없네. 그렇다면 떠나기 전에 다시 한 번 이쪽에서 인사하러 갈게, 괜찮지?"

"이걸로 충분해, 오지 않아도."

"아니, 갈게. 그렇지 않으면 왠지 직성이 안 풀리니까."

"맘대로 해. 하지만 난 없을 거야, 와도. 내일부터 여행가니까."

"여행? 어디에?"

"좀 정양할 필요가 있어서 말이야."

"전지 요양이구나, 멋져."

"나보고 말하라면 이것도 여유의 하사품이다. 난 너와 달라서 어디까지나 이 여유에 감사해야 해."

"끝까지 내 충고를 뭉개버릴 생각이구나."

"솔직히 말하면 뭐, 그 비슷한 거겠지."

"좋아, 어느 쪽이 이길지는 두고 보자고. 이 고바야시가 일깨워주는 것보다 사실 그 자체가 훈계하고 근신시키는 것이 훨씬 직방으로 절실할 거다."

이것이 헤어질 때 두 사람 사이에 오간 문답이었다. 하지만 그것은 초저녁부터 미루어온 악감정, 쓰다가 고바야시에 대해 해 질 무렵부터 누적된 악감정, 그런 감정의 발현에 지나지 않았다. 이것으로 얼마쯤 속이 후련해진 쓰다는 상대의 입에서 나온 최후의 말 따위를 생각할 여지가 없었다. 그는 시비의 여하와 관계없이 오기로라도 고바야시 같은 자의 사상이나 논의를 돌파해야 했다. 혼자가 된 그는 전차 안에서 이내 온천장의 풍경 따위를 상상하기 시작했다.

이튿날 아침은 바람이 불었다. 그 바람이 간헐적으로 내리는 빗줄기를 빗살처럼 땅바닥에 흩뿌렸다.

"귀찮게 됐네."

시간에 맞춰 일어난 쓰다는 마루 끝에서 하늘을 올려다보며 미간을 찌푸렸다. 하늘에는 구름이 떠 있었다. 그리고 그 구름은 눈에 보이는 바람처럼 끊임없이 흘러가고 있었다.

"어쩌면 낮부터 갤지도 몰라요."

오노부는 원래의 계획대로 실행하는 쪽에 찬성하는 듯한 말투였다.

"왜냐하면 하루 늦어지면 하루가 헛될 뿐이잖아요. 빨리 갔다가 빨리 돌아오는 쪽이 좋아요."

"나도 그럴 생각이야."

차가운 비에도 불구하고 뒤로 미루지 않은 부부 사이의 결정은 출발 직전에 처음으로 약간의 의견 차이가 나타났다. 옷장 서랍에서 자기 옷을 꺼낸 오노부는 그것을 남편 양복과 나란히 방바닥 위에 놓았다. 쓰다는 깨달았다.

"당신은 안 가도 돼."

"왜요?"

"별 이유는 없지만 비가 이렇게 오는데 고생스럽잖아."

"전혀."

오노부의 말이 너무 순진해서 쓰다는 저도 모르게 실소했다.

"배웅해주는 게 싫어서 거절하는 게 아니야. 미안해서야. 고작 하루도 걸리지 않는 곳에 가는데 일부러 배웅하러 나오다니, 좀 웃기잖아. 나는 고바야시가 조선에 가는 것조차 배웅하러 가지 않겠다고 어젯밤에 양해를 구했을 정도거든."

"그래요? 하지만 저는 집에 있어도 별로 할 일이 없는걸요."

"놀러 가, 괜찮으니까."

오노부가 마침내 쓴웃음을 지었다. 다투기를 그만두어서 쓰다는 혼자 인력거를 타고 집을 나올 수 있었다.

주위의 혼잡과는 달리 비 내리는 정거장의 호젓함 속에 서서 쓰다가 지금 막 산 이등 기차표를 물끄러미 바라보고 있는데 서생 하나가 갑자기 그의 앞으로 다가와서 옛 친구처럼 인사를 했다.

"공교롭게도 날씨가."

그는 일전에 요시카와 집에서 처음으로 본 서생이었다. 안내하러 현관에 나왔을 때 쌀쌀맞던 태도와는 달리 오늘은 모자를 벗는 태도부터 사뭇 정중했다. 쓰다는 왜 그런지 전혀 눈치를 채지 못했다.

"누가 어디 가십니까?"

"아니요, 잠시 배웅하려고요."

"그러니까 어느 분을요?"

서생은 난처한 듯한 모습을 보였다.

"실은 사모님이 오늘은 일이 좀 있으니까 이걸 들고 대신 가달라고 말씀하셨습니다."

서생은 손에 든 과일 바구니를 쓰다에게 보였다.

"이거 원, 송구스럽습니다."

쓰다는 얼른 그 바구니를 받으려고 했다. 하지만 서생은 건네주지 않았다.

"아니요, 제가 기차 안까지 들고 가겠습니다."

기차가 떠날 때 말없이 정중하게 목례한 서생에게 "아무쪼록 잘 부탁드립니다"라고 인사한 쓰다는 비교적 붐비지 않은 찻간 한구석에 천천히 허리를 내려놓으며 '역시 오노부가 오지 않은 건 잘한 일이야' 하고 생각했다.

168

오노부가 신경 써서 외투 포켓에 넣어준 신문을 꺼내 여느 때보다 꼼꼼히 읽고 있을 무렵, 창밖 날씨는 점점 사나워졌다. 조금 전까지 성기게 보였던 가랑비가 갑자기 거세지며 끝없이 펼쳐진 공간을 단숨에 메우는 모습을 비교적 전망이 좋은 창문 쪽에서 바라보니 한층 더 무서워졌다.

비 위에는 짙은 구름이 있었다. 비 옆에도 시계(視界)가 미치는 곳까지는 구름으로 가득했다. 구름과 비로 한없이 이어진 넓은 공간이 쓰다의 시각을 한껏 오손시켰을 때 그는 황량한 차창 밖의 풍경과 달리 깔끔하게 설비된 차 안의 쾌적함을 비교해보았다. 몸을 안일의 경지에 맡긴다는 것을 문명인의 특권처럼 생각하는 그는 이 우천을 무릅쓰고 외부로 나가야 하는 오후의 기분을 상상하며 혼자 어깨를 움츠렸다. 그러자 곁에 앉아 후드득후드득 창문에 부딪힐 때마다 물방울을 표면에 남기며 부서지는 가랑비를 물끄러미 바라보고 있던 마흔쯤 되어 보이는 남자가 상반신을 살짝 앞으로 구부리고 맞은편에 다리를 꼬고 앉아 있는 동행에게 말을 걸었다. 하지만 빗소리와 기차 소리가 섞여 그의 말은 쉽사리 상대에게 들리지 않았다.

"지독하게 내리네. 이 모양이면 또 경편 철도(1910년 4월에 공포된 경편 철도법에 의거한 간이 철도)의 철길이 무너지지 않을까?"

그는 부득불 쓰다의 귀에도 들리게끔 큰소리로 그렇게 말했다.

"뭐 괜찮아. 아무리 이름이 경편이라 해도 그렇게 경편하게 길이 무너지는 날에는 타는 사람들한테는 재앙이지."

이것이 상대의 대답이었다. 상대는 미치유키(일본 옷에 걸쳐 입는 일종의 외투. 옛날부터 주로 여행용으로 많이 입었다)를 입은 예순 남짓한 노인이었다. 머리에는 외래품 가게에서도 찾아내기 어려울 것 같은, 차양 없는 야릇한 모자를 쓰고 있었다. 담뱃갑이라든가 중국산 고급 직물, 화려하게 염색한 값비싼 인도 비단 같은 것들을 보기 좋게 진열한 수입품 전문점에라도 가서 일부러 주문하지 않으면 도저히 손에 들어오지 않을 것 같은 이 모자의 주인은 말투에서 도쿄내기다운 분위기가 물씬 풍겼다. 쓰다는 복장에 어울리지 않게 제법 활달한 이 노인의 기운에 놀라면서 한편으로는 도쿄 방언에 가까운 그의 말투에도 의외의 느낌을 받았다.

이 대답 중 우연히 나온 경편이란 말은 쓰다에게는 분명 일종의 암시였다. 그는 오후의 몇 시간을 이 경편 기차에 흔들리며 전지 요양을 하러 가는 사람이었다. 어쩌면 같은 방향으로 놀러 가는 사람들일지도 모른다고 생각한 쓰다의 귀는 그들의 대화에 갑자기 예민해졌다. 자리를 바꿀 여지가 없어서 불편한 자세와 별나게 큰 목소리를 참아야 했던 두 사람의 말은 고스란히 쓰다 귀로 들어왔다.

"이런 날씨일 줄은 전혀 생각도 못 했어. 이럴 거면 하루 연기할 걸 그랬어."

중절모에 낙타 외투를 입은 차분한 남자가 이렇게 말하자 영감님은 지체 없이 대답했다.

"뭐, 이까짓 비를 가지고. 젖는다고 생각하면 별거 아니야."

"하지만 짐이 성가셔서. 이런 경편 기차에 비에 젖은 채로 짐이 실릴 걸 생각하면 좀 불안해지니까."

"그럼 우리가 비를 맞고 짐만 찻간에 넣어달라고 부탁하자."

두 사람은 큰 소리로 웃었다. 노인은 또 말했다.

"하기야 요전에 그 소동이 있었으니까. 도중에 보일러에 구멍이 뚫려 움직이지 않게 된 기차니까 사실 불안하기는 하지."

"그땐 어떻게 저쪽에 도착했었지?"

"뭐, 저쪽에서 오는 놈을 산 중턱에서 기다려서 그쪽 보일러로 끌어당기지 않았던가?"

"과연, 하지만 보일러를 끌어당긴 쪽 기차는 어떻게 됐었지?"

"틀림없어, 이쪽에서 끌어당기면 저쪽이 곤란하니까."

"그러니까 뒤에 남은 기차는 어떻게 됐느냐고 묻는 거잖아. 설마 이쪽만 도와주고 저는 오도 가도 못했던 건 아니겠지?"

"지금 생각해보면 그것도 그렇지만, 그땐 전혀 저쪽 기차 따윈 생각할 수 없었으니까. 날은 저물어 오지, 추위는 몸을 파고들지, 그저 덜덜 떨기만 했었어."

쓰다의 추측은 점점 확실해졌다. 두 사람은 이 경편으로 연결된 노선의 좌우에 있는 세 개의 온천장 중 어느 한 곳에 가는 것이 틀림없다는 확신마저 들었다. 그렇기는 해도 앞으로 자신의 몸을 두 시간이나 세 시간쯤 맡기려고 하는 이 경편 기차가 그들의 말대로 난폭하기 그지없는 것이라면 이 빗속에서 어떤 재난을 만나지 말라는 법도 없었다. 하지만 여기에는 도쿄내기 특유의 허풍이 있었다. 그렇게 불완전한 기차냐고 물어볼 뻔한 쓰다는 속으로 쓴웃음을 지으며 질문을 던지는 수고를 그만두었다. 그리고 이번에는 기요코와 이 경편을 연상해서 '여자 혼자서도 쉽게 오갈 수 있는 곳인데' 하고 생각하며 재미 삼아 늘어놓는 대화에는 더 이상 귀를 기울이지 않았다.

<h1 style="text-align:center">169</h1>

기차가 목적지 역에 닿기 조금 전부터 세 사람이 걱정한 날씨가 점점 개기 시작했을 때, 쓰다는 비가 걷히기 시작하는 하늘에서 빠르게 흘러가는 구름 그림자를 보았다. 그 구름은 기차가 달리는 방향과 반대쪽으로 쏜살같이 달아났다. 그리고 그 뒤로 마치 앞선 구름을 내몰기라도 하듯 쉴새 없이 밀려들었다. 이윽고 끝없이 움직이는 검은 구름 사이로 다소 밝은 곳이 열렸다. 다른 부분보다 비교적 엷게 보이는 곳이 점점 늘어났다. 특히 바람에 밀려난 한 모서리는 조금 있으면 그 틈에서 푸른빛이 흘러나올 기미를 보였다.

생각보다 자신에게 호의적인 날씨에 감사하는 마음으로 기차에서 내린 쓰다는 거기에서 곧바로 갈아탄 전차 안에서 조금 전에 만난 두 남자를 다시 발견했다. 과연 그가 생각한 대로 자신과 방향이 같은 교통 기관을 이용하는 이들이라는 걸 알았을 때 쓰다는 그들의 수화물을 유심히 보았다. 하지만 그들이 비에 젖는 것을 걱정할 만큼 큰 짐은 어디에도 보이지 않았다. 그뿐만 아니라 노인은 자기가 조금 전에 말한 것조차 이미 잊어버린 듯했다.

"고맙군, 대성공이야. 그러니까 역시 가고 싶다고 생각할 때 나서는 게 제일 좋아. 여태 도쿄에서 꾸물거렸다고 생각해보게. 아이고 재미없어, 이럴 줄 알았으면 과감하게 아침에 나설 걸 그랬다고 후회했을 테니까."

"그건 그래. 그런데 도쿄도 지금쯤 이 정도로 날씨가 좋아졌을까?"

"그건 뭐 가보지 않는 한 잘 모르겠고, 궁금하면 전화로 한 번 물어봐. 하지만 그럴 거야. 일본 어디를 가도 하늘은 이어져 있으니까."

쓰다는 약간 우스웠다. 그러자 노인이 즉각 말을 걸었다.

"당신도 온천으로 요양하러 가십니까? 어쩐지 그럴 거라고 생각했습니다, 아까부터."

"왜요?"

"왜라뇨? 그런 곳에 놀러 가는 사람은 척 하면 삼천리지요, 그렇지?"

그는 이렇게 말하며 곁에 있는 동행을 돌아다보았다. 중절모를 쓴 사람은 마지못해 "아, 그럼" 하고 대답했다.

이 천리안에 고소를 금할 수 없었던 쓰다는 그것으로 대화를 끝내려고 했는데 활달한 노인은 좀체 놓아주지 않았다.

"하지만 여행도 요즘은 편리해졌습니다. 어딜 가든 몸 하나 움직이면 그만이니까 고마운 일이지요. 특히 우리처럼 성질이 급한 사람에게는 안성맞춤이오. 이번에도 짐 따위 아무것도 들고 오지 않았습니다. 휴대품만 넣는 여행 자루와 저 대장의 가방을 빼면 남는 건 목숨뿐이라고 말할 정도입니다. 그렇지, 대장?"

대장이란 사람은 또 "아, 그럼" 하고 대답할 뿐이었다. 그 정도 수화물을 찻간으로 가지고 들어가지 못한다면 그들이 말하는 소위 '경편'

이란 기차는 상당히 붐비든지 아니면 상식적으로 헤아릴 수 없을 정도로 불완전해야 했다. 그 점을 확인하려고 생각한 쓰다는 당장 확인해도 별수 없다는 기분이 들어 입을 다물어버렸다.

전차에서 내렸을 때 쓰다는 두 사람의 그림자를 놓쳤다. 그는 정류장 앞에 있는 휴게소에서 사진판이나 석판 따위로 제각기 머리를 짜서 만든 온천장의 광고 그림을 바라보면서 점심을 먹었다. 평소보다 한 시간 이상 늦어진 점심이라 허기진 그는 정신없이 끼니를 때웠다. 하지만 발차 시각은 눈앞에 다가와 있었다. 그는 숟가락을 내던지자마자 얼른 또 경편 기차로 갈아타야 했다.

첫 출발역은 휴게소 바로 앞이었다. 그는 방금 타고 온 전차보다도 좁은 그 기차를 눈앞에서 바라보며 하녀에게 밥값의 거스름돈을 받자마자 즉시 밖으로 나갔다. 개찰 가위로 뚫은 차표를 돌려받는 곳과 승강장 사이에는 거리라고 할 것이 거의 없었다. 대여섯 발자국 움직이자 금방 발을 올리는 계단이 나왔다. 그는 차 안에서 조금 전의 두 사람과 얼굴을 다시 마주했다.

"이야, 안녕하시오. 이쪽에 앉으시지요."

노인은 허리를 비틀어 쓰다를 위해 그가 팔에 안고 온 무릎 덮개를 펼칠 틈새를 만들어 주었다.

"오늘은 비어 있어서 다행입니다."

노인은 피한기와 피서기 곧 세밑부터 설날까지 그리고 7~8월 두 달에 걸쳐 이 노선에 몰려드는 정양 손님들이 얼마나 붐비는지를 자못 재미있다는 듯 아까와 같은 어조로 들려준 뒤 동행을 돌아다보았다.

"그럴 때 여자 따위를 데리고 오는 건 정말이지 죄악이야. 우선 엉덩이가 크니까 탈 수 없어. 그리고 금방 멀미를 하니까 곤란하지요. 김밥처럼 꽉꽉 쑤셔 박힌 가운데 토하고 게우고 하니. 참 꼴불견이지."

그는 자기 곁에 앉아 있는 젊은 부인의 존재를 깨끗이 잊어버린 듯이 말했다.

170

경편 안에서도 쓰다의 평화는 자칫하면 나이 든 이 낙천가 때문에 깨질 뻔했다. 앞으로 목적지에 도착했을 때의 상황, 그 상황에 따라 취해야 할 자신의 태도, 그런 것을 상상하며 떠올린 여관이라든지 산, 시냇물 등의 광경이 종잡을 수 없이 어른거리는데 노인이 갑자기 그를 꿈속에서 끌어냈다.

"아직도 가교를 이용하고 있다니 만사태평일세. 좀 보소, 일꾼들이 저런 식으로 일을 하니, 원."

원래의 다리가 작년 홍수 때 떠내려간 뒤로 아직 완성되지 않은 것을 두고 노인은 자못 회사의 태만이기라도 하는 양 비난한 뒤, 바다로 흘러드는 강어귀에 새로 들어선 몇 동의 건물로 둘러싸인 집을 가리키며 또 쓰다의 주의를 끌어내리고 했다.

"저 집도 작년에 물에 휩쓸려갔다는데, 하지만 금방 저렇게 세웠으니 경편보다 조금은 기특하구먼."

"올여름 피서객들을 놓치지 않으려는 거겠지요."

"저 근처에서 한여름을 보내면 상당히 기분이 좋을 거야. 역시 욕심이 없으면 뭐든지 일이 재빠르게 진척되지 않는 거지. 이 경편만 해도 그렇잖소, 당신. 어물쩍 저 가교로도 일에 부족함이 없으니까 회사는 언제까지나 게으름 피우기로 작정하고 새로 짓지 않는 거요.”

쓰다는 노인의 인생관에 두말없이 장단을 맞추면서도 이야기가 도중에서 끊어지자 조는 척하며 자기 일을 생각했다.

그의 머릿속에서는 정리되지 않은 단편적인 영상이 끊임없이 흘렀다. 그중에는 오늘 아침에 본 오노부의 얼굴도 있었다. 역까지 마중 나와준 요시카와 집 서생의 모습도 나타났다. 그가 차 안까지 들고 온 과일 바구니도 있었다. 그 덮개를 열어 두 여행자에게 부인의 선물을 나눠줄까 하는 생각이 들기도 했다. 그렇게 했다가 생길 성가심과 번거로움이 겹쳐 이쪽의 호의를 받을 때 보일 상대의 호들갑스러운 인사도 선명하게 떠올랐다. 그러자 노인도 중절모도 갑자기 사라지고 그 대신 뚱뚱한 요시카와 부인의 그림자가 환상 속으로 성큼성큼 다가왔다. 연상은 곧 이제부터 가려고 하는 온천장의 초점인 기요코에게 옮아갔다. 그의 마음은 기차 바퀴와 함께 앞뒤로 흔들리기 시작했다.

기차라는 이름이 아까울 정도로 기차는 곧 바다로 이어지는 가파른 산 중턱을 덜컹거리며 위태롭게 달리는가 하면 어느새 산과 산 사이로 끼어들어가 몇 번이나 오르락내리락했다. 그 산의 대부분은 빈틈없이 이어진 귤 색깔로 따뜻한 남국의 아름다운 가을 하늘 아래 끝없이 펼쳐져 있었다.

“저거 맛있겠다.”

“아니, 하나도 맛없어. 여기서 보고 있는 게 훨씬 좋아.”

비교적 험하고 꼬불꼬불한 비탈을 하나 올라챘을 때 갑자기 기차가 멎었다. 역도 아닌 그곳에 보이는 것은 다소 서리로 빛이 바랜 잡목뿐이었다.

"무슨 일이야?"

노인이 이렇게 말하며 창에서 목을 빼고 있는데 차장과 운전사가 급히 기차에서 내려 계속 뭔가 이야기를 주고받았다.

"탈선입니다."

이 말이 들리자 노인은 얼른 쓰다와 자기 앞에 있는 중절모를 바라보았다.

"그러니까 내가 뭐랬어. 반드시 뭔가 있을 거라고 했지."

갑자기 예언자 같은 말투를 풍긴 그는 드디어 자신이 수다를 늘어놓을 때가 왔다는 듯 떠들기 시작했다.

"어차피 집을 나올 때 작별의 잔을 나누고 왔으니까 각오는 처음부터 되어 있지만, 여차하면 이런 곳에서 벤케이(弁慶)의 진퇴유곡처럼 되는 건 딱 질색이니까(승려 벤케이가 고로모가와 싸움에서 선 채로 전사한 고사에서 나온 말). 그렇다고 언제까지 이렇게 기다린들 좀체 원상 복구가 될 것 같지도 않고. 어쨌든 해가 짧은 데다 성미도 급해서 느긋하게 있을 수가 없네. ……어떻습니까, 여러분. 모두 내려서 기차 바퀴를 한 번 밀어보는 건."

노인은 이렇게 말하며 기세 좋게 맨 먼저 뛰어내렸다. 남은 사람들이 쓴웃음을 지으며 일어섰다. 쓰다도 혼자 실내에 앉아 있을 수 없어서 사람들과 함께 지면 위로 내려섰다. 그리고 노랗게 물든 잔디 위에 멍청히 서 있는 부인을 뒤로하고 끙끙 기차 바퀴를 밀었다.

"어, 안 돼, 너무 밀었다."

바퀴는 또 되돌아왔다. 그리고 다시 앞으로 밀렸다. 밀고 당기기를 두세 번 반복하는 동안 탈선은 겨우 복구됐다.

"또 늦어버렸네, 대장. 덕분에."

"누구 덕분에?"

"경편 덕분에 말이야. 하지만 이런 일도 없으면 졸려서 안 돼."

"일껏 놀러 온 보람이 없는 거겠지."

"그렇고 말고."

쓰다는 늦은 시간을 걱정하면서 알려준 역에서 이 기세 좋은 노인과 헤어져 혼자 해 질 녘의 공기 속으로 나아갔다.

171

안개 때문인지 밤의 어둠 때문인지, 분별이 되지 않는 정경 속에 어렴풋이 펼쳐진 거리의 모습은 마치 적막한 꿈속 같았다. 자신을 감싸고 있는 어슴푸레한 전등 빛과 그 빛이 닿지 않은 곳을 점령한 막막한 어둠을 보자 쓰다는 분명 꿈결이라는 느낌을 받았다.

'나는 지금 이 꿈 같은 느낌을 계속 더듬어가려고 하고 있다. 도쿄를 떠나기 전부터, 더 엄밀히 말하면 요시카와 부인에게 이 온천행을 권유받기 전부터, 아니 더 깊이 파고 들어간다면 오노부와 결혼하기 전부터, ……그래도 아직 말이 부족하다, 실은 기요코가 갑자기 등을 돌리고 달아난 그 찰나부터, 나는 이미 이 꿈 같은 것에 저주받았다. 그리고 지금 바야흐로 그 꿈을 뒤쫓아가려고 하는 참이다. 돌이켜보면 과거로부터 이어온 이 한 가닥 꿈이 목적지에 도착한다고 활짝 깰까? 그것은 요시카와 부인의 의견이었다. 따라서 부인의 의견에 동의하고 또

한 그것을 실행하는 지금의 내 의견도 그러리라고 기대해야 한다. 하지만 그것이 과연 사실일까? 과연 지금의 미망을 말끔하게 털어버릴 수 있을까? 나는 과연 그만한 각오를 안고 몽환적인 이 한촌에 서 있는 것일까? 눈에 들어오는 낮은 처마, 자갈을 깐 지 얼마 안 된 듯한 좁은 도로, 흐릿한 전등, 쓰러질 것 같은 초가집, 노란 포장을 씌운 마차, ……새로운 풍물인지 옛것 그대로인지 묘한 배합이 몽환적인 느낌을 더해주는 을씨년스럽고 으스스한 가을밤, 칠흑 같은 어둠, ……모든 몽롱한 풍광과 함께 다가오는 이 느낌은 내가 여기까지 붙들고 온 숙명의 상징이 아닐까? 지금까지도 꿈, 지금도 꿈, 앞으로도 꿈, 끝내 털어버리지 못한 채 그 꿈을 안고 다시 도쿄로 돌아간다. 그것이 이 사건의 결말이 아니라고도 자신할 수 없다. 아니, 아마 그렇게 되리라. 그럼 무엇 때문에 비 오는 도쿄를 떠나 여기까지 왔단 말인가. 결국 바보라서? 바보라는 단정을 확실히 내릴 수만 있다면 여기서라도 되돌아갈 수 있을 텐데.'

이 감상은 한꺼번에 밀려왔다. 뒤엉킨 온갖 상념이 짧은 시간에 이토록 정연한 순서와 단락과 논리와 공상을 갖추고 그의 머릿속을 지나갔다. 하지만 그 후의 그는 이제 자기 생각에만 빠져있을 수 없었다. 어디서 왔는지도 모르는 젊은 남자가 불쑥 나타나서 그의 짐을 받아 들었다. 그 남자는 1분의 지체도 없이 바로 앞에 있는 찻집으로 끌고 가더니 그가 가려는 여관 이름을 묻고, 마차를 탈 것인지 인력거를 탈 것인지 확인한 뒤 그가 기대조차 하지 않았던 애교까지 순발력 있게 자유자재로 구사했다.

그는 결국 이것저것 따지지 않고 두꺼운 포장을 늘어뜨린 마차에 실렸다. 그리고 "죄송합니다"라는 말과 함께 자기 앞에 허리를 걸치는 조금 전의 젊은 남자를 발견하고 깜짝 놀랐다.

"자네도 같이 가는가?"

"예, 방해되어도, 모쪼록."

젊은 남자는 쓰다가 찾아가려고 하는 여관의 종업원이었다.

"여기 깃발이 있습니다."

그는 고개를 돌려 마부석 구석에 꽂힌 붉은색의 작은 깃발을 보았다. 어두워서 깃발에 쓰인 글씨 색깔은 쓰다의 눈에 들어오지 않았다. 깃발은 그저 마차의 속력으로 일어나는 바람 때문에 그의 좌석 쪽으로 심하게 펄럭이고 있을 뿐이었다. 그는 목을 움츠리고 외투 깃을 세웠다.

"밤에는 이제 꽤 추워졌습니다."

마부석과 등을 대고 앉은 종업원은 바람을 맞받지 않았으므로 쓰다에게는 어쩐지 주제넘게 들렸다.

길 좌우로 논이 보였다. 그리고 길과 논의 경계에서는 간간이 도랑물 흘러가는 소리가 들리는 듯했다. 좁다란 논배미들은 양쪽 모두 길게 이어진 산자락에 들러붙은 듯한 느낌도 들었다.

종업원에게는 쓰다의 모자와 외투 깃으로 감출 수 없는 얼굴의 한 부분만을 바람에 부대끼며 추위에 저항이라도 하는 듯한 모습이 생각에 몰두하는 것처럼 보였다. 종업원도 그편이 편리한 듯 억지로 말을 건네지 않았다.

그러자 갑자기 쓰다의 마음이 흔들렸다.

"손님은 많이 있는가?"

"예, 감사합니다, 덕분에."

"몇 사람 정도?"

몇 사람이라고 응답하지 않던 종업원은 오히려 변명 비슷한 대답을 했다.

"지금은 공교롭게도 계절이 계절인 만큼 별로 손님이 없습니다. 추울 때는 세밑에서 설날에 걸쳐, 그리고 여름이 되면 7~8월 두 달 동안 붐빕니다. 그럴 때에는 단골 손님이 아닐 경우 거절하는 일이 매일같이 생깁니다."

"그럼 지금이 때마침 한가한 때로군, 그런가?"

"예, 편히 쉬십시오."

"고맙네."

"역시 병환 때문에 일부러 오신 건가요?"

"응, 뭐 그렇다네."

기요코에 대해 알아볼까 하고 말을 시작했던 쓰다는 여기에서 갑자기 막혔다. 그는 꺼림칙했다. 그녀의 이름이 목구멍까지 차올랐지만 꿀꺽 삼켰다. 게다가 나중에 귀찮은 일이라도 일어난다면 큰일이라고 마음을 돌렸다. 종업원에게 얼굴을 거두고 마차 등받이에 기댄 그는 다시 입을 다물었다.

172

마차는 이윽고 검고 큰 바위에 부딪힐 듯 아슬아슬하게 그 밑동을 빙 돌아 들어갔다. 그 반대편에도 비슷한 돌무더기가 들쑥날쑥 길을 가로막고 있었다. 마부석에서 뛰어내린 마부는 얼른 말고삐를 잡았다.

한쪽에는 하늘을 찌를 듯 높이 솟은 나무가 있었다. 쏟아지는 별빛 아래 무서운 음영으로 보아 고송 같은 그 나무와 갑자기 한쪽에서 재잘거리는 여울물 소리가 오래 도회를 벗어나 보지 못한 쓰다에게 생각지도 않게 심기일전하는 기회를 가져다주었다. 그는 까마득했던 기억이 떠올랐을 때와 같은 기분이 들었다.

'아, 세상에는 이런 게 존재하고 있었구나. 어째서 지금까지 그걸 잊어버리고 있었을까.'

불행하게도 이 술회는 술회만으로 단순히 끝나지 않았다. 쓰다의 머리에는 즉각 지금부터 만나러 가는 기요코의 모습이 떠올랐다. 그는 헤어진 지 1년 가까이 된 오늘날까지 아직 한 번도 그녀를 잊어버린 적이 없었다. 이렇게 밤길을 마차에 시달리면서 가는 것도 솔직히 말하면 그 사람의 그림자를 일편단심으로 뒤좇아온 소행임이 틀림없었다. 마부는 조금 전부터 시간을 지체할까봐 그런지 그만두었으면 하는데도 마구 채찍을 휘두르며 계속 비쩍 마른 말 궁둥이를 후려쳤다. 잃어버린 여자의 그림자를 뒤좇아 가는 그의 마음, 그 마음을 무람없이 바꿔 표현한다면 곧 이 말라빠진 말 같지 않을까? 그럼 그의 눈앞에 코로 가쁜 숨을 뿜어대고 있는 초라한 동물이 그 자신이라면, 거기에 사납게 채찍을 휘두르는 건 누구일까? 요시카와 부인? 아니, 그렇게 단선적으로 단언할 수도 없었다. 그럼 역시 그 자신? 그 점에서 정확한 해석을 덧붙이는 것이 마음에 들지 않았던 쓰다는 문제를 거기에서 접고 여전히 앞일을 생각하지 않을 수 없었다.

'그녀를 만나는 건 무엇 때문일까? 영원히 그녀를 기억하기 위해? 만나지 않아도 지금의 나는 잊지 못하고 있지 않은가. 그럼 그녀를 잊어버리기 위해? 아니 그렇지 않을지도 모른다. 소나무 음영과 물 흐르는 소리, 그것은 지금 완전히 잊고 있었던 산과 산골짜기의 존재를 상기시켜 주었다. 잠시도 잊지 못한 그녀, 상상의 눈앞에 아른거리는 그녀, 일부러 도쿄에서 뒤를 따라온 그녀는 자신에게 어떤 태도로 나올 것인가.'

차가운 산골짜기의 공기와 그 산을 신비하게 어두침침하게 물들인 밤경치 그리고 그 경치 속에 자신의 존재가 빨려 들어간 쓰다가 한꺼번에 겹쳐지자 그는 저도 모르게 두려웠다. 오싹했다.

마부는 말고삐를 잡은 채 뿌연 입김을 바위 모서리에 흩뿌리며 급류 위에 걸린 다리를 느릿느릿 지나갔다. 그러자 몇 점의 전등이 곧 쓰다의 눈동자에 들어왔기 때문에 그는 벌써 다 왔다고 생각했다. 어쩌면 그 불빛 중의 하나가 지금 기요코를 비추고 있을지도 모른다는 생각마저 들었다.

'운명의 불씨다. 그걸 표적으로 맞닥뜨리는 것 밖에 길은 없다.'

시적 감각이 뒤떨어지는 그는 원래 이런 말을 입에 올릴 줄 몰랐다. 하지만 이렇게 형용할 만한 기분은 있었다. 그는 종업원 쪽으로 목을 뺐다.

"도착한 것 같지 않나? 자네 집은 어디야?"

"예, 좀 더 안쪽으로 들어가면 있습니다."

마차가 간신히 다닐 정도로 온천 동네는 좁았다. 게다가 길이 불규칙하고 이리저리 마구 구부러져 있어서 마부가 다시 채찍을 휘두르기 무척 조심스러운 길이었다. 그래도 여관에 도착할 때까지는 5~6분밖에 걸리지 않았다. 산과 골짜기가 깊고 가파른 만큼 동네는 그만큼 좁았던 것이다.

여관은 종업원이 말한 대로 괴괴했다. 밤이어서도 아니고 집이 넓기 때문만도 아닌, 순전히 손님이 적기 때문이라고밖에 생각할 수 없는 고요함 가운데 자신의 방으로 안내된 그는 좋은 때를 마련해준 이 우연에 감사했다. 짚고 넘어가야 할 사정이 아니었다면 사람들로 북적거리는 곳이 그의 성격에 맞긴 했다.

그는 밥상 앞에 앉아 있는 하녀에게 물었다.

"낮에도 이런가?"

"예."

"왠지 손님은 아무 데도 없는 것 같은데."

하녀는 신관이라든가 별관, 본관이라는 이름을 늘어놓으며 쓰다의 궁금증을 풀어줬다.

"그렇게 넓은가? 안내를 받지 못한 사람은 미아가 되겠네."

그는 기요코가 있는 방향을 확인하고 싶었다. 하지만 종업원에게 노골적인 질문을 던지지 못한 것처럼 하녀에게도 솔직히 물을 수 없었다.

"혼자 오는 사람은 적을 테지, 이런 곳에."

"그렇지도 않습니다."

"하지만 남자겠지, 그건. 설마 여자 혼자서 체류하는 경우는 없을 거야."

"한 분 계십니다, 지금."

"저런, 병이 아닐까, 그런 사람은?"

"그럴지도 모르겠습니다."

"어떤 사람이지?"

담당이 달라서 하녀는 이름을 몰랐다.

"젊은 사람인가?"

"예, 젊고 아름다우신 분입니다."

"그래? 좀 보고 싶네."

"온천에 들어가실 때 이 방 옆을 지나가시니까 보고 싶으시다면 언제든지."

"뵐 수 있을까? 그거 고마운 일이군."

쓰다는 여자가 있는 방향만을 듣고 밥상을 물렸다.

173

자기 전에 한차례 목욕할 생각으로 하녀에게 안내를 부탁한 쓰다는 비로소 조금 전에 들은 이 집의 규모를 생각했다. 난데없는 복도를 돌거나 생각지도 않은 계단을 내려간 끝에 목적한 욕조를 눈앞에서 발견한 그는 혼자서 자기 방으로 되돌아갈 수 있을까 하는 의심이 들었다.

목욕탕에는 판자와 유리문으로 몇 개의 칸막이가 쳐져 있었다. 좌우로 세 개씩 마주 보도록 나란히 있는 작은 욕조 외에 조금 떨어진 곳에 있는 것은 예사 목욕탕의 욕조에 비해 몇 배나 컸다.

"이곳이 제일 커서 기분도 좋아지실 겁니다."

하녀는 쓰다를 위해 젖빛 유리문을 드르륵 열어주었다. 안에는 아무도 없었다. 서린 김 때문인지 방으로 치면 빛받이 부분에도 역시 유리창을 냈고, 절반 정도 틈이 벌어진 그 두 짝 사이에서 산골의 밤공기가 솜옷을 벗기 시작한 쓰다의 몸을 싸늘하게 덮쳐왔다.

"아이고 차다."

쓰다는 첨벙 소리를 내며 탕 안으로 뛰어 들어갔다.

"그럼, 천천히 쉬십시오."

문을 닫고 나가려 하던 하녀는 일단 이렇게 말한 뒤 다시 돌아왔다.

"밑에도 또 목욕탕이 있으니까, 혹시 그쪽이 마음에 드신다면 그리로 옮기십시오."

올 때 이미 계단을 한 개인가 두 개 내려온 쓰다는 이 욕조의 아래층이 또 있으리라곤 생각지도 못했다.

"도대체 몇 층이야, 이 집은?"

하녀는 웃기만 할 뿐 대답하지 않았다. 하지만 용무만은 대단히 친절하고 자상했다.

"이쪽이 새로 지어서 깨끗하긴 하지만 물은 아래쪽이 더 효능이 있다고 합니다. 그래서 정말 치료하러 오신 분은 모두 아래층으로 들어가십니다. 그리고 아래층에서는 어깨나 허리에 폭포수를 맞는 것도 가능합니다."

욕조에서 고개만 내민 채 쓰다는 대답했다.

"고마워. 그럼, 다음에는 거기에 들어갈 테니까 데리고 가주게."

"예. 손님께서는 어디가 안 좋으십니까?"

"응, 좀 안 좋아."

하녀가 사라진 뒤 쓰다는 한참 동안 '정말 치료하러 온 손님'이라고 한 그녀의 말을 잊어버릴 수 없었다.

'나는 과연 그런 종류의 손님인 걸까?'

그는 자신을 그렇게 생각하고 싶기도 하고, 또 그렇게 생각하고 싶지 않기도 했다. 무엇 때문에 왔는지, 그것은 그의 마음이 잘 알고 있었다. 하지만 비를 무릅쓰고 여기까지 온 그에게는 아직 생각할 틈이 있었다. 주저가 있었다. 약간의 여유가 남아 있었다. 그리고 그 여유가 그를 일깨웠다.

'지금이라면 아직 뭐든지 할 수 있어. 정말로 치료를 목적으로 온 손님이 되려고 한다면 그리 될 수 있어. 될까, 안 될까는 지금 네 자유다……, 자유는 하염없이 편한 것이다. 그 대신 미련의 찌꺼기는 그대로 남는다. 그러므로 어쩐지 개운하지 못하다. 그래서 너는 그 자유를 내던지려고 하는가? 지금의 자유를 버리고 그녀를 만나면 미련이 정리된다고 생각하는가? 사랑이 부활이라도 한단 말인가? 그것을 너는 믿는가? 네 미래는 아직 눈앞에 나타나지 않았어. 네 과거에 있었던 그녀의 불가사의한 행동보다 몇 배나 불가사의한 게 기다리고 있을지 몰라. 과거의 불가사의한 수수께끼를 풀기 위해서 자신이 원하는 것을 불가사의한 미래에 기대고, 지금의 자유를 내던지려고 하는 너는 바보인가 똑똑이인가?'

쓰다는 뭐가 뭔지 판단할 수 없었다. 만사가 결과 여하로 정해지게 마련인 마당에 그 결과를 의심하기 시작하는 날에는 손도 발도 움직일 수 없게 되는 것은 당연한 이치였다.

그에게는 처음부터 세 가지의 길이 있었다. 세 가지 외에 딴 길은 없었다. 첫 번째는 언제까지나 우유부단한 대신 지금의 자유를 잃어버리지 않는 것, 두 번째는 바보가 되어도 상관없으니까 앞으로 나아가는 것, 세 번째 즉 그가 지향하고 있는 것은 바보가 되지 않고 자신이 만족할 수 있는 해결을 얻는 것.

이 세 가지 항목 중 그는 단지 세 번째만을 목적으로 두고 도쿄를 떠났다. 그런데 기차에 흔들리고, 마차에 흔들리고, 산 공기에 차가워지고, 김이 자옥한 온천에 몸을 담그고, 마침내 목적한 사람이 눈앞에 있다는 사실을 알고 목적한 뜻을 내일부터라도 실행에 옮기려고 하는 바로 그때 불현듯 첫 번째가 얼굴을 내밀었다. 그러자 두 번째도 어느 사이에 미소를 지으며 그의 곁에 섰다. 그것들에 대한 반추는 갑작스러웠다. 하지만 혼란스럽지는 않았다. 시야를 가로막는 안개가 소리소문 없이 맑게 걷혀가는 사이로 그는 이것들을 똑똑히 바라볼 수 있었다.

의외로 낭만적이었던 쓰다는 또 의외로 이성적이었다. 그리고 그는 그 대조적인 양면을 깨닫지 못하고 있었다. 그러므로 자기의 모순을 괴로워할 필요가 없었다. 그는 그저 결정하면 그걸로 충분했다. 그러나 결정하기까지는 가슴속에서 일대 전쟁을 치러야 했다. ……바보가 되어도 상관없다. 아니 바보가 되는 건 싫다. 그렇다, 바보가 될 리 없다.…… 갈등 끝에 일단 정리된 것이 다시 이런 삼단 논법으로 끈질기게 들러붙었을 때 그는 비로소 몸을 씻으려고 일어났다.

사람이 없는 큰 욕조 속에서 씻는 것인지 문지르는 것인지 알 수 없이 손을 움직이며 그는 열심히 깨끗한 온천물을 온몸에 촥촥 끼얹었다.

174

그때 느닷없이 드르륵 열리는 유리문 소리에 주위를 까맣게 잊고 생각에 골몰하던 쓰다는 깜짝 놀랐다. 그는 엉겁결에 입구 쪽으로 고개를 돌렸다. 그리고 거기에 반신을 드러낸 부인의 모습이 뽀얀 김 너머로 나타나자 그의 심장은 철렁했다. 하지만 그것은 순간적인 착각이었다. 그녀는 그가 지레짐작했던 사람이 아니었다.

태어나서 아직 한 번도 얼굴을 마주한 기억이 없는 그 부인은 자다가 금방 일어났는지, 낮이라면 사람의 눈을 꺼렸을 법한 칠칠치 못한 꼬락서니로 쓰다 앞에 나타났다. 대개 소맷자락도 내비쳐서는 안 되는 긴 속옷의 화려한 빛깔이 아낌없이 쓰다의 눈에 비쳤다.

부인은 수증기 속에 거지처럼 웅크린 쓰다의 나체를 힐끔 훔쳐보고는 일단 들어오려던 몸을 얼른 뒤로 뺐다.

"아이고, 실례."

쓰다는 자기 쪽에서 사과해야 할 말을 상대방에게 빼앗긴 듯한 느낌이 들었다. 그러자 계단을 내려오는 슬리퍼 소리가 또 들려왔다. 그 소리가 유리문 앞에 멈추는가 싶더니 남녀의 대화가 그의 귀에 들어왔다.

"무슨 일이야?"

"누군가 들어가 있어."

"들어가 있어? 상관없잖아, 복잡하지만 않다면."

"하지만……."

"그럼 작은 데로 들어가자. 작은 데라면 전부 비어 있을 거야."

"가쓰 씨는 없을까?"

쓰다는 이 두 사람을 위해 빨리 나가고 싶었다. 그러면서도 그가 들어가 있는 탕 안에 기어코 들어가지 않으면 성에 차지 않는다는 듯한 주변머리를 은연중 드러내는 부인이 마음에 들지 않았다. 그는 여기에 들어오고 싶으면 마음대로 들어오시라, 사양 따위는 필요 없으니까, 하고 배짱을 퉁기듯 다시 욕조에 몸을 담갔다.

그는 키가 큰 남자였다. 긴 다리를 편안하게 쭉 뻗고 그것을 물속에서 상하로 움직이며 투명한 물속에 둥둥 뜨거나 가라앉았다 하면서 다리를 뽐내듯이 바라보았다.

그때 갑자기 조금 전의 여자가 기다리던 가쓰 씨로 보이는 사람의 목소리가 들려왔다.

"안녕하시오. 굉장히 빨리 오셨군요."

가쓰 씨의 인사에 남자가 대답했다.

"응, 너무 심심해서 오늘은 일찍 자려고."

"저런, 그럼 연습은 전부 끝나셨습니까?"

"끝난 것도 아니지만."

다음에는 여자의 목소리가 들렸다.

"가쓰 씨, 거기는 사람이 들어 있어요?"

"예, 그런데요."

"새로 만든 탕이 비어있는 곳은 어디 없을까요?"

"있습니다. 그 대신 좀 뜨거울지도 몰라요."

가쓰 씨가 두 사람을 안내한 듯 목욕탕 문을 여는 소리가 들렸다. 그런가 했더니 쓰다가 들어 있는 욕조 입구가 드르륵 울렸다.

"안녕하세요."

네모난 얼굴의 자그마한 사내가 다시 이렇게 말하며 들어왔다.

"어르신, 등을 밀어드릴까요?"

그는 곧 몸 씻는 곳에 내려서서 둥근 나무통으로 뜨거운 물을 길었다. 쓰다는 마지못해 그에게 등을 내밀었다.

"자네가 가쓰란 사람인가?"

"예, 어르신 잘 아시네요."

"지금 막 들었지."

"아, 예. 그러고 보니 어르신도 지금 처음 뵙는 것 같은데요."

"지금 막 왔어."

가쓰 씨는 아하 하고 웃기 시작했다.

"도쿄에서 오셨습니까?"

"그렇다네."

가쓰 씨는 쓰다에게 몇 시 하행열차 아니면 몇 시 상행열차로 도착했는지를 알아내려고 했다. 그리고 혼자 왔는지, 왜 부인은 같이 오지 않았는지, 조금 전의 부부는 요코하마의 털실 가게 부부라느니, 남편이 아내에게 매일 밤 소리를 배운다느니, 자기네 여관의 안주인은 속요(俗謠)를 아주 잘 부른다느니 하는 것까지 쓰다에게 여러 질문과 더불어 시시콜콜한 정보를 늘어놓았다. 듣지 않아도 좋을 것까지 들어야 했던 쓰다는 가쓰 씨가 언급하지 않은 것이 단 하나 있다고 생각했다. 그것은 기요코라는 이름이었다. 일부러 빠트린 것은 아니겠지만 쓰다는 다소 아쉬웠다. 물론 쓰다도 상대를 유도할 의도는 없었다. 그럴 만한 틈도 없이 가쓰 씨는 재빠르게 지껄일 만큼 지껄이고는 등 미는 것을 끝냈다.

"아무쪼록 편히 쉬십시오."

이 말을 남기고 자리를 뜬 가쓰 씨의 뒷모습을 전송한 쓰다도 이제 더 있을 필요가 없어졌다. 그는 곧 몸을 닦고 유리문 밖으로 나왔다. 하지만 젖은 수건을 늘어뜨리고 목욕탕의 계단을 올라가 거기에 있는 세면소와 전신 거울 앞을 지나 복도를 한 모퉁이 돌자 도대체 어디로 가야 할지 알 수가 없었다.

175

처음에 그는 길을 모른 채 걸었다. 조금 전 하녀의 안내를 받고 지나간 길인가 하는 의심만 아슴푸레한 꿈결처럼 그의 기억을 모호하게 할 뿐이었다. 하지만 복도를 지나온 거리에 비해서 좀처럼 자신의 방으로 짐작되는 곳이 나타나지 않자 그는 그 자리에 멈춰 섰다.

'어, 이 뒤쪽일까? 더 가야 할까?'

복도는 전등불로 환했다. 어느 방향이든 가려고 마음만 먹으면 마음대로 갈 수 있었다. 하지만 어디에도 인적은 없었다. 오가는 하녀도 없었다. 쓰다는 수건과 비누를 내려놓고 집 서재에서 오노부를 부를 때처럼 손뼉을 쳐보았다. 하지만 어디서도 대답은 들리지 않았다. 여관에 생무지인 그는 우선 하녀들의 대기실이 어디인지 알지 못했다. 개인 주택과 비슷한, 정원수로 막힌 막다른 곳에 있는 현관에서 올라왔기 때문에 부엌문, 부엌, 계산대 따위가 어디에 있는지 그는 도무지 알 수가 없었다.

한두 번 손뼉을 쳐봐도 아무런 반응이 없자 그는 쓴웃음을 지으며 다시 수건과 비누를 집어 들었다. 이것도 재미라는 생각이 들었다. 빙빙 돌아다니노라면 언젠가 자기 방이 나타날 거라는 호기심도 생겼다. 그는 난생처음 여관에서 겪는 경험을 일부러 맛보려는 듯한 심경으로 다시 걷기 시작했다.

복도는 곧 끝났다. 거기에서 엇비스듬히 두서너 계단을 올라가자 또 세면소가 나타났다. 반짝이는 하얀 금속 대야가 네 개 정도 나란히 줄지은 가운데 니켈 꼭지에서 흘러나오는, 계곡에서 끌어댄 물인지 맑은 샘물인지 알 수 없는 물이 끊임없이 줄줄 흘러내려서 모든 금속 대야가 가득 차 있을 뿐만 아니라, 가장자리로 수정 같은 물살이 아름답게 미끄러지는 모습이 선명히 보였다. 그득한 금속 대야 안은 뒤에서 넘치는 물과 위에서 떨어지는 물 모두가 고요함 속에서 미세한 진동을 느끼는 것처럼 흔들렸다.

수돗물에만 길들여진 쓰다의 눈은 곧 자신이 어디에 있는지를 망각했다. 그는 버려지는 물이 아까울 뿐이었다. 손을 내밀어 수도꼭지를 잠그려고 했을 때 겨우 자신의 단순함을 깨달았다. 그와 동시에 하얀 법랑 속에서 커졌다, 작아졌다 되풀이되는 일정하지 않은 소용돌이가 묘하게 그의 눈길을 끌었다.

주위는 고요했다. 밥상을 대했을 때 하녀가 말한 대로였다. 아니, 그보다는 사실 그녀의 말을 하나하나 수긍하고 아마 이 정도일 것이라고 상상한 것보다도 훨씬 더 조용했다. 손님이 어디에 있는지 미심쩍은 정도가 아니라 사람이 어디에 있는지 의심스러울 정도였다. 그 적요 속에서 전등 빛은 구석구석까지 비추고 있었다. 하지만 이것은 단지 환하기만 할 뿐 소리도 없고, 움직임도 없었다. 다만 그의 눈앞에 움직이는 것은 물 뿐이었다. 물은 소용돌이 모양을 그렸다. 그리고 그 소용돌이는 늘었다 줄었다 했다.

그는 곧 물에서 시선을 거두었다. 그러자 자기와 똑같이 움직이는 사람과 갑자기 맞닥뜨린 그는 깜짝 놀라며 응시했다. 하지만 그것은 세면소 옆에 걸린 큰 거울에 비친 자신의 영상에 지나지 않았다. 거울은 등신대라고까지는 하지 않더라도 자못 커다란 것이었다. 적어도 보통 이발소에 붙어 있는 정도의 크기였다. 그리고 이발소의 그것처럼 직립해 있었다. 따라서 그의 얼굴, 얼굴만이 아니라 그의 어깨도, 몸통도, 허리도 그와 같은 바닥에 발을 딛고 그와 마주 보고 있었다. 그는 상대가 자신이라는 것을 알아차린 뒤에도 여전히 거울에서 눈을 뗄 수가 없었다. 목욕탕에서 막 나온 그의 얼굴은 오히려 창백했다. 그는 왜 그런지 어리둥절했다. 한참 손질을 게을리한 머리칼은 흐트러진 채 머리를 덮고 있었다. 욕실에서 갓 나온 젖은 머리칼이 옻칠한 듯 번들거렸다. 왠지 그것이 그의 눈에는 폭풍우가 지나간 뒤의 뜰처럼 어수선해 보였다.

그는 이목구비가 반듯한 호남자였다. 얼굴의 살결도 남자로서는 아까울 만큼 섬세하게 가꿔져 있었다. 그는 언제나 거기에 자신을 가지고 있었다. 그에게 거울이란 외모에 대한 자신감을 확인하는 용도일 뿐이었다. 그러므로 여느 때와 다른 불만스러운 인상이 거울 속에 나타났을 때 그는 약간 당황했다. 이것이 자기라기보다는 자신의 유령이라는 느낌이 그의 마음을 앞섰다. 마음이 무거워진 그는 이 현상을 받아들이고 싶지 않았다. 그는 눈을 크게 뜨고 한층 더 거울 속의 자신을 응시했다. 곧 두 걸음쯤 앞으로 나가 거울 앞에 있는 빗을 집어 들었다. 그리고 일부러 차분히 자신의 머리를 단정하게 갈라 빗었다.

하지만 그의 행동은 빗을 던지는 것과 함께 끝나버렸다. 그는 다시 방을 찾는 원래의 자신으로 돌아갔다. 그는 세면소 맞은편에 걸린 사다리 계단을 올려다보았다. 그리고 그 계단에 어떤 특징이 있다는 것을 발견했다. 첫째로 그것은 보통 계단보다 폭이 약 3분의 1정도 넓었다. 둘째로 코끼리가 타고 있어도 소리가 나지 않을 만큼 튼튼하게 만들어져 있었다. 셋째로 보통 것과 달리 모조 서양관답게 온통 니스로 칠해져 있었다. 미심쩍은 가운데서도 이 계단만은 결코 조금 전에 내려오지 않았다는 확실한 기억이 되살아났다. 거기를 올라가도 자신의 방에는 돌아가지 못한다는 것을 깨달은 그는 다시 한 번 돌아갈 생각으로 거울 앞에서 몸을 돌렸다.

176

그러자 이층 어느 방에선가 문을 여닫는 소리가 들렸다. 계단 구조로 보아 위층 방의 개수는 한둘이 아닌 것으로 여겨지는 넓은 건물인데, 방금 쓰다의 귀에 들려온 소리는 손에 잡힐 듯 또렷해서 그는 방과의 거리를 짐작할 수 있었다.

밑에서 올려다본 계단 위는 보통의 요릿집 건물과 별다른 차이가 없었다. 거기에는 넓은 마루방이 있었다. 눈길이 미치지 않는 공간은 그만두고 막다른 곳을 가로지른 벽을 기준으로 삼아 대강 짐작해보니 다다미 한 장을 세로로 깔만한 길이는 충분히 되는 것 같았다. 그 마루방에서 복도가 세 갈래로 나뉘는지 아니면 두 갈래로 나뉘는지는 계단을 올라가 보지 않은 쓰다의 상상으로 판단할 수밖에 없었지만, 지금 방문 소리가 난 곳은 계단에서 제일 가까운 방, 즉 아래에서 보이는 벽 바로 뒤임이 틀림없었다.

쥐 죽은 듯한 적요 속에 갑자기 그 소리를 들은 쓰다는 비로소 계단 위에도 손님이 있다는 것을 깨달았다. 아니, 그보다 그는 그제야 사람이 존재한다는 것을 알아차렸다. 지금까지 완전히 엉뚱한 자극에 정신을 빼앗겨 있던 그는 놀랐다. 물론 그 놀라움이 대수로운 것은 아니었다. 하지만 어찌 보면 이미 죽었다고 생각한 것이 갑자기 되살아났을 때 느끼는 경이로움 같은 것이었다. 그는 즉시 도망치려고 했다. 그것은 방으로 돌아가지 못하고 갈팡질팡하고 있는 지금의 멍청한 모습이 눈에 띄는 것이 싫었기 때문이다. 그러나 더 솔직히 말하자면, 놀란 나머지 중심을 잃은 자신의 추한 꼬락서니를 남 앞에 드러내는 것이 부끄럽기 때문이기도 했다.

하지만 그 단순함과 달리, 돌아가는 형편은 좀 더 복잡했다. 일단 발길을 돌리려던 찰나에 그는 깨달았다.

'어쩌면 하녀일지도 모른다.'

이렇게 마음을 고쳐먹은 그의 자신감은 금세 회복되었다. 언제 놀랐느냐 싶게 조금 전의 자기를 잊어버린 그의 마음에는 손님이라도 상관없다는 여유가 생겼다.

'누구든 좋아, 오면 방향을 물어야지.'

그는 결심하고 거울 옆에 선 채 계단 위를 응시했다. 그러자 그의 예상대로 조용한 발소리가 벽 뒤쪽에서 들리기 시작했다. 그 발소리는 정말이지 조용했다. 나달거리는 슬리퍼 뒤꿈치가 아니었다면 그는 마침내 그 소리를 놓치고 말았을 정도로 조용했다. 그때 그는 온몸에 휘감기는 듯 엄습해오는 무엇을 느꼈다.

"이건 여자다. 하지만 하녀는 아니다. 어쩌면……."

퍼뜩 이렇게 판단한 그의 앞에 혹시 하고 생각했던 사람이 가차 없이 나타났을 때, 조금 전보다 몇십 배 강렬한 충격에 휩싸인 쓰다는 그 자리에서 얼어붙고 말았다. 눈도 움직이지 않았다.

그에 못지않게 경악한 기요코도 그 자리에서 굳어버렸다. 계단 위의 마루방까지 와서 거기에서 뚝 멈춘 그녀는 쓰다에게 한 폭의 그림이었다. 그는 잊어버릴 수 없는 인상의 하나로 그것을 두고두고 자신의 마음속 깊이 간직했다. 그녀가 계단을 내디디려고 무심결에 눈길을 떨어뜨리면서 쓰다를 발견한 것은 동시인 것 같으면서 실상은 동시가 아닌 것 같기도 했다. 적어도 쓰다에게는 그렇게 여겨졌다. 무심(無心)에서 깨어나 정신이 들 때까지는 시간이 걸렸다. 경악한 시간, 불가사의한 시간, 의심한 시간, 그런 것들을 거친 후 그녀는 비로소 우뚝 섰다. 옆에서 어깨를 찌르면 손가락 힘 하나로 흙으로 만든 인형을 쓰러뜨리는 것보다 더 쉽게 쓰러질 것 같은 자세로 굳은 채 그 자리에 장승처럼 곧추섰다.

그녀는 보통의 정양 손님들이 하는 대로 잠자리에 들기 전 잠깐 목욕탕에 들어가 몸을 따뜻하게 하려고 했던 모양으로 손에 작은 타월을 들고 있었다. 그리고 쓰다와 마찬가지로 니켈제의 비눗갑을 가지고 있었다. 장승처럼 굳어 있던 그녀가 왜 그것을 바닥 위에 떨어뜨리지 않았는지는 나중에 그 순간의 광경을 더듬을 때마다 언제나 그의 기억 속에서 얼굴을 내미는 의문이었다.

그녀의 모습은 조금 전 목욕탕에서 만난 부인만큼 제멋대로는 아니었다. 하지만 이런 장소에서 손님끼리 묵인한 자유로운 차림새였다. 그녀는 폭넓은 정식 오비를 매지 않았다. 빨강, 파랑, 노랑, 색색의 무늬를 곱게 넣은 화려한 좁은 오비를 둘둘 감은 모습이었다. 잠옷 안에 겹쳐 입은 긴 속옷이 얇은 모직 슬리퍼를 꿴 맨발의 발등을 가리고 있었다.

기요코의 몸이 딱딱하게 굳어지면서 얼굴 근육도 딱딱하게 굳어졌다. 그리고 양쪽 뺨과 이마가 점점 창백하게 변해갔다. 그 변화를 뚜렷이 감지하자 자신을 잊고 있던 쓰다는 정신이 번쩍 들었다.

'어떻게든 해야 한다. 한없이 파랗게 질릴지 모른다.'

쓰다는 과감히 말을 걸어보려고 했다. 그러자 그 순간 기요코 쪽이 기민하게 움직였다. 홱 돌아선 그녀는 얼른 자리를 떴다. 쓰다를 그대로 남겨둔 채 원래의 복도로 되돌아갔다고 생각하는 순간, 지금까지 분명히 그녀를 비췄던 이층 입구의 불빛이 깜박 꺼졌다. 쓰다는 캄캄한 어둠 속에서 문 여는 소리를 또 들었다. 동시에 그가 미처 몰랐던, 자신이 서 있는 곳 바로 옆 작은 방에서 초인종 소리가 요란스럽게 울렸다.

이윽고 멀리 복도를 쿵쾅거리며 달려오는 발소리가 들렸다. 그는 그 발소리의 주인공을 붙들고 기요코에게 불려가는 하녀에게 자기 방이 있는 곳을 물었다.

177

그날 밤 쓰다는 잠을 이루지 못했다. 덧문 밖에서 졸졸 들리는 물소리가 쉼 없이 그의 귀에 거슬렸다. 그것을 떨쳐버릴 수 없는 그는 머리를 갸웃했다. 비가 내리는 것일까? 시냇물이 처마 근처를 흐르는 것일까? 비라고 하기에는 차양에 부딪는 음향이 없었고, 시냇물 소리라고 하기에는 기세가 너무 약하다고 생각한 그의 뇌리는 동시에 그보다 훨씬 심각한 주제로 터질 듯했다.

그는 방으로 돌아가자마자 어느새 하녀가 펴놓은 따뜻한 이불 속으로 들어가 조금 전 자신이 우연히 맞닥뜨린 사태에 대한 생각에 잠겼다.

그는 오늘 밤의 자신이 거의 몽유병자 같다는 기분이 들었다. 그의 행동은 목적 없이 집안을 헤매고 돌아다닌 것이나 다름이 없었다. 특히 사다리 계단 밑에서 조용히 졸랑거리는 물을 보거나 갑자기 전신 거울에 비친 기분 나쁜 자신의 얼굴을 만났을 때는 한 시간도 지나지 않은 지금에 와서 판단해도 평소와는 다른 심리 작용의 영향을 받고 있는 것이 확실했다. 상식에서 벗어나본 적이 거의 없는 그에게 전 같지 않은 이 기분은, 이불 속에 편히 누워서 떠올려봐도 부끄러워야 할 상태임에 틀림없었다. 하지만 남우세스럽다는 것을 젖혀두고 왜 그런 기분이 들었는지, 단지 그 까닭을 따져보는 것만으로는 도무지 알 수 없는 노릇이었다.

그건 그렇다 치고, 왜 그때 기요코의 존재를 잊어버리고 있었을까? 쓰다는 스스로 생각해도 이상하지 않을 수 없었다.

'나는 그 정도로 그녀에게 냉담한 것일까?'

그는 물론 그렇지 않다고 믿었다. 그는 식사 때 이미 기요코가 있는 방향을 하녀에게 물어두었을 정도였다.

'하지만 너는 그걸 염두에는 두지 않은 거다.'

그는 실제로 복도를 헤매고 다니는 동안 기요코를 어딘가에 훌훌 털어버렸다. 하지만 자신이 어디를 헤매는지도 모르는 처지에 남이 어디에 있는지 알 리 만무했다.

'이 방향인 줄만 알고 있었더라면 그렇게 대책 없이 당하지만은 않았을 텐데.'

이렇게 생각한 그는 이미 첫 번째 기회를 놓친 것 같은 느낌이 들었다. 그녀가 뒤돌아선 모습, 올라가는 입구의 전등을 확 끄는 거동, 갑자기 하녀를 불러내는 초인종 소리, 이런 것들을 종합해 생각하면 모든 것이 경계였다. 주의였다. 그리고 절연이었다.

하지만 그녀도 깜짝 놀랐다. 그보다 훨씬 더 놀랐다. 그것은 단지 여자이기 때문이라고 말할 수도 있었다. 그에게는 해후에 대한 대비가 있었지만 그녀에게는 난데없는 조우에 단지 갑작스러움만이 있었기 때문이라고도 말할 수 있었다. 하지만 그녀의 놀라움이 그것만으로 전부 해명될 수 있을까? 그녀는 더욱 복잡한 과거를 눈앞에 떠올리고 있지는 않을까?

그녀는 파래졌다. 그녀는 굳어졌다. 쓰다는 거기에 희망을 걸었다. 지금의 자신에게 유리한 쪽으로 그것을 해석해보았다. 그리고 다시 그 해석을 뒤집고 반대쪽에서도 생각해봤다. 양쪽을 다 바라본 다음에는 어느 쪽이 그럴 법한지 따져보지 않을 수 없었다. 하지만 그 비판은 근거가 막연해서 쉽게 정리되지 않았다. 정리되어도 금방 무너졌다. 한쪽으로 기울면 그의 자존심이 허락하지 않았다. 다른 쪽으로 다가서면 환멸의 경종이 울렸다. 이상하게도 그의 자신감, 그의 겸손한 표현을 빌리면, 그의 자만심은 주관적인 것 같았다. 하지만 그것을 공격해오는 환멸의 경종은 또 반대로 객관적이라는 느낌이 들었다. 양쪽을 공평하게 바라보려고 하면서 그는 자기 본래의 기분과 객관적인 기분의 사이에 구별을 깔았다. 하지만 그녀가 아직 자신을 사랑하고 있을지 모른다는 쪽으로 마음이 더 기울면서 그런 건 있을 수 없다는 냉정한 생각을 저만큼 밀어냈다. 그는 이 차이를 당연하게 느꼈다. 그는 자신을 꾸짖으며 자만심에 찬 머리를 어루만졌다. 경종 소리에 귀를 기울이면서도 그 소리를 애써 외면했다.

이렇게 서로 쫓고 쫓기는 그의 마음에 아늑한 잠이 올 리 없었다. 만사를 내일로 미루기로 작정한 그는 몇 번이나 잠을 청하려고 했다가 실패한 나머지 엎치락뒤치락 뒤척이기만 거듭할 뿐이었다.

그는 담배에 불을 붙이려고 베개 밑에 있는 성냥을 집어 들었다. 그 때 하녀가 소매를 접어서 옷장 속에 넣어두고 간 솜옷이 눈에 들어왔다. 정신을 차리고 보니 오노부가 가방 속에 넣어준 것을 그냥 두고 조금 전 여관에서 준 옷을 입은 채 이불에 들어가 있었던 것이다. 그는 병원을 나올 때 새로 만든 솜옷에 대해 오노부에게 건넨 겉치레 말을 불현듯 떠올렸다. 동시에 오노부의 대답도 기억의 무대로 올라왔다.

"어느 게 좋은지 비교해보세요."

솜옷은 과연 여관 것이 월등히 좋았다. 거칠게 짠 감과 꼼꼼히 짠 감의 차이는 그의 눈에도 판연했다. 솜옷을 비교하노라니 아내 앞에서 은밀히 속으로 생각했던 당시의 일이 재차 의식 속에 살아났다.

'오노부와 기요코.'

혼자 이렇게 중얼거린 그는 갑자기 담배꽁초를 재떨이에 집어 던지고 그 바닥에서 지지직대는 소리를 듣자마자 얼른 이불을 머리꼭대기까지 뒤집어썼다.

억지로 자려고 하는 결심과 노력이 지쳐 어디론가 사라져버렸을 때, 그는 비로소 저도 모르게 꿈속으로 빠져들었다.

178

아침 일찍 남자가 와서 덧문을 여는 바람에 일단 깬 잠은 비몽사몽한 상태에서 간신히 지속했다. 더는 잠을 이룰 수 없을 만큼 방구석까지 환해지고 바깥에 아침 햇살이 가득 퍼졌을 무렵, 그제야 자리에서 일어난 쓰다의 눈꺼풀은 아직도 천근만근이었다. 그는 양치질하며 장지문을 열었다. 그리고 어젯밤의 신비경에서 이제야 겨우 벗어난 사람처럼 맑은 눈빛으로 주변을 둘러보았다.

그의 방 앞에 있는 정원은 뜻밖에도 산골답지 않았다. 불규칙한 연못을 인공적으로 만들어 그 주위에 어린 소나무라든가 철쭉 등을 상투적으로 배치한 경치는 평범하다기보다 오히려 비속했다. 그의 방과 가까운 석가산(石假山)사이에서 계곡물을 끌어들인 작은 폭포가 연못 속으로 떨어지는 방향으로 높지는 않지만 한 번에 대여섯 개의 물줄기를 불꽃처럼 내뿜는 분수까지 곁들여져 있었다. 어젯밤 그의 수면을 괴롭힌 근원을 쓴웃음을 지으며 분명히 보았을 때 그의 연상은 곧 물소리보다 몇 배 더 그를 괴롭힌 기요코 쪽으로 옮겨갔다. 근원을 캐면 그것도 이 분수처럼 잡다할지 모른다, 아니 만약 그것이 이 분수처럼 잡다하고 무의미한 것이었다면 감당할 재간이 없다고 그는 생각했다.

그가 칫솔을 문 채 팔짱을 끼고 문지방 위에 멍하니 서 있는데 조금 전부터 대빗자루로 정원의 낙엽을 쓸고 있던 남자가 곁으로 다가와서 정중하게 인사를 했다.

"안녕히 주무셨습니까? 어젯밤은 많이 피곤하셨지요?"

"자네였나, 어젯밤 마차를 타고 여기까지 같이 와준 사람이."

"예, 실례했습니다."

"과연 자네가 말한 대로 한적하네. 그리고 터무니없이 넓어."

"아니요, 보시는 바와 같이 평지가 모자란 곳이라 터를 닦고 그 위에 세우고 또 세워서 집이 몇 단이 되어서, ……복도만은 말씀대로 터무니없이 넓고 길지도 모르겠습니다."

"어쩐지. 어젯밤 난 목욕탕에 갔다 오다가 미궁에 빠져 혼났다고."

"아이고, 저런."

두 사람이 이런 말을 주고받고 있노라니 정원에서 이어진 언덕 위에서 남자와 여자가 짝을 지어 내려왔다. 단풍과 마른 나뭇가지 사이로 걸어오는 그들의 길은 잠깐이면 숲에서 벗어날 수 있도록 또 비교적 가파른 비탈길을 편히 올라갈 수 있도록 다듬어 있어서 바로 눈앞에 보이는 그들의 모습도 정원까지 나오는 데는 꽤 시간이 걸렸다. 그래도 종업원은 가만히 그들을 기다리지 않았다. 약삭빠른 그는 갑자기 쓰다를 팽개치고 언덕 기슭까지 얼른 달려가 그들을 마중하러 왔다는 듯이 인사를 던졌다.

쓰다는 이때 비로소 두 사람의 얼굴을 확실히 보았다. 여자는 어젯밤 요염한 모습으로 그가 들어간 욕실 문을 연 사람이 틀림없었다. 목욕탕에서 그를 놀라게 한 커다란 트레머리를 어느새 풀고 수수하게 묶어서 그는 얼핏 같은 사람이라는 것을 모르고 있었다. 그는 더욱이 목소리만 들었을 뿐 얼굴은 보지 못했던 동행한 남자를 은근슬쩍 여자와 비교해보았다. 짧게 깎은 현대풍의 수염을 코밑에 기른 그 남자는 과연 목욕탕에서 욕실 담당이 말한 대로 어딘가 장사꾼다운 냄새가 났다. 쓰다는 그의 얼굴을 보자마자 순간적으로 오히데의 남편을 떠올렸다. 호리 쇼타로, 조금 줄여서 호리의 쇼 씨, 더 짧게 줄여서 본인이 자주 입에 올리는 호리쇼라는 이름이 아무리 생각해봐도 매제의 모습을 상징하고 있듯이, 이 남자의 이름도 반드시 그 수염을 능가할 만큼 장사꾼의 느낌으로 물들어 있지는 않을까, 하고 생각했다. 흘끗 본 김에 엮어진 쓰다의 상상은 거기에서 끝나지 않았다. 그는 한 걸음 더 얄궂은 데까지 파고들어 그들이 과연 진짜 부부인지조차 의심스러웠다. 따라서 아침 일찍 일어나 식사 전에 목욕한 후 산책하러 나왔다고 밝히는 그들은 쓰다에게는 이례적인 현상이나 다름없었다. 그는 칫솔로 이를 닦으며 아직 원래의 자리에 서 있었다. 그가 한눈을 팔고 있는데도 종업원을 상대로 한 두 사람의 대화가 잘 들려왔다.

여자가 종업원에게 물었다.

"오늘은 별관의 부인이 웬일이지요?"

종업원이 대답했다.

"아니요, 저는 전혀 모릅니다만, 무슨 일이……."

"별일이 있는 건 아니지만, 늘 아침 목욕 때마다 뵈었는데 오늘은 오지 않으셨어요."

"저런, 그러셨군요. 어쩌면 아직 주무시고 계실지도 모르겠습니다."

"그럴지도 모르겠네. 하지만 언제나 서로 시간이 꼭 정해져 있어요, 아침에 목욕탕에 갈 때는."

"아, 그렇습니까?"

"게다가 오늘 아침에 같이 뒷산을 산책하자고 약속했거든요."

"그럼 잠깐 들여다보고 오겠습니다."

"아뇨, 괜찮아요. 산책은 이렇게 끝나버렸으니까. 다만 혹시 어디 편찮으신 건 아닐까 생각해서 당신한테 물어본 것뿐이에요."

"아마 그냥 쉬고 계실 거라고 여겨집니다만, 아니면……."

"아니면이라니, 그렇게 정색하지 않아도 좋아요. 그냥 물어봤을 뿐이니까."

두 사람은 그렇게 지나갔다. 쓰다는 치약을 입안에 가득 물고 다시 어젯밤의 목욕탕을 찾으러 복도로 나갔다.

179

그러나 찾는다는 과장된 말은 오늘 아침의 그에게는 기우일 뿐이었다. 도중에 복잡한 곳은 있었지만 한 발의 헛걸음 없이 순조롭게 어젯밤의 목욕탕에 내려갔다. 그때 어젯밤의 자신이 지금 생각해봐도 어처구니없었다는 마음이 새삼스럽게 일었다.

목욕탕에는 처마 밑에 끼운 높다란 유리문을 통해 가을 햇살이 쨍쨍 쏟아지고 있었다. 그 유리문 너머로 바위나 둑으로 보이는 그림자 한 자락을 올려다본 그는 온몸을 온천에 담그면서 어떻게 욕조가 지표면 아래에 자리 잡았는지를 곰곰이 생각했다. 그리고 이 절벽과 자기가 잠긴 욕조 사이에는 높이로 치면 상당히 차이가 있다고 생각했다. 그는 그 거리를 한 칸 또는 두 칸쯤으로 눈대중하고, 만약 그 아래에도 오래된 목욕탕이 있다면 한 집 안에도 몇개의 층계가 있으리라는 것을 깨달았다.

벼랑 위에는 털머위꽃이 피어 있었다. 선홍빛 털머위꽃 이파리가 가끔 스치는 바람결에 나풀거렸는데, 공교롭게도 거기에는 아침 햇살이 닿지 않아서 아무래도 차가워 보였다. 아기 동백꽃이 지는 모습도 탕 안에서 보였다. 하지만 경치는 일부분만 보였다. 유리문의 길이가 허락하는 두 자 이외의 위아래 풍광이 쓰다의 눈에는 전혀 들어오지 않았다. 그 세계는 물론 평범할 것이었다. 하지만 그것이 어쩐지 그의 호기심을 자아냈다. 벼랑 바로 옆에 와서 갑자기 지저귀는 직박구리 소리만 들릴 뿐 그 모습이 눈에 띄지 않는 게 아쉬웠다.

그러나 그것은 그저 가벼운 아쉬움이었다. 솔직히 말하면 쓰다는 내심 훨씬 그 이상으로 마음에 걸리는 사건을 짓이기고 있었으므로 그는 목욕탕에 내려갔을 때부터 이미 애틋한 심정 비슷한 느낌을 무심결에 느끼지 않을 수 없었다. 밝은 욕실에서 사람 그림자 하나도 발견할 수 없었던 그는 만사 네 마음대로 하라는 식으로 적막하기 그지없는 건물 속에 서서 복도 양쪽에 나란한 작은 욕조의 문을 혹시나 해서 하나하나 열어보았다. 하지만 이것은 그중 하나의 입구에 팽개쳐진 슬리퍼 때문에 그렇게 행동한 것이라고 한다 해도 그다지 틀린 말은 아니었다. 그래서 차례차례 문을 열어가다가 드디어 슬리퍼 앞에 닫힌 문을 건드릴 차례가 돌아오자 그는 멈칫했다. 그는 물론 무심할 수 없었다. 하지만 문득 결례라는 느낌이 들었다. 할 수 없이 밖에서 귀를 쫑긋해봤지만 안은 쥐 죽은 듯해서 거기에 용기를 얻은 그는 과감히 문을 드르륵 열 수 있었다. 그리고 여느 곳과 마찬가지로 텅 빈 욕실이 그의 앞에 나타났을 때, 다행이라는 느낌과 재미없다라는 실망이 한꺼번에 그의 가슴에 엉켜 들었다.

벌거벗고 온천물에 들어간 뒤에도 그에게는 기대감 같은 것이 끊임없이 밀려들었다. 그는 쓴웃음을 지으며 어젯밤과 오늘 아침 사이에 자신이 겪은 변화를 비교했다. 어젯밤의 그는 트레머리의 여자에게 놀랄 때까지는 오히려 순진했다고 해야 맞다. 오늘 아침의 그는 누군가가 나타나기를 기다리는 대기상태나 마찬가지였기 때문에 긴장을 느끼고 있었다.

그것은 주인 없는 슬리퍼가 꼬드긴 탓인지도 몰랐다. 하지만 슬리퍼가 꼬드겼다고 하는 이유는, 잠에서 막 깨어났을 때 요코하마의 여자와 종업원의 대화에 등장한 기요코의 소식 때문이었다. 그녀는 아직 일어나지 않았다. 적어도 아직 온천에 들어가지는 않았다. 만약 들어간다고 하면 지금 들어가 있든지 들어가려고 오는 중이든지 둘 중의 하나여야 했다.

예민한 그의 귀는 문득 누군가가 계단을 내려오는 발소리를 감지했다. 그는 얼른 첨벙거리던 손을 멈추었다. 그러자 발소리가 들리지 않았다. 그러나 기분 탓인지 일단 멈춘 그 발소리가 이번에는 거꾸로 계단을 올라가는 것 같았다. 그는 그 원인을 상상했다. 다른 사람이 그랬던 것처럼 자신의 슬리퍼도 문 앞에 벗어둔 것이 나쁘진 않았는지 생각했다. 왜 그것을 욕실 안까지 신고 들어가지 않았는지 후회마저 일어났다.

잠시 후 그는 또 의외의 발소리를, 이번에는 욕조 바깥쪽에서 들었다. 그것은 그가 털머위꽃을 바라보고 나서 직박구리 소리를 듣기 전이었다. 그는 조금 전의 발소리와 방금 들린 발소리를 연관시켜봤다. 목욕탕을 피한 조금 전 발소리의 주인은 일부러 밖으로 나간 것으로 쉽사리 짐작됐다. 그러자 갑자기 여자 목소리가 들렸다. 그러나 그것은 발소리와 전혀 다른 방향이었다. 밑에서 올려다본 바깥 경관을 상상해보건대, 벼랑 위는 몇 평 안 되는 평지로 그 앞에 건물 한 채가 목욕탕 쪽으로 서 있는 것 같았다. 아무튼 목소리는 그쪽에서 들렸다. 그리고 그 주인공은 분명 조금 전 산책에서 돌아오는 길에 종업원과 기요코 이야기를 나눈 여자였다.

어젯밤 김을 뽑으려고 살짝 열어놓은 차양 밑 유리문이 오늘은 닫혀 있어서 그녀의 말은 쓰다의 귀에 또렷이 들리지 않았다. 하지만 어조 따위로 미루어보아 한 가지만은 확실했다. 그녀는 벼랑 위에서 아래를 향해 말을 걸었다. 그러므로 벼랑 아래에서도 모름지기 대꾸가 나와야만 하는 게 자연스러운 순서였다. 그런데 의외로 그쪽은 전혀 소식이 없어 번갈아 가며 진행되는 예사로운 대화는 결코 들리지 않았다. 말하는 쪽은 단지 벼랑 위로 한정되어 있었다.

그 대신 발소리만은 조금 전처럼 멈추지 않았다. 의심할 여지 없이 한 여자가 게다를 끌며 불규칙한 돌층계를 밟고 벼랑 위로 올라가는 것 같았다. 다 올라갔을 거라고 생각할 즈음, 발걸음을 내딛는 여자의 옷자락이 유리문 위쪽에 살짝 나타났다. 그리고 금방 사라졌다. 쓰다의 눈에 남은 순간적 인상은 그저 아름다운 무늬가 나부끼는 모양이었다. 그는 펄럭이며 사라진 그 무늬가 어젯밤 계단 밑에서 보았던 빛깔인 듯한 느낌이 들었다.

180

방으로 돌아와 아침상 앞에 앉은 그는 시중을 드는 하녀와 이야기 했다.

"요코하마 손님이 묵고 있는 곳은 새 목욕탕이 보이는 벼랑 위겠 지?"

"예. 거기 가보셨습니까?"

"아니, 아마 그럴 거라고 생각했을 뿐이야."

"잘 맞추시네요. 좀 놀러 가보시지요. 부부가 모두 재미있는 분입니다. 심심해 죽을 지경이라고 매일 말씀하십니다."

"상당히 오래 머문 모양이지?"

"예, 벌써 열흘쯤 되었을 거예요."

"그 사람이군, 소리를 배우고 있는 사람이."

"예, 잘 알고 계시는군요. 벌써 들으셨습니까?"

"아직. 그냥 가쓰 씨한테서 들었을 뿐이야."

그가 듣든 말든 두 사람에 대한 지식을 아낌없이 제공한 하녀는 그래도 본분은 알고 있었다. 핵심으로 들어가면 짐짓 쓰다의 질문을 비껴갔다.

"그런데 그 여자는 대체 어떤 사람이야?"

"부인이십니다."

"진짜 부인일까?"

"예, 진짜 부인이겠지요"라고 말한 그녀가 웃기 시작했다.

"설마 거짓 부인일 리 없잖아요. 왜 그러십니까?"

"왜라니, 보통의 부인치고는 너무 멋지잖아."

하녀는 대답대신 갑자기 기요코를 예로 들었다.

"또 한 분, 안에 계신 부인은 인품이 좋아요."

집 구조로 볼 때 기요코의 방은 쓰다의 방 뒤쪽, 두 동행자의 방은 쓰다의 방 앞쪽에 있었다. 그 중간이 자기의 방이라는 것을 깨달은 그는 그제야 고개를 끄덕였다.

'그렇다면 가운데구나, 여기는.'

가운데이기는 하지만 방이 약간 꺾여 안으로 들어가 있어서 양쪽으로 오갈 수 있는 통로가 되지는 않았다.

"그 부인하고, 저 두 사람하고는 친구야?"

"예, 친하십니다."

"원래부터?"

"글쎄요, 그건 잘 모르겠습니다만, 아마 여기에 오셔서 사귀기 시작하셨을 거예요. 늘 오고 가고 하십니다, 양쪽 다 한가하시니까. 어제도 같이 공원에 가셨는걸요."

쓰다는 문제를 놓치지 않으려고 했다.

"그 부인은 왜 혼자 있지?"

"몸이 좀 안 좋으십니다."

"남편께서는?"

"오실 때는 바깥어른도 함께 오셨습니다만 금방 돌아가셨습니다."

"내버려두고 갔구나, 그건 너무하군. 그 길로 안 와?"

"뭐 조만간 다시 오신다고 했는데 어떻게 되었는지는."

"지루하겠다, 부인은."

"잠깐 이야기하러 가시는 건 어떨까요?"

"이야기하러 가도 괜찮아? 나중에 여쭤봐."

"예"라고 대답한 하녀는 히쭉히쭉 웃을 뿐 진정으로 받아들이지는 않았다. 쓰다는 또 물었다.

"뭘 하고 시간을 보내고 있을까, 그 부인은?"

"글쎄요, 온천에도 들어가고 산책도 하고 소리도 듣고 ……가끔 꽃꽂이도 하십니다. 그리고 밤에는 습자 연습도 많이 하시고요."

"그래? 책은?"

"책도 읽으실 테지요"라고 어중간하게 대답한 그녀는 쓰다의 질문이 너무 번거로워서 마침내 아하하 하고 웃음을 터뜨렸다. 쓰다는 그제야 겨우 깨닫고 약간 당황한 듯 이야기를 딴 데로 돌렸다.

"오늘 아침 목욕탕에 슬리퍼를 놓고 간 사람이 있더군. 문이 닫혀 있나 해서 처음에는 지나쳤는데 열어보니 아무도 없었어."

"저런, 그러셨습니까? 그럼 또 그 선생님일 거예요."

선생님이라는 사람은 서예가였다. 곳곳에 걸린 액자와 간판에서 그 낙관을 떠올린 쓰다는 "으음" 하고 말했다.

"뭐, 노인일 테지."

"네, 할아버지입니다. 이렇게 흰 수염을 기른."

하녀는 가슴께에 손을 대고 서예가에게 걸맞은 수염의 길이를 시늉해 보였다.

"과연. 역시 글씨를 쓰고 있는 모양이지?"

"예, 무슨 묘지에 새길 거라면서 매우 큰 글씨를 매일 조금씩 쓰고 계십니다."

서예가는 그 묘비명을 쓸 목적으로 일부러 여기까지 온 거라고 하녀에게 들었을 때 쓰다는 놀랍고 감탄스러웠다.

"그런 걸 쓰는 데도 그렇게 힘이 드는 걸까? 초보자는 반나절 정도면 금방 끝낼 거라고 생각하는데."

이 감상은 전혀 하녀에게 통하지 않았다. 그러나 쓰다의 가슴에는 입에 올리지 않는, 이 자리에서 드러낼 수 없는 말 못 할 사정이 있었다. 그는 은근히 이 늙은 선생의 용건과 자신의 용건을 비교해보았다. 무료함을 죽이려 소리 연습을 하는 요코하마의 두 사람을 다시 그 곁에 세워보았다. 그리고 무슨 뜻인지도 모르고 꽃을 꽂거나 습자 연습을 하는 듯한 기요코도 같은 반열에 놓고 생각했다. 마지막으로 나머지 한 손님, 그 손님은 말도 없는 데다가 운동도 하지 않고 그냥 멍하니 방 안에 앉아 산만 바라보고 있다는 하녀의 관찰 내용을 들었을 때 그는 말했다.

"별별 사람이 다 있군. 대여섯 명이 있어도 이러니 여름이나 설 무렵에는 큰일이겠다."

"꽉 찰 때는 아무래도 백삼사십 명은 들어오니까요."

쓰다가 말한 뜻을 잘 이해하지 못한 하녀는 단지 자기들이 가장 바쁜 계절에 이 집에 들어오는 손님들의 수효만 들먹였다.

181

식사를 마친 쓰다는 방 한쪽에 놓인 작은 책상 앞에 앉았다. 하녀에게 가져오게 한 그림엽서에 한마디씩 덕담을 담고 겉면에 받는 사람의 이름과 주소를 적었다. 오노부에게 한 장, 후지이 숙부에게 한 장, 요시카와 부인에게 한 장, 이것으로 인사닦음할 사람에게 다 썼는데도 엽서는 몇 장 더 여유가 있었다. 그는 만년필을 쥔 채 '부동(不動)의 폭포'(소설 속 온천장은 1916년 작가가 묵었던 유가와라 온천이 배경이다. 실제로 그 지대 상류에 같은 이름의 폭포가 있다)라든지 '루나 파크'(Lunar Park, '달 공원'이란 뜻으로 야간 유원지를 일컫는다. 유가와라 온천에는 실재하지 않았다) 등 산골에 어울리지 않게 야릇한 표제를 붙인 향토적 경치를 몽롱한 눈으로 건성건성 살폈다. 그리고 다시 만년필을 움직였다. 이번에는 오히데의 남편과 교토에 있는 부모님 앞으로 보낼 내용이 금방 마무리되었다. 이렇게 시작하고 보니 내친김에 남은 그림엽서로 인사를 더 챙겨야겠다는 생각이 들었다. 처음에는 생각도 하지 않았던 오카모토라든지 오카모토의 아들인 하지메, 하지메의 학교 친구가 떠올랐고 또 자신의 사촌 동생인 마고토를 비롯한 여러 이름이 줄줄이 나왔다. 처음부터 생각했으면서 마지막까지 이름을 적지 않은 것은 고바야시뿐이었다. 다른 뜻은 차치하고 단지 머무는 곳을 냄새 맡게 할 수도 있다는 염려에서 쓰다는 아무래도 여행지를 그에게 알리고 싶지 않았다. 고바야시는 며칠 안에 조선으로 건너갈 사람이었다. 어떤 것도 거리끼지 않는다고 자부하는 그는 바다를 건널 각오로 이미 기차에서 흔들리고 있을지도 몰랐다. 아니면 제멋대로인 그는 또 출발하겠다고 떠벌린 날이 와도 움직이지 않을지도 몰랐다. 그림엽서를 받아보고(만약 쓰다가 그것을 보낸다면), 당장 이곳으로 오지 않으리라고 결코 단언할 수도 없었다.

쓰다는 흐렸다 개었다 하는 일정하지 않은 날씨를 상대로 씨름하듯 각다귀 같은 이 친구, 더 적절하게 말하면 이 원수덩어리가 하는 짓거리를 떠올리고 저도 모르게 어깨를 움츠렸다. 그러자 일단 실마리가 풀린 상상은 거기에서 끝나지 않았다. 그의 비약적 상상은 한 발짝 더 나아갔다. 그는 느닷없이 현관에 마차를 갖다 대는, 그리고 호통치듯 소리치며 그의 방으로 쳐들어오는 고바야시의 모습이 눈앞에 선명하게 떠올랐다.

"뭐 하러 왔어?"

"뭐 하려고 온 것도 무엇도 아니야, 네 녀석을 괴롭히러 왔다."

"무슨 이유로?"

"이유고, 나발이고 없어. 네 녀석이 나를 싫어하는 동안은 언제까지
나, 어디를 가든 물고 늘어질 테니까."

"개새끼."

쓰다는 갑자기 주먹을 불끈 쥐고 고바야시의 따귀를 갈긴다. 고바야
시는 저항 대신 금세 대자 모양으로 방 한가운데 턱 버티고 앉는다.

"날 쳤어, 이 새끼. 자 맘대로 해라."

마치 무대 위가 아니면 볼 수 없을 듯한 활극이 벌어진다. 그리고 그
것이 여관의 모든 이목을 집중시킨다. 그중에는 반드시 기요코가 섞여
있어야 마땅하다. 만사는 영원히 박살 난다.

사실보다도 명료한 상상의 한 장면을 간단히 머릿속에 그려본 쓰다
는 갑자기 오싹했다. 만약 그린 터무니없는 난투가 실제로 벌어진다면
어떻게 해야 할지 염려스러웠다. 그는 어렴풋이 수치와 굴욕감을 느꼈
다. 그것을 확인이라도 하듯 뺨 안쪽이 화끈거리는 것 같았다.

하지만 그의 자괴감은 그것을 끝으로 더 나아가지 못했다. 남 앞에서
면목을 지키지 못한다는 것, 만일 그런 잘못을 저지르기라도 한다면
큰일이다. 이런 생각이 그의 윤리관 밑바닥에 웅크리고 있었다. 요컨대
결국 위신이 떨어진다는 의미로 귀착할 수밖에 없었다. 그러므로 나쁜
놈은 누가 뭐래도 고바야시였다.

'나한테 거리낄 게 뭐가 있어. 그놈만 아니라면.'

그는 이렇게 중얼거리며 상상의 무대에 등장한 고바야시를 증오했
다. 그리고 자신을 불성실하게 만드는 모든 책임을 상대방에게 떠넘
겼다.

꿈을 꾸는 것처럼 실재하지 않은 죄인에게 선고를 내린 뒤 그는 얼른 마음을 돌리고 지갑 속에서 명함 한 장을 꺼냈다. 그 뒤에 만년필로 '저는 정양하러 어젯밤 여기에 왔습니다'라고 적고 나서 고개를 갸웃했다. 그러고는 '당신이 계신다는 사실을 오늘 아침에 들었습니다'라고 덧붙인 뒤 또 생각했다.

'이건 너무 빨라서 안 되겠다. 어젯밤에 부딪쳤던 사실도 어떻게든 적어야 해.'

하지만 그 문제를 아무렇지 않은 듯이 언급하는 것은 좀 곤란했다. 무엇보다 내용이 복잡해질수록 글자가 많아져서 명함 한 장으로는 어림도 없을 터였다. 그는 될 수 있으면 담백한 인사만을 전하고 싶었다. 그래서 번거로운 봉함엽서 따위는 사용하고 싶지 않았다.

불현듯 장식용 선반을 쳐다본 그는 아직 손도 대지 않은 요시카와 부인의 선물이 어제 놓아둔 그대로 얌전히 얹혀 있는 것을 보고 얼른 그것을 내려놓았다. 그는 과일바구니 손잡이 사이에 '몸은 좀 어떠십니까? 이것은 요시카와 사모님이 병문안으로 보내신 것입니다'라고 쓴 명함을 끼워 넣은 뒤 하녀를 불렀다.

"손님 중에 세키 씨라는 분이 계실 거야."

오늘 아침밥 시중을 들었던 하녀는 웃기 시작했다.

"조금 전에 말씀드린 부인이 세키 씨입니다."

"그랬어? 그럼 그 부인에게 이걸 드리고 와. 그리고 말이야, 혹시 폐가 되지 않는다면 잠시 뵙고 싶어 한다고 전해줘."

"예."

하녀는 즉시 과일바구니를 손에 들고 복도로 나갔다.

182

답장을 기다리는 동안 그 자리에 장식물처럼 붙박인 쓰다는 안절부절못했다. 특히 금방 돌아와야 할 하녀가 생각보다 빨리 돌아오지 않아서 그는 더욱 간장이 녹았다.

'설마 거절당한 건 아니겠지.'

그가 요시카와 부인의 이름을 들먹인 것은 만일의 경우를 생각해서였다. 부인과 그녀의 병문안 선물, 이 두 가지는 그것을 전하는 쓰다에게 기요코의 부담감을 털어줄 좋은 방편임이 틀림없었다. 다만 그와 응대하는 번거로움, 혹은 그 후 일어날 수 있는 혐의에서 벗어나겠다는 것이 그녀의 속셈이라고 한다면 과일바구니에 대한 인사는 그것을 들고 온 본인을 만나는 자리에서 하는 것이 순리였다. 누가 어떻게 생각해도 무리 없는 명안을 고안했다고 믿는 만큼 하녀가 아직 나타나지 않는 것에 더욱 마음 졸여야 했던 그는 금방 불을 붙인 담배를 내던지고 툇마루로 나가보기도 하고, 조바심을 주체하지 못한 채 묵묵히 연못 속에서 노니는 잉어를 바라보는가 하면, 거기에 주저앉아 처마 밑에서 졸고 있는 개의 얼굴에 손을 뻗어보기도 했다. 이윽고 하녀의 발소리가 복도 모퉁이에서 들려오자 일부러 아무렇지도 않다는 듯이 여유를 겉으로 드러내고 싶을 정도로 그의 마음은 안절부절못했다.

"어떻게 됐어?"

"오래 기다리셨습니다. 많이 늦었지요?"

"뭐, 그렇지도 않아."

"일을 좀 거들어드리는 바람에."

"무슨?"

"방을 정리하고요, 그리고 부인의 머리를 틀어 올려줬습니다. 그런 셈 치곤 이르지요?"

쓰다는 여자의 머리를 틀어 올리는 일이 그렇게 쉽게 끝날 리 없다고 생각했다.

"이치요우가에시 머리(에도 시대에 유행한 여성의 머리 스타일. 정수리에서 모은 머리를 좌우로 갈라 은행잎 모양으로 틀어올렸다)야, 마루마게(주로 결혼한 여성의 머리 스타일로 후두부를 둥글게 틀어 올렸다)야?"

하녀는 상대하지 않고 그냥 웃음만 터뜨렸다.

"뭐, 가서 한번 보세요."

"가서 한번 보시라니, 그럼 가도 좋단 말이야? 그 대답을 아까부터 이렇게 기다리고 있잖아."

"어머, 죄송합니다, 가장 중요한 대답을 잊어버려서. ……예, 어서 오시라고 하셨습니다."

그제야 안심한 쓰다는 일어서면서 일부러 농담 삼아 다짐을 받았다.

"정말이지? 폐 끼치는 거 아니지? 저쪽에 가서 딱한 생각을 하게 되는 건 싫으니까."

"손님은 의심이 꽤 많으신 분이네요. 그러면 부인께서도 필시……."

"부인이란 누구야? 세키 부인이야, 아님 내 아내야?"

"어느 쪽인지 알고 계시지 않습니까?"

"아니 몰라."

"그러십니까?"

허리띠를 고쳐 맨 쓰다의 뒤로 돌아간 하녀는 방을 나가려고 하는 쓰다의 등 뒤에서 겉옷을 걸쳐주었다.

"어느 쪽이야?"

"지금 안내해드리겠습니다."

하녀가 앞장섰다. 예의 전신 거울 앞에 나왔을 때 몽유병자처럼 헤맸던 어젯밤의 기억이 갑자기 쓰다의 머리를 스쳤다.

"아아, 여기다."

그는 저도 모르게 이렇게 말했다. 사정을 모르는 하녀가 순진하게 물었다.

"뭐가 말입니까?"

쓰다는 얼른 얼버무렸다.

"어젯밤 내가 유령과 만난 곳이 여기라고 하는 거야."

하녀는 이상한 얼굴을 했다.

"그런 말씀 마셔요. 저희 집에 유령 따위 나올 리 없잖습니까. 그런 걸 말씀하시면……."

접객업을 하는 여관에 불길한 농담을 했다고 생각한 쓰다는 약삭빠르게 이층을 올려다보았다.

"이 위지, 세키 씨 방은?"

"예, 잘 알고 계시네요."

"응, 그거야 알고 있지."

"천리안이시네요."

"천리안이 아니고 천리 코야. 만사 냄새로 판별하거든."

"마치 개 같네요."

사다리 계단의 중간쯤에서 시작된 이 대화는 올라가는 입구에서 제일 가까운 곳에 있는 기요코의 방에서도 들릴 만한 거리였다. 쓰다는 은근히 그것을 기대했다.

"내친김에 내가 세키 씨 방을 알아맞혀 볼 테니까 보고 있어."

기요코의 방 앞에 와서 슬리퍼 소리를 뚝 멈췄다.

"여기다."

하녀는 곁눈질로 쓰다의 얼굴을 흘낏거리면서 웃음을 터뜨렸다.

"어때, 맞았지?"

"과연 손님 코는 냄새를 잘 맡으시네요. 사냥개보다 확실합니다."

하녀는 또 재미있다는 듯 웃었는데, 방 안에서는 이 수다에도 어떤 반응을 보내지 않았다. 사람이 있는지 없는지 전혀 알 수 없는 안쪽은 처음과 똑같이 쥐 죽은 듯 조용했다.

"손님이 오셨습니다."

하녀가 밖에서 기요코에게 말을 걸면서 여닫이 상태가 좋은 장지문을 스르르 열어주었다.

"실례합니다."

한마디 인사와 함께 방 안으로 들어간 쓰다는 이런, 하고 주춤했다. 그는 자신의 기대와 달리 기요코를 금방 눈앞에서 발견할 수 없었다.

183

방은 두 칸이 이어져 있었다. 쓰다가 발을 들여놓은 곳은 도코노마가 없는 대기실 쪽이었다. 먹감나무 테두리와 받침대가 달린 장방형 거울 앞에 두툼한 줄무늬 방석이 놓여 있고, 그 곁에 오동나무로 만든 작은 화로가 놓여 있는 것이 규모는 작지만 여염집에서 흔히 볼 수 있는 차노마 구조를 방불케 했다. 구석에는 검게 옻칠한 횃대가 있었다. 거기에는 이성의 눈을 끌 만한 화려한 색상과 매끄러운 촉감의 비단옷이 걸려 있었다. 방문은 열려 있었다. 쓰다는 정면의 도코노마에 막 꽂은 듯한 국화꽃을 보았다. 앞에는 방석 두 개가 서로 마주하고 있었다. 짙은 갈색 비단 바탕에 한 송이 모란꽃 문양을 새겼는데, 주변을 둥그렇게 흰색으로 채운 그 방석은 품질이나 찾아오는 손님을 기다리는 채비로서도 사뭇 정숙한 데가 있었다. 쓰다는 자리에 앉기도 전에 그렇게 직감했다.

'모든 게 격식을 풍기고 있다. 이것이 오늘 만나는 두 사람 사이에 가로놓인 운명의 거리일 것이다.'

불현듯 여기에 생각이 미친 그는 지금 이 방에 들어온 자신을 순간적으로 뉘우쳤다.

하지만 그 거리는 어디에서 생긴 것일까? 생각해보면 거리감이 생기는 것은 당연했다. 쓰다는 단지 그것을 잊어버리고 있었을 뿐이었다. 그럼 왜 그것을 잊고 있었을까? 생각해보면 잊어버렸다는 그것조차도 잊고 있었던 게 당연할지 몰랐다.

쓰다가 이런 감상에 사로잡혀 대기실에 선 채 방을 나오지도 않고 그렇다고 자리에 앉으려는 것도 아닌, 엉거주춤한 상태로 멍하니 눈앞의 방석을 바라보고 있을 때 주인인 기요코가 비로소 툇마루 구석에서 모습을 드러냈다. 그때까지 그녀가 그곳에서 무엇을 하고 있었는지 쓰다는 전혀 이해할 수 없었다. 또 무엇 때문에 그녀가 일부러 거기로 나가 있었는지 그것도 알 수 없었다. 어쩌면 방을 정리한 뒤 그가 오기를 기다리는 동안 난간 모퉁이에 기대어 산을 물들인 단풍이라도 보고 있었는지 몰랐다. 그렇기는 해도 행지가 야릇했다. 솔직히 말하면 손님을 맞아들인다기보다 우연히 손님과 만났다고 하는 것이 이때의 그녀를 나타내기에 적절한 표현이었다.

하지만 이상하게도 그 태도는 짐짓 점잔을 빼며 그의 착석을 기다리는 방석과 두 사람 사이에 거리를 두려고 일부러 한가운데에 배치한 듯한 화로만큼 그의 기분을 그다지 거스르지는 않았다. 그것이 본래부터 그가 머리에 간직해온 기요코와 전혀 어울리지 않을 만큼 동떨어진 태도가 아니었기 때문이었다.

쓰다가 알고 있는 기요코는 결코 좁쌀 같은 여자가 아니었다. 그녀는 언제나 유연하고 대범했다. 어느 쪽인가 하면, 오히려 온화하다는 것이 그녀의 기질 또는 그 기질이 묻어나는 그녀의 동작에 대해 내릴 수 있는 개성인지도 몰랐다. 그는 항상 그 개성이 믿음직했다. 그리고 그 개성을 지나칠 정도로 믿었기 때문에 오히려 배신당했는지도 모른다. 적어도 그는 그렇게 해석했다. 그렇게 해석하면서도 당시에 조성된 믿음은 자기도 모르게 마음속에 잠재해 있었다. 별안간 그녀가 세키와 결혼한 것은 몸을 홱 돌리며 날아가는 제비처럼 빨랐을지도 모르지만 그것은 그것, 이것은 이것이었다. 두 가지를 결부시켜 모순 없이 넘어가려고 해도 처음부터 혼란스러운 것은 어쩔 수 없는 것이어서 한발 물러서서 생각해보면 갑이 사실이었던 것처럼 을도 어김없는 사실이었다.

'그 온화한 사람이 왜 비행기를 탔을까? 그는 왜 공중제비를 넘었을까?'

의심은 바로 그런 것이었다. 하지만 의심하든 하지 않든 결국 사실은 사실이므로 결코 그 자체가 소멸하는 것은 아니었다.

배신자인 기요코는 충실한 오노부보다 그 점에 있어서 행복한 사람이었다. 만약 쓰다가 방에 들어왔을 때 그의 기세를 공략하고, 그가 맥이 빠져 있을 때쯤 일부러 툇마루 구석에서 얼굴을 내민 사람이 기요코가 아니고 오노부였다면 그에 대한 쓰다의 반응은 과연 어떠했을까?

'또 무언가 잔머리 굴리지 마라.'

틀림없이 그는 즉시 그렇게 생각했을 것이다. 그런데 오노부가 아니라 기요코가 그런 행동을 하자 판정은 완전히 달랐다.

'여전히 온화하구나.'

온화하다고 믿은 나머지 실제로 눈부시게 날랜 솜씨로 채였으면서도 쓰다는 이렇게 여길 수밖에 없었다.

게다가 기요코는 그냥 자리를 비운 것만이 아니었다. 그녀는 조금 전 쓰다가 요시카와 부인의 이름으로 보낸 커다란 과일바구니를 양손에 든 채 툇마루 구석에서 나타난 것이었다. 무슨 꿍꿍이속인지 지금까지 그것을 부담스럽게 여기고 있는 일 자체가 쓰다에 대한 냉담함을 나타내는 눈금이 되지 않는 것은 분명했다. 그리고 그 무거운 것을 지금까지 툇마루 구석에서 들고 있었다면 물론이고, 일단 밑에 내려놓은 후 다시 집어 들었다고 해석해도 그녀의 행동은 이상한 것임이 틀림없었다. 적어도 어설펐다. 왠지 어린아이 같았다. 하지만 그녀의 평소 모습을 잘 알고 있는 쓰다는 거기에 자못 그녀다운 어떤 것을 인정하지 않을 수 없었다.

'우스꽝스럽구나. 참으로 그녀답게 우스꽝스러워. 그리고 그녀는 조금도 이 우스꽝스러운 걸 느끼지 못하고 있네.'

무거운 바구니를 들고 있는 기요코를 본 쓰다는 이렇게 말하고 싶었다.

184

그러자 기요코는 그 바구니를 얼른 하녀에게 넘겼다. 하녀는 어떻게 해야 할지 몰라서 엉겁결에 손을 내밀어 그것을 받아들고는 가만히 있었다. 이 단순한 행동이 쌍방 간에 오가는 동안 쓰다는 여전히 서 있어야 했다. 하지만 흔히 나타나는 무료한 느낌보다는 오히려 일종의 편안함을 맛본 그는 어떤 고통도 느껴지지 않았다. 그는 항상 느긋하기 마련인 평소의 기요코와 다름없다는 생각을 하면서 그 광경을 관망했다. 그러면서 기억 속에 떠오른 어젯밤의 그녀를 더욱 이해하기 어려웠다. 이토록 차분한 사람이 어째서 그렇게 파랗게 질렸을까? 어째서 그렇게 장승 같았을까? 그렇게 놀라던 모습과 이렇게 침착한 태도, 그것만은 아무리 생각해도 어울리지 않았다. 그는 밤과 낮의 구별을 생전 처음으로 깨닫는 듯한 심정이었다.

그는 권유를 받기도 전에 스스로 자리에 앉았다. 그리고 일어선 채 하녀에게 과일을 접시에 담으라고 하는 기요코를 지켜보았다.

"선물 고맙습니다."

이것이 그녀의 입에서 처음으로 흘러나온 인사였다. 첫마디는 그 선물을 가져온 사람과 그 선물을 보낸 사람의 호의까지 내포한 것이었다. 물론 요시카와 부인을 이용한 그때의 쓰다는 각오하고 거짓말을 풀었지만, 이미 속인다는 의식조차 없었다.

"동행했던 할아버지한테 자칫하면 귤을 줄 뻔했습니다."

"어머나, 어째서요?"

쓰다는 뭐라고 대답하든 거침이 없었다.

"너무 무거워 짐이 됐으니까요."

"그럼 오는 도중에 줄곧 손에 들고 계셨어요?"

쓰다에게는 이 질문이 정말이지 그녀다운 천진함으로 들렸다.

"바보 취급하지 마세요. 이런 걸 들고 툇마루에서 이쪽저쪽 오가는 당신도 아니고. 내가 그럴 것 같습니까."

기요코는 그저 미소 지었을 뿐이었다. 그 미소에는 군말이 없었다. 바꿔 말하면 일종의 여유였다. 거짓말로 출발한 그의 마음은 점점 태연자약했다.

"여전히 당신은 걱정이 없어 보여 좋습니다."

"예."

"조금도 전과 달라진 게 없군요."

"예, 역시 같은 사람이니까요."

이 인사를 듣자 쓰다는 갑자기 마음 한구석이 뒤틀렸다. 그때 접시에 문제의 귤을 한창 담고 있던 하녀가 갑자기 웃음을 터뜨렸다.

"왜 웃는 거지?"

"하지만 부인 말씀이 좀 이상하잖아요"라고 대꾸한 그녀는 진지한 쓰다를 보고 그제야 구체적으로 해명했다.

"듣고 보니 과연 그러네요. 살아 있는 동안은 모두 같은 사람으로, 환생이라도 하지 않는 한 누구라도 다른 사람으로 변할 리 없을 테니까요."

"그런데 그렇지 않아. 살아 있으면서 마치 딴사람처럼 변하는 사람은 얼마든지 있으니까."

"저런, 그렇습니까? 그런 사람이 있다면 좀 뵙고 싶습니다만."

"원한다면 만나게 해줄 수도 있어."

"부탁합니다"라고 말한 하녀는 또 깔깔 웃어댔다.

"또 이거지요?"

그녀는 집게손가락을 자기 코앞으로 가져갔다.

"손님의 이것에는 정말 못 당하겠습니다. 부인 방을 냄새로 정확하게 알아내신 분이니까요."

"방뿐이 아니야. 네 나이, 본적, 고향 등등을 하나에서 열까지 맞힐 수 있어. 이 코 하나만 있으면."

"아이고, 무섭네요. 아무래도 못 당하겠다, 손님 같은 분을 만나면."

하녀는 이렇게 말하고 일어섰다. 하지만 방을 나가며 쓰다에게 또 한 번 우스갯소리를 던졌다.

"손님께서는 틀림없이 사냥에 능숙하실 거예요."

양지바른 남향 방에 남은 두 사람은 갑자기 침묵에 잠겼다. 쓰다는 툇마루 쪽 햇볕을 맞받으며 앉아 있었다. 기요코는 난간을 비추는 햇볕을 등진 채 앉아 있었다. 쓰다 자리에서는 맞은편에 펼쳐진 산자락이 몇 겹이나 겹쳐져 양달과 응달을 분명하게 그려낸 경치가 손에 잡힐 듯 바라다보였다. 그것을 물들인 단풍의 농담이 또 선명한 음영의 대비를 그의 눈동자에 투영했다. 하지만 눈앞에 넓은 공간을 대하고 있는 쓰다와 달리 기요코는 볼 만한 것이 아무것도 없었다. 볼 수 있다면 북쪽의 장지문과 그 장지문 일부분을 가리고 있는 쓰다의 모습뿐이었다. 그녀의 시야는 갑갑했다. 하지만 그녀는 그것을 그다지 개의치 않는 것 같았다. 오노부라면 당장 자세를 바꾸지 않고는 못 배겼을 자리를 그녀는 오히려 차분히 지켰다.

그녀의 얼굴은 어젯밤과 달리 쓰다가 기억하는 평소의 그녀보다 약간 붉었다. 하지만 그것은 강한 가을 햇살을 직접 �쬔 탓일 거라고 판단했다. 산을 바라보던 쓰다의 시선이 끝없이 상기한 채로 붉게 물든 기요코의 귓불에 닿았을 때 그는 내심 그렇게 생각했다. 그녀의 귓불은 얇았다. 그리고 귓불 뒤쪽에 내리비친 햇살이 거기에 있는 그녀의 혈관을 통과해 비로소 쓰다의 눈에 들어온 것 같았다.

185

이런 경우 어느 쪽이 먼저 입을 열까? 만약 상대가 오노부라면 생각할 필요도 없이 명료했다. 그녀는 쓰다에게 한 치의 여유도 주지 않는 여자였다. 그 대신 자신에게도 참지 못하는 성격을 타고났다. 그녀는 오로지 언제, 어디서나 있는 힘을 다해 힘껏 돌진할 뿐이었다. 당연한 결과로 쓰다는 시종 하릴없이 끌려가는 자세를 보여야 했다. 그리고 그녀에게 응전하기 위해 긴장하는 고통과 노력의 구차함을 맛봐야 했다.

그런데 기요코를 마주하면 전혀 다른 기분을 느꼈다. 순서가 갑자기 거꾸로 되었다. 씨름 경기로 비유한다면, 그녀는 언제든지 쓰다가 움직여야 샅바를 잡았다. 그러므로 그녀를 맞잡은 쓰다는 언제나 적극적으로 움직였다. 그것도 열이면 열까지 손쉽게 움직일 수 있었다.

두 사람만 남았을 때 그는 그제야 이 특징을 알아차렸다. 그러자 옛날 여자에 대한 과거의 기억이 얼핏 되살아났다. 지금까지 그가 예상해 마지않던 무료한 느낌이 때마침 그 무료가 나타나기 직전에 신기하게도 갑자기 사라졌다. 그는 느긋한 기분으로 기요코 앞에 앉았다. 이같은 기분은 그가 그녀와 헤어지기 전에 경험한 분위기와 별반 달라진 것이 없었다. 그는 어느 정도 옛날과 똑같은 상황으로 돌아간 것이 틀림없다고 생각했다. 따라서 대화가 끊겼을 때 적극적으로 유도하기 시작한 사람은 옛날처럼 그였다. 게다가 옛날과 다름없는 기분으로 움직일 수 있다는 것 자체가 그에게는 생각지도 않았던 만족감을 주었다.

"세키 군은 어떻게 지냅니까? 여전히 공부만 합니까? 그 뒤 소식이 없어 전혀 뵙지 못했습니다만."

쓰다는 별생각 없이 화제를 던졌다. 대화의 실마리로 기요코의 남편을 화두로 삼을지 어떨지는 이해관계에서 봐도, 오늘까지 두 사람 사이에 생긴 감정의 난제 속에서 봐도, 또 이들의 복잡하게 얽힌 정실 문제를 객관적인 시각으로 따져보더라도 실은 다양한 각도에서 생각해야 할 부분이었다. 그것을 평소의 신중함과 달리 조금도 거리낌 없이 그냥 생각나는 대로 화제에 올린 쓰다는 확실히 평상시 오노부를 대할 때와 같은 조심성을 망각하고 있음이 분명했다.

하지만 상대는 오노부가 아니었다. 쓰다가 그 경계심을 풀어도 상관없었다는 증거는 금방 기요코의 인사하는 품으로 판명되었다. 그녀는 미소를 지으며 대답했다.

"예, 고맙습니다. 뭐 변함없습니다. 가끔 둘이서 당신 이야기를 합니다."

"아, 그렇습니까? 저도 내내 바빠서 사방에 결례만 하고……."

"우리 집 양반도 같아요. 요즘 한가한 사람은 전혀 살아갈 수 없나 봐요. 그래서 자연히 서로 소원해져요. 하지만 그건 할 수 없어요, 자연스러운 흐름이니까."

"그렇군요."

이렇게 대답한 쓰다는 '그렇군요'라는 말 대신 '그렇습니까?'라는 격식체로 물어보고 싶은 생각이 들었다. '그렇습니까? 단지 그것만으로 소원해졌습니까? 그게 당신의 본심입니까?'라는 힐문은 이때 이미 무언의 문구가 되어 그의 내면에 잠겨 있었다.

게다가 그는 거의 예전과 마찬가지로 단순한 혹은 단순하다고 할 수밖에 없는 기요코를 발견했다. 그녀의 태도에는 두 사람 사이에 세키를 화제로 내세울 만한 여유를 충분히 갖추고 있었다. 그것을 입에 올려도 거북해하지 않을 정도로 그녀는 담백했다. 다만 그것은 쓰다가 은근히 예상하면서도 어느 한구석에서는 전혀 예상하지 못했던 것임이 틀림없었다. 옛날 그대로의 여주인공을 다시 만날 수 있었다는 만족감은 그녀가 옛날 그대로의 느긋한 태도로 세키의 이야기를 태연히 자기 앞에서 할 수 있느냐는 불만도 느끼게 했다.

'어째서 그게 불만스러울까?'

쓰다는 대놓고 이 질문을 던질 만한 용기가 없었다. 세키가 실제로 그녀의 남편인 이상 그는 존중하는 마음으로 그녀의 이 마음가짐을 받아들여야 했다. 하지만 그것은 대로변에서나 나올 법한 훈수라 할 수 있었다. 우연히 길을 지나가는 타인이 하는 충고나 다름없었다. 이면에는 다른 견해가 나올 수 있었다. 거기에는 무심하게 지나가는 사람과 다른, 이해 당사자인 자신이 버티고 있었다. 그리고 그 자신에게 '나'라고 지칭할 수 없었던 쓰다는 어디까지나 그것을 '특수한 사람'이라 부르려 했다. 이른바 특수한 사람이란, 즉 풋내기에 대응하는 숙련자였다. 무지한 자에 대응하는 유식한 자였다. 아니면 풍류의 문외한에 대응하는 전문가였다. 그러므로 건성으로 넘어가는 타인보다 적극적으로 말할 권리를 갖고 있다고 그는 판단했다.

겉으로는 받아들이는 척하고 속으로는 수긍하지 않았던 쓰다의 기요코에 대한 기분은 어떤 형식으로든 외부로 발현하는 것이 당연했다.

186

"어젯밤에는 실례했습니다."

쓰다는 갑자기 이렇게 말해보았다. 상대가 어떤 식으로 반응할 것인가, 하는 것이 그가 노린 것이었다.

"저야말로."

기요코의 대답은 술술 나왔다. 거기에 어떤 망설임도 없자 쓰다는 미심쩍었다.

'이 여자는 아침에는 이미 밤의 놀라움을 반복할 수 없는 것일까?'

만약 그것을 상기할 능력조차 잃어버리고 있다면 그의 사명은 좋든 나쁘든 부질없는 것이었다.

"실은 당신을 놀라게 해서 미안하게 생각했습니다."

"그럼 하지 않으셨으면 좋았을 텐데."

"하지 않았다면 좋았을 겁니다. 하지만 몰랐으니까 어쩔 수 없었습니다. 할 수 없지 않습니까. 당신이 거기에 계시리라곤 꿈에도 생각하지 못했으니까요."

"하지만 저한테 줄 선물을 들고 일부러 도쿄에서 와주셨잖아요."

"그건 그렇습니다. 하지만 몰랐던 것도 사실입니다. 어젯밤은 우연히 만났을 뿐이에요."

"그런가요?"

어젯밤 쓰다가 일부러 그랬다는 것 같은 기요코의 말투가 그를 당혹스럽게 했다.

"하지만 일부러 그런 흉내를 낼 리 없지 않습니까? 아무리 내가 호기심이 많다고 해도."

"하지만 당신은 오랫동안 거기에 서 계신 것 같았어요."

쓰다는 수반에 넘치는 물을 바라보고 있었음에 틀림없었다. 전신 거울에 비치는 자신의 그림자를 응시하고 있었음에 틀림없었다. 마지막으로 거기에 있는 빗을 집어 머리까지 빗으며 꾸물거리고 있었음에 틀림없었다.

"미궁에 빠져서 방향을 잡지 못하게 되면 할 수 없지 않습니까?"

"그래요? 그건 그럴 테지요. 하지만 저는 그렇게 생각하지 않았는걸요."

"내가 잠복이라도 하고 있었단 말입니까? 농담 마세요. 아무리 내 코가 만능이라고 한들 당신이 온천에 들어가는 시간까지 알 리 없어요."

"과연 그건 그래요."

기요코가 입에 올린 '과연'이라는 말이 정말이지 '과연 그렇다'라고 수긍한 듯한 어조를 풍기고 있어서 쓰다는 저도 모르게 들이댔다.

"도대체 왜 그런 걸 의심하고 계십니까?"

"그거야 말씀드리지 않아도 아실 텐데요."

"알 리 없잖습니까?"

"그럼 몰라도 괜찮아요. 설명할 필요가 없는 일이니까."

쓰다는 별수 없이 측면으로 파고들었다.

"그럼 내가 뭐 때문에 당신을 복도 구석에서 잠복하며 기다렸단 말입니까? 그걸 말해주세요."

"그건 말할 수 없어요."

"그렇게 사양하지 않아도 좋으니까, 꼭 이야기해주세요."

"사양이 아니에요, 말할 수 없으니까 말할 수 없는 거예요."

"하지만 자신의 가슴속에 있는 일 아닙니까? 말하려고만 하면 누구든지 말할 수 있다고 생각하는데요."

"제 가슴속에는 아무것도 없어요."

단순한 이 한마디가 갑자기 쓰다의 예봉을 꺾었다. 그러자 그의 어세가 비약했다.

"없다면 어디서 그런 의심이 나온단 말입니까?"

"만약 의심하는 것이 나쁘다면 사과드립니다. 그리고 그만두겠습니다."

"하지만 이미 의심하지 않았습니까?"

"하지만 그건 어쩔 수 없어요. 의심한 건 사실이니까. 그 사실을 자백한 것도 사실이고요. 아무리 사과를 하든, 뭘 하든 사실을 없었던 것으로 할 수는 없으니까요."

"그러니까 그 사실을 말해주면 됩니다."

"사실은 이미 말씀드리지 않았어요?"

"그건 사실의 반이나, 그 반의반 정도예요. 난 그 전부를 듣고 싶습니다."

"난처하네. 어떻게 대답하면 좋을까요?"

"문제없지 않습니까? 이런 까닭으로 그런 의심을 했다고 말하기만 하면, 단 한마디로 끝나는 일입니다."

지금까지 난감해하던 기요코는 그때 갑자기 이해했다는 표정을 지었다.

"아아, 그게 듣고 싶으세요?"

"물론이죠. 아까부터 그게 듣고 싶어서 이렇게 끈질기게 당신을 성가시게 하고 있지 않습니까? 그걸 당신이 숨기려고 하시니까……."

"그렇다면 그렇다고 빨리 말씀해주시면 좋았을 텐데. 저는 그런 건 숨기지 않아요. 이유는 아무것도 없어요. 그저 당신이 그런 걸 하는 분이거든요."

"잠복 말입니까?"

"예."

"바보 취급하지 마십시오."

"하지만 제가 본 당신은 그런 분이니까 어쩔 수 없어요. 거짓말도 위선도 아니에요."

"과연."

쓰다는 팔짱을 끼고 아래를 내려다보았다.

187

한참 뒤 쓰다가 얼굴을 들었다.

"왠지 이야기가 논쟁처럼 되어 버렸습니다. 난 당신과 다투려고 온 게 아니었는데."

기요코는 대답했다.

"저도 그럴 생각이 전혀 없었어요. 그만 저절로 그렇게 흘러가 버린 거니까 고의가 아니에요."

"고의가 아니란 건 나도 인정합니다. 요컨대 내가 너무 당신을 추궁했기 때문일 거예요."

"음, 글쎄요."

기요코는 또 미소를 지었다. 쓰다는 그 미소 속에서 여느 때와 같은 여유로움을 느끼자 견디기 어려웠다.

"그럼 말이 나온 김에 하나 더 대답해주시겠습니까?"

"예, 뭐든지요."

기요코는 쓰다의 모든 질문에 응할 준비를 한 사람 같았다. 그것이 질문하기 전에 어느 정도 그를 실망스럽게 했다.

'모든 걸 잊어버리고 있구나, 이 사람은.'

이런 판단과 함께 그것이 또 기요코 본래의 특징이라는 것에도 생각이 미쳤다. 그는 가망이 없는 기분으로 물었다.

"하지만 어젯밤 계단 위에서 당신은 창백해지지 않았습니까?"

"그랬을 거예요. 제 얼굴은 볼 수 없어서 잘 모르겠지만, 당신이 창백해졌다고 말씀하시니 틀림없이 그랬겠지요."

"아, 그렇다면 당신의 눈에 비친 저는 완전히 거짓말쟁이는 아니었네요, 고맙습니다. 내가 인정한 사실을 당신도 승인해주시는군요."

"승인하지 않아도 사실 창백해졌으니까 할 수 없어요."

"그래요. ……그리고 장승처럼 굳어졌어요."

"예, 장승처럼 굳어진 건 나도 알고 있어요. 그대로 더 참고 있었더라면 쓰러졌을지도 몰라요."

"놀라셨죠?"

"예, 기절초풍할 뻔했어요."

"그래서"라고 말을 건 쓰다는 고개를 숙인 채 음전하게 사과껍질을 벗기고 있는 기요코의 손끝을 바라보았다. 과즙이 뚝뚝 떨어질 것 같은 사과껍질이 나이프의 날을 따라 둘둘 벗겨져 떨어진 뒤에 물기가 많아 보이는 연푸른 과육이 점차 나타나는 변화는 그에게 1년도 더 지난 옛날을 상기시켰다.

'그때의 이 사람은 꼭 이런 자세로, 이렇게 사과를 깎아줬지.'

나이프를 쥐는 방식, 손가락을 놀리는 모양, 양 팔꿈치를 무릎과 닿을락 말락 하게 하며 긴 소맷자락을 바깥쪽으로 걷은 모습, 이 모두가 그때의 모습 그대로인데, 단지 하나 다른 점이 있다는 것을 쓰다는 깨달았다. 그것은 그녀의 손가락을 장식한 아름다운 두 개의 보석이었다. 만약 그것이 그녀의 결혼을 영원히 기념하는 것이라면 그 반짝이는 빛만큼 쓰다와 그녀 사이를 매정하게 규정짓는 것은 없었다. 부드럽게 움직이는 그녀의 손끝을 바라보고 있던 그의 눈은 당시를 회상하는 황홀한 꿈의 단편 속에 찬연한 경계의 번뜩임을 인정하지 않을 수 없었다.

그는 얼른 기요코의 손에서 눈을 떼고 그녀의 머리를 바라보았다. 하지만 오늘 아침 하녀가 틀어 올려주었다는 그 머리는 흔한 보통 머리였다. 어떤 진기함도 찾아볼 수 없는, 윤기 흐르는 검은 머리가 빗으로 빗은 흔적을 단아하게 보여주고 있을 뿐이었다.

쓰다는 과감하게 일단 포기하려고 했던 말을 다시 거론했다.

"그래서 내가 듣고 싶은 건 말입니다……."

기요코는 얼굴을 들지 않았다. 쓰다는 신경 쓰지 않고 계속했다.

"어젯밤 그렇게 놀란 당신이 오늘 아침에는 어찌 그리 태연할 수 있습니까?"

기요코는 고개를 숙인 채 대답했다.

"왜요?"

"저는 그 심리 작용을 모르니까 묻는 것입니다."

기요코는 여전히 쓰다를 보지 않고 대답했다.

"심리 작용 같은 그런 어려운 말은 몰라요. 그냥 어젯밤에는 그랬고, 오늘 아침에는 이런 거예요. 그뿐이에요."

"설명은 그것뿐입니까?"

"예, 그것뿐이에요."

만약 연극을 하는 기분이라면 쓰다는 여기에서 탄식을 한 번 토해야 했다. 하지만 그는 일부러라도 그렇게 할 용기가 없었다. 이 여자 앞에서 그런 흉내를 내도 소용없다는 느낌이 연기라도 해볼까 하는 그를 은근히 가로막았다.

"하지만 당신은 오늘 아침 평소 일어나는 시간에 일어나지 못하지 않았나요?"

기요코는 이 질문을 받자마자 얼굴을 들었다.

"어머, 어떻게 그런 일을 아셔요?"

"다 알고 있습니다."

기요코는 잠깐 쓰다에게 향했던 눈을 얼른 아래로 떨어뜨렸다. 그리고 깔끔하게 벗긴 사과에 칼날을 지르며 대답했다.

"과연 당신은 천리안이 아니라 천리 코군요. 정말로 잘 맡네요."

농담인지 비꼰 것인지, 그렇다고 진지한 것도 아닌 이 한마디에 그는 기가 꺾였다.

기요코는 마침내 다 벗긴 사과를 쓰다에게 내밀었다.

"하나 드셔보세요."

188

쓰다는 기요코가 내민 사과에 손을 대지 않았다.

"당신도 드시지요. 모처럼 요시카와 사모님이 당신을 위해서 보낸 겁니다."

"그렇군요, 그리고 당신이 또 일부러 이걸 여기까지 들고 와주셨고요. 그 친절을 생각해서라도 먹어야 하겠네요."

기요코는 이렇게 말하며 두 사람 사이에 놓인 사과 한 쪽을 집어 들었다. 하지만 입으로 가져가기 전에 다시 물었다.

"하지만 생각할수록 이상해요, 대체 무슨 일이에요?"

"뭐가 말입니까?"

"저는 요시카와 사모님한테 문병받을 거라곤 생각하지 못했거든요. 그리고 또 문병 선물을 당신이 들고 오시리라곤 더더욱 생각하지 못했고요."

쓰다는 마음속으로 '그럴 테지요. 나조차 그런 건 생각지도 못했으니까요'라고 말했다. 그 얼굴을 가만히 지켜본 기요코의 눈에 쓰다의 분명한 대답을 기다리는 듯한 빛이 서렸다. 그는 그 빛에 대한 특수한 기억을 떠올렸다.

'아아, 이 눈이었지.'

두 사람 사이에 몇 번이나 되풀이된 과거의 광경이 쓰다의 앞에 생생히 펼쳐졌다. 그때의 기요코는 쓰다라는 이름의 한 남자를 믿고 있었다. 그러므로 모든 지식을 그에게서 얻었다. 모든 의문의 해결을 그에게 구했다. 자신이 알 수 없는 미래의 모든 것을 온통 그에게 맡길 듯했다. 따라서 그녀의 눈은 움직여도 음전했다. 무엇인가 물으려 할 때도 믿음과 더불어 평화로운 빛이 감돌았다. 그는 그 빛을 태어나면서부터 혼자 독차지하는 특권을 가진 것처럼 느꼈다. 자신이 있어야 이런 눈이 존재한다고까지 생각했다.

두 사람은 끝내 헤어졌다. 그리고 다시 만났다. 자신과 헤어진 이후의 기요코에게 예전 그대로의 눈이, 예전과 상황은 다르지만 여전히 존재한다고 일깨워준 듯한 기분이 들었을 때 쓰다는 일종의 감개에 젖었다.

'그 눈이야말로 당신의 아름다운 점입니다. 하지만 이제 나를 실망시키는 아름다움에 불과한 것입니까? 분명히 가르쳐주세요.'

쓰다의 의문과 기요코의 의문이 잠시 눈빛으로 마주친 뒤, 먼저 눈을 돌린 것은 기요코였다. 쓰다는 그 눈길을 거두는 모습을 보았다. 그리고 거기에도 두 사람이 가진 마음가짐부터가 다른 것을 깨달았다. 그녀는 한사코 다가서지 않았다. 아무래도 괜찮다는 듯이 눈을 다른 곳으로 돌린 그녀는 그 시선을 도코노마에 꽂혀 있는 국화꽃 위에 떨어뜨렸다. 눈으로 달아난 그녀를 쓰다는 입으로 쫓아가야 했다.

"아무리 저라도 단지 요시카와 사모님 심부름으로만 온 건 아닙니다."

"그럴 테지요, 그래서 이상해요."

"이상할 건 전연 없습니다. 제 나름으로 여기에 오려고 생각하던 중 사모님을 만나서 처음으로 당신이 여기에 계신 걸 들은데다가 결국 선물까지 전달하게 되었습니다."

"그럴 테지요. 그렇지 않으면 아무리 생각해도 이상하니까요."

"아무리 이상하다고 해도 세상에는 우연이란 것도 있습니다. 그렇게 당신처럼……."

"그래서 이젠 이상하지 않아요. 이유만 들으면 뭐든지 당연한 것이 되지요."

쓰다는 그만 '이쪽도 그 이유를 들으러 왔소'라고 말하고 싶었다. 그러나 전혀 거기에 괘념하지 않는 듯한 기요코의 질문은 정직했다.

"그런데 당신은 어디가 안 좋아요?"

쓰다는 병의 전말을 간단히 설명했다. 기요코가 말했다.

"하지만 좋네요, 당신은. 그런 때 회사에서 형편을 봐주니까. 거기에 비하면 우리 집 양반은 왠지 안 됐어요, 아침부터 밤까지 바쁜 것 같아서."

"세키 군이야말로 호기심이 많으니까 할 수 없지요."

"가엾게도, 설마."

"아니 제가 말하는 건 좋은 의미로서의 호기심이에요. 말하자면 노력가란 겁니다."

"어머, 비행기도 잘 태우시네."

이때 갑자기 밑에서 빠른 발걸음으로 계단을 올라오는 슬리퍼 소리가 들려서 뭔가 말하려고 했던 쓰다는 잠자코 형편을 지켜보았다. 그러자 조금 전과는 다른 하녀가 얼굴을 내밀었다.

"저 요코하마의 손님이 부인께 점심 후에 폭포 쪽으로 산책가지 않 겠느냐고 여쭤보라고 하셨습니다."

"같이 가겠어요."

기요코의 대답을 들은 하녀는 일어서면서 쓰다에게도 "손님도 같이 오시지요"라고 말했다.

"고마워. 그런데 벌써 점심때야?"

"예, 곧 식사를 가지고 오겠습니다."

"놀랐는걸."

쓰다는 마침내 일어섰다.

부인이라고 말하려던 그는 그만 "기요코 씨"라고 불렀다.

"당신께서는 언제까지 여기 계십니까?"

"예정 따위 전혀 없어요. 집에서 전보가 오면 오늘이라도 당장 돌아 가야 해요."

쓰다는 놀랐다.

"그런 게 옵니까?"

"그건 뭐라고도 말할 수 없어요."

기요코는 이렇게 말하고 미소를 지었다. 쓰다는 그 미소의 의미를 곰 곰이 따져보면서 자신의 방으로 돌아갔다.

— 미완 —

578

새로운 소세키 문학과의 만남

《명암》은 다이쇼(大正) 5년인 1916년 5월 26일부터 12월 14일까지 총 188회에 걸쳐 〈아사히신문〉에 연재된 나쓰메 소세키 최후의 장편 소설이다. 작가는 이 작품을 집필하다가 위궤양으로 세상을 떴다. 그래 서 《명암》은 미완의 소설로 남았다. 그럼에도 불구하고 이 소설을 소세 키 문학 최고의 작품으로 일컫는 데는 자타가 주저하지 않는다. 작가 나쓰메 소세키의 도달점이며 그가 마지막에 이르러 획득한 주제와 창 작 기법, 사상 등이 이 한 편에 모두 녹아 있기 때문이다.

영문학자였던 그가 여기(餘技)로 쓴 《나는 고양이로소이다》의 우연 한 성공으로 작가의 길에 들어섰다는 것은 잘 알려진 이야기다. 그 뒤 로 소세키는 10여 년 동안 15편의 중·장편 소설을 비롯하여 많은 단 편과 소품, 수필, 시, 평론, 문학론 등을 썼다. 비록 창작 생활은 길지 않 았지만 그는 일련의 활동을 통해 현재의 자신에 안주하지 않는 치열한 작가적 모습을 유감없이 발휘했다. 언제나 깨어 있는 눈, 인간 존재에 대한 진지한 탐구로 발표한 작품마다 새로운 문학 세계를 발굴하고,

작가로서 성숙의 여정을 그린 그의 작품 세계는《명암》에 이르러 이전과는 전혀 다른 세계를 보여주었다.

우선 작품의 배경인 다이쇼 5년이란 시대를 눈여겨보자. 다이쇼 5년 연초, 〈아사히신문〉에 쓴 글에서 소세키는 과거와 현재에 대해 '하나이면서 둘이라는 소견으로 내 모든 생활을 다이쇼 5년의 조류에 맡길 각오를 했다'라고 밝히고 있다. 소세키가 '각오'라는 표현까지 쓰며 직시하려 했던 '다이쇼 5년의 조류'란 무엇이었을까. 말할 필요도 없이 메이지 시대와 다른 가치관이다. 즉 국가나 윤리를 우선했던 메이지 규범이 무너지고 개인의 성장을 발판으로 한 시민 사회의 발아기였던 과도기의 다이쇼 초기가 떠안은 개인과 가족, 사회, 국가 등의 가치 충돌이 야기한 과제들이 그것이다. 특히 자본주의의 진전과 함께 도시화가 진행되면서 계층화된 도시 생활자, 즉 부유층과 빈곤층 그리고 그 사이에 새로이 형성된 중간층의 등장은 다이쇼 시민 사회의 또 다른 특징이었다. 새로운 세대의 가치관은 무엇일까? 그것을 묻기 위해 소세키는 소시민의 전형으로 젊은 부부, 쓰다와 오노부를 등장시킨다. 그리고 그들의 사랑을 축으로 삼아 이 부부를 둘러싼 복잡한 인간관계, 즉 쓰다의 숙부인 후지이 부부, 오노부를 키워준 이모부 오카모토 부부, 쓰다의 여동생 오히데 부부, 쓰다의 회사 중역인 요시카와 부부, 거기에 쓰다의 옛 친구인 고바야시 등의 인물을 설정해 '명(明)'과 '암(暗)'이 교차하는 무수한 인간의 심리를 파헤쳤다.

작품의 시간 설정은 매우 짧다. 쓰다가 치질 수술을 위해 입원 준비를 하고 퇴원할 때까지인 2주 정도다. 사건 역시 쓰다의 입원과 그 후의 전지 요양 이외에 이렇다 할 것이 별로 없다. 그럼에도 불구하고 이

소설이《나는 고양이로소이다》를 능가하는 소세키 최고의 장편 소설
로 자리매김한 것은 뛰어난 심리 분석가로서 이야기를 엮어가는 작가
의 역량을 고려하지 않고서는 달리 설명할 길이 없다.

주인공 부부의 모습을 잠시 들여다보자. 쓰다와 오노부는 '다이쇼 5년
의 조류'에 어울리는 신세대 부부다. 무엇보다도 '연애'라고 하는 근대
적인 길을 걷고 결합한 이 부부는 논리적으로는 당연히 사랑하는 사이
다. 그것도 아직껏 연애 시절의 단꿈에 젖은 신혼 6개월. 그런데 겉으
로는 행복해 보이지만 속사정은 다르다. 어딘가 겉도는 데가 있다. 그
래서 절대적인 사랑을 바라는 오노부는 괴롭다.

남편에게는 비밀이 있었다. 그 비밀은 오노부와 만나기 전에 결혼을
약속했으나 갑자기 쓰다를 버리고 쓰다의 친구와 결혼한 기요코의 존
재가 마음 깊이 자리하고 있다는 것이다. 이 설정을 고바야시와 오히
데, 기요코를 쓰다에게 소개한 요시카와 부인은 감지하고 있지만 아내
인 오노부는 모르고 있다. 이 이야기는 숨겨진 비밀을 캐내려고 필사
적으로 기를 쓰는 오노부와 그것을 숨기려고 거짓말에 거짓말을 거듭
하는 쓰다의 '사랑 전쟁'이다. 거기에 평소 쓰다 부부의 태도에 불만을
품고 있던 요시카와 부인이 쓰다에게 유산 후 온천장에서 정양 중인
기요코의 소식을 전하며 그곳으로 가서 그녀를 만나 남자답게 미련을
털어버리라고 권유한다. 그리고 그사이 자신은 오노부를 부인다운 부
인으로 교육하겠다고 한다. 전지 요양을 구실로 온천장을 찾아간 그날
밤 쓰다는 우연히 기요코를 만난다. 놀라서 장승처럼 굳어진 그녀는
쓰다를 피해 자신의 방으로 도망친다. 이튿날 아침, 정식으로 기요코를
방문한 쓰다는 어젯밤의 놀라던 그녀와는 전혀 다른 태연하고 느긋한

기요코를 만난다. 쓰다는 하룻밤 사이에 달라진 기요코의 태도를 이해할 수 없다. 그가 그 이유를 추궁하자 "어젯밤은 그랬고 오늘 아침은 이래요"라고 하면서 기요코는 미소를 짓는다. 소설은 쓰다가 그 미소의 의미를 알려고 애쓰며 자기 방으로 돌아오는 장면에서 끝난다. 작가가 이 대목을 집필하다가 서거했기 때문이다. 그래서 안타깝게도 뒷이야기는 영원한 수수께끼다. 결말은 독자의 몫이 되었다.

쓰다는 '일거일동에 이해득실을 따지는 마음으로 아침부터 밤까지 생활하며, 이해관계의 논리밖에 생각하지 않는' 인간이다. 독서는 하지만 그것은 남의 시선을 끌기 위한 허울이자 일종의 자신감을 키우려는 속셈에 지나지 않는다. 게다가 남편의 체면을 세우려고 아버지가 주는 생활 보조금으로 아내에게 다이아몬드 반지를 사주는 위선자다. 아버지가 보조금을 끊자 쩨쩨하다고 비난하는 이기적인 사람이 쓰다이다. 아내 오노부를 소중히 여기는 척하는 것도 이들을 중매한 회사 중역 요시카와에게 잘 보이려는 술수일 뿐이다. 그는 요시카와가 문 담배에 재빨리 라이터를 켜주는 따위의 순발력도 능하다. 아내에게 약점을 잡히면 그녀의 마음에 들 것 같은 말로 마음을 녹이는 교묘한 기교가이며 그런 자신에게 반성은커녕 자부심까지 느끼는 천박한 인간이다. 이렇게 비속하고 교활한 인간은 소세키의 다른 작품에 등장한 적이 없다. 아내인 오노부는 어떤 인물일까?

그녀는 그를 보자마자 그에게 반했었다. 그에게 빠진 그녀는 곧장 그와 결혼하고 싶다는 희망을 보호자에게 밝혔다. 그리고 허락이 떨어지자마자 곧장 그에게 시집갔다. 처음부터 끝까지 그녀는 언제나 자신의 주인공이었다.

그녀는 자신의 의지에 따라 쓰다를 선택했다. 오노부는 언제나 자기
인생의 주인공으로 살아가려는 적극적이고 주체적인 여성이다. 그녀
는 자신이 정성으로 남편을 사랑하는 것처럼 남편도 자신을 그렇게 사
랑해줘야 한다고 굳게 믿는다. 오노부는 남편의 사랑을 독점하지 못하
는 아내는 '지혜가 부족'하다고 여기는 여자다. 그래서 기회만 있으면
남편의 관심을 끌기 위해 온갖 기교를 구사한다. 매사에 자기 좋을 대
로 적당히 넘어가는 쓰다에게는 그런 오노부가 성가시기만 하다. 결혼
에 대한 오노부의 이상은 결혼 생활 6개월 만에 무너지고 다가오는 것
은 남편에 대한 환멸과 불만뿐, 그녀의 자존심으로는 감당하기 어려
운 현실이다. 그래서 이것을 드러내지 않으려고 필요 이상으로 행복한
결혼 생활의 모습을 가장한다. 그러면서도 끊임없이 자신에게 묻는다.
'남편이란 단지 아내의 애정만을 빨아들이는 해면동물일까.' '도대체
남자는 아내 말고 다른 여자도 사랑할 수 있는 것일까' 오노부의 갈등
은 독자를 향한 작가의 화두이기도 하다.

결혼이란 무엇이며 부부란 무엇인가. 이러한 질문은 소설 전체를
관통하는 소세키의 문제의식이다. 이 의구심은 전부 오노부를 통해
형상화된다. 그야말로 '좋다, 나쁘다는 문제를 떠나서 확실한 주체성
을 가진 근대적인 여성(佐藤泰正, 사토 야스마사)', '새로운 이상을 가진
새로운 여성(江藤淳, 에도 준)'을 소세키는 이 작품에서 창조했다.

《명암》이전의 소세키는 주로 남자의 눈을 통해서 여자를 그렸다. 부
부 문제를 본격적으로 다룬 《행인(行人)》에서는 강한 자아를 가지고 있

으면서도 결혼이라는 인습에 얽매여 참고 견딜 수밖에 없는 불행한 여자를,《길 위의 생(道草)》에서는 남편에게 당당히 주장하는 아내를 그리면서도 그 아내에게는 남편과 동등한 목소리를 내게 하지 않았다. 《명암》의 오노부에 이르러서야 소세키는 비로소 여성을 남성과 대등한 지위로 그렸으며 여성을 중심인물과 시점 인물로 조형한다. 종래와 달리, 여성에 대한 작가의 인식은 비단 오노부 한 사람에 국한된 것이 아니다. 시누이 오히데와 요시카와 부인 등 모든 여성 등장인물에 두루 적용된 특징이다.

《명암》에서 또 주목할 만한 것은 모든 등장인물을 철저히 상대적 시점으로 묘사했다는 점이다. 다시 말해 종래의 소세키 작품에서 보이는 작가의 분신이라고 여겨지는 인물은 하나도 없다. 모든 등장인물을 동일한 시점과 거리에서 객관적으로 서술했다는 특징을 드러내고 있다. 특히 쓰다의 심리를 내시경으로 들여다보듯 파헤친 작가의 눈은 오노부의 마음에도 깊숙이 내시경을 들이대며 마치 심리전을 실황 중계하듯 그들 마음의 미묘한 움직임, '명'과 '암'이 부침하는 인간 심리를 자유자재로 묘파한다.

심판의 눈은 사라지고 인간을 자유롭게 보고 자유롭게 조종하는 이러한 창작 태도와 작가적 인식은 '나를 버리고 하늘의 뜻을 따른다'라는 소세키 만년의 사상 '칙천거사(則天去私)'와 관련해《명암》을 논하는 논쟁의 분기점이 되기도 한다. 미완 소설의 결말을 칙천거사와 관련지어 '쓰다 갱생설'로 보는 시점과 그 반대 관점인 쓰다와 오노부를 중심으로 한 인간관계로 보는 시각이 그것이다. 특히 후자의 경우, 같은 반대 관점이어도 읽는 이의 관점에 따라 보다 복잡한 견해 차이가 두드러진다. 이것은 작품이 내포한 다종다양한 목소리가 미완의 난해함과 더불어 읽는 이의 상상력을 자유롭게 이끌어내기 때문일 것이다. 이 다채롭고 무한히 열린 읽기야말로 미완의 소설이 주는 즐거움으로, 미즈무라 미나에(水村美苗)는《속 명암(續明暗)》을 집필해 화제가 되기도 했다.

이 작품을 읽은 후 당신은 어떤 결말을 연상할 것인가. 지금의 눈으로 보면 쓰다는 경쟁 사회와 소비 사회에 매우 흔한 일개 소시민이고, 오노부 또한 쓰다와 같은 위상에 지나지 않는다. 쓰다와 오노부는 100년 전 인간이 아니다. '지금 여기'에 사는 우리들의 모습이다. 근대 소설인 《명암》이 지금도 생생히 읽히는 것은 100년 전에 먼저 읽은 소세키의 예언자적 통찰 덕분이다. 그가 던진 '인간'에 대한 치열한 물음은 앞으로도 변함없이 우리들의 정신적 자양이 될 것이다.

나는 이 작품을 학부 4학년 때 처음 읽었다. 소세키 연구를 목표로 하고 있으면서도 솔직히 그때까지《명암》이 어떤 작품인지 몰랐다. 처음 대했을 때의 가장 큰 감명은 생생하게 살아 있는 '말'의 절묘함이었다. 이를테면, 작품 전체에서 오노부의 성격을 특징짓는 '사랑하게 할 거야', '얘기해줘'라는 일본 여성이 일상생활 속에서 흔히 쓰는 말의 아름다운 울림이었다. 일본어 습득에 애면글면하던 시절이라 여성적 대화로 넘쳐나는《명암》의 세계는 그야말로 경이 그 자체였다. 그 화법에 끌린 나는 주저 없이 졸업 논문으로《명암》을 선택했고, 거대한《명암》의 바다를 허우적거리며 절망과 기쁨, '명'과 '암' 속에서 논문을 썼다. 그리고《명암》의 세계에 더 가까이 다가가기 위해 석사 논문을 썼고 그 후에 이어진 박사 예비 논문에 이르기까지《명암》연구에 몰두했다. 지금 생각하면 작품을 읽는 것조차 일천했던 시절, 소세키 문학의 최고봉에 도전한 그 무모성이 나를 소세키 연구가로 키웠다고 할 수 있겠다.

번역은 재작년 봄방학부터 시작해 올해 봄방학까지 꼬박 2년이 걸렸다. 그렇게《명암》에 천착해왔으면서도 막상 번역하려고 보니 연구와는 또 다른 차원의 어려움이 한둘이 아니었다. 특히 한학(漢學)에 바탕을 둔 풍부한 어휘와 표현력은 이미 사멸된 말이 많아서 의미 파악에 애가 말랐다. 원서의 농밀한 문체를 살려가며 우리말 문장의 리듬을 꾸리기도 쉽지 않았다. 간단히 한 문장으로 끝내도 좋을 대목이 끝없이 길게 이어지는 데다 부정문이 세 개나 잇따른 문장이라든가, 문화적 요소를 배경으로 한 비유, 행간을 읽지 않으면 도저히 알 수 없는 함축된 표현 등이 적지 않았기 때문이다. 작업이 힘들어 '암'에 빠질 때마다 죽음에 이르는 병고 중에도 붓을 놓지 않았던 작가 소세키의 강인한 정신을 '명'으로 의지했다.

이 번역은 옮긴이 혼자 힘으로 만든 것이 아니다. 2년 동안《명암》을 함께 읽고 부족한 이해력을 보완해준 '미니 독서회'의 전 요코하마국립대학교 교수 가도쿠라 마사미(門倉正美) 선생님과 후쿠오카공업대학교 교수 도쿠나가 미쓰히로(德永光展) 선생님의 도움 없이는 불가능했다.《명암》번역에 혼신의 힘을 다한 것으로 두 분께 감사 인사를 드린다. 또 번역 원고를 꼼꼼하게 읽고 어색한 표현을 지적하고 매끄럽게 다듬어준 옛 문우 양택규 형의 깊은 우정에 감사드린다.

원고를 번역 중이던 재작년 11월, 전 바이코학원대학 학장이자 은사이신 사토 야스마사 선생님이 98세로 서거하셨다. 돌아가시기 사흘 전에 받은 마지막 전화에서 선생님은 소세키 몰후 100년이 되는 해에 반드시 기념 강연을 하겠다고 하셨다. 나는 《명암》 탄생 100주년에 번역을 꼭 완성하겠다고 약속했다. 사제가 나눈 이 약속은 선생님의 서거로 강연을 들을 수 없게 되었고 나의 성과물도 선생님께 보일 수 없게 되었다. 선생님의 영전에 이 책을 올리며 안타까움을 대신하고 싶다.

《명암》 번역에 몰두하던 작년 여름, 갑자기 쓰러져 허리 수술을 받았다. 긴 입원 생활 동안 따뜻하게 격려해준 한국과 일본의 친지들이 있었기에 끝까지 번역에 매달릴 수 있었다.

작년이 《명암》 탄생 100주년이었다면 올해는 나쓰메 소세키 탄생 150주년이 되는 해다. 이 뜻깊은 해에 이 책을 소개할 기회를 준 보라빛소 출판사에 감사의 말을 올린다. 끝으로 이 책은 1966년 간행된 〈소세키 전집〉 제7권을 텍스트로 삼았다. 아울러 1994년 간행된 〈소세키 전집〉 제11권과 신조문고를 대조본으로 참고했음을 밝혀둔다.

2017년 여름 후쿠오카에서
김정숙

옮긴이 **김정숙**

경북 영주 출생. 현대문학사, 금성출판사 등에서 편집자를 지냈다. 1985년에 일본 유학을 떠나 바이코학원대학과 동 대학원에서 일본 근대문학을 전공, 박사과정 전·후기를 수료했다. 공저서로는 《마지막 배우는 체계 일본어 독본》《나의 삶·나의 이야기》《세계의 유명작가 명수필》《문학의 힘》이 있으며, 옮긴 책으로는 《문》《길 위의 생》《유리문 안에서》《런던탑·취미의 유전》《나쓰메 소세키 단편선집》 등이 있다. 1991년 나쓰메 소세키의 《몽십야》를 번역, 문예지에 게재된 이후 꾸준히 소세키 작품을 번역해왔다. 국내에서 나쓰메 소세키 작품 번역의 선구자로 손꼽히며, 소세키 문학 연구에 기반을 둔 정확한 해석과 유려한 문장가로 정평이 나 있다. 현재 기타큐슈시립대학, 구마모토대학 등에서 한국어를 강의하고 있다.

명암

초판 1쇄 발행 2017년 12월 29일

지은이 | 나쓰메 소세키
옮긴이 | 김정숙
펴낸곳 | 보랏빛소
펴낸이 | 김철원

책임편집 | 유지서
교정교열 | 이은영
기획·편집 | 김이슬
마케팅·홍보 | 박소영
표지디자인 | 어나더페이퍼 이희영
본문디자인 | 박영정, 김미옥

출판신고 | 2014년 11월 26일 제2014-000095호
주소 | 서울특별시 마포구 월드컵북로6길 60, 덕산빌딩 203호
대표전화·팩시밀리 | 070-8668-8802 (F)02-323-8803
이메일 | boracow8800@gmail.com